浙江文献集成

主　编　刘正伟　薛玉琴
本卷主编　郑园园　王林卉

夏丏尊全集

第六卷　教科书（初中国文教本）

浙江大学出版社
ZHEJIANG UNIVERSITY PRESS

中年小像（1926）

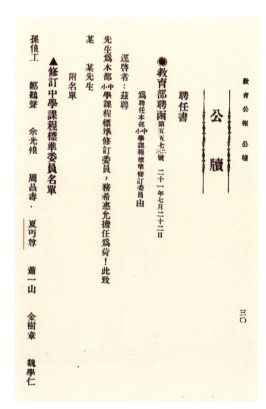

被教育部聘任为修订中学课程标准委员（1932）

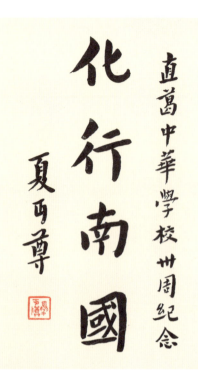

化行南國

直葛中華學校卅周紀念

夏丏尊

为直葛中华学校成立三十周年题词（1936）

抗战全面爆发以后，与留守上海的开明书店同人合影（前排右三为夏丏尊）
（1937）

《申报》头版刊登《初中国文教本》广告（1937）

与叶绍钧合编的《初中国文教本》由开明书店出版（1937）

与南屏女中学生合影（1939）

新加坡南洋书局编译所国语算术科编审委员会同人合影（前排左三为夏丏尊）
（1941）

本卷说明

　　本卷收录夏丏尊与叶绍钧合编的《初中国文教本》(共六册),由开明书店出版。其中第一、二册初版于 1937 年 6 月,第三册初版于 1940 年 7 月,第四册初版于 1940 年 9 月,第五、六册初版于 1943 年 5 月。

编辑大意

一、本书遵照教育部二十五年六月修正课程标准编辑，供初级中学国文科精读教学之用。全部六册，每学期各用一册。

二、本书含有精读范文及文章法则两项教材，文章法则又分甲乙二部，甲部提示文法要项，乙部提示文章理法。皆按照范文分别安插，即以范文为例证，全体打成一片。

三、本书所选范文，内容力求与课程标准所举目标相合，间或加以删节改窜，以期适应教学。文体亦按照标准所定百分比精密分配。

四、本书为图学生自动学习及教师自由活用起见，除在文章法则后各列扼要之习问外，每篇范文不附习题。范文中之生字难句及故实虽详加注释，皆并置卷末❶，仅于本文用数字标记，备必要时检查。

五、本书注重文言与语体之沟通，每于提示文法要项时，必双方并及，说明异同。并于注释中特别留意。凡文言特有之词及用法，皆于初见时详加注释比较，以期减少文言文教学之困难。

---

❶ 为方便读者，原书卷末注释改为页下脚注。

总　目

初中国文教本（第一册）…………………………………………（1）

初中国文教本（第二册）…………………………………………（113）

初中国文教本（第三册）…………………………………………（231）

初中国文教本（第四册）…………………………………………（351）

初中国文教本（第五册）…………………………………………（485）

初中国文教本（第六册）…………………………………………（621）

初中国文教本

第一册

夏丏尊、叶绍钧合编,《初中国文教本》(第一册),
开明书店,民国廿六年六月初版

目　录

一、四种重要粮食 ……………………………………… 三民主义(7)

二、敬告中等学生 ……………………………………… 陆费逵(9)

文章法则甲　一、字和词 ………………………………… (11)

三、王冕 ………………………………………………… 儒林外史(12)

四、神亭之战 …………………………………………… 三国演义(14)

文章法则乙　一、报告和表白 …………………………… (18)

五、诗二首 ……………………………………………… (19)

　　　三弦 ……………………………………………… 沈尹默(19)

　　　慈姑的盆 ………………………………………… 周作人(20)

六、大明湖 ……………………………………………… 老残游记(21)

文章法则甲　二、词的种类(一) ………………………… (24)

七、亚美利加之幼童 …………………………………… 包公毅(26)

八、慈爱的结束 ………………………………………… 冰　心(29)

文章法则乙　二、记述文和叙述文 ……………………… (31)

九、新生活 ……………………………………………… 胡　适(32)

一〇、舍己为群 ………………………………………… 蔡元培(34)

文章法则甲　三、句的基本成分和式样 ………………… (37)

一一、机械人 …………………………………………… 黄幼雄(38)

一二、蟑螂 ……………………………………………… 克　士(40)

文章法则乙　三、说明文和议论文 ……………………… (42)

一三、中山先生轶事 …………………………………… 因　公(44)

一四、讷尔逊轶事 …………………………………………… 梁启超(46)

文章法则甲 四、词的种类(二) …………………………… (48)

一五、中国之蚕桑 ……………………………………… 衣食住(50)

一六、从孩子得到的启示 ……………………………… 丰子恺(53)

文章法则乙 四、各体的混合 ………………………………… (56)

一七、诗二首 ………………………………………………… (58)

　　　　天上的街市 ………………………………… 郭沫若(58)

　　　　一个星儿 …………………………………… 胡　适(59)

一八、为学 ………………………………………………… 彭端淑(60)

文章法则甲 五、短语 ………………………………………… (62)

一九、观巴黎油画记 …………………………………… 薛福成(64)

二○、广州脱险记 ……………………………………… 宋庆龄(66)

文章法则乙 五、应用文和文艺文 …………………………… (70)

二一、致郑西谛书 ………………………………………… 鲁　迅(72)

二二、与妻诀别书 ……………………………………… 林觉民(75)

文章法则甲 六、句的附加成分 ……………………………… (78)

二三、雪 …………………………………………………… 王鲁彦(80)

二四、七绝六首 ……………………………………………… (82)

　　　　回乡偶书 …………………………………… 贺知章(82)

　　　　九月九日忆山东兄弟 ……………………… 王　维(82)

　　　　送孟浩然之广陵 …………………………… 李　白(83)

　　　　逢入京使 …………………………………… 岑　参(83)

　　　　江南逢李龟年 ……………………………… 杜　甫(84)

　　　　乌衣巷 ……………………………………… 刘禹锡(84)

文章法则乙 六、书信 ………………………………………… (85)

二五、卖汽水的人 ……………………………………… 周作人(87)

二六、梅 …………………………………………………… 贾祖璋(90)

文章法则甲 七、句的成分的省略 …………………………… (93)

二七、背影 ………………………………………………… 朱自清(95)

二八、小雨点 ……………………………………… 陈衡哲(98)

文章法则乙 七、经验和想像 ……………………………（103）

二九、蚕儿和蚂蚁〔上〕 ……………………… 叶绍钧(105)

三〇、蚕儿和蚂蚁〔下〕 ……………………… 叶绍钧(107)

文章法则甲 八、句的种类 …………………………（110）

一、四种重要粮食

三民主义❶

　　我们每天所靠来养生活的粮食，分类说起来，最重要的有四种：第一种是空气，浅白言之，就是风；……第二种是水；第三种是动物，就是肉；第四种是植物，就是五谷果蔬。

　　这个风水动植四种东西，就是人类的四种重要粮食，现在分开来讲：

　　第一种风。大家不可以为吃风是笑话，如果不相信吃风是一件最重要的事，不妨把鼻孔口腔都闭住起来，一分钟不吃风，试问要受甚么样的感觉呢？可不可以忍受呢？我们吃风，每分钟是十六次，就是每分钟要吃十六餐。每天吃饭最多不过三餐，像广东人吃饭，连销夜❷算来，也不过每天吃四餐。至于一般穷人吃饭，大概都是两餐，没有饭吃的人，就是一餐也可以度生活。至于风，每天就要吃二万三千零四十餐，少了一餐就觉得不舒服；如果数分钟不吃，必定要死，可见风是人类养生第一种重要的物质。

　　第二种是水。我们单靠吃饭不吃水，是不能够养生的。一个人没有饭吃，还可以支持过五六天，不至于死，但是没有水吃，便不能支持过五天。一个人五天不吃水，便要死。

　　第三种是植物。植物是人类养生之最要紧的粮食。人类谋生的方

_____

　　❶　［三民主义］　书名，孙中山先生著，分民族主义，民权主义，民生主义三部分，本篇是民生主义中的一节。

　　❷　［销夜］　通常作"宵夜"，午夜时吃的点心。

法很进步之后,才知道吃植物。中国是文化❶很老的国家,所以中国人多是吃植物。

至于野蛮人多吃动物,所以动物也是人类的一种粮食。

风水动植这四种物质,都是人类养生的材料。不过风和水是随地皆有的,有人居住的地方,无论是在河边,或者是在陆地,不是有河水,便有泉水,或者是井水,或者是雨水,到处皆有水。风更是无处不有。所以风和水虽然是很重要的材料,很急需的物质,但是因为取之无尽,用之不竭,是天给予人类,不另烦人力的,是一种天赐。因为这个情形,风和水这两种物质,不成问题。但是动植物质便成为问题。原始时代的人类和现在的野蛮人都在渔猎时代,谋生的方法只是打鱼猎兽,捉水陆的动物做食料。后来文明❷进步到了农业时代,便知道种五谷,便靠植物来养生。中国有四千多年的文明,吃饭的文化是比欧美进步得多,所以我们的粮食多是靠植物。植物虽然是靠土地来生长,但是要费许多功夫,经过许多生产方法❸,才可以得到。所以要解决植物的食粮问题,便先要研究生产问题。

---

❶ ［文化］ 人类改变及征服自然,由自然解放出来的状态。换言之,就是人类社会劳动成绩(哲学,工艺,文艺,政治,法律,经济,道德等等)的总和。

❷ ［文明］ 指人类生产技术达到较高的程度的状态,和"野蛮"相对称。

❸ ［生产方法］ 生产就是人类在自然物质上加以劳力,使可以供人类需用的行为,如种田织布转运等都是。生产方法指人类在各时代所用的生产的方法,如上古渔猎时代以捕鱼猎兽为唯一的生产方法,近代各国,大都以工业为主要的生产方法。这里是指农业生产的方法。

二、敬告中等学生

陆费逵❶

　　欧美各国，小学是义务教育❷。大概小学就学儿童，在学龄儿童❸百分之九十以上；德国瑞士丹麦则竟达百分之九十九以上。中学就不然了。中学年龄❹的少年，能进中等学校的，大概不过百分之一二十。因为年龄一到十三四岁，在家计不裕的人家，或令自食其力，或助父母工作，所以能进中学的，其比率便少了。

　　我国人口五万万，中学年龄的少年，应该有五千万人；可是进中学的，不过二十四五万人，❺其比率为二百分之一。以总人口计算，则二千人中方有中学生一人。以二千人中而仅有一人，可见要做一个中学生，真是不容易。

　　诸君！诸君的家计，未必都是富裕的。但是诸君的父母兄姊，不使诸君自食其力，不使诸君帮助工作，而甘心供给诸君进中学，这是为甚么呢？就是希望诸君受相当的教育，尽这几年期间，努力学习知能，涵养德性，锻炼身体，以期将来能为国家社会效力，完成二千人中一人的任务。

---

　　❶〔陆费逵〕　字伯鸿，现代浙江桐乡人。现任上海中华书局经理，著有《教育文存》等。
　　❷〔义务教育〕　现代国家规定凡儿童一达学龄，至少须受教育若干年，施以国民所必备的基本训练，这种教育，称为"义务教育"。实施义务教育的机关，大都是小学校。义务教育的年限各国不同，我国现在暂定为四年。
　　❸〔学龄儿童〕　已达就学年龄的儿童。各国规定儿童就学年龄期限不一，我国现制，儿童满六周岁起至十二岁为学龄期。
　　❹〔中学年龄〕　我国现制中学年龄自十三岁至十八岁。
　　❺〔进中学的不过二十四五万人〕　按：此系民国二十年前之情形，据教育部统计，二十一年度全国中等学校学生之总数已达五十四万余人。

诸君反躬自省，做这二千人中的一人，以境遇论，是何等的幸运；以责任论，是何等的重大！

我国家社会，正在复兴的路上，不知有多少事业，等着要建设；不知有多少东西，等着要生产。在最近的将来，一定需要大批有知能有才德而又强健耐苦的青年，投身于各种建设事业及生产组织。人人都像钢骨❶一般，做那二千人的中坚；人人都像火车头一般，做那二千人的前驱。要是诸君之中，现在有一人不努力于学业，将来我国家社会，就少了一根支持的钢骨，就少了一架推进的火车头。诸君要知道；诸君学业的成败，关系于诸君个人者小，关系于国家社会者大。

愿诸君努力！祝诸君进步！

---

❶ ［钢骨］ 又称铁筋，浇裹水泥，称钢骨混凝土，为新式建筑中的重要材料。

文章法则甲

一、字和词

　　每一篇文章都是用一句句的句子结成的,每一句句子都是用一个一个的字结成的。句子是文章的单位;至于字,却不一定就是句子的单位。我国的文字是一个个的方块字,一个字有时可以单独分开表示意义,有时不可以单独分开表示意义。例如:

　　原始　时代　的　人　类　和　现在　的　野蛮　人　都
　　在　渔猎　时代　《四种重要粮食》

这里面有些字是可以单独分开的;有些非和别的字连结起来不可,否则就无法把一定的意义表达出来。例如"原"字,有好几种解释,如果不和"始"字在一起,就不合原来的意义;"代"字也有好几种解释,和"时"字在一起的时候,自成特种的意义。所以"原始"和"时代"虽有两个字,只能作一个单位看。
　　一句句子由许多字连结而成,字有可以独立成单位的,有不可以独立成单位的。可以独立成单位的叫做词。词可以是一个字,也可以是好几个字。在一句句子里,词的数目常比字的数目少。
　　文法上所讨论的是词和句的法则,字和词的区别先得弄明白。

习　问

一、试把字和词的分别说出来。
二、试把下列各句中的字,划分作若干单位。
(1)要解决植物的食粮问题,便先要研究生产问题。《四种重要粮食》
(2)在最近的将来,一定需要大批有知能有才德而又强健耐苦的青年,投身于各种建设事业及生产组织。《敬告中等学生》

三、王 冕❶

儒林外史❷

元朝末年，出了一个嵚崎磊落❸的人。这人姓王名冕，在绍兴府诸暨县❹乡村里住。七岁上死了父亲，他母亲做些针黹❺，供给他到村学堂里去读书。

看看三个年头，王冕已是十岁了。母亲唤他到面前来，说道，"儿啊！不是我有心要耽误你；只因你父亲亡后，我一个寡妇人家，年岁不好，柴米又贵，这几件旧衣服和些旧家伙都当卖了，只靠着我做些针黹生活寻来的钱，如何供得你读书？如今没奈何，把你雇在间壁人家放牛，每月可得几钱银子；你又有现成饭吃。只在明日就要去了。"王冕道，"娘说的是。我在学堂里坐着，心里也闷；不如往他家放牛，倒快活些。假如我要读书，依旧可以带几本去读。"

当夜商议定了。第二日，母亲同他到间壁秦老家。秦老留着他母子两个吃了早饭，牵出一条水牛来交与王冕，指着门外道，"就在我这大门过去两箭之地❻，便是七泖湖。湖边一带绿草，各家的牛都在那里打睡。又有几十棵合抱❼的垂杨树，十分阴凉。牛要渴了，就在湖边上饮水。小哥，

---

❶ ［王冕］ 字元章，号煮石山农，元明间人。善画梅，又号梅花屋主。元末，隐居九里山下。明太祖攻下婺州（今浙江金华），请他做咨议参军，但他就生病死了。

❷ ［儒林外史］ 清全椒人吴敬梓所作的章回小说，全书凡五十四回，为我国讽刺小说的名作。

❸ ［嵚崎磊落］ 嵚音ㄑㄧㄣ。嵚崎，山高峻，引申为特立独行之意。磊落，坦白，正直。

❹ ［绍兴府诸暨县］ 绍兴府今浙江绍兴一带。诸暨县即今浙江诸暨县，当时属绍兴府。

❺ ［针黹］ 用针缕缝制的衣服。引申为"女红"。黹，音ㄓˇ。

❻ ［两箭之地］ 一箭射得到的那么两倍远的地方。

❼ ［合抱］ 两臂可以围抱起来的那么粗。

你只在这一带顽耍，不可远去。我老汉每日两餐小菜饭是不少的；每日早上还折❶两个钱与你买点心吃。只是凡百事勤谨些，休嫌怠慢❷。"

他母亲谢了扰，要回家去。王冕送出门来。母亲替他理理衣服，口里说道，"你在此须要小心，休惹人说不是。早出晚归，免我悬望。"王冕应诺，母亲含着两眼眼泪去了。

王冕自此在秦家放牛，每到黄昏，回家跟着母亲歇宿。或遇秦家煮些腌鱼腊肉给他吃，他便拿块荷叶包了来家，递与母亲。每日点心钱，他也不买了吃，聚到一二个月，便偷个空，走到村学堂里，见那闯学堂的书客，就买几本旧书，逐日把牛拴了，坐在柳阴树下看。

弹指❸过了数年，王冕看书，心下也着实明白了。那日正是黄梅时候❹，天气烦躁，王冕放牛倦了，在绿草地上坐着。须臾❺，浓云密布，一阵大雨过了那黑云边上镶着白云，渐渐散去，透出一派日光来，照耀得满湖通红。湖边山上，青一块，紫一块，绿一块。树枝上都像水洗过一番的，尤其绿得可爱。湖里有十来枝荷花，苞子上清水滴滴，荷叶上水珠滚来滚去。王冕看了一回，心里想道：古人说"人在画图中"，其实不错，可惜我这里没有一个画工，把这荷花画他几枝，也觉有趣。又心里想道：天下那有个学不会的事，我何不自画几枝？……

自此，聚的钱不买书了，托人向城里买些胭脂，铅粉之类学画荷花。初时画得不好；画到三个月之后，那荷花精神颜色无一不像，只多着一张纸，——就像是湖里长的；又像才从湖里摘下来贴在纸上的。乡间人见画得好，也有拿钱来买的。王冕得了钱，买些好东西孝养母亲。一传两，两传三，诸暨一县都晓得是一个画没骨花卉❻的名笔，争着来买。到了十七八岁，不在秦家了，每日画几笔画，读古人的诗文，渐渐不愁衣食。母亲心里欢喜。

---

❶　[折]　抵，代。"折钱买点心"，就是不给吃点心，只给钱，让王冕自己去买点心。

❷　[休嫌怠慢]　不要嫌我薄待了你。

❸　[弹指]　把指头一弹的那么一点时间。形容时间过得快速。

❹　[黄梅时候]　夏至节前后，梅子正熟，江浙一带，因受季候风的影响，气压很低，时晴时雨。

❺　[须臾]　一会儿。

❻　[没骨花卉]　中国画中画花卉法的一种，只着色像形，不钩取轮廓。

四、神亭❶之战

三国演义❷

孙策❸……带领朱治，吕范，旧将程普，黄盖，韩当等……起兵……攻击刘繇❹。……刘繇……闻孙策兵至，急聚众将商议。部将张英曰❺，"某领一军屯于牛渚❻，纵有百万之兵亦不能近❼。"言未毕，帐下一人高叫曰："某愿为前部先锋！"众视之❽，乃东莱黄县人太史慈也❾。……繇

---

❶ ［神亭］ 地名，在今江苏金坛县西北。

❷ ［三国演义］ 明人罗贯中所作的章回小说，叙述三国时事。

❸ ［孙策］ 字伯符，富春（今浙江富阳县）人，三国吴主孙权的哥哥。他的父亲孙坚，起兵讨董卓，后被杀，他收集父亲的军队，渡江攻战。

❹ ［刘繇］ 字正礼，牟平（今山东蓬莱县）人。时为扬州刺史，因袁术据淮南，不敢赴任，领兵驻曲阿一带。

❺ ［曰］ 就是语言中的"说道"。"曰"字以下是引用的话。

❻ ［屯于牛渚］ "于"就是语言中的"在"；"坐在草地上""站在运动场上"的"在"，在文言中都用"于"。牛渚，山名，今安徽当涂县西北二十里。一名采石矶。

❼ ［纵有百万之兵亦不能近］ "纵"就是语言中的"即使"，表示以下的话是推广开去的假定说法。"亦"就是语言中的"也"。"纵……亦……"就是"即使……也……"，二语相呼应。"之"就是语言中的"的"，使"百万"这个数目和"兵"发生关系。"一杯的水""三尺的布"的"的"，在文言中都用"之"。

❽ ［之］ 代表高叫的那个人。和前面的"之"字用法不同。在语言中，应该说"他"或是"那个人"。

❾ ［乃东莱黄县人太史慈也］ "乃"就是语言中的"是"。"鲸是哺乳类动物""足球是球戏的一种"的"是"，在文言中都可以用"乃"。"也"用在句末，表示句意在这里结束。有时上面不用"是"字意义的字，"也"字用在句末就表示"是"字的意义。例如这一句，"乃"字不妨去掉，写作"东莱黄县人太史慈也"，就是"那是东莱黄县人太史慈"的意思。语言中没有和这"也"字相等的字眼。从文言翻成语言的时候，须看情形而定：或者省去不翻或者把"也"字调到上面去翻作"是"。东莱，郡名。黄县是当时东莱郡的首县，在今山东黄县东南。

曰，"你年尚轻，未可为大将，只在吾左右听命。"太史慈不喜而退❶。

　　张英领兵至牛渚，积粮十万于邸阁❷。孙策引兵到，张英出迎。两军会于牛渚滩上。孙策出马，张英大骂，黄盖便出与张英战。不数合❸忽然张英军中大乱，报说寨中有人放火。张英急回军。孙策引军前来，乘势掩杀。张英弃了牛渚，望深山而逃。……策……收得牛渚邸阁粮食军器，降卒四千余人，遂❹进兵神亭。

　　却说张英败回见刘繇，繇怒，欲斩之。谋士笮融，薛礼劝免，使屯兵零陵城❺拒敌。繇自领兵于神亭岭南下营。孙策于岭北下营。策问土人曰，"近山有汉光武庙否？❻"土人曰，"有庙在岭上。"策曰，"吾夜梦光武召我相见，当往祈之。"长史❼张昭曰，"不可。岭南乃刘繇寨，倘有伏兵，奈何❽？"策曰，"神人佑我，吾何惧焉❾！"遂披挂绰枪❿上马引程普，黄盖，韩当，蒋钦，周泰等共十三骑，出寨上岭，到庙焚香。下马参拜毕，策向前跪祝曰，"若孙策能于江东⓫立业，复兴故父之基⓬，即当重修庙宇

───────

❶　[不喜而退]　用了"而"字，把两种情形连结起来。例如"不喜"是太史慈当时的一种情形，"退"又是一种情形，二者同时发生，就用"而"字连结起来，作"不喜而退"。这种用法在文言中是常见的，语言中却往往不这么说。像这一句，就得说作"太史慈很不高兴，退下去了"。

❷　[邸阁]　随军的粮台。

❸　[合]　古代战争两将交锋时的一来一往。

❹　[遂]　就是语言中的"就"。"就同朋友到上海""就写一封信给哥哥"的"就"，在文言中都可以用"遂"。

❺　[零陵]　郡名，故城在今湖南零陵县北二里。

❻　[近山有汉光武庙否]　"否"表示和上面所说的意义相反。上面说"有"，"否"就是"没有"；上面说"能"，"否"就是"不能"。"有没有""能不能"都是问话。但是在语言中，问话并不用这个"否"字。像这一句就得说作"近山有汉光武庙没有？"或者说作"近山有汉光武庙吗？"汉光武姓刘名秀，后汉的创业主。

❼　[长史]　官名，相当于现在的秘书长。

❽　[奈何]　就是语言中的"怎么办？"。

❾　[吾何惧焉]　"焉"字代前面所提及的事物，这里指"伏兵"。"吾何惧焉！"在语言中就是"我怕伏兵甚么！"文言中疑问代名词常常提在前面。例如"欢喜甚么？"文言中作"何好？""忧愁甚么？"文言中作"何忧？"这是文言和语言不同处。

❿　[披挂绰枪]　穿戴甲胄，拿着枪。

⓫　[江东]　泛指江南一带地；因为在长江东部，所以说"江东"。

⓬　[基]　指他父亲孙坚所创的基业。

四时祭祀。"祝毕,出庙上马,回顾众将曰,"吾欲过岭,探看刘繇寨栅。"诸将皆以为不可。策不从,遂同上岭南望。村林皆有伏路小军,飞报刘繇。繇曰,"此必是孙策诱敌计,不可追之。"太史慈踊跃曰,"此时不捉孙策,更待何时!"遂不候刘繇将令,竟自披挂上马,绰枪出营,大叫曰,"有胆气者❶都跟我来!"诸将不动,惟有一小将曰,"太史慈真猛将也,吾可助之!"拍马同行。众将皆笑。

却说孙策看了半晌,方始回马。正行过岭,只听得岭上叫"孙策休走!"策回头视之,见两匹马飞下岭来。策将十三骑一齐摆开,策横枪立马于岭下待之。太史慈高叫曰,"那个是孙策?"策曰,"你是何人?"答曰,"我便是东莱太史慈也,特来捉孙策!"策笑曰,"只我便是。你两个一齐来,并我一个,我不惧你。我若怕你,非孙伯符也!"慈曰,"你便众人都来,我亦不怕!"纵马横枪,直取孙策。策挺枪来迎。两马相交,战五十合,不分胜负。程普等暗暗称奇。慈见孙策枪法无半点儿现差漏❷,乃❸佯输诈败,引孙策赶来。慈却不由旧路上岭,竟转过山背后。策赶到,大喝曰,"走的不算好汉!"慈心中自忖,这厮有十二从人,我只一个,便活捉了他,也吃❹众人夺去;再引一程,教这厮没寻处,方好下手。于是且战且走❺。策那里肯舍,一直赶到平川❻之地。慈兜回马再战,又到五十合。策一枪搠去,慈闪过,挟住枪。慈也一枪搠去,策亦闪过挟住枪。两个用力只一拖,都滚下马来,马不知走的那里去了。两个弃了枪,揪住厮打,战袍扯得粉碎。策手快,掣了太史慈背上的短戟❼。慈亦掣了策头上的兜鍪❽。策把戟来刺慈,慈把兜鍪遮架。忽然喊声后起,乃刘繇应

---

❶ 〔有胆气者〕 "者"代表事物。说到"人",就代表"人",说到"东西",就代表"东西"。语言中不常用这个"者"字,"有胆气者"径说作"有胆气的人"或"有胆气的"。

❷ 〔差漏〕 破绽。

❸ 〔乃〕 即语言中的"于是""这才",和前面的"乃"字用法不同。

❹ 〔吃〕 作"给"字解。

❺ 〔且……且……〕 表示两种动作同时并作,在语言中,就是"一壁怎样怎样,一壁怎样怎样"。

❻ 〔平川〕 平地,这里说"平川之地",平川作平旷解。

❼ 〔戟〕 古代兵器,形状和戈相仿。

❽ 〔兜鍪〕 音ㄉㄡ ㄇㄡ,战时所戴的头盔。

军到来,约有千余。策正慌急,程普等十二骑亦冲到。策与慈方才放手。慈於军中讨了一匹马,取了枪,上马复来。孙策的马却是程普收得,策亦取枪上马。刘繇一千余军和程普等十二骑混战,逶迤❶杀到神亭岭下。喊声起处,周瑜领军来到。刘繇自引大军杀下岭来。时近黄昏,风雨暴至,两下各自收军。

　　次日,孙策引军到刘繇营前,刘繇引军出迎。两阵圆处❷,孙策把枪挑太史慈的小戟于阵前,令军士大叫曰,"太史慈若不是走的快,已被刺死了!"太史慈亦将孙策兜鍪挑于阵前,也令军士大叫曰,"孙策头已在此!"两军呐喊,这边夸胜,那边道强。太史慈出马,要与孙策决个胜负。策遂欲出。程普曰,"不须主公劳力,某❸自擒之。"程普出到阵前,太史慈曰,"你非我之敌手,只教孙策出马来!"程普大怒,挺枪直取太史慈。两马相交,战到三十合,刘繇急鸣金❹收军。太史慈曰,"我正要捉拿贼将,何故收军?"刘繇曰,"人报周瑜领军袭取曲阿❺,有庐江松滋❻人陈武(字子烈)接应周瑜入去。吾家基业已失,不可久留。速往秣陵❼会薛礼,笮融军马,急来接应!"太史慈跟着刘繇退军。

---

❶　[逶迤]　音ㄨㄟˊㄧˊ,缓延而衍曲地。

❷　[两阵圆处]　双方布阵已毕,围合起来交战的时候。

❸　[某]　指称自己,就是语言中的"我"。

❹　[鸣金]　古代战争时部勒队伍用锣鼓:进则击鼓,退则打锣。鸣金就是打锣。

❺　[曲阿]　县名,今江苏丹阳县。

❻　[庐江松滋]　庐江,郡名。松滋是庐江郡属的侯国,在今安徽宿松县北五十里。

❼　[秣陵]　县名,旧治在今江苏江宁县东南六十里秣陵桥的东北。

文章法则乙

一、报告和表白

凡是文章,都是从作者笔下写出来的。作者在自己经验范围以内,对于某种东西,事情,情感,知识,意见,有话要告诉别人,这才写出文章来代替语言。所以,文章里所写的都是作者的话。

同样是一番话,目的却并不一样。有许多话根据着自己的见闻或是记忆,目的在报告;有许多话根据着自己的感触,理解或是主张,目的在表白。

把一件东西,一桩事情告诉别人,这就是报告的话。只要见闻真切,记忆不错,任何人说来都差不多。因为外界的东西,事情是摆定在那里的。例如讲述一间教室的布置,甲学生和乙学生不会有甚么不同。

把一腔情感,一种知识,一个意见告诉别人,这就是表白的话。表白的话,几个人说来可以有几样说法。因为感触,理解,主张是属于各人内部的。例如批评教室布置的好坏,甲学生和乙学生也许完全两样。

在有些文章里,自始至终只是作者报告的话。但是在另外一些文章里,报告之外,作者更表白出属于他内部的东西。

阅读文章的时候,要留心那些是作者的报告,那些是作者的表白。我们阅读过四篇文章了,不妨拿来辨别一下。

习　问

一、报告和表白有甚么不同?

二、前面四篇文章,那几篇属于表白,那几篇属于报告? 试辨别出来。

五、诗二首

三弦●

沈尹默●

中午时候，火一样的太阳，没法去遮阑，让他直晒着长街上。静悄悄少人行路；只有悠悠的风，吹动路旁杨树。

谁家破大门里，半院子绿茸茸细草，都浮着闪闪的金光。旁边有一段低低的土墙，挡住了个弹三弦的人，却不能隔断那三弦鼓荡的声浪。

门外坐着一个穿破衣裳的老年人，双手抱着头，他不声不响。

● ［三弦］　乐器名，琴的一种，有三条弦线，用指甲拨动发声。算命先生常常弹着它在街道上找寻主顾。

● ［沈尹默］　现代浙江吴兴人。新文学运动初期的诗人。所作大都发表于《新青年》。

慈姑[1]的盆

周作人[2]

绿盆里种下几颗慈姑，
长出青青的小叶。
秋寒来了，叶都枯了，
只剩了一盆的水。
清冷的水里，荡漾着两三根
飘带似的暗绿的水草。
时常有可爱的黄雀，
在落日里飞来，
蘸着水悄悄地洗澡。

---

❶ ［慈姑］ 多年生草，植于水田，茎高三四尺，中空，叶如燕尾，秋开白花，地下的球茎形椭圆，可食。

❷ ［周作人］ 现代散文作家。浙江绍兴人。留学日本，回国后，历任北京大学及女子师范学院等教授。著有《自己的园地》，《雨天的书》及《谈龙》，《谈虎集》等多种。

六、大明湖

老残游记 ❶

老残动身上车，一路秋山红叶，老圃黄花，颇不寂寞。到了济南府❷，进得城来，家家泉水，户户垂杨，比那江南风景，觉得更为有趣。

到了小布政司街，觅了一家客店，名叫高升店，将行李卸下，开发了车钱酒钱，胡乱吃点晚饭，也就睡了。

次日清晨起来，吃点儿点心，便摇着串铃❸满街踅了一趟，虚应一应故事❹。午后便步行至鹊华桥边，雇了一只小船，荡起双桨，朝北不远，便到历下亭前。止船进去，入了大门，便是一个亭子，油漆已大半剥蚀。亭子上悬了一副对联，写的是：

> 历下此亭古；
>
> 济南名士多。

上写着"杜工部❺句"，下写着"道州何绍基❻书"。亭子旁边虽有几间房屋，也没有甚么意思。

复行下船，向西荡去，不甚远，又到了铁公祠畔。——你道铁公是

---

❶　[老残游记]　清末丹徒人刘鹗所作的章回小说。原书署名洪都百炼生。

❷　[济南府]　清朝山东省的属府，府治就是现在的历城县。

❸　[串铃]　旧式江湖医生所用的摇铃。

❹　[虚应一应故事]　照例的敷衍了一通。

❺　[杜工部]　唐代大诗人杜甫。因为他做过工部员外郎，后人称他杜工部。

❻　[何绍基]　字子贞，号东洲，一号蝯叟，清道州（今湖南道县）人。道光进士，官编修，精于书法。

谁？就是明初与燕王❶为难的那个铁铉❷。后人敬他的忠义，所以至今春秋时节，土人尚不断的来此进香。

到了铁公祠前，朝南一望，只见对面千佛山上梵宇❸僧楼，与那苍松翠柏，高下相间；红的火红，白的雪白，青的靛青，绿的碧绿，更有那一株半株的丹枫夹在里面，仿佛宋人赵千里❹的一幅大画，做了一架数十里长的屏风。

正在叹赏不绝，忽听一声渔唱❺，低头看去，谁知那明湖❻业已澄净的同镜子一般。那千佛山的倒影映在湖里，显得明明白白，那楼台树木，格外光彩；觉得比上头的一个千佛山还要好看，还要清楚。

这湖的南岸，上去便是街市，却有一层芦苇，密密遮住。现在正是开花的时候，一片白花映着带水气的斜阳，好似一条粉红绒毯，做了上下两个山的垫子，实在奇绝！

老残心里想道："如此佳景，为何没有甚么游人？"看了一会儿，回转身来，看那大门里面楹柱上有副对联，写的是：

> 四面荷花三面柳，
> 一城山色半城湖。

暗暗点头道："真正不错。"进了大门，正面便是铁公享堂，朝东便是一个荷池。绕着曲折的回廊，到了荷池东面就是个圆门。圆门东边有三间旧房，有个破匾，上题"古水仙祠"四个字。祠前一副破旧对联，写的是：

> 一盏寒泉荐❼秋菊，
> 三更画船穿藕花。

---

❶ ［燕王］ 明太祖的第四子，名棣，封燕王，镇守北平。太祖死后，帝位由太孙允炆（建文帝）承袭。燕王不平，起兵南下，攻破南京，篡夺帝位，就是明成祖。

❷ ［铁铉］ 明邓人。建文初，官山东参政。燕军南下，铉坚守济南，后来燕军换路进兵，渡过长江，铉仍屯守淮上，兵溃被捕，见杀。

❸ ［梵宇］ 佛寺。

❹ ［赵千里］ 名伯驹，宋太祖七世孙，官至浙东兵马鈐辖。他是一个画家，长于山水，花果，翎毛。

❺ ［渔唱］ 渔人所唱的山歌。

❻ ［明湖］ 即大明湖。

❼ ［荐］ 进，献。

过了水仙祠,仍旧下了船,荡到历下亭的后面。两边荷叶荷花将船夹住。那荷叶初枯,擦的船嗤嗤价响。那水鸟被人惊起,格格价飞。那已老的莲蓬不断的绷到船窗里面来。老残随手摘了几个莲蓬,一面吃着,一面船已到了鹊华桥畔了。

文章法则甲

二、词的种类（一）

词有九种，这里先举出四种。

（一）名词　这是用来表示事物的。如：

　　三民主义　大明湖　儒林外史　慈姑　盆　事情　方法……

（二）代名词　这是用来代替名词的。事物在目前或它的本名已在前面出现过的时候，常可用代名词来代替。如：

　　我　你　他　她　谁　这个　那个　这里　那里……

（三）动词　这是用来表示事物的动作的。如：

　　老残随手摘了几个莲蓬。《大明湖》

　　叶都枯了。《慈姑的盆》

动词因了用法有他动词和自动词的区别。就上面的例说，"摘"的动作是及到别的事物"莲蓬"的，叫做他动词。"枯"的动作是和别的事物无关的，叫做自动词。

又有一种词本身原无动作的意义，可是在句中却往往被放在动词的地位，担任着和动词同样的职务，这叫做同动词（或称缀系词）。语体里的"是"字，常常有作同动词用的。如：

　　那日正是黄梅时候。《王冕》

（四）形容词　这是用来表示事物的性质，形态或数量的。如：

　　黄雀　小叶　破衣裳　土墙　双手　十里路

习　问

一、表示事物，通常用名词，那些时候可用代名词？

二、何谓他动词，何谓自动词？试各举一个例子。

三、形容词有甚么用处？试把下列的词当作形容词，各造一个例子。

红　白　大　小　内　外　文　武　慈爱　孝顺　铜　铁　死

活　千　百

七、亚美利加之幼童

包公毅❶

当一千九百零三年时,美利坚有一四万吨之大军舰,举行进水式❷。军乐悠扬❸,国旗飘荡,盛哉!盛哉❹!此军舰何名乎❺?则以亚美利加之幼童称❻。今试溯其❼名称以详其历史:

初❽,某岁之夏,某小学校将放暑假,教师率学生游行海滨;夕阳红如火,清风徐来,暮色苍然❾。忽见一大军舰乘风破浪而至;小学生大喜跃,咸拍手欢迎之。师曰,"汝曹乐乎?"皆曰,"乐甚。"师曰,"汝曹❿岂不

---

❶ 〔包公毅〕 别字天笑,现代小说家,江苏吴县人。

❷ 〔进水式〕 军舰造成落水的仪式。

❸ 〔悠扬〕 声音摇摇曳曳地传扬开去。

❹ 〔哉〕 表示感叹,就是语言中的"呀""啊"之类。

❺ 〔乎〕 就是语言中的"吗""呢"。语言中的问句,大概前面有疑问词的,末了用"呢",例如"这是谁的书呢?"前面没有疑问词的,末了用"吗",例如"你有兴出去走走吗?"文言中却没这个分别,不问前面有没有疑问词,都可以用"乎"。

❻ 〔则以亚美利加之幼童称〕 "则"承接上文的语气,语言中没有相同的说法。在语言中,说话的自己设问:"那军舰甚么名词呢?"接下去就是"那叫做……",不必再用甚么字眼来承接了。"以亚美利加之幼童称"就是"以亚美利加之幼童一名称之",译为语言,就是"拿'亚美利加之幼童'这名号来称它"。

❼ 〔其〕 就是语言中的"他的"或是"它的"。

❽ 〔初〕 文言中追叙前事,往往用"初"字来开头。语言中用不到这个"初"字,在这里,径说"某一年的夏天"就行了。

❾ 〔然〕 作为"苍"字的语尾,和语言中"慢慢地走""痛快地谈一阵"的"地"字相近。"暮色苍然",在语言中说起来,就是"傍晚的景色见得苍暗",直译是译不来的。

❿ 〔汝曹〕 就是语言中的"你们"。"你们"对无论甚么人都可用。文言中的"汝曹",对于尊长却不适用。

能造此巨舰，以拥护国家乎？"群哗然曰，"先生诳我等乎？我等年幼力弱，何能办此？一舰之费几何？请先生诏示我等！"师曰，"少可❶百万元。"则皆咋其舌❷。师曰，"汝曹毋❸慑！有志者竟成。吾试析其理以语汝等。"则❹皆应之曰，"愿闻。"师曰，"汝曹只须节省日常果饵之费，积而贮之，则事可为矣❺。"学生曰，"是戋戋者❻，乌克有济❼？"师曰，"未已也❽；今我美国小学生徒，全国可八百万，脱人人如是者❾，不及❿一年，若是之军舰，可成四矣⓫。"学生闻言，皆大感奋。

是日之晚，教师方掩户欲就寝，忽闻剥啄声⓬，则本校学生各持数币而来，曰，"学生等感先生言，敢节果饵之费，以为造舰之需。愿先生为我辈贮之！"师敬受之，曰，"诺⓭。"翌日⓮，某报载其事，而遐迩各小学校皆

---

❶　［可］　"可"字加在数目上面，表示下面的数目只是约计，并非确数。像这一句，在语言中说起来，就是"至少大约要百万元"。

❷　［咋其舌］　伸伸他们的舌头。表示惊骇。

❸　［毋］　禁止的口气，就是语言中的"不要"。"不要喝酒""不要高声谈笑"的"不要"，都可以用"毋"。

❹　［则］　就是语言中的"那末"。这个"则"字和前面的"则"字，就文言说，用法原是相同的。但是翻为语言的时候，这个"则"字有"那末"的意思；前面的"则"字却没有。

❺　［矣］　就是语言中的"了"。"这件事情做完了""他将要来了"的"了"，在文言中都用"矣"。

❻　［是戋戋者］　这样一点点的。"是"和"此"字相同，就是语言中的"这"。戋音ㄐㄧㄢ，戋戋，微小。

❼　［乌克有济］　"乌"和"何"字相同，就是语言中的"怎么"。不过"何"字又有"甚么"的意义，"乌"字却没有。"克"就是"能够"。"有济"在语言中就是"济事"，好比"有成"就是"成功"。"乌克有济？"就是"怎么能够济事？"

❽　［未已也］　"未已"就是语言中的"还没有完"，"也"就是语言中的"哩"，"呢"，"未已也"就是"还没有说完呢"。

❾　［脱……者］　"脱"就是语言中的"倘使"。"者"表示假设，含有语言中的"的话"的意味。像这一句，可以翻作"倘使人人这样的话"。反过来，像"倘使你不来的话，我独个儿走了"这样一句话，翻作文言，就是"脱君不来者，我独往矣"。

❿　［不及］　就是语言中的"不到"。像"他的知识不及你"的"不及"，文言中也作"不及"。

⓫　［可成其四矣］　这一句也可以作"可成四艘矣"。现在不用"艘"字，为着诵读的声调关系，不能作"可成四矣"，而必须作"可成其四矣"。"其"字代表"若是之军舰"。在语言中没有这种说法，只说"可以造成四条了"。

⓬　［剥啄声］　毕剥毕剥的敲门声。

⓭　［诺］　答应的声音，就是语言中的"噢""哦"之类。

⓮　［翌日］　第二天。

赞成之。

于是美国之童子,啖❶一佳果,必曰,"我其❷以是为军舰之贮金";购一玩具,必曰,"我其以是为军舰之贮金";女学校之初级生,亦争货其手编物,曰,"将以是为军舰之贮金。"不❸半载,各储蓄银行报告,军舰储金已达三百万余。

无何❹,美国之军舰中,遂有亚美利加之幼童一号。

---

❶ 〔啖〕 和"啖"字相同,音ㄉㄢ,解作吃。

❷ 〔其〕 含有"将要"的意思,和前面的"其"字用法不同。

❸ 〔不〕 和前面的"不及"相同,就是语言中的"不到"。

❹ 〔无何〕 就是语言中的"没有多少时候"。

八、慈爱的结束

冰 心❶

　　九月七日晨，阴。我正发着寒热，楫归来了，轻轻推开屋门，站在我的床前，我们含了泪握着手，勉强的笑着。他身材也高了，手臂也粗了，胸脯也挺起来了，面目也黧黑❷了，海上的辛苦与风波，将我的娇生惯养的小弟弟磨炼成一个忍辱耐劳的青年水手了！我是又欢喜，又伤心。他只四面的看着，说了几句不相干的话，才款款的❸坐在我床沿，说，"大哥哥并没有告诉我，船过香港，大哥上来看我，又带我上岸去吃饭，万分恳挚爱怜的慰勉我几句话。送我走时，他交给我一封信，叫我给二哥，我珍重❹的收起。船过上海，亲友来接，也没有人告诉我。船过芝罘，停了几个钟头，我倚栏远眺。那是母亲生我之地！我忽然觉得悲哀迷惘❺，万不能自支❻；我心血狂涌，颠顿的走下舱去。我素来不拆阅弟兄们的信，那时如有所使❼，我打开箱子，开视了大哥的信函，里面赫然的是一条系臂的黑纱，此外是空无所有！……"他哽咽了，俯下来，埋头在我的衾上，"我明白了一大半，只觉得手足冰冷。到了天津，二哥来接我。我们昨夜

---

　❶　［冰心］　现代吴文藻的夫人，福建闽侯人，姓谢名婉莹，冰心是她的笔名。留学美国，归国后，曾任北平燕京大学教授。所著诗集有《春水》、《繁星》，小说集有《超人》、《往事》，文集有《寄小读者》等。

　❷　［黧黑］　黄黑色。

　❸　［款款的］　和缓地，慢慢地。

　❹　［珍重］　宝贵郑重。

　❺　［迷惘］　精神迷糊恍惚。

　❻　［不能自支］　不能用自己的体力来支持。

　❼　［如有所使］　好像受了谁的命令。

在旅馆里,整整的相抱着哭了一夜。"他哭了,"你们为什么不早告诉我?我一路上做着万里来归偎倚慈怀的温甜的梦,到得家来,一切都空了!忍心啊你们!"我那时也只有哭的分儿,是啊,我们都是怯弱者,父亲不敢告诉我,藻不敢告诉杰,涵不敢告诉楫,我们只能战栗着等待这最后的一天。忍心的天,你为什么不早告诉我们,生生的突然的将我们慈爱的母亲夺去了!

完了,过去一生中这一段慈爱,一段恩情,从此告了结束。从此宇宙中有填不尽的缺憾❶,心灵上有填不满的空虚,只有自家料理着回肠❷,思想又思想,解慰又解慰。我受尽了爱怜,如今正是自己爱怜他人的时候。我当永远勉励着以母亲之心为心。我有一个父亲,三个弟弟,以及许多的亲眷,我将永远拥抱爱护着他们,我将永远记着楫二次去国给杰的几句话,母亲是死去了,幸而还有爱我们的姊姊,紧紧的将我们搂在一起。

窗外是苦雨,窗内是孤灯,写至此觉得四顾彷徨,一片无告的心,没处安放!藻迎面坐着,也在写他的文字。温静沈着者,求你在我们悠悠的生命道上,扶助我,提醒我,使我能成为一个像母亲那样的人!

---

❶ 〔缺憾〕 缺陷。
❷ 〔回肠〕 弯曲回转的肠,比喻郁结的心绪。

文章法则乙

二、记述文和叙述文

作者说着报告的话的，叫做记叙文。再加分析，可得记述文和叙述文两种。

我们对于外界事物，有两种看法：一种从它的光景着眼，一种从它的变动着眼。一篇文章写述某种事物的形状怎样，光景怎样，这是记述文；写述某种事物的情形怎样，变动怎样，这是叙述文。前者是空间的，静的；后者是时间的，动的。

用比喻来说：记述文像寻常照片；叙述文像活动电影。寻常照片表示事物一时间的光景；活动电影表示事物在某一段时间中的变动情形。

一卷长长的电影片，如果不放到放映机上去，看起来就是许多张普通照片。活动电影原是许多张照片的连续。在文章方面，情形也正相像；叙述文是许多段记述文的连续。例如我们出去游玩，回来写游记。这游记就全篇来说，写的是出游的情形，是叙述文；如果抽出其中一段来说，而这一段写的是某地的光景，那就是记述文了。

另外有一些记叙文，虽然也是报告外界的事物，而动机却在表白内部的情感。这种文章叫做抒情文。

我们阅读过的记叙文，有报告事物的光景的，有报告事物的变动的，也有借记叙来表白内部的情感的。明白了上面的话，就可以逐一指认出来。

习　问

一、从读过的文章里举出记述文和叙述文的例子来，整篇的或是一部分的都可以。

二、甚么叫做抒情文？读过的文章里那一篇可以算是抒情的？试举出来。

九、新生活

胡　适❶

那样的生活可以叫做新生活呢？

我想来想去，只有一句话，新生活就是有意思的生活。

你听了，必定又要问我，有意思的生活又是什么样子的生活呢？

我且先说一两件实在的情形做个样子，你就明白我的意思了。

前天你没有事做，闲得不耐烦了，你跑到街上一个小酒店里，打了四两白干❷，喝完了，又要四两，再添上四两。喝得大醉了，同张大哥吵了一回嘴，几乎打起架来。后来李四哥来把你拉开，你气忿忿的又要四两白干，喝得人事不知，幸亏李四哥把你扶回去睡了。昨儿早上，你酒醒了，大嫂子❸把前天的事告诉你。你懊悔得很，自己埋怨自己："昨儿为什么要喝那么多酒呢？可不是糊涂吗？"

你赶上张大哥家去，作了许多揖，赔了许多不是，自己怪自己糊涂，请张大哥大量包涵❹。正说时，李四哥也来了，王三哥也来了。他们三缺一❺，要你陪他们打牌。你坐下来，打了十二圈牌，输了一百多吊❻钱。你回得家来，大嫂子怪你不该赌博。你懊悔得很，自己怪自己道："是呵，

---

❶　［胡适］　字适之，现代安徽绩溪人。他留学美国多年，受西洋"实验派哲学"的影响很深。所著有《中国哲学史大纲》《白话文学史》，其他散篇，结集成《胡适文存》《胡适论学近著》等。

❷　［白干］　用高粱做成的酒。

❸　［大嫂子］　北方人对朋友的妻的称呼。

❹　［包涵］　容忍。

❺　［三缺一］　打牌须四人成局，有了三人，还缺一人，叫做"三缺一"。

❻　［吊］　北方人称一百钱为一吊。

我为什么要陪他们打牌呢？可不是糊涂吗？"

诸位，像这样子的生活，叫做糊涂生活，糊涂生活便是没有意思的生活。你做完了这种生活，回头一想，"我为什么要这样干呢？"你自己也回不出究竟为什么。

诸位，凡是自己说不出"为什么这样做"的事，都是没有意思的生活。

反过来说，凡是自己能说得出"为什么这样做"的事，都可以说是有意思的生活。

生活的"为什么"，就是生活的意思。

人同畜生的分别，就在这个"为什么"上。你到万牲园❶里去看那白熊，一天到晚摆来摆去不肯歇，那就是没有意思的生活。我们做了人，应该不要学那些畜生的生活。畜生的生活只是糊涂，只是胡混❷，只是不晓得自己为什么如此做。一个人做的事应该件件事回得出一个"为什么"。

我为什么要干这个？为什么不干那个？能回答得出，方才可算是一个人的生活。

我们希望中国人都能做这种有意思的生活。其实这种新生活并不难，只消时时刻刻问自己为什么这样做，为什么不那样做，就可以渐渐的做到我们所说的新生活了。

诸位，千万不要说"为什么"这三个字是很容易的小事。你打今天起，每做一件事，便问一个为什么，为什么不把辫子剪了？为什么不把大姑娘的小脚放了？为什么大嫂子脸上搽那么多的脂粉？为什么出棺材要用那么多叫化子？为什么娶媳妇也要用那么多叫化子？为什么骂人要骂他的爸妈？为什么这个？为什么那个？——你试办一两天，你就觉得这三个字的趣味真是无穷无尽，这三个字的功用也无穷无尽。

诸位，我们恭恭敬敬的请你们来试试这种新生活。

---

❶　［万牲园］　一名珊贝子花园，又叫三贝子花园，在北平西直门外。

❷　［胡混］　胡乱过日子。

一○、舍己为群

蔡元培❶

积人而成群；群者，所以谋公共之利益也。群而❷有危险，正赖群中之人出万死不顾一生之计以保之，否则其群将亡，于是不得已而有舍己为群之义务焉❸。

舍己为群之理由有二。一曰，己在群中，群亡则己随之而亡。今舍己以救群，群果❹不亡，己亦未必亡也。即群不亡而己先不免于亡❺，亦较之群己俱亡者为胜❻。此有己之见存者也。一曰，立于群之地位以观群中之一人，其价值必小于众人所合之群。牺牲其一而可以济众何惮❼不为！一人作如是观，则得舍己为群之一人；人人作如是观，则得舍己为群之众人。此无己之见存者也。见不同，而舍己为群之决心则一。

请以事实证之。一曰从军。战争，罪恶也；然或受敌人之攻击而为

---

❶ ［蔡元培］ 字孑民，现代浙江绍兴人。历任国立北京大学校长，国立中央研究院院长等职。

❷ ［而］ 和语言中的"如果"相近，用在这里，使"群"和"危险"连结起来，发生关系。这一句在语言中说起来，就是"假使大群有危险了"。

❸ ［焉］ 断定的口气，语言中没有相当的说法。翻为语言的时候，这样的"焉"字常常可以略掉。

❹ ［果］ 就是语言中的"果然"，"果真"。

❺ ［不免于亡］ 在语言中说起来，就是"不免灭亡"。文言中用一个"于"字表示"不免"的方向。"不免"甚么呢？不免的是"亡"。他如"不悦于我""有志于读书"的"于"字，都表示动作的方向。语言中却用不到这个"于"字。

❻ ［亦较之群己俱亡者为胜］ 翻为语言，就是"也比较大群和个人一同灭亡来得好"。这里"者"字可以解作"的地步"，在语言中不妨略掉。

❼ ［何惮］ 就是语言中的"怕甚么"。

防御之战，则不得已也。例如比之受攻于德❶，比人奋勇而御敌，虽死无悔，谁曰不宜！二曰革命。革命，未有不流血者也；不革命而奴隶于恶政府，则虽生犹❷死，故不惮流血而为之。例如法国一七八九年之革命❸，中国数年来之革命，其事前之鼓吹运动而被拘杀者若干人，临时奋斗而死伤者若干人，是皆基于舍己为群之一念者也。三曰暗杀。暗杀者，最简单之革命手段也；歼魁而释从❹，惩一以儆百❺，而流血不过五步❻。古者如荆轲之刺秦王❼，近者如苏斐亚之杀俄帝亚历山大第二❽，皆其例也。四曰为真理牺牲。真理者，和平之发见品也；然或为教会君党若贵族之所忌，则非有舍己为群之精神不敢公言之。例如苏革拉创新哲学，下狱而被鸩❾；哥白尼为新天文说，见雠于教皇❿；巴枯宁道无政府主义，

---

❶　［比之受攻于德］　一九一四年，欧战爆发，德国向比国假道攻法国，比国奋起抵抗，使德国军事一时不能进展。

❷　［犹］　就是语言中的"犹如""好比"。

❸　［法国一七八九年之革命］　法国于一七八九年，因财政困难，召集三级会议（即僧侣，贵族，平民的会议）以谋解决，没有结果。七月，市民暴动，击破巴士的狱。八月，国民会议通过废除贵族教会的特权及保障人民自由营业等决议，随即发布《人权宣言》。不久法王路易十六被杀。

❹　［歼魁而释从］　杀了罪魁而宽恕了其余附和的人。

❺　［惩一以儆百］　惩罚一个人来儆戒许多人。

❻　［流血不过五步］　流血的范围，只在五步之内（这句话根据《战国策》所载唐雎对秦王说的"伏尸二人，流血五步"），意思是说牺牲不大。

❼　［荆轲之刺秦王］　战国时燕太子丹使卫人荆轲借献地图为由，入秦刺秦王，行刺未中，荆轲被杀。秦王就是后来的秦始皇。

❽　［苏斐亚之杀俄帝亚历山大第二］　虚无党员 Soloviev（似应译梭罗非埃夫）在冬宫（Winter Palace）前向亚历山大二世（Alexander Ⅱ 1818－1881）抛掷炸弹，亚历山大受伤，数小时后即死。

❾　［苏革拉创新哲学下狱而被鸩］　苏革拉（Socrates 469？ －399 B. C.）通译为苏格拉底，古代希腊大哲学家。他主张人类应依照永久不变的公理去生活，而公理必需探求而得。一时信奉的人很多。后以"诱惑青年"等罪被控，被判死刑。他放弃了种种可以逃脱的机会，很从容地服毒药而死。被鸩，被毒药药死。鸩，动词。

❿　［哥白尼为新天文说见仇于教皇］　哥白尼（Nikolaus Copenicas 1473－1543），德国自然科学家。发明地动说，撰《天体旋转论》献给教皇保罗三世，于一五四三年出版，书出版后，他就死了。教会中人因为他的新天文说可以打破传统观念，很雠视他，当时因相信他的学说而得罪的人很多。"见"就是"被"。这一句在语言中说起来，就是"被教皇认作仇雠"，次序和文言不同。

而被囚被逐❶是也。

其他如试演飞机，探险南北极之类，虽在今日以为敢死之事业，或为好奇竞胜者之所为，而❷亦有起于利群之动机者，得附列之。

---

❶　［巴枯宁道无政府主义而被囚被逐］　巴枯宁（Nikhael Bakunin 1814－1876），俄国的无政府主义者。一八五〇年因参加得拉斯登（Dresden）革命党事，被逮捕，引渡回国，监禁于彼得堡监狱中五年，又被放逐于西伯利亚。后来自西伯利亚逃往伦敦，成了国际社会主义革命运动中的重要人物。无政府主义（Anarchism）或者译为安那其主义，其特点为彻底地否认一切强权（特别是国家政权），而以人类的自由大团结为理想中的未来社会。

❷　［而］　就是语言中的"然而"。

文章法则甲

三、句的基本成分和式样

我们在前面已知道四种词，就是名词，代名词，动词，形容词。词是句的成分，有了这四种词，简单的句就可构成了。

句是就了一种事物说述它"怎样"或"是甚么"的，句的最基本构造式样，不过下面几种。

名词（或代名词）＋自动词	例："人来。"
名词（或代名词）＋他动词＋名词（或代名词）	例："猫捕鼠。"
名词（或代名词）＋形容词	例："身体好。"
名词（或代名词）＋同动词＋名词（或代名词）	例："我是学生。"

上面四个是句的最基本的构造式样，前三个就"事物"说它"怎样"，后一个就事物说它"是甚么"。每句开端表示"事物"的部分叫做主语，以下的部分叫做述语。凡是完整的句，都含有主语，述语两个部分。

句的基本式样不过如此。平常所见到的长句，无非以此为骨干，再附加些别的成分罢了。

习 问

一、试依照四种基本句式各造出一句句子来。

二、下列各文句属于那一种句式？试用式子一一写出。

(1)王冕看书。《王冕》

(2)神人佑我。《神亭之战》

(3)那个是孙策？同上

(4)军乐悠扬。《亚美利加之幼童》

(5)国旗飘荡。同上

一一、机械人

黄幼雄[1]

自从所谓"机械人"发明以后,引起了不少人的注意。有的加以介绍,有的加以研究,新听到它的名称的人,更谁都想知道它究竟是怎样的。

机械人究竟有多大本领呢? 让我举一些例子来说明:

美国威斯汀好斯电公司[2],有一个机械人是专司看门的。如有人对它说一声开门,它便真的奉命把门开开。

一九二七年有一只船从旧金山[3]到新西兰[4],用机械人驾驶,这船走了二十一昼夜,不曾有一点错误。

伦敦有一个机械人名叫哀立克的,能坐能立,有人问它时刻,它会报告出来。

美国文思莱[5]所制造的机械人,有一个专司报告华盛顿[6]蓄水池水面的高低;有一个在纽约爱迪生公司[7]作启闭电门的工作;有一个在芝加哥[8]一家水沟公司运转唧筒机器。文思莱最初创作的机械人,只能奉

---

[1] 〔黄幼雄〕 现代浙江上虞人。申报馆编辑。

[2] 〔威斯汀好斯电公司〕 (Westinghouse Electric Co.)美国著名之电器公司。

[3] 〔旧金山〕 (San Francisco)美国太平洋沿岸的一个良港。

[4] 〔新西兰〕 (New Zealand)岛名,在南太平洋中,现为英国殖民地。

[5] 〔文思莱〕 (R. J. Wensley)美国威斯汀好斯电公司的技师。

[6] 〔华盛顿〕 (Washington)美国的首都,在美国东部,当大西洋折撒比克湾内。

[7] 〔爱迪生公司〕 (General Electric Co.)即奇异电公司,亦为美国著名的电器公司,所出奇异牌各种电灯泡及电风扇等,在我国销行最广。

[8] 〔芝加哥〕 (Chicago)美国奕伦诺斯州的首邑,为世界第三大都会。

命作事,现在更为进步,当工作情形不良时会用电话器报告管理人。

另有一个机械人是美国工科大学电学教授勃休发明的,它能解答数学上的难题,任何人都赶它不上。据说连微积分等高等数学,它也会解答。

如到纽约博物馆中的平和馆去参观,一入门,便见有一个机械人目光闪闪,开口说:"请签名。"

此外,机械人还有能管理锻炼场熔化钢铁的温度的,有能操纵飞机的,有能操纵小艇的。甚至于军舰,坦克车,都可由特制的机械人来驾驶。最近有人发明把机械人应用到空防上去,遇有飞机到来,它一听到声响立刻会准对来机发放高射炮。

机械人的构造怎样,说来话长,但总括地说,是应用近代科学界最新的发明,巧为配置成功的。机械人能说话,能听话,是应用着无线电话机的原理;机械人能看,是应用着无线电视机❶中光电池❷的原理;机械人能动作,能听人指挥而动作,那是种种电气机械及力学器具的功用。

机械人是一种新奇的发明,所以有些人谈到它,难免有过于炫奇❸夸大之处。其实机械人的种种动作,都有一定的限制的:它会说,但只会说一定的几句话;他会听命令动作,但只会操作一定的几件事情。它只是一种机械,没有头脑,没有智慧,因为新奇精巧,才赐给它一个"人"的头衔。如果硬说机械人是人,那末火车头汽车头就是车夫,轮船中的汽机就是水手,自动电话接线机也就是接线生,因为它们所能操作的,便是车夫,水手,接线生所做的工作呵。

---

❶　[无线电视机]　将人物实际的动作或图像,藉无线电播送到远处,而再将其接收了放映为电影的方法,叫做电视(Television),电视所用的机械就叫无线电视机。

❷　[光电池]　(photo-cell)像电灯泡一样的东西,受到了光,就会随光的明暗而通过强弱不同的电流。

❸　[炫奇]　夸示新奇。

一二、蟑螂

克　士❶

蟑螂是昼伏夜出的昆虫，和臭虫一样。腰圆形的身子，盖着长翅。头部向下弯曲，尖尖的脸藏在胸下。身体扁平，出入隙缝，非常便利。体色深褐，易于逃避人们的注意。它会飞，但不很高明；至于跳，尤其拙劣。可是它善于跑，你看见它用蝇拍或鞋底去拍它时，一经被它察觉，便很快地跑进狭缝里去。因此，有些动物学者又叫它作"跑虫"。

蟑螂的身体扁平，颜色隐晦，都是适于生存的条件。但此外还有一个更适于生存的条件，就是不选择食物。它的菜单之长，使人惊异，不但会吃人所吃的各种东西，又会吃洋装书的面子，甚至于吃洋绿；吃了洋绿，就把绿色的粪污，斑斑点点地撒在书上或纸上，真叫人看了生气。它最喜欢居住的地方是厨房，寻常人家的灶上，如果晚上拿了灯去照照，总有多少蟑螂在游行。

蟑螂不会咬人（有时也许要啃啃），不过偷吃些食物，毁坏些东西。可是它的可厌不下于其他的一些可厌的虫类。它那油光光的翅膀，一节节的腹部，都叫人会看了腻心。它又有臭气，随处撒粪，不像粉蝶蜻蜓的清洁。记得是汤姆逊❷罢，曾这样说过："室内如果有蟑螂，就觉得住不安稳的样子。"我以为这话很对。纵使有些书上说它能吃臭虫，但如果为了这一点点的利益而任它繁衍，是抵不过别种损失的。上海一带有些想

---

❶　［克士］　周建人的笔名。现代浙江绍兴人，鲁迅之弟。研究生物学，现任商务印书馆编辑。

❷　［汤姆逊］　（J. A. Thomson 1861—）英国生物学家。著有《科学大纲》等书。

头特别的人爱护蟑螂,理由是蟑螂多,能致富。这自然是一种迷信。

小虫大都生命短促,蟑螂却能够活到好几年,要算长寿的了。冬天的时候,躲在寒气不易侵入的地方;不干净的抽屉里或门窗背后,就是它常住的处所。

它的卵集合在一起,外面包着深褐坚硬的鞘,像用洋漆漆过一番的,形状像粒乌豇豆,也有点像盛满了洋钱的旧式皮夹。孵化出来的小蟑螂形状和大蟑螂大致相像,只是没有翅膀。有一种蟑螂,据说须到第四年蜕下第七次皮才长成❶。

蟑螂的菜单虽然很长,可是有些东西它吃了也要中毒,例如硼酸。我曾经拿硼酸拌在浆糊里,放在它往来的地方,它吃了就难以活命。用硼酸来杀蟑螂,似乎有点功效,但也只能减少些,要想把它绝灭,却还做不到。

---

❶　〔有一种蟑螂……才长成〕　按,这是指 Periplaneta 属的蟑螂而言。蟑螂共有许多属,寻常所见的有蟑螂(P. americana)和黄纹蟑螂(P. austrasiae)都是属于这属的。

文章法则乙

三、说明文和议论文

除了抒情文以外，作者说着表白的话的，有说明文和议论文两种。

说明文表白作者的理解。所谓理解，就是作者所懂得的原因，道理，方法，关系，等等。这些是看既看不见，听也听不见的；全靠着内部心意的活动，才可以懂得它们。例如说"云气遇着寒冷，就凝结而成雨"，表白下雨的原因；若不经过内部心意的活动，这原因就无从理解。

议论文表白作者的主张。所谓主张，就是作者以为某一些事情必须怎样办才行，某一些道理必须怎样理解才不错，等等。这些也是看既看不见，听也听不见的；全靠着内部心意的活动，才可以认出这个必须来。例如说"爱国必须拿出自己的力量来"，表白怎样爱国的意见，若不经过内部心意的活动，这意见就无从主张。

因为一是表白理解，一是表白主张，在表白的态度上，二者就不一样了。仅仅表白理解，目的在使别人知道，态度常是平静的。对甲说是这样，对乙说也是这样。说了就完事，甲或是乙听不听，相信不相信，都可以不问。至于表白主张，目的在使别人信从，态度常是激动的。非教读者相信不可，非把读者说服不可。预料读者将有怎样的怀疑和反驳，先给逐一消释掉以便取得最后的胜利。

说明文和议论文，我们都阅读过了。从表白的内容和态度上，我们可以把它们清楚地辨别出来。

习　问

一、说明文和议论文的区别在那里？

二、读过的文章里，那几篇可算说明文，那几篇可算议论文？

三、试任取议论文一篇，指出作者所主张的要旨来。

一三、中山先生轶事

因　公❶

　　中山先生十二三岁的时候,翠亨村上有三个弟兄,家境本来很穷,后来因为勤俭刻苦渐成巨富❷。他们家里有很好的花园。因为他们和孙家很相熟,彼此有来往;又因中山先生爱好自然❸,所以在课余时候,常到那个花园里去玩玩,倒也觉得兴趣非常浓厚。

　　有一天,中山先生正在这个花园里面玩得很有趣味,忽然听见外面起了一阵吵闹。从一片喧哗声中,闯进几十个凶狠的兵,带着刀枪和许多衙役,拥着好像强盗一样的官吏,他们分了一部分人把三弟兄拖出,加上脚镣手铐,捉了去;又分一部分人,占据了他们的房屋。这种贪官污吏,以莫须有之事❹,强加之于这三位弟兄,自然这是全村的人都知道的。结果这三位弟兄中,有一个竟被那官吏照海盗办罪,在广州斩决❺;还有两个下了牢狱。全村的人知道官吏的诬陷他们目的全在掠夺他们的财产,都非常愤恨;但都怕连累遭殃,有那一个敢出来代抱不平呢!

　　在这种公道不彰暗无天日的时候,全村的人都是敢怒而不敢言。谁知有一位还在村塾里读《三字经》的童子,却居然决意起来仗义执

---

❶　〔因公〕　现代人,姓字籍贯未详。

❷　〔巨富〕　大富。

❸　〔爱好自然〕　喜欢自然界的景物。

❹　〔莫须有之事〕　并无左证而被构陷成功的罪状。宋朝秦桧冤杀岳飞,有人问他岳飞犯什么罪,他回答说"其事体莫须有"。

❺　〔斩决〕　砍头。

言❶了。

他仗着一股勇气，挺身而出，奔进那三弟兄的花园里去。有一个官吏问他道，"你来干什么？"这位童子豪不畏惧的答道，"这是我朋友的花园，我天天来玩的。"那官吏听了，大怒道，"你说什么话？"这位童子仍毅然的回答说，"我说这是我朋友的花园，是我常玩的地方，今天再来玩玩，有何不可？全村的人都说我们的朋友没有犯罪，你们为什么把他们上镣加铐？为什么把他们捉去？为什么把他们杀的杀，监禁的监禁？为什么占据他们的房屋花园？"这童子说的时候真是声色俱厉，毫不把那个官吏放在眼里。那个官吏听了这一番话，便勃然大怒道，"好！我让你在这花园里玩个畅快！"说着，就恶狠狠的拔出刀来要刺他。这童子见他有刀，急忙退出，向家里跑。到家之后，他觉得对于这桩不公平的事，敢提出抗议，心里很是高兴。

我们在这种地方，已可看出中山先生的不畏强御❷和他的浩然正气。就是后来他目击中国之受人侵略，毅然起来革命，也何尝不是这种"浩然正气"的扩充呢！

---

❶ ［仗义执言］ 迫于义愤来说话。

❷ ［强御］ 豪强有势力的人。

一四、讷尔逊[1]轶事

梁启超[2]

　　人无名誉心则已[3]，苟[4]有名誉心，则虽千百难事横于前，遮断其进路，终[5]必能鼓勇气排除之。

　　英之伟人讷尔逊者，五洲所共闻也[6]。幼时与兄同在一校，当冬季休假期满，与兄并辔[7]归校，途中风雪大作，寒彻骨不可支[8]。其兄乃约讷尔逊同归家。见其父。父曰，"归校与否，吾听[9]汝等之自由。虽然，凡发念欲做一事，必做成之而后已，此大丈夫之举动，而[10]荣誉之事也；

---

❶　［讷尔逊］　（Horsaio Nelson 1758－1805）英国海军名将，曾用海军打败法帝拿破仑的军队。

❷　［梁启超］　（一八六三——九二九）字卓如，又字任公，广东新会人。康有为的门徒。戊戌政变主动者之一。生平著作很多，存有《饮冰室全集》。

❸　［则已］　在语言中就是"那就罢了"，或是"那就不必说了"。"已"字有"完结""作罢""不要做"的意思。

❹　［苟］　假设的口气，就是语言中的"如果""假使""倘若"。

❺　［终］　就是语言中的"完结"。这里可以翻作"到底"。

❻　［……者……也］　这个"者"字并不代表事物，而表示提示的意思。"英之伟人讷尔逊者"，提示之后，当然要说明讷尔逊怎样，现在说他"五洲所共闻也"，"也"字含有"是"的意思，在语言中，就是"是五洲的人大家听到的"。"……者……也"的句式，在文言中很常见，例如"学校者，学生求学之所也"，"南京者，我国之首都也"。但事物既已写明白在那里，不用"者"字表示提示的意思也属无妨，所以写作"英之伟人讷尔逊，五洲所共闻也"，也未尝不可。至于语言中间，那是绝对用不着甚么表示提示的字眼的。

❼　［并辔］　辔，马缰。并辔，骑着马并行。

❽　［寒彻骨不可支］　寒气透入骨髓，不可支持。

❾　［听］　任由。

❿　［而］　这个"而"字把"大丈夫之举动"和"荣誉之事"连结起来，使它们共有上面的"此"字和下面的"也"字。在语言中就得说"这是大丈夫的举动，也是荣誉的事情"了。

半途而废，面目扫地之事也。汝等试就两者比较而择所从❶。"讷尔逊闻言，即怂恿❷其兄更上归校之途。兄犹有难色❸。讷尔逊厉声曰，"阿兄忘荣誉之一言乎？"卒❹相俱而去。

　　呜呼❺！讷公后日造赫赫之伟业，轰风云于大地❻，虽由其器量胆略，超轶寻常❼，抑❽岂不以名誉心之旁薄于中而宣泄于外乎❾！

————————

　　❶　［所从］　"所"字代表事物，和语言中的"的"相近。这里"所从"就是"遵从的"，前面"所共闻"就是"大家听到的"。语言中"的"在后，文言中"所"在前，恰正相反。"所"字有这样特性，须要注意。又，在文言中，只写"择所从"已经够了，但是在语言中，须要说"选择你们遵从的途径"，才见得明白。

　　❷　［怂恿］　同"怂恿"。

　　❸　［犹有难色］　"犹"就是语言中的"还"。"还没有到学校""还得研究一番"的"还"，在文言中都可以用"犹"。难色，为难的样子。

　　❹　［卒］　就是语言中的"到底"。"到底没有到上海去""到底读完了这本书"的"到底"，在文言中都可以用"卒"。

　　❺　［呜呼］　叹息的声音，和语言中的"唉""啊"之类相当。

　　❻　［造赫赫……于大地］　创立伟大的功业，轰动了全世界。

　　❼　［超轶寻常］　远过于寻常人。

　　❽　［抑］　"抑"是转接上文的口气，和语言中的"然而"或是"还是"相近。这里近乎"然而"，和上面的"虽"字呼应。如果在"取之乎？抑舍之乎？"这样的句子里，"抑"字就近乎"还是"了。

　　❾　［岂不…乎］　这是反问的句式。反问的句式大概可以改为正面的句式，像这一句，可以改为"抑亦以名誉心之旁薄于中而宣泄于外也"。二者比较，觉得反问的句式尤其着重有力。"旁薄"音ㄆㄤㄅㄛ，充满的意思。

文章法则甲

四、词的种类(二)

除了上(前)面所举过的(一)名词(二)代名词(三)动词(四)形容词以外,还有五种词。这五种词在复杂的句里是要用到的。

(五)副词 这是用来修饰事物的动作和性态的,常和动词或形容词关联了使用。如:

> 每做一件事,便问一个为什么。《新生活》
>
> 他身材也高了,手臂也粗了。《慈爱的结束》

(六)介词 这是用来介绍一个词和别的词去结合的。有两种,附在前面的叫做前介词,附在后面的叫做后介词。

前介词只介绍名词或代名词,字数不少,最常用的有"于""在""为""与""和""将""把""以""到""从""当"等。如:

> 繇自领兵于神亭岭南下营。孙策于岭北下营。《神亭之战》
>
> 为真理牺牲。《舍己为群》

后介词不但介绍名词代名词,别的词也可介绍。只有"的""之"二字,语体里常用"的",文言里常用"之"。如:

> 我素来不拆阅弟兄们的信。《慈爱的结束》
>
> 敢节果饵之费,以为造舰之需。《亚美利加之幼童》

(七)接续词 这是用来连接词和词或句和句的,有接词的和接句的两种。如:

> 风和水是随地皆有的。(接词)《四种重要的粮食》
>
> 群亡则己随之而亡。(接句)《舍己为群》

（八）助词　这是用来表达语气的,常用在句的末尾。如:

　　他哽咽了。《慈爱的结束》

　　汝曹乐乎?《亚美利加之幼童》

（九）感叹词　这是用来传达情感的,常独立用在句的前面。如:

　　哼,你敢怎样?

　　唉,事情不好了!

习　问

一、副词有什么用处? 试举例说明。

二、介词有什么用处? 试举例说明。

三、试从日常口语中,举出接续词,助词,感叹词的用例来。

一五、中国之蚕桑

衣食住❶

　　欲知蚕桑之究竟，不可不观于中国。中国者，蚕桑之祖❷也。扬子江两岸，为蚕桑最盛之区，方春三月，四野青青，皆桑叶也。树身不高，异乎美国之桑。春剪其枝，夏秋新条又起。叶生其上，初小如钱；长后，大如掌；望秋❸黄落谓之枯叶。枯叶惟以饲羊；蚕所食者皆青叶也。

　　种桑之法：买秧栽之，每枝相距半步许，年必粪溉❹，及其长成而后可稍间。一年之中，生叶二次。春初剪叶条后，能再茁❺叶。初茁者谓之头叶，再茁者谓之二叶。二叶不如头叶之盛，以桑之精华，半泄于前也。

　　育蚕之法：于每年春三月，将去年所收之蚕子，洒以盐水❻，谓之浴蚕❼。蚕子乃蚕蛾所生，生时黏着纸上，密布无隙地，亦无重叠者；每纸长阔各尺许。子初生时色黄，继而转绿，终乃为黑色，大如针尖，质极轻，凡四万余粒而重一两，半兆余而重一磅。蛾有雌雄，雄蛾交后即无用；雌

---

❶　［衣食住］　书名，系沈德鸿取美国地理学者加本特（Frank G. Carpenter）所著《人类的衣》，《人类的食》，《人类的住》三书编译而成，商务印书馆出版。

❷　［祖］　开创者。

❸　［望秋］　到秋天。

❹　［粪溉］　用肥料灌溉。

❺　［茁］　音ㄓㄨㄛˊ，生长。

❻　［洒以盐水］　语言中说起来，就是"用盐水来洒"。他如"围以竹篱"就是"用竹篱来围绕"，"包以纸"就是"用纸来包裹"，文言和语言次序不同。

❼　［谓之浴蚕］　"之"字代表"洒以盐水"这件事情。语言中说起来，这一句就是"这叫做浴蚕"，次序也和文言不同。

蛾能生子至七百余粒，子尽而蛾死，但亦有不产子者。

子初成蚕，细如黑丝，饲以桑叶，须切细。数日后渐大，十日而眠期至矣。同筐之蚕，眠期恒有早晚。眠时不食，四十八小时后，蜕皮❶而起是为初眠。初眠后历六七日又眠一次，是为二眠。由是而三眠，四眠。四眠后约五六日，蚕体透明，则吐丝作茧之期至矣。自初生以至吐丝作茧，苟非眠时，无刻不食。大蚕食叶之声，如雨打蕉叶，如硬毫落纸。

蚕将作茧，则投于❷稻秆束上，谓之上山。蚕即于秆间吐丝作茧。吐丝之时，昂其首上下摇动，丝即从其口出。本为二缕，出口后，合为一，围绕蚕身，渐积渐厚，终乃成椭圆形之物，微有弹力，即茧也。茧成而蚕化为蛹，蜷伏于茧中。初吐之丝，浮松而附着于茧外者，名为茧网，不可缫。茧以白色者为多，间有黄者。亦有二蚕共成一茧者，大逾寻常，中有二蛹。

将蚕丝置显微镜下观之，见其光明如玻璃，两股相纽，因❸知本为二缕，经蚕口黏液之力，乃相结合。其质至轻至细，合计一千茧之丝，乃成生丝一磅。然则❹吾人之遍身罗绮，正不知经过几许可怜虫❺之惨淡经营❻，又不知经过几许蚕妇之晨昏劳力，始能成之也。咏“遍身罗绮者，不是养蚕人”❼之句，能不慨然❽！

蚕成茧，即变蛹。苟置之气候适宜之地，阅❾二十日左右，蛹化为蛾即破茧出。凡茧破，其丝皆断，不复可缫。故欲为传种之用者，则听其化蛾；否则以炭火烘之，蛹死而茧可久贮以待用也。农村饲蚕不多，得茧数

---

❶　［蜕皮］　蜕音ㄊㄨㄟˋ，虫类脱皮。

❷　［投于］　就是语言中的“投到”。这并非蚕自己“投”，而是被养蚕的人“投”，须要辨明白。

❸　［因］　这是“因而”或者“从此”，并不是“因为”。

❹　［然则］　就是语言中的“那末”。

❺　［可怜虫］　指蚕。

❻　［惨淡经营］　尽心竭力地做。

❼　［遍身罗绮者，不是养蚕人］　宋张俞《蚕妇诗》句。

❽　［能不慨然］　“能不”就是语言中的“怎能不”。“慨然”的“然”和“暮色苍然”的“然”相同，语言中没有确切相当的说法。“慨然”只能翻作“叹息”。

❾　［阅］　经历。

十斤者，缫丝之事，亘旬日而蒇❶，初不必防蛹之化蛾而烘之也。近日<u>丝厂</u>渐多，农人自缫者少而售茧者多，皆售之茧厂；而茧厂又售之<u>丝厂</u>。<u>丝厂</u>积茧成山，必先烘之，以防其化蛾。

日本蚕桑之事，亦颇发达；欧洲则意大利为盛，每年产茧，达百兆余磅。其先皆中国传之也。

---

❶　[亘旬日而蒇]　"亘"从这边到那边，引申为"经过"。旬日，十天。蒇，音彳ㄢ，完工。

一六、从孩子得到的启示❶

丰子恺❷

晚上喝了酒，不想看书，也不想睡觉，捉一个四岁的孩子华瞻来骑在膝上，同他寻开心❸。我随口问："你最喜欢是甚么事？"

他仰起头一想，率然地回答："逃难。"

我倒有点奇怪，"逃难"两字的意义，在他不会懂得，为甚么偏偏选择它？倘然懂得，更不应该欢喜了。我就探问他："你晓得逃难就是甚么？"

"就是爸爸，妈妈，宝姊姊，软软……娘姨❹大家坐汽车，去看大轮船。"

啊！原来他的"逃难"的观念是这样的！他所见的"逃难"，是逃难的这一面！这真是最可欢喜的事！

一个月以前，上海还在孙传芳❺的统治下。国民革命军将到上海的消息日紧一日，素不看报的我，这时候也订一份《时事新报》，每天早晨看一遍。有一天，我正在看前一天的旧报，等候当天的新报的时候，忽然上海方面枪炮声起了。大家惊惶失色，立刻约了邻人，扶老携幼地逃到附近的妇孺救济会里去躲避。其实此地果真变了战线，或到了败兵，妇孺

---

❶　［启示］　开导。

❷　［丰子恺］　现代浙江崇德人。以漫画著名。著有散文集及关于绘画，音乐的书多种，画集有《子恺漫画》等。

❸　［寻开心］　寻乐。

❹　［娘姨］　上海一带对于女佣的称呼。

❺　［孙传芳］　字馨远，山东历城人。出身日本陆军士官学校。民国十六年国民革命军出兵北伐时，他以五省联军总司令的名义和革命军对抗。二十四年十一月在天津遇刺，死。

救济会也是不能救济的。不过当时张皇失措,有人提议这办法,大家假定它为安全地带,逃了进去。那里面地方很大,有花园,假山,小川,亭台,曲栏,长廊,白鸽,孩子们一进去,登临盘桓,快乐得如入新天地了。忽然兵车在墙外轰过,上海方面的机关枪声炮声,愈响愈近又愈密了。大家坐定之后听听,想想,方才觉得这里也不是安全地带,当初不过自骗自罢了。有决断的人先出来雇汽车往租界。每走出一批人,留在里面的人增一次恐慌。我们结合邻人来商议,也决定出来雇汽车,逃到杨树浦的沪江大学。于是立刻把小孩子们从假山中栏干内捉出来,装进汽车里,飞奔到杨树浦去了。

次日,我同一邻人步行到故居来探听情形的时候,青天白日的旗子已经招展❶在晨风中,人人都面有喜色,似乎从此可庆承平❷了。我们就雇汽车去迎回避难的眷属,重开我们的窗户,恢复我们的生活。从此"逃难"两字就变成家人谈话的资料了。

这是"逃难"。这是多么惊慌,紧张而忧患的一种经历!然而人物一无损伤,只是一次虚惊。过后回想,这回好似全家的人突发地出门游览两天。我想假如我是预言者,晓得这是虚惊,我在逃难的时候将何等有趣!素来难得全家出游的机会,素来少有坐汽车游览参观的机会,这一天不论时,不论钱,浪漫❸地,豪爽地,痛快地举行这游历,实在是人生难得的快事。只有小孩子真个觉得到。他们逃难回来以后,常常拿香烟盒子来叠作栏干,小桥,汽车,轮船,帆船,常常问我关于轮船,帆船的事;墙壁上及门上,又常常有彩色粉笔画的轮船,帆船,亭子,石桥的壁画出现。可见这"逃难"在他们脑中有难忘的欢喜的印象。所以今晚我无端地问华瞻最欢喜甚么事,他就立刻选定这"逃难"。原来他所见的,是"逃难"的这一面。

不止这一端,我们所打算,计较,争夺的洋钱,在他们看来个个是白

---

❶ 〔招展〕 飘荡。

❷ 〔承平〕 太平。

❸ 〔浪漫〕 romantically 的译音,含意甚多,用在这里,有放浪无拘束之意。

银的浮雕❶的胸章;仆仆❷奔走的行人,血汗涔涔❸的劳动者,在他们看来个个是无目的地在游嬉,在演剧;一切建设,一切现象,在他们看来都是大自然的点缀装饰。

唉!我今晚受了这孩子的启示了。他能撤去世间事物的因果关系的网,看见事物的本身的真相。他是创造者,能赋给生命于一切的事物;他是"艺术"的领域的主人。唉!我要从他学习。

---

❶ 〔浮雕〕 (reliof)雕刻的一种,在平面上雕成突出而有立体感觉的形象。

❷ 〔仆仆〕 忙碌地。

❸ 〔涔涔〕 形容流汗的情形。

文章法则乙

四、各体的混合

文章的种类，前面已经讲过了。要知道这不过是大概的说法而已。在实际上，各体往往混合在一篇文章里头。

叙述文是许多段记述文的连续；抒情文就是记叙文，不过动机在表白内部的情感：这两层前面已经提及，这里不必再说。

对于任何事物，不先经过理解，很难作甚么主张，写议论文的时候，若要把自己的理解交代明白，不得不有说明的语句。这样，议论文和说明文就混合在一起了。

记叙了事物，如果加入作者的理解或是意见，记叙文里头就含有说明文或是议论文了。在表白理解或是意见之前，如果把提及的事物报告一下，说明文或是议论文里头就含有记叙文了。

再可以举一个具体的例子来说。我们听了某人的演说，回来写文章。先写会场的布置，演说者的神态：这是报告事物的光景，属于记述文。次写演说者开头怎么说，接着怎么说：这是报告事物的变动，属于叙述文。次写这一番演说中，某某几段最有意思：这是表白自己的主张，属于议论文。如果再写听罢了演说，自己怎样地感动，以及为甚么感动：那就是抒情文和说明文了。这样，一篇文章里头不是具备着各体吗？

纯粹某体的文章是很少见的。一篇里头以某体为主，我们就说它是某体的文章了。

习　问

一、试就《讷尔逊轶事》指出议论的部分和叙述的部分来。

二、《机械人》和《蟑螂》两篇文章里，有议论的部分吗？如有，试指出来。

三、读过的文章里，那一篇是比较纯粹的记叙文？

一七、诗二首

天上的街市

郭沫若❶

远远的街灯明了，
好像闪着无数的明星。
天上的明星现了，
好像点着无数的街灯。

我想那缥缈的空中，
定然有美丽的街市。
街市上陈列的一些物品，
定然是世上没有的珍奇。
你看，那浅浅的天河❷，
定然是不甚宽广。
我想那隔河的牛女❸，

---

❶ 〔郭沫若〕 现代四川人。前为文学团体创造社的中坚分子，近来住居日本，从事文学著作外，更致力于古代文字的研究。

❷ 〔天河〕 晴夜天空，见有灰白色之带，弯环像河一般，阔十度至十五度，由无数微光之恒星集合而成，秋夏之交最为显明；这就叫做"天河"，也叫"银河"。

❸ 〔牛女〕 指牵牛织女两星。相传神话，牵牛织女两星隔天河而居，每年阴历的七月初七一相会。

定能够骑着牛儿来往。

我想他们此刻，
定然在天街闲游。
不信，请看那颗流星，
可不是他们提着灯笼在走？

一个星儿

胡　适

我喜欢你这颗顶大的星儿，
可惜我叫不出你的名字。
平日月明时，
月光遮尽了满天星，
总不能遮住你。
今天风雨后，
闷沈沈的天气，
我望遍天边，
寻不见一点半点光明；
回转头来，
只有你在那杨柳高头依旧亮晶晶地。

一八、为学

彭端淑 ❶

天下事有难易乎？为之，则难者亦易矣；不为，则易者亦难矣。人之为学有难易乎？学之，则难者亦易矣；不学，则易者亦难矣。

吾资之昏，不逮人也❷；吾材之庸，不逮人也❸；旦旦❹而学之，久而不怠焉，迄乎成而亦不知其昏与庸也。吾资之聪，倍人❺也；吾材之敏，倍人也；屏弃而不用，其昏与庸无以异也❻。圣人之道，卒于鲁也传之❼。然则昏庸聪敏之用，岂有常哉❽？

蜀之鄙❾有二僧，其一贫，其一富。贫者语于❿富者曰，"吾欲之⓫南

---

❶ ［彭端淑］　字乐斋，清四川丹棱人。雍正进士。著有《白鹤堂诗文集》。

❷ ［吾资之昏不逮人也］　我的天资愚笨，不及人家那样聪明。

❸ ［吾材之庸不逮人也］　我的材具凡庸，不及人家那样敏干。

❹ ［旦旦］　天天。

❺ ［倍人］　就是"倍于人"，"于"字省略掉。在语言中，就得说"比人家加倍"。

❻ ［无以异也］　就是"没有可以两样于人之处"。这样说法，在语言中是不很顺适的，应该简捷地说"和人家没有两样"。

❼ ［圣人之道卒于鲁也传之］　圣人，指孔子。鲁，不聪明。孔子曾说"参也鲁"然而曾参却是孔门的传统者。这里"也"字没有意义，只表示语气的延长。"之"字代表"圣人之道"。在语言中，只须说"圣人之道到底传给愚鲁的人"就好了，说法和文言不同。

❽ ［岂……哉］　这是反问的句式。像这一句如果改为正面的句式，就是"实无常也"。

❾ ［蜀之鄙］　四川的边境。

❿ ［语于］　这"于"字就是语言中的"向""对于"。"语于富者"就是"对富者说"。他如"请于某某"就是"向某某请求"，"诉于某某"就是"向某某诉说"。文言和语言次序不同，须要注意。

⓫ ［之］　就是语言中的"到……去"，和以前读过的许多"之"字用法不同。

海,何如❶?"富者曰,"子何恃而往❷?"曰,"吾一瓶一钵足矣。"富者曰,"吾数年来欲买舟❸而下,犹未能也;子何恃而往!"越明年❹,贫者自南海还,以告富者。富者有惭色。西蜀之去南海,不知几千里也,僧富者不能至,而贫者至之。人之立志,顾❺不如蜀鄙之僧哉!

是故❻聪与敏,可恃而不可恃也;自恃其聪与敏而不学,自败者❼也。昏与庸,可限而不可限也;不自限其昏与庸而力学不倦,自力❽者也。

---

❶　[何如]　就是语言中的"怎样"。这里是贫者问富者:"你以为怎样?"

❷　[子何恃而往]　"子"就是语言中的"你"。语言中说起来,就是"你靠了甚么去呢?"不必用"而"字在中间连结。可是文言中决不能省掉"而"字,写作"何恃往"。

❸　[买舟]　雇船。

❹　[越明年]　过了明年。

❺　[顾]　和语言中的"倒""难道"相近。"你倒不愿意吗"的"倒","难道学不会吗"的"难道",在文言中都可以用"顾"。

❻　[是故]　用在总结的处所,意思是"为了上面所说的缘故,所以……"。语言中在这等处所可以说"因此",也可以说"所以"。

❼　[自败]　自己败坏。

❽　[自力]　自己努力。

文章法则甲

五、短语

　　介词是用来介绍名词或代名词的,必和名词或代名词在一起。介词和名词或代名词结合的部分,叫做短语,有三种:

　　(一)副词性短语　　这是前介词和名词(或代名词)的结合,它的用途等于副词。如:

　　　　讷公……轰风云于大地。《讷尔逊轶事》

　　　　中山先生……在课余时候常到那个花园里去玩玩。《中山先生轶事》

"于"介绍"大地",表示"轰风云"的范围;"在"介绍"课余时间","到"介绍"那个花园里",表示"去玩玩"的时间和地方,作用等于副词。

　　(二)形容词性短语　　这是后介词和别的词的结合,它的用途等于形容词。如:

　　　　我朋友的花园。《中山先生轶事》

　　　　此大丈夫之举动,而荣誉之事也。《讷尔逊轶事》

"我朋友的"对于"花园","大丈夫之"对于"举动","荣誉之"对于"事",都有形容的功效,所以等于一个形容词。

　　(三)名词性短语　　这是形容词性短语再和一个名词(或代名词)的结合,它的用途等于名词。如:

　　　　全村的人都说我们的朋友没有犯罪。《中山先生轶事》

　　　　讷公后日造赫赫之伟业《讷尔逊轶事》

"人","朋友","伟业"是名词,加上了"全村的","我们的","赫赫之"仍都是名词性质的东西,所以用途等于名词。

习　问

一、副词性短语,形容词性短语,名词性短语是怎样构成的？试一一说出来。

二、下列各文句中如含有短语,试一一指出,并将种类说明。

(1)蚕将作茧,则投于稻秆束上,谓之上山。蚕即于秆间吐丝作茧。吐丝之时,昂其首上下摇动,丝即从其口出。《中国之蚕桑》

(2)次日,我同一邻人步行到故居来探听情形的时候,青天白日的旗子已经招展在晨风中。《从孩子得到的启示》

一九、观巴黎油画记

薛福成❶

光绪十六年春闰二月甲子❷,余游巴黎蜡人馆。见所制蜡人,悉仿生人,形体态度,发肤颜色,长短丰瘠,无不毕肖❸。自王公卿相以至工艺杂流❹,凡有名者,往往留像于馆。或立或卧,或坐或俯,或笑或哭,或饮或博,骤视之,无不惊为生人者❺。余亟叹❻其技之奇妙。

通译者❼称西人绝技,尤推油画❽,盍❾驰往油画院一观普法交战❿图乎! 其院为一大圜室,以巨幅悬之四壁,由屋顶放光明入室。人在室

---

❶ [薛福成] (一八三八——一八九四)字叔耘,一字庸盦,江苏无锡人。光绪初年在曾国藩李鸿章幕府中做幕客,后出使英法意诸国,官至右副都御史。著有《庸盦全集》。

❷ [光绪十六年春闰二月甲子] 光绪清德宗年号。十六年,当公元一八九〇年。闰,多余。阴历纪年月日,每年多十余天,所以三年中必须有一闰月。甲子,是用干支记的日子。按,据陈垣的《中西回史日历》,光绪十六年闰二月没有甲子这一日。大概是甲午(十一)或甲申(初一)之误。

❸ [毕肖] 完全相像。

❹ [工艺杂流] 古人轻视工艺,所以称工艺家为"杂流"。

❺ [骤视之无不惊为生人者] "骤视",突然看见。"之",代名词,指那些蜡人。"者",代表到蜡人馆去参观的人。这一句在语言中说起来,就是"突然看见了,没有一个参观的人不惊奇地认为活人的"。

❻ [亟叹] 极力赞叹。"亟"字和"极"字相通。

❼ [通译者] 翻译的人。

❽ [尤推油画] "尤"就是语言中的"尤其"。"推"在语言中说起来就是"推举""指数"。这一句翻作语言,就是"尤其要指数到油画"。

❾ [盍] 就是语言中的"何不"或者"为甚么不"。

❿ [普法交战] 一八六九年,普鲁士(Prusia)和法国因西班牙王位问题而起的战争。结果法国大败。巴黎被普军包围了。第二年,和约成,法国割亚尔萨斯洛林二州,并偿五十亿法郎于普,战事始罢。普既胜,遂建立德意志帝国。

中,极目四望,则见城堡冈峦,溪涧树木,森然布列。两军人马杂遝❶,驰者,伏者,奔者,追者,开枪者,燃炮者,搴大旗者,挽炮车者,络绎相属❷。每一巨弹坠地,则火光迸裂,烟焰迷漫。其被轰击者,则断壁危楼,或黔其庐,或赭其垣❸。而军士之折臂断足,血流殷地❹,偃仰僵仆者,令人目不忍睹。仰视天,则明月斜挂,云霞掩映;俯视地,则绿草如茵,川原无际,几❺疑身外即战场,而忘其在圜室中矣。迨以手扪之,始知其为壁也画也,皆幻也。

余问"法人好胜,何以自绘败状,令人气丧❻若此?"通译者曰,"所以昭炯戒❼,激众愤,图报复也。"则其意深矣!夫普法之战,于今虽为陈迹,而其事信而有征。然则此画果真邪幻也❽?幻者而同于真邪?真者而托于幻邪?斯二者盖❾皆有之。

---

❶ [杂遝] 纷乱拥挤。

❷ [络绎相属] 陆陆续续地接连不断。

❸ [或黔其庐,或赭其垣] "黔"和"赭"本来都是颜色,这里却有转变成这种颜色的意义。这两句在语言中说起来,就是"有的烧黑了它的房间,有的烧红了它的墙壁"。语言中决不能说"黑了房间,红了墙壁"。这是文言和语言不同处。

❹ [殷地] 染红了地。殷音ㄧㄢ,赤黑色,这里作动词用。

❺ [几] 就是语言中的"几乎"。

❻ [气丧] 志气灰颓。

❼ [昭炯戒] 昭示明显的警戒。

❽ [……邪……也] "邪"字也作"耶"。"邪""也"两字都是语言中的"吗"。这里都用"邪"字或者都用"也"字,也未尝不可以。因为要有一点变化,所以在一处用"邪",一处用"也"。

❾ [盖] 不很确定的口气,和语言中的"大概"相近。

二〇、广州脱险记

宋庆龄❶

　　中山先生与我刚由桂林回来,因为此时中山先生正调大军北伐,在前线指挥战事,陈炯明❷乘虚率军潜入省城,复纵步队肆意抢掠,恫吓良民,断绝交通,扰乱秩序。中山闻信,乃不得不亟由前敌返驾。

　　我们到了广州以后,中山先生即令陈军退回原防❸。陈虽屡次答应,却不见兵队开调。这时,陈在名义上是退隐惠州,口口声声仍是服从政府,与我们也时常往来。在叛变之前一星期,陈尚来电,庆贺我军在前线的连次胜利。因为陈素来的地位军力,都是我党所给他的,且与我党提携合作多年,所以毫不怀疑他有异志❹。

　　这时陈军毫无纪律,肆意抢掠,愈觉不堪。然此时城中听陈指挥之步队达二万五千名,而我党大军皆开赴前敌,留驻后方只五百名,所以不能用武力解决;而且若诉之武力❺,酿成巷战❻,更必殃及居民。六月八日,中山先生乃召集新闻记者,思以舆论❼势力,迫陈军退回东江❽剿匪。

　　六月十五之夜二时,我正在酣梦中,忽被中山先生喊醒,并嘱速起整

---

　　❶　［宋庆龄］　现代江苏上海人。孙中山先生的夫人。

　　❷　［陈炯明］　字竞存,广东海丰人。本以广东省长兼粤军总司令据广州,那时候被孙中山先生免去他的省长职,退居惠州。

　　❸　［原防］　原来的防地。

　　❹　［异志］　叛变的心意。

　　❺　［诉之武力］　用武力来解决。

　　❻　［巷战］　在街市中接战。

　　❼　［舆论］　公众的意见,此指新闻记者代表公众意见发表的议论。

　　❽　［东江］　指广东东部东江流域一带。

装，一同逃避。他刚得一电话，谓陈军将来攻本宅，须即刻逃入战舰，可以由舰上指挥，剿平叛变。我请他先走，因为同行反使他行动不便，而且我觉得个人不至有何危险。经再三婉求，他始允先行，但是先令五十名卫队全数留守府中，然后只身逃出。

他走了半小时以后，大约早晨两时半，忽有枪声四起，向本宅射击。我们所住的是前龙济光❶所筑私寓，位居一半山上，有一条桥梁式的过道，长一里许，蜿蜒❷的由街道及住屋之上经过，直通观音山总统府。叛军占据山上，由高临下，左右夹击，向我们住宅射发，喊着"打死孙文！打死孙文！"我们的小卫队暂不反击，因为四围漆黑，看不出敌兵。黑夜里我只看见卫队蹲伏的影子。

黎明时，卫队开始用来福枪及机关枪❸与敌人对射。敌方却瞄准野炮❹向宅中射来，有一炮弹击毁我的澡房。卫队伤亡已有三分之一，但是其余的人，仍英勇作战，毫不畏缩。有一位侍仆爬到高处，挺身而战，一连击毙不知多少敌人。到了八点钟，我们的军火几乎用完，卫队停止回击，只留几盒子弹，候着最后的决斗。

此时情势，逗留也没有意义了，队长劝我下山，为惟一安全之计。其余卫兵，也劝我逃出，而且答应要留在后方防止敌人的追击。……听说这五十名卫兵竟无一人幸免于难。

同我走的有二位卫兵及姚副官长❺。我们四人，手里带一点零碎❻，在地上循着那桥梁式的过道爬行。这条过道，正有枪火扫射，我们四面只听见流弹在空中飞鸣，有一二回正由我鬓边经过。我们受两旁夹板的掩护，匍匐而进，到了夹板已被击毁之处，没有掩护，只好挺身飞奔过去，

---

❶ ［龙济光］ 云南人。曾任广东都督，两广巡阅使等职，那时候已经死了。

❷ ［蜿蜒］ 长而曲折。

❸ ［来福枪及机关枪］ 来福枪也叫来复枪，步枪的一种，膛内有来复线，子弹经来复线而旋转向前，出口后，其速力乃更大。机关枪，枪支架上，装置子弹及发放都靠机械的力量，所以发射力猛而速，能在一分钟内发弹数百出。

❹ ［野炮］ 是野战炮中的主炮，其射击目标，以在战场中移动的敌方军队为主。利用其发射的速度与射击的长程及低的弹道，可在战场中自由扫射。

❺ ［副官长］ 副官是海陆军中辅助长官办理事务的官员，其长官称副官长。

❻ ［零碎］ 零星物件。

跟着就是一阵哗剥的枪声。在经过这种情形之后,姚副官长忽然高叫一声倒地,血流如注。一看,有一粒子弹穿过他的两腿,而伤及一条大血管。两位卫兵把他抬起走,经过似乎几个钟头,我们才走完这过道,而入总统府的后院。半小时后我们看见火光一闪,那条过道的一段整个轰毁,交通遂断绝。这总统府四围也是炮火,而更不便的,就是因为邻近都是民屋,所以内里的兵士不能向外回击。

我们把姚副官长抬进一屋,把他的伤痕随便绑起来。我不敢看他剧痛之苦,但是他反安慰我说,"将来总有我们胜利的一天!"

自从八时至下午四时,我们无异葬身于炮火连天的地狱里。流弹不停的四射,一次在我离一房间几分钟后,房顶中弹,整个陷下。这时我准备随时就要中弹毙命。到四时,向守中立的魏邦平❶师长派一军官来议条件。卫兵提出的第一条件就是保我平安出险。但是那位军官说他不能担保我的安全,因为袭击的不是他的军队,而且连他们自己的官长都不能约束。正在说话之间,前面两层铁大门打开了,敌兵一轰进来。我们的兵士子弹已竭,只好将枪放下。我四围只见这些敌兵拿着手枪刺刀飞奔而来,登时就把我们手里的一些包裹抢去,用刺刀刺开,大家便拼命的乱抢东西。我们乘这机会逃开,正奔入两队对冲的人丛里,一队是逃出的士卒,又一队是由大门继续闯来抢掠的乱兵。幸而我头戴着姚副官的草帽,身上又披上中山先生的雨衣,得由那混乱的人群里脱险而出。

出大门后又是一阵炮火,左边正来着一阵乱兵,要去抢财政部❷及海关监督处❸。前后左右,都是乱兵在追击。他们一面进,我们一面穿东走西曲折的在巷里逃。我再也走不动了,凭两位卫兵一人抓住一边肩膀扶着走。我恐怕熬不过了,打算请他们把我枪毙。……四围横列着的都是死尸,有的是党员,有的是居民,胸部刺开,断腿失臂的横陈街上的血涡中。在这时我看见一极奇异的景象,就是两人在街旁相对蹲着,我们奔过时,看见他们眼睛不动,才知道他们已死了,也许同是为一流弹所

---

❶ 〔魏邦平〕 广东人,出身日本陆军士官学校,那时候任第三师师长。

❷ 〔财政部〕 那时候广州建军政府,也设财政部。

❸ 〔海关监督处〕 征收海口进出货物的税款的机关。

击毙的。

正走之时,忽有一队兵由小巷奔出,向我们一头射击。同行的人耳语❶,叫大家伏在地上装死。那些乱兵居然跑过去,到别处去抢掠了。我们爬起又跑,卫兵劝我不要看路旁的死尸,怕我要昏倒。过了将半小时,追击的枪声渐少,我们跑到一座村屋,把那闩上的门推开躲入。屋中的老主人要赶我们出来,因为恐怕受累。正在此时我昏倒下去。醒回来时,两位卫兵正在给我浇冷水,把扇扇我。其一卫兵便偷出门外去观动静。这刹那间❷,忽有一阵枪声,屋内的卫兵赶紧把门关闭,同时轻声报告我外边的卫兵已中弹了,也许殒命了。

枪声沈寂之后,我改装为一村姬,剩余的一个卫兵扮作贩夫,离开这村屋。过了一两条街,我拾起一只菜篮及几根菜,就拿着走。也不知走了多少路,经过触目惊心的镇上,我们才到了一位同志的家中,就在这家过夜。这间屋于早间已被陈炯明的军队搜查过,因为有嫌疑;但是我再也无力前进,就此歇足。那夜通宵听到炮声,……再后才欣然听见战舰开火的声音,使我知道中山先生已安全无恙❸了。第二天,我仍改装为村姬,逃到沙面❹,在沙面由一位铁工同志替我找一小汽船。我与卫兵才到岭南大学❺,住友人家。

在河上,我们看见几只船满载着抢掠品及少女,被陈炯明的军队运往他处。后来听说有两位相貌与我相似的妇人被捕监禁。我离开广州真巧,因为那天下午,我所借宿的友人家又被搜查。那天晚上,我终于在舰上见到中山先生,真如死别重逢。后来我仍旧改装,由香港搭轮来沪。

---

❶　[耳语]　把嘴凑近耳边轻轻地讲话。

❷　[刹那间]　很短的时间。

❸　[无恙]　没有病,引申作平安之意。

❹　[沙面]　在广东省城西南沙基的对岸,外国商铺及英法等领事馆都在这里。

❺　[岭南大学]　在广州河南。

文章法则乙

五、应用文和文艺文

　　文章的种类,除了前面所讲过的,如果用了另外的标准,还可以有别的分法。

　　凡是文章,都是有所为的。如果并无目的,既不想报告甚么,也不想表白甚么,那就不用写文章了。

　　可是另外有一种文章,目的在应付实际事务。例如有事情要和不在眼前的人接洽,就得写书信;和别人有了法律上的交涉,就得撰诉状。这不但有所为,而且有实际事务在当前逼迫着,使作者非写不可。这种文章叫做应用文。

　　应用文以外的文章,虽则也有所为,但并没有实际事务在当前逼迫着,写或是不写,可凭作者的自由。例如旅行回来,可以写旅行记;读完了一本书,可以写读书随笔;但不写也没有甚么关系。对于应用文而言,这种文章叫做普通文。

　　此外还有一种文章,报告和表白纯用着艺术的态度和方法,如小说,诗歌,戏剧,叫做文艺文。

　　前面讲过的五体(记述文,叙述文,抒情文,说明文,议论文)原系就普通文而言。然而应用文和文艺文也不外乎这五体。例如一封报告某种事情的书信,是应用文,同时是叙述文;一首表白某种情趣的诗歌,是文艺文,同时是抒情文。

　　写应用文和文艺文都得遵守一定的型式。应用文不遵守型式,实际事务就会发生阻碍;文艺文不遵守型式,那就不成其为文艺文了。

习　问

一、前面读过的文章,可有为了应付实际事务而写的?

二、诗和普通文有甚么不同? 试就所知道的说出几点来。

二一、致郑西谛❶书

鲁 迅❷

（一）

西谛先生：

昨乔峰❸交到惠赠之《中国文学史》三本，谢谢！

去年冬季回北平，在留黎厂得了一点笺纸❹，觉得画家与刻印之法，已比"文美斋笺谱❺"时代为胜，譬如陈师曾❻齐白石❼所作诸笺，其刻印法即在日本木刻专家之上，但此事恐不久也将销沈了。

因思倘有人自备佳纸，向各纸铺择尤❽各印数十至一百幅，纸为书叶形，采色须更加浓厚，附上序目，订成一书，或先约同人摊认，或出书后

---

❶ ［郑西谛］ 名振铎，现代福建长乐人。研究文学，于戏曲小说，用力尤勤。著有《文学大纲》，《中国文学史》，《中国文学论集》等。

❷ ［鲁迅］ （一八八六——一九三六）原名周树人，字豫才，鲁迅是他的笔名，浙江绍兴人。著有小说集《呐喊》，《彷徨》及散文集多种。

❸ ［乔峰］ 鲁迅的弟弟，名建人，别署克士。

❹ ［笺纸］ 一种精制的小幅的纸，用来题诗或写信的，上面印有木刻的绘画。

❺ ［文美斋笺谱］ 原名《文美斋百花笺》，清末苏州张氏刻，版藏天津，色彩过分浓艳，反少生气。

❻ ［陈师曾］ （一八七六——一九二三）名衡恪，江西义宁人。近代名画家。

❼ ［齐白石］ 本名璜，湖南湘潭人，现代名画家，常居北平。

❽ ［择尤］ 选择最好的。

售之好事❶，实不独为文房清玩❷，亦中国木刻史上之一大纪念耳❸。

不知先生有意于此否？因此举在地域上，实为最便，且孙伯恒先生当能相助也。

此布并颂

曼福❹。

迅启上　二月五日（二十二年）

（二）

西谛先生：

七日信顷收到，名目就是《北平笺谱》罢。因为"北平"两字，可以限定了时代和地方。

印色纸之漂亮与否，与纸质也大有关系，索性都用白地，不要染色罢。

目录的写法，照来信所拟是好的。作者呢，还是用名罢，因为他的号在笺上即可见之，但"作"字不如直用"画"字，以与"刻"相对。

因画笺大小不一，而致书之大小不能一律，这真是一个难问题。我想只能用两法对付：（一）书用五尺纸的三开本，则价贵三分之一（此地五尺宣纸比之四尺者贵三分之一），而大小当皆容得下，体裁便较为好看；（二）就只能如来信所说另印一册，但当题为《北平笺谱别册》，而另有序目，便与小本者若即若离❺。但我以为纵使用费较昂，倘可能，不如仍用（一）法，因为这是"新古董"，不嫌其阔❻的。

笺上的直格，索性都不用罢。加框是不好看的。页码，其实本可不用，而于书签上刻明册数。为切实计，则用用亦可，但只能如来示所说，

---

❶　[好事]　本是"喜好多事"的意思。这里同于"好事者"，即对于某种事物有特别嗜好的人。

❷　[文房清玩]　书斋中清雅的玩赏品。

❸　[耳]　和"也"字相近，表示断定的口气。和作"罢了"解的"耳"字用法不同。

❹　[曼福]　同万福。

❺　[若即若离]　似连不连的。即相近的意思。

❻　[阔]　豪奢华贵。

印在第二页的边上,不过不能用黑色印,以免不调和,而且每页用同一颜色则每页须多加上一回印工,所以我以为任择笺上之一种颜色,同时印之,每页不尽同,倒也有趣。总之对于这一点我无一定主意,请先生酌定就是。

　　第一页及序目,能用木刻,自然最好。小引❶做后即当寄呈。

　　此复即颂

著安。

迅上　　十月十一日(二十二年)

————————————

　❶ ［小引］　印在书册前面的序言,缘起。

二二、与妻诀别❶书

林觉民❷

　　意映卿卿如晤❸：吾今以此书与汝永别矣！吾作此书时，尚为世中一人，汝看此书时，吾已成为阴间一鬼。吾作此书，泪珠和笔墨齐下，不能竟书而欲搁笔。又恐汝不察吾衷，谓吾忍舍汝而死，谓吾不知汝之不欲吾死也，故遂忍悲为汝言之。

　　吾至爱汝，即此爱汝一念，使吾勇于就死也。吾自遇汝以来，常愿天下有情人都成眷属❹。然遍地腥云❺，满街狼犬❻，称心快意，几家能够？司马青衫❼，吾不能学太上之忘情❽也。语云："仁者：老吾老以及人之老，幼吾幼以及人之幼。"❾吾充❿吾爱汝之心，助天下人爱其所爱，所以敢先汝而死，不顾汝也。汝体⓫吾此心于啼泣之余，亦以天下人为念，当

---

❶　［诀别］　将长别而赠言。

❷　［林觉民］　（一八八八——九一二）字意洞，号抖飞，又号天外生，闽县人。清末，留学日本庆应大学。黄花冈之役，殉难死。

❸　［卿卿如晤］　卿卿，对女子表示亲昵的称谓。如晤，同见面一样。

❹　［愿天下有情人都成眷属］　元关汉卿《续西厢记》中的曲文。

❺　［遍地腥云］　遍地都是腥膻气，喻异族势力的强大。

❻　［满街狼犬］　喻到处都是残暴的官吏。

❼　［司马青衫］　白居易《琵琶行》："座中泣下谁最多，江州司马青衫湿。"这里就用"司马青衫"来表示泣下沾襟。

❽　［太上之忘情］　这是一句成语。太上，最上或最好；忘情，把喜怒哀乐之事，淡然若忘。

❾　［老吾老以及人之老，幼吾幼以及人之幼］　孟子对梁惠王说的话。前"老"字作敬奉解，动词。后两"老"字指尊长，名词。前"幼"字作爱抚解，动词。后两"幼"字指儿女，名词。

❿　［充］　扩充。

⓫　［体］　体谅。

亦乐牺牲吾身与汝身之福利,为天下人谋永福也,汝其勿悲!

汝忆否四五年前某夕,吾尝语曰:"与吾先死也,无宁汝先吾而死❶。"汝初闻言而怒,后经吾婉解,虽不谓吾言为然,而亦无辞相答。吾之意盖谓以汝之弱,必不能禁失吾之悲;吾先死留苦与汝,吾心不忍,故宁请汝先死,吾为后死悲也。嗟夫!谁知吾卒先汝而死乎!

吾真真不能忘汝也!回忆后街之屋,入门穿廊,过前后厅又三四折有小厅,厅旁一屋为吾与汝双栖之所❷。初婚三四个月,适值冬季之望日前后,窗外疏梅筛月影,依稀掩映。吾与汝并肩携手,低低切切❸,何事不语,何情不诉。及今思之,空余泪痕。又回忆六七年前,吾之逃家复归也,汝泣告我:"望今后有远行,必以告妾,妾愿随君行。"吾亦既许汝矣。前十余日回家,即欲乘便以此行之事语汝,及与汝相对,又不能启口;且以汝之有身❹也,更恐不胜悲,故惟日日呼酒买醉。嗟夫!当时余心之悲,盖不能以寸管❺形容之。吾诚愿与汝相守以死,第❻以今日事势观之,天灾可以死,盗贼可以死,瓜分之日可以死,奸官污吏虐民可以死,吾辈处今日之中国,国中无地无时不可以死;到那时使吾眼睁睁看汝死,或使汝眼睁睁看我死,吾能之乎?抑汝能之乎❼?即可不死,而离散不相见,徒使两地眼欲穿而骨化石,试问古来几曾见破镜能圆?则较死为尤苦也,将奈之何❽?今日吾与汝幸双健。天下人人不当死而死与不愿离而离者,不可数计,钟情如我辈者,能忍之乎?此吾所以敢率性就死不顾汝也。吾今死无余憾,国事成不成,自有同志者在。依新已五岁,转眼成人,汝其善抚之,使之肖我。汝腹中之物,吾疑其女也,女必像汝,吾心甚慰。或又是男,亦教其以父志为志,则我死后尚有二意洞在也。甚幸

---

❶　〔与……也无宁……〕　在相反的两个意思中间选择一个,适用这样的句式。在语言中,就是"与其怎样怎样,不如怎样怎样"。"也"字表示语气在这里一顿,语言中没有确切相当的说法。

❷　〔双栖之所〕　同居的场所。

❸　〔低低切切〕　形容私语。

❹　〔有身〕　怀孕。

❺　〔寸管〕　笔。

❻　〔第〕　就是语言中的"但"。

❼　〔能之乎〕　就是语言中的"能够这样吗?"

❽　〔奈之何〕　和"奈何"相同,就是语言中的"怎么办"。

甚幸！吾家后日当甚贫，贫无所苦，清静过日而已❶。吾今与汝无言矣！吾居九泉❷之下，遥闻汝哭声，吾当哭以相和也。吾平日不信有鬼，今则又望其真有。今人又言心电感应有道，吾亦望其言是实，则吾之死，吾灵尚依依傍汝也。汝不必以无侣悲。

　　吾平生未尝以吾所志语汝，是吾不是处。然语之又恐汝日日为吾担忧，吾愿牺牲，虽百死而不辞，而使汝担忧，非吾所欲。吾爱汝至❸，所以为汝体者惟恐未尽。汝幸而偶我，又何不幸而生今日之中国！吾幸而得汝，又何不幸而生今日之中国，卒不忍独善其身！嗟夫❹！纸短情长，所未尽者，尚有万千，汝可以摹拟得之。吾今不能见汝矣！汝不能舍吾，其时时于梦中得我乎❺！一恸！

---

❶　［而已］　就是语言中的"罢了"。

❷　［九泉］　坟墓。

❸　［至］　就是"达到极点"。这一句在语言中说起来，就是"我爱你到极点"。

❹　［嗟夫］　叹息的声音，和语言中的"哎""啊"之类相当。

❺　［其……乎］　"其"字表示命令或请求的口气，语言中没有相当的说法。这里的"乎"字和语言中的"吧"相当。这一句翻译为语言，"其"字可以略掉，作"常常在梦中见到我吧！"

文章法则甲

六、句的附加成分

句的基本成分是很简单的,有了名词,代名词,就可做主语;有了动词,形容词,就可做述语。复杂的句,除这些基本成分以外,还有附加上去的成分。附加成分,有一定的法则,现在试仍旧用上回所举过的四个句式来说明。

(一)形容词或形容词短语　可附加于句中各个名词前。如:

老人来。　黑猫捕小鼠。

你的身体好。　我是贫苦的学生。

(二)副词或副词短语　可附加于句中各个动词或形容词前。如:

人从故乡来。　猫在夜间捕鼠。

身体很好。　我也是学生。

(三)助词　可附加于句末。如:

人来了。　猫捕鼠哩。

身体好吗?　我是学生呢!

(四)感叹词　可附加在句的头上。如:

喏。人来。　哦。猫捕鼠。

呀,身体好。　呃。我是学生。

句的附加成分越多就越繁复,一句极简单的句,可以敷衍成很复杂的长句。试以"人来"句为例,改成长句如下:

呀,你和我昨日在张三家里见过的那个会说笑话的老人正从巷口向我们这里来了。

习　问

一、句的附加成分有几种？附加的方法怎样？

二、试将下列各文句删去附加成分，改成比较简单的句式。

(1)吾今以此书与汝永别矣！《与妻诀别书》

(2)吾作此书。同上

(3)泪珠和笔墨齐下。同上

(4)旁边有一段低低的土墙。《三弦》

(5)挡住了个弹三弦的人。同上

二三、雪

王鲁彦❶

美丽的雪花飞舞起来了。我已经有三年不曾见过它。

去年在福建,仿佛比现在还要迟一点,也曾见过雪。但那是远处山顶的积雪,可不是飞舞着的雪花。在平原上,只是偶然的随着雨点洒下来几颗。没有落到地面的时候,它的颜色是灰的,不是白色;它的重量像是雨点,并不会飞舞。一到地面,它立刻融成了水,没有痕迹,也未尝跳跃,也未尝发出息率的声音,像江浙一带下雪子时的模样。这样的雪,在四十年来第一次看见它的老年的福建人,诚然能感到特别的奇异,谈得津津有味,但在我,却总觉得索然❷。"福建下过雪",我可没有这样想过。

我喜欢眼前飞舞着的上海的雪花。它才是"雪白"的白色,也才是花一样的美丽。它好像比空气还轻,并不从半空里落下来,而是被空气从地面卷起来的。然而它又像是活的生物,像夏天黄昏时候的成市的蚊蚋,像春天酿蜜时期的蜜蜂,它的忙碌的飞翔,或上或下或快或慢,或黏着人身,或拥入窗隙,仿佛自有它自己的意志和目的。它默然无声,但在它飞舞的时候,我们似乎听见了千百万人马的呼号和脚步声,大海汹涌的波涛声,森林的狂吼声,有时又似乎听见了儿女的切切私语声,礼拜堂的平静的晚祷声,花园里的欢乐的鸟歌声……。它所带来的是阴沈与严寒;但在它的飞舞的姿态中,我们似乎看见了慈善的母亲,活泼的孩子,

---

❶　[王鲁彦]　现代浙江镇海人。沪江大学教授。著有《鲁彦短篇小说集》。

❷　[索然]　萧条寂寞之意,如说"兴味索然""索然寡欢"。这里当作没有兴味的意思。

微笑的花，和暖的太阳，静默的晚霞……。它没有气息；但当它扑到我们
面上的时侯，我们似乎闻到了旷野间鲜洁的空气的气息，山谷中幽雅的
兰花的气息，花园里沈浓的玫瑰的气息，清淡的茉莉花的气息……。在
白天它做出千百种婀娜❶的姿态；夜间，它发出银色的光辉，照耀着我们
行路的人，又在我们的玻璃窗上扎扎地绘就了各式各样的花卉和树木，
斜的，直的，弯的，倒的，还有那河流，那天上的云……。

---

❶　［婀娜］　音さ˙ろㄨㄛ，形容姿态的柔软而和美。

二四、七绝❶六首

回乡偶书

贺知章❷

少小离家老大回，乡音无改鬓毛催❸。
儿童相见不相识，笑问客从何处来。

九月九日忆山东兄弟

王　维❹

独在异乡为异客，每逢佳节倍思亲；
遥知兄弟登高处，遍插茱萸少一人❺。

---

　　❶　[七绝]　旧体诗的一种。每首四句。每句七字。第二第四两句叶韵，第一句或叶韵或不叶韵。

　　❷　[贺知章]　（六五九—七四四）字季真，唐山阴（今浙江绍兴县）人。工诗文。性情放旷，善于谈说，和张旭李白相友善。自号四明狂客。官至秘书监。天宝初，辞官归里，为道士。

　　❸　[鬓毛催]　鬓发白了，催人衰老。

　　❹　[王维]　（六九九—七五九）字摩诘，唐太原祁人。官至尚书右丞。他的山水画，为画家南宗之祖。诗主澹远。苏东坡说他的"诗中有画，画中有诗"。晚年好佛，隐居蓝田别墅，和友人赋诗为乐。所著有《辋川集》。

　　❺　[遥知兄弟登高处遍插茱萸少一人]　茱萸，即吴茱萸，落叶亚乔木，随处产生，结实累累，紫赤色。当时风俗，重阳节（阴历九月九日）登高，必采茱萸插在头上，据说可避恶气。

送孟浩然之广陵❶

李 白❷

故人西辞黄鹤楼❸，烟花三月下扬州❹。
孤帆远影碧空尽，惟见长江天际流。

逢入京使

岑 参❺

故园东望路漫漫，双袖龙钟❻泪不干；
马上相逢无纸笔，凭君传语报平安。

---

❶ ［送孟浩然之广陵］ 孟浩然，唐襄阳人。他的诗和王维是一派，以平澹见胜。世称"王孟"。"之"就是语言中的"到"。广陵，唐郡名，故城在今江苏江都县。

❷ ［李白］ （七○一——七六三）字太白，唐代大诗人。本陇西人，生长四川，后来漫游湖南湖北江苏山东等处。天宝初，应诏入京，供奉翰林。安史乱起，永王璘据江南，有独立意，白在江州被辟为僚佐。璘败，白充军夜郎。到半途，遇赦而还。晚年依李阳冰于当涂，卒。他的诗高妙清逸，和杜甫并称。有《李太白集》。

❸ ［黄鹤楼］ 在湖北武昌县城西黄鹤矶上。

❹ ［烟花三月下扬州］ 这句是说当那江南地方正是众花齐放，烟景缛丽的三月里到扬州去。

❺ ［岑参］ 唐南阳人。天宝进士，官至嘉州刺史。后人称他为"岑嘉州"。晚年客死于蜀。他的诗喜欢描写战争，风格雄放，与高适并称"高岑"。有《岑嘉州集》。

❻ ［龙钟］ 叠韵形容词，有许多意义，或用来形容老态，或用来形容潦倒失意，这里是用来形容两袖的沾濡湿润。

江南逢李龟年❶

杜　甫❷

岐王宅里寻常见❸,崔九堂前几度闻❹;
正是江南❺好风景,落花时节又逢君。

乌衣巷❻

刘禹锡❼

朱雀桥❽边野草花,乌衣巷口夕阳斜,
旧时王谢❾堂前燕,飞入寻常百姓家。

---

❶　[李龟年]　唐玄宗的乐工,在宫中教授歌唱,得玄宗的宠幸。安禄山乱后,流落在江南。

❷　[杜甫]　(七一二—七七〇)字子美,唐襄阳人,居杜陵。早年漫游晋吴越齐赵。玄宗时,以献赋待诏集贤院。安禄山乱起,陷贼中,脱贼后,拜右拾遗。中间又播迁了几次。后来弃官客秦州,流落剑南,依严武,武表为检校工部员外郎。大历中游耒阳,一夕大醉,卒。他的诗浑涵汪洋,千态万状,忧时即事,世号"诗史"。有《杜工部集》。

❸　[岐王宅里寻常见]　在岐王家里常常碰见。岐王是唐睿宗第四个儿子李范的封号。

❹　[崔九堂前几度闻]　在崔九的厅里曾好几次听过你唱曲子。崔九是唐中宗朝的宰相崔湜的弟弟,名涤,排行第九,所以称他为崔九。他很受玄宗的宠幸,做了秘书监的官,自由出入宫禁,常常和王公们在一起喝酒。

❺　[江南]　泛指长江以南的地方。

❻　[乌衣巷]　在江苏江宁县城内,是六朝时候贵族居住的地方。

❼　[刘禹锡]　(七七二—八四二)字梦得,唐彭城人。官至太子宾客。元和初,以附王叔文被贬,远窜南荒。禹锡和韩愈柳宗元相善,但他的文章,却在韩柳外自成一派。诗亦精锐。著有《刘宾客集》。

❽　[朱雀桥]　南朝时候都城正南门外的大桥,跨秦淮河,是都城交通最繁盛的地方。据说,现在江苏江宁县聚宝门的镇秦桥,就是朱雀桥的旧址。

❾　[王谢]　六朝时候的两大贵族,都住在乌衣巷。

文章法则乙

六、书　信

应用文中最普通的是书信。别种应用文,未必人人都要写;至于书信,几乎任何人非写不可。

书信的目的在接洽事情。写信给别人,情形和登门访问,面谈事情一样。因此,登门访问时候的谈话方式就是书信的型式。

譬如到朋友家里去,向他借一本书,在初见面的时候,决不会开门见山地说"把某书借给我"。如果彼此好久不见面了,自然要说"某某兄,好久不见面了,你好!"一类的话。如果昨天曾经见过,自然要说"某某兄,昨天你就回来的吗?"一类的话。然后谈到借书的事情。待书已借到了手,也不会转身就走,总得再说几句话,如"今天来搅吵你,真对不起!""那末我把书拿去了,再会!"之类。可见登门访问时候的谈话,自然分为三部分:接洽事情的一部分总在中间,而前后两部分都是招呼和寒暄。

书信也分为三部分:中间主要的部分叫做"正文",前后招呼和寒暄的部分叫做"前文"和"后文"。这是书信的型式。

写书信比较当面谈话更要注重礼仪。因为当面谈话,除了声音以外,还有举动,神态作为帮助。学生拿了一本书对先生说,"给我解答一个问题!"这明明是命令口气;但那学生如果是鞠着躬、表示着请求神态说的,先生听了决不会动气。书信却只有文字,没有举动,神态作为帮助,一不小心,就成失敬,使读者不快。所以"给我解答一个问题"这句话,在书信里非写作"请给我解答一个问题"不可。一般书信多用敬语,原因就在此。

书信又须注意作者和对手的关系。写给老朋友和写给陌生人,写给长辈和写给并辈或是幼辈,态度上,用语上都有不同。如果疏忽了这一点,写成的书信就难免不得体了。

习 问

一、书信在型式上可分为几部分?

二、试以《致郑西谛书》为例,指出各部分来。

三、书信比谈话要多用敬语,为甚么?

二五、卖汽水的人

周作人

我的间壁有一个卖汽水的人。在般若堂院子里左边的一角，有两间房屋，一间作为我的厨房，里边的一间便是那卖汽水的人住着。

一到夏天，来游西山❶的人很多，汽水的生意很好。从汽水厂一块钱一打去贩来，很贵的卖给客人；倘若有点认识，或是善于还价的人，一瓶两角钱也就够了，否则要卖三四角不等。礼拜日游客多的时候，可以卖到十五六元，一天里差不多有十元的利益。这个卖汽水的掌柜本来是一个开着煤铺的泥水匠，有一天到寺里来作工，忽然想到到这里来卖汽水，生意一定不错，于是开张起来。自己因为店务及工作很忙碌，所以用了一个伙计替他看守，他不过偶然过来巡阅一回罢了。

伙计本是没有工钱的，伙食和必要零用由掌柜供给。

我到此地来了以后，伙计也换了好几个了，近来在这里的是一个姓秦的二十岁上下的少年，体格很好，微黑的圆脸，略略觉得有点狡狯，但也有天真烂漫的地方。

卖汽水的地方是在塔下，普通称作塔院。寺的后边的广场当中，筑起一座几十丈高的方台，上面又竖着五枝石塔，所谓塔院便是这高台的上边。从我的住房到塔院底下也须走过五六十级的台阶，但是分作四五段，所以还可以上去；至于塔院的台阶总有二百多级，而且很峻急，看了也要目眩，心想这一定是不行罢，没有一回想到要上去过。

---

❶　［西山］　一名小清凉山，是太行山脉的支阜，在北平西三十里。

塔院下面有许多大树,很是凉快,时常同了丰一到那里看石碑,随便散步。

有一天,正在碑亭外走着,秦也从底下上来了。一只长圆形的柳条篮套在左腕上,右手拿着一串连着枝叶的樱桃似的果实。见了丰一他突然伸出那只手,大声说道,"这个送你。"丰一跳着走去,也大声问道,

"这是什么?"

"郁李。"

"那里拿来的?"

"你不用管。你拿去好了。"他说着,在狡狯的脸上现出亲和的微笑,将果实交给丰一了。他嘴里动着,好像正吃着这果实。我们拣了一颗红的吃了,有李子的气味,却是很酸。丰一还想问他什么话,秦已经跳到台阶底下,说着"一,二,三",便两三级当作一步,走了上去,不久就进了塔院第一个石的穹门❶,随即不见了。

这已经是半月以前的事情了。丰一因为学校将要开学也回到家里去了。

昨天的上午,掌柜的侄子飘然来了。他突然对秦说,要收店了,叫他明天早上回去。这事情太鹘突❷,大家都觉得奇怪,后来仔细一打听,才知道因为掌柜知道了秦的作弊,派他的侄子来查办的。三四角钱卖掉的汽水,都登了两角的账,余下的都没收了,存放在一个和尚那里,这件事情不知道谁用了电话告诉了掌柜了。侄子来了之后,不知道又在那里打听了许多话,说秦买怎样的好东西吃,半月里吸了几盒的香烟,于是证据确凿,终于决定把他赶走了。

秦自然不愿意出去,非常的颓唐❸,说了许多辩解的话,但是没有效。到了今天早上,平常起的很早的秦还是睡着,侄子把他叫醒,他说是头痛,不肯起来。然而这也是无益的了,不到三十分钟的工夫,秦悄然的出了般若堂去了。

---

❶ 〔穹门〕 上方成弧形的门。

❷ 〔鹘突〕 突兀出人意外。

❸ 〔颓唐〕 委靡不振。

　　我正在有那大的黑铜的弥勒菩萨坐着的门外散步。秦从我的前面走过，肩上搭着被囊，一边的手里提了一只盛着一点点日用品的柳条篮。从对面来的一个寺里的佃户❶见了他问道，

　　"那里去呢？"

　　"回北京去！"他故意用了高兴的声音这样回答，想隐藏过他的忧郁的心情。

　　我觉得非常的寂寥。那时在塔院下所见那种浮着亲和的微笑的狡狯似的面貌，不觉又清清楚楚的再现在我的心眼的前面了。我立住了，暂时望着他彳亍❷的走下那长的石阶去的后影。

---

❶　［佃户］　租种别人的田亩的人。

❷　［彳亍］　音彳ˋ彳ㄨˋ，慢慢地走小步。

二六、梅

贾祖璋[1]

梅是属于蔷薇科的落叶乔木，干高可及二三丈。叶作卵形，或倒卵形，或广椭圆形，叶端尖锐，边缘有不整齐的细锯齿。先叶开花。花梗极短。萼以绛紫色为普通，里面黄绿色；下部连合如筒，上部五裂，裂片为卵形。花瓣五枚，形圆，色白或红。雄蕊多数。雌蕊居上位，子房单一；有一种所谓品字梅的，据记载一花能结三个果实，生在一起，形如品字，这大概是子房分化的缘故。

梅花有单瓣的，也有重瓣的。单瓣的有花瓣五枚与萼片互生，间有为六瓣或七瓣的，萼片数也随着增加。重瓣花可分一次的二次的三次的数种：一次的重瓣花，花瓣数从六到十五，由花的内方增生一圈花瓣造成的；其中有歪形的花瓣，尚留着发育不全的药，显示雄蕊变成花瓣的遗迹。二次的重瓣花，理论上是由于生了三圈的花瓣，一共可有三十五瓣，因发育的不完全，其数常增减于十六到三十五之间。三次的重瓣，由于发生第四圈花瓣，瓣数依理可达七十五枚；因为梅花的花托狭小，不能负担这样多的花瓣，所以没有达到这个最高数目的；最多不过五十余瓣。

梅是虫媒花，开花时，给它做媒介的蜂蝶之类还不多，花中散放浓烈的清香，就是要使少数的昆虫能够特别注意它。

梅的栽培，随观赏与实用的不同，产生许多品种。常见的有下列数种。

---

❶　［贾祖璋］　现代浙江海宁人。著有《鸟与文学》，《中国植物图鉴》等书。

青梅　苏州等处的栽培种,果实圆形而尖,色青,味极清爽。旧记载有所谓"消梅"的,云"实圆,松脆,多液,无滓,入口就会消融",大概就是这一种。

红梅　杭州等处的栽培种,果实形圆,色青红相间。

杏梅　果大而扁,色黄,向着太阳光的一面有红斑。

绿萼梅　梅花的萼本为绛紫色,这一种变为绿色,枝梗也转成青色;花瓣白色,有素淡清雅的风韵。单瓣重瓣都有。

鸳鸯梅　结实多双,故名。花重瓣,色红,所以别名多叶红梅。

紫梅　花色紫红,枝梗也带紫色。

水仙梅　花瓣六枚,色白形大,似水仙花,故名。香气甚烈。

其中前三种以实用为主,后四种以观赏为主。通常栽培的梅,实用的品种较多。梅子含有林檎酸等果酸,可制果子酱和梅干等食品。但未熟的梅子,因为含有青酸,不宜多食,否则中了毒易致❶腹痛。

梅树老时,干渐樛曲,树心朽腐,内生空洞,外方仍能生枝开花,且树皮上满生藓苔,有苍老高雅的姿态:这种梅花称为古梅。范成大著《梅谱》❷已有关于古梅的记载,他说,"古梅会稽❸最多,四明吴兴间有之❹,其枝樛曲万状,苍藓鳞皴,封满花身;又有苔须垂于枝间,或长数寸,风至绿丝飘飘可玩。"范氏以后,相类的记载不可胜数。所谓苔须,是一种的地衣,大抵是松萝一类的植物,现在栽的"梅章",就是人工所造成的古梅姿态。《群芳谱》❺说"长干❻之南七里许曰华严寺,寺僧莳花为业,而梅尤富。……率以丝缚虬枝,盘曲可爱;桃本者三四年辄樛矣,不善缚抽条引蔓,不如不缚者为佳。"据此,在明代已经知道梅章栽培的方法了。现在的都市中尺地寸金,栽培古梅以供玩赏已为事实上所不可能。至于

---

❶　［致］　招来,引起。

❷　［范成大著《梅谱》］　范成大字致能,号石湖居士,宋吴县人。绍兴进士,官至参知政事。工诗,有《石湖集》。《梅谱》是一部记载关于梅的故事的书。

❸　［会稽］　今浙江绍兴县。

❹　［四明吴兴间有之］　四明,浙江鄞县的别称。间是间隔,引申为偶然。

❺　［群芳谱］　明王象晋著的一部记载花草果木的书。分类纂辑,共三十卷。

❻　［长干］　里巷名,在江苏江宁县南。

梅章的栽培虽有人谥之为病梅❶，但在花卉园艺上，未始没有相当的价值。

————————

❶ ［谥之为病梅］ 有名望或德行的人死后，人们依据他生前的行为给他一种名号，叫做"谥"。引申起来，凡用以表明人物的个性、特点的名号，也称为谥。这里用作动词，和"称""叫"等字相当。清龚自珍(定盦)有《病梅馆记》。

文章法则乙

七、句的成分的省略

前面已经说过,凡是句,主语和述语的二部分是必须具备的。可是在实际上尽有把重要部分来省略的事情。文法上省略的条件很多,这里先讲最普通的几种:

(一)对话的省略　在两人的对面谈话和书信里,句的成分常有省略的。如:

"你最喜欢是甚么事?""(我最喜欢)逃难。"《从孩子得到的启示》

(我)不知先生有意于此否?《致郑西谛书》

(二)自述的省略　自己讲述自己的行动时往往省略主语。如:

(我)晚上喝了酒。《从孩子得到的启示》

(余)仰视天,……(余)俯视地,……(余)几疑身外即战场。《观巴黎油画记》

(三)承前的省略　一串文句如果主语相同,只须第一句有主语,下面各句的主语往往省略。如:

你赶上张大哥家去,(你)作了许多揖,(你)赔了许多不是,(你)自己怪自己糊涂。《新生活》

陈炯明乘虚率军潜入省城,(陈炯明)复纵步队肆意抢掠。《广州脱险记》

(四)说理的省略　一句句子,如果内容所说的是人人适用的普遍法则或真理,常省略主语。如:

(学生)在教室里勿喧哗。

(行人)靠左边走。

习 问

一、试依据各种省略成分的原则,在日常口语中找出一个例子来。

二、下列各文句,如认为有省略的成分,一一试为补足。

(1)"那里去呢?""回北京去!"《卖汽水的人》

(2)秦自然不愿意出去,非常的颓唐,说了许多辩解的话。同上

(3)去年冬季回北平,在留黎厂得了一点笺纸。《致郑西谛书》

二七、背影

朱自清❶

我与父亲不相见已二年余了,我最不能忘记的是他的背影。

那年冬天,祖母死了,父亲的差使❷也交卸了,正是祸不单行❸的日子。我从北京到徐州,打算跟着父亲奔丧❹回家。到徐州见着父亲,看见满院狼籍❺的东西,又想起祖母,不禁簌簌❻地流下眼泪。父亲说,"事已如此,不必难过,好在天无绝人之路!"

父亲回家变卖典质,还了亏空,又借钱办了丧事。这些日子,家中光景很是惨澹,一半为了丧事,一半为了父亲赋闲❼。丧事完毕,父亲要到南京谋事,我也要回北京念书,我们便同行。

到南京时,有朋友约去游逛,句留了一日;第二日上午便须渡江到浦口,下午上车北去。父亲因为事忙,本已说定不送我,叫旅馆里一个熟识的茶房陪我同去。他再三嘱付茶房,甚是仔细,其实我那年已二十岁,北京已来往过两三次,是没有什么要紧的了。但他还不放心,怕茶房不妥帖,颇踌躇❽了一会,终于决定还是自己送我去。我两三回劝他不必去;

---

❶ [朱自清] 字佩弦,现代江苏江都人(原籍浙江绍兴)。历任北平清华大学教授。著有《毁灭》,《背影》等。

❷ [差使] 职务。

❸ [祸不单行] 这是句俗语,意思是:祸事不是单独来的,往往接二连三地发生。

❹ [奔丧] 在远地得到尊长死亡的消息连忙赶回去。

❺ [狼籍] 散乱。

❻ [簌簌] 纷纷。

❼ [赋闲] 失业无事。

❽ [踌躇] 迟疑不决。

他只说，"不要紧他们去不好！"

我们过了江，进了车站。我买票，他忙着照顾行李。行李太多了，得向脚夫行些小费，才可过去。他便又忙着和他们讲价钱。我那时真是聪明过分，总觉他说话不大漂亮，非自己插嘴不可。他讲定了价钱，就送我上车。他给我拣定了靠车门的一张椅子；我将他给我做的紫毛大衣铺好坐位。他嘱我路上小心，夜里要警醒些，不要受凉。又嘱托茶房好好照应我。我心里暗笑他的迂；他们只认得钱，托他们直是白托！而且我这样大年纪的人，难道还不能料理自己么？唉，我现在想想，那时真是太聪明了！

我说道，"爸爸，你走吧。"他望车外看了看，说，"我买几个橘子去。你就在此地，不要走动。"我看那边月台的栅栏外有几个卖东西的等着顾客。走到那旁月台须穿过铁道，须跳下去又爬上去。父亲是一个胖子，走过去自然要费事些。我本来要去的，他不肯，只好让他去。我看见他戴着黑布小帽，穿着黑布大马褂，深青布棉袍，蹒跚地走到铁道边，慢慢探身下去，尚不大难。可是他穿过铁道，要爬上那边月台，就不容易了。他用两手攀着上面，两脚再向上缩；他肥胖的身子向左微倾，显出努力的样子。这时我看见他的背影，我的泪流下来了。我赶紧拭干了泪，怕他看见，也怕别人看见。我再向外看时，他已抱了朱红的橘子走回来了。过铁道时，他先将橘子散放在地上，自己慢慢爬下，再抱起橘子走。到这边时，我赶紧去搀他。他和我走到车上，将橘子一股脑儿❶放在我的皮大衣上。于是扑扑衣上的泥土，心里很轻松似的。过一会说，"我走了；到那边来信！"我望着他走出去。他走了几步，回过头看见我说"进去吧，里边没人。"等他的背影混入来来往往的人里，再找不着了，我便进来坐下，我的眼泪又来了。

近几年来，父亲和我都是东奔西走，家中光景是一日不如一日。他少年出外谋生，独立支持，做了许多大事。那知老境却如此颓唐！他触目伤怀，自然情不能自已。情郁于中，自然要发之于外；家庭琐屑❷便往

---

❶ ［一股脑儿］ 统统。

❷ ［家庭琐屑］ 家庭间细小的事情。

往触他之怒。他待我渐渐不同往日。但最近两年的不见，他终于忘却我的不好，只是惦记着我惦记着我的儿子。我北来后，他写了一信给我，信中说道，"我身体平安，惟膀子疼痛利害，举箸提笔，诸多不便，大约大去❶之期不远矣。"我读到此处，在晶莹的泪光中，又看见那肥胖的，青布棉袍黑布马褂的背影。唉！我不知何时再能与他相见！

❶〔大去〕死。

二八、小雨点

陈衡哲 ❶

　　小雨点的家,在一个紫山上面的云里。有一天,他正同着他的哥哥姊姊,在屋子里游玩,忽然外面来了一阵风,把他卷到了屋外去。

　　小雨点着了急,伸直了喉咙叫道,"风伯伯,快点放了我呀!"

　　风伯伯一些也不睬,只管吹着他向地下卷去。小雨点吓得闭了眼睛,连气也不敢出。后来他觉得风伯伯去了,才慢慢的把眼睛睁开,向四围看了一看,只见自己正挂在一个红胸鸟的翅膀上呢。那个红胸鸟此时正扑着它的翅膀,好像要飞上天去的光景。小雨点不禁拍手叫道,"好了!好了!他就要把我带回我的家去了。"

　　谁知道那个红胸鸟把他的翅膀扑得太利害了,竟把小雨点掀了下来。

　　小雨点看见自己跌在一个草叶上面,他便爬了起来,两只手掩了眼睛,呜呜咽咽的哭起来了。他正哭着,忽听见有一个声音叫着他说道,"小雨点,小雨点,不要哭了。到我这里来罢。"

　　小雨点依着那声音的来处看去,只见有一个泥沼在那里叫他去哩。他心里欢喜,便从那个草叶上面,一交滚了下来,向着那泥沼跑去。他跑到了那里,把那泥沼看了一看,不觉掩着鼻子说道,"好龌龊呵!"

　　泥沼把手放在他的嘴上说道,"听呀!"

　　此时小雨点忽听见有流水的声,自远渐渐的近了来。泥沼便对小雨

❶　[陈衡哲]　任鸿隽的夫人,原籍江苏武进。留学美国,研究历史。回国后任北京大学教授。著有《西洋史》及小说集《小雨点》等。

点说，"这是涧水哥哥，他到河伯伯那里去，现在凑巧走过这里。我们何不也同他一路去呢？"

于是小雨点跟了泥沼，去会见了涧水哥哥，一同到河伯伯那里去。

小雨点见了河伯伯，觉得自己很小，便问他道："河伯伯，我为什么这样小？"

河伯伯笑着答道，"好孩子，这不打紧，我小的时候，也和你一样。"

小雨点又说道，"大河伯伯，你现在到那里去？"

泥沼和涧水哥哥也同声说道，"不错，不错，大河伯伯，你现在到那里去？"

河伯伯道，"我到海公公那里去，就永远住在他那里了。"

小雨点和泥沼和涧水哥哥都同声说道，"好伯伯，你能告诉我们，海公公是怎么一个样子吗？"

河伯伯道，"海公公吗，他是再要慈爱没有的了。他见了什么东西，都要请他去住在他的家里。"

小雨点道，"他也请像我一样的小雨点吗？"

河伯伯道，"只要你愿意。他一定请你的。你可知道他小的时候，也是一个小雨点吗？"

他们四个一路上有谈有笑，倒也很快活。隔了两天，居然到了海公公的宫里去。只见海公公掀着雪白的胡子，笑着迎了出来。他见了小雨点，十分欢喜，问了他好多的话。小雨点心里也觉得快活，那天竟没有想到家里。可是到了第二天，又想回去了。他便拉着海公公的胡子说，"海公公，你肯送我回家去吗？"

海公公说，"好孩子，你要回去，也没有什么不可以。但你须要耐心些才是。"

海公公的房子，是一个又大又深的宫。小雨点在他的底下住了两天。到了第三天，他正一人哭着，想回家去，忽听见海公公在屋面上叫他。小雨点跟着那声音，升了上去。只见白云紫山，可不是他的家吗？他见了喜得手舞足蹈的说道，"看呀！看呀！海公公，那不是我的家吗？"

海公公摩着他的头说道，"好孩子，我是留不住你的了，只好让你回去罢。"

小雨点也很不忍心离开这样慈爱的海公公。不过他要回去的心太利害了,所以只得含着眼泪辞别了海公公,向天上升去。

说也稀奇,此刻小雨点只觉得他的身子一刻大似一刻。不一会,他已升得很高。他心里欢喜,说道,"今晚我一定可以到家了,好不快活呵!"

到了下午,他升到了一个高山的顶上,觉得有些疲倦。他向下一看,只见有一朵小小的青莲花,睡在一堆泥土的旁边。他便对着自己说,"我今天升得也够了,不如休息一刻再说罢。"

说了这个,他便向着那青莲花进行。忽然他身子又缩小起来。他着了慌,再睁眼仔细一看,阿呀!他不在那朵花瓣上,又在那里呢?他此时不觉又哭起来了。

他正哭着,忽听见那青莲花叫着他的名字,说道,"小雨点,不要哭了,请你快来救救我的命罢。"

小雨点听了很希奇,不由得止了哭,把那青莲花细细的看了一看,只见她清秀之中显出十分干枯苍白。青莲花此时又接着说道,"我差不多要死了,请你救救我的命罢。"

小雨点听了心里很不忍,便答道,"极愿极愿!但是我可不知道应该怎样的救你。"

青莲花道,"听着呵!我为的是欠少了一点水,所以差不多要死。你若愿意救我的命,你须让我把你吸到我的液管里去。"

小雨点吓了一大跳。竟回答不出话来。

青莲花道,"小雨点,不要害怕,你将来终究要回家去的,不过现在冒一冒险罢了。你愿意吗?"

小雨点听了,心里安了些。把青莲花看了一看,不由得又疼又爱。他想了一想,便壮着胆说道,"青莲花,我为了你的缘故,现在情愿冒这个险了。"

青莲花十分感激,果真的把小雨点吸到了她的液管里去。不到一会,她那干枯苍白的皮肤忽然变为美丽丰满。她在风中颤着,向四处瞧望。忽见有个小女儿走过她的身旁。她便把她身上的香味送到那女孩的鼻子里,说道,"女孩子,看我好不美丽。为什么不把我戴在你的发上呢?"

那女孩子果真把她折了,戴在她自己的发上。但是到了晚上,那女孩子忽然又不喜欢这个青莲花了。她便把她从发里取了下来,丢在她爹爹的园里。

青莲花知道她这次真要死了。她又想到了温柔的小雨点,心里很痛苦,不由得叫道,"小雨点! 小雨点!"

小雨点本来没有死,不过睡着罢了。此刻听了青莲花的声音,便醒了过来,说道,"我在什么地方呢?"

青莲花答道,"你在我的液管里。"

小雨点听到这里,才慢慢的把往事记了起来。他叹着气说道,"青莲花,你自己又在那里?"

青莲花便把她的经历,一一的告诉了小雨点。她又说道,"小雨点,现在我可真的要死了。"

小雨点着了急,说道,"青莲花! 青莲花! 快快的不要死,我愿意再让你把我吸到液管里去。"

青莲花叹了一口气,说道,"痴孩子,现在是没有用的了。况且你已经在我的液管里,我又怎样能再吸你呢? 但是,小雨点,你不必失望,因为我明年春间仍要复活的。你若想念我,应该重来看看我呵! 再会了。"

小雨点哭着说道,"青莲花! 青莲花! 快快不要死呀!"

但是青莲花已经不听见了。小雨点一面哭着,一面看去,好不希奇,他那里在什么青莲花的液管里,他不是明明在一个死池旁边的草上吗? 他把死池看了一看,央着说道,"泥沼哥哥……"

死池恶狠狠的说道,"我不是泥沼,我是死池。"

小雨点便道,"死池哥哥,你能把我送到海公公家里去吗?"

死池哼着鼻子,说道,"我从来没有听见过这个地方。"

小雨点听了,知道没望了,不由得又哭了起来。他哭得好不伤心,死池听了,也有些不忍,便问道,"你要到海公公家去做什么?"

小雨点答道，"我要他送我回家去。"

死池皱着眉毛，想了一想，说道，"你可知道，你不必到海公公家，也可以回家去的吗？"

小雨点听了，快活得跳了起来，说道，"死池哥哥，你的话真吗？你肯告诉我怎样的回家去吗？"

死池道，"你且等着，待太阳公公来了，便知道了。"

小雨点不敢再问，只得睡在草上，静待了一夜。明朝太阳公公来了，果然的把小雨点送回了家去。小雨点见了他的哥哥姊姊，自然欢喜得说不出话来。他又把他在地上的经历，一一的告诉了他们。后来他还约了他们，要在明年春间，同他们到地上去看那复活的青莲花哩。

文章法则乙

七、经验和想像

普通写记叙文都凭着自己的经验。没有经验，就没有可写的材料，文章自然也写不起来了。

经验可以分为直接的和间接的两类。由自己的观察，阅历得来的，叫做直接经验。例如到了一处地方，知道那地方的景物；参加了一件事情，知道那事情的经过：这种经验都是直接和事物接触的结果。由他人的传述记载得来的，叫做间接经验。例如听了朋友谈泰山，知道泰山的大概；看了关于辛亥革命的书籍，知道辛亥革命的情形：这种经验并非直接和事物接触的结果，乃是转手而来的。

直接经验当然最确实可靠；可是范围比较狭小。间接经验范围很广；可是转手而来的东西不一定确实可靠，须仔细加以辨别。

记述文可以专用直接经验做根据；因为事物一时间的光景，不妨亲自去观察。至于叙述文，除了叙述自己的事情以外，非取用间接经验不可。在一般文章中，间接经验往往占着大部分。有许多文章，作者所写的竟全部是间接经验；例如历史教科书。

如童话，小说等，实际上并不曾有过这么一回事，其中故事出于作者的想像。然而想像也不能凭空而行，还是要以经验为根据。作者运用他的想像，从直接经验，间接经验中取出若干材料，把它们适当地拼合起来，这才写成童话，小说等东西。

习　问

一、记叙文有依据直接经验的,有依据间接经验的,试从读过的文章中各举一篇做例子。

二、读过的文章中,有没有以作者的想像为依据的? 如果有,试指出来。

二九、蚕儿和蚂蚁〔上〕

叶绍钧❶

撒，撒，撒，像秋天的细雨声。所有的蚕儿都在那里吃桑叶。他们也不辨辨滋味，只顾咬，只顾吞，好像他们到世间来，惟有吃桑叶这一件大事。

一会儿桑叶剩了些脉络。蚕儿的灰白色的身体完全显露，构成个蠕动❷的使人肉麻的平面。于是饲蚕人又把大批的桑叶盖上去。撒，撒，撒的声音又响起来，而且更响一点，像一阵秋风吹过，送来紧急的雨声。

有一条蚕，蹲在竹器的边缘，昂起胸部，抬起头，一动不动，他独个儿不吃桑叶。他将要入眠了么？他吃得太饱了么？不，他正在那里思想。看他那副神气，就像个深沈静默的思想家。

什么事情只要能想，到底会弄明白的。

他开头想自己到世间来究竟为什么的，是不是专为吃桑叶这一件大事。他查考祖先的历史，看他们遇到些什么，祖先是吃罢桑叶作成茧，被人们投到滚烫的汤里捞起那丝来制成有光彩的衣裳的。他便明白蚕儿到世间来，唯一大事是作茧。吃桑叶并不是大事，只是一种方便，不吃桑叶作不成茧，为了要作茧，才吃桑叶。想到这里，他灰心极了；辛辛苦苦工作了一世，却为着那全不相干的"人"！他再不想吃桑叶了，只是昂起胸部，抬起头，一动不动。

---

❶ 〔叶绍钧〕 字圣陶，现代江苏吴县人。著有长篇小说《倪焕之》及短篇小说集、童话集多种。

❷ 〔蠕动〕 缓缓地爬行。

又一批新桑叶盖到蠕动的使人肉麻的平面上,急雨似的声响又播散开来。独有他看都不看一看。

近旁有个同伴,用细微的声音招呼他道,"朋友,又是一顿新鲜的大餐来了。你吃呀,客气会吃亏的。"

他不屑回转头去,骂道,"你们这班饿鬼似的东西,只晓得说吃呀吃呀! 我饱得很,太饱了,不想吃。"

"你在什么地方吃到了更鲜美的东西么?"一句话才说罢,那发问的小嘴连忙沿着桑叶的边缘一上一下地咬嚼。

"更鲜美的东西! 你们不能离开了口腹的事情而思想的么? 使我饱的是厌恶,是很深的厌恶。"

"你厌恶什么?"

"我厌恶工作。没有比工作更可厌的了,从今以后,我决意永不工作。刚才作成一个歌儿,唱给你听听。

"什么叫作工作!

没意思,没道理。

毫无所得,白费气力。

"我们不要工作。

看看天,望望地,

直到老死,莫再用力。"

但是同他对话的那条蚕儿不等听罢他的新歌儿,就爬到另一张桑叶的背面去了。其余的蚕儿全没留心到有一位朋友不吃桑叶的事。

"什么叫工作!

没意思,没道理……"

他一壁唱,一壁离开竹器的边缘。既已决意永不工作,那何妨离开工作的场所,这些只晓得吃什么也不明白的同伴,又实在使他看着生气。他从木架子爬下,一对对的脚移动得很快,这时他觉着离开得越快越好。一口气爬到室外的地面,听不见同伴的吃叶声了,他才停了脚;重又昂起胸部,抬起头,开头过那"看看天望望地"的"不要工作"的日子。

三〇、蚕儿和蚂蚁〔下〕

叶绍钧

忽然像针刺似的，尾部觉着一阵痛，身体不自主地扭曲一下。他连忙回头看，原来是一个蚂蚁。

那蚂蚁自言自语道，"不想还是活的。"

"你以为我是死的么？"

"你像一段掉在地上的枯树枝。我以为至少僵了三天了。"

"你说我的身体干瘪了么？"

"不错。你既然还是活的，为什么身体这样干瘪呢？"

"你知道我决心不吃东西了么？"

"你碰到什么倒楣❶的事情了，要想自杀，把自己饿死？"

"我看穿了。吃东西只是为了要工作。我厌恶工作，所以不再想吃东西。小朋友，我有个新编的歌儿，唱给你听听。"

蚂蚁听蚕儿有气没力❷唱他的宣传歌，忍不住笑起来，说道，"那里来的怪思想！你说不要工作，就差不多说不要你的生命，不要你的种族呢。"

蚕儿呆呆地看了蚂蚁一眼，叹息道，"生命和种族，在我说来，也没有什么意思。滚烫的汤，把我茧上的丝一缕一缕地抽了去！我想到这些，只见前面一团黑。"

"生了耳朵从没有听见过。你说出这样的话来，大概你工作太多，神

---

❶　〔倒楣〕　江浙一带土话，含有"不幸"之意。

❷　〔有气没力〕　不上劲。

经有点昏乱了。我唱一个我们的歌给你听听,让你清醒清醒吧。"

"你也有歌儿?"

"我们个个都能唱歌。唱歌是我们精神上的一种安慰。"

蚂蚁用触角❶一动一动地按着拍,唱出下面的歌儿:——

"我们赞美工作,

工作就是生命。

工作给我们丰富的报酬,

工作使我们十分地高兴。

为了全群繁荣,

我们个个起劲。

工作! 工作! ——

我们永远的歌声。"

蚂蚁唱罢,哈哈大笑,又仰起头胸部,摆动着脚,舞蹈起来。一壁问道,"怎样? 我们这歌比你那倒楣的歌儿高明得多吧?"

蚕儿以为那小东西一定是什么都不知道,同那些死守在竹器里吃桑叶的同伴们一模一样,便问他道,"难道没有一镬滚烫的汤等候在你们前面么?"

蚂蚁摇摇头,"我们喜欢冷饮❷,那边池塘里的清水是我们的饮料。"

"不是说这个。没有'人'来抽你们的丝么?"

"什么叫做'人',我不懂。"

蚕儿感到表白心意的困难。停顿了一会,转换话头问道,"难道你们的工作不是白做的么?"

"你问这个么?"蚂蚁觉得很奇怪,"世间那里会有白做的工作?"

"我的意思正和你相反,世界那里会有不白做的工作!"

"你不相信,只消看我们。我们的工作完全不是白做的,一丝一毫的气力都贡献给全群,增加全群的福利。"

"像你所说那样的情形,我做梦也不曾想到,我只知道我们全群的结

———————————

❶ 〔触角〕 节足动物(如虾蟹蜈蚣等)及各种昆虫及软体动物的感觉器官。

❷ 〔冷饮〕 本指冷的饮料,如汽水之类。

果是一锅煮毙的僵尸。"

蚂蚁微觉不耐烦,"顽固的先生,同你说不明白的了。只有请你去亲眼看看我们的生活情形,你就会相信我的话不是骗你的。我此刻还有工作,要去找寻食物,不能陪你去。带了这封介绍书去吧。"说着,伸出前足授过介绍书。这在人类是要用了最好的显微镜才看得出的。

蚕儿接了介绍书,懒懒地说道,"谢谢你。我反正不想工作,停留在这里和到你那里去看看是一样的。"

他们分别了。蚂蚁匆匆地跑去,跑过一段路停住脚,向四围探视,换个方向又匆匆地跑去。蚕儿是不要不紧❶地爬行,好像每一个环节❷移前一步都要停顿好久似的。

蚕儿爬行虽然慢,终于到了蚂蚁的国土,他把介绍书递给门前的守卫,就得到很优厚的招待。他们让他参观一切的工作,运粮食,开道路,造房屋,管孩子;又引他参观一切的地方,隧道,会堂,育儿室,储藏室。他如在另一天地间,只见他们起劲,努力,忙碌,欢欣,真个工作就是他们的生命。最后他们开会款待他,齐声合唱先前那蚂蚁唱给他听的那个歌儿。

蚕儿听到末了的"工作! 工作! ——我们永远的歌声",忍不住滴下眼泪。他这才相信世间真有不是白做的工作,蚂蚁们赞美工作确然有道理的。

从此他又明白自己厌恶工作同蚂蚁赞美工作都有缘故,彼此情境不同,对于工作的观念也就不同了。——什么事情只要能想,到底会弄明白的。何况他是一条思想家似的蚕儿。

---

❶ ［不要不紧］ 慢慢地,缓缓地。
❷ ［环节］ 指蚕体的一节。

文章法则甲

八、句的种类

句的种类可由两方面来分。

（甲）从性质上分类，可得四种：

（一）直说句　这是就了事物直捷地说述"怎样"或"是甚么"的，说述"怎样"的叫做叙述句，说述"是甚么"的叫做说明句。如：

> 祖母死了。（叙述）《背影》

> 这已经是半月以前的事情了。（说明）《卖汽水的人》

（二）疑问句　这是带疑问口气的句子，句末常加符号"？"。有询问及反问两种。真为了不明白而发问的叫做询问，本来明白而故意发问的叫做反问。如：

> 你厌恶什么？（询问）《蚕儿和蚂蚁》

> 难道你们的工作不是白做的么？（反问）同上

（三）命令句　这是表示希望或命令之意的句子。句末往往用感叹符号"！"。如：

> 请先生诏示我等！（希望）《亚美利加之幼童》

> 到那边来信！（命令）《背影》

（四）感叹句　这是带了喜怒哀乐等感情说述的句子，句首往往附感叹词，句末必加感叹符号"！"。如：

> 唉，我现在想想，那时真是太聪明了！《背影》

> 一切都空了！《慈爱的结束》

（乙）从形体上分类，有单句和复句两种。一句之中只含一个主语和述语的叫做单句；含有两个以上的叫做复句。以前各节所讲的句，大概都是单句。至于复句，也有种种的式样，这里只举出几个例子。如：

讷公……造赫赫之伟业，轰风云于大地。（主语一，述语二。）《讷尔逊轶事》

形体态度，发肤颜色，长短丰瘠，无不毕肖。（主语三，述语一。）《观巴黎油画记》

你知道我决心不吃东西了么？（句中含有句，"我"以后是句。）《蚕儿和蚂蚁》

吾能之乎？抑汝能之乎？（两句用接续词"抑"连接着。）《与妻诀别书》

习　问

一、试将句的种类列成一个系统表。

二、试就下列各文句分别说出种类来。

(1)他正在那里思想。《蚕儿和蚂蚁》

(2)你吃呀。同上

(3)你知道我决心不吃东西了么？同上

(4)工作就是生命。同上

(5)我只知道我们全群的结果是一锅煮毙的僵尸。同上

初中国文教本

第二册

夏丏尊、叶绍钧合编,《初中国文教本》(第二册),
开明书店,民国廿六年六月初版

目　录

一、落花生………………………………………………… 落华生（117）

二、小鸡…………………………………………………… 丰子恺（119）

文章法则乙　一、记叙文的材料 ………………………………（122）

三、核舟记………………………………………………… 魏学洢（124）

四、大同云冈石窟佛像记…………………………………… 袁希涛（127）

文章法则甲　一、句的成分的排列 ………………………………（129）

五、景阳冈………………………………………………… 水浒传（131）

六、谈风………………………………………………… 上下古今谈（136）

文章法则乙　二、记叙文的顺序 …………………………………（140）

七、病……………………………………………………… 余云岫（142）

八、诗二首……………………………………………………………（145）

　　采野菜的女孩 ………………………………………… 何植三（145）

　　一个小农家的暮 ……………………………………… 刘　复（146）

文章法则甲　二、名词代名词在句中的用途 ……………………（148）

九、"和平""奋斗""救中国"………………………………… 汪兆铭（150）

一〇、朋友………………………………………………… 巴　金（152）

文章法则乙　三、记叙文的剪裁 …………………………………（155）

一一、最苦与最乐 ………………………………………… 梁启超（157）

一二、科学的头脑 ………………………………………… 任鸿隽（160）

文章法则甲　三、重要的文言代名词（一） ……………………（162）

一三、黄花岗烈士纪念会演说 …………………………… 陈布雷（164）

一四、平民夜校开学演说 ………………………………… 蔡元培（168）

文章法则乙　四、仪式文 …………………………………………（170）

一五、弈喻……………………………………………… 钱大昕（172）

一六、喜怒忧惧……………………………………………… 张耀翔（174）

文章法则甲　四、重要的文言代名词（二）………………………（176）

一七、图画………………………………………………… 蔡元培（178）

一八、词四首…………………………………………………（180）

　　相见欢……………………………………………… 李　煜（180）

　　卜算子……………………………………………… 苏　轼（180）

　　小重山……………………………………………… 岳　飞（181）

　　菩萨蛮……………………………………………… 辛弃疾（181）

文章法则乙　五、散文和韵文…………………………………（182）

一九、沈云英传……………………………………………… 夏之蓉（184）

二〇、爱迭生………………………………………………… 落　霞（186）

文章法则甲　五、文言代名词的倒置…………………………（188）

二一、秋庭晨课图跋………………………………………… 汪兆铭（190）

二二、诗二首…………………………………………………（192）

　　水手………………………………………………… 刘延陵（192）

　　春意………………………………………………… 刘大白（193）

文章法则乙　六、情感的流露…………………………………（195）

二三、救国的正路…………………………………………… 刘　复（197）

二四、班超投笔从戎………………………………………… 周振甫（200）

文章法则甲　六、名词语………………………………………（203）

二五、求阙斋日记…………………………………………… 曾国藩（205）

二六、山阴记游……………………………………………… 俞平伯（208）

文章法则乙　七、记叙文和小说………………………………（211）

二七、故乡〔上〕…………………………………………… 鲁　迅（213）

二八、故乡〔下〕…………………………………………… 鲁　迅（218）

文章法则甲　七、关于补足格…………………………………（221）

二九、五月卅一日急雨中…………………………………… 叶绍钧（223）

三〇、苏打水………………………………………………… 科学丛谈（226）

文章法则乙　八、说明的态度和议论的态度…………………（229）

一、落花生

落华生❶

　　我们屋后有半亩隙地。妈妈说，"让它荒芜着怪可惜，既然你们那么爱吃花生，就把这地开辟出来做个花生园罢。"我们几姊弟和几个小丫头❷都很喜欢——买种的买种，动土的动土，灌园的灌园；过不了几个月，居然有收获了。

　　妈妈说，"今晚我们可以做一个收获节，也请你们爹爹来尝尝我们的新花生，如何？"我们都答应了。妈妈把花生做成好几样食品，还吩咐这一个节的庆贺典礼要在这园里的茅亭里举行。

　　那晚上的天色不大好，可是爹爹也到茅亭里来，实在很难得。爹爹说，"你们爱吃花生么？"

　　我们都争着答应，"爱！"

　　"谁能把花生的好处说出来？"

　　姊姊说，"花生的气味很香。"

　　哥哥说，"花生可以制油。"

　　我说，"他的价钱很贱，无论何等人，凡喜欢吃他的，都可以买他来吃，这就是他的好处。"

　　爹爹说，"花生的用处固然很多；但有一样是很可贵的。这小小的豆不像那好看的苹果，桃子，石榴，把他们的果实悬在枝上，鲜红嫩绿的颜

---

　　❶　［落华生］　许地山的笔名，现代福建龙溪人。曾留学英美，回国后，历任燕京清华及香港大学等校教授。著有《空山灵雨》等。

　　❷　［小丫头］　婢女。

色,令人一望而发生羡慕的心。他却把他的果子埋在地底,等到成熟,才容人把他挖出来。你们偶然看见地上有棵花生瑟缩❶地伏着,是不能立刻辨出他有没有果实的,必得你们去接触他,才能辨别出来。"

我们都说,"是的。"妈妈也点点头。爹爹接下去说,"所以你们做人要像花生一样,因为他是有用的东西,不是好看而无用的。"我说,"那么,人要做有用的人,不要做好看而无用的人了。"爹爹说,"这是我对于你们的希望。"

我们谈到夜阑❷才散,花生食品早已吃完了,然而父亲的话现在还印在我的心版上。

---

❶ 〔瑟缩〕 寒颤的样子。
❷ 〔夜阑〕 夜深。

二、小　鸡

丰子恺

楼窗下的弄里远远传来一片咿哟，咿哟……的声音，渐近渐响。

一个孩子放却算草簿，抬起头来，张大眼睛倾听一会，"小鸡！小鸡！"叫了起来。四个孩子同时放弃手中的笔。飞奔下楼，好像路上的一群麻雀听见了行人的脚步声急忙飞去一般。

我刚才扶起他们带倒的凳子，拾起从桌子上滚下去的铅笔，就听见大门口一片喊声："买小鸡！买小鸡！"其中又混着哭声。连忙下楼一看，原来元草因为落伍而狂奔，在庭中跌了一交，跌痛了膝盖不能再跑，恐怕小鸡被哥哥姊姊们买完了轮不着他，所以拼命地哭。我扶了他走出大门口，见一群孩子正向一个挑着小鸡担的招呼，欢迎他走近来。元草立刻离开我，上前去加入团体，且跳且喊："买小鸡！买小鸡！"泪珠跟了他的一跳一跳从脸上滴到地上。

孩子们见我出来，大家回转身来包围了我。"买小鸡！买小鸡！"的喊声，由命令的语气变成了请愿的语气，喊得比前更响了。他们仿佛想把这些音注入我的身体中，再由我的口里播出来。独有元草直接拉住了担子绳而狂喊。

我全无养小鸡的兴趣；且想起了以后的种种麻烦，觉得可怕。但乡居寂寥，绝对摒除外来的诱惑，而强迫一群孩子在看惯的几间屋子里隐居似地过一个星期日，似乎也有些残忍。且让这个"咿哟，咿哟"来打破门庭的岑寂，当作闲静的春昼的一种点景吧。我就招呼挑担的，叫他把小鸡给我们看看。

他停下担子,揭开前面的一笼。"咿哟,咿哟"的声音忽然放大。但见一个细网的下面,拥挤着无数可爱的小鸡,好像许多活的雪球。五六个孩子蹲集在笼子的四周,一齐热烈地叫着:"好来! 好来!"一瞬❶间我的心也屏绝了思虑而没入这些小动物的姿态的美中,体会到孩子们对于小鸡的热爱的心情。许多小手伸入笼中,竞指着一只纯白的小鸡,有的几乎要隔网捉住它。挑担的忙把盖子冒上,一霎时许多"咿哟,咿哟"的雪球和一群"好来,好来"的孩子,便咫尺天涯❷了。孩子们怅望笼子的盖,依附在我的身边,有的伸手摸我的袋。

"小鸡卖几钱一只?"我就问挑担的。

"一块洋钱四只。"

"这样小的,要卖两角半钱一只? 可以便宜些吗?"

"不能减价了,最少两角半钱。"

他说过,挑起担子就走。大的孩子脉脉含情❸地目送他,小的孩子拉住了我的衣襟而连叫"要买! 要买!"挑担的越走得快,他们喊得越响。我摇手止住孩子们的叫喊声,再向挑担的问:

"一角半钱一只卖不卖? 给你六角钱买四只吧!"

"没有还价!"

他并不停步,但略微旋转头来说了这一句话,就赶紧向前面跑。"咿哟,咿哟"的声音渐渐地远起来了。

元草的喊声就变成哭声。大的孩子锁着眉头不绝地探望挑担者的背影,又注视我的脸色。我用手掩住了元草的口,再向挑担人远远地招呼:

"两角大洋一只,卖了吧!"

"没有还价!"

---

❶ 〔一瞬〕 眼睛一转动,喻时间之速。

❷ 〔咫尺天涯〕 八寸为咫。咫尺,是逼近的意思。天涯,犹言天边,是辽远的意思。这里的"咫尺天涯",是说孩子们和小鸡被笼子的盖隔离着,两者间虽相距很近,却像相隔天涯一般了。

❸ 〔脉脉含情〕 含有一种欲说不说的怅望情态。

　　他说过便昂然地❶向前走去，悠长地叫出一声"卖——小——鸡——!"那背影便在弄口的转角上消失了。我这里只留着一个号啕大哭的孩子。

　　对门的大嫂子曾经从矮门上探出头来看过小鸡，这时候便拿着针线走出来倚在门上，笑着劝慰哭着的孩子说：

　　"不要哭！等一会还有担子挑来，我来叫你买!"她又笑向我说：

　　"这个卖小鸡的想做好生意。他看见小孩子们哭着要买，越是不肯让价了。昨天坍墙圈里买的一角洋钱一只，比刚才的还大一半呢!"

　　我对她答话了几句，便拉了哭着的孩子回进门。别的孩子也懒洋洋地跟了进来。我原想为闲静的春昼找些点景而走出门的，不料讨了个没趣。庭中的柳树正在骀荡❷的春光中摇曳着柔条，堂前的燕子正在安稳的新巢中低徊软语❸。在这一片和平美丽的春景中，有我们这个刁巧的挑担者和痛哭的孩子，多么不调和啊！

　　关上大门，我一面为元草揩拭眼泪，一面对孩子们说：

　　"你们大家说'好来，好来'，'要买，要买'，那人便不肯让价了!"

　　小的孩子听不懂我的话，继续唏嘘着；大的孩子听了我的话若有所思。我继续抚慰他们：

　　"我们等一会再来买吧，隔壁大妈会喊我们的。但你们下次……"

　　我不说下去了。因为下面的话是："看见好的嘴上不可说好，想要的嘴上不可说要。"倘再进一步，就要变成"看见好的嘴上应该说不好，想要的嘴上应该说不要"了。在这一片天真烂漫光明正大的春景中，那里去容藏这样教导孩子的一个父亲呢？

---

❶　［昂然地］　抬着头不顾一切的样子。

❷　［骀荡］　形容景色的舒放。

❸　［低徊软语］　低徊，含有留恋之意；软语，形容说话的柔婉；这里是形容燕子宛转和柔的鸣声。

文章法则乙

一、记叙文的材料

记叙文以经验到的事物为材料。一个人每天生活着，直接间接经验到的事物不计其数。这许多事物是否都值得记叙呢？

平凡的，人人都知道的事物，大概不值得记叙。试取若干篇记叙文来看，就可以知道作者所以提起笔来写作，都因为那些事物值得记叙，能使读者感到新鲜意味的缘故。

事物的新鲜意味，可以分两方面来说。一是事物本身不平凡的。例如远方的景物和风俗，精美伟大的制作品，社会国家的重大事件，英雄名人的言论和事迹等等：这些对于一般人都有新鲜意味，当然值得记叙。一是事物本身虽然平凡不过，可是作者却从其中发现了一些新鲜意味的。例如看见成群的蚂蚁忙着工作，感到了集团生活的快乐；看见送行的父亲叮嘱再三，感到了父亲爱子之心的深至：这些也会使读者感到新鲜意味，所以也值得记叙。所有记叙文的材料，大概不外乎这两种。

本身不平凡的事物，实际上并不多，普通人在一生中未必常能经验到。我们每天经验到的无非平凡的事物而已。可是，平凡的事物中间含有无限的内容，如果能够好好观察，细细体会，随时可以发见出新鲜意味来。有了新鲜意味，那事物就适于作为记叙文的材料了。

古今来一些出色的记叙文，可以说多半是能从平凡的事物中间发见出新鲜意味来的文章。试把阅读过的记叙文逐一玩味，就可以证明这句话是不错的。

习　问

一、《落花生》和《小鸡》为甚么值得记叙？这两篇文章有甚么新鲜意味？试分别说出来。

二、前面读过的记叙文之中，那几篇的材料本身是不平凡的？

三、核舟记

魏学洢❶

　　明有奇巧人曰❷王叔远，能以径寸之木，为宫室器皿人物以至鸟兽木石，罔不❸因势象形，各具情态。尝贻余核舟一❹，盖"大苏泛赤壁"云❺。

　　舟首尾长约八分有奇❻，高可二黍许❼。中轩敞❽者为舱，箬篷覆之。旁开小窗，左右各四，共八扇。启窗而观，雕栏相望焉。闭之，则右刻"山高月小，水落石出"，左刻"清风徐来，水波不兴"，石青糁之❾。

---

　　❶〔魏学洢〕　字子敬，明嘉善人。著有《茅檐集》。

　　❷〔曰〕　就是语言中的"叫做"，和"某某曰"的"曰"用法不同。

　　❸〔罔不〕　就是语言中的"没有不"。

　　❹〔核舟一〕　语言中必须说"核舟一只"，文言中却可以不用量词。他如"桌子一张，椅子四把"或者"一张桌子，四把椅子"，文言中只须写做"桌一，椅四"，就可以了。

　　❺〔盖大苏泛赤壁云〕　宋朝苏轼（东坡）和他的弟弟苏辙，都以文章著名。人家称苏轼为"大苏"，苏辙为"小苏"。苏轼曾和友人泛舟游湖北黄冈城外的赤鼻矶，以为就是三国时周瑜打败曹兵的赤壁，著有《赤壁赋》二篇。这里的"盖"字是承接的口气，含有"是"字的意义，但没有"是"字那么着实。"云"字是语句终了的口气，没有意义。在语言中，没有和"盖……云"同样的说法。像这一句，就得说作"刻的是大苏泛赤壁的故事"。

　　❻〔有奇〕　有零。

　　❼〔高可二黍许〕　大概有两颗黄米子光景高。"许"字同于语言中的"光景"，附在数量之后，表示所说的数量并不确切。

　　❽〔轩敞〕　开畅。

　　❾〔石青糁之〕　石青是一种青翠色的颜料。用细屑的东西洒在平面上叫"糁"。

　　船头坐三人，中峨冠❶而多髯者为东坡，佛印❷居右，鲁直❸居左。苏黄共阅一手卷❹。东坡右手执卷端，左手抚鲁直背；鲁直左手执卷末，右手指卷，如有所语。东坡现右足，鲁直现左足，各微侧。其两膝相比者，各隐卷底衣褶中。佛印绝类弥勒❺，袒胸露乳，矫首昂视❻，神情与苏黄不属❼；卧❽右膝，诎❾右臂支船，而竖其左膝，左臂挂念珠倚之，珠可历历数❿也。

　　舟尾横卧一楫⓫。楫左右舟子各一人，居右者椎髻⓬仰面，左手倚一衡木⓭，右手攀右趾，若啸呼状。居左者右手执蒲葵扇，左手抚炉。炉上有壶。其人视端容寂⓮，若听茶声然⓯。

　　其船背稍夷⓰，则题名其上，文曰"天启壬戌⓱秋日，虞山王毅叔远甫⓲刻"，细若蚊足，钩画了了，其色墨。又用篆章⓳一，文曰"初平山人"，其色丹⓴。

　　通计一舟：为人五；为窗八；为箬篷，为楫，为炉，为壶，为手卷，为念

---

❶　［峨冠］　高冠。

❷　［佛印］　金山寺的和尚，名了元，和苏轼很要好。

❸　［鲁直］　黄庭坚的号。他是一个诗人，和苏轼齐名，时称"苏黄"。

❹　［手卷］　长的横幅的书画轴；不能悬挂，只可舒卷，所以叫"手卷"。

❺　［弥勒］　弥勒佛，袒胸露乳，张口而笑，现在佛寺的大门正中供奉的就是。

❻　［矫首昂视］　举起头望高处看。

❼　［不属］　不连贯。

❽　［卧］　横着。

❾　［诎］　同屈。

❿　［珠可历历数］　珠粒可以很清楚地一粒一粒数出来。

⓫　［横卧一楫］　横放着一把桨。

⓬　［椎髻］　形式最简单的发髻，和椎一般。

⓭　［衡木］　横木。

⓮　［视端容寂］　正视不旁看，容色很静穆；像俗语说的"一本正经"。

⓯　［若……然］　语言中说起来，就是"像……的样子"。也可以作"如……然"。

⓰　［夷］　平。

⓱　［天启壬戌］　天启，明熹宗年号。天启壬戌是天启二年，当公元一六二二年。

⓲　［虞山王毅叔远甫］　虞山在江苏常熟县。表字叫做"甫"，所以问人家的号称"台甫"。"叔远甫"就是表明王毅的号叫"叔远"。

⓳　［篆章］　刻着篆字的图章。

⓴　［丹］　朱色。

珠各一;对联题名并篆文,为字共三十有四;而计其长,曾不盈寸❶。盖简❷桃核修狭❸者为之。嘻❹,技亦灵怪矣哉!

---

❶ 〔曾不盈寸〕 还不满一寸。这里的"曾"字含有语言中"却"字的意义,但并不十分贴合。

❷ 〔简〕 拣选。

❸ 〔修狭〕 长而狭。

❹ 〔嘻〕 惊叹的声音。

四、大同云冈石窟佛像记

袁希涛❶

　　大同云冈石窟❷造像，与洛阳伊阙❸造像相辉映。伊阙佛像见之金石家❹游览家之纪载者不胜枚举，独云冈石窟，知者颇鲜。岂以地当塞北，士夫踪迹罕及故钦❺！京绥铁路既辟，中外旅行家渐有齿及❻斯窟者。

　　中华民国八年六月七日，余发京师❼，及暮抵大同。翌晨❽雇车西行，历村落二三，计三十里而达云冈。道中十之六七属坦途，十之一二陟山坡，又十之一二则行河床中。相距十里内外，遥望平冈逶迤，如一抹青

---

　　❶　［袁希涛］　字观澜，江苏宝山人。前清举人。曾任上海龙门师范校长，江苏省教育会会长等职。

　　❷　［大同云冈石窟］　大同，县名，属山西省。云冈石窟在县西北三十里云冈堡武州山崖。北魏文成帝时有个僧人名叫昙曜的，请于文成帝，就云冈堡一带的断崖开凿石窟五所，名叫"灵岩"，成于和平三年（四六二）。后来陆续还有兴造。唐以后，这地方渐渐不为人所知道。清光绪二十九年（一九〇三），日人伊思东在山西发见，又经法国美术家沙畹研究解说，始著名于世。为东洋最大的雕刻艺术遗迹。

　　❸　［洛阳伊阙］　洛阳，县名，属河南省。伊阙即龙门山，在洛阳县南二十里。山西崖都是佛龛，有一千余所，佛像多至一万数千，统称"伊阙造象"，又称"龙门造象"。其中以古阳洞和宾阳洞两窟为最大。宾阳洞是北魏宣武帝景明元年（五〇〇）以后二十四年间，以八十万多的工人，经三代的阉宦奉诏所造成的。现存的佛像中，有些是高齐隋唐诸朝增刻的。

　　❹　［金石家］　研究古代钟鼎和碑碣的人。

　　❺　［钦］　和"乎"字"耶"字相同，在语言中就是"吗""呢"之类。不过就语气说，"钦"字比较"乎"字"耶"字来得轻一点。

　　❻　［齿及］　说到。

　　❼　［京师］　指当时的首都北京，今改北平。

　　❽　［翌晨］　第二天早晨。

云,横互地平线上,知命名之所由来也。

渐近则有层楼耸然❶,掩护冈外,碧瓦飞甍❷,引人注目,即今所谓石佛寺是也。寺就石窟建四层楼二座,丹腹❸犹未剥蚀。又西五层楼一,则久失葺治,榱桷❹渐有敧势。三楼各就一窟修建,其上通光入窟,窟中大佛高者约五六尺。窟之宽广最大者径六七丈,其小者三四丈,略如佛殿。四壁琢大小佛无数,及浮屠幡幢宝盖❺等形,多施以朱色。大佛则金身灿然未褪,但积尘久未拂除耳。

三楼以西又有五大窟,窟外石质多剥蚀,窟中则犹完好,采色颇鲜明,据僧言,光绪十七年❻曾加修缮❼故也。窟中规制各不相同:有中作一塔状琢佛无算者,有中坐一大佛或数佛者,有作复殿式而两重者。其四壁皆琢种种法像,不能以数计。

既❽复绕出寺外,嘱一僧导以西行,又有大窟十余,多已隳坏。窟外石柱石壁大都倾倒,有半身大像显露于外,雕琢精美,非寺内各像已为丹漆涂饰失去真相者所可比。但贫民就石窟营土屋以居者,几于鳞次栉比❾,无复庄严清净气象。又西有小窟不计数,亦多隳坏。既返寺又东行,亦有已隳坏之大小石窟一二十。

统计云冈逶迤里许,大小石窟以百计。佛像大者数丈,小者数寸,巧算❿不能稽其数。诚历史上,宗教上,美术上之巨构也。

----

❶ 〔耸然〕 高起的样子。
❷ 〔飞甍〕 甍音ㄇㄥˊ,屋栋。飞,形容其高高翘起,像鸟的举翅而飞。
❸ 〔丹腹〕 腹音ㄏㄨㄛˋ。丹腹,涂饰宫墙的一种赭色的颜料。
❹ 〔榱桷〕 屋椽。榱,音ㄘㄨㄟ;桷,音ㄐㄩㄝˊ。
❺ 〔浮屠幡幢宝盖〕 浮屠,佛塔。幡幢,旗帜之类。宝盖,用宝玉装饰的天盖,悬挂在佛菩萨的高座上面的。
❻ 〔光绪十七年〕 当公元一八九一年。
❼ 〔修缮〕 修饰。
❽ 〔既〕 就是语言中"不多时"的意思,和"既然"的"既"用法不同。
❾ 〔鳞次栉比〕 像鱼鳞蓖栉一样密密地排列着。
❿ 〔巧算〕 精于算术的人。

文章法则甲

一、句的成分的排列

　　一句完整的句子有主语述语两部分。主语在前，述语在后，这是最普通的排列。我们说话的时候，心里先浮起一种事物，然后就了这事物说它"怎样"或"是甚么"，如此排列，原是很自然的。

　　可是排列的样式并不止这一种。同是一个意思，因了表达时心情的不同，可以有几种说法。例如说"三个客人到我家来了"，这是就"三个客人"说的；如果就"我家"说，应该是"我家来了三个客人"；如果就"来"说，应该是"到我家来的是三个客人"。

　　一篇文章中，有许多句子是改变过排列的，改变排列的时候，有的要改变说法，有的要增换字数。如：

　　　　船头坐三人。══三人坐船头。《核舟记》

　　　　谁能把花生的好处说出来？══谁能说出花生的好处来？《落花生》

　　　　这间屋于早间已被陈炯明的军队搜查过。══陈炯明的军队已于早间搜查过这间屋。《广州脱险记》

　　　　滚烫的汤，把我茧上的丝一缕一缕地抽了去！我想到这些，只见前面一团黑。══我想到滚烫的汤把我茧上的丝一缕一缕地抽了去时，只见前面一团黑。《蚕儿和蚂蚁》

　　句的成分的排列，改变的方式是很多的，这里所举的只是几个例子罢了。

习 问

一、试就下列各文句尽可能地改变成分的排列。

（1）舟尾横卧一楫。《核舟记》

（2）父亲的话现在还印在我的心版上。《落花生》

（3）伊阙佛像见之金石家游览家之记载者，不胜枚举。《大同云冈石窟佛像记》

（4）五六个孩子蹲集在笼子的四周。《小鸡》

二、一句句子，成分的排列改变以后，和改变以前，有甚么不同的地方？试比较说明。

五、景阳冈

水浒传❶

　　武松在路上行了几日，来到阳谷县地面。此去离县治❷还远。当日向午❸时分，走得肚中饥渴；望见前面有一个酒店，挑着一面招旗❹在门前，上头写着五个字道，"三碗不过冈"。武松入到里面坐下，把哨棒❺倚了，叫道，"主人家，快把酒来吃。"只见店主人把三只碗，一双箸，一碟热菜，放在武松面前，满满筛❻一碗酒来。武松拿起碗一饮而尽，叫道，"这酒好生❼有气力，主人家，有饱肚的，买些吃酒❽。"酒家道，"只有熟牛肉。"武松道，"好的切二三斤来吃酒。"店家去里面切出二斤熟牛肉，做一大盘子，将来❾放在武松面前，随即再筛一碗酒。武松吃了道，"好酒！"又筛下一碗。恰好吃了三碗酒，再也不来筛。武松敲着桌子叫道，"主人家，怎的不来筛酒？"酒家道，"客官❿要肉便添来。"武松道，"我也要酒，

❶　［水浒传］　是一部著名的章回小说，叙述北宋末年淮南盗宋江等啸聚郓州梁山泊（就是现在山东寿张县东南的梁山泺，但早已变成平陆了），扰乱旁近州县的故事。相传是元朝施耐庵所编，一说施作而明人罗贯中所续成的。施的生平已不可考。罗名本，明初钱塘人。所作小说很多，以《三国演义》为最著。
❷　［县治］　县政府所在的地方，就是县城里。
❸　［向午］　正午。
❹　［招旗］　酒家用旗帜做招牌，所以叫"招旗"。
❺　［哨棒］　随身防护的棍子。
❻　［筛］　斟酒。
❼　［好生］　著实。
❽　［吃酒］　下酒。
❾　［将来］　拿来。
❿　［客官］　旅馆店铺中人对顾客的敬称。

也再切些肉来。"酒家道，"肉便切来添与客官吃，酒却不添了。"武松道，"却又作怪。"便问主人家道，"你如何不肯卖酒与我吃？"酒家道，"客官，你须见我门前招旗上面明明写道，'三碗不过冈'。"武松道，"怎地❶唤做'三碗不过冈'？"酒家道，"俺❷家酒虽是村酒，却比老酒的滋味❸；但凡客人来我店中吃了三碗的，便醉了，过不得前面的山冈去：因此唤作'三碗不过冈'。若是过往客人到此，只吃三碗，更不再问。"武松笑道，"原来恁地❹；我却吃了三碗，如何不醉？"酒家道，"我这酒叫做'透瓶香'，又唤做'出门倒'：初入口时，醇酽❺好吃，少刻时便倒。"武松道，"休要胡说，没地不还你钱，再筛三碗来我吃。"武松前后共吃了十八碗，手提哨棒便走。酒家赶出来叫道，"客官那里去？"武松立住了问道，"叫我做甚么？我又不少你酒钱，唤我怎地？"酒家叫道，"我是好意；你且回来我家，看抄白官司榜文❻。"武松道，"甚么榜文？"酒家道，"如今前面景阳冈上，有只吊睛白额大虫❼，晚了出来伤人，坏了三二十条大汉❽性命。官司如今杖限❾猎户❿擒捉发落。冈子路口，都有榜文，可教往来客人结伙成队，于巳午未三个时辰过冈；其余寅卯申酉戌亥六个时辰，不许过冈。更兼单身客人，务要等伴结伙而过。这早晚⓫正是未末申初时分，我见你走都不问人，枉送了自家性命；不如就我此间歇了，等明日慢慢凑得三二十人，一齐好过冈子。"武松听了笑道，"我是清河县人氏，这条景阳冈上，少也走过了一二十遭；几时见说有大虫。你休说这般话来吓我。便有大

---

❶ ［怎地］ 怎的。

❷ ［俺］ 北方人自称"俺"。

❸ ［却比老酒的滋味］ 却比得上老酒的滋味。老酒是年久味醇的酒。

❹ ［恁地］ 如此，这样。

❺ ［醇酽］ 酒味纯正酽厚。

❻ ［抄白官司榜文］ 抄写下来的官厅的告示。正式告示有印信，抄下来的便没有，所以叫"抄白"。

❼ ［吊睛白额大虫］ 眼睛闪突，额有白斑的老虎。北方人叫老虎为"大虫"。

❽ ［大汉］ 俗称男人为"汉"。大汉，身躯高大的男人。

❾ ［杖限］ 用杖刑勒限日期，如果不能如期做到，便要受杖责。

❿ ［猎户］ 以打猎为业的人家。

⓫ ［这早晚］ 这时候。

虫,我也不怕。"酒家道,"我是好意救你;你不信时,进来看官司榜文。"武松道,"便真个有虎,老爷也不怕。你留我在家里歇,莫不半夜三更要谋我财,害我性命,却把大虫唬吓我。"酒家道,"你看么! 我是一片好心,反做恶意,倒落得你恁地;你不信我时,请尊便自行❶。"一面说,一面摇着头,自进店里去了。

这武松提了哨棒,大着步,自过景阳冈来。约行了四五十里路,来到冈子下,见一大树,刮去了皮,一片白,上写两行字。武松也颇识几字,抬头看时,上面写道,"近因景阳冈大虫伤人,但有过往客商,可于巳午未三个时辰,结伙成队过冈。请勿自误!"武松看了笑道,"这是酒家诡诈,惊吓那等客人,便去那厮❷家里宿歇。我却怕甚么!"横拖着哨棒,便上冈子来。那时已有申牌❸时分,这轮红日,厌厌地相傍下山。武松乘着酒兴,只管走上冈子来。走不到半里多路,见一个败落❹的山神庙。行到庙前,见这庙门上贴着一张印信榜文;武松住了脚读时,上面写道,"阳谷县示:为景阳冈上新有一只大虫,伤害人命,见今❺杖限各乡里正❻并猎户人等行捕未获。如有过往客商人等,可于巳午未三个时辰,结伴过冈;其余时分,及单身客人,不许过冈,恐被伤害性命。各宜知悉! 政和❼年月日。"武松读了印信榜文,方知端的❽有虎。欲待转身再回酒店里来,寻思道,"我回去时,须吃❾他耻笑,不是好汉,难以转去。"存想❿了一回,说道,"怕甚么! 且只顾上去看怎地。"武松正走,看看酒涌上来⓫,便把

---

❶ 〔请尊便自行〕 尊便即"随你自己的便"一语的客气说法。这句是说,"请自便,你要走,你自己走好了。"

❷ 〔那厮〕 那个傢伙。

❸ 〔申牌〕 申时。古时候计时多用铜壶滴漏的方法,那报时的叫作时牌,所以称"申时"为"申牌"。

❹ 〔败落〕 破旧。

❺ 〔见今〕 现今。"见"和"现"通。

❻ 〔里正〕 古时候的乡职,和现在的"乡长"相当。

❼ 〔政和〕 宋徽宗年号(一一一一——一一一七)

❽ 〔端的〕 真的,委实。

❾ 〔吃〕 受他,被他。

❿ 〔存想〕 细想,考虑。

⓫ 〔看看酒涌上来〕 觉得酒要涌上来。

毡笠儿掀在脊梁上,将哨棒绾在肋下,一步步上那冈子来。回头看那日色时,渐渐地坠下去了。此时正是十月间天气,日短夜长,容易得晚。武松自言自语道:"那得甚么大虫?人自怕了,不敢上山。"

武松走了一程,酒力发作,焦热起来,一只手提着哨棒,一只手把胸膛前袒开,踉踉跄跄❶直奔过乱树林来;见一块光挞挞大青石,把那哨棒倚在一边,放翻身体,却待要睡;只见发起一阵狂风,那一阵风过了,只听得乱树背后扑地一声响,跳出一只吊睛白额大虫来。武松见了,叫声"啊呀!"从青石上翻将下来,便拿那条哨棒在手里,闪❷在青石边。那大虫又饥又渴,把两只爪在地下略按一按,和身❸望上一扑,从半空里撺将下来。武松被那一惊,酒都作冷汗出了。说时迟,那时快,武松见大虫扑来,只一闪,闪在大虫背后。那大虫背后看人最难,便把前爪搭在地下,把腰胯一掀,掀将起来。武松只一闪,闪在一边。大虫见掀他不着,吼一声,却似半天里起个霹雳,震得那山冈也动;把这铁棒也似虎尾倒竖起来,只一剪。武松却又闪在一边。——原来那大虫拿人,只是一扑,一掀,一剪;三般捉不着时,气性先是没了一半。——那大虫又剪不着,再吼了一声,一兜兜将回来。

武松见那大虫复翻身回来,双手轮起❹哨棒,尽平生气力,只一棒,从半空劈将下来。只听得一声响,簌簌地将那树连枝带叶劈脸打将下来;定睛看时,一棒打不着大虫。原来打急了,正打在枯树上,把那条哨棒折做两截,只拿得一半在手里。那大虫咆哮,性发起来,翻身又只一扑扑将来。武松又只一跳,却退了十步远。那大虫却好把两只前爪搭在武松面前。武松将半截棒丢在一边,两只手就势把大虫顶花皮胳搭地揪住❺,一按按将下来。那只大虫急要挣扎,被武松尽气力捺定,那里肯放半点儿松宽。武松把只脚往大虫面门上眼睛里只顾乱踢。那大虫咆哮

---

❶ 〔踉踉跄跄〕 东冲西撞地。

❷ 〔闪〕 躲避。

❸ 〔和身〕 全身。

❹ 〔轮起〕 举起,轮字也写作"抡"。

❺ 〔把大虫顶花皮胳搭地揪住〕 把老虎的项皮《さˋ ㄉㄚ地一把揪住了。

起来，把身底下爬起两堆黄泥，做了一个土坑。武松把大虫嘴直按下黄泥坑里去。那大虫吃武松奈何得没了些气力。武松把左手紧紧地揪住顶花皮，偷出右手来，提起铁锤般大小拳头，尽平生之力只顾打；打到五七十拳，那大虫眼里，口里，鼻子里，耳朵里，都迸出鲜血来，更动弹不得，只剩口里兀自❶气喘。武松放了手，来松树边寻那打折的哨棒，拿在手里，只怕大虫不死，把棒橛又打了一回，眼见气都没了，方才丢了棒。寻思道，"我就地拖得这死大虫下冈子去。"就血泊里双手来提时，那里提得动；原来使尽了气力，手脚都苏软了。武松再来青石上坐了半歇，寻思道，"天色看看黑了，倘或又跳出一只大虫来时，却怎地斗得他过？且挣扎下冈子去，明早却来理会。"就石头边寻了毡笠儿，转过乱树林边，一步步捱下冈子来。

❶ ［兀自］ 尚还。

六、谈 风

上下古今谈❶

　　黄兴发直向继英道，"王小姐，你见多识广，刚才的挂龙，又是为什么缘故？为什么天上要下雨，又必定要龙到海里去取水呢？"

　　继英笑道，"龙是一条巨大的壁虎，在古时候是极平常的一条东西，不过现在很少就是了。至于我们画在龙旗上做在龙袍上的形状，这是画画罢了。龙不龙，横竖不关我们现在要讲的话，我们可以慢讲。若说刚才看见的一股云气，拖到水面，俗语叫做'挂龙'，又叫做'龙取水'，这不过是一阵旋风。"

　　黄兴发道，"原来如此。那糟极了，我什么也不相信，惟有这件事情，却受愚了半辈子❷。"

　　继英道，"你道什么叫做风呢？风并不是什么另有一种质料，不过是空气动着罢了。空气如何会动呢？因为空气遇着了热，它就发胀起来，向上面散去；这边胀散了许多热空气，那边的冷空气却补了进来。正像村庄上看戏，一班人刚刚挤了出去，又一班人却跟手挤了进来，挤出挤进，不是满戏场动个不歇么？这同空气里刮风正是一个意思。还有，戏场里挤满了，不过几个人出去，几个人进来，自然不过觉着小小动摇。这就是小风的道理。若许多人挤出挤进，并且有几个不规矩的人夹在里

---

　　❶　［上下古今谈］　一名《无量数世界变相》，吴敬恒著，是一部演义体的科学小说，凡四卷二十回。敬恒，字稚晖，号朏盦，现代江苏武进人，清举人。留学日本。历任法国里昂大学校长，中国国民党中央监察委员等职。

　　❷　［半辈子］　半生。

面,故意推来推去,推得脚头都站不住,那就全戏场混乱得一个不可开交❶。这就是大风的道理。所以风的大小,全看着空气变换的快慢。空气变换的快快慢慢,可以用一种验风的器具来试验。从最慢到最快,分成无风,小风,大风,风暴等一十二等。譬如你看见那边六七丈地方,有棵杨柳,看见他微微一动,你把自己手上的脉息❷按着,跳了八九跳,方才看见近身的杨柳也微微一动,那就见得空气在一秒钟里头只走七八尺,一点钟只走了十五六里,这就叫做'无风'。那边六七丈外头的杨柳一动,脉息三跳,这边的杨柳也就一动,是空气一点钟要走五十里光景,叫做'小风'。六七丈外头的树头刚刚动过,脉息一跳,这边的树头已经跟了动着,这就见得空气一点钟要走一百四五十里,便可以叫做'大风'。然而还有脉息一跳,那边树头动了两动,这边也跟着动两动,那么彼时的空气,一点钟竟走二百四十里,这就叫做'风暴'。甚而至于脉息一跳,各处树头几乎同时动起三四动,空气在一点钟里面竟走过三百里。这种大风暴,必然船也吹翻,屋也吹倒,树也拔出。这种风暴,只有福建广东的海里,在七八月里才有,书上叫做'飓风'。像刚才的大风,俗名叫做'龙阵风'。恐怕一点钟还走不到二百四十里。"

黄兴发道,"空气的变动,还是随意变动的呢? 还是各有缘故的呢?"

继英道,"不是刚才说过么? 因为一处的空气,遇了热胀散了,别处的冷空气过来补数,方才生出变动。这种冷热变动的事情,共有三个缘故:第一个,因为地球上有一定的地段,常常分着冷热;好比地球的腰箍圈❸上,一年四季太阳常在那里跑来跑去所以他的空气,刻刻胀热了,向着上面,又向南北散去;于是北极的冷空气,从北边补将过来,成了北风。却因地球一点钟咽哩咽哩向东边转着三千里,风是一点钟只有走一两百里的本事,追不上它,被他留了下来,就成了一个东北风的形状。还有南极的冷空气,从南边补将过来,成了南风,也因为追不上地球,成了东南风的形状。这一股东北风一股东南风,除了另有非常的缘故,却一年到

---

❶ ［开交］ 分解。

❷ ［脉息］ 脉搏。

❸ ［腰箍圈］ 指赤道。箍音ㄍㄨ。

头,吹一个不歇。他们在那里吹着呢？大都东北风是从腰箍圈北面一千四百里起,直向北边,又是四千四百里,所有福建广东的地面,直到印度洋北段佛祖爷爷生身的地方,都在那里吹着。东南风是从腰箍圈南面六百里起,一路向南,三千多里,都吹着这一样的风。这两股风恰恰都在海上行船的地面,于西洋人买卖有益,所以他们唤他为'贸易风'。为什么近着腰箍圈,这贸易风不大觉着呢？那就因为这边北风吹过去,那边南风吹过来,刚刚相抵。腰箍圈上的旋风,却多得利害。旋风的道理,关乎今天所见的龙取水,我们细细再讲。现在讲那第二个发风的缘故,非但关着地段,并且还关着节气。冬至太阳跑南边去了,热气南边散得更多,北边但有冷气送出,就成了东北风。一到夏至,太阳跑北边来了,南边的冷气来得利害,于是就改了西南风。这种在冬天是东北风,在夏天是西南风,书上叫做'信风',或者叫做'候风'。因为一到时节,划板❶的马上改着。信风,候风,都是说依照时候很有信实的意思。信风吹着的地面,据我们住在腰箍圈北边的人讲起来,却在贸易风的北面。什么淮北江南❷等地方,正二月吹着定期的东北风,六七月吹着定期的西南风,大都就是这个信风。到了秋天,信风是西南吹着,贸易风是东北吹着,并且加了各地气候上变出来的怪风,起了大大的旋风,就成了大大的风暴。福建广东的海面上,刚才说有一种飓风,差不多就因着这个缘故。这两个缘故生出了贸易风同信风,都是有定的常风。还有第三个缘故,就生出了无定的短风。地方有种种不同:有近着高山的,有靠着平原的,也有连着大沙漠的,有接紧大海大湖的,所以虽然离开地球的腰箍圈同是这个里数,两处的天气可以冷热大不相同,并且地方的容易受热,或者容易见冷,也各各不同。因此热气在北边,冷气在南边,就成了南风;热气在西边,冷气在东边,就成了东风;热气忽东忽西,冷气忽南忽北,风势就常常变换不定,每每三天五天吹起几种短风,或者一天之内也可以变换几次。风的有雨无雨,我们停一回儿再讲,现在且总括一句:大都从干地吹过来的就雨少;从湿地吹过来的就雨多。"

---

❶ 〔划板〕 一定。
❷ 〔淮北江南〕 江苏安徽一带地方。

　　黄兴发道，"那么，旋风是怎样生出来的呢？"

　　继英道，"旋风就包括在刚才所讲过的三个缘故之内。因为风的来路方向各各不同，偶然关涉了地方的冷热不匀，四面都发起风来，弄了一个东西南北，你压过来，我压过去，就成了旋风。书上叫做'羊角风'的，差不多是这么一类的怪风。有力量很利害的旋风，大都是骤然之间几种大风凑成，这就是腰箍圈上常常发出的大风暴，同了福建广东的飓风。也有气势不大，相持很久的旋风，这种就叫做风势不定，是天变的预兆。实在空气是已经旋成功了一个鸭蛋圈儿，占着的地面，有一两百里的也有八九百里的。在鸭蛋圈边上的时节，彼时就必定显出许多天变的怪象，或者太阳同月亮先带着晕圈，慢慢的山头迷糊，慢慢的满天湿云；于是到了旋风的中心渐渐下起小雨来，必须风大雨大，很很的下过一阵，鸭蛋圈移过天气清凉了许多，天色也高爽起来，再复还了一种常风，才变成干洁的气候。两种旋风之外，还有一种临时旋风。这种临时旋风，大都发生在风势平静之后，中间忽有一处地面，或水或陆，热气偏胜，冷气四面压将拢来，就成了一个急旋的局面。刚才我们看见的龙取水，就是这种旋风遇在海上，因此先成了无数湿云，旋起一个圆盖；远看了好像笔齐的一线儿挂着，圆盖上旋起一条螺尾，中间含着很多的雨水，慢慢旋将下来。大家就随意乱说，叫做龙尾。旋到水面，一面水在中心灌下，一面海上温暖的波涛，随着风势，在螺尾的外面升将上去。此时螺尾却将中心的雨水放完，挟着海水，扫往上面。它的发泄，已经来不及再旋螺尾；只好将一阵急雨散发开来。当时空气非常之乱，故还擦成了大雷大电，这就是刚才的情景。还有内地起的临时小旋风，也是这个道理。所以起旋风的时候，常常在上午。彼时地皮受得太阳光很足，偶有一处受得更足，彼处一缕空气忽然胀起，冷气却从四面裹来，左牵右扯，一时扭作一团，就变了一团旋风。"

文章法则乙

二、记叙文的顺序

记叙文记叙事物，有着自然的顺序。

先说记述文。记述文所写的是事物的光景，知道事物的光景，全靠着观察。所以观察的顺序就是记述的顺序。

事物在空间，有许多是并无统属关系的。这就随便从那一方观察起，从那一方记述起都可以。例如记述春天的风景，说"桃红柳绿"，记述山水的特色，说"山高月小"；如果调换过来说"柳绿桃红""月小山高"，也没有甚么不妥当。这因为桃和柳，山和月，在空间是平列的，彼此并无统属关系的缘故。

有许多事物却是有统属关系的。这就得从全体观察起，然后观察到各部分；记述起来也是这样。例如记述一株树，必须先提出那棵树的名称和全体的大概，高多少尺，看去像甚么，然后分别记述它的干，枝，叶，花，果等。这因为干，枝，叶，花，果等等是属于那棵树的，如果不先记述它的全体，读者就无从明白了。

再说叙述文。叙述文所写的是事物的变动，事物的变动不能不占着时间。所以时间的顺序就是叙述的顺序。

依照时间的顺序叙述，这是作叙述文最普通的方法。例如写一天所做的事情，必得从早上写起，顺次写到午前，午后，一直写到临睡为止；写出去旅行的情形，必得从起程写起，甚么时候起程，先到甚么地方，见到甚么景物，次到甚么地方，遇到甚么事情，最后从甚么地方回来。如果不依照时间的顺序，只是颠颠倒倒地叙述，那就很不自然了。

习　问

一、记述事物先得观察全体，然后观察到各部分。试以《核舟记》为例，证明这句话。

二、叙述文以依照时间顺序为原则。试以《景阳冈》为例，证明这句话。

七、病

余云岫❶

病是什么？就是和我们平常生活现象不符合的一种状态。向来把无病的人叫做"平人"❷，所谓平人，就是生活现象平常的人；换句话说，也就是康健的人。怎样算是康健，怎样算是病，这个界限颇不容易分清楚。大概讲起来，有三个标准。

第一是位置上的标准：例如初生小儿的脐带，不多几日，就枯坏了，脱落了，这是康健的现象；若手或脚枯坏或脱落起来，这就是病了。我们吃饭以后，胃肠因为要营消化工作，血的流行很是旺盛，这是康健的现象；若眼里或脑里血的流行突然旺盛起来，这就是病了。

第二是时间上的标准：例如在睡熟的时候，意识❸消失，这是康健的现象；若在睡眠以外，意识消失，这就是病了。半天或一天没有饭吃，觉得饥饿，这是康健的现象；若刚才吃过饭，仍觉得饥饿，这就是病了。

第三是程量上的标准：例如康健人的体温，大约在摄氏表三十六度及三十七度之间；若超出了三十七度以上，就叫做发热，就是病的现象了。康健的长成的男子，一日夜所排泄的小便总量，大约在一千至一千五百公撮❹之间；若一日夜所排出的小便总量少至四百以下，或多至二

---

❶ 〔余云岫〕 名岩，以字行。现代浙江镇海人。研究医学。曾任上海商务印书馆编辑，上海医师公会会长。

❷ 〔平人〕 《素问》（中国最古的医书，记黄帝和岐伯关于医事的答问）中有《平人气象论》，说，"平人者，不病也。"

❸ 〔意识〕 精神的醒觉状态。

❹ 〔公撮〕 量名，一公升的千分之一。

千以上，这就是病了。

病的原因，种种不一，总而言之，不出乎外因和内因两种。

外因约有四种。例如因为滥饮暴食，发生了胃肠病；因为营养食物摄取的不充足，发生了饥饿羸瘦；这是营养物供给不良的外因。冻瘃是因空气寒冷而起的；创伤是因器械的作用和重力的压迫而起的；极大的声音能够把耳震聋；极强的光线能够把皮肤烧坏：这种是物理方面的外因。中了酒精的毒，会发生中风❶；受了毒蛇，蜂子的螫啮，会发生肿痛；吞了生鸦片就会死：这种是化学方面的外因。霍乱是弓形菌传染的；疟疾是虐虫传染的；疮痈是葡萄状菌传染的；梅毒是螺旋虫传染的；此外如小儿的蛕❷虫病，浙江绍兴方面的姜片虫病❸，无一不因微生物传染寄生而成：这种是寄生物的外因。一切外界事物，凡足以侵犯我们身体，发生病的现象的，都叫做外因。

内因也有四种。两个人同时遭逢了寒冷，一个人受感冒了，一个人依然不受影响；有些人皮肤一受伤，就会发炎化脓，有的却不会：这是个人体质对于病的抵抗力有强有弱，这种内因，叫做素质。近视眼者的儿女，多近视眼；癫狂者的子孙，常发生同样的精神病：这种内因，叫做遗传。甲状腺❹分泌机能亢进❺的人，发生眼球突出，心跳等病候；睾丸除去的男子，不生胡须：这种内因，叫做内分泌。已发过天痘，痧疹，猩红热，伤寒的人，差不多一生不会再传染：因为他们身体里面已有一种抗毒素，可以把天痘等病毒征服：这种内因，叫做免疫。

病的发生，大概以内外两因互相和合为条件。外界病因要侵犯到我们身上来，一定要我们内部有可以受侵犯的弱点，方才能达目的。练拳术的人，能够练得肌肉的抵抗力非常强大，略受创伤也没有大害；会泅水

---

❶　[中风]　病名。因脑髓中的血管破裂，血液压迫脑髓而起。患者突然昏倒，不省人事，也有因此不起的。西医称"脑出血"。

❷　[蛕]　同"蛔"。

❸　[姜片虫病]　姜片虫即肥大吸虫，属吸虫类，呈长卵形，像姜片一般。广分布于亚洲温地，我国浙江萧绍一带甚多。寄生于人及猪的腹内。患姜片虫病的以小儿居多，投以杀虫剂，可愈。

❹　[甲状腺]　即"盾状腺"。

❺　[亢进]　过度的进行。

的人,在水里不容易受寒;种过痘的,打过霍乱预防针❶的,对于天痘和霍乱的免疫力,较一般人强,可免传染:这等都是内外两因不相和合,不能够成病的证据。翻转来说,对于寒冷抵抗力薄弱的人,容易发生感冒;不会喝酒的人,一喝便醉;对于传染病的抵抗力完全没有的小孩,碰到传染力强大的病毒,比如天痘,瘄疹,白喉,百日咳等,就容易被传染:这等都是内外两因互相和合,能够成病的证据。

---

❶　〔打……针〕　即注射,医术上一种治疗方法。用有针尖的小管,将药液注入人体中,俗称打针。

八、诗二首

采野菜的女孩

何植三❶

伊采好了满篮的野菜，
又摘了一把草紫❷的花儿；
细细的做成花球，
簪在乱松松的发上：
伊拐❸了篮儿，
匆匆的回到家中；
放下了篮儿，
去望镜中簪草紫花的伊。

---

❶　［何植三］　现代浙江诸暨人，有诗集《农家的草紫》。
❷　［草紫］　就是苜蓿。
❸　［拐］　音ㄐㄧㄠˇ。"拐了篮儿"就是用臂挽着篮子。

一个小农家的暮

刘　复❶

她在灶下煮饭，
新砍的山柴，
必必剥剥的响。
灶门里嫣红❷的火光，
闪着她嫣红的脸，
闪红了她青布的衣裳。

他衔着个十年的烟斗，
慢慢的从田里回来；
屋角里挂去了锄头，
便坐在稻床上，
调弄着只亲人的狗。
他还踱到栏里去，
看一看他的牛；
回头向她说，
"怎样了——
我们新酿的酒？"

门对面青山的顶上，
松树的尖头，
已露出了半轮的月亮。

---

❶ ［刘复］ （一八八九——一九三五）字半农，江苏江阴人。法国巴黎大学文科学士。历任北京大学教授。民国二十四年，到内蒙百灵庙等地方去调查方言，染"回归热病"死。所著有《扬鞭集》《半农杂文集》。

❷ ［嫣红］ 鲜艳的红色。

孩子们在场上看着月，
还数着天上的星；
"一，二，三，四……"
"五，八，六，两……"

他们数，他们唱：
"地上人多心不平，
天上星多月不亮。❶"

---

❶　［地上……不亮］　原注："江阴谚语。"

文章法则甲

二、名词代名词在句的用途

名词代名词在句子里有许多用途,这用途在文法上叫做名词代名词的格(或叫做位)。

(一)用作主语 名词代名词可以用作一句的主语,叫做主格。如:

武松也颇识几字。《景阳冈》

我是清河县人氏。同上

(二)用作述语的被动词 句的述语如果是他动词,后面必要带一名词或代名词,叫目的格。如:

我是好意救你。《景阳冈》

你不信时,进来看官司榜文。同上。

(三)用作补足语 补足语有两种:

(甲)同动词的补足语 句的述语如果是同动词,后面常带补足语。这补足语用名词代名词来做,叫补足格。同动词常用的有"是""为""如""犹"等字。如:

龙是一条巨大的壁虎。《谈风》

中峨冠而多髯者为东坡。《核舟记》

(乙)不完全动词的补足语 同动词要带补足语,因为动作不完全的缘故。动词作述语的时候,因了用法,动作也会不完全,也得带补足语,这时候那动词就叫不完全动词。如:

文曰"初平山人"。《核舟记》

元草的喊声就变成哭声。《小鸡》

（四）用作别的名词的修饰语　句中的名词或代名词都可再用名词代名词来修饰，有的直加，有的带后介词"的""之"，叫做修饰格。如：

　　书上叫做"羊角风"的，差不多是这么一类的怪风。《谈风》

　　康健人的体温……在……三十六度及三十七度之间。《病》

（五）用作前介词的关系语　句中如果有前介词，下面就有名词或代名词。前介词和名词代名词所合成的是副词短语，这时那名词代名词叫做副格。如：

　　我用手掩住了元草的口，再向挑担人远远地招呼。《小鸡》

　　寺就石窟建四层楼二座。《大同云冈石窟佛像记》

习　问

一、下列各文句中加点的名词或代名词用作甚么格？试一一辨别出来。

　　（1）她在灶下煮饭。《一个小农家的暮》

　　（2）他衔着个十年的烟斗。同上

　　（3）慢慢的从田里回来。同上

　　（4）病是什么。《病》

　　（5）当时空气非常之乱，故还擦成了大雷大电。《谈风》

二、试用下列名词代名词造句，造出各种格来。

　　笔　牛　学校　学生　这个　什么

九、"和平""奋斗""救中国"

汪兆铭❶

孙先生❷于三月十一日❸下午还能和侍疾的人谈话，入夜以后，体气越弱了。一间静悄悄的病室里，一个垂死❹的病人躺在床上，面色渐渐的淡了，眼珠渐渐的定了；一种微弱的语声，断断续续的勉强从嘴里发出来，不知是呻吟还是呼叫。"和平！""奋斗！""救中国！"一声复一声的，约莫有四十余声，渐渐的含糊起来，后来连声息也听不出来了，所能看见的，只唇吻间的微动了。

"和平"，"奋斗"，"救中国"，孙先生说时，是不连属的。这三句话，有各自分开的意味，有连属起来的意味，应该让各人自己去寻绎❺，没有一个人敢说他自己的解释适合于孙先生的原意的。如今我只能将我自己所寻绎的说出来，与大家的意见相参证❻。

"救中国"是孙先生一生的事业。他对于"救中国"不但有志愿，而且有方法与条理。所谓方法与条理，便是他遗嘱上所列举的《建国方略》，《建国大纲》，《三民主义》及《第一次全国代表大会宣言》，和最近所主张

---

❶ 〔汪兆铭〕 字精卫，现代广东番禺人，清末和孙中山先生组织同盟会，从事革命运动。因谋刺清摄政王载沣，被捕下狱。武昌革命军起，清政府为收拾人心，把他赦了。民国成立后，历任要职。

❷ 〔孙先生〕 孙中山先生。

❸ 〔三月十一日〕 民国十四年的三月十一日。

❹ 〔垂死〕 临死。

❺ 〔寻绎〕 引申阐明。

❻ 〔参证〕 对比证明。

的开国民会议及废除不平等条约。中国得救与否，完全要看上项主张能贯澈❶与否。他用尽四十年的心力，上项主张还未能达到；至于垂死之日连开国民会议及废除不平等条约两件事，明明是可以做到的，却还被人阻碍着，不能做到，真真是一件伤心的事情。他口口声声的说"救中国"，"救中国"，不止含着无穷的希望，还含着无穷的痛苦。

"和平""奋斗"两句话，表面看来，是矛盾的，细按❷下去，却正是一贯的。孙先生所希望的是什么呢？是"和平"。孙先生的毕生"奋斗"，为什么呢？是为"和平"。孙先生平日为人挥毫❸，常常用"博爱"两字，或"天下为公"四字，这便是和平的真谛❹。孙先生心目中的和平，是如此的。蕲❺求和平的心事愈切，则对于人世间不平的现象，愈不能放过去。因此便要打破一切不和不平的现象，使归于和平。因此便有四十年不断的奋斗。《三民主义》赅括一句话，不过使不和不平者归于和平而已。和平是仁者的心事，奋斗是勇者的心事；惟其大仁，所以大勇。孔子说，"仁者必有勇❻"，老子说，"慈故能勇❼"，都是这个道理。为"和平"而"奋斗"，就是以"奋斗"求"和平"。"和平"是中国唯一的希望，"奋斗"是"救中国"的唯一方法。

去年❽十二月四日以来，孙先生病了，病何足以困孙先生呢！三月十二日，孙先生死了，死何足以困孙先生呢！"和平！""奋斗！""救中国！"从垂死的病人口里，用极微弱的声息，传入四万万人的耳鼓，颤动四万万人的心弦，一齐起来，往"和平""奋斗""救中国"做去。

---

❶ ［贯澈］ 完全实现。

❷ ［按］ 考查，推究。

❸ ［挥毫］ 动笔。这里转作"写字"。

❹ ［真谛］ 真意义。

❺ ［蕲］ 和"祈"同。

❻ ［仁者必有勇］ 《论语·宪问》篇所记孔子的话。

❼ ［慈故能勇］ 见《老子道德经》。

❽ ［去年］ 指民国十三年。

一〇、朋 友

巴 金❶

这一次的旅行，使我更明瞭一个名词的意义，这名词就是朋友。

七八天以前我曾对一个初次见面的朋友说，"在朋友们的面前我只感到惭愧。他们待我太好了，我简直没有方法可以报答他们。"这并不是谦逊的客气话，这是真的事实。说过这些话，我第二天就离开了那朋友，并不知道以后还有没有机会和他再见。但是他所给我的那一点温暖，至今还使我的心在颤动。

我的生命大概是不会久长的罢。然而在那短促的过去的回顾中，却有一盏明灯，照彻了我的灵魂的黑暗，使我的生存有一点光彩，这明灯就是友情。我应该感谢它，因为靠了它我才能够活到现在；而且把家庭所给我的阴影扫除掉的，也正是它。

世间有不少的人为了家庭弃绝朋友，至少也会得在家庭和朋友之间划一个界限，把家庭看得比朋友重过许多倍。这似乎是很自然的事情。我也曾亲眼看见，有些人结了婚之后就离开朋友，离开事业，使得一个粗暴的年青朋友，竟然发生一个奇怪的思想，说要杀掉一个朋友之妻以警戒其余的女人。当他对我们发表这样的主张时，大家都非笑他。但是我后来知道一件事实：这朋友因为这个缘故便逃避了两个女性的追逐。

朋友是暂时的，家庭是永久的；在好些人的行动里我发现了这个信条。这个信条在我是实在不能够了解的。对于我，要是没有朋友，我现

---

❶ ［巴金］　现代四川人。曾留学法国，游历日本等国。所著长短篇小说甚多。

在会变成什么样的东西，我自己也不知道。也许我也会讨一个老婆，生几个小孩，整日价做着发财的梦。

然而朋友把我救了。他们给了我家庭所不能够给的东西。他们的友爱，他们的帮助，他们的鼓励，几次把我从深渊的沿边挽救回来。他们对于我常常显露了大量的慷慨。

我的生活原是悲苦的，黑暗的。然而朋友把多量的同情，多量的爱，多量的眼泪都分给了我，这些东西都是生存所必需的。这些不要报答的慷慨的施与，使我的生活里也有了温暖，有了幸福。我默默地接受了他们，也并不曾说过一句感激的话，我也没有做过一件报答的行为。但是朋友们却不把自私的形容词加到我的身上。对于我，他们太大量了。

这一次我走了许多新的地方，看见许多的朋友。那时我的生活是忙碌的：忙着看，忙着听，忙着说，忙着走。但是我不曾感受到一点困难，朋友给我预备好了一切，使我不会缺乏什么。我每走到一个新的地方，我就像回到了我的被日军毁掉的上海的旧居。而那许多真挚的笑脸，却是在上海所不常看见的。

每一个朋友，不管他自己的生活是怎样困苦简单，也要慷慨地分些些东西给我，虽然明明知道我不能给他一点报答。有些朋友，甚至他们的名字我以前还不知道，他们却也关心到我的健康，处处打听我的病况，直到他们看见了我的被日光晒黑了的脸和手膀，他们才放心微笑了。这种情形确实值得人流泪啊！

有人相信我不写文章就不能够生活。两个月以前，一个同情我的上海朋友寄稿到《广州民国日报》的副刊，说了许多关于我的生活的话。他也说我一天不写文章，第二天就没有饭吃。这是不确实的。这次旅行就给我证明出来，即使我不写一个字，朋友们也不肯让我冻馁。世间还有许多大量的人，他们并不把自己个人和家庭看得异常重要，超过了一切的。靠了他们，我才能够生活到现在，而且靠了他们，我还要生活下去。

朋友们给我的东西是太多太多了，我将怎样报答他们呢？但是我知道他们是不需要报答的。

我近来在居友❶的书里读到了这样的话："消费乃是生命的条件……世间有一种不能与生存分开的大量，要是没有了它，我们就会死，就会使内部干枯起来。我们必须开花。道德，无私心，就是人生之花。"

在我的眼前开放着这么多的人生的花朵了。我的生命要到什么时候开花？难道我已经是"内部干枯"了么？

一个朋友说过："我若是灯，我就要用我的光明来照彻黑暗。"

我不配做一盏明灯。那么，让我来做一块木柴罢。我愿意把我从太阳里得来的热放散出去，我愿意把自己烧得粉身碎骨，来给这人间添一些温暖。

---

❶　[居友]　（Guyau Jean Marie，一八五四——一八八八）法国社会学者，美学者。

文章法则乙

三、记叙文的剪裁

　　前面已经说过，记述文的材料是作者认为有着新鲜意味的事物。要传达出新鲜的意味来，决不能把事物所含有的各项材料平等看待，一律写入，必须在动笔之前，先做一番剪裁工夫。

　　所谓剪裁工夫，可以分做两项：一是决定取舍，一是分别详略。二者都以文章本身的意味为标准。

　　先说决定取舍。例如同样写月亮，天文学书中所取的材料和诗歌中不同。在天文学书中，月亮怎样形成，经过甚么变化，直径若干，形状怎样，光度怎样，怎样绕着地球运转，运转的速度怎样，这些都是适当的材料。但是在诗歌中就用不到。诗歌中说月亮像弓，像蛾眉，或者把月亮的"圆缺"作为离合悲欢的譬喻，或者把月亮当做人，说它在那里"窥人"，这些材料都是天文学书中所不收的。这因为天文学书中的月亮是属于知识的，诗歌中的月亮是属于情趣的，二者本身的意味各别，材料的取舍也就两样了。

　　再说分别详略。例如写一个人的生活，往往不把出世，上学，从业，结婚，生病，去世等等事情平均叙述，而只把某一些事情特别详写，费却许多笔墨，其他的事情或者不写，或者一笔带过。这因为某一些事情最足以显出那人的特色，也就是作者认为具有新鲜意味之点，所以特详于此而略于其他。

　　看了上面所说的两个例子，再去取一些记叙文来看，就可以认出作者的剪裁工夫了。

习　问

一、《核舟记》的意味在报告雕刻的奇巧,试检查文中所用的材料,有没有不必要的?《一个小农家的暮》的意味在表白农家的安闲的情趣,那一些材料用的比较有力量?

二、下列各文,记叙有详有略,试分别指出来。

(1)武松在路上行了几日,来到阳谷县地面。此去离县治还远。当日向午时分,走得肚中饥渴;望见前面有一个酒店,挑着一面招旗在门前,上头写着五个字道,"三碗不过冈"。《景阳冈》

(2)孙先生于三月十一日下午还能和侍疾的人谈话,入夜以后,体气越弱了。一间静悄悄的病室里,一个垂死的病人躺在床上,面色渐渐的淡了,眼珠渐渐的定了;一种微弱的语声,断断续续的勉强从嘴里发出来,不知是呻吟还是呼叫。《"和平""奋斗""救中国"》

一一、最苦与最乐

梁启超

　　人生甚么事最苦呢？贫吗？不是。失意吗？不是。老吗？死吗？都不是。我说人生最苦的事莫苦于身上背着一种未来的责任。人若能知足，虽贫不苦；若能安分（不多作分外希望），虽失意不苦；生老病死乃人生难免的事，达观❶的人看得很平常，也不算甚么苦。独是凡人生在世间一天，便有一天应该做的事，该做的事没有做完，便像是有几千斤重担子压在肩头，再苦是没有的了。为甚么呢？因为受那良心责备不过，要逃躲也没处逃躲呀。

　　答应人办一件事没有办，欠了人的钱没有还，受了人的恩惠没有报答，得罪了人没有赔礼，这就连这个人的面也几乎不敢见他，纵然不见他的面，睡里梦里都像有他的影子来缠着我。为甚么呢？因为觉得对不住他呀，因为自己对于他的责任还没有解除呀。不独是对于一个人如此，就是对于家庭，对于社会，对于国家，乃至对于自己都是如此。凡属我受过他好处的人，我对于他便有了责任。凡属我应该做的事，而且力量能够做得到的，我对于这件事便有了责任。凡属我自己打主意❷要做一件事，便是现在的自己和将来的自己立了一种契约❸，便是自己对于自己加一层责任。有了这责任，那良心便时时刻刻监督在后头。一日应尽的责任没有尽，到夜里头便是过的苦痛日子。一生应尽的责任没有尽，便

---

❶　［达观］　看透一切，苦乐不放在心上。

❷　［打主意］　立定主意。

❸　［契约］　二人以上以同意事项订立互相遵守的条件。

死也是带着苦痛往坟墓里去。这种苦痛却比不得普通的贫病老死，可用达观来排遣。所以我说人生不说到苦痛便罢，说到苦痛，当然没有比这个更加厉害的了。

翻过来看，甚么事最快乐呢？自然责任完了，算是人生第一件乐事。古语说得好，"如释重负❶"，俗语亦说是"心上一块石头落了地"，人到这个时候，那种轻松愉快，直是不可以言语形容。责任越重大，负责的日子越久长。到责任完了时，海阔天空，心安理得，那快乐还要加几倍哩。大抵天下事从苦中得来的乐才算真乐。人生须知道有负责任的苦处，才能知道有尽责任的乐处。这样的苦乐循环，便是有活力的人间一种趣味。所以不尽责这任，致受良心责备，这些苦是自己找来的。一翻过来，处处尽责任，便处处快乐；时时尽责任，便时时快乐。快乐之权操之在己。孔子所以说"无入而不自得❷"，正是这种作用。

然则为甚么孟子又说"君子有终身之忧❸"呢？因为越是圣贤豪杰，他负的责任便越是重大；而且他常要把种种责任来揽❹在身上，肩头的担子从没有放下的时节。曾子❺还说哩，"任重而道远，死而后已，不亦远乎❻！"那仁人志士的忧民忧国，那诸圣诸佛的悲天悯人❼，虽说他们一辈子❽感受苦痛，也都可以。但是他日日在那里尽责任，便日日在那里得苦中的真乐，所以他到底还是乐不是苦呀。

有人说，"既然这苦是从负责任而生的，我若是将责任卸却，岂不是就永远没有苦了吗？"这却不然，责任是要解除了才没有，并不是卸了就没有。人生若能永远像两三岁小孩，本来没有责任，那就本来没有苦。

---

❶ ［如释重负］　像卸脱了重担一样。

❷ ［无入而不自得］　这是说无论处在什么境地，总觉自得其乐。《礼记·中庸篇》中所记孔子的话。

❸ ［君子有终身之忧］　见《孟子·离娄篇》下。

❹ ［揽］　罗致。

❺ ［曾子］　孔子的弟子。

❻ ［任重而道远……］　《论语·泰伯篇》所记曾子的话。原文"任重道远"下面有"仁以为己任，不亦重乎！"一句，这里作者把他删了。

❼ ［悲天悯人］　天，指天时；人，指人事；悲天悯人，就是"忧时伤乱"。

❽ ［一辈子］　一生。

到了长成,那责任自然压在你头上,如何能躲? 不过有大小的分别罢了。尽得大的责任,就得大快乐;尽得小的责任,就得小快乐。你若是要躲,倒是自投苦海,永远不能解除了。

一二、科学的头脑

任鸿隽❶

　　我们常常听见说，现今的世界是科学的世界。这句话的意思，是说现今的世界，不但让电灯，电话，轮船，火车，无线电，飞机——这些都是科学的发明——把我们的生活情形改变了，就是我们的一言一动，思想行为，也免不了受到科学的支配。换一句话说，做现今世界的人，必须具科学的头脑，不管你是科学家不是科学家。

　　怎样才可以养成科学的头脑呢？第一要注重事实。平常的人总是以耳为目，人云亦云；有科学头脑的便不然，他必定要考查一个事情的实在。如古书❷说，"燕太子丹❸朝于秦，秦王留之，与之誓曰，'使日再中，天雨粟，乌白头，马生角，乃得归。'当此之时，天地祐之，日为再中，天为雨粟，乌白头，马角生。"像这一类的话，显非事实，若不加考查，信以为真，便是没有科学的头脑。现今社会上还有许多奇怪的传说，如鬼可以照相，孔子耶稣可以降乩❹，甚至义和拳❺的法术可以使枪炮不能伤身之

---

　　❶　［任鸿隽］　字叔永，现代四川巴县人。美国哥伦比亚大学硕士。著译有《科学概论》,《斯宾塞教育论》等书。

　　❷　［古书］　后面所引的一段文字，见应劭《风俗通》。

　　❸　［燕太子丹］　战国时燕王喜的太子。

　　❹　［降乩］　乩音 ㄐㄧ，是木制的一种卜问吉凶用的东西，丫字形。由两人扶着（也有用一人扶的，乩也不作丫字形）乩头放在铺满细沙的盘子中，到相当的时候，乩头便移动起来，写出古怪的诗句或是文句。心理学家解释为下意识作用；但迷信者都说这是有神灵降临，在暗中指挥的。

　　❺　［义和拳］　本是一种秘密党会，学习拳棒，并扬言可用符咒避枪炮。清光绪二十六年（一九〇〇年）在天津一带起事，提出"扶清灭洋"的口号。结果英法德日等八国联军进攻，义和拳被剿灭。

类，只要拿事实来考查一下，便可以不攻自破。事实是科学的根基，注意事实，便是养成科学的头脑的第一条件。

第二要了解关系。天地间事物，总有一个因果的关系；不明白这个关系，要求无因之果，或是因果错误，便是迷信。俗语说，"种瓜得瓜，种豆得豆"，这种因果的关系是很明白的。不过在稍稍复杂的情形之下，我们就往往不容易明白关系的所在。譬如有了疾病，不请医生而求佑于神道；希望后嗣繁荣，不注意教育而乞灵于风水❶。殊不知神道与疾病，风水与后嗣的繁荣，都没有甚么关系的。科学是寻出事物关系的学问，能事事求出一个真正的关系，便是养成科学头脑的第二条件。

第三要精密正确。平常的人叙述一件事情，最喜欢用"大概""差不多"一类的词语；有科学头脑的，则必用一定的数字来代表确实的量度。问你现在是甚么时候，你必须看一看表，说现在是十二点三十分，——如果能说秒更好——不能说大概是十二点罢。问你的身长几何，你必须回答五尺六寸，——如能说分更好——不能说差不多六尺罢。古人在皇帝面前被问马有几只脚，他必待数了才回答，可见正确是一步不能放松的。许多科学的发明，都是从细微的比较中得来的，所以精密与正确，也是养成科学的头脑的必要条件。

第四是力求透澈。凡做一件事，必须考虑周详；研究一种学问，必要寻根究柢；这就是所谓透澈。浅尝辄止❷，或者半途自画❸，都是成功的蟊贼❹，更不能算科学的头脑。

以上四点，仅仅是个人日常生活上的几种习惯，平淡无奇，没有什么大了不起，可是它们却是养成科学头脑的必要条件，从来大科学家研究科学，没有不是依赖它们而成功的。

---

❶　［乞灵于风水］　求靠风水。风水，土地的吉凶。世俗以为人死后，如所葬的墓地好，便可以子孙繁盛，家道兴隆。

❷　［浅尝辄止］　粗浅一试便停止了。

❸　［半途自画］　事情做到一半，自己中断了。

❹　［蟊贼］　蟊字本作蝥，音ㄇㄠ，是一种害稻的虫。都是成功的蟊贼，是说：都是成功的破坏者。

文章法则甲

三、重要的文言代名词(一)

代名词的性质可分为三类：(一)代人的叫做人称代名词，如"我""你""他""她"等；(二)代事物和方位的叫做指示代名词，如"这个""那个""这""那""它""这里""那里"等；(三)代疑问的事物和方位的叫做疑问代名词，如"谁""甚么""那里"等。不论语言和文言，代名词都可以分为这三类。

文言的代名词，数目比语言上所用的要多，如"我"一个字，文言里就有"吾""余""予""我"等。文言所用的代名词，有许多是格不完全的，有的只能用作主格，有的只能用作目的格，很不一律。文言文的困难，大部分可以说就在代名词上面。这里把重要的几个举出来说明。

"之" "之"字作代名词用的时候，也代人也代事物，等于语言中的"他"或"它"。常用作目的格和副格。如：

燕太子丹朝于秦，秦王留之，与之誓曰。《科学的头脑》

"所" "所"字作代名词用的时候，和"之"字意义相同，不过"之"字用在动词或前介词之后，"所"字用在动词和前介词之前。如：

英之伟人讷尔逊者，五洲所共闻(＝＝＝共闻之)也。《讷尔逊轶事》(见第一册)

代名词原是替代事物的本名的，必有事物的本名在先，文法上叫做先行词。"所"字代的事物，有在先的，也有在后的。如：

蚕子乃蚕蛾所生。("所"代蚕子，在先。)《中国之蚕桑》(见第一册)

将去年所收之蚕子，洒以盐水，谓之浴蚕。("所"代蚕子，在

后。)同上

用"所"字合成的熟语很多,如"所以""所谓""所见""所有"等都是,在语言里也颇有用到的时候。这些熟语往往用作名词,"所有"等于"有之之物","所见"等于"见之之事"。文言里常有这种用法。如:

> 鲁直左手执卷末,右手指卷,如有所语。《核舟记》
>
> 知命名之所由来也。《大同云冈石窟佛像记》

习　问

一、代名词"之""所"可以相通,试用例证明。

二、下列各文句都含有"所"字,试改换字句,将"所"字除去。

(1)俗语说,"种瓜得瓜,种豆得豆",这种因果的关系是很明白的。不过在稍稍复杂的情形之下,我们就往往不容易明白关系的所在。《科学的头脑》

(2)研究一种学问,必要寻根究柢;这就是所谓透澈。同上

(3)他们给了我家庭所不能够给的东西。《朋友》

一三、黄花岗❶烈士纪念会演说

陈布雷❷

　　诸君！今天我们在这里举行黄花岗烈士死义❸纪念,我知诸君心中必定觉得很难受;因为那一次死难❹的,差不多全是和诸君同样年龄的青年。兄弟自身的感觉,却又添上身当其境的回忆;因为辛亥广州起事,距今已经有十八年,在诸君看来,是一种悲壮的史迹,在兄弟则是一种差不多目击而且是并世发生的事实。兄弟回想到那时节,正是和诸君同样的在求学时代。我们那时候的青年界,革命的心焰,也和现代青年同样的热烈。可是所感觉到的痛苦,恐怕十倍于诸君。就因为那时候大多数的同学,受了清廷所谓"奖励出身"的一种笼络政策的麻醉,科举的余毒还没有扫净,上焉者❺埋头不问世事,下一等的便只想毕业以后去作官,对于昌言革命的人,差不多非笑嘲谑,无所不至。所以我们当时所感到的痛苦,并不是学校当局的压迫,乃是四周围死气沉沉的社会。

　　突然间霹雳一声,有百数青年不自量力的去进攻总督❻署,这是何等惊人的新闻！而且这许多实行革命的青年,都是从外国大学或专门学校得了高深的知识回来的,有学政治法律的,有学科学或医学的,他们竟

---

　　❶ ［黄花岗］　地名,在广东省城北门外白云山麓。
　　❷ ［陈布雷］　现代浙江慈溪人。浙江高等学堂毕业。历任上海《天铎报》《商报》主笔,浙江教育厅长等职。
　　❸ ［死义］　为正义而死。
　　❹ ［死难］　为国难而死。
　　❺ ［上焉者］　上等的。
　　❻ ［总督］　清朝外省官中地位最高的,在巡抚之上,统辖一省或几省。

肯抛弃了他们功名利禄的"前程"❶去做这样悲壮的牺牲，这在当时的学生界是何等深刻的反省材料。

那时候宣传这次的牺牲最热心的，要算上海的《神州日报》。这个报纸是和张静江，于右任，杨笃生诸先生都有关系的，他们就乘这机会来鼓吹革命，他们很详尽的登载了举事和死难的经过，很精细的描写死难烈士的家庭情形和生活，很艺术的介绍死难烈士的遗容❷和遗墨❸。这一来，直使得"天下震动"，向来寂然无声的青年觉悟了，向来怀疑革命的老前辈因怜才的念头而流泪了，向来轻视革命势力的清廷官僚，震惧得不可名状❹了，甚而至于满洲宗室❺，也不敢再坚持高压政策❻，而有一部份人主张速行立宪了。因此而所谓清廷内阁的意见愈加分裂，昏庸的亲贵❼为之心惊胆落，各处的义士愈加慷慨奋发，结果遂有辛亥❽八月的武昌起义，以开中华民国的初基。

所以黄花岗烈士的死难，在表面上没有寸土尺地的成功，而实际却是一种推翻清廷的主力。我们景仰❾先烈，应该认识他们那种慷慨轻生的精神，和转移风气的力量。这一役❿最使得我们注意的便是：

（一）他们的壮烈。他们那时候出发攻打督署的，只有一百三十人，而死难的有七十二人。其间有不少福建的青年学生，本是预备回福建去革命的，经过香港，知道广州大举，便踊跃的加入。这样的服从干部⓫和只求革命成功的纯洁精神，我们应该郑重追念的。

（二）是他们的牺牲精神。死难烈士中有两位姓罗的和姓李的，他们

---

❶　［前程］　资格功名。

❷　［遗容］　死者的肖像。

❸　［遗墨］　留下来的字画。

❹　［不可名状］　无法称说，形容。

❺　［宗室］　皇帝的亲族。

❻　［高压政策］　用暴力镇压人民的政策。

❼　［亲贵］　帝皇的亲戚和显贵的大臣。

❽　［辛亥］　清宣统三年，民国前一年。

❾　［景仰］　敬慕。

❿　［这一役］　这一回事情。

⓫　［干部］　政党政府或劳动组合中居指导地位的分子。

本来是受命率领死士❶去占领军械局和电报局的，可是在起事前两天，干部已经变更计划了，但他们仍旧只身加入，力战而死。

（三）是他们的勇敢。那时候大多数都是文弱的书生，像朱执信先生，便是一个代表。

（四）他们情感的真挚。我们从方声洞冯超骧林觉民诸位烈士的诀别老父爱妻的遗书中，可以看出他们是如何的公而忘私。但也不是完全否认了家人之间的情感，他们在死生呼吸中❷，诀别家人，或者勉励妻子善视老亲，或者劝慰父母为大义节哀，都缠绵悱恻❸，可以令人下泪。现代青年中有的只知道谈恋爱，图享乐，有的以为革命和情感根本不相容，非斩绝一切的情感，便不能革命。看了黄花岗烈士的榜样，似乎可以找出一条路径了。

我上面讲的话，只是供青年诸君一些取法的资料，并不是要求诸君个个人像烈士般去牺牲生命。生命的牺牲，有时候是必要的，但是我们现在的革命环境已入一个新时期，青年诸君肩头要担负的责任，有比牺牲生命繁重十倍，艰难十倍的。从前革命的对象是反动的威权，只要不怕死，就有成功之希望；现在革命的对象更复杂，军阀，帝国主义以外，还有潜伏各处的种种的反动势力，不觉悟的社会，不健全的政治，都要靠我们拿出力量来奋斗的。所以我们努力的方向是多方面的，不怕死以外，还要不怕难，不惮烦。我们要依照从前理学家❹的一句格言，叫做"存心时时可死，行事步步求生"。不存决死之心，决不能负求生之任；不为求生而决死，即便是无目的地导引民族入于毁灭之途了。

兄弟如今有一个比喻，黄花岗死难烈士，好比我们的长兄，为了保家复仇，慷慨的决斗而死了，剩下来未报的仇，未铲除的敌人，未完成的事业，未振起的家庭，未长成的遗孤❺，都要我们来负责的。所以我们的责

---

❶　〔死士〕　不怕死的人。

❷　〔死生呼吸中〕　死生只在一呼一吸之中，形容危急。

❸　〔缠绵悱恻〕　悱，音ㄈㄟˇ。恻，音ㄘㄜˋ。缠绵悱恻，含有情意牵连郁结之意。

❹　〔理学家〕　研究性命理气的学者。如宋朝的程颢，程颐，陆九渊，朱熹，及明朝的王守仁等都是。

❺　〔遗孤〕　死者遗留下来的年幼子女。

任十倍的重大，我们的前途格外的困难。

　　青年诸君！请追念烈士的遗型❶，我们要效法他们的不怕死。死且不怕，还怕什么困难！同时我们得以忍痛负重的精神，不断的向各方面努力，时代所需要于我们的，决不仅是"不怕死"。我们的责任，确是比先烈十倍的繁难。但这是我们的注定的运命，我们只有积极的接受，加倍的努力。先烈的好榜样，便是我们的指路碑。

---

　　❶　［遗型］　留下来的榜样。

一四、平民夜校开学演说

蔡元培

今天是北京大学学生会平民夜校开学的日子，也是北京大学准许平民进来的第一日。从前这个地方，是不许旁人进来的，现在人人都可以进来。从前马神庙❶北京大学挂着一块"学堂重地，闲人莫入"的牌子，以为全国最高的学府，只有大学学生同教员才可以进去，旁人都是不能进去的。——现在这块牌子已经除去了。

北京大学第一步的改变，是校役夜班的开办。从前京师大学堂里面的听差❷，不过赚几个钱，喊几声大人老爷罢了；自从校役夜班开办以后，他们晚上不当差的时候，就可以随便的求点学问；于是大学里无论什么人，都有了受教育的权利了。不过单是大学里的人有受教育的权利还不够，还要全国人都享受这种权利才好，所以现在从一部分做起，开办这个平民夜校。"平民"的意思，是说"人人都是平等的"。从前只有大学生可受大学的教育，旁人都不能够，这便算不得平等。现在大学生分其权利，开办这个平民夜校，于是平民也能到大学来受教育了。大学生为什么要办这个平民夜校呢？因为他们自己已经有了学问，看见旁的兄弟姊妹没有学问，心中很难过，好像自己吃饱了，看见许多的兄弟姊妹都还饿着，心中很难过一样。一个人不但愁着肚子饿，而且怕脑子饿。大学生看见你们许多弟弟妹妹的肚子饿，固然难过，看见你们的脑子饿，也是很

---

❶　〔马神庙〕　街名，在北平景山北。京师大学堂旧址所在地，现在北京大学第一院仍旧在那里。

❷　〔听差〕　听候差遣的人，即仆役。

难过的。因为人没有学问,不认识字,是一件很苦的事情。不识字的人,写封信也要请求别人,要是自己会写,多少便利呢?我们有手而不能用,有眼而不能看,一定很难过;我们有脑子而不识字,没有知识,连看电影也不大能懂得,何尝不是一样的苦呢?大学生从小学到中学,现在又到大学,仿佛肚里吃东西已经吃得很多,看见旁人没有学问,没有知识,常常受"脑饿"的痛苦,就很难过,很不爽快,并且觉得太不平等了。所以愿为大家尽力,开办这个平民夜校。大学生既有这种好意思,住在大学附近的人家,也把他的子弟送来求学,现在竟有四百多人,仿佛肚子饿了,知道自己去求食一样。这种气象实在好极,也算不辜负办平民夜校诸位的热心了。

最后,我对于夜校的学生同家长,还有两层希望:

一,教员既然拿出全副精神来教我们,我们得好好地学。如果进来一两天以后,觉得没有什么新奇,就不来了,这未免对不起教员的一番热心。

二,现在只有住在大学附近的,才享有这种特别权利。那些住得较远的,就享不着这种权利了。你们也应该代为觉得难过,所以最好把你们所学得的去传达给你们的亲戚或朋友。

文章法则乙

四、仪式文

逢到各种集会，主席须要致开会辞和闭会辞，参加者须要即席演说。这种举动都属于仪式的范围。这些演说辞写上纸面，就是所谓仪式文，也是实用文的一种。

仪式文和其他实用文一样，为着应付实际事务，写作常是被动的。既已处在这个场合中间，譬如说，在喜庆或哀悼的席上，被人家推举出来演说，或者担任了某种集会的主席，其时即使没有甚么意思，也非开口不可，非执笔起演说稿不可。

仪式文的写作既是被动的，有时候不免要"无中生有"。但是在经验丰富的人，他把所有的经验临时加以组织和配合，也可以写成很好的文章。所以，平时经验的积聚是很关重要的。如果没有甚么积聚在那里，"无中"决然"生"不出"有"来。

仪式文中如果没有甚么新鲜意味，好一点的也只是语言文字的游戏，坏一点的简直成为不相干的许多语句的勉强集合。那是最要不得的东西。

新鲜的意味有了，可是和当时的情境不相称，也还不能算做好的仪式文。例如在朋友间集合的一个同乐会中致辞，却发挥着关于民族国家的大道理；在一个寻常人的追悼会中演说，却说那人的死亡是社会莫大的损失：这就和当时的情境不相称了。这样说着，将使听众感觉那是浮夸的而不是诚实的言辞。

看了上面的话，可知仪式文至少有两个要点：第一，要有新鲜意味；

第二，新鲜意味又得切合当时的情境。

习　问

一、仪式文和书信比较起来，有甚么相同的地方？

二、从前读过的文章中，那几篇是仪式文？仪式文有许多名目，试就所知道的举出来。

十五、弈 喻

钱大昕❶

予观弈于友人所,一客数败,嗤❷其失算,辄欲易置之,以为不逮己也。顷之,客请与予对局❸,予颇易之❹。甫下数子,客已得先手❺;局将半,予思益苦,而客之智尚有余。竟局,❻数之,客胜予十三子。予赧甚,不能出一言。后有招予观弈者,终日默坐而已。

今之学者,读古人书,多訾古人之失,与今人居,亦乐称人失。人固不能无失,然试易地以处❼,平心而度之,吾果无一失乎?吾能知人之失,而不能见吾之失,吾能指人之小失,而不能见吾之大失。吾求吾失且不暇,何暇论人哉!

弈之优劣,有定也;一著之失,人皆见之,虽护前者❽不能讳❾也。理

---

❶ 〔钱大昕〕（一七二八——一八〇四）字晓微,号辛楣,又号竹汀,清江苏嘉定人。乾隆进士,官至少詹事。博通群书尤长史学,著有《潜研堂集》。

❷ 〔嗤〕 讥笑。

❸ 〔对局〕 著棋从开始到完结叫一局。对局,就是对著一局。

❹ 〔易之〕 "易"是"容易"。"之"代表"对局"这桩事情。"易之"就是"把这桩事情认为容易的"。又如"难之",就是"把这桩事情认为繁难的"。文言和语言句法不同,须要注意。

❺ 〔得先手〕 得了可以先发制人的优势。

❻ 〔竟局〕 著完了那局棋。

❼ 〔易地以处〕 使自己换处在别人的境地。

❽ 〔护前者〕 回护过去的错失的人,不肯认错的人。

❾ 〔讳〕 隐蔽,遮盖。

之所在,各是其所是,各非其所非,世无孔子,谁能定是非之真？然则人之失者,未必非得也;吾之无失者,未必非大失也。而彼此相嗤,无有已时,曾观弈者之不若已❶！

---

❶〔曾观弈者之不若已〕　翻为语言就是"却连看下棋的人都不如了"。

十六、喜怒忧惧

张耀翔[1]

喜怒忧惧，为人类四种基本情绪，起因于生活的变化。我们生活不能绝对单调，至少亦难逃得失荣辱生死诸境遇，所以常不免发生喜怒忧惧的情绪。

喜生于身心的舒适，欲望的满足，安慰的获得，或目的的达到。喜时头昂体直，筋肉兴奋，血脉伸张；大喜则手舞足蹈。

怒的原因最复杂：受人侮辱或欺骗，或失望，身体受束缚，言论遭反对，善意被误会，缺点被指摘，罪恶被告发，秘密被泄露，利权被侵夺，名誉被败坏等等均是。怒的态度为进攻，怒的目的在破坏。怒时血管扩大，胸部升高，呼吸加快；全身筋肉紧张，面色改变；甚至行动错乱，四肢抽搐，口唇紧闭，牙齿相咬，两拳紧握，唾液增加，汗流不止——后两者表示内分泌[2]也受了影响。

忧的原因恰和喜相反。当心思开散，想有所活动而不能时，便发生忧的情绪。忧可说是活动的替身，凡不爱活动的人，忧虑最多。忧虑成了习惯，虽对细小事故亦寝食难安。忧时筋肉懈弛，额蹙，血液循环迟缓[3]，双目暗澹，呼吸带吁叹，身心的力量均消沈。

---

❶　［张耀翔］　现代湖北汉阳人。留学美国哥伦比亚大学。历任天津南开大学，北京师范大学，北京大学，暨南大学，大夏大学等校心理学系主任及教授。

❷　［内分泌］　人体中有一部分的腺，分泌一种刺戟素，由许多血管直接送入血液或淋巴腺中，随着血流循环于体内，能够刺激种种器官，使它们互相联络，互相调和，而完成全身的生理作用。这种分泌作用，叫做"内分泌"。

❸　［循环迟缓］　血液循环迟缓。

　　惧在一切情绪中发生最早,有先天的❶和习得的两种。惧大声,惧失支持,属于先天的;惧黑暗火虫兽生人群众鬼怪等,属于习得的。惧的态度为退缩,目的在保全。惧时血管收缩,战栗❷,心猛跳,筋肉弛缓,口音变粗,结舌❸或完全不能言语,唾液停顿,出冷汗,毛发耸立,呼吸停滞,咽喉紧缩,身心的力量均消沈。

　　哲学家往往重视理性,轻看情绪。他们说理性应管辖情绪,富于理性者当统治富于情感者。其实大多数人的精神生活中,情绪分明较理智为重要。情绪可作吾人工作的动机,增进人生幸福,助成身心健康。人生除去一切情绪,便立刻变为枯燥,狭隘。那些只有思想,认识,判断,而无喜乐,愤怒,忧虑,恐惧者,决非真实健全完备的人。

　　宗教家更主张压迫情绪,认情绪为恶劣根性。其实情绪自身并无善恶可言,在乎用之之当否。譬如喜乐,本是活泼而最宜表现的情绪,随喜乐而起的嬉笑,又是最合卫生的举动;但幸灾乐祸❹的嘲笑,却为不良的表示了。愤怒本是最扰乱生理作用的情绪,随愤怒而起的打骂,并可伤人,盛怒可杀人;但公愤,义勇,革命事业的奋斗,却又非常可贵了。忧虑本是最伤身心的情绪,随忧虑而起的啼哭,毫无裨益于实际;但忧国忧民,却可激起人的爱国心和慈善行为。恐惧本是最令人颓丧的情绪,随恐惧而起的退缩,恰与进取冒险的精神违反;但畏疾病,贫穷,愚昧,腐败,舆论,刑罚等等,却可引起人的戒备,改革。要而言之,情绪各有好处也各有短处;不过在平常情形之下,怒忧惧三者的流弊较多罢了。

---

❶　〔先天的〕　生来如此的。
❷　〔战栗〕　抖动。
❸　〔结舌〕　舌头呆滞不活动。
❹　〔幸灾乐祸〕　欢喜别人遭逢灾祸。

文章法则甲

四、重要的文言代名词(二)

"焉" "焉"字可作指示代名词用,也可作疑问代名词用。作指示代名词用的时候,有"于此"或"于彼"的意思。如:

> 启窗而观,雕栏相望焉。("望"解作"对"===相对于此)《核舟记》

> 吾何惧焉!(何惧于彼)《神亭之战》(见第一册)

"焉"字作疑问代名词用的时候,常倒列在动词或前介词之上(前)。语言里说"往那里?",文言里是"焉往?"。

"其" "其"字也是指示代名词,只用作修饰格,常附加在名词之上(前),在语言里是"这""那""他的"或"它的"意思。如:

> 东坡现右足,鲁直现左足,各微侧。其两膝相比者,各隐卷底衣褶中。《核舟记》

> 佛像大者数丈,小者数寸,巧算不能稽其数。《大同云冈石窟佛像记》

"者" "者"字也是指示代名词,用以代人,也可以代事物。一切的格都可用。语言里的"的"字,有时也用来代人或事物(如"老的","读书的","大的","红的"),"者"字正和这种"的"字意义一样。如:

> 窟中大佛高者约五六尺。窟之宽广最大者径六七丈,其小者三四丈。《大同云冈石窟佛像记》

> 后有招予观弈者,终日默坐而已。《弈喻》

"者"字又有一种用法,加在说明句的主语之下,好像把主语特别提出再加说明的样子,有加强语气的功用。如:

英之伟人讷尔逊者，五洲所共闻也。《讷尔逊轶事》

然则人之失者，未必非得也；吾之无失者，未必非大失也。《弈喻》

这种"者"字，当然不能用语言里的"的"来解释。

习　问

一、代名词"其"字，只有修饰格。试从读过的文章中举出若干例子来证明。

二、下列各文句含有代名词"其""者""焉"，试改换字句，将这些代名词除去。

（1）上焉者埋头不问世事，下一等的便只想毕业以后去作官。《黄花岗烈士纪念会演说》

（2）楫左右舟子各一人，居右者椎髻仰面，左手倚一衡木，右手攀右趾，若啸呼状。居左者右手执蒲葵扇，左手抚炉。炉上有壶。其人视端容寂，若听茶声然。《核舟记》

（3）通计一舟：为人五；……为字共三十有四；而计其长，曾不盈寸。盖简桃核修狭者为之。同上

一七、图　画

蔡元培

　　吾人视觉之所得，皆面❶也。赖肤觉之助，而后见为体❷。建筑，雕刻，体面互见之美术❸也。其有舍体而取面，而于面之中，仍含有体之感觉者，为图画。

　　体之感觉何自起？曰，起于远近之比例，明暗之掩映。西人更益以绘影写光之法，而景状益近于自然。

　　图画之内容：曰❹人，曰动物，曰植物，曰宫室，曰山水，曰宗教，曰历史，曰风俗。既视❺建筑雕刻为繁复，而又含有音乐及诗歌之意味，故感人尤深。

　　图画之设色者，用水彩，中外所同也。而西人更有油画，始于"文艺中兴❻"时代之意大利，迄今盛行。其不设色者，曰水墨，以墨笔为浓淡之烘染者也。曰白描，以细笔钩勒❼形廓者也。不设色之画，其感人也，纯以形式及笔势。设色之画，其感人也，于形式笔势以外，兼用激刺。

---

❶　[面]　平面。

❷　[体]　立体。

❸　[美术]　以表现美为目的的技术或制作。普通指绘画，雕刻，建筑而言。

❹　[曰]　文言中列举许多事物，往往作"曰……曰……"，这"曰"字就是语言中的"是"。

❺　[视]　引申作"比较"的意义。

❻　[文艺中兴]　Renaissance 一字的译语。这是十四世纪至十六世纪间欧洲学术界突破中古的封建压制和教会的形式主义的文艺再兴运动，它的精神在重自由，现实和知识，而以研究古代如希腊罗马的学术为务。最初由文艺开始，不久普遍于哲学，宗教，政治。

❼　[钩勒]　用线条钩画出轮廓。

　　中国画家，自临摹旧作❶入手。西洋画家，自描写实物入手。故中国之画，自肖像而外，多以意构，虽名山水之图，亦多以记忆所得者为之。西人之画，则人物必有概范，山水必有实景，虽理想派之作，亦先有所本，乃增损而润色❷之。

　　中国之画，与书法为缘❸，而多含文学之趣味。西人之画，与建筑雕刻为缘，而佐以科学之观察，哲学之思想。故中国之画，以气韵❹胜，善画者多工书而能诗。西人之画，以技能及义蕴❺胜，善画者或兼建筑图画二术，而图画之发达，常与科学及哲学相随焉。中国之图画术，记始于虞夏，备于唐，而极盛于宋，其后为之者较少，而名家亦复辈出。西洋之图画术，记始于希腊，发展于十四十五世纪，极盛于十六世纪。近三世纪，则学校大备，画人夥颐❻，而标新领异❼之才，亦时出于其间焉。

---

❶　［旧作］　前人的作品。

❷　［润色］　修正，加饰。

❸　［与书法为缘］　和书法发生关系。

❹　［气韵］　神气，风韵。指意境说，较为抽象。

❺　［义蕴］　含义深奥。指理解说，较为具体。

❻　［夥颐］　惊叹的声音，相承作"多"解。

❼　［标新领异］　自成一路，与众不同。

一八、词四首

相见欢❶

李 煜❷

无言独上西楼。月如钩。寂寞梧桐庭院锁清秋。 剪不断,理还乱,是离愁。别是一般滋味在心头。

卜算子

苏 轼❸

缺月挂疏桐,漏断❹人初静。惟见幽人❺独往来,缥缈孤鸿影。 惊起却回头,有恨无人省。拣尽寒枝不肯栖,寂寞沙洲冷。

---

❶ 〔相见欢〕 和后面的"卜算子""小重山""菩萨蛮"都是词牌名。词是可以歌唱的。某人创作一首词,声调谐和,文句优美,这首词就被认为一种格式,大家依着他的格式做,这首词的原来的题目就变成词牌了。

❷ 〔李煜〕 (九三七—九七八),字重光,南唐主李璟的第六子。建隆二年嗣位。那时南唐已经削弱不堪,他又柔懦无能,所以不久就被宋太祖灭了,受封陇西郡公,抑郁而死。史称后主。今存词若干首。

❸ 〔苏轼〕 (一〇三六——一一〇一)字子瞻,自号东坡居士,宋眉州眉山人。嘉祐进士,直史馆,累官翰林学士兵部尚书。卒谥文忠。所作诗词文章,清旷豪放,雄视百代。有《东坡全集》。

❹ 〔漏断〕 古人计时,用铜壶滴漏之法,昼夜分若干刻。漏断,与"更残"同意,有"夜阑"之意。

❺ 〔幽人〕 隐士。

小重山

岳 飞❶

昨夜寒蛩❷不住鸣。惊回千里梦，已三更。起来独自绕阶行。人悄悄，帘外月胧明。 白首为功名。故山松竹老，阻归程。欲将心事付瑶琴。知音少，弦断有谁听！

菩萨蛮

辛弃疾❸

郁孤台❹下清江水，中间多少行人泪。西北是长安❺，可怜无数山！青山遮不住，毕竟东流去。江晚正愁余，山深闻鹧鸪❻。

---

❶ ［岳飞］（一一○二——一一四一），字鹏举，宋相州汤阴人。他是从行伍出身的一个名将。官至太尉，加少保，为河南北招讨使，屡破金兵。后被秦桧所害。孝宗时追封鄂王，谥武穆，后改谥忠武。有《岳武穆集》。

❷ ［寒蛩］ 蟋蟀。蛩音ㄑㄩㄥˊ。

❸ ［辛弃疾］（一一四○——一二○七）字幼安，号稼轩居士，宋济南历城人。官至龙图阁侍制。卒谥忠敏。弃疾性情豪爽，崇尚气节，所作词纵横慷慨，与苏轼并称，世号"苏辛"。有《稼轩词》、《稼轩集》。

❹ ［郁孤台］ 山名。本名文璧山，又名贺兰山，在今江西赣县西南。赣江在这山下经过，北流入万安县。

❺ ［长安］ 京都的代称。

❻ ［鹧鸪］ 鸟名，形如鹑，稍大。它的鸣声好像在说"行不得也哥哥"。

文章法则乙

五、散文和韵文

普通文章的写作，都依据着语言的自然腔调。现在我们写语体文，纸面的文章几乎和口头的语言完全一致，固然不用说了。即使现代人写文言，大体上也还依据着语言的自然腔调，不过词汇的选用和造句的小节目，彼此有所不同而已。这样写下来的文章统叫做散文。

和散文相对的叫做韵文。孩子爱唱的儿歌，民间流行的歌谣，就是口头的韵文。旧体的诗词，以及新体诗中的一部分，就是纸面的韵文。

韵文大都每句句末叶韵或是间句句末叶韵。甚么叫做叶韵呢？现在从小学校出来的人都学过注音符号，知道每一个字音由"声母"和"韵母"拼合而成，那只要一句话就可以明白了：凡是把韵母相同的若干字放在相当各句的末了，就叫做叶韵。例如楼（ㄌㄡ）州（ㄓㄡ）浮（ㄈㄡ）愁（ㄔㄡ）四个字，韵母都是"ㄡ"，把这四个字用在诗歌各句的末了，这就是叶韵了。

叶韵的韵文难免和语言的自然腔调不尽一致，可是吟诵起来容易上口，听受起来容易熟记。一篇散文，读过几遍未必背诵得出，然而一首诗歌，读过几遍就挂在口头了：这是大家所有的经验。所以韵文的传布力和感染力比较散文来得大。各民族的初期，往往文字还没有制定，而口头的诗歌却已经发生了：这就因为诗歌有着上面所说的实际效用的缘故。

诗歌以外的文章也有叶韵的。古代所谓"赋"，其中一部分就是韵文。

习　问

一、甚么叫做韵？甚么叫做叶韵？

二、试检查读过的诗词，回答出下面的问题来。

（1）七言绝句的用韵样式怎样？

（2）新体诗的用韵样式怎样？

（3）词的用韵样式怎样？

一九、沈云英传

夏之蓉❶

　　云英者,沈将军至绪女也。将军守备道州❷。张献忠❸破武昌,过洞庭而西❹,势张甚❺。未几❻,攻围道州。将军出战木垒❼,殁于军❽。

　　云英年十七,告州人曰,"贼虽累胜,然皆乌合❾,不足畏。吾女子,义不忍与贼俱生。吾为父死,诸公为乡里死,即道州可完。孰与乞命狂贼之手,坐视妻若子为虏乎❿?"众壮其意,皆曰,"诺。"

---

　　❶〔夏之蓉〕(一六九八——一七八五)字芙裳,号醴谷,清江苏高邮人。雍正进士,乾隆初举鸿博,授检讨。曾做过福建的主考官,广东和湖南的督学。后来辞官归主钟山丽正书院,著有《半舫斋诗钞》。

　　❷〔守备道州〕明中叶以后,于各城堡多设守备官,带兵防守。守备道州,就是做道州守备官。道州,现在湖南道县。

　　❸〔张献忠〕明朝末年的流寇,延安卫人。崇正初,和李自成寇略山西陕西河南等地十六年,从湖北麻城西陷汉阳,全军从鸭蛋州渡陷武昌,扰乱湖北各地,十七年,入四川,陷成都,称大西国王。后被清军所杀。

　　❹〔过洞庭而西〕在这样的句中,一个"西"字就是"往西去"了。但在语言中,必须说"过了洞庭往西去"。

　　❺〔势张甚〕张,张大。这是说:声势盛大得很。

　　❻〔未几〕不多时。

　　❼〔木垒〕道州的山名,在今道县北五十里。

　　❽〔殁于军〕死在军阵里。

　　❾〔乌合〕乌鸟偶然聚集在一起,不久就飞散,拿来比喻仓卒间的没有团结性的集合。

　　❿〔孰与……乎〕这样句法,表示后面的办法和前面的办法那一个好的意思,让人家自己去判断。在语言中说起来,就是"这比较向狂贼手中讨命,眼看妻和儿子作俘虏,那一个办法好呢?"这里的"若"字就是语言中的"和"。

城门开，云英甲而驰❶，一城人奋梃❷随之，直前击贼。贼骇乱，出不意，皆自相蹂藉❸以奔。遂解道州围，获父尸；城中人皆缟素❹助云英成丧。

时贼所过城，率不战下❺，而以死全道州城者，云英父子也。郡守❻上功，诏赠至绪副总兵❼，加云英游击将军❽，坐父署，守道州。

云英，会稽人也；距今百余年，道州人祠祀麻滩❾，四时不绝。

论曰："明季二贼竖四讧❿，遂移神器⓫。时士大夫胁息⓬兵刃下，能不丧其丈夫者鲜矣⓭！秦良玉⓮沈云英之流，解簪珥一奋，贼气为夺。忠勇之伸，乃激于女子，事何奇也！岂乱世阴阳之道，不得其情；抑义在天下，不可夺志者，虽匹妇犹然欤⓯！云英事不载《明史》⓰，余故传之云。"

---

❶　[甲而驰]　穿着战甲，骑马疾奔出去。这里"甲"字作动词用。

❷　[奋梃]　奋勇地挥着木梃。

❸　[蹂藉]　践踏。

❹　[缟素]　着素服。

❺　[率不战下]　都未经接战就夺下了。

❻　[郡守]　就是知府，是明朝一府的长官。案，郡守本是秦朝的官名，宋以后改郡为府，所以明清时以郡守为知府的别称。

❼　[诏赠至绪副总兵]　皇帝的上谕叫"诏"。给死者以官衔或品级叫"赠"。副总兵，武官名，阶级高于守备，次于总兵官。

❽　[加云英游击将军]　加她游击将军的官衔。游击将军，武官名，位在守备上。

❾　[祠祀麻滩]　在麻滩地方立祠祭祀。麻滩在道县北八十里。

❿　[明季二贼竖四讧]　明季，明朝末年。二贼竖指李自成和张献忠。四讧，扰乱四方。讧，音ㄏㄨㄥˊ。

⓫　[遂移神器]　神器，指帝位。这是说：明朝因此亡了。

⓬　[胁息]　畏缩。

⓭　[能不丧其丈夫者鲜矣]　能够不失掉他的丈夫气概的，是很少的。

⓮　[秦良玉]　明末的女将。忠州人。嫁石砫宣抚使马千乘。崇祯三年（一六三〇），永平四城失守，良玉起兵讨贼。崇祯帝优诏褒美。后仍还蜀，官至都督金事，充总兵官。

⓯　[不可夺志者虽匹妇犹然欤]　《论语·子罕章》："三军可夺帅也，匹夫不可夺志也。"这里的"匹妇"对"匹夫"而言，言不仅匹夫不可夺志，匹妇也是不可夺志的。匹夫，匹妇，指寻常的男子和妇人。

⓰　[明史]　书名，清张廷玉等奉敕编撰，凡三三六卷，记载明朝一代事迹。

二〇、爱迭生❶

落 霞❷

　　爱迭生十二岁的时候,唯一的朋友是他父亲的一个帮工,名叫奥次。奥次年岁比他的父亲还要大,性情非常和蔼。有一次,爱迭生忽然妙想天开,想到试验飞行的方法。他想假使一个大块头肚子里装满了气体,也许会飞起来。他看见奥次是一个大块头,正是一个现成的试验材料,极力劝他饮了很多"沸腾粉❸",希望他肚子里装满了汽体上升。奥次上了他的当,身体并未飞起,却生了一场大病。

　　他在十二岁以前,曾经进过三个月的学校,那些专叫人读死书的教师总说他笨。他的母亲听得厌了,又觉得她的儿子和常儿不同,便自己来教他。但是他所学的并不限于母亲所教的范围,因为他的知识欲实在高得利害,简直无所不读,就是跑到村上店里去,看见招牌或广告牌上的字句,也要问个明白,懂个明白。因为他有这样不易满足的好奇心,随时随处都能自动的真切的彻底的教育自己,所以虽然没有入校求学,也能自己去把这个缺憾补足,而且比在校里受马马虎虎❹的教育还胜过万倍。

　　他喜欢试验,在家里地窖下一个小室里堆排了许多奇奇怪怪的试验

---

　　❶　[爱迭生]　(Thomas Edison,一八四七——一九三一)美国大发明家,曾先后获得电灯,电车,电影,留声机等千种的发明专利证。

　　❷　[落霞]　现代人,姓名字里未详。

　　❸　[沸腾粉]　酒石酸与小苏打的混合物,遇水能起作用而发生二氧化碳气泡,像沸腾一样,故名。

　　❹　[马马虎虎]　不认真。

用的器械，一架排满了各种流质的玻璃瓶，他在每个瓶上都写着"内有毒药"字样，使人一看就退避，不至扰动他的宝物。但因经济拮据❶，设备不周，乃请得他父亲的允许，让他到铁路上去做一个小工。当时火车的制造还不很进步，六七十英里的路，要走一天。他看见许多客人全是坐在车里闲着无事，便又触动了他的小而灵敏的脑子，想客人在这样闲空无聊的时间内，何不卖些读物给他们看看，于是他就壮着胆自己跑到站长办公室里和站长商量停当，在车上卖起报来。生意很好，一人竟来不及应付，还雇了一个小朋友做助手。

他十五岁的时候，除售卖别人所出的报纸外，自己因研究所得，也出了一种报。他所在的那辆火车里，行李车分做三节，一节是装行李的，一节是装邮件用的，还有一节原是备乘客吸烟的，因为没有窗，所以只空着。这个空地方又触动了爱迭生的小而灵敏的脑子，弄到一个小小的印刷机，塞进这节空车里去印刷报纸。报是周刊，每份一张，两面印。他自己任主笔，任编辑，任印刷，任售卖。每份售价三分，每月定费八分，居然有三百份的销数。

他于编辑印刷售卖以外，一有闲空，就钻进他的"行动的试验室"去做试验。这就是上面所说的那一节空车的一部份，做了报馆，又做了试验室，局促得了不得。他一面忙着试验，一面又忙着读书，凡是有关机械及化学的读物，他简直无一不读到。

有一天，那辆火车因转弯时震动得利害，忽把爱迭生"行动的试验室"里一块磷震到地板上。爱迭生急得要命，忙用手去抓回，已来不及。顷刻之间，火焰涌起，一个立在近处的行李脚夫提了一桶水，把火救熄，狠狠的打他一个耳光，打得过分利害，爱迭生的耳朵竟因此聋了。

爱迭生的耳朵虽然打聋了，但是并不妨害他后来许多伟大的发明。他曾说，"耳朵打聋诚然使我一生不便，但也不无好处，因为耳聋了，把外界的喧嚣完全拒绝，倒使我有了很多的静思的机会。"足见这位大发明家的乐观奋斗的精神了。

---

❶ ［经济拮据］　钱财不宽裕。

文章法则甲

五、文言代名词的倒置

文言代名词的"所"字,在句中作目的格的时候,习惯上常常倒置。这种代名词倒置的情形,是文言文里所常碰到的,不但"所"字如此。文言代名词倒置的条件(除"所"字外)尚有好几种。

(一)疑问代名词作目的格或副格时 疑问代名词"谁""何"等字,作目的格的时候常在他动词之前,作副格的时候常在前介词之前。如:

子何恃(——恃何)而往?《为学》

法人好胜,何以(——以何)自绘败状,令人气丧若此?《观巴黎油画记》

(二)代名词在否定句中作目的格时 有些人称代名词和指示代名词在否定句中作目的格的时候,常倒置在他动词之前。如:

不吾知也。(——不知吾也)《论语》

不仁而得天下者,未之有也。(——未有之也)《孟子》

(三)"是"字和前介词"以"合成副格时 文言指示代名词"是"字作副格用的时候,并不都倒置,如"于是""为是"等都是不倒置的,可是和"以"字结合起来,习惯上往往作"是以"。如:

君子之于禽兽也,见其生不忍见其死,闻其声不忍食其肉。是以君子远庖厨也。《孟子》

纣之不善,不若是之甚也。是以君子恶居下流。《论语》

习　问

一、文言代名词的倒置，有几种条件？试列举出来。

二、试把下列文言句译成语体句。

(1)体之感觉何自起？《图画》

(2)不患人之不己知。《论语》

二一、秋庭晨课图跋❶

汪兆铭

　　右图,兆铭儿时依母之状也。其时兆铭年九岁,平旦❷必习字于中庭;母必临视之,日以为常。秋晨萧爽,木芙蓉娟娟❸作花,藤萝蔓于壁上。距今三十年矣,每一涉想,此状如在目前。

　　当时父年六十九,母则四十。父以家贫,虽老犹作客于陆丰。海道不易,惟母同行,诸兄弟皆不获从;以兆铭幼,挈以自随。兆铭无知,惟依依膝下为乐。有时见母寂坐有泪痕,心虽戚然不宁,初不解慈母念远之心至苦也。嗟夫,岂特此一端而已!兆铭年十三而失母,于母生平德行,能知者几何!于母生平所遇之艰难,能知者又几何!

　　母鸡鸣而起,上侍老父,下抚诸弱小,操持家事,米盐琐屑,罔不综核❹,往往宵分❺不寐。兆铭惟知饥则索饼饵,饱则跳踉以嬉,懵然❻不知母之劳瘁也。岁时今节❼,兆铭逐群儿嬉戏,乐而忘倦;时见母踥蹀仰屋❽,微叹有声,搜箧得衣物付佣妇,令质钱市果馔❾;及亲友至,则强笑

---

❶　〔跋〕　写在书画后面的题记。

❷　〔平旦〕　天刚亮的时候。

❸　〔娟娟〕　形容木芙蓉花的美好。

❹　〔综核〕　总聚事情加以考查。

❺　〔宵分〕　夜半。

❻　〔懵然〕　糊涂不明。

❼　〔岁时令节〕　一年中的佳节。

❽　〔踥蹀仰屋〕　踱来踱去,时而仰望屋顶,形容人有心事时忧愁焦虑的样子。踥音ㄐㄧㄝˊ。蹀音ㄒㄧㄝˋ。

❾　〔质钱市果馔〕　质钱,典押银钱。市,买。

语款洽❶，似无所忧者；兆铭亦忽忽不措意❷，不知母何为而委曲❸烦重若是也。

母所生子女各三人，劬劳太甚，诸子女以此长成，而母亦以此伤其生，不获终其天年，悲夫！

兆铭丧母后六年而去国，凡十年乃得归。归而求父之手泽❹，蠹余犹得尺简❺。求母之栖桮❻，则无有存焉者。因以儿时所得之印象，告之温丈❼幼菊，乞为图之，庶几母子虽一死一生而于图中犹能聚首也。

---

❶　［笑语款洽］　说说笑笑，情意很和洽。

❷　［忽忽不措意］　忽略不注意。

❸　［委曲］　宛转曲折。

❹　［手泽］　《礼记·玉藻篇》说，"父没而不能读父之书，手泽存焉耳。"后人因以指称祖先遗留下来的用品，或写作的文字。

❺　［尺简］　信札。

❻　［栖桮］　栖同杯，桮音ㄐㄩㄢ；用屈木制成的杯子。《礼记·玉藻篇》说，"母没有杯圈不能饮焉，口泽之气存焉尔。""杯圈"即栖桮，后人因以指称亡母所遗留下来的东西。

❼　［丈］　对男尊长的称呼。

二二、诗二首

水 手

刘延陵 **❶**

一

月在天上，
船在海上，
他两只手捧住面孔，
躲在摆舵的黑暗地方。

二

他怕见月儿眨眼，
　　海儿掀浪，
引他看水天接处的故乡。
但他却想到了
石榴花开得鲜明的井旁，
那人儿正架竹子，
晒她的青布衣裳。

---

❶　［刘延陵］　现代江苏泰县人。曾任中国公学暨南大学等校教授。

春　意

刘大白❶

一只没篷的小船，
被暖溶溶的春水浮着：
一个短衣赤足的男子，
船梢❷上划着；
一个乱头粗服❸的妇人，
船肚里桨着；
一个红衫绿裤的小孩，
被她底左手挽着。
他们一前一后地划着桨着，
　　嘈嘈杂杂地谈着，
　　嘻嘻哈哈地笑着，
小孩左回右顾地看着，
　　痴痴憨憨❹地听着，
　　咿咿哑哑地唱着，
一只没篷的小船，
从一划一桨一谈一笑一唱中进行着。

这一船里，
充满了爱，
充满了生趣；
不但这一船里，

---

❶　［刘大白］　（一八八〇——一九三二）浙江绍兴人。清拔贡生。历任上海复旦大学教授，国民政府教育部常任次长等职。著有《旧梦》，《邮吻》，《旧诗新话》，《白屋文话》等。

❷　［船梢］　船尾。

❸　［乱头粗服］　头发蓬乱，穿着粗布衣服。

❹　［憨憨］　呆傻的样子。憨音ㄏㄢ。

他们的爱，
他们的生趣，
更充满了船外的天空水底：
这就是花柳也不如的春意！

文章法则乙

六、情感的流露

　　前面已经说过,抒情文也就是记叙文;不过抒情文以表白情感为主,不像记叙文那样仅仅报告一些事物。

　　所谓情感,无非喜,怒,哀,乐等等。当遇到了可喜可悲的事物,喜或悲的情感被引起来了,如果是一个儿独处在那里,本来也没有甚么可说,至多发出一两个欢喜的或者悲哀的感叹词罢了,但是要把情感写入文章,情形就不相同。只把几个感叹词写下来,读者怎能知道作者所怀的是甚么情感呢? 作者必须把引起他情感的事物记叙明白,读者才会知道作者所有的经验,才会感到作者所怀的情感。抒情文不能不从记叙着手,道理就在此。

　　抒情文中记叙事物,往往不就事物的本来面目说,而给涂上作者情感的色彩。例如花朵本来无所谓笑,山峰本来不会招人;但在一个愉快的游览家看来,却感到花朵都露着笑脸,山峰在那里招人。照这样记述着,一腔愉快的情感就从这里流露出来了。

　　抒情文在记叙事物的当儿,往往插入一些纯情感语,为普通记叙文中所没有的。例如记叙了父亲的生平以及丧亡的经过,接着说,"现在,我是没有父亲的人了! 父亲慈爱的容颜,除了在梦里,再能从甚么地方见到呢!"这样说着,就把一腔悲痛的情感流露出来了。

　　照上面所说的看来,情感的流露大概有两种方式:一是包含在记叙之中;一是独立在记叙之外。流露或强或弱,或奔放或含蓄,看作者情感的本身而定。

习 问

一、抒述情感有两种方式,一是把情感包含在记叙之中,一是把情感独立在记叙之外。试从读过的文章里各举出一个例子来。

二、抒情文中记叙事物,往往不就事物的本来面目说,而给涂上作者情感的色彩。试就下列各篇,找出例子来证明这句话。

(1)《相见欢》李煜

(2)《朋友》巴金

(3)《慈爱的结束》冰心(见第一册)

二三、救国的正路

刘　复

怎样救国？

国是个有机物❶，并不是呆然的一大块。

现在的中国并不像欧战后的德国一样只受了些硬伤，乃是每一个组织每一个细胞都在腐烂，都在出脓。

细胞就是我们自己，组织就是我们自己的事业。

所以要救国，先该救我们自己，先该救我们自己的事业。自己不肯救，只是呼号着"救！救！救！"其结果必至于不可救。

要救我们自己，应该时时刻刻努力，把自己做成一个堂堂正正能在这竞争剧烈的世界上站得稳脚头的人；应该时时刻刻责问自己：所做的事，是不是不问大小，每一件都可以在国家的总帐簿上画一个正号，不画一个负号。

要救我们的事业，应当问一问自己所做的事业是不是可以和外国同等的人所做的同等的事业一样好，或比他们更好：做学生的，应当问一问自己的程度能不能比上外国同等的学生，所用的功力能不能比上外国同等的学生；做教员的，应当问一问自己能不能和外国同等的教员一样热心于教授，一样热心于研究，自己能不能有什么著作什么发明可以和外国同等的教员相当，自己所造就的人才，和对于学术上的贡献，是不是可以置之于世界学林中而无愧。要是别国的学生别国的教员可以打一百

----

❶　〔有机物〕　有机的物体。凡具有生命和生活机能，由若干部分或要素结合成的自然物体，它的各个部分间有着统一的联系而且和全体也有必不可分离的关系的，称为"有机体"。

分,而我们只可以打九十九分,那还是我们不长进,应该不分昼夜努力赶向前去。必须别人能打一百分,我们也能打一百分;甚至于可以打一百零一分一百零二分,那才算救了我们的事业。

我们不应当看轻我们自己和我们自己的事业。在国家的总帐簿上,小学教员是一个人,国民政府主席也只是一个人;一个小学教员能尽职,其价值不亚于一个国民政府主席能尽责。

我们应当锻炼我们的身体。在和平时,这身体是做事业的工具;到战时,就是杀敌的利器。

我们应当宝重国家的血本。仇货固然要终身不买,别国货能不买总不买,能有国货总用国货,能替国家省下一个铜子,即是替国家多保留一分元气。

我们应当认定现在是卧薪尝胆❶刻苦耐劳的时代,把什么“颓废主义”“享乐主义”以及“摩登❷”“跳舞”等淫逸丧志❸的东西,一概深恶痛绝,视同蛇蝎。

我们应当爱美,但要真的美,不要爱假的美。行为纯洁,不做卑鄙龌龊的事,那是美。人格完全,做个顶天立地的汉子,那是美。到必要时,杀身成仁❹,死得干干净净,那是美。有铜铁一样坚固的身体,有金刚钻一样刚强而明亮的灵魂,外面穿件蓝布大褂,也掩不住他的美。要是做女人的以涂脂抹粉为美;做男子的也跟着她们以涂脂抹粉为美,弄得全国青年,不分男女,一概脂粉化,那是“国家将亡,必有妖孽❺”,徒见其丑恶可呕,算不得美。

我们立定主意要一个个的先把自己从臭恶腐烂的脓疮中救出。我们切切实实立定了脚跟做。只怕我们不做,不怕别人看不见。别人看见了,“人心都是肉做的”,自然会受我们的感动,自然会跟着我们走,自然

---

❶ 〔卧薪尝胆〕 睡在柴草上,尝着苦胆。都是刻苦耐劳的事。

❷ 〔摩登〕 英语 modern 的音译。modern 是现代的意思;引申作“时髦”。

❸ 〔淫逸丧志〕 淫逸,放荡。丧志,失掉志气。

❹ 〔杀身成仁〕 牺牲自己的生命来完成他的忠义大节;例如为革命而牺牲。

❺ 〔国家将亡必有妖孽〕 《礼记·中庸篇》中的话。

会跳出了酣嬉昏愦麻木不仁❶的境界，进入刚强果敢振作有为的境界。移风易俗，端在我辈。

也难保不有少数的人受毒太深，振作不起来的。但这有什么要紧？他们的寿命是有限的，过了三五十年，他们全死了，替代他们的是我们，是我们的子女，是我们的门徒。那时全中华民国的细胞和组织都更新了，还有那一国敢向我们撒野❷？

我相信我所说的是抗敌救国的一条正路：除此以外，决没有第二条路。

你以为话说得太远，"远水救不得近火"吗？我敢向你担保，决不太远，决然不至于来不及。

国家的生命是无穷的，退一步说，民族的生命总是无穷的。现在中国还没有亡，即使真亡了，大家若能一心一德向这条路上走，迟早必有复国的一天，中华民国必有重放光明的一天。要是不走这条路，中国从此亡定，不过形式上亦许可以仰托外国人的慈悲，多拖延几天罢了！

---

❶ ［麻木不仁］　无知觉。
❷ ［撒野］　俗语，犹言"放肆"。

二四、班超投笔从戎

周振甫❶

东汉❷初年,匈奴勾结西域各国向南侵略。当时河西❸许多郡县都特别戒严❹,常常白天关起城门来。班超便生在这种环境里。他的故乡扶风郡平陵县❺,在现在陕西省的西边,真可算是那时西北的国防前线❻了。

班超是做官人家的子弟,家里藏着很多的书籍,父亲班彪❼,哥哥班固❽和妹妹班昭❾,就是以撰前汉一朝的历史著名的。班超自幼年便有

---

❶ 〔周振甫〕 现代浙江平湖人。著有历史传记《班超》。

❷ 〔东汉〕 汉朝从光武帝建都洛阳,到献帝末,凡一百九十六年,历史上称为东汉;当公元二五—二二〇年。

❸ 〔河西〕 黄河以西一带地方的泛称,现在甘肃陕西等省都是。

❹ 〔戒严〕 某地方因战争或非常事变,施行严密的防备。

❺ 〔扶风郡平陵县〕 东汉扶风郡治槐里,故城在今陕西兴平县东南。平陵县旧治,在今陕西咸阳县西北十五里。

❻ 〔国防前线〕 国防,一个国家在边境上所设的防备前线,指和敌军最先接触的地方。

❼ 〔班彪〕 字叔皮(三—五四)。光武帝时,被举为茂才,做过徐县的县令。继司马迁《史记》作《后传》数十篇。

❽ 〔班固〕 字孟坚(三二—九二)。学问渊博,所作辞赋极著名。汉明帝时,官校书郎。续父所撰《后传》(见前),著成《汉书》,起汉高祖,终王莽。其中八表及天文志没有完成,因罪被捕入狱,死在监狱里面。

❾ 〔班昭〕 一名姬,字惠姬。有才学。嫁曹世叔。后来世叔死了,汉和帝把她召入宫中,做皇后贵人的师傅,号为曹大家(家音ㄍㄨ)。著《女诫》。又就东观藏书续成他哥哥所著《汉书》的未成部分(见前)。

和历史接触的机会,从过去的史实里,得到了许多教训和鼓舞;像张骞❶的开通西域,傅介子❷的平定西域,尤其是他所企慕的。

汉明帝永平五年(公元六二),班超的哥哥被人控告,说他私撰国史,——原来当时私撰国史也有罪的。便被捉去关在京兆狱里。班超骑马奔到京❸里,上书给汉明帝,替他哥哥辩护,说明他哥哥怎样继着父亲的志愿,替国家保存前汉一朝历史的苦心。明帝看了班超的奏章,看了班固所做的书,倒很赏识班固的学问,便召他来做校书郎,典校宫中所藏祕书。班超于是也和母亲搬到京里来住。

班超在京里为了要维持家庭生活,便在官府里担任了钞写的工作。天天在一间堆着简册的屋子里,和几个同事抄写。有一天,班超忽然投去了他手中所拿的笔,叹道,"唉! 大丈夫纵使没有非常的志愿和计划,也得效法傅介子张骞那样到国外去建立一番轰轰烈烈的事业,来博取封侯的荣誉,怎么能够老在笔砚中讨生活呢!"许多同事听了都讥诮他,他很愤慨的回答道,"你们那里懂得壮士的心事!"

那时他的哥哥已在做兰台❹令史,专管朝廷的章奏和文书,和皇帝更接近了。有一次,汉明帝向班固问起班超,班固便把班超的近况对明帝说了。明帝以为像班超那样的人,不应投闲置散❺,便也任命他做了兰台令史。可是没有多少时候,又因了旁的事故,被免职了。

到了汉明帝永平十六年(公元七三),班超已是四十一岁了。这时汉朝的实力已很充足,明帝也改变了光武帝以来不和外国开衅的国策,派大将军窦固❻带领了大军去讨伐匈奴,班超便在一枝军队里做一个假司

---

❶　[张骞]　西汉成固人。武帝建元中应募出使大月氏,路过匈奴,被扣留十余年,逃回。后拜大中大夫。跟卫青击匈奴有功,封博望侯。后来又出使乌孙,派遣副使到大宛大夏康居去,从此西北诸国,才和汉朝交通。

❷　[傅介子]　西汉北地义渠人。昭帝元凤中,出使大宛,责楼兰龟兹等国遮杀汉使事件,各国认错请罪。后又因楼兰反覆,用计斩楼兰王。封义阳侯。

❸　[京]　按:东汉都洛阳,故城在现在河南洛阳县东北。

❹　[兰台]　汉时国家藏书的地方。

❺　[投闲置散]　不任要职。

❻　[窦固]　字孟孙,平陵人。尚光武女温阳公主。袭封显亲侯。明帝以他熟习边事,拜为奉车都尉,出屯凉州,击呼衍王,降车师,加位特进。宣帝时卒,谥文。

马——就是权领司马职务的领兵官。——于是他多年怀抱的志愿,得到实现的机会了。

后来他因讨伐匈奴有功,被派到西域去联络各国。他到了西域,先使西域各国摆脱匈奴的勾结,转来亲近中国,再联络西域各小国来反抗强大的龟兹❶等国的侵略。结果不费国家一点军饷,不动国家一支军队,西域五十多国都归服了汉朝。

---

❶ 〔龟兹〕 音ㄑㄧㄡˊㄘˊ,西域国名,即今新疆库车县地。

文章法则甲

六、名词语

名词（或代名词）在句中有好几种格。实际的文章或谈话上句中的成格的部分，并不一定是简单的名词（或代名词）。这种部分本身虽不是一个名词，就全句看来却是担任着名词的职务，有着名词的性质的，叫做名词语。名词语有好几种式样。如：

（一）在原来的名词前加种种的修饰　名词加修饰，不论如何复杂，结果全体仍是名词。其中带"的""之"等介词的，就是名词性短语。如：

> 我们不应当看轻我们自己和我们自己的事业。《救国的正路》
>
> 在和平时这身体是做事业的工具，到战时，就是杀敌的利器。
同上

语体中用介词"的"的名词短语，有时常把"的"后面的名词略去，性质上仍等于名词。如：

> 国家的生命是无穷的（东西），退一步说，民族的生命总是无穷的（东西）。《救国的正路》
>
> 父亲班彪，哥哥班固和妹妹班昭，就是以撰前汉一朝的历史著名的（人）……像张骞的开通西域，傅介子的平定西域，尤其是他所企慕的（事情）。《班超投笔从戎》

（二）整个的文句　整个的文句也可当作一个名词用在句子里。如：

> 只见店主人把三只碗，一双箸，一碟热菜，放在武松面前。《景阳冈》
>
> 初不解慈母念远之心至苦也。《秋庭晨课图跋》

（三）由形容词动词转成名词　形容词动词因了用法可以成名词性

质,如果是他动词,同时就带目的格。如:

上侍老父,下抚诸弱小。《秋庭晨课图跋》

中国画家,自临摹旧作入手。西洋画家,自描写实物入手。《图
画》

名词语在文章中是很多的。上面所举的只是最普通的几种式样。
这种名词语如果不把它认辨清楚,文章的头绪就不容易明白。

习 问

一、试任取一篇读过的文章,把里面所含的名词语一一指出来。

二、"所"字和动词或前介词结合起来也可成名词语,(参考本册文章
法则甲三)试随举几个例子。

二五、求阙斋日记

曾国藩❶

十八日〔同治元年❷九月〕

　　早饭后，清理文件。旋见客，立见者十余次，坐见者两次。写沅弟信一件，左季高信一件。午刻，万篪轩来，久坐。中饭后，阅本日文件。至幕府❸畅谈。旋又将本日文件阅毕，写对联七副。夜，写杨厚庵信一件。核改咨札信稿❹。二更，入内室。阅梅伯言❺诗文集。三更睡。五更醒，展转不能成寐❻，盖寸心为金陵宁国之贼❼忧悸者十分之八，而因僚属❽不和顺，恩怨愤懑者亦十之二三。实则处大乱之世，余所遇之僚属尚不十分傲慢无礼；而鄙怀忿恚若此，甚矣余之隘也！余天性褊激，痛自刻责

---

　　❶　〔曾国藩〕　（一八一一——一八七二）字涤生，号伯涵，清湖南湘乡人。道光进士。洪杨乱起，在湖南编制湘勇，收复沿江各省，为同治中兴功臣第一。官至大学士，封毅勇侯。卒谥文正。有《曾文正公全集》。

　　❷　〔同治元年〕　同治，清穆宗年号。元年，当公元一八六二年。

　　❸　〔幕府〕　军队中长官办事的地方。

　　❹　〔核改咨札信稿〕　核改，审查改正。咨札是当时两种公文的名称：平列的官署间来往的公文称"咨"；上级官署给下级官署的公文称"札"。

　　❺　〔梅伯言〕　清代散文家，名曾亮，江苏上元人。道光进士。有《柏枧山房文集》。

　　❻　〔成寐〕　入睡。

　　❼　〔金陵宁国之贼〕　金陵即今江宁。宁国，府名，府治就是现在安徽宣城县。贼，指太平军。那时清军刚收复宁国，而驻在金陵雨花台的曾国荃军队又被太平军围住了，兵士死亡五千多人，相持四十余日，始解围。

　　❽　〔僚属〕　属官，属员。

惩治者有年,而有触即发,仍不可遏;殆将终身不改矣,愧悚何已! 是日接沅弟十四日信,尚属平安。

廿二日〔同上〕

早饭后,清理文件。旋围棋一局,见客三次。写沅弟信一件,云仙信一件,添少泉信一叶。写竹庄信一件。唐中丞❶李申夫先后来,久谈。中饭后,至幕府一叙。接吴竹庄信,知十八日水陆❷于金柱关❸大获胜仗,夺贼炮船,马匹。为之欣慰。阅本日文件。核二日批札各稿。夜,改信稿四件。将各处芜湖图一对,本日所收吴竹庄周万倬报仗之禀❹,地名俱不可寻。与幕府诸人畅谈。二更三点,入内室,温古文论著类,读《原毁》、《伯夷颂》、《获麟解》、《龙》、《杂说》诸首,岸然❺想见古人独立千古确乎不拔之象。本日与昨日皆未接金陵沅弟来信,心为悬悬❻,行坐不安。三更,睡,颇能成寐。五更后,展转忧灼,莫知天意竟复何如。

初二日〔同治元年十月〕

早饭后,清理文件。旋见客三次。围棋一局。立见客又七次。写沅甫弟信一件。改信稿三件。中饭后,至幕府一叙。见客一次。阅本日文件。出城至盐河❼,看黄南坡所铸大炮,解金陵者❽,共五尊,内万三千斤者一尊,万斤者二尊,六千斤者二尊。又至韩正国船上一看,悯其志盛而

---

❶ 〔中丞〕 御史台中丞,本汉朝官名,清朝常以副都御史,佥都御使出任巡抚,故称巡抚为中丞。巡抚是清朝一省的行政长官。

❷ 〔水陆〕 水陆军。

❸ 〔金柱关〕 在安徽当涂县西五里,滨江。

❹ 〔报仗之禀〕 报告战情的文书。

❺ 〔岸然〕 特立的样子。

❻ 〔悬悬〕 忐忑不定,望念。

❼ 〔盐河〕 时曾氏驻节安庆,当系安庆城外的河名。

❽ 〔解金陵者〕 解送到金陵去的。

殉难❶也。申刻归。因两日不接沅弟信，旁皇❷忧灼，若无所措，摆列棋势以自遣。傍夕，接沅弟廿三，廿六，七日三信，为之稍慰。夜，核批札各稿，倦甚。是日未刻习字一纸，久未摹帖，手又生疏矣。

_____

❶ 〔殉难〕 为国难而死。
❷ 〔旁皇〕 同"彷徨"。

二六、山阴❶记游

俞平伯❷

五月一日晨七时,步至柯岩。有庙,殿后有潭,石壁外覆,色纹黑白,斧凿痕宛然❸。有一高阁,拾级登之❹。殿后又一潭,小石桥跨其上。壁间雕观音像。岩左一庙,大殿中石佛高三四丈,金饰庄严。审视❺,殿倚石为壁,就之凿像。庙后奇峰一朵,镌"云骨"两隶字,四面玲珑,上丰下削,峰尖有断纹,树枝出其罅,谛视❻欣赏不已。稍偏一潭,拨草临之,深窈澄澈,投以石块,悠悠旋转而下。

十时返棹,移泊雷宫,道中山川佳秀,左右挹盼。午后二时,以小竹兜游兰亭,约行七八里,沿路紫花繁开,而冈峦竹树杂呈翠绿。四山环合,清溪萦回。度一板桥,则兰亭在望❼矣。亭建于清乾隆时,新得修葺,粉垣漆槛,有兰亭流觞亭竹里行厨鹅池等,皆后人所依仿,遗址盖久湮为田垅。然以今所见,雷宫兰亭之间,所谓"崇山峻岭,茂林修竹,清流激湍❽",则风物固自依然也。流觞亭旁有右军祠❾。张筵小饮,清旷宜

---

❶ 〔山阴〕 浙江绍兴县的古称。

❷ 〔俞平伯〕 现代浙江德清人。俞樾的曾孙。毕业北京大学,历任清华大学等校教授。著有《杂拌儿》、《燕知草》等。

❸ 〔斧凿痕宛然〕 宛然,是副词,犹言"分明地",这句是说:斧凿的痕迹分明地看得出。

❹ 〔拾级登之〕 一级一级的爬上那儿。

❺ 〔审视〕 察看。

❻ 〔谛视〕 细细地看。

❼ 〔在望〕 在眼前。

❽ 〔崇山峻岭……清流激湍〕 晋王羲之《兰亭集序》中的语句。

❾ 〔右军祠〕 祭王羲之的祠。羲之做过右军将军,后人称他为王右军。

人。归途夕阳在山，得七律❶一首。夜泊偏门。

二日清晨登岸，不数武❷抵快阁。乃一小楼，栏杆蔚蓝，额曰"快阁"。屋主姚氏，就遗址缔构❸。通谒而入❹，阍者❺导游。先登小楼，供放翁像，联额满壁。屋主富藏书，殆佳士。有园圃三处，虽不广，而池石花木颇有曲折。白藤数架，微雨润之，朗朗如玉璎珞❻。亭畔更有紫藤，相映弄姿。挪舟会稽山下，谒大禹庙，垂旒摺笏❼，容像庄肃。殿上蝙蝠殆千万，栖息梁栋间，积粪遍地。据云，蝠有大如车轮者。殿侧高处有穸石亭，石高五尺如笋尖，中有断纹，上有空穴。志❽载石上有东汉顺帝时刻文，已漫漶❾不可辨。宋刻文尚可读。石旁有两碑，一曰"禹穴"，一曰"石纽"，篆势飞动。出庙门，访岣嵝碑❿，系乾隆时摹刻，又谒禹陵⓫，墓而不坟⓬，仅一碑亭楷书曰"大禹陵"。后山林木苍蔚。

午食时天气炎热，移泊大树下。饭后以山兜入山，三里至南镇。庙宇新整，神像威武，茶罢即行。七里至香炉峰绝顶，山径盘旋直上。侧

---

❶　〔七律〕　旧诗中有一定格律的诗叫做"律诗"；每句七字的律诗叫做"七律"。全首八句，中间四句，必须对仗。

❷　〔不数武〕　走不了几步。

❸　〔缔构〕　建造。

❹　〔通谒而入〕　通报了姓名才进去。

❺　〔阍者〕　看门的人。

❻　〔朗朗如玉璎珞〕　亮晶晶地像玉璎珞。璎珞是珠玉缀成的项饰。璎音ㄧㄥ，珞音ㄌㄨㄛˋ。

❼　〔垂旒摺笏〕　旒音ㄌㄧㄡˊ，是古代帝王的帽饰。用丝绳贯穿珠宝垂挂在帽子的前后的。摺音ㄐㄧˊ，解作插。笏音ㄏㄨˋ，朝见时所拿的手版；有什么要陈述的事情，可以记在上面，以备遗忘。古代自天子至士都执笏。

❽　〔志〕　地志，记载一地方的沿革人物故迹等的书，如府志，县志，名山志。

❾　〔漫漶〕　因剥蚀而模糊。

❿　〔岣嵝碑〕　又称"禹碑"，相传是夏禹治水时候所写的碑。在衡山县云密峰，凡存七十七字。近人疑为明朝杨慎伪造。

⓫　〔陵〕　帝王的坟墓称"陵"。

⓬　〔墓而不坟〕　古代坟墓有别：聚土高起的叫"坟"，平的叫"墓"。

首下望,山河襟带❶,城镇星罗❷。秦望天柱诸山,宛如列黛❸。野花弥漫❹郊坰,如碎紫锦。中途稍憩小庙。又逾岭冈数重,始见香炉峰。峰形峭削,山径窄而陡,旁设木栏以卫行客。有石梁跨两崖间。逾之不数武,路忽转,两圆石对峙,舆行其间,乘者须敛足曲肱❺而过。绝顶仅一小庙,绝湫隘,闻值香汛❻,香客来者以千数。峰顶尖小,故除庙外无立足地,仅可从窗棂间下窥,绍兴城郭庐舍楚楚❼可辨,钱江一线远亘云表,群峰多如培塿❽,惟秦望独尊❾。

返舟,移舟十里,见绕门山石壁。过桥,桥有闸,泊舟东湖,为陶氏私业❿。潭水深明浓碧。石壁则黑白绀紫,如屏如墙,有千岩万壑气象,高松生其颠,杂树出其罅。山下回廊闲馆,点缀不俗。绣球皎白,蔷薇娇红,与碧波互映。风尘俗士,乍睹名山,似置身蓬阆⓫中矣。拿舟行峭壁下。洞名仙桃,舟行其中,石骨棱厉⓬,高耸偪侧⓭,幽清深窈,不类人间。湖中大鱼潜伏,云有长逾丈者,天气郁蒸方出;虽未得观,而尺许银鳞荡跃水面,光如曳练,是日数见之。……是夕宿东湖舟中。

---

❶ 〔山河襟带〕 山河像襟带一样地交互围绕着。

❷ 〔城镇星罗〕 城镇像星星一样地罗列着。

❸ 〔宛如列黛〕 仿佛一排一排的眉毛。

❹ 〔弥漫〕 遍满。

❺ 〔敛足曲肱〕 放小脚步,弯拢臂膀。

❻ 〔香汛〕 进香礼佛的时期。

❼ 〔楚楚〕 清楚。

❽ 〔培塿〕 小山。塿,音ㄌㄡˇ。

❾ 〔惟秦望独尊〕 只有秦望山最高。

❿ 〔私业〕 私产。

⓫ 〔蓬阆〕 蓬莱,阆苑,传说中的仙山仙地。阆,音ㄌㄤˇ。

⓬ 〔棱厉〕 棱角显露。

⓭ 〔偪侧〕 峻急。偪同"逼"。

文章法则乙

七、记叙文和小说

一篇小说，必然有记述的部分。如人物的形状，神态，地方的位置，光景，以及一花，一草，一器，一物，在需要的时候，都得或繁或简地记述进去。又必然有叙述的部分。如人物怎样作种种活动，事件怎样会渐渐展开，若没有这种叙述，也就不成其为小说。这样看起来，小说不就是记叙文吗？

不错，小说就是记叙文。凡是关于记叙文的各种法则，在小说方面也都适用。但是二者之间究竟有分别。这可以分作两层来说。

第一，二者的分别在于写作的过程。作记叙文，必然先有可记可叙的事物，换一句说，就是事物的存在或发生在先，作者从其中感到了一点新鲜意味，于是提起一枝笔，把它记录下来。作小说却不然。引起小说家的写作动机的并不是早已存在业经发生的某事物，而是他经验了许多事物之后看出来的一点意义。他要表达这一点意义，于是创造出一些事物来写成小说。所谓创造，其实就是凭着想像，自由虚构。这样写作的过程和记叙文完全不同。

第二，二者的分别在于故事的有无。记叙文中不一定包含甚么故事，而小说中却必须有一个完整的故事。

试举例来说。某团体在某天开会，报馆访员去旁听之后，把当时的见闻写成一篇会场记事，登在报纸上。这是据事实录，仅仅会场上的见闻，又不成甚么故事，所以是记叙文。如果作者在经验了若干次集会之后，发见集会中常常有某种现象，而虚构一个故事来表达它，那就是小说了。

习 问

一、小说家怎样写成他的小说？

二、以前读过的记叙文中,那几篇是小说？为什么？

二七、故乡〔上〕

鲁　迅

我冒了严寒，回到相隔二千余里，别了二十余年的故乡去。

时候既然是深冬；渐近故乡时，天气又阴晦了，冷风吹进船舱中，呜呜的响，从篷隙向外一望，苍黄的天底下，远近横着几个萧索的荒村，没有一些活气。我的心禁不住悲凉起来了。

阿！这不是我二十年来时时记得的故乡？

我所记得的故乡全不如此。我的故乡好得多了。但要我记起它的美丽，说出它的佳处来，却又没有影像，没有言辞了。仿佛也就如此。于是我自己解释说：故乡本也如此，——虽然没有进步，也未必像我现在心中所感觉到的那样悲凉，这只是我自己心情的改变罢了，因为我这次回乡，本没有什么好心绪。

我这次是专为了别他而来的。我们多年聚族而居的老屋，已经公同卖给别姓了，交屋的期限，只在今年，所以必须赶在正月初一以前，永别了熟识的老屋，而且要远离了熟识的故乡，搬家到我在谋食的异地去。

第二日清早晨我到了我家的门口了。瓦楞上许多枯草的断茎当风抖着，正在说明这老屋难免易主的原因。几房的本家大约已经搬走了，所以很寂静。我到了自家的房外，我的母亲早已迎着出来了，接着便飞出❶了八岁的侄儿宏儿。

我的母亲很高兴，但也藏着许多凄凉的神情，教我坐下，歇息，喝茶，

---

❶ 〔飞出〕飞快的跑出来。

且不谈搬家的事。宏儿没有见过我,远远的对面站着只是看。

但我们终于谈到搬家的事。我说外间的寓所已经租定了,又买了几件家具,此外须将家里所有的木器卖去,再去增添。母亲也说好,而且行李也略已齐集,木器不便搬运的,也小半卖去了,只是收不起钱来。

"你休息一两天,去拜望亲戚本家❶一回,我们便可以走了。"母亲说。

"是的。"

"还有闰土,他每到我家来时,总问起你,很想见你一回面。我已经将你到家的大约日期通知他,他也许就要来了。"

这时候,我的脑里忽然闪出一幅神异的图画来:深蓝的天空中挂着一轮金黄的圆月,下面是海边的沙地,都种着一望无际的碧绿的西瓜,其间有一个十一二岁的少年,项带银圈,手捏一柄钢叉,向一匹猹❷尽力的刺去,那猹却将身一扭,反从他的胯下逃走了。

这少年便是闰土。我认识他时,也不过十多岁,离现在将有三十年了;那时我的父亲还在世,家景也好,我正是一个少爷。那一年,我家是一件大祭祀的值年。这祭祀,说是三十多年才能轮到一回,所以很郑重;正月里供祖像,供品很多,祭器很讲究,拜的人也很多,祭器也很要防偷去。我家只有一个忙月,(我们这里给人做工的分三种:整年给一定人家做工的叫长年;按日给人做工的叫短工;自己也种地,只在过年过节以及收租时候来给一定人家做工的称忙月。)忙不过来,他便对父亲说,可以叫他的儿子闰土来管祭器的。

我的父亲允许了;我也很高兴,因为我早听到闰土这名字,而且知道他和我仿佛年纪,闰月生的,五行缺土❸,所以他的父亲叫他闰土,他是

---

❶ 〔本家〕 同族。

❷ 〔猹〕 此字作者自造,字书里所没有,读音当和"查"字相近,是一种野猫之类的小兽。

❸ 〔五行缺土〕 金,木,水,火,土叫做"五行"。我国一向用天干(甲,乙,丙,丁……)地支(子,丑,寅,卯……)来记年,月,日;而天干地支和五行相配,譬如丙丁属火,壬癸属水。乡间旧俗,生了小儿,就得把小儿出生的年,月,日,时开明,叫星相家去安排一下,看看缺少了五行里的那一种,叫作"排八字"。如果安排起"八字"来,只有金,木,水,火可以配合,那就是"五行缺土"。

能装弶❶捉小鸟雀的。

我于是日日盼望新年，新年到，闰土也就到了。好容易到了年末，有一日，母亲告诉我，闰土来了，我便飞跑的去看。他正在厨房里，紫色的圆脸，头戴一顶小毡帽，颈上套一个明晃晃的银项圈，这可见他的父亲十分爱他，怕他死去，所以在神佛面前许下愿心，用圈子将他套住了。他见人很怕羞，只是不怕我，没有旁人的时候，便和我说话，于是不到半日，我们便熟识了。

我们那时候不知道谈些什么，只记得闰土很高兴，说是上城之后，见了许多没有见过的东西。

第二日我便要他捕鸟。他说：

"这不能。须大雪下了才好。我们沙地上，下了雪，我扫出一块空地来，用短棒支起一个大竹匾，撒下秕谷，看鸟雀来吃时，我远远地将缚在棒上的绳子只一拉，那鸟雀就罩在竹匾下了。什么都有：稻鸡，角鸡，鹁鸪，蓝背❷……"

我于是又很盼望下雪。

闰土又对我说：

"现在太冷，你夏天到我们这里来。我们日里到海边捡贝壳去，红的绿的都有，鬼见怕也有，观音手❸也有。晚上我和爹管西瓜去，你也去。"

"管贼么？"

"不是。走路的人口渴了摘一个瓜吃，我们这里是不算偷的。要管的是獾猪，刺猬❹，猹。月亮底下，你听，啦啦的响了，猹在咬瓜了。你便捏了胡叉，轻轻地走去……"

---

❶　[弶]　音ㄐㄧㄤˋ，捕鸟的机括。
❷　[稻鸡，角鸡，鹁鸪，蓝背]　稻鸡本是鹬的一种，属涉禽类。但这里所说的"稻鸡"和"角鸡"，都是某一种鸟的俗称，不能确定是那一种。鹁鸪就是祝鸠，长约一尺，嘴细长，上嘴钩曲，羽黑褐色，颈旁有黑色及青灰色的鳞状斑点，肩和脊上有赤茶色的斑点，胸淡赤褐色，尾羽黑褐色。蓝背，当是羽带蓝色的某一种鸟的俗称。
❸　[鬼见怕……观音手]　都是某一种贝壳的俗称。
❹　[獾猪，刺猬]　獾猪就是野猪。刺猬又叫猬鼠，体长尺许，头足都小，全身有尖锐棘毛，因背筋作用，能够攒起来，所以叫刺猬。

我那时并不知道这所谓猹的是怎么一件东西——便是现在也没有知道——只是无端的觉得状如小狗而很凶猛。

"他不咬人么？"

"有胡叉呢。走到了，看见猹了，你便刺。这畜生很伶俐，倒向你奔来，反从胯下窜了，他的皮毛是油一般的滑……"

我素不知道天下有这许多新鲜事：海边有如许五色的贝壳；西瓜有这样危险的经历，我先前单知道他在水果店里出卖罢了。

"我们沙地里，潮汛要来的时候，就有许多跳鱼儿只是跳，都有青蛙似的两个脚……"

阿！闰土的心里有无穷无尽的希奇的事，都是我往常的朋友所不知道的。他们不知道一些事，闰土在海边时，他们都和我一样只看见院子里高墙上的四角的天空。

可惜正月过去了，闰土须回家里去，我急得大哭，他也躲到厨房里，哭着不肯出门，但终于被他父亲带走了。他后来还托他的父亲带给我一包贝壳和几枝很好看的鸟毛，我也曾送他一两次东西，但从此没有再见面。

现在我的母亲提起了他，我这儿时的记忆，忽而全都闪电似的苏生过来，似乎看到了我的美丽的故乡了。我应声说：

"这好极！他，——怎样？……"

"他？……他景况也很不如意……"母亲说着，便向房外看，"这些人又来了。说是买木器，顺手也就随便拿走的，我得去看看。"

母亲站起身，出去了。门外有几个女人的声音，我便招宏儿走近面前，和他闲话：问他可会写字，可愿意出门。

"我们坐火车去么？"

"我们坐火车去。"

"船呢？"

"先坐船，……"

"哈！这模样了！胡子这么长了！"一种尖利的怪声突然大叫起来。

我吃了一吓，赶忙抬起头，却见一个凸颧骨，薄嘴唇，五十岁上下的女人站在我面前，两手搭在髀间，没有系裙，张着两脚，正像一个画图仪器里细脚伶仃❶的圆规。

我愕然❷了。

"不认识了么？我还抱过你咧！"

我愈加愕然了。幸而我的母亲也就进来，从旁说：

"他多年出门，统忘却了。——你该记得罢，"便向着我说，"这是斜对门的杨二嫂，……开豆腐店的。"

哦，我记得了。我孩子时候，在斜对门的豆腐店里确乎终日坐着一个杨二嫂，人都叫伊"豆腐西施"❸，竟完全忘却了。然而圆规很不平，显出鄙夷的神色，仿佛嗤笑法国人不知道拿破仑，美国人不知道华盛顿似的，冷笑说：

"忘了？这真是贵人眼高……"

"那有这事……我……"我惶恐着，站起来说。

"那么，我对你说，迅哥儿，你阔了，搬动又笨重，你还要什么这些破烂木器，让我拿去罢。我们小户人家，用得着。"

"我并没有阔哩。我须卖了这些，再去……"

"阿呀呀，你放了道台❹了，还说不阔？你现在有三房姨太太❺；出门便是八抬❻的大轿，还说不阔？吓，什么都瞒不过我。"

我知道无话可说了，便闭了口，默默的站着。

"阿呀阿呀，真是愈有钱，便愈是一毫不肯放松，愈是一毫不肯放松，便愈有钱……"圆规一面愤愤的回转身，一面絮絮的说，慢慢向外走，顺便将我母亲的一副手套塞在裤腰里，出去了。

此后又有近处的本家和亲戚来访问我。我一面应酬，偷空便收拾些行李，这样的过了三四天。

---

❶ ［伶仃］ 形容细小。

❷ ［愕然］ 惊异。

❸ ［豆腐西施］ 江浙一带常叫豆腐店里的年轻女子为"豆腐西施"。

❹ ［放了道台］ 京官外任叫"放"。清朝每省划分数道，设官治理，叫做"道员"，俗称"道台"。

❺ ［三房姨太太］ 三个妾。

❻ ［八抬］ 八个人抬。

二八、故乡〔下〕

鲁　迅

　　一日是天气很冷的午后,我吃过午饭,坐着喝茶,觉得外面有人进来了,便回头去看。我看时,不由的一惊,慌忙站起身,迎着走去。

　　这来的便是闰土。虽然我一见便知道是闰土,但又不是我这记忆上的闰土了。他身材增加了一倍;先前的紫色的圆脸,已经变作灰黄,而且加上了很深的皱纹;眼睛也像他父亲一样,周围都肿得通红,这我知道,在海边种地的人,终日吹着海风,大抵是这样的。他头上是一顶破毡帽,身上只一件极薄的棉衣,浑身瑟索❶着;手里提着一个纸包和一支长烟管❷,那手也不是我所记得的红活圆实的手,却又粗又笨而且开裂,像是松树皮了。

　　我这时很兴奋,但不知道怎么说才好,只是说:

　　"阿! 闰土哥,——你来了? ……"

　　我接着便有许多话,想要连珠一般涌出:角鸡,跳鱼儿,贝壳,猹,……但又总觉得被什么挡着似的,单在脑里面回旋,吐不出口外去。

　　他站住了,脸上现出欢喜和凄凉的神情;动着嘴唇,却没有作声。他的态度终于恭敬起来了,分明的叫道:

　　"老爷! ……"

　　我似乎打了一个寒噤;我就知道,我们之间已经隔了一层可悲的厚障壁了。我也说不出话。

---

❶　〔瑟索〕　怕冷发抖。

❷　〔长烟管〕　吸旱烟的烟管,长约三四尺。

他回过头去说，"水生，给老爷磕头。"便拖出躲在背后的孩子来，这正是一个廿年前的闰土，只是黄瘦些，颈子上没有银圈罢了。"这是第五个孩子，没有见过世面❶，躲躲闪闪……"

母亲和宏儿下楼来了，他们大约也听到了声音。

"老太太，信是早收到了。我实在喜欢的了不得，知道老爷回来……"闰土说。

"阿，你怎的这样客气起来。你们先前不是哥弟称呼么？还是照旧：迅哥儿。"母亲高兴的说。

"阿呀，老太太真是……这成什么规矩。那时是孩子，不懂事……"闰土说着，又叫水生上来打拱，那孩子却害羞，紧紧的贴在背后。

"他就是水生？第五个？都是生人，怕生也难怪的；还是宏儿和他去走走。"母亲说。

宏儿听得这话，便来招水生，水生却松松爽爽同他一路出去了。母亲叫闰土坐，他迟疑了一回，终于就了坐，将长烟管靠在桌旁，递过纸包来，说：

"冬天没有什么东西了。这一点干青豆倒是自家晒在那里的，请老爷……"

我问问他的景况。他只是摇头。

"非常难。第六个孩子也会帮忙了，却总是吃不够……又不太平……什么地方都要钱，没有定规……收成又坏。种出东西来，挑去卖，总要捐几回，折了本；不去卖，又只能烂掉……"

他只是摇头；脸上虽然刻着许多皱纹，却全然不动，仿佛石像一般。他大约只是觉得苦，却又形容不出，沈默了片时，便拿起烟管来默默的吸烟了。

母亲问他，知道他的家里事务忙，明天便得回去；又没有吃过午饭，便叫他自己到厨下炒饭吃去。

他出去了；母亲和我都叹息他的景况：多子，饥荒，苛税，兵，匪，官，

---

❶　〔世面〕　社会上的种种情状。

绅,都苦得他像一个木偶人了。母亲对我说,凡是不必搬走的东西,尽可以送他,可以听他自己去拣择。

下午,他拣好了几件东西:两条长桌,四个椅子,一副香炉和烛台,一杆台秤。他又要所有的草灰(我们这里煮饭是烧稻草的,那灰,可以做沙地的肥料),待我们启程的时候,他用船来载去。

夜间,我们又谈些闲天,都是无关紧要的话;第二天早晨,他就领了水生回去了。

又过了九日,是我们启程的日期。闰土早晨便到了,水生没有同来,却只带着一个五岁的女儿管船只。我们终日很忙碌,再没有谈天的工夫。来客也不少,有送行的,有拿东西的,有送行兼拿东西的。待到傍晚我们上船的时候,这老屋里的所有破旧大小粗细东西,已经一扫而空了。

我们的船向前走,两岸的青山在黄昏中,都装成了深黛颜色❶,连着退向船后梢去。

宏儿和我靠着船窗,同看外面模糊的风景,他忽然问道:

"大伯! 我们甚么时候回来?"

"回来?你怎么还没有走就想回来了。"

"可是,水生约我到他家玩去咧……"他睁着大的黑眼睛,痴痴的想。

我和母亲也都有些惘然❷,于是又提起闰土来。母亲说,那豆腐西施的杨二嫂,自从我家收拾行李以来,本是每日必到的,前天伊在灰堆里,掏出十多个碗碟来,议论之后,便定说是闰土埋着的,他可以在运灰的时候,一齐搬回家里去;杨二嫂发见了这件事,自己很以为功,便拿了那狗气杀(这是我们这里养鸡的器具,木盘上面有着栅栏,内盛食料,鸡可以伸进颈子去啄,狗却不能,只能看着气死),飞也似的跑了。

---

❶ 〔深黛颜色〕 深青色。

❷ 〔惘然〕 如有所失的样子。

文章法则甲

七、关于补足格

补足语放在同动词或不完全动词之后，有用形容词来做的，也有用名词代名词来做的。名词代名词用作补足语的时候叫补足格。带补足格的句子有两种式样。如：

　　洞名仙桃。《山阴记游》　　　　（甲）

　　他们唤他为"贸易风"。《谈风》　　（乙）

（甲）例补足格在不完全动词"名"之后，（乙）例补足格在同动词"为"之后。名词代名词在同动词或不完全动词之后的都是补足格。同是补足格，（甲）（乙）二例也有不同，（甲）例的"仙桃"，是补足主格"洞"的，（乙）例的"贸易风"是补足目的格"他"的，前者叫主格的补足语，后者叫目的格的补足语。（甲）例的"名"和（乙）例的"唤"都是不完全动词，"名"是自动词，"唤"是他动词。把这两式分析起来，可得公式如下：

　　（甲）主格——同动词（或不完全自动词）——补足格

　　（乙）主格——不完全他动词——目的格——同动词（或不完全自动词）——补足格

这是最完整的句式，习惯上尚有省略的办法。如：

　　云英，（为）会稽人也。《沈云英传》

　　人都叫伊（做）"豆腐西施"。《故乡》

　　我一见便知道（他）是闰土。同上

　　我这酒（人）叫（它）做"透瓶香"，又唤（它）做"出门倒"。《景阳冈》

(乙)例的省略,生出许多熟语来。如"说是""叫做""称为""认做""唤作""谓之""以为"等,都是由此发生的。

习 问

一、同动词和不完全动词最常用的是那几个? 试就知道的举出来。

二、试把下列文句依公式划分作几个部分,如有省略的地方,照公式补足。

(1)我那时并不知道这所谓猹的是怎么一件东西。《故乡》

(2)这是斜对门的杨二嫂。同上

(3)我们应当认定现在是卧薪尝胆刻苦耐劳的时代。《救国的正路》

(4)诸暨一县都晓得是一个画没骨花卉的名笔。《王冕》(见第一册)

二九、五月卅一日●急雨中

叶绍钧

　　从车上跨下，急雨如恶魔的乱箭，立刻湿了我的长衫。满腔的愤怒，头颅似乎戴着紧紧的铁箍。我走，我奋勇地走。路人少极了，店铺里仿佛也很少见人影。那里去了！那里去了！怕听昨天那样的排枪声，怕吃昨天那样的急射弹，所以如小鼠如蜗牛般，蜷伏在家里，躲藏在柜台底下么？这有什么用！你蜷伏，你躲藏，枪声会来找你的耳朵，子弹会来找你的肉体，你看有什么用！

　　猛兽似的张着巨眼的汽车冲驰而过，水泥溅污我的衣服，也溅及我的项颈。

　　一口气赶到"老闸捕房●"的门前，我想参拜我们的火伴●的血迹，我想用舌头舐尽所有的血迹，咽入肚里。但是，没有了，一点儿没有了！已给仇人的水机冲得光光，已给腐心的人们践得光光，更给恶魔的乱箭似的急雨洗得光光！

　　不要紧，我想。血总是曾经淌在这地方的，总有渗入这块土的吧。那就行了。这块土是血的土，血是我们的火伴的血，还不够是一课严重的功课么？血灌溉着，血温润着，行见血的花开在这里，血的果结在这里。

---

❶　[五月卅一日]　一九二五年五卅惨案发生的第二天。

❷　[老闸捕房]　原在上海南京路西段，五卅运动时，西捕指挥巡捕向群众开枪，就在这捕房门前。

❸　[火伴]　同伴。

我注视这块土,全神地注视着,其余什么都不见了,仿佛已把整个儿躯体融化在里头。

抬起眼睛,那边站着两个巡捕:手枪在他们的腰间;泛红的脸肉,深深的纹刻在嘴围,黄的睫毛下闪着绿光,似乎在那里狞笑❶。

手枪,是你么? 似乎在那里狞笑的,是你么?

是的,是的,什么都是,你便怎样! 我仿佛看见无量数的手枪点头,听见无量数的狞笑的声音。

我吻着嘴唇咽下去,把看见的听见的一齐咽下去,如同咽一块糙石,一块热铁。

雨越来越急,风吹着把我的身体卷住,全身湿透了,伞全然不中用。我回身走才来的路,路上有人了。三四个,六七个,显然可见是青布大褂的队伍,虽然中间也有穿洋服的,也有穿各色衫子的断发的女子。他们有的张着伞,大部分却直任狂雨乱淋。

我开始惊异于他们的脸。从来没有看见过,这么严肃的脸,有如昆仑❷的耸峙,这么郁怒的脸,有如雷电之将作;青年的柔秀的颜色退隐了,换上了北地壮士的苍劲。他们的眼睛冒得出焚烧掉一切的火,吻紧的嘴唇里藏着咬得死生物的牙齿,鼻头不怕闻血腥与死人的尸臭,耳朵不怕听大炮与猛兽的咆哮,而皮肤简直是百炼的铁甲。

佩弦❸的诗道,"笑将不复在我们唇上!"用以歌咏这许多的脸,正是适合。他们不复笑,永远不复笑! 他们有的是严肃与郁怒,永远是严肃与郁怒!

似乎店铺里的人脸多起来了,从家里才跑来呢? 从柜台底下才探出来呢? 我没有工夫想。这些人脸渐渐地露出在店门首了,他们惊讶地望着路上那些严肃的郁怒的脸。

青布大褂的队伍便纷纷投入各家店铺。我也跟着一队跨进一家,记得是布匹庄。我听见他们开口了,差不多掬示整个的心,涌起满腔的血,

---

❶ 〔狞笑〕 凶恶地笑。

❷ 〔昆仑〕 中国西部的最高大的山。

❸ 〔佩弦〕 朱自清的号。

这样真挚地热烈地讲说着。他们讲及民族的命运，他们讲及群众的力量，他们讲及反抗的必要；他们不惮郑重叮咛❶的是"咱们一伙儿！"

店伙的脸比较地严肃了；没有话说，暗暗点头。

我跨出布匹庄，"中国人不会齐心呀！如果齐心，吓，怕什么！"这句带有尖刺的话传来，我回头去看。

是一个三十左右的男子，粗布的短衫露着胸，苍黯的肤色标记他是在露天出卖劳力的，眼睛里放射出英雄的光。

不错呀，我想。露胸的朋友，你喊出这样简要精炼的话来，你伟大！你刚强！你是具有解放的优先权者❷！我虔诚地向他点头。

有淌在路上的血，有严肃的郁怒的脸，有露胸朋友那样的意思，"咱们一伙儿"，有救，一定有救——岂但有救而已！

我满腔的愤怒，向前走去。

依然是满街恶魔的乱箭似的急雨。

---

❶　［叮咛］　再三嘱咐。
❷　［具有解放的优先权者］　指劳动者，说劳动者在民族解放运动中有最先得到解放的权利。

三〇、苏打水

科学丛谈❶

你若走路到又热又乏的时候,你必定要到路旁的冷食店家,坐下来喊一声,"拿一瓶苏打水(或汽水)来。"这似乎是应当的事,其实正是一件滑稽的事。因为你所买来吃的正是你最要丢掉的东西。你从杯子里喝下去的,就是你每次喘息吐出的东西。

苏打水并不含有苏打,这是法律所允许的冒牌的一种,因为习惯如此,不能禁止,像这类的冒牌商品是很多的。

苏打水是用焙用碱❷做的,把一种酸液加到碱上,使它发放所需的汽体。后来用石灰石❸代碱;因为石灰石价贱,而结果是一样的。

你若要明白苏打水的成分,只消把桌上的杯子,喝过一口之后,细细观察,你便看见这苏打水分成二种不同的东西,一是液体,一是气体。那液体就是清水,你只须慢慢的喝,就知道了。另外一种是重质的气体,从水底结成细泡上升,而集合于杯子空出的上部。这个气体是看不见的,但是你可以证明它不是空气,只须把火柴燃着了,插入玻璃杯的上部空处,你就见火柴的火,在未遇着水之前便自熄灭了。那个气体是很重的,

---

❶　[科学丛谈]　美国斯洛孙(F. E. Slosson)著,尤佳章编译,是一部用有趣的谈话体裁写成的科学书。

❷　[焙用碱]　即碳酸氢钠,俗称小苏打。

❸　[石灰石]　即碳酸钙,遇酸能发生碳酸气。

所以你能够从杯子里喝它。它有一些刺舌的味道，又稍带一点酸味，化学家叫它做弱酸。炭酸是它的术名❶，它离了水之后，便是炭二养，也称做炭养气或炭酸气。

所以你所喝的苏打水，就在你的眼前分解为水和炭养气两种东西了。而更奇的凡是生物都能化解出这两件东西，也在你的眼前，不过你不看见罢了。

各种植物，从酵菌到松柏，各种动物，从蚊蝇到人类，都是继续在那里变成水和炭养气，而以气体的状态发放出去。

你正在思索这些事的时候，你杯中的苏打水也慢慢挥发成气了。你自己也是这样，也变成同一的原质。你可以就在席上证明它，你把吸水的麦杆，用手巾揩干，吹气到冷玻璃杯上，就结成露珠状的水滴，这就是你化解出来的东西。

为什么这个炭酸气要从水中逃出呢？因为水中的气，已过了水所能吸收的量。关于这一件事，有两个定律。一个定律说，温度愈高，溶解于水中的气体愈少。在冰冷的时候，一杯水可以容纳两杯的炭酸气，但是在平常的温度，只能容纳一杯。因为苏打水是热的，所以它一定要放出一半的气体。

第二个定律说，压力愈大，溶解于定量水中的炭酸气也愈多。在平常情形下，一杯水可以溶解一杯气，若使压力增到四倍，那杯水便能容纳四杯气。苏打水之所以这样受人欢迎，就是因为喝了一杯苏打水，等于喝五杯流质，格外可以解渴。

那幽囚在瓶内的气，一经瓶盖揭去，压力减轻，便从瓶内逃出，看它在瓶内奋力逃逸的情形，很是有趣。那溶解于水面的气能够直接逃到空气里，但在水底的没有这般容易。那很小的单个气泡黏着杯的边上的底下的欲从水中升到水面，力量太弱。因此各个气泡互相结合，几个小泡合成一个大泡。这个大泡又把附近的小泡吸引上去。你可以看见有几个小泡，俨然❷保守它们的独立，然在相吸之时，虽有薄膜的相隔，终究

---

❶　〔术名〕　学术上特定的名称。
❷　〔俨然〕　就是俗语说的"像煞有介事"。

把它们的界限破坏了。它们成了联盟,向上奔驰而渐渐增大。气泡在水中上升时所以加大的缘故有二:一是压力渐减,如气球之在空气中;一是水中的气逃入泡中,比直接逃出水面来得容易。

文章法则乙

八、说明的态度和议论的态度

　　说明文题目的完整形式应该是"××是甚么？""××是怎样的？"议论文题目的完整形式应该是"××应当如此"，"××是不对的"。这就很容易分辨。单看题目，就可以知道说明文无论长短，总之同于辞典中的一条解释；议论文无论取甚么方式，总之是作者所认为合理的一个意见。可是在实际上，题目往往改从省略，把其他删去，只留着"××"的部分，例如"图画"，"读书"，"爱国"，"战争"；此外还有种种的变化。这就不能单看题目来分辨了；必须把文章通体读过，才可以判定它是说明文还是议论文。

　　前面已经说过，说明和议论，在作者的态度上显着不同：前者常是平静的，后者常是激动的。为甚么有这个不同呢？原来说明的虽是作者的理解，其实也就是普遍的理解；所以作者可以置身事外，只要说明了就完事，不必再问读者听不听，相信不相信。即使读者不听，不相信，也无碍于作者的理解。这样，表白起来自不妨完全平静。试看辞典的每一条解释，其写作态度总是平静的。至于议论，表白出作者的主张，通常作一个主张，必然有着反对论者的豫想；所以作者必须用种种理由，把读者当作反对论者来说服。如果不能把读者说服，就等于徒然有了这个主张。这样，表白起来自然见得激动了。试看报纸杂志的论文，其写作态度大都是激动的。

　　现在地理学和天文学的书中，讲到太阳在中心，地球绕着太阳运转，纯用平静的态度来表白，那是说明文。但是在哥白尼当时，他要把这个道理去纠正"地球为宇宙中心"的反对论,当然用激动的态度来表白,如果写成文章,那就是议论文了。从此可见讲到的虽是同一事物,只因态度不同,文体也就不同了。

习 问

一、说明和议论,态度上有甚么区别?

二、议论文是向反对论者表白主张的,主张就是议论文的主旨。下列各文,作者在主张甚么? 他的反对论是甚么? 试说出来。

(1)《救国的正路》刘复

(2)《最苦与最乐》梁启超

初中国文教本

第三册

夏丏尊、叶绍钧合编,《初中国文教本》(第三册),
开明书店,民国廿九年七月初版

目　录

一、文明与奢侈 …………………………………… 蔡元培（235）

二、敬告日本国民 ………………………………… 胡　适（238）

三、教战守策 ……………………………………… 苏　轼（243）

四、荷塘月色 ……………………………………… 朱自清（246）

文章法则甲　一、动词的单用和复合 ……………………（248）

五、打蒲草 ………………………………………… 茅　盾（250）

六、二十三年夏季长江下游干旱之原因 ………… 竺可桢（253）

七、"摩娜里莎" ………………………………… 巴　金（255）

八、最后一课 ……………………………………… 胡　适（260）

文章法则乙　一、描写 ………………………………………（263）

九、一件小事 ……………………………………… 鲁　迅（265）

十、篮球比赛 ……………………………………… 叶绍钧（267）

一一、繁星 ………………………………………… 巴　金（269）

一二、秃的梧桐 …………………………………… 苏　梅（270）

文章法则甲　二、主要动词 …………………………………（272）

一三、诗四首 ……………………………………… 白居易（274）

　　秦中吟十首选二 ………………………………………（274）

　　　重赋 ……………………………………………………（274）

　　　轻肥 ……………………………………………………（275）

　　新乐府五十首选二 ……………………………………（276）

　　　杜陵叟 …………………………………………………（276）

　　　卖炭翁 …………………………………………………（277）

一四、命运………………………………………… 顾颉刚（278）

一五、我的人生观………………………………… 黄炎培（282）

一六、责己重而责人轻…………………………… 蔡元培（284）

文章法则乙　二、景物描写……………………………（286）

一七、画师洪野…………………………………… 施蛰存（288）

一八、先妣事略…………………………………… 归有光（292）

一九、鲸……………………………………………… 贾祖璋（295）

二〇、志摩在回忆里……………………………… 郁达夫（298）

文章法则甲　三、动词的被动式………………………（302）

二一、记王隐君…………………………………… 龚自珍（304）

二二、报纸………………………………………… 金仲华（306）

二三、我们的血…………………………………… 靳　以（309）

二四、世说新语七则……………………………… 刘义庆（311）

文章法则乙　三、人物描写……………………………（314）

二五、上海著作人公会缘起………………………………（316）

二六、口技………………………………………… 林嗣环（318）

二七、学费〔上〕………………………………… 张天翼（320）

二八、学费〔下〕………………………………… 张天翼（323）

文章法则甲　四、动词的表时…………………………（326）

二九、漳南侠士传………………………………… 崔　述（328）

三〇、立志………………………………………… 高一涵（330）

三一、非攻………………………………………… 墨　子（332）

三二、子路曾皙冉有公西华侍坐………………… 论　语（334）

文章法则乙　四、有定型的文章………………………（337）

三三、木兰诗……………………………………… 乐府诗集（339）

三四、露霜雹雪…………………………………… 胡焕庸（341）

三五、理性与兽性之战…………………………… 郭沫若（343）

三六、重华书院简章……………………………… 梁漱溟（345）

文章法则甲　五、助动词…………………………………（348）

一、文明与奢侈

蔡元培

　　读人类进化之历史：昔也❶穴居而野处，今则有完善之宫室；昔也饮血茹毛❷，食鸟兽之肉而寝其皮，今则有烹饪裁缝之术；昔也束薪而为炬，陶❸土而为灯，而今则行之以煤气及电力；昔也椎轮❹之车，刳木之舟❺，为小距离❻之交通，而今则汽车及汽舟，无远弗届❼；其他一切应用之物，昔粗而今精，昔简单而今复杂，大都如是。故以今较昔，器物之价值，百倍者有之，千倍者有之，甚而万倍亿倍者亦有之；一若❽昔节俭而今奢侈，奢侈之度随文明而俱进。是以厌疾奢侈者，至于并一切之物质文明而屏弃之，如法之卢梭❾，俄之托尔斯泰❿是也。

---

❶　［也］　帮助语气，使它拖长，和放在句末，表示断定口气的"也"字用法不同。

❷　［茹毛］　生食鸟兽。

❸　［陶］　用泥土制成瓦器。

❹　［椎轮］　没有辐的车轮。

❺　［刳木之舟］　古人制造简陋，把一段木剖开，刳空了心，便算是一只船了。

❻　［小距离］　距离不远。

❼　［无远弗届］　无论怎么远，没有不能到达的。

❽　［一若］　这"一"字和"竟"字"乃"字相近，在语言中说起来，"一若"就是"竟似乎"。

❾　［卢梭］　（J. J. Rousseau，1712—1778）法国大思想家，以为文明进步为人类堕落的原因，主张返于原始的自然生活。又主张人权平等之说，著有《民约论》和《爱弥尔》。

❿　［托尔斯泰］　（L. N. Tolstoy，1828—1910）俄国文学家，思想家。他出身于贵族。中年后，所著小说甚多，主张"无抵抗主义"和"泛劳动主义"。

虽然，文明之与奢侈，固若是其密切而不可离乎？是不然。文明者，利用厚生❶之普及于人人者也。敷道如砥❷，夫人而行之❸；漉❹水使洁，夫人而饮之；广衢之灯，夫人而利其明；公园之音乐，夫人而聆其音；普及教育，平民大学，夫人而可以受之；藏书楼之书，其数巨万，夫人而可以读之；博物院之美术品，其价不赀❺，夫人而可以赏鉴之：是以谓之文明。且此等设施，或以卫生，或以益智，或以进德，其所生之效力，有百千万亿于所费者。故所费虽多，而不得以奢侈论。

奢侈者，一人之费逾于普通人所费之均数，而又不生何等之善果，或转以发生恶影响；如《吕氏春秋》❻所谓"出则以车，入则以辇❼，务以自佚❽，命之曰招蹶之机❾；肥酒厚肉，务以自强，命之曰烂肠之食，"是也。此等恶习，本酋长❿时代所留遗。在昔普通生活低度之时，凡所谓峻宇⓫，雕墙⓬，玉杯，象箸⓭，长夜之饮，游畋⓮之乐，其超越均数之费者何限？普通生活既渐高其度，即有贵族豪富以穷奢极侈著，而其超越均数之度，决不如酋长时代之甚。故知文明益进，则奢侈益杀⓯。谓

---

❶ ［利用厚生］ 这句话出于《尚书》伪《大禹谟篇》。意思是便利一切服用，丰富一般生活。

❷ ［敷道如砥］ 砥，平的石。这是说把道路铺得很平。

❸ ［夫人而行之］ 夫，音ㄈㄨˊ。"夫人"，包括一切人而言。这句话在语言中说起来，就是"无论什么人都可以走的"。

❹ ［漉］ 音ㄌㄨˋ，滤水。

❺ ［不赀］ "赀"可作"量"字解。不赀，是说数目多至无量。

❻ ［吕氏春秋］ 书名。旧题"秦吕不韦撰"，其实是吕不韦的门客所编撰的。

❼ ［辇］ 用人挽的车子。

❽ ［自佚］ "佚"与"逸"通。"自佚"是求自己的舒服。

❾ ［命之曰招蹶之机］ "命"与"名"通。蹶，痿蹶，就是软脚病或瘫痪的病。过分安逸，则血脉不周通，骨干不坚实，所以叫它做"招致痿蹶的机括"。一说，"招"字当作"僬"，僬蹶是一种痿蹶不能步行的病，出车入辇，就是僬蹶病之所由来，所以叫它作"僬蹶之机"。

❿ ［酋长］ 上古时代，聚族而居，每族有酋长，平时管理一族的事务，战时做一族的魁帅。

⓫ ［峻宇］ 高大的屋。

⓬ ［雕墙］ 用刻镂花纹的砖所砌的墙。

⓭ ［象箸］ 象牙制的筷子。

⓮ ［游畋］ 打猎。

⓯ ［杀］ 音ㄕㄞˋ，减削。

今日之文明尚未能剿灭奢侈，则可；以奢侈为文明之产物，则大不可者也。吾人当详观文明与奢侈之别，尚其前者而戒其后者，则折衷❶之道也。

---

❶　［折衷］　不偏于任何方面。

二、敬告日本国民

胡　适

　　"告于日本国民"的题目,是室伏高信❶先生提出来的。——我接到了这个题目三个月不曾下笔,一小半是因为我太忙,一大半是因为我深怀疑这种文章有何用处。说面子上的假话吗? 我不会。说心坎里的真话吗? 我怕在此时没有人肯听。

　　但今天我决定写这篇文章了,因为我不忍不说我心坎里要说的真话。凡是真话都是不悦耳的,我要说的话,当然不能是例外。所以我先要乞求日本读者的耐心与宽恕。

　　我要说的第一句话,是:我十分诚挚的恳求日本国民不要再谈"中日亲善"这四个字了。我在四年之中,每次听到日本国民谈这四个字,我心里真感觉十分难受,——同听日本军人谈"王道"一样的难受。老实说:我听不懂。明明是霸道之极,偏说是提携亲善! 日本国民也有情绪,也有常识,岂不能想像在这种异常状态之下高谈"中日亲善"是完全没有意义的吗?

　　你们试想想,这四年来造成的局势,是亲善的局势呢? 还是仇恨的局势呢?

　　本年六月间,日本的军人逼迫中国的政府下了一道"睦邻"的命令,禁止一切反日的言论与行动。这个命令的功效,诚然禁绝了一切反日的言论与行动了。然而政府的法令是管不到人民的思想和情绪的。中国

---

　　❶　［室伏高信］　现代日本政论家。

人民心里的反日的情感与思想，——仇恨的情感与思想——因为无处发泄了，所以更深刻，更浓厚。这是人情之常，难道日本的军人与国民不能明白吗？

在那"带甲的拳头"❶之下，只有越结越深的仇恨，没有亲善可言。在那带甲的拳头之下高谈"亲善"，是在伤害之上加侮辱。

所以我敬告日本国民的第一句话是：请不要再谈"中日亲善"了。今日当前的真问题是如何解除"中日仇恨"的问题，不是中日亲善的问题。仇恨的心理不解除，一切亲善之谈，在日本国民口中是侮辱，在中国国民口中是虚伪。

我要说的第二句话，是：请日本国民不要轻视一个四亿人口的仇恨心理。"蜂虿尚有毒"❷，何况四亿人民的仇恨？

在这几年之中，中国政府与人民对日本的态度总可以算是十分委曲求全了。这是因为中国的领袖明白日本武力的优越，总想避免纷争的扩大，总想避免武力的抵抗，总想在委曲求全的形势下继续努力整顿我们自己的国家。

但我们现在观察日本军人的言论，我们知道日本军人的侵略野心是无止境的。满洲不够，加上了热河，热河不够，延及了察哈尔东部；现在的非战区还不够作缓冲地带，整个华北五省❸又都有被分割的危险了。这样的步步进逼，日本军人的侵略计划没有止境，但中国人的忍耐是有尽头的。仇恨之上加仇恨，侮辱之上加侮辱，终必有引起举国反抗的一日。

我可以警告日本国民：如果这个四亿人口的国家被逼到无路可走的时候，被逼到忍无可忍的时候，终有不顾一切，咬牙作困斗的一天，准备把一切工商业中心区，一切文化教育中心区，都在二十世纪的飞机重炮之下化成焦土。前年日本的领袖曾有"焦土外交"的口号，我们审察今日

---

❶　［带甲的拳头］　喻武力。

❷　［蜂虿尚有毒］　《左传》（僖公二十五年）所载臧文仲的话。虿，音ㄔㄞˋ，蝎子一类的毒虫。

❸　［华北五省］　指河北，山东，山西，察哈尔，绥远。

的形势,如果日本军人的言论真可以代表日本的政策,中国真快到无路可走的时候了。无路可走的中国,只有一条狭路,那就是困兽的死斗,用中国的"焦土政策"来应付日本的"焦土政策"。

所以我的第二句话是:日本国民不可轻视中国民族的仇恨心理。今日空谈"中日亲善",不如大家想想如何消释仇恨。日本国民必须觉悟;两国交战,强者战胜弱者,这是常事,未必就种下仇恨。日俄战后不出五年,日俄已成同盟国了。中日战后,不出十年,当日俄战时,中国人大多数是同情于日本的。普鲁士战胜奥国,不久两国就成了同盟国。所以我说,战胜未必足以结仇恨,只有乘人之弱,攻人之危,使人欲战不能,欲守不得,这是武士道❶所不屑为,也是最足使人仇恨的。仇恨到不能忍的时候,必有冲决爆发之患,中国化为焦土又岂是日本之福呢?

我要说的第三句话,是:日本国民不可不珍重爱惜自己国家的过去的伟大成绩和未来的伟大的前途。

日本国民在过去六十年中的伟大成绩,不但是日本民族的光荣,无疑的也是人类史上的一桩"灵迹"。任何人读日本国维新以来六十年的光荣历史,无不感觉惊叹兴奋的。

但东方古哲人说过:"靡不有初,鲜克有终。"❷一个伟大的国家也可以轻易毁坏的。古代大帝国的崩溃,我们且不论。西班牙盛时占有半个西半球,殖民地遍于世界,而今安在哉?德意志的勃兴,其迅速最像日本;当一九一四年大战之前夕,德意志的武备,政治,文化,科学,工业,商业,哲学,音乐,美术,无一不占全世界第一位。四年的战争竟使这个最可羡慕赞叹的国家陷入最纷乱最贫苦的境地,至今二十年,还不能恢复战前的地位。

我国看这些明白的史例,可以觉悟"人事不可怠终"❸的古训是最有

---

❶ 〔武士道〕 日本从前封建时代的武士所履行的道德,如重节义,轻死生等等都是。所谓"武士",原是当时藩侯所豢养的战士。现在日本封建时代早已过去,但还常常自夸有"武士道"遗风。

❷ 〔靡不有初鲜克有终〕 见《诗·大雅·荡》篇。意思是说,起头没有不好的,但很少能够有始有终。

❸ 〔人事不可怠终〕 一切事都要有始有终,不可先前起劲,后来懈怠了。

意义的。百年创业之艰难，往往毁于三年五载的轻率。

日本帝国的前途是无限的。没有他国可以妨害她的进展，除非她自己要毁坏她自己。

三年前，一个英国研究国际关系史的专家 Anold Toyndce 曾指出日本军人的行为是一个全民族"切腹"❶的行为。这个史学者的警告是值得日本国民的深省的。

我是一个最赞叹日本国民已往的成绩的人。我会想像日本的前途，她的万世一系的天皇，她的勤俭爱国的人民，她的武士道的遗风，她的爱美的风气的普遍，她的好学不厌的精神，可以说是兼有英吉利与德意志两个民族的优点，应该可以和平发展成一个东亚的最可令人爱羡的国家。

但我观察近几年日本政治的趋向，很使我替日本担忧。第一，六十年来政治上很明显的民治宪政的趋势，在短时期中被截断了，变成了一种武人专政的政治。第二，一个最以纪律秩序著名的国家，在几年之中，显出了纪律崩坏的现象，往往使外人不知道日本的政权究竟何在，军权究竟何在。第三，一个应该最可爱羡的国家变成了最可恐怖的国家，在偌大的世界里只有敌人，而无友国。第四，武力造成的国际新局势，只能用更大的武力去维持，所以军备必须无限制的扩充；而其无限制的军备扩充适足以增加国际上的疑忌，因而引起全世界的军备竞赛，也许终久还要引起国际的大战祸。——仅仅举这四大端，已够使外人替日本担忧了。

一大块新占有的土地❷在手里，一个四亿民族的仇恨在心里，一个陆军的强邻在大陆上❸，两个海军的敌手在海上❹，——这个局势是需要最神明睿智的政治眼光与手腕来小心应付的。稍一不慎，可以闹成绝大的爆炸，可以走上全民族自杀之路。

---

❶　［切腹］　日本人往往用刀子切腹自杀，有一个时期几乎成了风气。

❷　［一大块新占有的土地］　指伪满洲国。

❸　［一个陆军的强邻在大陆上］　指苏联。

❹　［两个海军的敌手在海上］　指英美两国。

古人说的"悬崖勒马"❶,是最艰难的工作,世界政治史上尚不多见。但苦海无边,回头是岸,不回头的危险是不能想像的。

所以我要说的最后一句话是:日本国民不可不珍重爱惜日本过去的光荣,更不可不珍重爱惜日本未来的前途,我因为不信日本毁坏是中国之福或世界之福,所以不忍不向日本国民说这最后的忠言。

最后,我感谢室伏高信先生激我发言的高谊。这种高谊只有说真话可以报答。

中华民国二十四年双十节前一周

---

❶ ［悬崖勒马］ 山壁陡削,上边突出,像悬在空中似的,叫做"悬崖"。骑马到了这种地方,非赶快把马缰勒住,便有跌下去的危险。悬崖勒马,是比喻事情到了危急的时候,赶快改变计划,免得一败不可收拾。

三、教战守策❶

苏　轼

　　夫当今生民之患❷，果安在❸哉？在于知安而不知危，能逸而不能劳。此其患不见于今，将见于他日；今不为之计，其后将有所不可救者。

　　昔者先王知兵之不可去也，是故天下虽平，不敢忘战，秋冬之隙❹，致民田❺猎以讲武，教之以进退坐作之方，使其耳目习于钟鼓旌旗之间而不乱，使其心志安于斩刈杀伐之际而不慑；是以虽有盗贼之变而民不至于惊溃。

　　及至后世，用迂儒之议，以去兵为王者之盛节❻，天下既定，则卷甲而藏之。数十年之后，甲兵顿弊，而人民日以安于佚乐；卒❼有盗贼之警，则相与恐惧讹言❽，不战而走。开元天宝之际❾，天下岂不大治？惟其民安于太平之乐，酣豢于游戏酒食之间，其刚心勇气，消耗钝眊❿，痿

---

　　❶　［策］　古文体的一种，科举时代应试时的对策或臣下有什么意见时上皇帝的条陈，都属于这一类。

　　❷　［夫当今生民之患］　"夫"，发端的语气。在语言中没有可以比并的字眼，因为语言中没有这种语气。生民，就是人民。像这一语，只须说"现在人民的祸患"就行了。

　　❸　［安在］　"安"同"何"。"安在"就是"在什么地方"。

　　❹　［隙］　空闲的时间。

　　❺　［田］　也是打猎。亦作"畋"。

　　❻　［王者之盛节］　王者，对"霸者"而言，指行王道的君主。盛节，是一种最好的法度或事端。

　　❼　［卒］　音ㄘㄨˋ。仓猝，突然。

　　❽　［讹言］　以讹传讹，造作谣言。

　　❾　［开元天宝之际］　开元，唐玄宗第二年号（七三一—七四一）。天宝，唐玄宗第三年号（七四二—七五六）。这时候天下太平，历史家称之为开天之治。

　　❿　［眊］　与"耄"同，衰老的意思。

蹶而不复振；以区区之禄山❶一出而乘之，四方之民，兽奔鸟窜，乞为囚虏之不暇，天下分裂，而唐室因以微❷矣。

盖尝试论之：天下之势，譬如一身。王公贵人，所以养其身者，岂不至哉；而其平居❸常苦于多疾。至于农夫小民，终岁劳苦而未尝告病，此其故何也？夫风雨霜露寒暑之变，此疾之所由生也。农夫小民，盛夏力作，而穷冬暴露，其筋骸之所冲犯，肌肤之所浸渍，轻霜露而狎风雨，是故寒暑不能为之毒。今王公贵人，处于重屋❹之下，出则乘舆，风则袭裘❺，雨则御盖❻。凡所以虑患❼之具，莫不备至❽，畏之太甚而养之太过，小不如意，则寒暑入之矣。是故善养身者，使之能逸而能劳，步趋动作，使其四体狃于❾寒暑之变，然后可以刚健强力，涉险而不伤。夫民亦然。今者治平之日久，天下之人，骄惰脆弱，如妇人孺子，不出于闺门；论战斗之事，则缩颈而股栗❿，闻盗贼之名，则掩耳而不愿听，而士大夫亦未尝言兵，以为生事扰民，渐不可长⓫：此不亦畏之太甚而养之太过与⓬？

且夫⓭天下固有意外之患也。愚者见四方之无事，则以为变故无自而有，此亦不然矣。国家所以奉西北之虏⓮者，岁以百万计；奉之者有限，而求之者无厌，此其势必至于战。战者，必然之势也，不先于我，则先

---

❶ ［禄山］ 姓安，唐营州柳城胡人。玄宗时做平卢范阳河东节度使。天宝末年，起兵造反，攻陷洛阳，进逼长安，玄宗逃到蜀中避难。

❷ ［微］ 衰弱。

❸ ［平居］ 日常，平时。

❹ ［重屋］ 高大深沈的房子。

❺ ［袭裘］ 穿着皮衣。

❻ ［御盖］ 张着伞。

❼ ［虑患］ 防患。

❽ ［备至］ 周到。

❾ ［狃于］ 狃是习惯而不以为意。如习惯了旧风俗，可写作"狃于旧俗"；习惯了所知所闻的那一套，可写作"狃于知闻"。

❿ ［股栗］ 恐惧时两腿发抖。

⓫ ［渐不可长］ 渐，是事物之端。这句话的意思，是说不可使它开端而渐渐生长。

⓬ ［与］ 亦作"欤"，就是语言中的"吗""呢"。

⓭ ［且夫］ 提起并推广开去的口气，在语言中说起来，就是"并且"。

⓮ ［西北之虏］ 指西夏和辽。那时候宋对辽夏每年输纳巨额的金帛。

于彼,不出于西,则出于北;所不可知者,有迟速远近,而要以不能免也。天下苟不免于用兵,而用之不以渐,使民于安乐无事之中,一旦出身而蹈死地,则其为患必有所不测。故曰,天下之民,知安而不知危,能逸而不能劳,此臣所谓大患也。

臣欲使士大夫尊尚武勇,讲习兵法;庶人之在官者,教以行阵之节;役民❶之司盗者,授以击刺之术,每岁终,则聚之郡府,如古都试之法❷。有胜负,有赏罚;而行之既久,则又以军法从事。然议者必以为无故而动民,又挠❸以军法,则民将不安;而臣以为此所以安民也。天下果未能去兵,则其一旦将以不教之民而驱之战;夫无故而动民,虽有小恐,然孰与夫一旦之危哉❹?

今天下屯聚之兵,骄豪而多怨,陵压百姓而邀其上者,何故?此其心以为天下之知战者,惟我而已。如使平民皆习于兵,彼知有所敌,则固已破其奸谋而折其骄气。利害之际,岂不亦甚明与?

---

❶　［役民］　替公家服役的人。"役民之司盗者",指职司侦缉盗贼的公役,如"捕快"之类。
❷　［古都试之法］　汉朝定制,每年八月,郡太守会合郡都尉等检阅水陆军,叫做"都试"。
❸　［挠］　音ㄋㄠˋ,骚扰。
❹　［孰与夫一旦之危哉］　比较一旦突然遇到危难,那个好呢?凡文言中用"孰与"字样,都表示"比较××××那个好呢"的意思。

四、荷塘月色

朱自清

　　这几天心里颇不宁静。今晚在院子里坐着乘凉,忽然想起日日走过的荷塘,在这满月的光里,总该另有一番样子吧。月亮渐渐地升高了,墙外马路上孩子们的欢笑,已经听不见了;妻在屋里拍着闰儿,迷迷糊糊地哼着眠歌。我悄悄地披了大衫,带上门出去。

　　沿着荷塘,是一条曲折的小煤屑路。这是一条幽僻的路;白天也少人走,夜晚更加寂寞。荷塘四面,长着许多树,蓊蓊郁郁❶的。路的一旁,是些杨柳,和一些不知道名字的树。没有月色的晚上,这路上阴森森的,有些怕人。今晚却很好,虽然月光也还是淡淡的。

　　路上只我一个人,背着手踱着。这一片天地好像是我的;我也像超出了平常的自己,到了另一个世界里。我爱热闹,也爱冷静;爱群居,也爱独处。像今晚上,一个人在这苍茫的月下,什么都可以想,什么都可以不想,便觉是个自由的人。白天里一定要做的事,一定要说的话,现在都可不理。这是独处的妙处;我且受用这无边❷的荷香月色好了。

　　曲曲折折的荷塘上面,弥望的是田田❸的叶子。叶子出水很高,像亭亭的舞女的裙。层层的叶子中间,零星地点缀着些白花,有袅娜地开着的,有羞涩地打着朵儿的;正如一粒粒的明珠,又如碧天里的星星,又

---

　　❶　[蓊蓊郁郁]　形容树木的茂盛。

　　❷　[无边]　无限。

　　❸　[田田]　古人形容许多莲叶浮在水面的形状,往往用"田田"二字;例如《江南曲》:"江南可采莲,莲叶何田田。"

如刚出浴的美人。微风过处，送来缕缕清香，沁入心脾，仿佛听了远处高楼上发出清脆的歌声。这时候叶子与花也有一些儿颤动，像闪电般，霎时传过荷塘的那边去了。叶子本是肩并肩密密地挨着，这便宛然有了一道碧绿的波痕。叶子底下是脉脉的流水，遮住了，不能见一些颜色；而叶子却更见得有风致了。

　　月光如流水一般，静静地泻在这一片叶子和花上。薄薄的青雾浮起在荷塘里。叶子和花仿佛在牛乳中洗过一样；又像笼着轻纱的网。虽然是圆圆的月，天上却有一层淡淡的云，所以不能朗照；但我以为这刚刚到了好处——酣眠固然快意，小睡也别有风味。月光是隔了树照过来的，高处丛生的灌木，落下参差的斑驳的黑影，峭楞楞如鬼一般；弯弯的杨柳的稀疏的倩影，却又像是画在荷叶上。塘中的月色并不均匀；但光与影有着和谐的旋律❶，如梵婀玲❷上奏着的名曲。

　　荷塘的四面，远远近近，高高低低都是树，而杨柳最多。这些树将一片荷塘重重围住；只在小路一旁，漏着几段空隙，像是特为月光留下的。树色一例是阴阴的，乍看像一团烟雾；但杨柳的风姿，便在烟雾里也辨得出。树梢上隐隐约约的是一带远山，只看见些大意罢了。树缝里也漏着一两点路灯光，没精打彩的，是渴睡人的眼。这时候最热闹的，要数树上的蝉声与水里的蛙声；但热闹是它们的，我什么也没有。……

---

❶　［旋律］　乐曲拿单一的声音，上下变动而进行，能够唤起一种情感的，叫"旋律"。

❷　［梵婀玲］　西洋乐器 Violin 的音译。

文章法则甲

一、动词的单用和复合

动词所表达的动作,有的影响到别的事物,有的却不然,因而有他动词和自动词的分别;有的意义已经完全了,有的却不然,因而有完全动词和不完全动词的分别。动词的分类标准不止一个。这回所讲的是动词在字数上的分类。

从字数上看来,动词有单字动词和双字动词两种。单字动词是基本的东西,易于辨认,不必赘说。这里专讲双字动词。普通所用的双字动词,结合上有好几种方式。

(一)同义语结合 这是最多见的式样,把两个意义相同的单字动词合在一处,作一个动词用。如:

日本帝国的前途是无限的。没有他国可以妨害她的进展,除非她自己要毁坏她自己。《敬告日本国民》

臣欲使士大夫尊尚武勇,讲习兵法。《教战守策》

(二)相反语结合 把两个意义相反的动词合在一处,作一个动词用。如:

机械人……有能操纵飞机的,有能操纵小艇的。《机械人》

他们和孙家很相熟,彼此有来往。《中山先生轶事》

(三)叠语 把两个全然相同的动词叠在一处,作一个动词用,这多见于语体。如:

今日空谈"中日亲善",不如大家想想如何消释仇恨。《敬告日本国民》

我们恭恭敬敬的请你们来试试这种新生活。《新生活》

（四）动词带结果　把动词和动作的结果合成双字，作一个动词用。如：

这个命令的功效，诚然禁绝了一切反日的言论与行动了。《敬告日本国民》

这些树将一片荷塘重重围住。《荷塘月色》

"绝"是"禁"的结果，"住"是"围"的结果；合起来成了"禁绝""围住"的双字动词。这类双字动词，下面的一个字，也有不用动词而改用副词的，如："改良""烧红""付清"之类就是。

习　问

一、双字动词的结合有好几种方式，试从读过的文篇中，找出每种方式的十个例子来。

二、语体中使用双字动词比较文言中来得多，试想这是甚么缘故？

五、打蕰草❶

茅 盾❷

蕰草打了来是准备到明春作为肥料用的……打蕰草，必得在冬季刮了西北风以后；那时风把蕰草吹在一处，打捞容易。但是冬季野外的严寒可又不容易承受。

财喜和秀生驾着一条破烂的"赤膊船"❸向西去。根据经验，他们知道离村二十多里的一条叉港里，蕰草最多；可是他们又知道在他们出发以前，村里已经先开出了两条船去，因此他们必得以加倍的速度西行十多里再折南十多里，方能赶在人家的前头达到目的地。这都是财喜的主意。

西北风还是劲得很，他们两个逆风顺水，财喜撑篙，秀生摇橹。

西北风戏弄着财喜身上那蓝布腰带的散头，常常搅住了那支竹篙。财喜随手抓那腰带头，往脸上抹一把汗，又刷的一声，篙子打在河边的冻土上，船唇泼剌剌地激起了银白的浪花来。哦——呵！从财喜的厚实的胸膛来了一声雄壮的长啸，竹篙子飞速地伶俐地使转来，在船的另一边打入水里，财喜双手按住篙梢一送，这才又一拖，将水淋淋的丈二长的竹篙子从头顶上又使转来。

约莫行了十多里，河面宽阔起来。广漠无边的新收割后的稻田，展

---

❶ ［蕰草］ 本名聚藻，一名水蕰。多年生草，沈生水中，叶轮生，分裂如丝，裂片细长而尖，夏日开小花，色淡红。

❷ ［茅盾］ 现代浙江桐乡人。著有小说《蚀》，《虹》，《子夜》，《茅盾短篇小说集》等。

❸ ［赤膊船］ 没有篷舱的船，南方称为赤膊船。

开在眼前。发亮的带子似的港汊在棋盘似的千顷平畴中穿绕着。水车所处的茅篷像一些泡头钉,这里那里钉在那些"带子"的近边。疏疏落落灰簇簇一堆的,是小小的村庄,隐隐浮起了白烟。

而在这朴素的田野间,远远近近傲然站着的青森森的一团一团,却是富家的坟园。

有些水鸟扑索索地从枯苇堆里飞将起来,忽然分散了,像许多小黑点子,落到远远的去处,不见了。

财喜慢慢地放下了竹篙。岸旁的枯苇苏苏地呻吟。从船后来的橹声很清脆,但缓慢而无力。财喜走到船梢,就帮同秀生摇起橹来。水像败北了似的嘶叫着。

不久,他们就到了目的地。

"赶快打罢! 回头他们也到了,大家抢就伤了和气。"

财喜对秀生说,就拿起了一副最大最重的打蕴草的夹子来。他们都站在船头上了,一边一个,都张开夹子,向厚实实的蕴草堆里刺下去,然后闭了夹子,用力绞着,一拖,举将起来,连河泥带蕴草,都扔到船肚里去。

又港里蕴草像一片生成似的,抵抗着人力的撕扯。河泥与碎冰屑,又增加了重量。财喜是发狠地搅着绞着,他的突出的下巴用力扭着;每一次举起来,他发出胜利的一声叫,那蕴草夹子的粗毛竹弯得像弓一般,吱吱地响。

"用劲呀,秀生,赶快打!"财喜吐一口唾沫在手掌里,两手搓了一下,又精神百倍地举起了蕴草夹。

秀生那张略带浮肿的脸上也钻出汗汁来了。然而他的动作只有财喜的一半快,他每一夹子打得的蕴草,也只有财喜一半多。然而他觉得臂膀发酸了,心在胸腔里发慌似的跳,他时时轻声地哼着。

带河泥兼冰屑的蕴草渐渐在船肚里高起来了,船的吃水也渐渐深了;财喜每次举起满满一夹子时,脚下一用力,那船便往外侧,冰冷的河水便漫上了船头,浸过了他的草鞋脚。他已经把破棉袄脱去,只穿件单衣,可是那蓝布腰带依然紧紧地捆着;从头部到腰,他像一只蒸笼,热气腾腾地冒着。

欸乃❶的橹声和话语声从风里渐来渐近了。前面不远的枯苇墩中，闪过了个毡帽头。接着是一条小船困难地钻了出来，接着又是一条。

"啊哈，你们也来了么？"财喜快活地叫着，用力一顿，把满满一夹的蕰草扔在船肚里了；于是，狡猾地微笑着，举起竹夹子对准了早就看定的蕰草厚处剌下去，把竹夹尽量地张开，尽量地搅。

"嘿，怪了！你们从那里来的？怎么路上没有碰到？"

新来的船上人也高声叫着。船于是插进蕰草阵里来了。

"我们么？我们是……"秀生歇下了蕰草夹，气喘喘地说。然而财喜的元气旺盛的声音立刻打断了秀生的话。

"我们是从天上飞来的呢！哈哈！"

一边说，第二第三夹子又对准着蕰草厚处下去了。

"不要吹！谁不知道你们是钻烂泥的惯家！"新来船上的人笑着说，也就杂乱地抽动了粗毛竹的蕰草夹！

财喜不回答，赶快向拣准的蕰草多处再打了一夹子，然后横着夹子看了看自己的船肚，再看看这像是铺满了乱布的叉港。他的有经验的眼睛知道这里剩下的只是表面一浮层，而且大半是些萍片和细小的苔草。

他放下了竹夹子，捞起腰带头来抹满脸的汗，敏捷地走到船梢上。

洒滴在船梢板上的泥浆似乎已经冻结了，财喜那件破棉袄也胶住在船板上；财喜把它扯了起来，就披在背上，蹲了下去，说："不打了。这满港的，都让给了你们吧。"

"哼！拔了鲜儿去，还说好看话！"新来船上的人们一面动手工作起来，一面回答。

这冷静的港汊里登时热闹起来了。

---

❶〔欸乃〕船行时的橹声，读如"奥埃"。

六、二十三年夏季长江下游
干旱之原因

竺可桢❶

　　苏东坡所作《舶棹风》诗里有两句警句❷道："三时已断黄梅雨，万里初来舶棹风。"这舶棹风名称的由来和通行的地域，东坡在他的《舶棹风》诗引里已经下了注脚："吴中梅雨既过，飒然清风弥旬，岁岁如此，湖❸人谓之舶棹风，是时海舶初回，此风自海上与舶俱至云尔❹。"照这样看来，东坡所谓舶棹风，就是现在气象学❺上所谓东南季风。但东南季风❻和霉雨有上述的关系，却是一般人所料想不到的。从表面上看起来，东南季风发源于南海❼，吹过几千里的洋面而来，应该一到中国，就发生滂沱❽大雨，和印度的季风雨一样。为什么黄梅雨反因之而停顿呢？但这是的确的，照近年上海，南京，汉口，长沙各处地方的纪录看起来，每当七

---

❶　[竺可桢]　字藕舫，浙江嵊县人。美国哈佛大学博士。现任中央研究院气象研究所所长，浙江大学校长。

❷　[警句]　诗文中精练的，有力的，主要的句子。

❸　[湖]　湖州的简称，就是现在浙江吴兴县一带地。

❹　[云尔]　结尾的语气，含有语言中"表示××××的意思"的意思，但没有这样着实。

❺　[气象学]　研究寒暑阴晴，凡空气中所起物理变化现象的学问。

❻　[季风]　季候风或季节风的简称。这风由大陆，大洋气压差异而起，随季节而转换方向。原来对于太阳热的吸收和放散，海洋较缓，大陆较快。冬季大陆上气温低，气压高，海面上气温高，气压低，所以气流由大陆向海洋，夏季情形适与冬季相反。我国和日本，印度支那半岛，印度等地，适在欧亚大陆和太平洋，印度洋间，所以成为世界上季候风最盛行的地带。

❼　[南海]　中国台湾海峡以南，直到印度支那半岛和婆罗洲间的一带海面。

❽　[滂沱]　大雨或大水的形容辞。

月初旬东南季风风力一强,霉雨立刻绝迹,温度立刻升高;可见古人经验之谈也有很可靠的。原来长江流域六月初旬到七月初旬所以有霉雨的缘故,因为其时东南季风毛羽未丰❶,常遇到东北风和北风的侵袭,两种温度不同的空气聚在一起,便酝酿而成风暴。所以每逢江南霉雨的时候,总是风暴从长江上游络绎而来,濛濛细雨,连旬不息。等到东南季风势力一强,可以长驱直达华北东三省,长江流域的霉雨便一扫而空,而华北和东三省便大雨时行了。我们晓得了这个缘故,则今年长江下游为什么没有霉雨的问题,亦可迎刃而解❷了。东坡所说的"三时",是在夏至后半个月。换句话说,江浙一带到夏至后半个月,即阳历七月七八号左右,东南季风之力顿然强大,古人特加它一个舶棹风的名号,舶棹风一到就可以出霉。但是本年的舶棹风降临得特别早,西自湖南的长沙,衡阳,东至南京,上海,六月二十四号统已出了霉,比通常出霉早了半个月。这半个月正应该是江浙两湖雨量最充足的时候,而竟涓滴未下,这是本年六七两月长江下游异常干旱的最重要的原因,也是江浙各省晚稻的致命伤。徐光启❸《农政全书》❹里所引古谚中,有两句道:"舶棹风云起,旱魃精❺欢喜。"像今年长江流域舶棹风降临的过早,和流行时期的长久,旱魃精固应欢喜,但农民只可痛哭了。

---

❶ 〔毛羽未丰〕 本指禽类初生时毛羽还没有丰满而言,这里是指季风初起时风力还不甚强大。

❷ 〔迎刃而解〕 用刀破竹,数节之后,不须费力,只要把刀子顺势破下去就可解开了,用来比喻事情的容易解决或容易了解。

❸ 〔徐光启〕 (一五六二—一六三三)字子先,号玄扈,明上海人。官至礼部尚书,入阁参预要政。从意大利人利玛窦学天文,算术等,信天主教,译书甚多,著有《农政全书》等。

❹ 〔农政全书〕 凡六十卷,分农本,田制,农事,水利,农器,树艺,蚕桑,牧养,荒政等,其中水利一门,参用西法。

❺ 〔旱魃精〕 传说中的造成旱灾的魔鬼。

七、"摩娜里莎"❶

巴　金

"你看这个外国女人美不美?"林君喝完了他面前的那盆俄国菜汤,忽然侧转头去望邻桌,暗地指着一位女客问我道。

我没有说什么。心里想:你倒有这种闲情! 林君刚从被日本飞机轰炸过的地方跑到上海来,两点钟以前才离开那人山人海的南站❷,并且还被人把他的绸大褂撕破了一块,现在倒顾盼自如,态度很安闲了。

"我看她相貌也很平常,"另一个朋友淡淡地回答一句。

"不是,我说她有点像达文奇画的摩娜里莎,"林君感动地说。这时候他似乎动了灵感。我想他一定还有许多话要说。但是高射炮的声音晴空霹雳似地突然响了起来,饭店里起了小小的骚动,几个客人急急付了账走出去。林君也忘记了摩娜里莎似的女人,只顾低头吃面包。

那位女客还是安闲地坐着。她旁边坐着一个四岁左右的微胖的孩子,她正用叉子把一片番茄送进孩子的嘴里,脸上露着微笑,但这微笑看起来总像带一点寂寞情味。

这个女人我在这家饭店里遇见过好几次。第一次她是和一个中国男子来的。以后就只看见她带着孩子来吃饭。最近一个星期里,我每天正午都在这里遇见她。她静静地坐在她常坐的座位里,眼睛常常求助似地往四面看,脸上露着带有寂寞情味的微笑。除了和茶房或孩子低声说一两句话以外,我不曾听见他和谁说过话。

---

❶　[摩娜里莎]　(Mona-Liza)这是意大利画家达文奇(Leonardo da Vinci,1452—1519)替他的女友摩娜里莎所画的肖像,一共费了五年工夫才画成。像作微笑,在西洋美术上特称为"摩娜里莎的微笑"。

❷　[南站]　沪杭路上设在上海南部的车站。

长长的面孔看起来很纯洁,棕色的头发垂下来梳成两条小辫子,一对大眼睛天真地转动着,在白色长袖的衫子上罩着一件绛色的马甲似的衣服,——这一切使她更像一个少女,而不像是那孩子的母亲。

我不能断定她是一个什么样的人。连她的国籍我也不能够知道。她很少说话,而且声音那么低,我听不出她说的是什么语言。所以对于林君的议论,我并不表示一点意见。我这时也没有心思注意这种事情。我们走出饭店,我就把她忘在九霄云外了。

过了两天,我一个人又到那饭店去。那个外国女人已经在那里了。她看见我似招呼非招呼地对我一笑,显然她还认得我。看她那神情,好像她迫切地需求朋友的帮助似的。我不知道这是什么缘故。但我也含糊地对她打个招呼。我拣了靠窗的一个座位坐了。

孩子顽皮地缠着母亲要求什么事情,母亲低着头对孩子解说。孩子忽然发觉我在看他,他害羞起来,扭着身子要把脸藏在母亲的身后。做母亲的微微笑了,她抬起头来善意地对我一笑,嘴微微一动,像要说什么话,但并未开口,她又把嘴唇紧闭了。

我一面喝着俄国菜汤,一面觉得奇怪,她会有什么话要和我说,会有什么事情需要我帮助。我自己不能解答这个疑问。可是也用不着我来解答了。我听见她在说话,而说的是一种我所能了解的语言。

她在和茶房说话,说的是法国话。而那茶房所能懂的,除了中国话以外,就只有英、俄两国的语言。她可以说一两个中国字,但意义很难使人了解。所以她和茶房谈了半天,还不能传达彼此的意思。茶房很着急。她的脸也红了。我听懂了他们两人的话,再也忍耐不住,便自动地出来当一个译员。

原来她在这家饭店里包着伙食,到今天还没有满期,她要到别处去,所以要把这里的帐结算。我使他们明白了彼此的意思。我帮她把这事情解决了。她微笑地向我道谢。

我觉得现在有一个机会了,我正想知道关于她的事情,我便趁着这个机会问她要到什么地方去。我想她大概不会拒绝我这问话的。

她果然露出欢迎的表情邀我坐到她那一桌去。我也不推辞,便端起面前那杯红茶走了过去。

"我要到杭州去，我去找我的丈夫，我姓孙，"她坦白地说。

我想起我所见过的那个中国男子，我知道他一定是她的丈夫。孙字就是他的姓。但他是一个怎样的人呢？我只见过他一面，不过我还仿佛记得，年纪不到三十，平常的端正的相貌，只有两只眼睛和一般人不同，光芒四射，使整个面孔增添光彩。

她似乎知道我的心思，她接着说："我的丈夫，你大概在这里见过的。以前我们每个星期日总到这里来吃饭。他每个星期六都回来，从没有间断过。"她停了一下，侧着头看看她的孩子，孩子坐在椅子上注意地听她说话，连动也不动一下。我无意间瞥见孩子的眼珠，不觉吃了一惊，他的眼珠也是那么光亮，这光亮我明明在那父亲的眼腔里看见过的！

"然而我有两个星期没有得到他的信息了。"那女人焦虑地说。"他连一封信也没有！他不是这么疏忽的人。一定有什么事情，所以我预备找他去。"

她说了这些话，但我始终不知道她的丈夫是个什么样的人。我也不明白她为什么要这么着急。我便问道："孙先生在杭州做事情罢？"

她听见这问话，脸上忧虑的表情消失了，立刻现出得意的神气，显见她对于丈夫的职务是很矜夸的。她说："他是一个空军少校，驾驶飞机的本领非常高强。他平日就盼望着战争。他常常说，要有一个机会，给一二八以来那些无辜的被轰炸者报仇。现在机会来了。"

孩子听见这话，忽然从椅子上跳下来，缠着母亲嚷道："妈妈，我要看爸爸驾驶飞机打仗。"

"不要响，等一会就带你找爸爸去，"她侧着身子安慰孩子。孩子不作声了，只偎着她站着。她又抬起头和我说话，她的脸不像方才那样有光彩了。她用低沉的声音说："我知道他说得到做得到。现在机会来了，他会像别人一样地尽职的。他常常说，血的债要用血来偿还。他常常说，他要用他的血来洗涤过去的耻辱。我怕我到杭州去也不会找到他。他也许不在杭州了。昨天听说中国飞机被打落一架，驾驶员落在敌人阵地里，不肯做俘虏，他打死了几个敌人然后自杀，❶我不知道那个人的姓名，但我疑心他就是我的丈夫。先生，你也知道这个消息么？”

"是的，我也在报上看见，那的确是一个勇敢的人，"我只能这样回答。我的心被同情和崇敬占有了。但同时又似乎有一件沉重的东西压在我的心上。

"我想一定是他，他是一个勇敢的人！"她忽然睁大眼睛兴奋地说。

"那不见得就是孙先生，我想他大概是安全的，我希望你在杭州找到他，"我压抑住奔放的感情，温和地安慰她。

她摇摇头微笑了，这是悲愤的微笑。她说："先生，你不要以为我就只知道个人的幸福。我们法国人和你们中国人一样，也知道爱自由爱正义的。我们从没有在强权下面低过头。"过后她又修正似地说："其实我现在也是一个中国人！我能够做每个中国女人所能做的事。我也愿意我的丈夫为着他同胞的幸福而牺牲。现在整个的中国怒吼起来了！这正是血债还血债的时候。要是我的丈夫真的牺牲了，这正是他的幸运。我会好好地教育这孩子。这孩子很像他父亲，他将来也会做他父亲所做过的事。我相信抗战一定会继续下去，一直到这个国土里的人民得到解放的时候！"她愈说下去，态度愈是激昂，脸红着，两只眼睛火炬似地照射着我。她像一个煽动的演说家，把我的感情完全征服了。她煽起了我的热情，使我全身起了一阵剧烈的震动。我觉得羞惭，过后又起了崇敬的感情。

我想说话，表明我的心情，但是我的心跳动得太利害，我突然变成口吃了。这时候孩子在旁边催她。她站起来，不等我说话，就伸出手来给我，一面说："我走了，谢谢你。我想我们将来还可以见面的。"她停了一下又加一句："在更好的情况里。"她欢喜鼓舞地对我一笑。在她那大眼睛里，我看出了乐观的表情。她的眼珠原来是和她丈夫的一样明亮的！

"在更好的情况里，"我感动地紧紧握了她的手，口里含糊地念着这句话，我还想挽留她，但是她匆忙地牵着孩子走了。我痴呆地望着玻璃

---

❶ [中国飞机被打落一架……打死了几个敌人然后自杀] 这事发生于上海八一三战事爆发后不多几天，这位壮烈的牺牲者叫做阎海文。

门。那两条棕色的小辫子还在她的脑后晃动。

　　以后我就没有看见那个女人。过了两天，林君和我再到这家饭店去。他喝完了红茶预备动身的时候，忽然记挂似地说："怎么今天没有看见摩娜里莎？"

　　"摩娜里莎？"我惊讶地说，我还不明白他在指谁。

　　"你不晓得？你不要装假了！"他讥讽地说。

　　我并不理睬他。我在想一件事情。有两条棕色小辫子在我的眼前晃动。我记起了一个法国女人对我说过的那些话。

八、最后一课

〔法国都德❶原著〕

胡　适

　　这天早晨我上学去,时候已很迟了,心中很怕先生要骂;况且昨天汉麦先生说过,今天他要考我们的动静词❷文法,我却一个字都记不得了。我想到这里格外害怕,心想还是逃学去玩一天罢。你看天气如此清明温暖,那边竹篱上两个小鸟儿唱得怪好听,野外田里普鲁士的兵士正在操演❸。我看了几乎把动静词的文法都丢在脑后了。幸亏我胆子还小,不敢真个逃学,赶紧跑着上学去。

　　我走到市政厅前,看见那边围了一大群的人在那里读墙上的告示。我心里暗想,这两年我们的坏消息,败仗哪,赔款哪,都在这里传来。今天又不知有什么坏新闻了。我也无心去打听,一口气跑到汉麦先生的学校。

　　平日学校刚上课的时候总有很大的响声,开抽屉,关抽屉的声音,先生铁戒尺的声音,种种响声街上也常听得见。我本意还想趁这一阵乱响的里面混了进去,不料今天我走到的时候,里面静悄悄地一点声音都没有。我朝窗口一瞧,只见同班的学生都坐好了,汉麦先生拿着他那块铁

---

　　❶　〔都德〕　(Alphonse Daudet,1840—1897)法国小说家,在文学上,被称为印象自然派中的一个。

　　❷　〔动静词〕　动词和形容词。我国文法家中有称形容词为静词的。

　　❸　〔普鲁士的兵士正在操演〕　本篇系假设普法战争方罢的时候,法国割让给普国的亚尔萨斯州中某校的情景,所以说野外田里有普军在那里操演。

戒尺踱来踱去。我没法，只好硬着头皮推门进去，脸上怪难为情的。幸亏先生还没有说什么。他瞧见我，但说："孩子快坐好！我们已开讲了，不等你了。"我一跳跳上了我的坐位，心还是拍拍的跳。

坐定了，定睛一看，才看出先生今天穿了一件很好看的暗绿袍子，挺硬的衬衫，小小的丝帽，这种衣服除了行礼给奖的日子他是不轻易穿的。更可怪的，今天这全学校都是肃静无哗的。最可怪的，后边那几排空椅子上也坐满了人，这边是前任的县官和邮政局长，那边是赫叟那老头子，还有几位我却不认得了。这些人为什么来呢？赫叟那老头子带了一本初级文法书摆在膝头上，他那副阔边眼镜也放在书上，两眼睁睁的望着先生。我看这些人脸上都很愁的。心中正在惊疑，只见先生上了座位，恭恭敬敬的开口道："我的孩子们，这是我最末了的一课书了！昨天柏林有令下来说，亚尔萨斯和洛林两州现在既已割归普国，从此以后，这两州的学校只许教授德国文字，不许再教法文了。你们的德文先生明天就到，今天是你们最末了一天的法文功课了！"

我听了先生这句话，就像受了电击一般。我这时才明白，刚才市政厅墙上的告示原来是这么一回事。这就是我最末了一天的法文功课了！我的法文才该打呢，我还没学作法文呢，我难道就不能再学法文了？唉，我这两年为什么不肯好好的读书？为什么却去捉鸽子，打木球呢？我从前最讨厌的文法书，历史书，今天都变了我的好朋友了。还有那汉麦先生也要走了，我真有点舍不得他。他从前那副铁板板的面孔，厚沈沈的戒尺，我都忘记了，只是可怜他。原来他因为这是末了一天的功课，才穿上那身礼服。原来后面空椅子上那些人也是舍不得他的。我想他们心中也在懊悔，从前不曾好好学些法文，不曾多读些法文的书。咳，可怜得很！

我正在痴想，忽听先生叫我的名字，问我动静词的变法。我站起来，第一个字就答错了。我那时正羞愧无地，两手撑住桌子，低了头不敢抬起来。只听先生说道："孩子，我也不怪你，你自己总够受了！天天你们自己骗自己说，这算什么，读书的时候多着呢，明天再用功还怕来不及吗？如今呢？你们自己想想看，你总算是一个法国人，连法国的语言文字都不知道！……"先生说到这里索性演说起来了。他说我们法国的文字怎样好，说是天下最美，最明白，最合论理的文字。他说我们应该保存法文，千万不要忘记了。他说现在我们总算是为人奴隶了，如果我们不忘我们祖国的言语文字，我们还有翻身的日子。……

先生说完了，翻开书讲今天的文法课。说也奇怪，我今天忽然变得聪明了，先生讲的我句句都懂得。先生也用心细讲，就像他恨不得把一生的学问今天都传给我们。文法讲完了，接着就是习字。今天习字的本子也换了，先生自己写的好字，写着"法兰西""亚尔萨斯""法兰西""亚尔萨斯"四个大字，放在桌上，就像一面小小的国旗。同班的人个个都用心写字，一点声息都没有，但听得笔尖在纸上飕飕的响。我一面写字，一面偷偷的抬头瞧瞧先生，只见他端坐在上面动也不动一动；两眼瞧瞧屋子这边，又瞧瞧那边。我心中怪难过，暗想先生在此住了四十年了，他的园子就在学校门外，这些台子凳子都是四十年的旧物，他手里种的胡桃树也长大了，窗子上的朱藤也爬上屋顶了，如今他这一把年纪明天就要离此地了！我仿佛听见楼上有人走动，想是先生的老妹子在那边收拾箱笼。我心中真替他难受。先生却能硬着心肠把一天功课一一作去，写完了字，又教了一课历史；历史完了，便是那班幼稚生的拼音。坐在后面的赫叟那老头儿带上了眼镜，也跟着他们拼那 Ba Be Bi Bo Bu；我听他的声音都哽咽住了，很像哭声。我听了又好笑，又要替他哭。这一回事，这末了一天的功课，我一辈子也不会忘记的。

忽然礼拜堂的钟敲了十二响，远远地听得喇叭声，普鲁士的兵操演回来，踏踏踏踏的走过我们的学校。汉麦先生立起身来，面色都变了，开口道："我的朋友们！我……我……"先生的喉咙哽住了，不能再说下去。他走下座，取了一条粉笔，在黑板上用力写了三个大字——"法兰西万岁"。他回过头来摆一摆手，好像说："散学了，你们去罢！"

文章法则乙

一、描写

记叙文是把现成事物报告给读者知道,这在前面讲过的了。同样是报告,有详密和粗略的不同,有生动和呆板的差别。譬如告诉人家说:"我遇见了张三,他穿着一身新衣服。"这是一种报告。或者嫌这样不够,还得把遇见张三时候,彼此的神态怎样,张三穿着新衣服,他的仪表怎样,他的一身新衣服色彩,制作又怎样,一一告诉人家。这也是一种报告。前后两种报告比较起来,后者详密,生动得多了。

详密,生动的报告固然也是记叙,因为要和粗略,呆板的报告有一点分别起见,所以特称为描写。描写只是记叙的精深一步的工夫。

描写一语本来是从绘画方面来的。绘画家适当地调配着彩色,熟练地运用着手法,使画出来的事物不但像,而且仿佛有生命似的,这就是描写。写作的人把文字作为彩色,运用着绘画的手法,记叙他所选定的事物,使它妙肖,使它传神,这就是写作上的描写。

描写的最粗浅的方法是使用形容词语和副词语。此外方法还有许多。但即使是最粗浅的描写,也靠着作者的经验。假如作者不曾留心观察过事物,或是事物的动态,相当的形容词语或是副词语又何从而来?所以,没有经验写不成文章,仅有浮泛的经验只能作粗略呆板的记叙,必须有深切的经验才可以作详密,生动的描写。

阅读过的记叙文已经不少,不妨逐一加以审察,那一些仅是粗略,呆板的记叙,那一些才是详密,生动的描写。

习　问

一、描写和记叙有甚么不同？

二、试以《荷塘月色》为例，那些部分是记叙，那些部分是描写？

九、一件小事

鲁　迅

　　这是民国六年的冬天，大北风刮得正猛，我因为生计关系，不得不一早在路上走。一路几乎遇不见人，好容易才雇定了一辆人力车，教他拉到 S 门去。不一会，北风小了，路上浮尘早已刮净，剩下一条洁白的大道来，车夫也跑得更快。刚近 S 门，忽而车把上带着一个人，慢慢地倒了。

　　跌倒的是一个女人，花白头发，衣服都很破烂。伊从马路边上突然向车前横截过来；车夫已经让开道，但伊的破棉背心没有上扣，微风吹着，向外展开，所以终于兜着车把。幸而车夫早有点停步，否则伊定要栽一个大筋斗，跌到头破血出了。

　　伊伏在地上，车夫便也立住脚。我料定这老女人并没有伤，又没有别人看见，便很怪车夫多事，要自己惹出是非，也误了我的路。

　　我便对车夫说："没有什么的，走你的罢！"

　　车夫毫不理会，——或者并没有听到，——却放下车子，扶那老女人慢慢起来，搀着臂膊立定，问伊说：

　　"你怎么啦？"

　　"我摔坏了。"

　　我想，我眼见你慢慢倒地，怎么会摔坏呢，装腔作势罢了，这真可憎恶。车夫多事，也正是自讨苦吃。现在你自己想法去。

　　车夫听了这老女人的话，却毫不踌蹰，仍然搀着伊的臂膊，便一步一步的向前走。我有些诧异，忙看前面，是一所巡警分驻所，大风之后，外面也不见人。这车夫扶着那老女人，便正是向那大门走去。

我这时突然感到一种异样的感觉,觉得他满身灰尘的后影,刹时高大了,而且愈走愈大,须仰视才见,而且他对于我,渐渐的又几乎变成一种威压,甚而至于要榨出皮袍下面藏着的"小"来。

我的活力,这时大约有些凝滞了。坐着没有动,也没有想,直到看见分驻所里走出一个巡警,才下了车。

巡警走近我说:"你自己雇车罢,他不能拉你了。"

我没有思索的从外套袋里抓出一大把铜元,交给巡警,说"请你给他。……"

风全住了,路上还很静。我走着,一面想,几乎怕敢想到我自己。以前的事,姑且搁起,这一大把铜元又是什么意思?奖他么?我还能裁判车夫么?我不能回答自己。

这事到了现在,还是时时记起。

一〇、篮球比赛

叶绍钧

这一天上午，绍虞❶走来闲谈，不知从什么谈到了午后的篮球比赛，他说："今天这十个人是这里最好的两组，在福州地方，他们是常胜军。"我的心动了一动，但是在后就淡忘了。……午后已经四点多了，蛎粉❷墙上映着淡淡的斜方的日影，略有风声水声发于江上。无意中听得楼下有细碎的鞋底擦着沙地的声音了，中间偶而夹着轻松而短促的一声"蓬"。这个把我的淡忘的印象唤回来了，心想："这是最好的两组，是常胜军，何不看一看呢？"便站起来，走向窗前，倚着阑干。……

这球场是经行惯的；沿着场的方框疏疏密密站着些旁观者，这也是以前在别处见惯了而不足为奇的。可是这两组这十个人的活动却把我的心神摄住了。他们的身体这样地轻，腿这样地健，才奔向这一角，刹那间已赶到那一角了，正同于绝顶机敏的猎犬。他们的四肢百骸又这样地柔软，后弯着身躯会得接球，会得送球，横折着腰肢会得受球，会得发球，要取这球时，跃起来，冲前去，便夺得了；要让这球时，闪过点，蹲下点——甚至故意跌倒在地上，——便避开了。他们两方面各有熟习的阵势：球在某人手中，第二个人早已跑到适当的地位等着，似乎料得定他手中的球将怎样抛出来，而且一定抛得怎么远，同时预备接第二个人的球的第三个人，也就跑到另一个适当的地位，预备接到了球，便投入那高高挂着的篮。在敌的一面，那就一个人贴近正拿着球的，极敏捷极警觉地

---

❶ ［绍虞］　姓郭，江苏吴县人。现任燕京大学教授。
❷ ［蛎粉］　用牡蛎壳煅成的灰，其功用和石灰相同。

想法夺取那手中的球,又一人监守着预备接球的第二个人,似乎他能确断所站的是个更为适当的地位,那球过来时,一定落在自己的手中,又一定送到同伴的手中,——他的眼光早已射到站在远处的可把球付与的同伴了。而几个同伴正就散开在几个适当的地位等着,这些仅是一瞬间❶的形势而已,而且叙述得太粗疏了,实际决不止这么一点。只等球一脱手,局面便全变了。主客之势,犄角❷之形,身体活动的姿态,没有一样不是新的,那球腾掷不歇,场上便刻刻呈现新的局面。

"擦擦"的脚步声是场上的音乐,节奏有徐有疾,却总带着轻快的情调,皮球着地或者与人的肢体击撞时,发出空洞的音响,仿佛点着板眼❸。

我对着这一场力的活剧,活动的表现,一点思想都不起,仅有一种感觉,略如以下的情形:我感觉这十个人如涌而来,如涌而往,竟同潮水那么伟大。皮球的一回抛出,身体的一回运动,完全与各个人相为呼应,正如潮水的一波一浪,与全潮水的呼吸融合着一样,他们这样的无心,什么胜利,荣誉,贪婪,欺诈的心都没有,简直可以说他们没有各自的我,他们的心已融和为一个了!他们又这样的雄健,什么困疲,伤残,痛楚的顾虑都没有,简直可以说他们没有各自的身体,他们的身体也已融和为一个了;他们就是力!他们就是活动!

---

❶ 〔一瞬间〕 眼珠一转动的时间。

❷ 〔犄角〕 阵势分做两面,以待敌人进攻。

❸ 〔点着板眼〕 歌曲时用拍板来调整音节,叫做"点板眼"。

一一、繁星

巴　金

　　我爱月夜，但我也爱星天。从前在家乡，夏天晚上在庭院中纳凉时，我最爱看天空中的繁星。看着那星天，我就会忘掉一切，仿佛回到了母亲的怀里。

　　在南京时，我住的地方有一道后门，每晚上一打开后门，我便起一种特别的感觉，夜景静寂。下面是一片菜园，上面是星群密布的蓝天。星的光亮在我们的肉眼里，虽然微弱，然而它使我们觉得它的光明无处不在。那时候，我正在读一点关于天文学的书，认得了一些星，见了它们，好像遇见了许多朋友。

　　如今在海上，每晚和繁星相对。我把它们认得更熟了。我躺在舱面上仰望着，深蓝色的天空里悬着无数半明半昧的星。船在动，星也在动，它们是那样地低，真是摇摇欲坠呢！渐渐地我的眼睛模糊了，我好像看见无数的萤虫在我周围飞舞。海上的夜景是柔和的，静寂的，梦幻似的。我望着那许多认识的星，我仿佛看见它们在眨眼，我仿佛听见它们在低声说话。这时候，我真忘掉了一切。在星的怀抱中我微笑着，我沈睡着。我觉得自己是一个小孩子，现在睡在母亲的怀里了。

一二、秃的梧桐

苏 梅❶

人们走过秃梧桐下，总是惋惜它："这株梧桐，怕再也难得活了！"

我们所住的屋子，本来分做两部给两家住的，这株梧桐，恰恰长在屋前的正中，不偏不倚，可以说是两家的分界牌。

屋前虽然仅有一个石阶，但是由屋前到园外去的路却有两条，——一家走一条。梧桐生在两条路的中间，清荫分盖了两家的草场，夜里下雨，桐叶上作潇潇淅淅之声，那种诗意也归两家分享。

不幸园里蚂蚁过多，梧桐的枝干为蚁所蚀，渐渐的不坚牢了。一夜雷雨，便将它的上半截劈折，只剩下一根二丈高的树身，立在那里，亭亭有如青玉。

春天到了，树身上居然透出许多绿叶来，团团附着树端，看去好像一棵棕榈树。

谁说这株梧桐不会再活呢！它现在长了新叶，或者更会长出新枝，不久定可以恢复从前的美荫了。

一阵风过，叶儿又被劈下来，拾起一看，叶蒂已啮断三分之二——又是蚂蚁干的好事，哦！可恶！

但勇敢的梧桐并不因此挫了它的志气。

蚂蚁又来了，风又起了，好容易长到掌大的叶儿又飘下来了。但是梧桐不管，它仍然萌生新的芽，展开新的叶，整整的忙了一个春天，又整

---

❶ ［苏梅］ 现代女作家。字雪林，笔名绿漪，安徽太平人。法国里昂大学毕业，历任沪江大学，安徽大学等校教授。著有《绿天》，《棘心》，《蠹鱼生活》等。

整的忙了一个夏天。

秋来,老柏和香橙还沈郁的绿着,别的树却都憔悴了。年近古稀❶的老榆护定它青青的叶,好像老年人想保存半生辛苦储蓄的家私,但是那禁得西风如败子,日夕在耳畔絮聒❷!——现在它的叶儿已去得差不多了,园中减了葱茏❸的绿意,却也添了蔚蓝的天光。爬在榆树干上的薜荔也大为喜悦,上面没有遮蔽,可以酣饮风霜了。它脸儿醉得像枫叶般红,陶然自足,不管垂老破家的榆树,在他头上瑟瑟的悲叹。

大理菊东倒西倾,还是挣扎着,在荒草里开出红艳的花。牵牛的蔓早枯萎了,但也还开花,可是比从前的纤小,浅紫嫩红,更觉娇美可怜。还有从前种着麝香连理花和凤仙花的地里,有时也可以见到几朵残花。秋风里,时时有玉钱蝴蝶翩翩飞来,停在花上,好半天不动。它要僵了,它愿意僵在花儿的冷香里!

这时候,园里另外一株桐树,叶儿已飞去大半。秃的梧桐自然更是一无所有,只有亭亭如青玉的干,兀立在惨淡斜阳中。

"这株梧桐,怕再也难得活了!"

人们走过秃梧桐下,总是这样惋惜它。

---

❶ 〔古稀〕 杜甫诗有"人生七十古来稀"之句,后人就称年七十为"古稀"。

❷ 〔絮聒〕 说话多而语声嘈杂。聒,音ㄍㄨㄚ。

❸ 〔葱茏〕 青翠茂盛的样子。

文章法则甲

二、主要动词

动词在句中,有的用作述语,有的不用作述语。作述语用的叫做主要动词。

句子之中原有不用动词的。如:

> 这几天心里颇不宁静。《荷塘月色》

> 四面荷花三面柳,一城山色半城湖。《大明湖》

这些句子里不见有一个动词。反之,一句句子之中有时会有许多动词。如:

> 我冒了严寒,回到相隔二千余里,别了二十余年的故乡去。《故乡》

> 班超在京里为了要维持家庭生活,便在官府里担任了钞写的工作。《班超投笔从戎》

第一例第二例都有五个动词。可是就性质而论,每句里只有一个动词是做着述语的主要动词。第一例的主要动词是"回",第二例的主要动词是"担任"。其他动词和别的词合在一处,所成就的是"语"。如"相隔二千余里,别了二十余年的"是形容词语,"为了要维持家庭生活,"是副词语,"钞写的工作,"是名词语。这里头的一些动词都不是主要动词。

动词作述语的句子中只许有一个主要动词。(复句不在此限)这主要动词必须用得毫不含混,否则句子就不易瞭解。例如下面三句句子:

> 政府有备战。(甲)

> 政府有战备。(乙)

　　政府备战。（丙）

（甲）句里"有""备""战"三个字都是动词，究竟那一个字是主要动词，看不清楚，所以无从了解。（乙）句里"战"字和"备"字合成"战备"的名词，主要动词很显明地是"有"字；（丙）句里"战"字是"备"字的被动词，"备"字当然是主要动词：所以都可瞭解，毫无疑义。

习　问

一、试找出若干不用动词的文句来。

二、下列各文句中，那一个是主要动词？试一一辨别出来。

（1）就是和我们平常生活现象不符合的一种状态。《病》

（2）这一次的旅行，使我更明瞭一个名词的意义。《朋友》

（3）责任是要解除了才没有。《最苦与最乐》

（4）从前这个地方，是不许旁人进来的。《平民夜校开学演说》

一三、诗四首

白居易❶

秦中吟❷十首选二

重　赋

　　厚地❸植桑麻,所用济民生。生民理❹布帛,所求活一身。身外充征赋❺,上以奉君亲。国家定两税❻,本意在爱人(民)❼。厥初防其淫❽,明敕内外臣:"税外加一物,皆以枉法论。"奈何岁月久,贪吏得因循!浚我

---

　　❶ 〔白居易〕(七七二—八四六)号乐天,唐太原人。当他在做监察官左拾遗时,颇想执行他的政见。在文学方面,他主张诗人要歌咏民间疾苦,政府要派遣采诗的官。这四首就是实行他这种主张的。后来他被人排斥,历任江州司马、杭苏二州刺史,会昌初以刑部尚书致仕。与香山僧明满结香火社,自称香山居士。著有《白氏长庆集》。

　　❷ 〔秦中吟〕歌咏京城里的民间疾苦。秦中就是秦地的中部,唐朝的都城长安,是现在的陕西省西安县。白居易在十首《秦中吟》前有一段小序道:"贞元元和之际,予在长安,闻见之间,有足悲者;因直歌其事,名为《秦中吟》。"

　　❸ 〔厚地〕肥沃的土地。

　　❹ 〔理〕治理,这里当纺织解。

　　❺ 〔征赋〕征同徵,征赋就是徵收赋税。

　　❻ 〔国家定两税〕唐朝的征税本来分三种:租是叫民纳谷,庸是叫民服劳役,调是叫民纳布帛。到了德宗时,杨炎做宰相,改用钱币来纳税,分夏秋两期缴纳,夏期不得过六月,秋期不得过十一月,故称两税,就是现在所称的"上忙""下忙"。

　　❼ 〔人(民)〕唐朝避太宗李世民讳,民字都改用人字。

　　❽ 〔淫〕过分。指多收赋税。

以求宠，敛索无冬春。❶　织绢未成匹，缲丝未盈斤；里胥❷逼我纳，不许暂
逡巡❸。岁暮天地闭❹，阴风❺生破村；夜深烟火尽，霰❻雪白纷纷；幼者
形不蔽，老者体无温；悲喘与寒气，并入鼻中辛❼。昨日输残税，因窥官
库门：缯帛❽如山积，丝絮如雪屯，号为"羡余"物❾，随月献至尊❿。夺我
身上暖，买尔眼前恩！进入琼林库⓫，岁久化为尘。

轻　　肥⓬

　　意气骄满路，鞍马光照尘；借问何为者，人称是内臣⓭。朱绂⓮皆大
夫，紫绶⓯或将军；夸赴军中宴，走马去如云。樽罍溢九酝⓰，水陆罗八

---

　　❶　［浚我以求宠敛索无冬春］　剥削我们来求恩宠，不管冬天或春天也来搜刮（照例夏秋两季才是收取赋税的时候）。浚音ㄐㄩㄣ，加深叫浚，这里当做剥削解。

　　❷　［里胥］　相当于现在的保甲长之类。胥是帮助，在乡里中帮助县长办事，要兼做催收赋税的职务。

　　❸　［逡巡］　逡音ㄑㄩㄣ。逡巡，游移不前的样子，含有迟疑的意思。

　　❹　［天地闭］　指寒威把天地间的生机闭塞而言，像草木的凋零，虫类的死亡或潜伏，都是"天地闭"的现象。

　　❺　［阴风］　就是北风。古时以北为背，败北的北就含有"背"的意义。背阳叫阴，故可通北。

　　❻　［霰］　音ㄒㄧㄢˋ，空中的水汽，遇极度的寒冷而凝成的雪珠。

　　❼　［辛］　酸。

　　❽　［缯帛］　缯音ㄗㄥ。缯帛是丝织物的总称。犹如现在的称绸缎。

　　❾　［羡余物］　多余的东西。把所收到的赋税按期缴纳国库外，多下来的叫做"羡余"。

　　❿　［献至尊］　至尊，就是皇帝。这些羡余物大都按月贡献给皇帝来求恩宠。

　　⓫　［琼林库］　唐德宗在奉天（陕西乾县）置琼林大盈二库，收藏四方进贡的东西。

　　⓬　［轻肥］　轻裘肥马。

　　⓭　［内臣］　在宫廷内侍候的臣子，就是太监。

　　⓮　［朱绂］　赤色的丝带用来系牢印环的。绂音ㄈㄨˊ，是丝带。赤色代表大夫的官阶。

　　⓯　［紫绶］　紫色的丝带用来系牢印环的。紫色代表将军等的官阶。

　　⓰　［樽罍溢九酝］　酒杯中溢出最醇厚的酒。樽音ㄗㄨㄣ，酒杯。罍音ㄌㄟˊ，边上刻着云雷形状的酒杯。酝音ㄩㄣˋ。九酝是一种醇厚的米酒。魏武帝有"上九酝酒法奏"，据说是用五石水，九石米酿制成功的，所以叫"九酝"。

珍❶;果擘洞庭橘❷,脍切天池鳞❸。食饱心自若,酒酣气益振。是岁江南旱,衢州❹人食人。

新乐府❺五十首选二

杜陵叟❻

杜陵叟,杜陵居;岁种薄田一顷❼余。三月无雨旱风起,麦苗不秀多黄死。九月霜降秋早寒,禾穗未熟皆青干。长吏明知不申破❽,急敛暴征求考课❾。典❿桑卖地纳官租,明年衣食将何如？剥我身上帛,夺我口中粟;虐人害物即豺狼,何必钩牙锯爪食人肉！不知何人奏皇帝,帝心恻隐知人(民)弊⓫,白麻纸⓬上书德音,京畿⓭尽放⓮今年税。昨日里胥方

---

❶　[水陆罗八珍]　从水里和陆上所搜罗来最珍贵的食品。八珍有几种说法,总之是指最珍贵而美味的食品,不必指实是那几种。

❷　[果擘洞庭橘]　剥食的果品,是洞庭山出产的橘子。擘音ㄅㄛˋ,剥开。洞庭山在太湖里,出产的橘子很有名。

❸　[脍切天池鳞]　切来做菜的是天池里的鱼。脍音ㄎㄨㄞˋ,细切鱼肉。天池,指天子宫内养鱼的池。

❹　[衢州]　今浙江衢县。

❺　[新乐府]　新的乐府歌诗。乐府是汉武帝所设立,专做歌曲来供举行礼仪时用的。后来人仿效它而做成的诗歌也叫乐府。白居易给自己做的诗歌取名"新乐府",乃是别于一般仿古的乐府的意思。他这些《新乐府》,目的是希望政府里采用了去做乐章,所以称做乐府。他有一篇小序说明《新乐府》道:"首句标其目,本章显其志;《诗》三百之义也。其辞质而径,欲见之者易谕也。其言直而切,欲闻之者深诫也。其事核而实,使采之者传信也。其体顺而律,可以播于乐章歌曲也。总而言之:为君,为臣,为民,为物,为事而作,非为文而作也。"

❻　[杜陵叟]　杜陵在今陕西西安县东南。叟,老人。按此题下作者自注:"伤农夫之困也。"

❼　[顷]　音ㄑㄧㄥˇ,一百亩田。

❽　[申破]　请除去赋税。申是申请,破是破除。

❾　[求考课]　求得上官给与好的政绩的批评。考课是考验官吏政绩的好坏。

❿　[典]　音ㄉㄧㄢˇ,押当。

⓫　[知人(民)弊]　知道百姓的极度困顿。弊音ㄅㄧˋ。

⓬　[白麻纸]　诏书,唐时皇帝的命令都写在白麻制成的纸上。

⓭　[京畿]　京城所在地。畿音ㄐㄧ。

⓮　[放]　蠲免,就是末句的"蠲免"。

到门，手持尺牒牓❶乡村；十家租税九家毕，虚受吾君蠲免恩。

卖炭翁❷

　　卖炭翁，伐薪烧炭南山中，满面尘灰烟火色，两鬓苍苍十指黑。卖炭得钱何所营，身上衣裳口中食。可怜身上衣正单，心忧炭贱愿天寒。夜来城外一尺雪，晚驾炭车辗冰辙❸；牛困人饥日已高，市南门外泥中歇。两骑翩翩❹来是谁，黄衣使者白衫儿❺。手把文书口称敕❻，回车叱牛牵向北。一车炭重千余斤，宫使驱将惜不得。半匹红纱一丈绫❼，系向牛头充炭直❽。

————————————

　　❶　［尺牒牓］　揭示布告。古时的诏令写在版上，版长一尺一寸，故称尺牒。牒音ㄉ丨ㄝˊ，官府的文书布告。牓音ㄅㄤˇ，揭示在榜上的文告，引申做揭示解。

　　❷　［卖炭翁］　此题下原有"苦宫市也"一语，宫市是指唐德宗叫宦官在宫内设市肆，市肆里的东西都用贱价从市面上强迫买来。市面上因此受到很大的损失。这诗里系在牛头上的"半匹红纱一丈绫"，就是他们强迫卖炭后所给的价钱。

　　❸　［辗冰辙］　车轮滚成了小小的冰沟。辗音ㄓㄢˇ，车轮的转动。辙音ㄔㄜˋ，车轮所留下的痕迹。

　　❹　［翩翩］　音ㄆ丨ㄢ。这是指坐在马上的人很得意，很轻快的样子。

　　❺　［黄衣使者白衫儿］　指宫市内派遣出来采办货物的宫使，都由宦官担任的。

　　❻　［手把文书口称敕］　文书是普通的文件。敕音ㄔˋ，皇帝的命令。手里拿了普通的文件，却喊着是皇帝的命令，表示宫使假借皇命来吓人，并不是出于皇帝的意思。

　　❼　［纱……绫］　纱是顶薄的丝织品，绫是较薄的丝织品。绫音ㄌ丨ㄥˊ。

　　❽　［直］　同值，就是价钱。

一四、命运

顾颉刚 [1]

命运是什么？按照一般人的见解，是存在于宇宙间的一种神秘的力量。举凡人的富贵，贫贱，寿夭，都由它来决定。个人生命途中的遭逢，都由命运的手来安排。

命运叫希腊人讲起来，更是神异了。他们说司命运的女神叫莫伊拉[2]，她下面还有三个"弦柱的神"。一个是克洛脱[3]神，纺人类生命的线，一个是拉欧西斯[4]神，定那生命线的长度，此外还有一个是雅绿薄丝[5]神，司切断生命线。几位女神，用她们神妙的线，缠缚一切人，以定生死祸福。

印度人的命运观念，是十足表现在道德意义上，完成了他们善恶报应的说法。他们并觉得世界人类的存在及破坏，都是由命运决定，他们甚至于以为命运的力量，在神以上。

中国人的命运观念，是与希腊及印度都不大相同的。以为个人的命运，都是靠天意来决定。人事的吉凶，都是天意。

命运观念，东西洋虽都有，但这观念，顶深重的还是我们中国人。许

---

❶　[顾颉刚]　名诵坤，现代江苏吴县人。北京大学毕业。研究史学。历任厦门大学，中山大学，北京大学，燕京大学教授，北平研究院史学研究会主任。现任齐鲁大学国学研究所主任。编有《古史辨》等书。

❷　[莫伊拉]　Moira 的音译。

❸　[克洛脱]　Klothe 的音译。

❹　[拉欧西斯]　Lakhesis 的音译。

❺　[雅绿薄丝]　Atropos 的音译。

多人，都放着堪凭的不信，可靠的不信，却信赖这个神秘，渺茫，不可理解的力量。草昧❶之时，民智僿野❷，糊里糊涂的信仰这假想的冥冥中的一种力量，还可以说得过去，到了现在，还是一味信仰这个命运，以为它有绝大的权威，却是可怪异的事。

中国人的命运观念，是又深重，又普遍的，不只古人如此，今人亦然，不但平常人，愚夫愚妇如此，圣人，贤者，通儒，英雄也都这样。我们翻阅一下古籍，命运这两个字，时时会出现在眼中。听身旁一些人说话，命运这两个字，常常会撞进耳朵。甚至于说书，唱戏，也十足的表现出这种命运观念。

孔子曾经说过"死生有命，富贵在天"❸的话。鲁平公❹要见孟子，因嬖人❺臧仓毁孟子而止，孟子听了，便嗟叹道："天也！"（这里的天，便是说的天意，也是命运的意思。）躺在病榻上的汉高祖，也曾感伤的说过："吾以布衣，提三尺剑而取天下，此非天命乎？命乃在天，虽扁鹊何益？"❻郁郁不得志的扬雄❼也叹息过："遇不遇，命也！"❽一般无聊的文人，在潦倒❾不得意的时候，总好说什么："命也如斯，夫复何言？"以为命运特别苛待他。母亲死了儿子，一边擦着鼻涕眼泪，一边和人说自己"命不济"。一些人看到幸福的人，自己便羡慕的说"人家命好"。遇到遭逢不幸的人，便说这人"命苦"。在一些书上，也常常可以看见什么"命途多舛""薄命""命蹇"……的字眼，简直多得举不胜举。

---

❶ ［草昧］ 荒古的意思。
❷ ［僿野］ 迟钝鄙陋。
❸ ［死生有命富贵在天］ 见《论语·颜渊篇》。
❹ ［鲁平公］ 战国时鲁国的君主，在位时期当公元前三一六—二九七年。平公要见孟子的故事，见《孟子·梁惠王》下。
❺ ［嬖人］ 帝王所宠幸的人。
❻ ［吾以布衣……虽扁鹊何益］ 见《汉书·高帝纪》。古代平民穿布衣，就把"布衣"作为平民的代称。扁鹊，是古时候的名医。
❼ ［扬雄］ 汉朝的辞赋家，字子云，蜀郡成都人。著《太玄经》《法言》等书。他的辞赋，后人辑集为《扬子云集》。
❽ ［遇不遇命也］ 见《汉书》卷八十七上《扬雄传》。遭逢时会叫做遇。
❾ ［潦倒］ 不得意的样子。

一般人因为存着信命运的心理,在行为上,便也生出了自甘沈落,与妄作非为的举动。

有一些人,因为信了算命先生说的他今年可以发大财,升高官的话,便做出许多冒险,大胆,狂妄的事来。明明是他不当取的财,他偏要去拿,明明是他不当得之位,他偏要去占。因为信了占卜星相的话,便思谋反篡位的,历史上这样的例子多极了。即如民国初年的袁世凯称帝,近来的陈济棠举兵,还不是都因为信了算卦先生嘴皮上"大命"的话?

还有一些人,因为信命运,遇到困厄,便觉得这是"命中注定的",自己应该陷落在不幸的泥淖里。于是不肯奋斗,也不想挣扎,以为命运是个无敌的战士,不能跟他抵抗。自己缩手缩脚,蹲在暗黑的角落,不再求上进了。甚至于有些坎壈❶之人,因信自己命不好,永不能得意,便呼号哭泣,萌发了厌世的念头。这样的悲剧,真不知道发生过多少了!

其实世间一切事,都是受因果的支配,那里有什么命运?譬如一个人,立在危墙的下面,墙坍倒了,他被压死了。这也并不是由于什么命运,实在是一件因果极显明的事例。他"立"在"危墙"之下,是因,压死,正是那个因的果。有时候,事件的发生,因为因果关系复杂,也许看不分明,其实,还出不了因果系统的范围。英国诗人雪莱❷溺死在那大海里,这事情的发生,是由于一,他去泛舟,二,海上风涛大,三,他驾驶小船的技术不好,四,他不会游泳,五,没有遇到人救他……这许多原因凑在一起造成的。这其间,并没有什么"命运"之神的意思。

相信命运的人,都是因为他对事象的发生有点糊涂,弄不明白因果律。一味的信命运,迷信算命人嘴里的话,自己便心灰气短❸,或不加思索,自己胡作乱为,这只有造成自己的速亡。

我们以前有一个大学者,他对这因果律顶清楚。他将一般信命运的

---

❶　[坎壈]　境遇不顺。

❷　[雪莱]　P. B. Shelley,英国诗人。一八二二年,旅居意大利,在访拜伦(G. G. Byron,1788—1824)的归途中遇到暴风,溺死于意大利西北部的斯培西亚(Spezia)湾。年三十二。

❸　[心灰气短]　心志灰颓,没有勇气。

人，在一篇文章内，讽骂得极痛快。这人便是墨子。他在《非命篇》❶里说一个人犯了好吃懒做的毛病，才遭到衣食不足，饥寒冻馁的忧患。不知道说这纯是由于自己做事不勤，好吃懒做，反倒说我的命该如此。一个帝王，耽于声色之娱，结果弄得亡失国家，倾覆社稷❷。他不知道说自己不好，反倒说"命固失之"；这种人算是糊涂到底了。墨子说实在没有什么命运做我们的主宰，一切结果，都是个人的行为造成的。这和王辅嗣❸在《论易》❹里说的："观其顺逆，以定得失之占❺，察其乖合，以明休咎之征，"正是同一道理。

近来有人给命运换了个解释，很有些道理。他说命就是个人的先天质地，亦即遗传，运就是后天的影响，也就是环境。个人与环境相乘的结果就是数，就是命运。命运是没有什么神秘性的，不过是个人靠了先天所赋的才能在环境里的活动罢了。命运乃是个人造成的，实在不是什么握在什么命运神的手中。个人能力与环境互相作用，恰如数学上 A 数乘 B 数，虽是未知数，然而却是个定数。我们尽可不必信仰什么弄《易经》神课的星相之流，历史上的事迹，便是推算自己定数"命运"的绝好对数表。

命运之神原是没有的，一个人的命运都是自己造成。废时失务的人，是绝对不能得到好运气的。"力可胜贫，慎可胜祸。"只要自己矻矻孳孳❻的做去，好运气自然会贴近你，坏运气自然不会来临。

我们再也不要去请教什么某法师，某星士，要他指点我们的流年❼或终身吉凶。要知道定自己未来的，只有自己。自己才是决定自己命运的人。

---

❶　［非命篇］《墨子》里面的一篇。

❷　［社稷］本是土谷神的名称。古时灭国后，一定改设社稷，所以后人用作国家的名称。

❸　［王辅嗣］三国魏人，名弼，辅嗣是他的字。有《周易注》《老子注》等书。《周易注》有现在通行的《十三经注疏》本。

❹　［论易］《周易注》前面的叙论的一篇。

❺　［占］预兆。

❻　［矻矻孳孳］勤勉不息的样子。矻音丂ㄨ。孳，音ㄗ。

❼　［流年］一年间所行的命运。

一五、我的人生观❶

黄炎培❷

方刚❸！把我的人生观讲给你听：

人是生在大宇中间的。这大宇中间有很多很多的星系，中间一个星系是太阳系。地球是太阳系许多星中间的一个星，人类是地球上很多很多生物中间的一种生物，我是人类中间的一个，也就是一个生物，也就是大宇中间的一个微生物。所以最合理的观念，不但看我和人该一样，而且看我和别种生物都该一样。

人类怎么能得到这些觉悟呢？因为人类能够把他们的知识，从横的方面，纵的方面，连续不断的演进，古时有句话："先知觉后知"❹，这种工作，我认为人类相互贡献上最有价值的一种。

抬起头来看，一般生物且慢讲，人类精神上物质上的痛苦，摆在我们眼前的，多么严重！尤其是和我有很亲切的历史关系的中华民族，我能够一切不管，单管自己一身一家的安全，就算吗？大家不得安全，我能安全吗？

怎样才能够免掉他们痛苦呢？单靠一个人设法，不行的，必得大家设法。就使我能够设法，也得大家赞同我的主张，明白我的意思，来共同

---

❶　［人生观］　对于人类生存的意义，价值和相互关系的一定见解。

❷　［黄炎培］　字任之，现代江苏川沙人。留学日本。北京政府时代曾任教育部长，又历任江苏省教育会副会长，中华教育职业社主任等职。著有《蜀道》等书多种。

❸　［方刚］　作者儿子的名字。

❹　［先知觉后知］　孟子的话。见《孟子·万章篇》。

执行我的方法。尤其需要,在乎人们必须自己觉悟到痛苦的由来,并且必须自己相信自己确实有免掉痛苦的能力。而各自努力,并且联合努力去找出他们免掉痛苦的方法。

免掉人类痛苦是目标。而方法呢,要靠各自努力,更要紧的,在乎联合努力。这联合的范围越是大,他的效能越是高。

联合的起点在那里呢,在自己相信自己。还要我相信你,你相信我。怎样能够大家相信呢?简括的说:"个个人应该打定主意:凡是认为应该干的,自己先干;不应该干的,自己先不干。"

从方法上讲来,当然一时讲不了的。可是我的根本观念只有这一些。

方刚!你是努力求真理的。你的父亲把这些话说给你听。同时也愿意说给大家听。

中华民国二十三年十一月二十九日。

一六、责己重而责人轻

蔡元培

孔子曰:"躬自厚而薄责于人,则远怨矣。"❶韩退之❷又申明之曰:"古之君子,其责己也重以周,其责人也轻以约。重以周故不怠,轻以约故人乐为善。"❸其足以反证此义者,孟子言父子责善❹之非而述人子之言曰:"夫子教我以正,夫子未出于正也。"❺原伯及先且居皆以效尤为罪咎❻。椒举❼曰:"惟无瑕者可以戮人。"❽皆言责人而不责己之非也。

---

❶　[躬自厚而薄责于人则远怨矣]　原文见《论语·卫灵公篇》。这是说对自己责备很严,而对别人却轻恕,那自然不会有怨咎了。

❷　[韩退之]　唐朝的古文大家,名愈,退之是他的字,昌黎人。登进士第。官至吏部侍郎。死后赠礼部尚书,谥"文"。有《昌黎先生集》。

❸　[古之君子……轻以约故人乐为善]　是韩愈《原毁》那篇文章里的句子。这里的几个"以"字同于"而"字,把平等的"重"和"周","轻"和"约"连结起来。

❹　[责善]　互相督责勉励,要做好人。

❺　[夫子教我以正夫子未出于正也]　见《孟子·离娄篇》。"夫子未出于正也",是说:夫子自己的行为还没有做得正当呢。

❻　[原伯及先且居皆以效尤为罪咎]　原伯,即原庄公,周卿士。鲁庄公二十一年春,郑伯入周,杀王子颓,请周惠王在阙西吃酒,效王子颓遍舞六代之乐。原伯说道:"郑伯效尤,其亦将有咎!"先且居,春秋时晋国人,晋襄公时,为中军元帅。当晋文公末年,卫使孔达领兵伐郑。郑是晋的同盟国,照理卫应该先朝晋,求得晋的谅解,才好出兵。但卫却不朝晋。到襄公既立,便起兵伐卫,先且居认为倘不朝王而伐卫,是"效尤,祸也"。故请襄公朝王而伐卫。以上见《左传》庄公二十一年及文公元年。效尤,仿效人家做不好的行为。

❼　[椒举]　春秋时楚大夫伍举,封于椒,故称。

❽　[惟无瑕者可以戮人]　《左传》昭公四年所记伍举的话。瑕,玉微赤色,引申为缺失。戮是明正其罪而加以诛杀。这是说:只有自己没有错失的人才可以诛戮别人。按其时齐国庆封杀了他的国君,楚灵王拿住庆封,要明正其罪后再把他杀了。伍举因为楚灵王自己也是杀君自立的,所以劝他不要这样做,免得使自己的罪恶也给庆封宣示出来。

准人我平等之义，似乎责己重者责人亦可以重，责人轻者责己亦可以轻。例如多闻见者笑人固陋❶，有能力者斥人无用，意以为我既能之，彼何以不能也。又如怙过饰非❷者，每喜引他人同类之过失以自解，意以为人既为之，我何独不可为也。

不知人我固当平等，而既有主观客观❸之别，则观察之明，晦显有差池❹，而责备之度，亦不能不随之而进退。盖人之行为常含有多数之原因：如遗传之品性，渐染之习惯，熏受之教育，拘牵之境遇，压迫之外缘，❺激刺之感情，皆有左右❻行为之势力。行之也为我，则一切原因皆反省而可得。即使当局易迷，而事后必能审定。既得其因，则迁善改过在在❼可以致力：其为前定之品性，习惯及教育所驯致❽耶，将何以矫正之？其为境遇，外缘及感情所逼成耶，将何以调节之？既往不追，我固自怨自艾❾；而苟有不得已之故，决不虑我之不肯自谅。其在将来，则操纵之权在我，我何馁❿焉？至于他人，则其驯致与迫成之因，决非我所能深悉。使我任举推得之一因而严加责备，宁有当乎⓫？况人人各自有其重责之机会，我又何必越俎而代之⓬？

故责己重而责人轻，乃不失平等之真意。否则迹若平而转为不平之尤⓭矣。

---

❶ ［固陋］ 鄙俗浅狭。

❷ ［怙过饰非］ 掩饰过失。

❸ ［主观客观］ 是两个对立的心理学名词。凡认识的主体和属于自我"内心的"事物，地位和属性，叫做"主观"。被认识的客体，就是离开自我而存在的外界事物，叫做"客观"。

❹ ［差池］ 出入。

❺ ［外缘］ 外界的事物。

❻ ［左右］ 转移，牵制。

❼ ［在在］ 处处。

❽ ［驯致］ 积渐而来。

❾ ［自怨自艾］ 自己懊悔，自动改过。艾，解作刈，除去。

❿ ［馁］ 心虚胆怯。

⓫ ［宁有当乎］ "宁"同于"岂"。这句是说："岂能得当呢？"

⓬ ［越俎而代之］ 自己应做的事不做，却去管人家的事。语本《庄子》："庖人虽不治庖，尸祝不越樽俎而代之矣。"庖人，就是厨子，尸祝，管祭祀的人。

⓭ ［不平之尤］ 最大的不平等。尤是最甚。

文章法则乙

二、景物描写

凡是经验的事物，都可以供描写。其中尤其重要的是景物和人物：因为景物环绕着人物，常常影响到人物的行动和情思；而人物是一切事情的发动者，没有人物也就不会有事情。现在说到描写，就把景物和人物两项特别提出来谈谈。

看到景物两字往往会联想到山明水秀，风景佳胜的所在。又好像这两字所指的纯粹属于自然界方面，人为的一切环境都不在其内。其实环绕着我们的境界都可以称为景物。自然的山水，林木固然是景物，人为的街市，房屋也莫非景物，这并不专指美丽的，赏心的而言，就是丑恶的，恼人的也包括在里头。

描写景物，第一要选定自己的观点。或者是始终固定的，就好比照相家站定在一个地位，向周围的景物拍许多照片。或者是逐渐移动的，就好比照相家步步前进，随时向周围的景物拍几张照片。观点不同，景物的方位，物象的形态，光线的明暗等等也跟着不同。如果是对着实际的景物动笔，这些项目只要抬起眼睛来看就可以知道，当然不成问题。但在凭着以往的或是间接的经验写作的时候，这些项目就无法一望而知。倘若不在意想中选定观点，往往会弄成方位不明，形态失真，明暗无准等等毛病。那就距离描写两字很远了。

第二要捉住自己的印象。印象是自己和景物接触那时候的实感。眼睛看见怎样就怎样写，耳朵听见怎样就怎样写，内心感觉怎样就怎样写；这就是捉住自己的印象。印象发生于当时，同时就保存在记忆中间。

所以，景物即使不在眼前，也可以取从前所得的印象来作描写。凡不能捉住自己和景物接触那时候的实感，而只把一些套语，一些概念写进文章中去的，决不是好的描写。例如庸俗的新闻记者记叙任何会场的场景，总说"到者数百人，某某某某登台演说，发挥颇为详尽"；不肯多用一点心思的学生记叙春景，总说"山明水秀，柳绿桃红"。这完全没有把自己所历那会场的空气，自己所见那春景的神态传达出来，岂但不好，简直连描写都说不上了。

习 问

一、试以《山阴记游》首段为例，指明作者怎样移动他的观点。

二、《水手》一诗中的"但他却想到了石榴花开得鲜明的井旁，那人儿正架竹子，晒她的青布衣裳"，算是很好的描写文句，为甚么？

一七、画师洪野

施蛰存❶

　　洪野是个并不十分有名的画家,他的死去,未必使中国的画苑❷感觉到什么损失。但是,近五六年来我因为与他同事的关系,过从❸甚勤,因而很能够知道他的一切,我知道他的艺术观❹,我知道他的人生观,因此,他的死去,使我在友谊的哀悼以外,又多了一重对于一个忠实的艺术家默默无闻而死的惋惜。

　　我认识洪野,在他移家到松江❺之后。那时他在上海几处艺术大学里当教授,因为要求一个经济的生活和一点新鲜的空气,所以不惜每星期在沪杭车上作辛苦的旅客,而把家眷搬到松江这小城市里来了。一个星期日的薄暮(是不是秋季呢,我有些模糊了,总之气候是很冷的),我和一个朋友,走过一个黑漆的墙门,门右方钉着一块棕色的木板,刻着两个用绿粉填嵌的碗口一般大的字:"洪野"。我的朋友说:"这里住着一位新近搬来的画家,你可以进去看看他的画。"不等我有片刻的踌躇,他早已扯着我的衣袂,把我拖进门内,说着"不要紧的,他欢迎陌生人去拜访他。"

　　果然我们立刻就很相熟了。他的殷勤,他的率直,我完全中意。他

---

❶　[施蛰存]　现代浙江杭县人。光华大学毕业。著有《灯下集》,《上元灯》,《善女人行品》等书。

❷　[画苑]　犹言绘画界。

❸　[过从]　彼此往来探访。

❹　[艺术观]　对于艺术的见解。

❺　[松江]　县名,属江苏省,沪杭路经过其地。

拿出许多国画及洋画给我看，因为对于此道完全是个门外汉，我只能不停地称赞着。他逊谢了一阵之后，忽然问道："你是不是真的以为这些画都很好吗？"

我说："是的。"

"那么，请教好在什么地方？"

有这样不客气的主人！我委实回答不上来了。在我的窘迫之中，他却大笑说："这些都不中看，这些都是抄袭来的，我给你看我的创作。"

于是他又去房里捧出七八卷画来，展开给我看。这些都是以洋画的方法画在宣纸上的，题材❶并不是刚才所看的山水花卉之类，而是"卖花女""敲石子工人""驴车夫"等等了。他一面舒卷着画幅，一面自夸他用西洋画法在中国纸上创作新的画题的成绩。但我因为看惯了中国纸上的山水花卉和画布上的人物写生，对于他这种合璧❷的办法，实在有些不能满意。但最后，有一帧题名"黄昏"的画，却使我和他的意见融合了。"黄昏"虽然仍是用西洋画法画在中国纸上的一张条幅，但因为题材是几只在初升的月光中飞过屋角的乌鸦，蓝的天，黄的月，黑的鸦，幽暗的屋角，构成了这一幅朦胧得颇有诗意的画，我大大地赞美了。我说："我还是喜欢这个。"他点点头微笑道："我懂得你的趣味了。"

后来我和他在同一个学校里教书。我曾经问他为什么不再在上海担任功课，他摇着头道："有名无实的事我不愿意干。"这句话，在以后的晤谈里，他给了我一些暗示的解释。大约一则因为上海的学生，对于艺术大都没有忠诚的态度；二则呢，在上海虽然负一个艺术教授的美名，但那时的艺术大学都穷得连薪水都发不出，他非但不能领到生活费，反而每星期要赔贴一些火车钱，物质上既无所得，精神上又没安慰，倒不如息影江村❸教几个天真的中学生，闲时到野外去写写生，或在家中喝一盏黄酒来得安乐了。这样地心境自安于淡泊，画家洪野遂终其生不过是一个中学教师。

---

❶　[题材]　绘画，文学等所描写的资料。

❷　[合璧]　把两种东西或方法凑合起来。

❸　[息影江村]　"影"是身子的代物。这是说，让身子休居在江村里头。

但是他对于艺术,却并没有消极。有一天,他很高兴地对我说:"我的画有几件已经被选入'全国美术展览会'了。"当时我也很替他高兴。在参观"全国美展"的时候,我果然看见了他的几幅陈列品,而"黄昏"亦是其中之一。"全国美展"闭幕之后,一天清晨,他挟了一卷画到学校里来,一看见我,就授给我道:"这个现在可以送给你了。"我展开一看,就是那幅我所中意的"黄昏"。我看画幅背后,已经在展览的时候,标定了很高的价目,觉得不好意思领受这盛情,正在沈吟之际,他说:"不要紧,你收了罢。我早已要送给你了,因为要等它陈列过一次,所以迟到今天。至于我自己,已经不喜欢它了,我的画最近又改变了。"

其时我有几个朋友正在上海经营一家书铺子,出版了许多新的艺术理论书❶。他对于这些书极为注意。我送了他几册,他自己又买了几册,勤奋地阅读着。这些新艺术理论使他的艺术观起了一个大大的转变。在先,他的西洋画很喜欢摹拟印象派❷,他曾画了许多风景和静物,纯然取印象派的方法。在吸收了新艺术理论之后,他突变而为一个纯粹的革命画家了。他曾经读过《石炭王》❸的翻译本,很高兴地给这本书画了好几张插图。以后又曾画过几帧反基督教❹的小品。他的野外写生的对象,不再是小桥流水,或疏林茅屋了。他专给浚河的农民或运输砖瓦的匠人们写照了。除了免不掉的应酬之外,他绝不再画国画。他曾经招我去看一幅新作,画着一个工头正在机轮旁揪打一个工人。他问我看了觉得怎样,我嘴里答应着"很好",而心里总觉得这样的画似乎很粗犷。但他已经看透了我的思想。他说:"为了要表现我所同情的人物,所以我的画已经不是书斋里的装饰品了。"

他在贫困的生活中,一个人寂寞地描绘他所同情的人物,一直到死。

---

❶ 〔新的艺术理论书〕 这类书大都以劳动者为出发点,主张一切艺术应是改造社会的工具,不应作生活优裕者的消遣品。

❷ 〔印象派〕 西洋文学及绘画等,都有所谓印象派,主张将对于外物的主观的印象,在作品上再现出来。与自然主义一派主张纯客观描写者不同。

❸ 〔石炭王〕 (King Coal)美国作家辛克莱(Upton Sinclair,1878—)所著的小说,以煤矿工人罢工为题材。

❹ 〔反基督教〕 反对基督教,攻击基督教。

他死了之后，除了寡妇孤儿，以及几帧不受人赞美的画幅以外，一点也没有遗留下什么。社会上也决不会对于他的死去感觉到什么缺少，而他生前的孜孜矻矻的工作亦未尝对于社会上有什么贡献。他就只是以一个忠诚的艺术家的身分而死去的。在活着的时候，未必有人注意他，死了之后，人们当然不会长久地纪念他。一个水上的浮沤，乍生乍灭❶，本来是极平常的事情，但我却从这里感到了异样的悲怆。

❶　〔乍生乍灭〕　方才生成，一忽儿就消灭了。

一八、先妣❶事略

归有光❷

　　先妣周孺人❸,弘治元年❹二月十一日生。年十六来归❺。逾年❻生女淑静;淑静者,大姊也。期❼而生有光。又期而生女子:殇一人❽,期而不育者一人❾。又逾年生有尚,妊十二月。逾年生淑顺,一岁又生有功。

　　有功之生也,孺人比乳❿他子加健。然数颦蹙⓫顾诸婢曰:"吾为多子苦!"老妪以杯水盛二螺进,曰:"饮此后妊不数矣⓬。"孺人举之尽⓭,喑⓮不能言。

　　正德八年⓯五月二十三日,孺人卒。诸儿见家人泣,则随之泣,然犹

---

　　❶ 〔先妣〕 对已死的母亲的称呼。

　　❷ 〔归有光〕 (一五〇六——一五七一),字熙甫,明江苏昆山人。早年居嘉定安亭江上,读书谈道,学者称他震川先生。晚年进士及第,做长兴县令,升迁到南京太仆寺丞。著有《震川集》。

　　❸ 〔孺人〕 明清时候,国家给丈夫有官职的妇人的封号。这种封号因职官的品级高下而不同,孺人是七品以下的封号。

　　❹ 〔弘治元年〕 明孝宗的年号,当公元一四八八年。

　　❺ 〔来归〕 嫁过来。女子嫁人,古时称归。

　　❻ 〔逾年〕 过了一年。

　　❼ 〔期〕 一周年。

　　❽ 〔殇一人〕 一个产出来就死了。

　　❾ 〔期而不育者一人〕 一个满了周岁也死了。不育,不能抚养长大。

　　❿ 〔乳〕 产生。

　　⓫ 〔数颦蹙〕 数,不止一回,常常。颦蹙,皱眉。

　　⓬ 〔后妊不数矣〕 以后就不会常常怀孕了。

　　⓭ 〔举之尽〕 拿起杯来完全吃下。

　　⓮ 〔喑〕 失音。

　　⓯ 〔正德八年〕 正德,明武宗年号,八年当公元一五一三年。

以为母寝也，伤哉！于是家人延画工画，出二子命之曰："鼻以上画有光，鼻以下画大姊，"以二子肖母也。

孺人讳❶桂。外曾祖❷讳明；外祖❸讳行，太学生❹；母何氏。世居吴家桥，去县城东南三十里；由千墩浦而南，直桥并小港以东，居人环聚，尽周氏也。外祖与其三兄皆以赀雄❺，敦尚简实；与人姁姁说村中语❻，见子弟甥侄无不爱。

孺人之❼吴家桥，则治木绵；入城，则缉纑❽，灯火荧荧❾，每至夜分❿。外祖不二日使人问遗。孺人不忧米盐⓫，乃劳苦若不谋夕⓬。冬月炉火炭屑，使婢子为团，累累暴阶下。室靡⓭弃物；家无闲人。儿女大者攀衣，小者乳抱⓮，手中纫缀⓯不辍。户内洒然⓰，遇⓱僮奴有恩；虽至箠楚⓲，皆不忍有后言⓳。吴家桥岁致⓴鱼蟹饼饵，率㉑人人得食。家中

---

❶　［讳］　生时称名，死后称讳。

❷　［外曾祖］　母亲的祖父。

❸　［外祖］　母亲的父亲。

❹　［太学生］　国子监里的学生。国子监是明朝唯一的国立学校，设在京师，凡诸生品学兼优的，或举人会试不第的，都可以进那儿念书。但从景泰四年以后，纳粟入官的，也可以取得这资格了。国子监等于汉朝的太学，所以称国子监学生为太学生。

❺　［以赀雄］　以多财称雄。

❻　［姁姁说村中语］　和蔼可亲地谈讲着关于村里事情的话。

❼　［之］　往，到。

❽　［缉纑］　缉，接麻；纑，音ㄌㄨˊ，布缕。苏州一带称接麻的手工叫"接缉"。缉读ㄐㄧ。

❾　［荧荧］　明晃晃。

❿　［夜分］　夜半。

⓫　［不忧米盐］　不必忧虑米盐的事，家境很过得去。

⓬　［乃劳苦若不谋夕］　可是那勤苦的样子，好像过了早上不知道晚上怎样似的。

⓭　［靡］　没有。

⓮　［乳抱］　抱在怀里哺乳。

⓯　［纫缀］　缝补衣服。

⓰　［洒然］　整洁。

⓱　［遇］　待。

⓲　［箠楚］　鞭打。

⓳　［后言］　背后噜苏。

⓴　［致］　赠送。

㉑　［率］　大抵。

人闻吴家桥人至,皆喜。有光七岁,与从兄❶有嘉入学;每阴风细雨,从兄辄留;有光意恋恋,不得留也。孺人中夜觉寝❷,促有光暗诵《孝经》❸。即熟读,无一字龃龉❹,乃喜。

孺人卒,母何孺人亦卒。周氏有羊狗之痾❺,舅母卒,四姨❻归顾氏,又卒,死三十人而定,惟外祖与二舅存。

孺人死十一年,大姊归王三接,孺人所许聘者也。十二年,有光补学官弟子❼。十六年而有妇❽,孺人所聘者也。期而抱女。抚爱之,益念孺人,中夜与其妇泣。追惟❾一二,仿佛如昨,余则茫然矣。世乃有无母之人,天乎!痛哉!

❶ 〔从兄〕 伯父或叔父的儿子,年纪比自己大的称"从兄"。

❷ 〔中夜觉寝〕 半夜觉醒过来。觉音ㄐㄧㄠˋ。

❸ 〔暗诵孝经〕 暗诵,背读。《孝经》,记孔子对曾参讲说孝道的话。共十八章。

❹ 〔龃龉〕 不顺口。

❺ 〔羊狗之痾〕 一种怪异的病。羊狗之痾这句话是从《汉书·五行志》上来的,大概是指由羊狗染疫而蔓延及于人的传染病。痾音さ。

❻ 〔姨〕 母亲的姊妹。

❼ 〔补学官弟子〕 科举时代童生经学使考试及格,取入县学的,叫做"生员",俗称秀才;所以一般人又称新取的生员为入学。补学官弟子,就是"入学"的意思。

❽ 〔妇〕 称自己的妻子。

❾ 〔追惟〕 追想。

一九、鲸

贾祖璋

鲸亦名鲸鱼，在动物学的分类地位上，很显著的属于脊椎动物中最高等的哺乳类。只因它生活在水中，所以形态上与陆生兽类完全不同。为求运动时减少抵抗力起见，身体表面十分滑润，毛当然早已消灭了。形状完全像鱼，所以一向都称它为鲸鱼，或鲵鱼，鳍鱼。

鲸是哺乳动物，温血，用肺脏直接呼吸空气；幼儿由母乳哺育成长。身体表面没有别种哺乳动物所有的毛；防止寒冷的代用设备是皮肤下面的厚层脂肪组织，有了这厚层脂肪组织，体温就难于发散了。但鲸也不是绝对没有毛的；有些种类，吻端略生粗毛；有些种类，当胎儿时期，头部生毛。

鲸不但外表形态和别种哺乳动物绝不相类，就是内部构造，也有和别种兽类不同的地方。例如鲸在外形上不生后脚；把它解剖之后，施以精密的观察，也只有一些相当于后脚的痕迹遗留着。前肢转化为鳍状。尾尤其与鱼尾相似。不过鲸尾和鱼尾，有一点大不相同，就是鱼尾与身体的垂直面平行，而鲸尾却与身体的水平面一致。这一点，对于鲸在水中的运动，有密切的关系；因为鲸常常喜欢深入水底，又为呼吸空气之故，不得不随即上升水面，有了这样的尾，在水中一升一沈，就比较的便利了。

鲸有肺脏，呼吸作用直接行于空气中，和别种陆生动物一样，有鼻孔司空气的出入，不过它的鼻孔，是向上的，开口于头顶，与体面成垂直的方向。呼气时候，因为肺脏中含有多量的水蒸气，肺内温度，又较外界为高,待喷到空中,水蒸气遇冷而凝结,形成丈余长的水柱。旧时科学未发达,观察未仔细,一般人多以为鲸自口中吞入海水,又从鼻孔喷出,其实是一种误谬的推测。现在更名为鲸雾,那就比较切近事实的真象了。

鲸的种类极繁,其中包含体长三尺左右的小形海豚,以至体长九十余尺的长簧鲸。不仅形态各异,习性也大有不同。惟普通所说的鲸,常指大形种类,海豚之类,是并不计算在内的。

这样狭义的鲸类,仍然包含许多科属。大体上可分一二类:一类是口中生齿的,一类是不生齿而代以须的;前者称为齿鲸或有齿鲸,后者称为须鲸或有须鲸,齿鲸中以抹香鲸为最有名;须鲸中有长簧鲸及露脊鲸等。

鲸有巨大的体躯,究竟采取何种食物来维持生活,是任何人所急于要知道的。一般人总以为它所采取的食物,是相当大形的动物,其实是不尽然的,鲸的食物,齿鲸和须鲸不同。齿鲸固然吞食大形动物,须鲸却只食小动物。这因为须鲸生着须的缘故。须鲸的须生在上颚的口盖面,下垂到口腔中,是细长的三角形纤维角质薄板。当鲸生活时,须颇柔软,挠曲自如。其数,左右二列,约自百枚至二百枚;从外侧看去,宛似栉齿。须鲸摄取食物时,张大其口,吞入海水,水中较为大形的动物,因被鲸须隔住,不能进入口腔,只有小形动物,从鲸须的间隙中进去。待它闭口时,海水随即排出,因鲸须后侧为帚状,小形动物就被拦住在口中,供它作食物了。这种小形动物,概为海面的浮游生物,如糠虾等类。鲸口既极巨大,自咽喉部以至腹部,有数十条的褶襞,吞咽食物时,褶襞就膨胀起来,所以能够收容巨量的食物。齿鲸类中的抹香鲸,其食物为深海性的柔鱼,章鱼等。这种鱼类,有体长二丈以上的,受抹香鲸攻击时,常加抵抗,在海底作剧烈的斗争。

鲸好群居,常数十头合在一起,长簧鲸抹香鲸等尤甚,往往数十头以至数百头,群集一处,游猎食物。鲸的游泳速力,因种类而异:长簧鲸当春秋季移徙的时候,一小时能行十余浬;如在平静的海面寻觅食物时候,一小时不过行三四浬罢了,倘突受惊骇而逃遁,游行异常迅速,一小时竟能达三十浬以上。

　　须鲸的怀胎期，约十二个月至十四个月；一胎只产一儿，幼鲸约受一年的哺乳。鲸乳生在腰部生殖孔两旁，像拳头那么大，哺乳时，身体横于海面，使乳部稍稍弯屈，以便幼鲸的吮吸。母鲸对于幼鲸，非常爱护，当幼鲸没有长大，不善游泳的时候，母鲸很为当心：或把幼鲸放在自己的前肢上；或双亲并游，使幼鲸居中，以便保护。若幼鲸被捕鲸者所击伤，母鲸虽暂时逃到远地方去，但不久就回来寻觅，在原地方徘徊不去，常常被捕鲸者所杀害。若母鲸被击，幼鲸也不顾死生，徘徊于母鲸之旁；或吮住了母鲸的乳头不肯放。那种依依之情，真可使人感动。至于属于齿鲸类的抹香鲸等，习性就不同了。幼鲸被捕或被击死的时候，母鲸竟掉头不顾，只管自己逃命。

　　鲸的分布范围很广。有些种类，栖息于太平洋或大西洋中。有些种类，只生于一定区域中，例如北太平洋中，就有特产的鲸类，北极和南极也常常见到它们的踪迹。

　　鲸在海中，也如鸟类在陆上，有移徙的习性。栖息北太平洋中的种类，冬季向南方移动。春季则回归北方。其移徙的原因，大概有二：一为食物，一为蕃殖。当秋冬之交，北方的海洋，快要冰结了，怀孕的母鲸快要分娩了，但其时鲸还眷恋着北洋富丰的食饵，不忍遽离；直到水面渐渐冰结，妨害它们的游泳时，才开始向南方移动；同时母鲸的蕃殖期已经迫近，南下的行程就显得非常偬促，连食物也没有功夫摄取了。它们南下的行期，每年自十一月至翌年一月下旬止，而以十二月中旬至一月上旬为最多。二十年来，在这个时期中，海面上所捕得的这种鲸类，约二千头，检察它们的消化器官，都是绝对不含食物的。而同种鲸鱼，当它们春季北行时被捕的，胃里都含有充分的食饵。

二〇、志摩[1]在回忆里

郁达夫[2]

我不想说志摩是如何如何的伟大，我不想说他是如何如何的可爱，我也不想说我因他之死而感到怎么的悲哀，我只想把在记忆里的志摩来重描一遍。

大约是在宣统二年（一九一〇）的春季，我离开故乡的小市，去转入当时的杭府中学[3]读书。那时候府中的监督，记得是邵伯炯先生，寄宿舍是在大方伯的图书馆对面。

当时的我，是初出茅庐的一个十四岁未满的乡下少年，突然间闯入了省府的中心，周围万事看起来都觉得新异怕人。所以在宿舍里，在课堂上，我只是诚惶诚恐[4]，战战兢兢[5]，同蜗牛似地卷伏着，连头都不敢伸一伸出壳来。但是同我的这一种畏缩态度正相反的，在同一级同一宿舍里，却有两位奇人在跳跃活动。

一个是身体生得很小，而脸面却是很长，头也生得特别大的小孩子。我当时自己虽然总也还是一个孩子，然而看见了他，心里却老是在想："这顽皮小孩，样子真生得奇怪"，仿佛我自己已经是一个大孩似的。还

---

❶ 〔志摩〕 姓徐，本名章垿，字又申，浙江海宁人。曾肄业北京大学，留学美国。以诗著名。民国二十一年，由京乘飞机至北平，中途失事惨死。所著有《志摩的诗》，《轮盘》等。

❷ 〔郁达夫〕 现代浙江富阳人。毕业浙江第一中学，留学日本，入帝国大学经济科。历任北京大学，安徽大学教授。为创造社的重要分子。所著有小说集《沈沦》等。

❸ 〔杭府中学〕 杭州府中学堂的省称，民国后改为浙江省立第一中学。

❹ 〔诚惶诚恐〕 惶恐。从前臣子上皇帝奏章时常用这套话。

❺ 〔战战兢兢〕 恐惧谨慎的样子。

有一个日夜和他在一块，最爱做种种淘气的把戏，为同学中间的爱戴集中点的，是一个身材长得相当的高大，面上也已经满示着成年的男子的表情，由我那时候的心里猜来，仿佛是年纪总该在三十岁以上的大人。——其实呢，他也不过和我们上下年纪而已。

他们俩，无论在课堂上或在宿舍里，总在交头接耳的密谈着，高笑着，跳来跳去，和这个那个闹闹，结果却终于会出其不意地做出一件很轻快很可笑很奇特的事情来吸引大家的注意的。

而尤其使我惊异的，是那个头大尾巴小，戴着金边近视眼的顽皮小孩，平时那样的不用功，那样的爱看小说——他平时拿在手里的总是一卷在有光纸上印着石印细字的小本子——而考起来或作起文来却总是分数得得最多的一个。

像这样的和他们同住了半年宿舍，除了有一次两次也上了他们一点小当之外，我和他们终究没有发生什么密切一点的关系，后来似乎我的宿舍也换了，除了在课堂上相聚在一块之外，见面的机会更加少了。年假之后第二年的春天，我不晓为了什么，突然离去了府中，改入了一个现在似乎也还没有关门的教会学校。从此之后，一别十余年，我和这两位奇人——一个小孩，一个大人——终于没有遇到的机会。虽则在异乡飘泊的途中，也时常想起当日的旧事，但是终因为周围环境的迁移激变，对这微风似的少年时候的回忆，也没有多大的留恋。

民国十三四年之交，我混迹在北京的软红尘里❶，有一天风定日斜的午后，我忽而在石虎胡同的松坡图书馆里遇见了志摩。仔细一看，他的头，他的脸，还是同中学时候一样发育得分外的大，而那矮小的身材却不同了，非常的长大了，和他并立起来，简直要比我高一二寸的样子。

他的那种轻快磊落的态度，还是和孩时一样，不过因为历尽了欧美的游程之故，无形中已经锻练成了一个长于社交的人了。笑起来的时候，可还是同十几年前的那个顽皮小孩一色无二。

从这年后，和他就时时往来，差不多每礼拜要见好几次面。他的善

---

❶ ［软红尘里］ 喻繁华的地方。

于座谈,敏于交际,长于吟诗的种种美德,自然而然地使他成了一个社交的中心。当时的文人学者,达官丽姝,以及中学时候的倒霉同学,不论长幼,不分贵贱,都在他的客座上可以看得到。不管你是如何心神不快的时候,只教经他用了他那种浊中带清的洪亮的声音,"喂,老×,今天怎么样?什么什么怎么样了?"的一问,你就自然会把一切的心事丢开,被他的那种快乐的光耀同化了过去。

正在这前后,和他有一次谈起了中学时候的事情,他却突然的呆了一呆,张大了眼睛惊问我说:"老李你还记得起记不起?他是死了哩!"

这所谓老李者,就是我在头上写过的那位顽皮大人,和他一道进中学的他的表哥。

其后他又去欧洲,去印度,交游之广,从中国的社交中心扩大而成为国际的。于是美丽宏博的诗句和清新绝俗的散文,也一年年的积多了起来。一九二七年的革命❶之后,北京变了北平,当时的许多中间阶级❷者,就四散成了秋后的落叶。有些飞上了天去,成了要人,再也没有见到的机会了,有些也竟安然地在牖下死到了黄泉❸,更有些不死不生,仍复在岐路上徘徊着,苦闷着,而终于寻不到出路。是在这一种状态之下,有一天在上海的街头,我又忽而遇见了志摩。

"喂,这几年来你躲在什么地方?"兜头的一喝,听起来仍旧是他那一种洪亮快活的声气。在路上略谈了片刻,一同到了他的寓里坐了一会,他就拉我一道到了大赉公司的轮船码头。因为午前他刚接到了无线电报,诗人太戈尔❹回印度去的船系定在午后五时左右靠岸,他是要上船去看看这老诗人的病状的。

当船还没有靠岸,岸上的人和船上的人还不能够交谈的时候,他在码头上的寒风里立着——这时候似乎已经是秋季了——静静地呆呆地

---

❶ [一九二七年的革命] 民国十六年,当公元一九二七年,那年国民革命军势力由武汉直达长江下游,国民政府定都南京,革命势力达于最高潮。

❷ [中间阶级] 指介于资产阶级及无产阶级之间的阶层,智识分子就是属于这一阶层。

❸ [黄泉] 地下。

❹ [太戈尔] (Tagore, Rabindranath, 1861—) 印度诗人。曾经到过中国,在北平上海等地讲演,由徐志摩翻译。他的著作翻成中文的有《新月》、《园丁》、《春之循环》等。

对我说："诗人老去，又遭了新时代的摈斥，他老人家的悲哀，正是孔子的悲哀。"

因为太戈尔这一回是新从美国日本去讲演回来，在日本在美国都受了一部分新人的排斥，所以心里是不十分快活的，并且又因年老故，在路上更染了一场重病。志摩对我说这几句话的时候，双眼呆看着远处，脸色变得青灰，声音也特别的低。我和志摩来往了这许多年，在他脸上看出悲哀的表情，这实在是最初也便是最后的一次。

从这一回之后，两人又同在北京的时候一样，时时来往了。可是一则因为我的疏懒无聊，二则因为他跑来跑去的教书忙，这一两年间，和他聚谈的时候也并不多。今年的暑假后，他于去北平之先曾大宴了三日客。头一日喝酒的时候，我和董任坚先生都在那里。董先生也是当时杭府中学的旧同学之一，席间我们也曾谈到了当日的杭州。在他遇难之前，从北平飞回来的第二天晚上，我也偶然的，真真是偶然的，闯到他的寓里。

那一天晚上，因为有许多朋友会聚在那里的缘故，谈谈说说，竟说到了十二点过。临走的时候，还约好了第二天晚上的后会才分散。但第二天我没有去，于是就永久的失去了看他的机会了，因为他的灵柩到上海的时候是已经殓好了来的。

现在志摩是死了，但是他的诗文是不死的，他的音容状貌可也是不死的，除非要等到认识他的老老少少一个个都死完的时候为止。

文章法则甲

三、动词的被动式

　　动词在句子中用做述语的时候，不论自动词或他动词，凡动作是从主语发出的，都叫做授动式。可是他动词尚有一种用法，主语并不是动作的主体，反而是受到动作的，这就叫做被动式。如：

　　　　茧被人们投到滚烫的汤里。《蚕儿和蚂蚁》

　　这里面动词是"投"，动作的主体是"人们"，"茧"是"投"的被动词（即目的格）。如果用授动式表示出来，应该如下式：

　　　　人们投茧到滚烫的汤里。

　　被动式以授动式的被动词做主语，语体用"被""给""遭"等字来表达，文言用"为……所""被……于""见……于"等关系字来表达。语句的顺序如下列图式：

语　体	主　语	"被"（或"给""遭"）	动作主体	他动词	
文　言	主　语	"为"	动作主体	"所"	他动词
	主　语	"被"（或"见"）	他动词	"于"	动作主体

　　再用例说明如下：

　　　　先知觉后知。《我的人生观》　　授动式

　　　　后知被先知觉。　　被动式（甲）

　　　　后知为先知所觉　　被动式（乙）

　　　　后知被觉于先知　　被动式（丙）

以上所举的是最完整的例。实际上谈话或作文,还有种种省略的方式。如:

墙坍倒了,他被(墙)压死了。《命运》

那球(被)(人)腾掷不歇。《篮球比赛》

三民主义(为)吾党所宗。《国歌》

劳心者治人,劳力者(被)治于人。《孟子》

幼儿见爱(于)父母。

被动式的句子,主语是用他动词的被动词来做的,依理,必须他动词才可构成被动式,自动词当然不能构成被动式了。可是,在我们的日常语言中,自动词有时好像也可构成被动式。例如说:

好好看守着这个犯人,别给他逃走。

被我父亲一死,就不能升学了。

"逃走""死"都是自动词。但在上面两句里,动作的影响都及到别人,在受到影响的人说来,就有被动的意味了。这种用法,只见于语体,文言里却没有。

习　问

一、试依前列图式的甲乙丙三式,各造四句句子。

二、将下列各句,由授动式改为被动式,或由被动式改为授动式。

(1)他……终于被他父亲带走了。《故乡》

(2)一个红衫绿裤的小孩,被她底左手挽着。《春意》

(3)这些树将一片荷塘重重围住。《荷塘月色》

(4)我们晓得了这个缘故。《二十三年夏季长江下游干旱之原因》

(5)班超的哥哥被人控告。《班超投笔从戎》

(6)哲学家往往重视理性,轻看情绪。《喜怒忧惧》

二一、记王隐君

龚自珍❶

　　于外王父段先生❷废簏中，见一诗，不能忘。于西湖僧经箱中，见书《心经》❸蠹且半，如遇簏中诗也，益不能忘。

　　春日，出螺师门❹，与轿夫戚猫语。猫指荒冢外曰："此中有人家。段翁来杭州，必出城访其处。归，不向人言。段不能步，我舁❺往。独我与吴轿夫知之。"循冢得木桥，遇九十许人❻，短褐曝日中。问路焉，告聋。予心动，揖而徐言："先生真隐者。"答曰："我无印章。"盖隐者与印章声相近。日晡❼矣，猫促之。怅然归。

　　明年冬，何布衣❽来，谈古刻。言"吾有宋拓李斯郎邪石❾。吾得心疾，医不救。城外一翁至，言能活之。两剂而愈。曰：'为此拓本来也。'

---

❶　[龚自珍]　（一七九二——一八四一）字璱人，号定盦，清浙江杭州仁和人。道光进士。做过礼部主事。他博学有才气，所作散文，自成一家。有《定盦集》。

❷　[外王父段先生]　外王父即外祖父。段先生指段玉裁，玉裁字若膺，一字懋堂，清江苏金坛人。乾隆举人。精于小学，著有《说文解字注》，《六书音韵表》等。

❸　[心经]　佛经《般若波罗密多心经》的简称。

❹　[螺师门]　杭州城门之一，就是现在的清泰门。

❺　[舁]　扛抬。音凵ˊ。

❻　[九十许人]　大约有九十多岁的人。

❼　[日晡]　日过午，当下午一时以后。

❽　[布衣]　古时称平民为"布衣"。后来凡是不应考试，不做官的士大夫都称布衣。

❾　[李斯郎邪石]　郎邪也写作"琅琊""瑯琊"。邪音ㄧㄝˊ。郎邪石，秦始皇二十八年（公元前二一九）作瑯琊台时所立。在今山东诸城县东南百六十里。清朝咸丰同治年间这石还在，残留十二行八十六字；近忽失去。碑文是李斯写的，故称"李斯郎邪石"。李斯，是秦始皇的宰相，他开始改大篆为小篆。

入室,径携去"。他日,见马太常❶,述布衣言。太常俛❷而思,卬❸而掀髯曰:"是矣是矣!吾甥锁成尝失步❹,入一人家。从灶后湫户出,忽见有院宇,满地皆松化石❺。循读书声。速❻入室,四壁古锦囊,囊中贮金石文字❼。案有《谢朓集》❽,借之,不可,曰:'写一本赠汝。'越月往视,其书类虞世南❾。曰:'蓄书生乎?'❿曰:'无之。'指墙下锄地者:'是为我书。'出门,遇梅一株,方作华⓫,窃负松化石一凷⓬归。若⓭两人所遇,其皆是与?"

予不识锁君,太常布衣皆不言其姓。吴轿夫言仿佛姓王也。西湖僧之徒取《心经》来,言是王老者写。参互求之,姓王何疑焉!惜不得锄地能书者姓。

桥外大小两树,依倚立,一杏,一乌柏。

---

❶　[马太常]　马,姓。太常,官名,掌管宗庙礼仪。

❷　[俛]　和"俯"字同。

❸　[卬]　和"仰"字同。

❹　[失步]　走错了路。

❺　[松化石]　石质成松理的。

❻　[速]　邀请。这里是"被邀"。

❼　[金石文字]　古彝器碑石上摹拓下来的文字。

❽　[谢朓集]　谢朓的诗文集。朓字玄晖,南齐阳夏人。擅长五言诗。

❾　[虞世南]　字伯施,唐朝余姚人。精于书法。

❿　[蓄书生乎]　就是"雇佣钞写的人吗?"

⓫　[方作华]　正在开花。华同"花"。

⓬　[凷]　和"块"字同。

⓭　[若]　你们。文言中的"若"字"汝"字"尔"字等,可作单数的"你",也可作复数的"你们"。

二二、报　纸

金仲华❶

　　《人类的故事》❷的作者房龙❸曾把世界的人口作一有趣味的计算，说把世界上的二十万万人放在一起，恰可堆成半英里的一个立方体。同样，有人把报纸作一有趣味的计算，说把每日所印报纸放在一起，接联起来，可以长到五六十英里；排成平方形，可以占三四十平方亩。但这计算只把英美的报纸放入；如果合世界所有的报纸在内，则接长可以达九十至一百英里，平铺可以占六七十平方亩。

　　如果上面的有趣味计算可以使人觉到每天世界所出版的报纸是怎样大的一个数量，那么对于这大数量的报纸的出版情形，应当在许多人的脑中引起一种好奇的念头。普通的大报每天出版十二页以上，星期日还有附刊，平均每天一份报纸的字数约自数十万到百万左右，要在每晚的几小时内排印完竣，真是一件不可思议的事。而这数十万字还要排印得有条有理，能给人一个鲜明的新世界的印象的。

　　报馆，这出产报纸的工厂，应当比普通的工厂更有精密的组织。电报，海底电报和无线电，在报馆的外部结成一周密的新闻供给的网；巨型的联合印刷机，在报馆内部执行把新闻迅速地印在纸上的职务；但这中间还有一个重要的步骤，就是把新闻选择，整理而编成一有系统的新世

---

❶　［金仲华］　现代浙江桐乡人。之江大学毕业。历任《中学生杂志》《世界知识》等编辑，著有《青年与生活》等。

❷　［人类的故事］　书名，原名 *The Story of Mankind*。有沈性仁的中译本，商务印书馆出版。

❸　［房龙］　H. W. Van Loon(1882—)，现代史学家，本荷兰人，后移住美国。

界的缩图的事情。报馆需要一个编辑的主脑，下面再分成相互联络的许多部分；分配和组合要像人身的循环系一样畅通没有阻碍。国外的，国内的，本地的；政治的，经济的，社会的；思想的，教育的，艺术的：各部的比例要调配适匀，这样才能构成一新世界的全图。

假定每一个报馆是一个中心，和这中心相通的有布置在各地的记者，访员和特殊的供给新闻的通讯社。记者，访员有一定的活动区域，专门吸收一地或一部门的新闻，输送到报馆：这是零件制。新闻通讯社自有精密的组织，从各地各方面采取新闻，整批的供给报馆：这是批发制。

新闻通讯社和报纸有非常密切的关系。二者在近代手携手地一同发展着。新闻通讯社不仅是商业的，而且是政治的。代表国家的通讯社差不多有操纵对外新闻发送的倾向。各国都有正式或非正式代表国家的通讯社：路透社代表英国，哈瓦斯社代表法国，胡尔夫社和海洋社代表德国，塔斯社代表苏联，美联社代表美国，日联社代表日本。我国的代表通讯社有中央社和国民社。这种代表国家的通讯社还随着本国政治经济势力的膨胀而操纵着国外许多部分的新闻。路透社随着英国的势力而发展到英国各殖民地和英国商业所达的地方。哈瓦斯社发展到南欧非洲的法殖民地和南美洲的一部分。德国的两个通讯社也操纵着北欧的一部分新闻。美国除美联社外还有合众社，二者同操纵着美洲的大部分新闻。日本的日联社除发送日本的新闻外，还操纵着中国东三省和沿海一部分的新闻。

这种大通讯社甚至有自备的电台，有自装的海底电线，每日分几次发送新闻。报纸的编者须要在这种通讯社的消息中选取大部分的新闻，而以特派或特约记者，访员的消息为补充。但特派或特约的记者，访员，有时能采得在通讯社范围以外的新闻。例如一种捷足先得的消息，所谓"斯谷普"❶者，常常是由访员，记者努力采得的。不过也只有特别发达的报纸，才能请得到许多有特殊才能的记者，访员。

实际上，报纸所刊载的不止最新的世界消息，还有特载的文字，在报

---

❶　［斯谷普］　Scoop 的音译。

纸上所占的地位和新闻有同样的重要。政治势力的推动,经济状况的转变,科学文化等各方面的进化,有不是在一日发生或可由一件事情代表的,需要详细的有系统的文字说明。所以这种文字的价值是不在每日的临时新闻之下的。此外则报纸还有大部分地位要留下刊载广告。这是目前商业化的社会中不能免的一种情形。许多商业需要登载广告,报纸的收登广告是推广销路和增加收入的一主要方法。但一般编报纸的人须守定一个标准,就是广告不能超过报纸地位的一半以上。大概有价值的报纸总是不肯给广告侵入最重要的新闻页的。

首页刊社论或时评,接着刊重要的国内新闻,再后是国外重要新闻,最后本地新闻,中间插入特载的文字,新闻后部附载广告,是编排报纸新闻的普通的或正当的方式。最近流行的美国消闲报纸则趋向另一种方式:把时髦妇女的照片插在新闻版;暗杀,情死或名人离婚等趣味消息占住首页的重要地位;电影明星的一套衣裳或名人的特殊嗜好,都可以占去一二十行的描写,而重要的长篇政治演说会被删节到只余十几行。这种编法,将来是要被淘汰去的。

新闻随时编定就随时发排,晚间的有限时间内是不容有一刻迟延的。但上架印刷则必须在午夜十二时以后,为的是午夜的最后一小时内都会有巨大的事端在世界任何一角发生。最新式的报馆建筑极有趣味,是分着许多层,合于报纸从编排到印刷的手续步骤,这是所谓重心制。顶层是编辑室,编成的新闻交于下层的排字室,排定的字模交于下层的制版室,版子再交于下层的印刷房,印成的报纸乃交于底层的发报处。在曙光初发时,运报的卡车❶和无数的卖报童子便麇集❷在发报处,期待着他们一日中最早的工作。

晨光微微展开,街上渐多行人,于是卖报的呼声便洋溢❸在街头和巷角了。每个生活在现代的复杂的社会的人都要擦着刚清醒的眼睛,从买到的报纸上看一看一昼夜来人类的活动所变成的一个新世界。

---

❶ 〔卡车〕 货车。

❷ 〔麇集〕 聚集。麇,音ㄐㄩㄣ。

❸ 〔洋溢〕 充满。

二三、我们的血

靳　以 ❶

血染红了广漠的平原和青翠的岗峦，血锈损了敌人的刺刀，还洒遍了繁华的街市。

那是好男儿的血，那是忠勇的壮士的血，那是手无寸铁的平民的血，那是无辜者遭遇了意外的灾难而流出来的血。

死者安静地躺在那里了，血像泉水似地流着。伤者让血从脸上身上淌下来，不说一句话，紧紧地咬着牙。

自从抗战以来，这许多日子的历史，我们都是用鲜血一笔一划地写出来的。

我们的血不是白流的，我们用血来灌溉我们的土地，我们用血来培养我们的土地，我们用血来保卫我们的土地。我们愿意我们的土地仍然作我们的保姆，我们希望在这土地上开出一朵花——一朵自由的花。

几千年来，我们在这土地上一代一代地生长着，衰老之后，我们又爬回土地的怀中去。我们爱这土地，像爱自己的母亲。可是现在来了敌人的铁蹄，不只残害了我们的生命，还践踏了我们的母亲似的土地。往日我们承受她的抚养，而今需要我们的鲜血来润泽她了！

那些受难的弟兄们临终时带着微笑，喃喃地说："我已经尽了我的责任了，重行回到母亲的怀中去了。活着的弟兄们，不要退缩！我们的血不是白流的，我们要保卫我们的母亲——保卫我们的土地！"

---

❶　［靳以］　现代河北人，章姓。著有《靳以短篇小说集》等。

在我们这些生者的眼睛里,蕴蓄着的绝对不是悲伤,那是热泪,那是凝结的愤恨,那是沈默的誓言——那誓言回答那些受难者:"知道了,先行的弟兄们,我们记着你们的话。我们也要贡献我们的鲜血,为着我们的土地,为着我们后生的人们!"

我们不馁怯,不妥协,我们爱我们的土地,爱我们的弟兄,也爱伟大的自由。我们的血不是白流的,血将染红了大地,在大地上培植出自由的花来。

二四、世说新语❶七则

刘义庆❷

　　魏武❸尝过曹娥碑❹下，杨修❺从。碑背上见题作"黄绢幼妇，外孙
齑臼❻"八字，魏武谓修曰："解不❼？"答曰："解。"魏武曰："卿❽未可言，
待我思之。"行三十里，魏武乃曰："吾已得。"令修别记所知。修曰："黄
绢，色丝也，于字为绝。幼妇，少女也；于字为妙。外孙，女子也；于字为
好。齑臼，受辛❾也，于字为辞。所谓绝妙好辞也。"魏武亦记之，与修
同。乃叹曰："我才不及卿，乃觉三十里❿。"

---

　　❶ ［世说新语］　书名，南北朝时宋临川王刘义庆所编著。记从后汉到东晋的趣事趣语，共分
成三十八个门类。

　　❷ ［刘义庆］　（公元四〇三—四四四）南北朝时的宋朝王族，袭爵封临川王。官做到南兖州
（侨立在安徽盱眙县境）刺史。著有《世说新语》。

　　❸ ［魏武］　曹操生时封魏王，死后谥武，追尊为帝。所以后人称他为"魏武"或"魏武帝"。

　　❹ ［曹娥碑］　后汉孝女曹娥，上虞人。她因悲痛父亲的溺死在江里，也投江而死。上虞县长
度尚叫人做了一篇哀悼的纪念文，刻在石上。后来有一位陈留人蔡邕，避难到上虞，读了那篇碑文
很佩服，便题了八个字在碑的背面。

　　❺ ［杨修］　（公元一七三—二一七）三国时华阴人。做曹操的主簿。他的聪明能够猜到曹
操心里的事，因此为曹操所忌而被枉杀。

　　❻ ［齑臼］　齑，音ㄐㄧ，是捣碎的辣菜。臼是盛受齑菜的用具。

　　❼ ［不］　通"否"。

　　❽ ［卿］　你。古时上级对下级的人的称呼。

　　❾ ［受辛］　盛受辣菜的东西。受辛两字合起来为辤，即辤字的省写。

　　❿ ［乃觉三十里］　意思是"却在行了三十里之后才会觉悟"。

魏武将见匈奴使，自以形陋❶不足雄远国❷，使崔季珪❸代，帝自捉刀❹立床头。既毕，令间谍❺问曰：“魏王何如？”匈奴使答曰：“魏王雅望❻非常；然床头捉刀人，此乃英雄也。”魏武闻之，追杀此使。

谢公❼与人围棋。俄而谢玄❽淮上❾信至，看书竟，默然无言；徐向局。客问淮上利害。答曰：“小儿辈大破贼。”❿意色举止，不异于常。

谢太傅⓫语王右军⓬曰：“中年伤于哀乐⓭；与亲友别，辄作数日恶⓮。”王曰：“年在桑榆⓯，自然至此。正赖丝竹陶写⓰，恒恐儿辈觉损欣乐之趣。”

---

❶ 〔形陋〕 面貌丑陋。

❷ 〔雄远国〕 威慑远国的人。

❸ 〔崔季珪〕 三国时崔琰号季珪，东武城（今山东武城县西）人。

❹ 〔捉刀〕 执刀。

❺ 〔间谍〕 刺探敌方消息的细作。

❻ 〔雅望〕 好的声望。

❼ 〔谢公〕 晋谢安（公元三二〇—三八五）字安石，阳夏（今河南太康县）人。官至太保，封建昌县（江西奉新县）公。

❽ 〔谢玄〕 （公元三四三—三八八）是谢安的侄儿，字幼度。这时正做兖州（侨置在广陵，今江苏江都县境）刺史，监江北诸军事。以八千精兵大破秦苻坚的军队于肥水上。封康乐县（江西万载县东境）公。

❾ 〔淮上〕 淮水之上。即指谢玄驻扎军队的地方。那时谢玄破秦兵虽在肥水上，但肥水不过是淮水的一条支流，所以称“淮上”可以包括肥水。

❿ 〔小儿辈大破贼〕 肥水破秦那一仗中，主将谢玄是谢安的侄儿，又有辅国将军谢琰是谢玄的儿子，同在前敌，所以称“小儿辈”。

⓫ 〔谢太傅〕 谢安死后追封太傅，故后人称他做谢太傅。

⓬ 〔王右军〕 晋王羲之（公元三二一—三七九）号逸少。（山东临沂县北境）人。官至右军将军，会稽内史，故称王右军。

⓭ 〔伤于哀乐〕 心境给悲哀和欢乐的感情所创伤。

⓮ 〔恶〕 恶心，心里难过。

⓯ 〔年在桑榆〕 太阳将落时，光线还留在桑树榆树上，所以用“桑榆”来表示时间的晚，并借来表示年岁的老大。

⓰ 〔丝竹陶写〕 借音乐来娱乐。丝是用弦的乐器，像琴瑟。竹是竹制的乐器，像箫笛。陶写是陶冶性情，抒散忧郁。写同“泻”。

汉武帝❶乳母尝于外犯事，帝欲申宪❷；乳母求救东方朔❸。朔曰："此非唇舌所争。❹尔必望济者，将去时但当屡顾帝，慎勿言。此或可万一冀❺耳。"乳母既至，朔亦侍侧，因谓曰："汝痴耳，帝岂复忆汝乳哺时恩耶？"帝虽才雄心忍，亦深有情恋；乃怅然愍之，即赦免罪。

孙子荆❻年少时欲隐，语王武子❼当枕石漱流，误曰："漱石枕流。"王曰："流可枕，石可漱乎？"孙曰："所以枕流，欲洗其耳❽；所以漱石，欲砺❾其齿。"

王子猷❿居山阴，夜大雪。眠觉，开室命酌酒，四望皎然⓫；因起彷徨⓬，咏左思《招隐诗》⓭；忽忆戴安道⓮。时戴在剡⓯，即便夜乘小船就之。经宿⓰方至，造门不前而返⓱。人问其故，王曰："吾本乘兴而行；兴尽而返，何必见戴？"

---

❶ ［汉武帝］ 汉第四代皇帝刘彻（公元前一五七—前八七）。兴学崇儒，平定南越东越朝鲜，降服滇西南夷，驱逐匈奴，开通西域，称一代雄主。

❷ ［申宪］ 行法，用法律来裁制。

❸ ［东方朔］ 汉厌次（山西朔县东北）人。姓东方，号曼倩。善于滑稽，为武帝所亲近，官至太中大夫。

❹ ［唇舌所争］ 就是"口舌所能争辩"。

❺ ［冀］ 音ㄐㄧ，希望。

❻ ［孙子荆］ 晋孙楚号子荆，中都（山西平遥县西北）人。有才藻，官至冯翊太守。

❼ ［王武子］ 晋王济号武子，晋阳（山西太原县）人。娶常山公主。以白衣参议朝政，领太仆的职务。

❽ ［欲洗其耳］ 表示高洁，不愿听见世俗的话。相传尧要把天子位传给许由，许由认这种话足以污耳，便在颖川里洗耳。见《高士传》。

❾ ［砺］ 用石子来磨擦的意思。

❿ ［王子猷］ 晋王徽之号子猷，羲之子。官至黄门侍郎，性放达，不久弃去。

⓫ ［皎然］ 雪白地。皎音ㄐㄧㄠ。

⓬ ［彷徨］ 音ㄆㄤ ㄏㄨㄤ。走来走去不知怎样好的样子。

⓭ ［左思招隐诗］ 左思，晋临淄（在今山东省）人。号太冲。官至秘书郎。所作《三都赋》很有名。《招隐诗》见《文选》。

⓮ ［戴安道］ 晋戴逵号安道，铚（安徽宿县西南）人。擅长各种巧艺，隐居在剡县。

⓯ ［剡］ 今浙江嵊县境。

⓰ ［经宿］ 经过了一夜。

⓱ ［造门不前而返］ 造，音ㄘㄠ，到。这是说到了门口，不进去而回转了。

文章法则乙

三、人物描写

人物描写可以分外面，内面两部分来说。外面指表见于外的一切而言，内面指不可见的心理状态而言。

外面描写包括状貌，服装，表情，动作，语言，行为，事业等等的描写。作一篇描写人物的文章，对于这许多项目决不能漫无选择，把一切全写进去。总得拣印象最深的写，其余的不妨一概抛开。状貌方面的某几点是其人的特征，服装方面的某几点足以表示其人的风度；在某一种情境中，那一些表情和动作，那几句语言正显出其人的品格；在一段或全部生活中，那一些行为和事业足以代表其人的生平：捉住了这些，写出来的就不是和甲和乙都差不多的一个人，而是活泼生动的某一个人了。

这些项目不一定要全写。没有甚么可写当然不写，有可写而不很关重要，也就可写可不写。有一些文章单把几句语言记下，或者单把一些表情和动作捉住，也能够描写出一个活泼生动的人来。如果写到的有许多项目，那末错综地写往往比分开来写来得好。如写表情，动作兼写状貌，服装；写行为，事业兼写语言；读者就不觉得作者在那里刻意描写，只觉得自己正和文中的主人公相对了。

内面描写就是所谓心理描写。心理和表见于外的一切实在是分不开来的：表见于外的一切都根源于内面的心理。他人内面的心理无从知道，我们只能省察自己内面的心理，从而知道内面和外面的关系。根据了这一点，我们看了他人的外面，也就可以推知他的内面。那些记叙文中间，描写甲的心理怎样，乙的心理怎样，难道甲和乙真个把自己的心理告诉了作者吗？也不过作者从自身省察，因而推知甲和乙的内面罢了。

　　人物的心理描写既以作者的自身省察为根据，所以欠缺省察工夫的人难得有很好的心理描写。省察的时候能像生物学者解剖生物一样，把某一种心理过程分析清楚，知道它的因果和关键，然后具体地写出来：那定是水准以上的心理描写。

习　问

　　一、《故乡》一篇中描写闰土这个人物，捉住他的那几点？

　　二、《世说新语》七则中，有很好的心理描写吗？如果有的话，试指出来，并说明其所以。

二五、上海著作人公会缘起❶

一个畸形❷的制度,尚未惹一般人注意,却拦阻了社会的发展和文化的进程,这就是"著作权❸的商品化"。

在封建制度❹之下,著作的事业本没有经济的目的;我们的先民常爱说"藏之名山,传之其人",❺就是现成的凭证。印刷和出版的事业也只是贵族们沽名钓誉❻或带半慈善性质的行为,并不看作营利的商业。

但是,到资本制度❼形成而且盛大之后,印刷和出版的工具逐渐便利;同时又因科学的发达,社会对于出版物的需要的增加,就产生一种以出版事业来营利的"书贾阶级"。于是,著作人的精神的产品商品化了;

---

❶ [缘起] 是一种说明的文体,用来说明事情所以产生的理由。这一篇是说明所以要发起组织上海著作人公会的理由。

❷ [畸形] 畸音ㄐㄧ。不匀称的发展所造成的形态。

❸ [著作权] 著作物向政府注册后所获得的专利权。这种专利权可以由著作人卖给书店。

❹ [封建制度] 以农业为主要生产,而基于土地所有关系上的制度。在封建制度下的支配阶级,是王侯,领主,贵族等等,他们靠着农民所纳的租税及所尽的徭役等等的义务而维持其身分与地位,当时的智识分子是站在支配阶级一方面的,所以他们的著作事业并没有经济的目的。按:我国封建制度早已打破,但封建的剥削关系,自秦以来还继续存在,所以这里应改称"封建社会"较为适当。

❺ [藏之名山传之其人] 见司马迁《报任少卿书》。前一语表示把著作藏在最稳固的地方,无论怎样不会毁坏。后一语表示把著作传给相当的人物,使它的精神永不磨灭。

❻ [沽名钓誉] 用方法来求得好的名誉。沽是卖买,这里作买进解。

❼ [资本制度] 施行资本主义的制度。现代经济学家对于"资本"的解释,以为资本是"生产剩余价值的价值"。资本主义是站在生产机关私有的立场上施行生产的经济组织。这种生产的式样称为资本主义的生产或资本制度的生产,而此种经济组织称为资本制度。

著作人的地位一变而为零卖商或受雇者❶；著作人的被资本家❷剥削完全与体力劳动者同其命运。

就目前的中国而论,出版事业固然不能说十分发达,但是著作人陷入上面所说的情形,恐怕比任何国度里都要厉害。著作权的价格的低廉和受雇的工资的微薄,已经使著作人不能维持生活。为欲勉强维持生活,不免要求产品的速成和多量,因而流行于社会的尽多窳劣❸的著作。

不能维持生活,当然是痛苦,不消多说。可是,著作人还得承受别的痛苦。著作人供给产品于社会是直接对社会负责的,社会看见窳劣的著作时,指摘的箭就集中于著作人本身,不知背后还有逼着著作人不得不这样做的资本家在。所以著作人不但是资本家营利的工具,而且作了资本家的挡箭牌子,这又是何等的痛苦!

至于社会要求于著作人的,不用说是进步的优良的产品。但是,如前面所说,著作人被环境拘束住,很难产出这样的产品;偶或产出了这样的产品,又往往因有政治的习俗的种种锢蔽❹,资本家心存顾忌,不愿意给它出版。若问出版物,我们的社会里固然是有了;可是,若问我们的出版物对于文化的总量加增了多少,那就谁也回答不出,只有窳劣的著作不绝的产出会瘦损了文化的躯体呢!

在这样的情形之下,我们觉得著作人应当组织一个团体,协力来谋改革,为自身也是为文化。所以发起这个"上海著作人公会"。很希望同业者踊跃加入,使这个会的力量坚强且伟大。想来,凡与我们同其命运的人,对于我们这个意见,总会致深切的同情吧。更希望各地的著作人都有同样的组织,因而成立一个"全国著作人联合会"。这时候,我们将自由的搬开压着我们的顽石❺,改善我们自身的生活;同时,自可毫无拘牵的竭尽忠诚于我们的文化。

---

❶　［零卖商或受雇者］　零卖商是指写稿件来卖给书店的人。受雇者是指在书店里担任编辑工作的人。

❷　［资本家］　拥有资本而取得或分割剩余价值的人。

❸　［窳劣］　粗恶。窳音ㄩˇ。

❹　［锢蔽］　锢音ㄍㄨˋ。锢蔽就是束缚和障碍。

❺　［顽石］　无知的笨重的石头,这里用来比喻压迫著作家的资本家。

二六、口　技

林嗣环❶

　　京中有善口技者。会宾客大宴，于厅事之东北隅，施八尺屏幛，口技人坐屏幛中，一桌，一椅，一扇，一抚尺❷而已。众宾团坐，少顷❸，但闻屏幛中抚尺一下，满坐寂然，无敢哗者。

　　遥闻深巷中犬吠，便有妇人惊觉欠伸❹，丈夫呓语❺。既而儿醒，大啼，丈夫亦醒。妇抚儿，儿含乳啼，妇拍而呜之。又一大儿醒，絮絮❻不止。当是时，妇手拍儿声，口中呜声，儿含乳啼声，大儿初醒声，夫叱大儿声，一时齐发，众妙毕备。满坐宾客，无不伸颈，侧目❼，微笑，默叹，以为妙绝。

　　未几，夫齁声❽起，妇拍儿，亦渐拍渐止。微闻有鼠，作作索索，盆器倾侧。妇梦中咳嗽。宾客意少舒，稍稍正坐。忽一人大呼"火起！"夫起大呼，妇亦起大呼。两儿齐哭。俄而❾百千人大呼，百千儿哭，百千犬吠。中间力拉崩倒之声，火爆声，呼呼风声，百千齐作；又夹百千求救声，

---

❶　［林嗣环］　字铁崖，清福建晋江人。顺治进士。曾为了某种事情充军边疆，后遇大赦，才得回来。寄寓武陵，就客死在那里。著有《秋声诗》，本文就是它的自序的一部分。

❷　［抚尺］　口技人用来敲击桌子，使大家静下来的木尺。

❸　［少顷］　停一会儿。

❹　［欠伸］　打呵欠。

❺　［呓语］　睡梦中发声说话。

❻　［絮絮］　说话多而连续不停。

❼　［侧目］　斜着眼睛。

❽　［齁声］　熟睡时的鼻息声。齁，音ㄏㄡ。

❾　［俄而］　忽然间。

曳屋许许❶声，抢夺声，泼水声：凡所应有，无所不有。虽人有百手，手有百指，不能指其一端；人有百口，口有百舌，不能名其一处也。于是宾客无不变色离席，奋袖出臂，两股战战，几欲先走。忽然抚尺一下，众响毕绝。撤屏视之，一人，一桌，一椅，一扇，一抚尺而已。

---

❶　［许许］　音ㄏㄨˇㄏㄨˇ。许多人一同用力工作，口中所发的声音。

二七、学费〔上〕

张天翼❶

天气还那么冷。离过年❷还有半个多月。可是听说那些洋学堂就要开学了。

这就是说：包国维在家里年也不过地就得去上学！

公馆里许多人都不相信这回事。可是胡大把油腻腻的菜刀往砧板上一丢，拿围身布揩了揩手：

"你们不信问老包：是他告诉我的。他还说恐怕钱不够用，要问我借钱哩。"

大家把它当做一回事似地去到老包房里。

"怎么，你们包国维就要上学了吗？"

"唔，"老包摸摸下巴上几根两分长的灰白胡子。

"怎么年也不过就去上书房？"

"不作兴过年末，这是新派，这是。"

"洋学堂是不过年的，我晓得。洋学堂里出来就是洋老爷，要做大官哩。"

许多眼睛就钉到了那张方桌子上面：包国维是在这张桌上用功的。一排五颜六色的书。一些洋纸簿子，墨盒，洋笔，一个小酒瓶：李妈亲眼瞧见包国维蘸着这瓶酒写字过。一张包国维的照片：光亮亮的头发，溜着一双眼——爱笑不笑的。要不告诉你这是老包的儿子，你准得当他是

---

❶　〔张天翼〕　现代作家，湖南长沙人。曾任暨南大学教授，所著小说甚多，有《追》等十余种。

❷　〔过年〕　这是指旧历的过年，那时候学校寒假已过，早已开学了。

谁家的大少爷哩。

别瞧老包那么个尖下巴,那张皱得打结的脸,他可偏偏有福气——那么个好儿子。

可是老包自己也就比别人强:他在这公馆伺候了三十年,谁都相信他。太太老爷他们一年到头不大在家里住,钥匙都交在老包手里。现在公馆里这些做客的姑太太,舅老爷,表少爷,也待老包客气,过年过节什么的——一赏就是三块五块。

"老包将来还要做这个哩,"胡大翘起个大拇指。

老包笑了笑。可是马上又拼命忍住肚子里的快活,摇摇脑袋,轻轻地嘘了口气。

"哪里谈得到这个。我只要包国维争口气,像个人儿。不过——嗳,学费真不容易,学费。"

说了,就瞧着胡大,看他懂不懂"学费"是什么东西。

"学费"倒不管它;可是为什么过年也得上学呢?

这天下午,寄到了包国维的成绩报告单。

老包小心地抽开抽屉,把老花眼镜拿出来戴上,慢慢念着。像在研究一件了不起的东西,对信封瞧了老半天,两片薄薄的紫黑嘴唇在一开一合的,他从上面的地名读起,一直读到"省立××中学高中部缄"。

"露封,挂号,"他摸摸下巴。"露封,……"

他仿佛还嫌信封上的字太少,太不够念似的,抬起脸来对天花板楞了一会儿,才抽出信封里的东西。

天上糊满着云,白天里也像傍晚那么黑。老包走到窗子跟前,取下了眼镜瞧瞧天,才又架上去念成绩单。手微微地颤着,手里那几张纸就像被风吹着的水面似的。

成绩单上有五个"丁"。只一个"乙"——那是什么"体育"。

一张信纸上油印着密密的字:告诉他包国维本学期得留级。

老包把这两张纸读了二十多分钟。

"这是什么?"胡大一走进来就把脑袋凑到纸边。

"学堂里的……不要吵,不要吵,还有一张,缴费单。"

这老头把眼睛睁大了许多。他想马上就看完这张纸,可是怎么也念不快。那纸上印着一条条格子,挤着些小字,他老把第一行的上半格接上第二行的下半格。

"学费:四元。讲义费:十六元。……损失准备金,……图书费,……医……医……"

他用指甲一行行划着又念第二遍。他在嗓子里咕噜着,跟痰响混在一块。读完一行,就瞧一瞧天。

"制服费!……制服费:二……二……二十元。……通学生除……除……除宿费膳费外,皆须……"

瞧瞧天,瞧瞧胡大。他不服气似地又把这些句子念了一遍,可是一点不含糊,还是这些字——一个个仿佛刻在石头上似的,陷到了纸里面。他对着胡大的脸子发楞:全身像有——不知道是一阵热,还是一阵冷,总而言之是似乎跳进了一桶水里。

"制服费!"

"什么?"胡大吃了一惊。

"唔,唔。唵。"

制服就是操衣,他知道。上半年不是做过了么?他算着这回一共得缴三十一块半。可是这二十块钱的制服费一加,可就……

二八、学费〔下〕

张天翼

突然——磅！房门给谁踢开：撞到板壁上又弹了回来。

房里两个人吓了一大跳。一回头——一个小伙子跨到了房里。他的脸子我们认识的，就是桌上那张照片里的脸子，不过头发没有那么光。

胡大拍着胸脯，脸上陪着笑：

"哦唷！吓我一跳。学堂里来么？"

那个没言语，只瞟了胡大一眼。接着把眉毛那么一扬，额上就显了显几条横皱，眼睛扫到了他老子手里的东西。

"什么？"他问。

胡大悄悄地走了出去。

老头把眼镜取下来瞧着包国维，把手里拿着的三张纸给他看。

包国维还是原来那姿势：两手插在裤袋里，那件自由呢❶的棉袍就短了好一截。像是因为衣领太高，那脖子就有点不能够随意转动，他只掉过小半张脸来瞅了一下。

"哼。"

他两个嘴角往下弯着，没那回事似地跨到那张方桌跟前。他走起路来像个运动员，踏一步，他胸脯连着脑袋都得往前面摆一下，仿佛老是在跟别人打招呼似的。

老包瞅着他儿子的背：

---

❶ 〔自由呢〕 一种布的名称，样子像毛织的"呢"。

"怎样又要留级？"

那小伙子脸也没回过来，只把肚子贴着桌沿。他把身子往前一挺一挺的，那张方桌就咕咕咕地叫。

老包轻轻地问：

"你不是留过两次级了吗？"

没答腔，那个只在鼻孔里哼了一声。接着倒在桌边那张藤椅上，把膝头顶着桌沿，小腿一荡一荡的。他用右手抹了一下头发，就随便抽下本花花绿绿的书来：《我见犹怜》。

沈默。

房里比先前又黑了点儿。地下砖头缝里在冒着冷气，两只脚仿佛踏在冷水里。……

外面一阵皮鞋响，一听就知道这是那位表少爷。

包国维把眉毛扬着瞧着房门。表少爷像故意要表示他有双硬底皮鞋，把步子很重地踏着，敲梆❶似地响着，一下下远去。包国维的小腿荡得厉害起来，那双脚仿佛挺不服气——它只穿着一双胶底鞋。

老头有许多话要跟包国维说，可是别人眼睛钉到了书上：别打断他的用功。

包国维把顶着桌沿的膝头放下去，接着又抬起来。他肚子里慢慢念着《我见犹怜》，就是看到一个标点也得停顿一两秒钟。……

老包好容易等到包国维摔了书。

"这个……这个这个……那个制服费。……"

没人睬他，他就停了一会。他摸了三分钟下巴。于是他咳一声扫清嗓子里的痰，一板一眼❷地说着缴学费的事，生怕一个不留神就得说错似的。他的意思认为去年做的制服还是崭新的，把这理由对先生说一说，这回可以少缴这意外的二十块钱。不然——

"不然就要缴五十一块半，这五十一块半……现在只有……只

---

❶ ［敲梆］ 梆是竹筒。巡更时敲着竹筒，叫做"敲梆"。

❷ ［一板一眼］ 歌曲时用拍板来调整音节，有所谓"一板一眼"，"一板三眼"等名目；一板一眼，略如西洋音乐的二拍子，前一拍为眼，后一拍为板。这里是形容说话时的小心而有次序。

有……戴老七的钱还没还，这回再加二十……你总还得买点书，你总得……"

停停。他摸摸下巴，又独言独语地往下说：

"操衣是去年做的，穿起来还是像新的一样，穿起来。缴费的时候跟先生说说情，总好少缴……少缴……"

包国维跳了起来。

"你去缴，你去缴，我不高兴去说情！ ——人家看起来多寒伧❶！"

老包对于这个答覆倒是满意的；他点点脑袋：

"唔，我去缴。缴到——缴到——唔，市民银行。"

儿子横了他一眼。他只顾自己往下说：

"市民银行在西大街吧？"

---

❶ ［寒伧］ 寒酸粗俗。

文章法则甲

四、动词的表时

动作离不了现在,过去或未来的时间关系,动词的表示动作,也该有时间的表达。我国文字是没有语尾变化的,动词的表时不若他国文字的严密,在有表时的必要时,则加用时间副词或助词。如:

出门,遇梅一株,方作华。《记王隐君》

母亲站起身,出去了。《故乡》

我们将自由的搬开压着我们的顽石。《上海著作人公会缘起》

副词里面,如"方""正"等字是表示现在的,"曾""尝""已"等字是表示过去的,"将"字是表示未来的。助词里面,如"矣""了"等字表示已经过去,"吧"字有时表示尚未过去。

通常文法上所谓时间,不止现在,过去,未来三种,还有连续和完成的说法。完成是动作的成就,连续是动作正在进行中。语体里有"了"字"着"字,恰可表达这两种时间。"了"字用在句中间的动词之下(后),表示动作的完成;"着"字用在动词之下(后),表示动作的连续。如:

我悄悄地披了大衫。《荷塘月色》

我躺在舱面上仰望着。《繁星》

"披了"表示"披"的动作的完成。"仰望着"表示"仰望"的动作的连续。

表示完成的"了"字,放在句子中间,和那放在句末的表示过去的"了"字不同。如:

到了汉明帝永平十六年,班超已是四十一岁了。《班超投笔从戎》

第二日清早晨我到了我家的门口了。《故乡》

上面两句里，句中间的"了"字都和句末的"了"字不同。这只要翻为方言，就容易明白。第一例用苏州话来说，便是"到子汉明帝永平十六年，班超已是四十一岁哉。""子""哉"明明有分别的。

"了"字表示完成，"着"字表示连续，意义本有分别。但有时也可以彼此互换。如：

我吃过午饭，坐着（＝＝坐了）喝茶，觉得外面有人进来了。《故乡》

有一些人，因为信了（＝＝信着）算命先生……的话。《命运》

"了"字"着"字只在语体里使用，文言里似乎没有表达完成和连续的方法。如果勉强对照起来，"而"字的许多用法之中，有一种颇相切近。如：

乘兴而行；兴尽而返。（＝＝乘着兴去；兴尽了回来。）《世说新语》

习　问

一、表示时间的副词，除"方""正""曾""尝""已""将"以外，还有甚么？试把想得到的说出来。

二、"了"字表示动作的完成；"着"字表示动作的连续。试各举四句例句。

二九、漳南侠士传

崔　述❶

漳❷之南，有村曰紫庄。庄有侠士李越寻，少读书，为魏诸生❸；及壮，苦家贫，弃举子业❹，以侠闻州里间❺。常著短衣仅及骼❻，佩两刀以游，人莫敢忤。

紫庄有寡妇，抚一子，不肯嫁。其叔利内黄人侯六金❼，窃鬻之。及舆来逆❽，乃令潜居侧古祠中，而己绐❾寡妇出。既出，则数十人突从祠中起。寡妇惊欲入，门已闭。祠中人遂前擒妇，纳舆中。其子闻，奔救，不及；度不可奈何，遂往至越寻所，跪且泣。

越寻以妇已往，而六素有勇名，恐仓卒不可得妇，初难之。其子固不肯起，泣愈哀。越寻意不忍，因慨然曰："是诚在我！当即往！不得妇，吾不生还矣！"遂出召其徒，曰："吾素以侠闻村中；今人夺吾村妇而不能救，

---

❶　〔崔述〕　（一七四〇——一八一六）号东壁。清朝直隶大名人。曾做罗源知县。著书三十四种，以《考信录》最著名。

❷　〔漳〕　水名。上游有清漳浊漳二水，都发源于山西，到河南涉县东南的合漳村，才合而为一。东南流经河北大名县，入卫河。

❸　〔魏诸生〕　魏，这里泛指河南省北部山西省西南部。诸生是科举时代被录取入学的生员。

❹　〔举子业〕　读书，应科举，求取功名的事业。

❺　〔以侠闻州里间〕　侠是所谓"任侠"，通俗说"打抱不平"。闻是著名。语言中说起来，就是"以好打抱不平在州里间著名"。

❻　〔骼〕　腰骨，音ㄍㄜˊ。

❼　〔其叔利内黄人侯六金〕　利是"以之为利"的意思，简单地说就是"贪"。内黄，县名，属河南省。在语言中说起来，就是"他的叔叔贪了内黄人侯六的钱"。

❽　〔逆〕　迎接。

❾　〔绐〕　欺骗，音ㄉㄞˋ。

非侠也！鸣于官，皆竖子❶，知纳贿耳，不足了人事！且事隔省，关移动累月❷，彼见逼急，且成婚矣，奚归为❸！不如生劫之，即不可得妇，因缚六归，终当全妇耳。"众应曰："诺。"遂以二十七人往。

　　侯氏居甘固，去紫庄且二十里，比至，日已暮。越寻挟所佩刀，排闼❹直入堂上。时贺客且满，酒数行，突见越寻佩刀入，皆大惊；欲共击之，而方燕乐❺，出不意，腰下无寸刃。越寻张目叱之，皆退走，相践踏；觅兵梃，仓促不可得。越寻因疾入，趋新妇室。而六已潜匿妇草屋中，欲呼众共迎拒越寻。未及发，越寻已至户，遂以左手把其腕，而右手拔腰下佩刀劫之，厉声叱曰："尔不闻紫庄有李越寻耶！胡敢入吾村夺妇！今妇何在？"六曰："已逸矣。"越寻怒，叱其徒缚六，反接之❻。

　　缚始定，而村中少年闻侯氏有暴客❼，争持兵刃，前格越寻。越寻使二十七人圜立，各持械外向；而己居中，以所佩刀置六项上，大呼曰："越寻此来，非欲生还者也！敢死者前！"因举刀拟六。众惴栗汗出，不敢近。

　　越寻复问六妇所在，六固不肯吐实。越寻怒，曳六出。未及门，闻妇哭声；越寻呼众索之，遂得妇草屋中。于是越寻使二十七人前行卫妇归，而己持刀驱六随其后。莫敢追者。至半道，乃纵六归，谓之曰："紫庄李越寻非畏死者也！如能相报，诘朝❽当待汝！"六唯唯不敢对。

　　夜将分，越寻始至紫庄，乃以妇畀其子，而散遣其徒归。而其叔先闻子往告越寻，度必祸己，遂潜遁不复归。

---

❶　〔皆竖子〕　竖子，指卑鄙无能的人。这里是说"官无非一些卑鄙无能的人"。

❷　〔关移动累月〕　关是关防，印信之一种。移是官文书。这里是说"公文往来动辄要几个月"。

❸　〔奚归为〕　奚是疑问词，相当于语言中的"甚么""怎么"。归是"送回"。这一语的顺序本是"奚为归"，但按照文言的习惯，惊叹句和疑问句常常倒转来，把"为"字放在末了。语言中说起来，就是"怎么肯送回那个妇人呢！"

❹　〔排闼〕　推开了门。

❺　〔燕乐〕　饮酒取乐。燕通宴。

❻　〔反接之〕　反接，把双手反背，然后缚起来。之，代侯六。

❼　〔暴客〕　盗贼。

❽　〔诘朝〕　明天。

三〇、立 志

高一涵❶

青年自觉之道,首在立志。志者,发诸己而非可见❷夺于他人者也。世人动❸曰:"吾非不欲立志,特强横加我,时势迫我,境遇苦我,故俾我颓丧至于斯极。"不知所谓志者,正在掊❹此强横,创造时势,战胜境遇,而后志之名称乃称,志之能事乃完,志之实力乃可使人共见,否则皆谓之无志。

待时会之来,乘之以自见于世者,因缘际会❺而已,非志也;仰他人之势力,利之以显吾身者,侥幸成功而已,亦非志也。吾所云志,乃预知其当然之理,拨开障碍,排除万难,而一循轨道以求之。设已然之事,不能与吾当然之理合,则立除其已然者,而求合乎吾之当然。若徒叹其不然,听其自然,或待其概然,幸其或然者❻,举非志内之事,吾人所绝不为也。

---

❶ 〔高一涵〕 现代安徽六安人。日本明治大学政治科毕业。历任北京大学等校教授,监察院监察委员等职。著有《欧洲政治思想史》,《政治学大纲》等书。

❷ 〔见〕 就是语言中的"被"。如"被欺""被爱",文言中就作"见欺""见爱"。

❸ 〔动〕 就是"动辄",就是语言中的"每每"。

❹ 〔掊〕 音夊ㄡ。攻击。

❺ 〔因缘际会〕 靠着机会而发展。

❻ 〔当然〕〔已然〕〔不然〕〔自然〕〔概然〕〔或然〕 "概然""或然"含有可能性,是大概这样,或者这样。"已然""不然"表示确定,是已经这样,不能这样。"自然"表示听其演变,和"已然""不然"的已经决定,"概然""或然"的含有期望的不同。"当然"是指使它合乎预定的计划,用人力来求它实现的应当这样,和前数种的没有计划的不同。

人类所以为万物之灵，不为天演❶所淘汰❷者，正以负有此志，可以人力胜天行❸，而不为物所胜耳。先定一当然之方针，以求将来之归宿❹，从而获得幸福，安宁，自由，权利，而常保之；此则立志之用也。

---

❶　［天演］　Evolution 的中译，又译作进化。指生物界任着自然演化。

❷　［淘汰］　Selection 的中译。自然界中的生物，因了自然环境变革和其它生物相竞争而失败时，不能够维持它的生存而灭亡，叫做淘汰。

❸　［天行］　任乎自然的天演淘汰，叫天行，别于人力而言。

❹　［归宿］　结局。

三一、非 攻

墨 子❶

今有一人，入人园圃❷，窃其桃李。众闻，则非之；上为政者得，则罚之。此何也？以亏人自利也。

至攘❸人犬豕鸡豚❹者，其不义又甚入人园圃窃桃李。是何故也？以亏人愈多；苟亏人愈多❺，其不仁兹❻甚，罪益厚。

至入人栏厩❼取人马牛者，其不〔仁〕❽义又甚攘人犬豕鸡豚。此何故也？以其亏人愈多；苟亏人愈多，其不仁兹甚，罪益厚。

至杀不辜❾人，〔也〕扡❿其衣裘，取戈剑者，其不义又甚入人栏厩取人马牛。此何故也？以其亏人愈多；苟亏人愈多，其不仁兹甚矣，罪益厚。

---

❶ 〔墨子〕 名翟。春秋末鲁人（或云宋人），官至宋国大夫。提倡兼爱的学说，是墨家的创始者。他的学说保存在《墨子》里。《墨子》到现在还存六十三篇，内中阐发兼爱等学说的文章，大抵是墨翟自己做的。

❷ 〔园圃〕 园子。分开来说：园是种树的，圃是种菜的。

❸ 〔攘〕 音日大，抢夺。

❹ 〔豚〕 音去メㄣˊ，小猪。

❺ 〔苟亏人愈多〕 此语原来是没有的，经清孙诒让根据全文而增补的，故用小一号字来做分别。

❻ 〔兹〕 通"滋"，作"更加"解。

❼ 〔栏厩〕 厩音ㄐㄧㄡ。栏是牛棚，厩是马棚。

❽ 〔仁〕 此仁字加上括号，亦据孙诒让说，以为根据上文这仁字是多余的。

❾ 〔不辜〕 辜音ㄍㄨ。不辜就是无罪。

❿ 〔也扡〕 此也字加上括号，是据清王念孙《读书杂志》的说法，认也字因扡字的形误而多余的。扡音去メㄛˇ。就是剥夺。

当此❶，天下之君子皆知而非之，谓之不义。今至大为不义❷攻国，则弗知非，从而誉之，谓之义：此可谓知义与不义之别乎？

杀一人谓之不义，必有一死罪矣。若以此说往❸，杀十人，十重不义，必有十死罪矣。杀百人，百重不义，必有百死罪矣。

当此，天下之君子皆知而非之，谓之不义。今至大为不义攻国，则弗〔之〕知❹非，从而誉之，谓之义。情❺不知其不义也，故书其言以遗后世。若知其不义也，夫奚说❻书其不义以遗后世哉！

今有人于此，少见黑，曰黑；多见黑，曰白：则必以此人为❼不知白黑之辩矣。少尝苦，曰苦；多尝苦，曰甘：则必以此人为不知甘苦之辩矣。

今小为非，则知而非之；大为非攻国，则不知〔而〕❽非，从而誉之，谓之义：此可谓知义与不义之辩乎？

是以知天下之君子，〔也〕❾辩义与不义之乱也。

---

❶　〔此〕　"此"字为原本所无，是依据清毕沅《墨子注》补入的。

❷　〔不义〕　这两字亦为原本所无，依据清毕沅《墨子注》补入的。

❸　〔往〕　推广开去。

❹　〔之知〕　这里也是据王念孙的说法，从上下文考察，认"之"是"知"的错误。

❺　〔情〕　实在。

❻　〔奚说〕　怎样讲。

❼　〔必〕〔为〕　此两字亦为原来所无，是依孙诒让的说法，据下文增补的。

❽　〔而〕　此字依王念孙的说法，是多余的。

❾　〔也〕　此字依孙诒让的说法，考察全句语调疑是多余的。

三二　子路曾晳冉有公西华侍坐^❶

论　语^❷

　　子路，曾晳，冉有，公西华侍坐。子曰："以吾一日长乎尔，毋吾以也。^❸　居则曰：'不吾知也。^❹'如或知尔，则何以哉？^❺"

　　子路率尔^❻而对曰："千乘之国^❼，摄^❽乎大国之间，加之以师旅^❾，因

---

　　❶　[子路……侍坐]　子路姓仲名由，卞人。曾晳名点，武城人。冉有本姓冉名求，因为他字子有，所以又称冉有，鲁人。公西华本姓公西名赤，因为他字子华，所以又称公西华；都是孔子的弟子。古时席地而坐，孔子坐在中间，学生坐在旁边，所以说"侍坐"。

　　❷　[论语]　书名。是孔子弟子对于孔子言行的纪录。因传授不同，有《鲁论语》，《齐论语》，《古论语》的分别。现在通行的是《鲁论语》。

　　❸　[以吾一日长乎尔毋吾以也]　这句话译为语言，便是："因为我年纪比你们大一点儿，所以你们称我老师；但不要因为我年纪比你们大，不肯把你们的意见在我面前尽量发挥。"用"一日"两字是孔子的谦逊，意思是说我只稍长于你们。

　　❹　[居则曰不吾知也]　居，平时。这句译为语言，便是："平常时候常说人家不知道自己的才能。"

　　❺　[如或知尔则何以哉]　这句话译为语言，便是："假使有人知道了你们的才能，预备用你们，那么，你们将用什么去应付呢？"。

　　❻　[率尔]　匆遽地，不加思索地。

　　❼　[千乘之国]　就是侯国。古时候诸侯封地百里，出车千乘。

　　❽　[摄]　迫近。

　　❾　[师旅]　二千五百人为师，五百人为旅，因以"师旅"为军队的通称，这里是指战争用兵而言。

之以饥馑❶。由也为之，比及三年❷，可使有勇，且知方也。❸"夫子哂❹之。

　　"求，尔何如?"

　　对曰:"方六七十如五六十❺，求也为之，比及三年，可使民足❻。如其礼乐，以俟君子。❼"

　　"赤，尔何如?"

　　对曰:"非曰能之，愿学焉❽，宗庙之事如会同❾，端章甫，愿为小相焉❿。"

　　"点，尔何如?"

　　鼓瑟希，铿尔，舍瑟而作，⓫对曰:"异乎三子者之撰⓬。"

――――――――

❶　［因之以饥馑］　再加之以年岁荒歉。谷不熟叫"饥"，菜不熟叫"馑"，合起来就是年岁荒歉的意思。

❷　［比及三年］　到了三年光景。"比"和"及"意义相同。

❸　［可使有勇且知方也］　这句译为语言，便是:"可以使这一国的人民都有勇气，并且懂得应该做好人的道理。"

❹　［哂］　微笑。

❺　［方六七十如五六十］　"如"作"与"字解。这是说:"有六七十里，与五六十里地方的小国。"

❻　［可使民足］　可以使百姓足食足衣。

❼　［如其礼乐以俟君子］　"如其"作"至于"解。这是说:"至于制礼作乐等事，则须待君子们来做了。"

❽　［非曰能之愿学焉］　这句译为语言，便是:"我不敢说能够做什么，但愿有机会学习学习而已。"

❾　［宗庙之事如会同］　宗庙之事，指祀天地，祭祖宗等事。"如"字也作"与"字解。会同，指诸侯朝见天子或互相聘问等事。

❿　［端章甫愿为小相焉］　端，玄端，古代的礼服。章甫，就是缁布冠，古代的礼帽。古时行祭礼或朝会时都有摈相以掌赞礼事等;摈相上有摈，承摈，绍摈等分别。这句话译为语言，便是:"愿在祭祀或朝会的时候穿著了礼服礼帽做一个小摈相。"

⓫　［鼓瑟希铿尔舍瑟而作］　瑟，古乐器。曲将终了的尾声叫做"希"。铿，是瑟声终止时的声音。这个"尔"字和上面"率尔"的"尔"字都同于"然"字，是形容词或副词的语尾。舍，作"置"字解。作，起立。这时候曾晳鼓瑟将终，孔子问到他，他便"铿"的一声停止了鼓瑟，把瑟放下，立起来回答。

⓬　［异乎三子者之撰］　"撰"作"陈说"解。这里说:"我所要讲的，和他们三人所陈说的不同。"

子曰:"何伤乎,亦各言其志也。"❶

曰:"莫春❷者,春服既成,冠者❸五六人,童子六七人,浴乎沂,风乎舞雩,咏而归❹。"

夫子喟然叹曰:"吾与点也❺!"

三子者出,曾晳后。曾晳曰:"夫三子者之言何如?"

子曰:"亦各言其志也已矣。"

曰:"夫子何哂由也?"

曰:"为国以礼;其言不让,是故哂之❻。"

"唯求则非邦也与❼?"

"安见方六七十如五六十而非邦也者!"

"唯赤则非邦也与?"

"宗庙会同,非诸侯而何❽! 赤也为之小,孰能为之大!❾"

---

❶ 〔何伤乎亦各言其志也〕 这句译为语言,便是:"那有什么要紧呢,原不过各人谈谈各人的志向而已。"

❷ 〔莫春〕 "莫"读为"暮"。每一个节令到快过完的时候叫"暮",例如三月称"暮春",九月称"暮秋"。

❸ 〔冠者〕 成年的男子。古时男子二十而冠,为成年。

❹ 〔浴乎沂风乎舞雩咏而归〕 沂,水名,出山东邹县西北,西流经曲阜合洙水,流入泗水。雩,音ㄩ。古代求雨或祈求丰年等,举行一种祭礼,叫做"雩"。举行雩祭时必有男女若干在坛前舞蹈,所以叫做"舞雩"。这一节向来有两种解说:一说,在沂水上洗澡,在舞雩的地方乘风凉(因为舞雩之处,必有坛墠树木,正可休息乘凉),唱着歌回来。一说,三四月之间天气还很冷,那里可以在沂水里洗澡,在舞雩地方乘凉呢? 浴乎沂,是说在沂水边洗濯,像后世上巳祓禊之类。风,当读作讽咏诗句的"讽"。归,当读为馈食的"馈",就是祭祀时献熟食。这是说,在三四月之间,带领了成年男女及童子们,在沂水上祓除不祥,歌咏而举行雩祭。

❺ 〔吾与点也〕 "与"字含有"赞成"之意。这句译为现代语,便是:"我是站在曾点一边的"或"我是表同情于曾点的"。

❻ 〔为国以礼其言不让是故哂之〕 治理国家要用礼,用礼是要讲究逊让的,但子路的话说得太不知逊让,所以孔子笑他。

❼ 〔唯求则非邦也与〕 "邦"与"国"同。曾晳以冉求也想得国而治之,所以这样问。

❽ 〔宗庙会同非诸侯而何〕 祭祀朝会难道不是诸侯之事吗?

❾ 〔赤也为之小孰能为之大〕 这是孔子说明公西赤的话是谦逊之词。译为语言,便是:"公西赤只能做小相,那一个配做大相呢!"

文章法则乙

四、有定型的文章

我们写普通文，不论是记叙文，说明文或是议论文，都可以自由说话。这自由当然有着限制。以耳为目，将假作真，信口妄谈，违心乱说，这就犯着不诚实的弊病，在道德上是不许可的。语无伦次，字眼乱用，这就犯着不畅达的弊病，在技术上是不许可的。但是除开了这些限制，作者尽可以享受他的自由。

惟有写应用文，在这些限制以外，还得注意一定的型式。作者决不能抛开了一定的型式不管，任一枝笔自由挥写。

原来应用文的目的在于应付实际事务，有的属于交际方面，有的属于社会约束方面，和我们的实际生活关系很密切。写作的时候，必须顾虑到能否取得对方的承认，是否在社交上，法律上，经济上发生效力。而所谓一定的型式，乃是积集社会经验而来的。提起"合同"，大家知道怎样才是个"合同"；提起"章程"，大家知道怎样才是个"章程"。所以应用文惟有按照着一定的型式写作，才可以为对方所承认，在社交上，法律上，经济上，发生效力。

譬如向人家借了钱，并不按照一定的型式写借据，而只写一封充满了感激语句的书信，那债主若不是不预防你赖债的或者不一定要你还债的要好朋友，一定不肯接受。因为这封充满了感谢语句的书信抵不得借据，万一将来因债务而涉讼，他或许会吃亏的。——看此一例，就可以明白应用文为甚么要按照一定的型式写作了。

各种应用文有各种的定型，不能在这里逐一述说。好在坊间有这一类的书籍,可以买来阅看。阅看的时候,不但要留心某种应用文的定型怎样,并且要留心每一种定型所以然的缘故。

习　问

一、为甚么应用文必须按照定型?那定型又是怎样来的?

二、普通文不能随便乱写,仿佛也有着相当的限制似的;这相当的限制和应用文的定型有甚么分别?

三三、木兰诗①

　　唧唧复唧唧，木兰当户织；不闻机杼②声，惟闻女叹息。

　　问女何所思？问女何所忆？女亦无所思，女亦无所忆。昨夜见军帖③，可汗④大点兵；军书十二卷，卷卷有爷名。阿爷无大儿，木兰无长兄；愿为市⑤鞍马，从此替爷征。

　　东市买骏马，西市买鞍鞯⑥，南市买辔头，北市买长鞭。旦辞爷娘去，暮宿黄河边，不闻爷娘唤女声，但闻黄河流水鸣溅溅。旦辞黄河去，暮至黑水⑦头，不闻爷娘唤女声，但闻燕山⑧胡骑声啾啾。

　　万里赴戎机⑨，关山度若飞。朔气传金柝；寒光照铁衣。⑩将军百战

---

　　❶　［木兰诗］　这是一首古代流传下来的诗歌，作者已经失考。它的时代，异说很多，有说是梁朝的作品，有说是隋唐间的作品，又有人说是北朝的作品，现在还没有定论。

　　❷　［机杼］　织布的器具。杼音ㄓㄨˋ。

　　❸　［军帖］　应征入伍者的名册。

　　❹　［可汗］　读如"克寒"。本是夷狄国主的称呼。后来隋文帝被突厥人称为大隋圣人可汗，唐太宗也被称为天可汗。

　　❺　［市］　当动词用，解作"购买"。

　　❻　［鞯］　音ㄐㄩㄢ。马鞍下面的被。

　　❼　［黑水］　今绥远萨拉齐东，归绥东南的大土耳河，西南入沙陵湖，转注黄河。蒙古语称为"喀喇乌苏"，就是"黑水"的意思。或本作"黑山"，即杀虎口的杀虎山，也在归绥境。

　　❽　［燕山］　在河北省蓟县东南，自西山一带迤逦而东，延袭数百里，经过玉田丰润，直抵海岸。

　　❾　［戎机］　战戍的地方。

　　❿　［朔气传金柝寒光照铁衣］　朔，北方；朔气，北方的寒气。金柝，是更鼓一类的东西，通常叫"刁斗"，古行军时所用。柝音ㄊㄨㄛˋ。这是说：在夜里，北方的寒气，跟着金柝声，一阵阵地袭来；关山的冷月，寒飕飕地照在铁甲之上。

死,壮士十年归。

归来见天子,天子坐明堂❶,策勋十二转❷,赏赐百千强❸。可汗问所欲,木兰不愿尚书郎❹;愿借明驼千里足❺,送儿❻还故乡。

爷娘闻女来,出郭相扶将❼。阿姊闻妹来,当户理红妆❽。小弟闻姊来,磨刀霍霍向猪羊。开我东阁门,坐我西阁床。脱我战时袍,著我旧时裳。当窗理云鬓❾,对镜帖花黄❿。出门看火伴⓫,火伴皆惊惶;同行十二年,不知木兰是女郎。

雄兔脚扑朔,雌兔眼迷离⓬,两兔傍地走,安能辨我是雄雌。

---

❶ [明堂] 古时君主听政的地方。

❷ [策勋十二转] 考论功勋,凡进阶十二次。

❸ [赏赐百千强] 多余叫做"强",不足叫做"弱"。这是说,赏赐财帛有百千之多。

❹ [尚书郎] 官名,是尚书省的属官,和现在直隶于行政院的官属相当。

❺ [愿借明驼千里足] 唐朝段成式的《西阳杂俎》上说:驼卧,腹不贴地,屈足漏明,则走千里,故称明驼。

❻ [儿] 男子自称。那时木兰乔装男子,故自称"儿"。

❼ [扶将] 扶持。

❽ [红妆] 妇女盛妆,多用胭脂之类,显其红艳,故称"红妆"。

❾ [云鬓] 云一样的鬓发。鬓,音ㄅㄧㄣˋ。两耳边的头发。

❿ [花黄] 当时妇女头上的一种妆饰。有二说:一说贴在髻上的花朵和涂在额上的黄色。一说用黄色的纸或绫之类剪成梅花样子,贴在额前的。

⓫ [火伴] 军队里的同伴。

⓬ [扑朔……迷离] 都是叠韵联绵词。形容一种迷糊难辨的状态。按此等词,其意义,只能依声会意,要用文字明确的解释出来是极难的。

三四、露霜雹雪

胡焕庸❶

地面或海面的水受着热，蒸发为气，留在空中，就叫水汽，水汽冷了，重新凝结为水滴，小的浮在空中，就是云；比较大的浮近地面，那就是雾；要是水滴过大，空气浮托不住，直接掉了下来，那就是雨。

水汽在空中的变化，还不止是这云雾和雨三种。当着夏天的晚上，太阳下山以后，地面的温度，慢慢的低降，空气的温度，在晚间却常比地面要略略高些，空气中的水汽，因为温度还不过低，没有达到凝结的时候，但是地面是够凉的，空气中的水汽，遇着地面或草木植物之面，就能结成水滴，这就叫露。露同雾原可说是一样的东西，不过一个凝结在地面之上，一个凝结在空气之中，二者不能同时存在，有了雾，就无露，有了露，就无雾，大雾的天气，地面受空气中雾滴的润湿，也能变为潮润，不过这不是露。凡遇有云的天气，云能阻止地面散热，温度降低不易，那就不能成露，当大风时，露亦不易构成。

霜与露原为一样的东西，古人说，"露结为霜"，霜并不由露所结成，不过水汽在地面凝结的时候，温度如在冰点以上就成露，如在冰点以下就成霜，这完全是由于温度高低的不同，并非水汽先凝为露，再结为霜。露多成于夏秋之际，霜则成于冬春之交，凡成霜之夕，温度必曾降达冰点以下，娇嫩的植物，受不了寒霜的侵袭，所以一遇霜降，就不免叶落枯黄了。

---

❶　［胡焕庸］　江苏宜兴人。现任中央大学教授。

雪之与雨,好像霜之与露,水汽在高空地方,温度低降而在冰点之上,就成云成雨。假如温度低降而在冰点之下,水汽就要凝结成雪。雪是由水汽直接凝成的,并非由于水滴或雨滴构成的。有时水汽凝为纤小的冰针,亦能停留空中,如普通所见之卷云❶即是。

雪多降于冬季,而雹则多降于夏季,雪系微小之花,雹系块状之冰,雪多降于冬季寒冷之时,因其时温度低下,足以消灭地面害虫,故人多称曰瑞雪,雹多降于炎夏作物❷生长之时,每值降雹,常致成灾,雪与雹之性质既如此相异,故其发生之情形,亦大有不同,雪花系由水汽直接所凝成,而雹则系雪花雨滴所混合之冰块。当夏季时,地面温度炎热,空气上升,对流作用❸甚盛,更可发生旋风❹,气流❺时升时降,无有一定,当此之时,气流内所含水汽,因冷或凝为雪,下降或化为水,上升复结为冰,如此升降无定,雹块重重增大,最后乃降达地面,小则如豌豆,大则如鸡卵,甚或有更大者,雹块降落于地,不特田中牲畜,有被击死者,而禾谷经其打击,因而断折夭亡者,又将不知凡几,所幸降雹之区,未必过广,降雹之机,亦甚稀少,因此为害亦较浅。

---

❶ 〔卷云〕 (Cirrus)悬于五千米以上的高空的冰针,它的形状像羽毛,丝絮,有时卷成一团,有时展成带形。它的成因为了下层云的激变,高空的水汽骤然降到冰点下的缘故。

❷ 〔作物〕 就是农作物,农业上耕种培育的植物。

❸ 〔对流作用〕 液体或气体受热部分上升,未受热部分下降,照这样循环运动,以传热的作用。

❹ 〔旋风〕 一部分空气因受着高热度而突然上升,于是这部分的气压突然降低,四方高气压的气流便造成螺旋状的激动。

❺ 〔气流〕 空气因冷热不匀而发生此来彼往的流动。

三五、理性与兽性之战

郭沫若

　　人类本是从猿人进化而来的，虽然已经有了几千年文明的历史，然而人性中所包含的兽性却时常倒拉着进化的车轮，向无文化的兽域逆转。克服兽性本来就是一切文化的本质，然而兽性的反抗也每每使文化濒于破产。尤其在世界文化进向更高阶段的时候，有一大部分狃于旧有文化的人，便不惜倒行逆施，狂暴地发挥其兽性。目前的世界正是到了这个时期了。

　　目前的世界很显明地划分成了两个阵营：一边是克制兽性，发挥理智，把人类推动，向进化一方面走；一边是发挥兽性，克制理智，把人类推动，向退化一方面走。这两大阵营是壁垒森严，而且是普遍于全世界的。西欧诸国的情形我们暂且不提，在目前，中日两国的战争，不正是这两个阵营的短兵相接吗？这战争可以说是理性与兽性之战，是进化与退化之战，是文化与非文化之战。

　　我们中国早就有了三千年的封建文明，我们的文明尊重礼让，我们的民族嗜好和平，我们的列祖列宗努力克服了我们民族血液中所含有的兽性，我们对于邻接的兄弟民族素来只以自己的文明作为赠送的礼物。日本人正是接受我们礼物的一个主要的民族。他们的文字，思想，艺术，社会组织，生产方式等等都渊源于我们。几千年来我们对于日本是竭尽了感化的能事的。三百年来，我们中国受了原始的满洲民族的统制，阻碍了文化的进展，这要算是我们民族的厄运。我们不幸在这期间内对于世界文化是落后了。

日本幸而没有受着异民族的压迫，在完全地接受西方文化这一点上，它比我们早成功了几十年。它和我们情形不同。在日本，革新是由皇室的力量来推动的，反革新者便是叛臣，而在我们，革新却是由人民的力量来推动的，言革新者就是乱党。我们就在这内部摩擦，推翻专制上多费了几十年工夫，而日本终竟比我们先进了。这是事实，是人人都不得不承认的事实。

日本是先进了，它对于我们几千年来赠送它的礼物回敬了些什么呢？自甲午中日之战❶以来，它对我们不断地侵略，目前更横暴到无以复加的地步了。事实具在，并且是我们所身经的，不必缕述。我们可以明白地说：日本人是在尽力发挥他们的兽性，他们要摧残世界的文化。

人类是有自杀的本领的，历史昭示我们，有几种既成的文明，由于自杀行为，已经湮灭了。我们目前的文化正濒着绝大的危机。不仅我们的学校，图籍，进步的学者和青年，遭了日本军部的摧残和屠杀，就是日本的学校，图籍，进步的学者和青年，也同样遭了日本军部的摧残和屠杀。日本军部的这种狂暴的自杀行为，如不用理智加以强有力的防止，世界文化的前途真有点不堪设想。

保卫文化的责任现在是落在我们中国人的肩头了。我们不仅要争取我们民族的自由，祖国的独立，我们同时要发动至大至强的理智力，来摧毁敌人的一切矫伪的理论，暴露敌人的一切无耻的阴谋，廓清敌人的一切掩饰的言辞，以保卫世界文化的进展和人类福祉的安全。

我们要运用全力来扩展这理性与兽性之战，联合全世界理性清明的民族或个人，扑灭全世界一切人形的兽类。

---

❶　[甲午中日之战]　清光绪二十年（公元一八九四年）是甲午年。其年朝鲜内乱，清政府以朝鲜向来是我国的藩属，派兵去镇压。日本也派了兵去，就和我国开战。结果我国战败，日本便占据朝鲜，进攻辽东，夺取旅顺。清政府派李鸿章到日本去议和，议定的条款是容许朝鲜独立，赔偿兵费二百兆两，并把澎湖台湾割让给日本。

三六、重华书院❶简章

梁漱溟❷

一、名称　本院院址在山东菏泽县，即旧曹州府城；曹州旧有重华书院，今因以为名。

二、旨趣　本院旨趣在集合同志，各自认定较为专门之一项学问，或一现实问题，分途研究，冀于固有文化有所发挥，立国前途有所规画；同时并指导学生研究，期以造就专门人才。

三、研究项目　本院所欲进行研究者，暂区为下列三门：

甲、哲学门；（心理论理附此）

乙、文学艺术门；

丙、社会科学门。

上列三门各应有子目❸分属，不烦排叙。大要哲学门之研究，偏于中国哲学暨印度哲学方面；文学艺术门偏于中国文学及音乐书画雕刻等项。然并不限定，学者得自由选认哲学上或文学艺术上一家派或一问题以为研究。凡所提出之研究题，经本院认可者，即为一子目；故子目增减

---

❶　［重华书院］　明万历初年兵备道李天植所创办，后来又屡经增修。位在菏泽县南。取名"重华"，是据《书·舜典》"重华协于帝"那句话，表示纪念虞舜的意思。书院是宋以来学者讲学的地方，相当于现代专门以上的学校，不过没有像现代学校那样讲资格，学分，学程等严格的规定罢了。至于梁漱溟所以沿袭书院的名称，那是因为他不赞复政府规定的教育制度，主张恢复宋以来学者讲学的那种书院制度的缘故。

❷　［梁漱溟］　现代广西桂林人。曾任北京大学教授，国民党广州政治分会委员，广东省政府委员。创设山东乡村建设研究院，从事村治运动。著有《印度哲学概论》，《东西文化及其哲学》等书。

❸　［子目］　分目。凡于总纲之内再分细目，叫做"子目"。

无定。社会科学门包有政治法律经济社会问题教育历史地理等项；而偏重在中国现实问题之研究，如中国政治制度问题教育制度问题等是。其问题巨细繁简各有方便，故子目亦无定。

四、征求同志　同人愿宏力薄，志大学疏，唯在海内英贤惠加裁教❶，庶其可以集事！倘得同处共学，勉兹远业❷，则愿披肝沥胆❸，长期交亲；待遇一层，称情❹而施，理无拘定。

五、招收学生　本院除征求同志外，并招收下列两种学生。

　　甲、资格有定　凡入学学生欲取得一项资格者，其入学亦必具一定资格；即大学专门高等师范毕业或修业满一年以上或高级中学毕业。此项学生在本院修业三年以上，满一定单位者，得给予本院毕业证书。（课程单位另有规定）

　　乙、资格无定　凡入学学生非欲取得一项资格者，其入学亦不必具一定资格；此项学生无论其随同前项学生修习一定课程单位与否，俱无毕业证书。

以上两种学生俱须经过本院入学试验乃得入学。甲种学生之入学试验于每学年开始期行之；（每年八月三十日）乙种学生之入学试验得因入学者之请求，随时行之。

六、学则　学生学力天资各有不齐；（无论资格有定或资格无定）故修业不划定年限。然短不得不及三年，长不得逾五年。大要前半期应致力于其必要之基本学问之修习，（其科目课程由本院因其研究题而斟酌指定之）俟修习满一定单位后，乃入于特定题之研究。研究程序由其自定，而本院审订之；并按其程序配定单位，又修满此项单位时，即为修业已竟。其甲种学生得按前条规定给予毕业证书。

学生为学，务主自求；有疑则质之师友，当为指点剖析。总之，不取讲授办法。然日夕游息之间，随兴所之，自亦不少讲论；又以下列二种讲

---

❶　［裁教］　裁夺指教。

❷　［远业］　远大的事业。

❸　［披肝沥胆］　开诚布公，或以诚相见的意思。

❹　［称情］　酌量情形。

论为定课。

甲、全院会讲　于星期日举行之,意取兴发振导,或学科不同者得互有资益而已,不为专门深入之言。

乙、各组会讲　由修习同一学科者,或研究同一问题者,(或问题相接近者)各为小组自课之。大要为报告读书所得,与讨论意见分合之二项。其性质为少数人之商谈,与前项大会形式不同。各组有其导师一人(或一人以上)为主席,会期疏密各组自订之。社会科学门对于现实问题之研究,其会讲与会人范围从宽;凡欲参加其问题之讨论者经其主席认可,皆得入组与会。

七、出版　本院同人研究所得,经本院出版委员会之审定者得出专书。其社会科学门对于现实问题之讨论并得出某问题讨论集。其不易销售之刊物,得由本院为筹出版费。

八、经费　本院经费由院董负筹措之责,大抵以下三项充之:

甲、地方补助款;

乙、私人捐助款;

丙、征入学生学费。

附则　本院院内组织及办事章程另定之。

文章法则甲

五、助动词

被动式的句子里,用着"被""见""给"等字,这些字在文法上叫做助动词。助动词在句子中本身并无动作的意味,只是帮助动词,显出动作的趋势或态度等等。除了前面所说过的被性助动词以外,助动词尚有许多。分述如下:

(一)表志愿的 有"愿""欲""拟""思""要""想""希望""打算""预备"等。如:

非曰能之,愿学焉。《子路曾皙冉有公西华侍坐》

凡入学学生欲取得一项资格者,其入学亦必具一定资格。《重华书院简章》

(二)表可能的 有"可""好""足""能""得""会""配""能够""够"等。如:

安能辨我是雄雌。《木兰诗》

像是因为衣领太高,那脖子就有点不能够随意转动。《学费》

(三)表应该的 有"宜""当""应""须""应该""应当""得""须得"等。如:

你总还得买点书。《学费》

我们觉得著作人应当组织一个团体。《上海著作人公会缘起》

(四)表或然的 有"恐""怕""恐怕""许""或许""也许"等。如:

这株梧桐,怕再也难得活了!《秃的梧桐》

有时候,事件的发生,因为因果关系复杂,也许看不分明。《命运》

(五)表趋势的 有"来""往""去"等。如:

用中国的"焦土政策"来应付日本的"焦土政策"。《敬告日本国民》

你去缴，你去缴，我不高兴去说情！《学费》

上面所举各字，都在句中帮助动词，都是助动词。助动词通常用在动词之前，如上面各例，助动词都在动词的前面。可是也有用在动词之后的方式，尤其是"来""去"二字，常被放在动词的后面。如：

入室，径携去。《记王隐君》

老包小心地抽开抽屉，把老花眼镜拿出来戴上。《学费》

在文言里，助动词常和前介词"为""以""与"结合而成种种成语。如：

愿为市鞍马，从此替爷征。《木兰诗》

其足以反证此义者，孟子言父子责善之非而述人子之言曰："夫子教我以正，夫子未出于正也。"《责己重而责人轻》

不如意事常八九，可与言人无二三。

这些前介词"为""以""与"的后面本来都该有被介的名词或代名词（第一例"为"后应有"爷"字，第二例"以"后应有"之"字，第三例"与"后应有"被"字），但在习惯上常常略去，结果就只剩一个前介词和前面的助动词所合成的成语了。这种成语很多，如"足为""足与""可为""可以""得以""得为"等等都是，有些在语体里也沿用，如"可以"就是常见的。

习　问

一、试找出十句句子来，每句中至少要有一个助动词。

二、"来""去"二字作为助动词时，是表示甚么的？

初中国文教本

第四册

夏丏尊、叶绍钧合编，《初中国文教本》(第四册)，
开明书店，民国廿九年九月初版

目 录

一、蔡先生的一生 ……………………………………… 冯友兰（357）

二、书鲁亮侪事 ………………………………………… 袁 枚（362）

三、诗六首 ……………………………………………… 陶 潜（366）

　　归园田居五首选二 ………………………………… （366）

　　饮酒二十首选一 …………………………………… （367）

　　杂诗十二首选二 …………………………………… （367）

　　咏荆轲 ……………………………………………… （368）

四、为甚么要爱国 ……………………………………… 潘大道（370）

文章法则乙　一、说明文所说明的 ……………………… （372）

五、青年人格的修养 …………………………………… 王世杰（374）

六、张中丞传后叙 ……………………………………… 韩 愈（379）

七、左忠毅公逸事 ……………………………………… 方 苞（382）

八、美术与科学的关系 ………………………………… 蔡元培（385）

文章法则甲　一、重要的语体助动词（一） ……………… （388）

九、铁牛 ………………………………………………… 老 舍（390）

一〇、闲情记趣 ………………………………………… 沈 复（394）

一一、给亡妇〔上〕 …………………………………… 朱自清（397）

一二、给亡妇〔下〕 …………………………………… 朱自清（399）

文章法则乙　二、说明文的要点 ………………………… （402）

一三、游记两则 ………………………………………… 柳宗元（404）

　　小石潭记 …………………………………………… （404）

　　袁家渴记 …………………………………………… （405）

一四、钱塘江的夜潮……………………………………… 钟敬文（406）

一五、戏剧……………………………………………… 余上沅（410）

一六、科学的起源…………………………………… 王星拱（412）

文章法则甲　二、重要的语体助动词（二）…………………（415）

一七、求学和致用………………………………… 刘薰宇（417）

一八、一般与特殊………………………………… 刘叔琴（420）

一九、送东阳马生序……………………………… 宋　濂（423）

二〇、读书与求学………………………………… 孙伏园（425）

文章法则乙　三、诗的本质……………………………（428）

二一、怎样读书………………………………………… 胡　适（430）

二二、项籍之死………………………………………… 史　记（435）

二三、张謇〔上〕……………………………………… 张秀亚（438）

二四、张謇〔下〕……………………………………… 张秀亚（441）

文章法则甲　三、形容词的用途………………………（444）

二五、诗两首…………………………………………… 杜　甫（446）

　　　赠卫八处士………………………………………（446）

　　　茅屋为秋风所破歌………………………………（447）

二六、站在各自的岗位上（创刊词）………………… 呐喊周刊（448）

二七、女儿国………………………………………… 镜花缘（450）

二八、宝玉受打……………………………………… 红楼梦（454）

文章法则乙　四、抒情诗和叙事诗……………………（458）

二九、流星〔德国力器德原著〕…………………… 刘　复（460）

三〇、祭妹文…………………………………………… 袁　枚（463）

三一、原君…………………………………………… 黄宗羲（467）

三二、人………………………………………………… 李石岑（470）

文章法则甲　四、形容词的比较法……………………（472）

三三、康桥的早晨…………………………………… 徐志摩（474）

三四、七律四首 ……………………………………………… 陆　游（476）

　　　望江道中 ………………………………………………………（476）

　　　游西山村 ………………………………………………………（477）

　　　黄州 ……………………………………………………………（477）

　　　临安春雨初霁 …………………………………………………（478）

三五、北平学生集资铸剑启 …………………………………………（479）

三六、人皆有不忍人之心 ………………………………… 孟　子（480）

文章法则乙　五、记叙文中的对话…………………………………（482）

一、蔡先生❶的一生

冯友兰❷

　　古人说：人有三不朽，太上有立德，其次有立功，其次有立言。❸ 蔡先生在这三方面，固然都有成就，但其成就最大的，恐怕还是在立德方面。所以我们用孔孟等先贤的道德教训做标准，专就蔡先生一生的这方面来说。

　　死生之义，是中国先贤所常讨论的一个问题。《礼记·檀弓》❹记子张❺将死之言，说："君子曰终；小人曰死。"君子小人，是人的道德上等级的分别。成德达材❻者谓之君子。小人不一定是坏人。对于君子说，平常的人，亦是小人。宋儒说："终者所以成其始之辞。而死则渐尽无余之义。"❼生死是就一个人的肉体方面说，始终是就一个人的事业方面说。平常的人，着重其个人肉体的存在，所以其死是死。成德达材的人，着重

---

❶　［蔡先生］　即蔡元培，详见第一册注。他死在民国二十九年三月五日。年七十三岁。系作者的师长，故称先生而不名。

❷　［冯友兰］　字芝生，现代河南唐河人。美国哥伦比亚大学哲学博士。现任西南联合大学哲学系主任。著有《新理学》，《新世训》，《新事论》及《中国哲学史》等书。

❸　［古人……立言］　"太上有立德"等语是鲁卿叔孙豹的话，见《左传》襄公二十四年。太上是最上，至上的意思。立是建立。德指道德，功指事功，功业，言也是指道德，不过德是道德的行为，言是道德的理论或教训。

❹　［礼记檀弓］　《礼记》是汉朝戴胜删取儒家所著的文字而成。《檀弓》是《礼记》中的篇名。

❺　［子张］　春秋陈国人。姓颛孙，名师。子张是他的号。是孔子的弟子。

❻　［成德达材］　完美的道德，通达的才干，前就行为言，后就知能言。

❼　［终者……之义］　见陈澔《礼记集注》。按郑玄《注》即这样解释，当为宋儒所本。"渐"是消尽的意思。

其一生的事业的完成,其死是其事业之终,所以其死不曰死而曰终。杨椒山❶临死,作诗云:"浩气还太虚❷,丹心照千古。平生未了事,留与后人补。"这就是纯从事业上着想,不注意于肉体的存亡。蔡先生年过古稀❸,一生作了许多大事。他的死,真可以说不是死而是终。

说到"君子"这个名词,蔡先生真可以当之而无愧。君子是旧日教育所要养成的理想人格。由这一方面说,蔡先生的人格,是中国旧日教育的最高表现。《论语》说:"子贡曰:'夫子温良恭俭让。'"❹朱子《注》❺说:"温,和厚也。"真德秀❻说:"只和之一字,不足以尽温之义,只厚之一字,不足以尽温之义。温之义,必兼二字之义。和如春风和气之和,厚如坤厚载物之厚。和,不惨暴也。厚,不刻薄也。"❼"良",朱子《注》说:"易直也。"真德秀说:"易有坦易之义,直如世人所谓白直之直,无奸诈险陂❽之心,如所谓开口见心是也。""恭",朱子《注》说:"庄敬也。俭,节制也。让,谦逊也。"真德秀说:"谦谓不矜己之善,逊谓推善及人。"凡是与蔡先生接触过的人,都可以知道蔡先生的为人,确合乎这五个字。

然而君子却又不是无论遇到什么事,都毫无主张,而只随人转移的。如此的人是孔孟所谓乡愿,是现在所谓好好先生,而不是儒家所谓君子。

---

❶ 〔杨椒山〕 名继盛,字仲芳,椒山是他的别号。明朝容城(今河北属县)人。官至兵部员外郎。因劾严嵩十大罪,被杀。

❷ 〔浩气还太虚〕 浩气本于《孟子·公孙丑》上所说的"浩然之气"。是一种正义所激发的无畏精神。太虚即太空。

❸ 〔古稀〕 杜甫《曲江诗》:"人生七十古来稀。"后人因称七十岁为古稀。

❹ 〔论语……俭让〕 《论语》已见第三册注。引文见《学而篇》。原作:"子禽问于子贡曰:'夫子至于是邦也,必闻其政,求之与? 抑与之与?'子贡曰:'夫子温良恭俭让以得之。……'"此处重在温良诸德,故引文加以删节。子贡,春秋卫国人。姓端木,名赐。是孔子的弟子。故引文中的"夫子",即指孔子。

❺ 〔朱子注〕 朱子名熹,字元晦,宋朝婺源(今安徽属县)人。官至秘阁修撰。著有《朱子大全》。为宋朝理学的集大成者。后人尊之而不名,故称"朱子"。朱子注《论语》,有自注的,有集他人的,故称《集注》。此处所引系《朱子》自注,故称"朱子注"。

❻ 〔真德秀〕 字景希。宋浦城(今福建属县)人。官至参知政事。著有《西山甲乙稿》等书。

❼ 〔只和……薄也〕 见《西山真文忠公文集·问温良恭俭让》。下引真德秀说并同。"坤厚"犹地厚。

❽ 〔险陂〕 是阴险倾邪的意思。陂音ㄅㄟ。

乡愿,在其八面圆融,遇事敷衍,一方面有似乎君子。因其有点相似,所以说:"乡愿,德之贼也。"❶曾子说:"可以托六尺之孤,可以寄百里之命。临大节而不可夺也。君子人欤? 君子人也!"❷《礼记·儒行》说,儒虽是"难进易退,粥粥若无能";❸但是"可亲而不可劫也,可近而不可迫也,可杀而不可辱也","身可危也,而志不可夺也"。这样的人,才是君子。蔡先生平时温良恭俭让,似乎是一个好好先生,"粥粥若无能"者。但是遇到重要的事,他的主张,是非常坚决的。所谓"临大节而不可夺"。蔡先生足以当之。

说到"难进易退",亦是儒家的君子的一个特点。君子的出处,是要"合则留,不合则去"❹。君子在个人行为方面,温良恭俭让,很容易与人合,但遇大事自有主张,"身可危,而志不可夺",因此又极不易与人合。遇有不合,则只可洁身而退。蔡先生一生,对于权位,亦是"难进易退"。五四运动时候,当局对付学生与他的意见不合❺。他留下一封信,说:"杀君马者道旁儿❻,民亦劳止,汔可小休。❼"遂辞职而去。后虽复职,而终不久于其位。十七年以后,蔡先生在南京略膺❽政治上的要职,但都

---

　❶　[乡愿德之贼也]　见《论语·阳货篇》。系孔子语。

　❷　[曾子……人也]　见《论语·泰伯篇》。曾子名参,字子舆。春秋鲁国人。是孔子的弟子。无父叫孤,此处指幼主,故曰六尺。百里指小国。命指政令。这几句的意思是说:可以属付幼主,可以寄托国政,碰到生死的关头,仍旧不可以强迫他改变素志,即指不肯负人家的寄托的,才是君子人。

　❸　[礼记……无能]　《儒行》是《礼记》篇名。"难进易退"是指儒者对于富贵利禄所取的态度。"粥粥"是柔弱的样子。

　❹　[合则……则去]　见苏轼《范增论》。

　❺　[五四……不合]　五四运动是民国八年五月四日的学生爱国运动。那时因主持外交者办理不善,以致我国代表在巴黎和会中,力争收回日本在山东的特殊权利无效。学生因示威游行,有七人被捕。蔡先生时任北京大学校长。因此即于五月九日留下一封信,辞职出走。

　❻　[杀君马者道旁儿]　语见《风俗通义》。原意是说:长官的马既养得肥胖,又少出外,所以一朝出来,给路旁观看的小儿一吓,便尽力奔驰,因致力竭死去。这句话后来据蔡先生自己的解释,说:"但取积劳致死一义,别无他意。"

　❼　[民亦劳止汔可小休]　见《诗·大雅·民劳篇》。止是语已辞,无义。汔音く丨,庶几的意思。这两语的大意说:百姓也疲劳了,庶几可以稍稍休息吧。蔡先生自注:"引此语但取劳则可休一义,别无他意。"

　❽　[膺]　担任的意思。

不久于其位。他的恬退❶，是大家都知道的。

有人说：在这一方面，蔡先生的道德，未免失之于旧。在旧日，作官是替君主办事，故可以"合则留，不合则去。""用之则行，舍之则藏。"❷但现在我们在社会上作事，是替自家办事，如遇不合，当奋斗以使之合，怎能一遇不合，即拂袖而去呢？蔡先生在这一点，似乎是缺乏革命精神。这话亦不为无理。但我们亦常看见有许多人，借"革命精神"为名，把持权位，不肯放松。偶一失去，还要千方百计，想法恢复，如此他还自命为能奋斗，能牺牲。中国近来吃这种人的亏，不在少数，而汪兆铭更是此种人的极则。对于这种人，蔡先生的行为，"可以风矣"。❸ 孔子说："不得中行而与之，必也狂狷乎。狂者进取，狷者有所不为也。"❹蔡先生的行事，几乎中行，但是有一点偏于狷者。"狷者不屑不洁"，❺蔡先生就是这样。

综观蔡先生的一生，就道德方面说，如精金美玉，鲜有瑕疵。如援"《春秋》责备贤者"之义❻，则我们可以说，蔡先生不死在重庆（政府所在地）或昆明（中央研究院所在地），而死在香港，是可以令人抱憾的一件事。马相伯先生❼身为国府委员，而死在安南，亦是如此。这在平时固无所谓，但现在这种时候，如果他们死在重庆，以他们的耆年硕望❽，其死可以象征我们国家民族所受空前的大难，必可与人以更深刻的印象。

《论语》记曾子有病，将死，对门人说："《诗》云：'战战兢兢，如临深

---

❶ ［恬退］ 安于退让。

❷ ［用之……则藏］ 见《论语·述而篇》。是孔子的话。"之"指一己的治平之道。

❸ ［可以风矣］ 可以感化了。风有感化人的意思。

❹ ［不得……为也］ 见《论语·子路篇》。中行指所做的事情恰到好处，没有太过或不及的人。

❺ ［狷者不屑不洁］ 《孟子·尽心篇》下："不屑不洁之士，……是獧（同狷）也。"屑和洁同义。不屑不洁，就是瞧不起不清白的事情。

❻ ［春秋……之义］ 孔子作《春秋》，对于有道德的人，往往求全责备。故后人称"责备贤者"为"《春秋》之义"。

❼ ［马相伯］ （一八四〇——一九三九）名良。江苏丹阳人。曾经创办震旦学院和复旦公学。著有《致知浅说》等书。

❽ ［耆年硕望］ 耆音ㄑㄧ′。耆年指高年。硕是大的意思，硕望是大的声望。

渊，如履薄冰，'而今而后，吾知免夫。"❶《檀弓》记曾子将死，侍立的童子忽发现曾子所用的席是大夫所用的。曾子闻之，命曾元赶快换。曾元说："夫子之病革矣，不可以变，幸而至于旦，请敬易之。"曾子说："尔之爱我也，不如彼。君子之爱人也以德，细人之爱人也以姑息。吾何求哉？吾得正而毙焉，斯已矣。""举扶而易之，反席未安而没。"❷这些地方，初看似乎迂腐。但一个人的一生，如想在道德方面，完全无可非议，这是一刻不可疏忽的。在一个人未死以前，都难免有过。所以曾子将死，才可以说，"而今而后，吾知免夫。"然幸而还有一个童子，指出了他的最后的过，于是他的一生，才如一个完全的艺术品，不致于最后来了一个败笔，这可以说是曾子的幸运了。

---

   ❶　［诗云……免夫］　见《论语·泰伯篇》。《诗》语见《小雅·小旻篇》。"战战"，恐惧的样子。"兢兢"，谨戒的样子。"而今而后"就是如今以后。"夫"相当于口语中的吧的意思。

   ❷　［檀弓……而没］　曾子并不曾做过大夫，照礼不当死在大夫用的席上。所以听了童子的话，在病得很凶时还要换席。曾元是曾子的儿子，所以称曾子做夫子。据郑玄《注》，因齐国曾经聘请曾子做卿的缘故，不过曾子并没受聘。"革"是危急。"变"是变动。

二、书鲁亮侪事

袁　枚❶

　　己未❷冬，余谒孙文定公于保定制府❸。坐甫定，阍启清河道鲁之裕白事❹。余避东厢，窥伟丈夫，年七十许，高眶大颡，白须彪彪然❺，口析水利❻数万言。心异之，不能忘。

　　后二十年，鲁公卒已久，予奠于白下❼沈氏，纵论❽至于鲁。坐客葛闻桥曰："鲁字亮侪，奇男子❾也。

---

　　❶　［袁枚］（一七一六—一七九七）字子才，号简斋，清钱塘人。乾隆进士，做过几任县官，四十岁就辞职回来，于江宁小仓山下筑一随园，在里面读书吟诗。人家叫他随园先生。今存有《小仓山房全集》。

　　❷　［己未］　乾隆四年，当公元一七三九年。

　　❸　［谒孙文定公于保定制府］　谒，进见，限于卑幼对尊长。孙文定公名嘉淦，字锡公，一字懿斋，山西兴县人。康熙进士，官至协办大学士。制，是制军，清时称总督为制军。制府，是总督衙门。其时孙任直隶总督，衙门在保定。

　　❹　［阍启清河道鲁之裕白事］　阍，门房，看门人。启，禀白。清河道，清治永定河的道员。白事，陈说公事。

　　❺　［彪彪然］　形容白须的有光彩。

　　❻　［口析水利］　析，剖析阐说。水利，关于疏浚河道，防止水患等一切政务。

　　❼　［奠于白下］　奠，吊祭。白下，南京的别称。

　　❽　［纵论］　与宾客随意谈论。

　　❾　［奇男子］　不同寻常的人物。

　　"田文镜❶督河南，严，提镇司道❷以下，受署惟谨❸，无游目视者❹。鲁效力麾下；一日，命摘中牟李令印❺，即摄❻中牟。鲁为微行❼，大布之衣，草冠，骑驴入境。父老数百，扶而道苦之❽。再拜问讯曰：'闻有鲁公来代吾令，客在开封，知否？'鲁谩❾曰：'若问云何？'曰：'吾令贤，不忍其去故也。'又数里，见儒衣冠者，簇簇然❿谋曰：'好官去可惜；伺鲁公来，盍诉之！'或⓫摇手曰：'咄⓬！田督有令，虽十鲁公，奚能为？且鲁方取其官而代之，宁肯舍己从人耶？'鲁公敬之而无言。

　　"至县，见李貌温温奇雅⓭。揖鲁人曰：'印待公久矣。'鲁拱手曰：'观公状貌被服，非豪纵者；且贤称噪于士民⓮。甫下车⓯而库亏，何耶？'李曰：'某，滇南万里外人也，别母游京师十年。得中牟，借俸迎母。至，被劾，命也。'言未毕，泣。鲁曰：'吾暍甚⓰，具汤浴我。'径谐别室，且浴且思，意不能无动。良久，击盆水誓曰：'依凡而行者，非夫也，'⓱具衣冠辞李。李大惊曰：'公何之？'曰：'之省。'与之印，不受；强之曰：'毋累

---

❶　[田文镜]　清汉军正黄旗人。官至河南山东总督。为清朝有名酷吏。

❷　[提镇司道]　提，提督，镇，总兵，都是武官。司，承宣布政使司和提刑按察使司，道，道员，都是文官。

❸　[受署惟谨]　受田文镜的部署，惟有谨慎听命。

❹　[无游目视者]　没有一个敢于把眼睛向旁处随便看一看的。

❺　[命摘中牟李令印]　摘印，田文镜因那个姓李的知县亏损库款，认为失职，故一面派鲁亮侪去收回他的印信，一面上疏向朝廷参劾他。中牟，县名，属河南省。

❻　[摄]　代理。

❼　[微行]　出行而不使人家知道。

❽　[扶而道苦之]　父老相扶着向亮侪慰问道路的辛苦。"道"是称道，这里有慰问意。"之"指"亮侪"。

❾　[谩]　不加说明，信口而谈的意思。

❿　[簇簇然]　形容儒衣冠者聚集得很多。

⓫　[或]　众人之中的某一人。

⓬　[咄]　呵止声，驳斥声。

⓭　[貌温温奇雅]　状貌温和，毫无俗气。

⓮　[贤称噪于士民]　贤良的称誉喧传于士民之口。换一句说，就是"士民都称赞你的贤良"。

⓯　[下车]　到任。

⓰　[暍甚]　受暑热很利害。暍音ㄏㄜˋ。

⓱　[依凡而行者非夫也]　按照通常见解而行事的人，那算不得大丈夫。

公!'鲁掷印铿然,厉声曰:'君非知鲁亮侪者!'竟怒马驰去。合邑士民焚
香送之。

　　"至省,先谒两司,告之故。皆曰:'汝病丧心耶❶? 以若所为❷,他督
抚犹不可,况田公耶?'早,诣辕❸,则两司先在。名纸未投,合辕传呼鲁
令入,田公南向坐,面铁色,盛气❹迎之,旁列司道文武十余人。睨鲁曰:
'汝不理县事而来,何也?'曰:'有所启。'曰:'印何在?'曰:'在中牟。'田
公干笑❺左右顾曰:'天下摘印者宁有是耶?'皆曰:'无之。'两司起立谢
曰:'某等教饬亡素❻,致有狂悖之员,请公并劾鲁,付某等严讯朋党情
弊❼,以惩余官❽。'鲁免冠前,叩首,大言曰:'固也❾,待裕言之:裕一寒
士,以求官故来河南,得官中牟,喜甚,恨不连夜排衙视事❿。不意入境
时,李令之民心⓫如是,士心如是;见其人,知亏帑⓬故又如是。若明公已
知其然而令裕往,裕沽名誉⓭空手归,裕之罪也。若明公未知其然而令
裕往,裕归陈明,请公意旨,庶不负大君子爱才之心,与圣人孝治天下⓮
之意。公若以为无可哀怜,则裕再往取印未迟;不然,公辕外官数十,皆
求印不得者也,裕何人,敢逆公意耶?'田默然。两司目之退⓯,鲁不谢,
走出。至屋霤外⓰,田公变色,下阶呼曰:'来!'鲁入跪,又招曰:'前!'取

---

❶ 〔汝病丧心耶〕 你患了神经错乱的毛病吗?

❷ 〔以若所为〕 照你所做的事。

❸ 〔辕〕 衙门。这里指总督衙门。

❹ 〔盛气〕 蕴蓄着愤怒。

❺ 〔干笑〕 强笑,并不含有情意的笑。

❻ 〔教饬亡素〕 对于属员的教训和治理,没有尽本分。

❼ 〔严训朋党情弊〕 严厉地审讯鲁李两人钩结作弊的实情。两司以为鲁亮侪没有摘印而回
来,乃因与李令有私交,故特地替他回护。

❽ 〔以惩余官〕 用以儆戒其他的属员。

❾ 〔固也〕 语言中说起来,就是"是的"。

❿ 〔排衙视事〕 官府陈设仪仗,僚属以次见,叫做排衙。视事,接任治理县事。

⓫ 〔李令之民心〕 意谓"李令之得民心"。

⓬ 〔帑〕 库藏,音ㄊㄤˇ。

⓭ 〔沽名誉〕 故意取得名誉。

⓮ 〔圣人孝治天下〕 从前君主专制时代,每称皇帝为圣人。孝治天下,以孝道治天下。

⓯ 〔目之退〕 用眼睛示意,叫他退下去。

⓰ 〔屋霤外〕 屋檐前。

所戴珊瑚冠覆鲁头。叹曰：'奇男子，此冠宜汝戴也！微汝❶，吾几误劾贤员。但疏去矣，奈何？'鲁曰：'几日？'曰：'五日；快马不能追也。'鲁曰：'公有恩❷，裕能追之。裕少时能日行三百里，公果欲追疏，请赐契箭❸一枝以为信。'公许之；遂行，五日而疏还，中牟令竟无恙。以是鲁名闻天下。"

---

❶　〔微汝〕　如果没有你。微同"无"。
❷　〔公有恩〕　你假如有宽假李令的恩德。
❸　〔契箭〕　令箭，发号施令的凭证。

三、诗六首

陶 潜

归园田居 五首选二

种豆南山下，草盛豆苗稀。晨兴理荒秽❶，带月荷锄归。道狭草木长，夕露沾我衣。衣沾不足惜，但使愿无违。

怅怅独策还❷，崎岖历榛曲❸。山涧清且浅，可以濯吾足。漉我新熟酒，只鸡招近局❹。日入室中暗，荆薪代明烛❺。欢来苦夕短，已复至天旭❻。

---

❶ ［晨兴理荒秽］ 早上起来到田间去拔除杂草。荒秽就是指田中的杂草。

❷ ［怅怅独策还］ 独自撑着拐杖懊恼地回来。这句诗大概是承上一首而来的，上一首是叙出游，叙"徘徊邱陇间"的感慨，所以这里说"怅怅"说"还"了。

❸ ［崎岖历榛曲］ 崎岖音くーˊくˋ山，高低不平。榛音ㄓㄣ，树木丛生叫榛。榛曲是丛林曲折的地方。

❹ ［近局］ 一作"近属"，即近邻。

❺ ［荆薪代明烛］ 把柴点起来代替蜡烛。

❻ ［天旭］ 天亮。旭，音ㄒㄩˋ。

饮　酒❶二十首选一

　　结庐在人境，而无车马喧。问君何能尔，心远地自偏❷。采菊东篱下，悠然见南山；山气日夕❸佳，飞鸟相与还；此中有真意，欲辨已忘言。❹

杂　诗 十二首选二

　　人生无根蒂，飘如陌上❺尘；分散逐风转，此已非常身。❻ 落地为兄弟，何必骨肉亲。❼ 得欢当作乐，斗酒聚比邻❽。盛年不重来，一日难再晨；及时当勉励，岁月不待人！

　　忆我少壮时，无乐自欣豫❾；猛志逸四海，骞翮思远翥。❿ 荏苒岁月颓⓫，此心稍已去；值欢无复娱，每每多忧虑。气力渐衰损，转觉日不

---

　　❶ ［饮酒］ 这首诗所咏的并不是饮酒，陶潜在题下有一段小序，说："余闲居寡欢，兼比夜已长，偶有名酒，无夕不饮，顾影独尽，忽焉复苏。既苏之后，辄题数句以自娱。"那末这诗题只是表示饮酒赋诗之意。

　　❷ ［心远地自偏］ 心境淡远，所住的地方也就觉得偏僻了。

　　❸ ［日夕］ 早晚。

　　❹ ［此中有真意欲辨已忘言］ 这"真意"便是所谓"物我两忘"的境界。这种境界，只能自己体会，不能用言语说出，所以说"欲辨已忘言"。

　　❺ ［陌上］ 就是路上。陌，音ㄇㄛˋ。本来田间的路叫阡陌，后来引申做一切的路。

　　❻ ［分散逐风转此已非常身］ 表示人生像路上的灰尘跟风飘转，已经不是常住在一定地方的了。"此"指"此身"和根蒂意义相近，即"常住之身"。

　　❼ ［落地为兄弟何必骨肉亲］ 就是"四海之内，皆兄弟也"的意思。凡是生下来的人都是兄弟，何必一定要同胞骨肉才算亲近呢？

　　❽ ［比邻］ 附近的邻舍。比，音ㄅㄧˋ。

　　❾ ［无乐自欣豫］ 虽没有可乐的事情而自然快乐。

　　❿ ［猛志逸四海骞翮思远翥］ 猛是猛厉无前。逸是超越。骞，音ㄑㄧㄢ，高举。翮，音ㄍㄜˊ，翅翼。翥音ㄓㄨˋ，飞起。

　　⓫ ［荏苒岁月颓］ 荏苒，音ㄖㄣˇㄖㄢˇ，指时间的流转。颓，音ㄊㄨㄟˊ，崩坏，这里当作过去解，含有消磨的意义。

如❶。壑舟无须臾❷,引我不得住;前途尚几许,未知止泊处。古人惜寸阴,念此使人惧。

咏荆轲❸

燕丹善养士❹,志在报强嬴;招集百夫良❺,岁暮得荆卿。君子死知己,提剑出燕京。素骥鸣广陌❻,慷慨送我行。雄发指危冠,猛气冲长缨。❼ 饮饯易水上❽,四座列群英。渐离击悲筑❾,宋意唱高声❿。萧萧哀风逝,淡淡寒波生。⓫ 商音更流涕,羽奏壮士惊。⓬ 心知去不归,且有

---

❶ [日不如] 一天不如一天。

❷ [壑舟无须臾] "藏舟于壑"是《庄子·大宗师》里的话,比喻把东西藏在最稳固的地方。这里借来比喻生命的短暂,说生命是没有一会儿停住的。下句"未知止泊处"的"止泊处",就是指生命的归宿。

❸ [咏荆轲] 这是一首咏史诗。荆轲战国齐人,他在卫国时人家叫他庆卿,在燕国,人家叫他荆卿。喜欢读书击剑。燕太子丹待为上客,要请他劫秦王归还从各国夺来的土地。他请得了秦降将樊於期的头和燕督亢地图出发,到了秦国,拿匕首刺秦王不中,被杀死。

❹ [燕丹善养士] 燕丹是燕国的太子,名丹。士,是指当时的游侠之流,例如"孟尝君养士三千"。

❺ [百夫良] 一百人中间的魁杰,俗语所谓"百中选一"。

❻ [素骥鸣广陌] 白马在大路上嘶着。荆轲此去,抱必死的决心,所以朋友和送丧一般,穿戴白衣冠,乘了素车白马来送他。

❼ [雄发指危冠,猛气冲长缨] 危冠,高冠。长缨,帽子后面拖着的长带。《史记·荆轲传》说,当时送行的人,"皆嗔目,发尽上指冠"。这里的"指危冠""冲长缨",都是形容盛怒时的情形。

❽ [饮饯易水上] 饯,音ㄐㄧㄢˋ,用酒食来送行。易水在河北易县附近。

❾ [渐离击悲筑] 高渐离,战国燕人,是荆轲的朋友,善于击筑。筑,音ㄓㄨˊ,古时竹制的乐器,形状像琴,奏时一手按弦,一手用竹尺来击。悲是指筑声的悲哀。

❿ [宋意唱高声] 宋意也是荆轲的朋友,当送荆轲行时,高渐离击筑,宋意唱歌,见《淮南子》。

⓫ [萧萧哀风逝淡淡寒波生] 《史记·荆轲传》记当时唱的悲歌云:"风萧萧兮易水寒,壮士一去兮不复还。"

⓬ [商音更流涕羽奏壮士惊] 商,羽都是音乐中的调子,商调悲凉,所以听了使人流泪。羽调慷慨而凄清,所以听了使人心惊。按:《史记·荆轲传》云:"高渐离击筑,荆轲和而歌,为变徵之声,……复为羽声慷慨,士皆嗔目,发尽上指冠。"

后世名。登车何时顾❶，飞盖入秦庭❷。凌厉越万里，逶迤过千城。❸ 图穷事自至❹，豪主正怔营❺。惜哉剑术疏，奇功遂不成。其人虽已没，千载有余情。

---

　　❶　［登车何时顾］　《史记·荆轲传》：“荆轲就车而去，终已不顾。”“顾”字本作“反顾”解，但这里似当作“回返”解。

　　❷　［飞盖］　盖，车盖。飞盖，形容车子的行得快。

　　❸　［凌厉越万里逶迤过千城］　这是走了很远的路的夸饰语。凌厉是非常猛进的气概，含有俯视一切的意义。逶迤音ㄨㄟˊㄧˊ，曲曲弯弯地。

　　❹　［图穷事自至］　荆轲捧地图献秦王，而下面藏着匕首（短刀），秦王翻阅地图到末了，就发见那匕首，于是荆轲拿着匕首刺秦王。所谓“图穷事自至”，就是《史记·荆轲传》里所说的“图穷而匕首见”。

　　❺　［豪主正怔营］　豪主，指秦王。怔营，恐惧。怔，音ㄓㄥ。

四、为甚么要爱国

潘大道❶

　　我以为要讨论"为甚么要爱国"这个问题，不可不先讨论"我与国家有甚么关系"。凡与我们有关系的事物，我们自然会爱他，没有关系，那么要爱也无从爱起。

　　社会学家❷以为人的意义有两种：一种是自然人，一种是文化人；自然人生来便是，文化人乃直接间接由社会造成的。人若是生来就各个散处，他的性格，便不能完全实现；换句话说，只见得他具备自然人的性格，和动物没有区别。假使与同类聚处，便和动物不同，要发生一种同类意识了。因此互相影响，就产生风俗，习惯，宗教，道德，文化，美术种种的社会制度来。个人生在社会里，受这社会的种种熏陶❸，然后成一个文化人。我们若将一个文化人的性格，加以剖解：何种是由社会造成的？何种生来就有的？将那由社会造成的，一齐除去；剩的，就是一个赤裸裸的动物了。我尝和一位朋友谈笑，他说他要"出世"❹，我说这句话，从主观的解释，你便是作官，也可以叫"出世"，如古人所谓"隐于市朝"的话，倒未尝不可；若从客观的解释，世界"社会"是出不了的，你这"出世"的思

---

　　❶　［潘大道］　号力山，四川人。曾游学日本，习法政，加入同盟会和南社。民国后任国会议员上海法政学院教务主任，遇刺死。

　　❷　［社会学家］　社会学是研究社会发展的原则的科学。不过因各学者对于社会发展的原动力看法不同，分成种种派别：拿生物的天演淘汰说来解释社会进化的是生物学派，拿先进者的智慧来解释社会进化的是主观论派，拿生产力来解释社会进化的是唯物史观派。这里所指的社会学家是着眼于生物进化论的第一派。

　　❸　［熏陶］　熏是香气熏物，指自然的习染。陶是制造瓦器，指人为的教养。

　　❹　［出世］　对"入世"而言。脱离尘俗世界。

想,还是由世间造出来的。言语是世间的产物,用来达人类意思的工具,你若不入世,就不会说话;你若要"出世",就不该说话,你一说话,就用了世间的工具,还说"出世"么? 话虽是说笑,却有至理。总之,人不能离社会而独立;离了社会,便是自然人,不是文化人。所以有人说:"产生人的是父母,造成人的是社会。"

人类既不能离社会而独立,虽在极野蛮未开化的时代,到了某种程度,就有种种特殊社会的发生:因天然的结合而有家族社会,因信仰的结合而有宗教社会,因财货的结合而有经济社会。这各种特殊的社会,平时散散漫漫地都不觉得;到了遇外侮的时候,就不能不团结起来,一致对外。这个团结带有政治作用,久而久之,就成了国家。并且那组成社会的个人,相互之间,不能没有冲突的地方;社会既有特殊性质,就各有各的特殊感情,特殊利害,也不能没有冲突的地方。有了冲突,便不能不有一个超特殊的社会来尽这个调和整齐的责任。这个超特殊的社会,便是国家。

依历史哲学❶和社会学的证明,未有社会以前,完全是弱肉强食的动物世界;有了社会,就跟着有习惯,舆论,宗教种种的社会力;然后人的生命财产才有保障;那保障却不大巩固。有了国家,就有法律,就有公权力❷来作后援;到了社会力变成公权力的时候,那保障就巩固得多了。所以有人说:"必有社会而后人(文化人)的性格才能表现;必有国家而后社会的组织才能完全。"

我并不是以国家为偶像❸的人,不过从文化史的一方面看来,若是自来就没有国家这种组织,人类的文化还到不了这个地步。最远的将来,我不敢说;就是现在和最近的将来而论,也还要利用国家这种组织,来满足人类的生活,以为世界统一的地步。简单说一句话,还是不能离掉国家的;不能离掉国家,就不能不爱国家了。

---

❶　［历史哲学］　从人类活动的史迹里研究出几个所以然的法则来,供给后人做参考的,叫历史哲学。

❷　［公权力］　公法所规定各人应得的权力,大约可分三种:一、自由权,如集会,结社,出版,言论和信教等自由权是;二、行为请求权,如诉讼权,请愿权等是;三、参政权,如选举权等是。

❸　［偶像］　用土木造成的神像。是人们盲目地信仰和崇拜的对象。

文章法则乙

一、说明文所说明的

说明文表白作者的理解。理解的方面很广，把重要的列举出来，有下面的几项。

类型的事物——例如植物学书籍中讲叶子的构造和生理作用，并不指定某一棵树上的某一张叶子，也不指定某一种树的叶子，却从许多类植物的叶子中间，抽出它们的共同点来讲。这所讲的叶子是同类中间的一个模型，叫做类型的事物。我们理解许多事物，大都着眼在它们的类型。

抽象的事理——例如物理学书籍中所讲种种的物理，都不是我们所能创造的。原来天地间自然有这么些道理。这些道理附着于事物，看不见，摸不着，只能用心思去理解，所以叫做抽象的事理。

事物的异同——许多类似的事物，粗略地看来，似乎没有甚么分别。但仔细加以辨析，它们的异同就发见出来了。例如我们知道鲸不属于鱼类，就是这一类的理解。

事物间的关系——许多事物间，往往有着造因收果、相消相成的关系。这种关系不一定显然可见，须待审察然后知道。例如我们知道身体保持着正当姿势，可以收健康的效果，就是这一类的理解。

事物的处理法——例如器物的怎样设计制造，人生的怎样立身处世，这种理解，都属于这一类。

语义的诠释——传达意思、情感，主要的依傍是语言、文字。语言、文字所以有这种功用，在于大家对于每一语有公认的诠释。例如"牛"和

"马"，"道德"和"宗教"，用在语言、文字中间，大家知道所指是甚么。这就因为大家对于"牛""马""道德""宗教"有所理解，懂得它们的含义。

把以上许多项理解写成文章，表白于读者的面前，这种文章就是说明文。

习　问

一、试就读过的文篇指出那几篇是说明文，并逐篇说明作者所表白的是那一类理解。

二、说明文和记述文的区别在那里？

五、青年人格的修养

王世杰[1]

我这篇演讲中所说的青年，系指中等学校的学生而言，自然中学以上的学生也可以听听我这演讲。说到人格，这个词儿的含义不免宽广一点，它包含整个作人的道理在里面，我们得在这里面找出个基础的德性，由此一步一步的发展开来，造成一种伟大的人格。所谓修养，就是一步一步的用工，久之，使这种德性随时随遇事自然流露出来，不用勉强；做到了这种境地，才称得起有修养。这个基础德性是什么呢？用我国的成语来说，就是"推己以及人"[2]。我们看见同学修铅笔，偶一不慎，割破了手指，我们不自觉的叫出一声"哎呀"。刀子割在旁人的手指上，为什么我们要叫痛呢？就只因为刀子割在我们自己的手指上时，我们感觉痛，因此知道旁人一定也痛。这便是"推己"。推己就是推广自己的情感去领会旁人的苦乐。既知道他痛，便过去替他把手指包好，免得流血过多，或是中了毒。这便是"及人"。及人就是把自己愿意得到的东西让旁人也得到。

"推己以及人"为什么就是基础德性呢？一则因为这种德性，每人都可以做得到。二则因为这种德性，只要你能够把它修养起来，许多其他的德性都可以从这里发展出来。譬如到公园里去玩，你不愿意旁人攀折

---

❶　[王世杰]　号雪艇，现代湖南崇阳人。法国巴黎大学法学博士。历任国立北京大学中央大学等校教授及教育部长。著有《比较宪法》等书。

❷　[推己以及人]　这是一句从儒家学说里蜕化出来的成语。孔子所谓"己欲立而立人，己欲达而达人"，孟子所谓"老吾老以及人之老，幼吾幼以及人之幼"等都是。

花木,使你自己没得看;你就可以推知你自己若去攀折花木,使旁人没得看,旁人一定也不愿意。于是你就不折花木了,这便是尊重公益。在会场里开会,你不愿意旁人喧哗,害得你听不清楚;你就可以推知你若喧哗,害得旁人听不清楚,旁人一定也不愿意。于是你不喧哗了,这便是遵守秩序。如此推广开来,就可以晓得许多处事作人的道理,就可以养成许多有益社会的公德。所以说"推己以及人"是一种基础德性。

这种德性又该怎样一步一步的修养,造成一种伟大的人格呢?第一步自然先要推广你的情感。你如此做,你才会领略到旁人的苦乐。领略了旁人的苦乐,你就该忧人之忧,乐人之乐。这就是"推己"的工夫。推己可以由小以及大,由近以及远。比如上面的例子,你看见同学割破手指,你感到流血的痛苦。那末,战争起来,杀人盈野,流血成河,你感到痛苦自然更大。于是你对于武力的压迫和一切侵略者会感觉厌恶,对于受压迫和被侵略者会发生同情。这就是由小以及大。又比如你看见一个小孩子没饭吃,你感到他挨饿的痛苦;没衣穿,你感到他受冻的痛苦。如是你推知报纸上记载的上千万的水灾难民,无衣无食,无家可归的痛苦,你的救济之心就油然❶而生了。这就是由近以及远,如此扩充开来,你的情感可由自己推及接近的人,由接近的人推及一国,由一国推及全人类,由全人类推及万物,这便是先哲"民胞物与"❷的胸襟❸了。这胸襟诚然伟大,但是只要我们能做推己的工夫,人人都可以养成这种伟大的胸襟。所以孟子❹说:"恻隐之心,仁之端也❺。"仁便是"推己以及人"。

第二步要实行作到"及人"。你感觉到旁人所受的痛苦,同时设法减去旁人的痛苦,才算"及人";愿意旁人也享受你的乐处,这只是"推己",

---

❶ 〔油然〕 很多的样子,这里当做很热烈地。

❷ 〔民胞物与〕 宋朝的学者张载在《西铭》里说:"民吾同胞,物吾与也。"民胞是视全人类都如同胞兄弟,物与是看世界上的万物都和我是同辈。"与"字,朱熹注作"侪辈"解。

❸ 〔胸襟〕 气度,气量。

❹ 〔孟子〕 名轲,(《史记正义》说他字子舆,一字子车)战国鲁邹人。其确实生卒年代尚未考定,约在公元前三七二年到前二八九年。从子思的学生受业,直接孔门道统,为儒家大师,今传有《孟子》七篇。

❺ 〔恻隐之心仁之端也〕 恻隐是一种悲悯不忍的心境。这一句见《孟子·公孙丑》上篇。

必须切实设法，使旁人真能享受到你的乐处，才算"及人"。"推己"是一种情感，是发动力；"及人"才是由情感变为行为，由发动力变为事实；有了行为与事实，旁人才能受到你的益处。孔子所说的"己欲立而立人，己欲达而达人"❶，也不外这个意思。但是要能"及人"，还须努力于以下所说的两种修养：第一就是立志为学；第二就是要有毅力。没有学问，我们不能贯彻任何大目的；没有毅力，我们不能成就任何大学问大事业。所谓毅力，就是持久的力量。凡有毅力的人，他的内在的情绪尽管很热烈，他的行动总是有秩序的；他的工作尽管很繁重，他的环境尽管很险恶，他的耐苦精神和奋斗勇气总是继长增高的。

为使诸位明瞭以上两种修养的实践方法起见，我在这里举出两个例子：一个是巴司德；一个是墨子。

你们大概都知道发明用注射针治疯狗病的是一位法国学者巴司德❷吧。你们知道他发明了注射针，却未必知道他为什么发明的。他在九岁的时候，经过一个铁匠铺，看见门口站了许多人，中间发出一声声惨凄的叫嚣❸。原来有一个人被疯狗咬了，大家用烧红的烙铁替他在伤处烙。❹ 这个治法太残酷了，并且靠不住，他自从有了这个印象以后，便永远不能忘。他立志研究一种方法来减少病者的痛苦。当他发明了兽瘟预防针以后，用三年实验的工夫，焦心苦虑的研究治疯狗病的注射针，他终于成功了，心里才像去掉了一件重大的担负。直到而今，治疯狗病还是用着他的注射方法——唯一有效的方法。他说："……不要因为国家在患难中，就失掉一切的勇气，生活在实验室与图书馆的静穆中。先问你自己：'我为自己的教育作了些什么？'等到你渐渐的进步了，你再问：'我为国家作了些什么？'直到有一个时候，你想到你曾经对于全人类的

---

❶ ［己欲立而立人己欲达而达人］ 见《论语·雍也》。立是有所建树，有所成就。达是贯彻，实现某种志愿。

❷ ［巴司德］ （L. Pasteur，1822—1895）法国化学家和微菌学家，历任各大学化学地质学和物理学等教职。他在微菌学的研究上，发明抵制葡萄酒酸败的低热杀菌法，挽救养蚕业失败的蚕病的扑灭等等，都是于法国于世界很有益处的。这里所讲的治疯狗病，也是他著名的发明的一种。

❸ ［叫嚣］ 叫喊。嚣音ㄏㄠˊ，同号。

❹ ［烙］ 音ㄌㄨㄛˋ，烧灼。

进步与幸福有过某种的贡献,你会感到无穷的快乐。"这是全中国全世界的青年应该永远记着的一个例子。

墨子生在春秋战国❶之间,亲眼见到当时战争不息,杀人无算,特别是一些强国,自恃兵精器利,无端侵略弱国,最使墨子不平。所以他反对战争。他以为战争的原因,大概有两个:一是物质的原因,便是争起于不足。所以他一方面提倡节俭,非乐,薄葬,一方面提倡短丧,以节省人力。他希望如此可以减少物质方面的压迫。一是心理的原因,便是争起于不相爱。所以他提倡兼爱。他以为人若能爱人如爱己,便不会毁人以利己;爱人之国如己之国,便不会毁人之国以利己之国。他希望如此可以减少人间的敌意。除了在学说上从物质心理两方面消灭战争的原因以外,他还看清楚那些强国所以侵略弱国的原因,由于弱国不能尽力抵抗,所以他又发明种种的守城方法❷。他奔走南北,劝人息争❸。若是强国不听,他便去帮助弱国守城,使强国知难而退。……

总之,人类相处,苦乐是有共感性的,一屋里有十个人九个人在那里呻吟痛苦,你一个人是不能独乐的。何况全国的人在那里呻吟痛苦呢!你本"推己以及人"之心,立下志愿,持以毅力,造就一种学问和能力,能救济旁人一分痛苦,就减少你自己一分痛苦;能多尽一分力,旁人就可以多得一分好处,同时你自己也增加一分快乐。见了旁人痛苦,自己反觉快乐的人,我们说他人格卑鄙。须是能够放大情感的人,人格才大;须是能够帮助旁人的人,人格才高。"推己"就是人格的放大;"及人"就是人格的增高。……

———————

❶　［春秋战国］　时代名。自周平王四九年鲁隐公元年至周敬王三九年鲁悼公一四年(西元前七二二—四八一)为孔子所著的《春秋》所记的年代,后人即称这时为春秋。后来《左传》依据着《春秋》著述,但把叙述的年分延长到周贞定王元年鲁哀公二七年(西元前四六八),于是春秋的年代也跟着延长了。接着春秋一直到秦并六国(西元前二二一),称战国时代。但也有认三家分晋的周威烈王二三年(西元前四〇三)为战国的开始的。

❷　［发明种种的守城方法］　《墨子》有《备城门》等篇,都是讲攻守之术的。

❸　［奔走南北劝人息争］　相传公输般替楚国造云梯预备攻宋国,墨子得知消息,跑到楚国去劝阻,并且在楚王面前演习守城及破云梯的战术,于是楚王就停止出兵攻宋。

六、张中丞传后叙❶

韩　愈

　　元和二年❷四月十三日，夜，愈与吴郡张籍❸阅家中旧书，得李翰❹所为《张巡传》。翰以文章自名，为此传颇详密。然尚恨有阙者，不为许远❺立传，又不载雷万春事❻首尾。远虽材若不及巡者，开门纳巡；位本在巡上，授之柄而处其下，❼无所疑忌；竟与巡俱守死成功名。城陷而

---

　　❶　[张中丞传后续]　张中丞即张巡(七〇九—七五七)，唐邓州南阳人。做真源令时，安禄山反，他起兵去讨伐。到了睢阳，太守许远开门迎接他来共同抵抗，因功拜御史中丞。后来援尽粮绝，城子便被攻破，他也被杀死。这里的"张中丞"就是用官名来称呼他的。后叙是写在传后面的一段叙文。这种叙文或者补传文的缺略，或者考订传文中的错误，或者写出自己的读后感，都可；这篇是属于第一类的。

　　❷　[元和二年]　元和，唐宪宗年号。二年当公元八〇七年。

　　❸　[吴郡张籍]　张籍号文昌，和州乌江(今安徽和县东北)人。官至国子司业。此处作吴郡张籍，或因张籍一族从吴郡(今江苏吴县一带)分出来的缘故。

　　❹　[李翰]　赞皇(今属河北省)人。官至翰林学士。他和张巡友善；巡死后，有人妒忌他的功劳，说他是投降的，李翰便叙述他的功状呈朝廷，于是张巡的功劳才被大家所认识。

　　❺　[许远]　盐官(今浙江海宁县)人。官高要尉。时安禄山反，玄宗拜他为睢阳太守。他和张巡同年而稍长，故巡呼他为兄。城破，和巡先后死。

　　❻　[雷万春事]　雷万春是张巡部下的偏将，曾守雍丘，奉命立在城上拒敌，被令狐潮部下攻击，面中六矢，仍立着不动，令狐潮疑心他是木头人。后来知道了确是雷万春，才非常惊异地叹服张巡军令的严肃和雷万春的勇敢。

　　❼　[位本在巡上授之柄而处其下]　张巡官真源令，许远为睢阳太守，故说位本在巡上。巡既至，远自以才干不及，请巡主军事，自己专理军粮战具。

虏，与巡死，先后异耳❶。两家子弟材智下，不能通知二父志，❷以为巡死
而远就虏，疑畏死而辞服❸于贼。远诚畏死，何苦守尺寸之地，食其所爱
之肉❹，以与贼抗而不降乎？当其围守时❺，外无蚍蜉❻蚁子之援，所欲
忠者，国与主耳。而贼语以国亡主灭；❼远见救援不至，而贼来益众，必
以其言为信。外无待而犹死守，人相食且尽❽，虽愚人亦能数❾日而知死
处矣。远之不畏死亦明矣！乌有城坏，其徒俱死，独蒙愧耻求活？虽至
愚者不忍为，呜呼，而谓远之贤而为之邪！说者又谓远与巡分城而守，城
之陷自远所分始。以此诟远，此又与儿童之见无异。人之将死，其脏腑
必有先受其病者；引绳而绝之，其绝必有处。观者见其然，从而尤之，其
亦不达于理矣。小人之好议论，不乐成人之美如是哉！如巡远之所成就
如此卓卓❿，犹不得免；其他则又何说！

---

   ❶ ［与巡死先后异耳］ 城破，张巡许远等都不肯投降，但敌人想送一人到安庆绪（禄山的儿
子）处，便把许远送到洛阳去，到了偃师，终因反抗而被杀。

   ❷ ［两家子弟材智下不能通知二父老］ 张巡死时，他的儿子去疾年纪还小，到大历年间，去
疾上奏说："孽胡南侵，父巡与睢阳太守远各守一面，城陷，贼所入自远分。巡及将校三十余皆割心
剖肌，惨毒备尽，而远于麾下无伤。巡临命叹曰：'嗟乎！人有可恨者！'贼曰：'公恨吾乎?'答曰：'恨
远心不可得，误国家事；若死有知，当不赦于地下！'故远心向背，梁宋人皆知之；使国威丧衄，巡功业
隳败，则远与臣不共戴天，请追夺官爵以雪冤耻。"那完全是听了一种不可靠的话来攻讦。许远的儿
子许岘也不能根据当时实情，替他父亲剖白。所以韩愈这样说。

   ❸ ［辞服］ 屈服。

   ❹ ［食其所爱之肉］ 当睢阳被围，城中食尽的时候，人多有饿死的，就是活着的也都受伤乏
力。张巡因此杀爱妾来强令兵士吃，许远也杀奴婢僮仆来供给兵士。

   ❺ ［围守时］ 被围而困守时。

   ❻ ［蚍蜉］ 音ㄆㄧㄈㄨˊ，大的黑蚁。用来比喻力量薄弱的救兵。

   ❼ ［贼语以国亡主灭］ 令狐潮一向很看重张巡。到城下来对张巡说："唐朝的国势已经非常
危险，军队已经不能过函谷关，天下的大事已经完了。你用饥饿的兵士守住危险的城池，虽忠而没有
用，何不一起来享富贵呢?"这时朝廷的信息久已不通，有六个将官来见张巡，说双方的势力不敌，
并且皇帝的死活也不知道，不如投降。张巡假做答应他们。次日，他在公堂上挂起了皇帝的像，领
兵士跪拜，大家感激得流下泪来。他便叫六个将官来教训了一顿，把他们斩了。

   ❽ ［人相食且尽］ 张巡等在围城里，粮食完了杀马来吃，马完了轮到女人，老人和孩子，被杀
死的有三万人。到了城破时，城里只剩四百个人了。

   ❾ ［数］ 音ㄕㄨˇ，计算。

   ❿ ［卓卓］ 超出寻常。

当二公之初守也,宁能知人之卒不救,弃城而逆❶遁?苟此不能守,虽避之他处何益?及其无救而且穷也,将其创残饿羸之余,虽欲去,必不达:二公之贤,其讲之精矣。守一城,捍天下;以千百就尽之卒,战百万日滋之师;蔽遮江淮,沮遏其势,❷天下之不亡,其谁之功也?当是时,弃城而图存者,不可一二数;擅强兵坐而观者相环也❸。不追议此,而责二公以死守,亦见其自比于逆乱,设淫辞而助之攻也❹。愈尝从事于汴徐二州,屡道于两府间,❺亲祭于其所谓双庙❻者。其老人往往说巡远时事云。

南霁云❼之乞救于贺兰也,贺兰❽嫉巡远之声威功绩出己上,不肯出师救。爱霁云之勇且壮,不听其语;强❾留之,具食与乐,延霁云坐。霁云慷慨语曰:"云来时,睢阳之人,不食月余日矣。云虽欲独食,义不忍;虽食,且不下咽。"因拔所佩刀断一指,血淋漓,以示贺兰。一座大惊,皆感激为云泣下。云知贺兰终无为云出师意,即驰去。将出城,抽矢射佛寺浮图,❿矢著其上砖半箭,曰:"吾归破贼,必灭贺兰。此矢所以志⓫也。"

---

❶ 〔逆〕 预先。逆有猜测未来的事的意思,如逆睹,逆料。

❷ 〔蔽遮江淮沮遏其势〕 江淮指长江淮水间的地方,现在江苏安徽南部地,是富庶的区域,并且是江南的屏障。睢阳是现在河南商邱县,守住了它,江淮自然安全,东南的财富也可以保住,并阻止了敌人南下的气势。

❸ 〔擅强兵坐而观者相环也〕 当时贺兰进明领兵驻扎在临淮,许叔冀尚衡领兵驻扎在彭城,张巡派南霁云去求救,他们都不肯出兵。

❹ 〔设淫辞而助之攻也〕 造作淫辞帮助那些逆子乱臣们来攻击张许。不可靠的话叫"淫辞"。

❺ 〔愈尝从事于汴徐二州屡道于两府间〕 韩愈在贞元十三年(七九六)七月,在汴州(河南开封县)宣武节度使董晋幕府里做观察推官。晋死,到徐州(江苏铜山县)武宁节度使张建封幕府里做推官。从事就是指做推官而言。屡道,屡次经过。两府指宣武,武宁两处的幕府。

❻ 〔双庙〕 当时追封巡扬州大都督,远荆州大都督:都在睢阳立庙致祭,号称双庙。

❼ 〔南霁云〕 魏州顿丘(河南浚县)人。少时以替人摇船为业。安禄山反,钜野尉张沼起兵讨伐,拔擢他做将军。尚衡攻击汴州贼李廷望时,派他做先锋,到睢阳去和张巡接洽事情,他见张巡待人,开诚布公,便留在张巡身边。睢阳被围时,他领三十骑冲出重围,到临淮去请救兵。

❽ 〔贺兰〕 姓贺兰,名进明,唐肃宗时官河南节度使。驻扎在临淮。

❾ 〔强〕 音ㄑㄧㄤˇ,勉强。

❿ 〔浮图〕 佛塔。

⓫ 〔志〕 同"誌",标记。

愈贞元❶中过泗州❷,船上人犹指以相语。城陷,贼以刃胁降巡;巡不屈,即牵去,将斩之。又降霁云,云未应。巡呼云曰:"南八❸,男儿死耳;不可为不义屈!"云笑曰:"欲将以有为也❹。公有言,云敢不死!"即不屈。

张籍曰:"有于嵩者,少依于巡。及巡起事,嵩常在围中。"籍大历中于和州乌江县❺见嵩,嵩时年六十余矣。以巡初尝得临涣县尉❻,好学,无所不读。籍时尚小,麤❼问巡远事,不能细也。云巡长七尺余,须髯若神。尝见嵩读《汉书》,❽谓嵩曰:"何为久读此?"嵩曰:"未熟也。"巡曰:"吾于书读不过三遍,终身不忘也。"因诵嵩所读书,尽卷,不错一字。嵩惊,以为巡偶熟此卷,因乱抽他帙❾以试,无不尽然。嵩又取架上诸书,试以问巡,巡应口诵无疑。嵩从巡久,亦不见巡常读书也。为文章,操纸笔立书❿,未尝起草。初守睢阳时,士卒仅万人,城中居人户亦且数万。巡因一见问姓名,其后无不识者。巡怒,须髯辄张;及城陷,贼缚巡等数十人坐,且将戮。巡起旋⓫,其众见巡起,或起或泣。巡曰:"汝勿怖,死,命也。"众泣不能仰视。巡就戮时,颜色不乱,阳阳⓬如平常。远宽厚长者,貌如其心。与巡同年生,月日后于巡。呼巡为兄。死时,年四十九。嵩贞元中死于亳宋⓭间。或传嵩有田在亳宋间,武人夺而有之。嵩将诣州讼理⓮,为所杀。嵩无子。张籍云。

---

❶ [贞元] 唐德宗六年,改兴元为贞元,当公元七八五年。

❷ [泗州] 唐置,今安徽泗县地,泗州故城在清康熙时已沦入洪泽湖。它的东南就是临淮郡。

❸ [南八] 南霁云排行第八,所以叫做"南八"。

❹ [欲将以有为也] 要想将此身来做一番事业。

❺ [和州乌江县] 在今安徽和县东北。

❻ [临涣县尉] 临涣,今安徽宿县西南。尉是县官的属吏,管缉捕盗贼等事。

❼ [麤] 同"粗"。

❽ [汉书] 是正史中第一部断代史,内容分纪,表,志,传,共一百廿卷。专纪前汉一朝的史实,起高祖,终王莽。后汉班固及其妹班昭所著。

❾ [帙] 音业丶,盛放书籍的套子。

❿ [操纸笔立书] 拿起纸笔来立刻写。按张巡中开元二十四年进士,并不仅仅是一个武人。在围城里曾做诗道:"裹疮犹出阵,饮血更登陴。营开星月近,战苦阵云深。"足以想见他的文才。

⓫ [起旋] 起舞。

⓬ [阳阳] 无所用心毫不经意的样子。

⓭ [亳宋] 都是唐朝的州名。亳州现在安徽亳县,宋州现在河南商邱县。

⓮ [诣州讼理] 到州里去告状。理有要求法律解决意,这里和讼字结合,泛指告状。

七、左忠毅公逸事[1]

方　苞[2]

　　先君子[3]尝言乡先辈左忠毅公视学[4]京畿，一日，风雪严寒，从数骑出微行[5]，入古寺。庑[6]下一生伏案卧，文方成草。公阅毕，即解貂[7]覆生，为掩户。叩之寺僧，则史公可法[8]也。及试，吏呼名至史公，公瞿然[9]注视，呈卷即面署[10]第一。召入，使拜夫人，曰：“吾诸儿碌碌[11]，他日继吾志事，惟此生耳。”

---

　　❶〔左忠毅公逸事〕　左光斗（一五七五——一六二五）号遗直，明桐城人。万历年中进士，官御史。因为弹劾魏忠贤被害。后来追封太子少保，谥“忠毅”，所以这里称左忠毅公。逸事，是片段生活的叙述，和传记叙述一生生活的不同。又逸事往往为史传中缺略的事情。这篇逸事的后段专叙史可法的事，那因为这些事情足以反映左光斗人格的伟大和托付的得人，所以虽是史可法的逸事，却也并在这里叙述。

　　❷〔方苞〕　（一六六八——一七四九）号灵皋，老年来又号望溪，清桐城人。康熙时中进士，官做到侍郎。讲学问宗宋儒程朱，做文章效韩欧。更其推重古文，讲文章的义法，为后来桐城派的始祖。著有《望溪文集》。

　　❸〔先君子〕　已死去的父亲的称呼。

　　❹〔视学〕　充考官。明代选拔学者都用考试，所以主考试的职务就叫视学。被考取者对考官都称先生，所以史可法也称左光斗为“吾师”。

　　❺〔微行〕　有权势的人穿了便衣出来，为避免人家的注意。

　　❻〔庑〕　音ㄨˇ，廊。

　　❼〔貂〕　音ㄉㄧㄠ，貂裘。貂是黄或紫黑色的鼠类，毛长寸许。

　　❽〔史公可法〕　号宪之，又号道邻，明末祥符（今河南开封县）人。崇祯时中进士。福王立，以兵部尚书大学士督师扬州。扬州为清兵所破，遂遇害。清乾隆中追谥“忠正”。著有《史忠正集》。

　　❾〔瞿然〕　惊觉的样子。

　　❿〔面署〕　当面批定。

　　⓫〔碌碌〕　平庸，没有才能。

及左公下厂狱❶，史朝夕狱门外；逆阉❷防伺甚严，虽家仆不得近。久之，闻左公被炮烙❸，旦夕且死，持五十金涕泣谋于禁卒。卒感焉；一日，使史更敝衣，草屦，背筐，手长镵，为除不洁者，引入，微指左公处。则席地❹倚墙而坐，面额焦烂不可辨，左膝以下筋骨尽脱矣。史前跪，抱公膝而呜咽❺。公辨其声，而目不可开，乃奋臂以指拨眦❻，目光如炬❼。怒曰："庸奴！此何地也，而汝来前？国家之事糜烂❽至此，老夫已矣，汝复轻身而昧大义，天下事谁可支拄者？不速去，无俟奸人构陷❾，吾今即扑杀汝！"因摸地上刑械作投击势。史噤不敢发声，趋而出。后常流涕述其事以语人，曰："吾师肺肝皆铁石所铸造也！"

崇祯❿末，流贼张献忠出没蕲黄潜桐间⓫，史公以凤庐道⓬奉檄守御。每有警，辄数月不就寝，使将士更休⓭，而自坐幄幕⓮外，择健卒十

---

❶　〔厂狱〕明成祖在北京（今北平）东安门北设立东厂，专门缉访谋逆妖言等，使太监管理它。到后来便变成太监滥用虐刑的地方，凡是和太监不对的人，都有被监禁在厂狱里掠死的危险。

❷　〔逆阉〕指太监魏忠贤。当时明熹宗昏庸不理政事，大权都在忠贤手里，专横无忌；御史杨涟左光斗等弹劾他二十四大罪，反被他害死。思宗立，被贬死。

❸　〔炮烙〕相传殷纣所造的酷刑，烧铜器来灼罪人。后来泛指一切烧灼的酷刑。

❹　〔席地〕靠着地面，是拿地面当坐席的意思。

❺　〔呜咽〕哭不成声。

❻　〔眦〕音ㄗˋ，目眶。

❼　〔炬〕音ㄐㄩˋ，火把。

❽　〔糜烂〕败坏到不可收拾。

❾　〔构陷〕造成罪案来陷害人家。

❿　〔崇祯〕明思宗年号，自公元一六二八至一六四三，共十六年。

⓫　〔流贼张献忠出没蕲黄潜桐间〕流贼又称流寇，因他们四处流窜，故称。张献忠明末延安卫（今陕西肤施县地）人，与李自成同年。陕西贼起，与李自成连寇山西陕西河南，据武昌，自湖南入蜀，陷成都，称大西国王，年号大顺。所过屠杀，后为清肃王所杀。蕲，黄，潜，桐，是现在湖北的蕲春，黄冈和安徽的潜山，桐城等县。

⓬　〔凤庐道〕管辖现在安徽凤阳庐江一带地。

⓭　〔更休〕轮流休息。

⓮　〔幄幕〕军队的营帐，幄，音ㄨㄛˋ。

人,令二人蹲踞而背倚之,漏鼓移则番代❶。每寒夜起坐,振衣裳❷,甲上冰霜迸落,铿然❸有声。或劝以少休。公曰:"吾上恐负朝廷,下恐愧吾师也。"

史公治兵,往来桐城,必躬造左公第❹,候太公太母❺起居,拜夫人于堂上。

余宗老涂山❻,左公甥也,与先君子善,谓狱中语乃亲得之于史公云。

---

❶　[漏鼓移则番代]　过了一更便换二人来代替。漏鼓就是报更漏的鼓声。从前计时间用漏壶,靠壶水的滴下来观测时刻。到了夜来,又有敲更的敲着鼓或竹来报更次。番代是更番替代,现在叫做"调班"。

❷　[振衣裳]　抖抖衣裳,拂拭衣裳。

❸　[铿然]　金属相撞所发的声音,指冰和铁甲相撞。铿,音丂ㄥ。

❹　[第]　住宅。古时有功的臣子都有住宅的赏赐,那种住宅分甲乙等次第,所以后来借第字做住宅。

❺　[太公太母]　是祖父祖母或和祖父母同辈分的人,指左光斗的父母。因史可法比他们小两辈,故称。

❻　[宗老涂山]　同宗的老前辈方涂山。

八、美术与科学的关系

蔡元培

我们心理上,可以分三方面看:一方面是意志,一方面是知识,一方面是感情。意志的表现是行为,属于伦理学❶;知识属于各科学;感情却属于美术。我们做人,行为当然是主体;❷但行为断不能撇掉知识与感情。例如走路是一种行为,但先要探听:从那一条路走? 几时可到目的地? 探明白了,就是有了走路的知识了;要是没有行路的兴会,就永远不走,或者走得不起劲,就不能走到目的地。又如踢球也是一种行为,但先要研究踢的方法。知道踢法了,就是有了踢球的知识了;要是不高兴踢,就永远踢不好。所以知识与感情不能偏枯❸,就是科学与美术不可偏废。

科学与美术有不同之处,科学是用概念❹的,美术是用直观❺的。譬如这里有花,在科学上讲起来,这是菊科的植物,这是植物,这是生物:都从概念上出发。若用美术眼光看起来,觉得这一朵菊花的形式与颜色美观就是了;是不是叫作菊花,都可不管,其余的菊科植物怎么样,植物怎么样,生物怎么样,更可不必管了。又如这里有桌子,在科学上讲起来,

❶ 〔伦理学〕 研究人伦道德的学科。
❷ 〔我们做人行为当然是主体〕 这是说,人不能离开行为,做一天人,就有一天的行为。
❸ 〔偏枯〕 单顾一方,不顾他方。与下面的"偏废"同义。
❹ 〔概念〕 心理学名词。就种种观念,概括其类似之点,成一共同的观念,这共同的观念叫做概念。例如就松柏杉桧等,概括其类似之点,成一共同的观念"树木",这"树木"就是概念。
❺ 〔直观〕 亦称直觉。由感官的作用,直接认识外界事物。

他那桌面与四足的比例是合于力学❶的理法的;因而推到各种形式不同的桌子,同是一种理法;因而推到屋顶与柱子的关系,也同是一种理法:都从概念上出发。若用美术眼光看起来,不过这一个桌面上纵横的尺度,比例适当;四足的粗细与桌面的大小厚薄,配置也适当罢了;不必再推到别的桌子或别的器具。

科学虽然与美术不同,但是在各种科学上,都有可以应用美术眼光的地方。

形学❷的点,线,面是枯燥而没有趣味的。但是有一种图案画,竟用点与直线,曲线,或三角形四方形,圆形等凑合起来。又各种建筑或器具的形式,均不外乎直线,曲线的配置。不是很美观的么?声音的高下,在声学❸上,不过由于发声器颤动次数的多少。但是一经复杂的乐器,繁变的曲谱配置起来,就可以成为高尚的音乐。色彩的不同,在光学❹上,也不过由于光线颤动的迟速。但是在感情上试验起来,红黄等色,叫人兴奋;蓝绿等色,叫人宁静;这是很有趣味的。研究矿物学,原不过为应用起见。但是因此得见美丽的结晶,金类宝石类的光彩,都很可以悦目。研究生物学,固然可以知道动植物构造的同异及生理的作用。但是也因此得见植物花叶的美,动物毛羽与体段的美。凡是美术家在雕刻上图画上或装饰品上所采用的,研究生物学的人都时时可以见到。研究天文学,固然可以知道各种星体的运行与星座的多少。但是如月光的魔力,星光的闪耀,凡文学家几千年来赞叹不尽的,都有较多的机会可以赏玩。

照上面所举的例子看起来,研究科学的人,不但在治学的余暇,可以选几种美术,供自己的陶养;就是在专力研究的科学上面,也可以兼得美术的趣味。岂不是一举两得么?

常常看见专治科学不兼涉美术的人,难免有萧索无聊的状态。无聊

---

❶ 〔力学〕 物理学中的一科。凡物变更其位置,叫做运动,运动的原因由于力。力学是专究物因何运动及因何静止的学科。

❷ 〔形学〕 即几何学。

❸ 〔声学〕 物理学中的一科,专究声音之理。

❹ 〔光学〕 物理学中的一科,专究光与色之理。

不过，在勉强应付职务以外，恶俗的是借低劣的娱乐作消遣；较高的是渐渐形成了厌世的思想。因为专治科学，太偏于概念，太偏于分析，太偏于机械的作用❶了。要防这种流弊，就得在求知识之外，兼养感情，就是在研究科学以外，兼涉美术。有了美术的兴趣，不但觉得人生很有意义，很有价值；就是研究科学的时候，也增添了勇敢活泼的精神了。

---

　　❶ ［太偏于机械的作用］　看得一切事物都和机械一般，一切事物的存灭兴废都只是机械的作用。

文章法则甲

一、重要的语体助动词（一）

　　语体里有些常用的助动词，值得特别注意。分别举说如下：

　　（一）"得"　"得"字作助动词用时在文言只表可能，在语体有时表可能，有时表应该。如：

　　　　这株梧桐，怕再也难得活了！《秃的梧桐》——表可能

　　　　我们得在这里面找出个基础的德性。《青年人格的修养》——表应该

表可能的"得"字，常用在动词之后。如：

　　　　人家的金钱偷得的吗？

　　　　我到处都去得。

这种"得"字原有动作完成的意义，用在句中间的时候，往往和"了"字相通。如：

　　　　世界"社会"是出不了（＝＝出不得）的。《为甚么要爱国》

　　　　免得（＝＝免了）流血过多或是中了毒。《青年人格的修养》

这种"得"字，有时因为声音相近的缘故，写作"的"字，或者写作"到"字。在有些文句里，"得""的""到"三字是可以相通的。如：

　　　　王冕道，"娘说的（得）是。"《王冕》

　　　　你如此做，你才会领略到（得）旁人的苦乐。《青年人格的修养》

　　"得"字表可能，常用在动词之后，往往和动词造成成语，如"觉得"，"害得"，"认得"，"听得"，"见得"之类，后面都带有"得"字。在这些成语里，"得"字原来的可能的意味已经很轻，全体差不多等于一个双字动词

了。如：

　　　　为甚么呢？因为觉得对不住他呀。《最苦与最乐》

　　　　你不愿意旁人喧哗，害得你听不清楚。《青年人格的修养》

这里面的"觉得"和"害得"，不妨就作一个双字动词解释。

　　"得"字是助动词，应该和动词关联着用的。但是有时也用在形容词的后面。如：

　　　　这个孩子聪明得很。

　　　　意志坚定得像山岳一般。

这些"得"字放在形容词之后，并无可能的意味，似乎是从"到"字转成的。

习　问

　　一、"得"字作助动词时，在文言只表可能，在语体有时表可能，有时表应该。试举几个例来证明这句话。

　　二、"得"字往往和动词造成成语，其作用等于双字动词，除"觉得"，"害得"，"认得"，"听得"，"见得"以外，还能够找出几个吗？

九、铁 牛

老 舍❶

　　王明远的乳名叫"铁柱子"。在学校里,他是"铁牛"。好像他总离不开铁。这个家伙也真是有点"铁"。大概他是不大爱吃石头罢了,真要吃上几块的话,那一定也会照常的消化。

　　他的混身上下,看哪儿有哪儿,整像匹名马。他可比名马还泼剌一些,既不娇贵,又没脾气。一年到头,他老笑着。两排牙,齐整洁白,像个小孩儿的。可是由他说话的时候看,他的嘴动得那么有力量,你会承认这两排牙,看着那么白嫩好玩,实在能啃碎石头子儿。

　　认识他的人们都知道那么一句——老王也得裂嘴。这是形容一件最累人的事,王铁牛几乎不懂什么叫累得慌。他要是裂了嘴,别人就不用想干了。

　　铁牛不念《红楼梦》——"受不了那套妞儿气❷!"他永远不闹小脾气,真的! 看看这个,他把袖子搂到肘部,敲着筋粗肉满的胳臂,"这么粗的小棒锤,还带小性,羞不羞?"顺势砸❸自己的胸口两拳,咚咚的响。

　　他有个志愿,要和和平平的作点大事。他的意思大概是说,作点对别人有益的事,而且要自自然然的作成,既不锣鼓喧天,也不杀人流血。

　　由他的谈吐举动上看,谁也看不出他曾留过洋,念过整本的洋书。

---

　　❶ ［老舍］ 现代作家舒舍予的笔名。北平人。长篇小说有《赵子曰》等,短篇小说有《赶集》等。

　　❷ ［妞儿气］ 女孩子气。北方话女孩子叫"妞儿"。妞,音ㄋㄧㄡ。

　　❸ ［砸］ 敲击。音ㄗㄚˊ。

他说话的时候永不夹杂着洋字。他看见洋餐就挠头，虽然请他吃，他也吃得不比别人少。不穿洋服，不会跳舞，不因为街上脏而堵上鼻子，不必一定吃美国橘子。总而言之，他既不闹中国脾气，也不闹外国脾气。比如看电影，《火烧红莲寺》和《三剑客》❶，对他，并没有多少分别。除了"妞儿气"的片子，都不"坏"。

　　他是学农的。这与他那个"和和平平的作点大事"颇有关系。他的态度大致是这样，无论政治上怎样革命，人反正得吃饭；农业改良是件大事。他不对人们用农学上的专名词；他研究的是农业，所以心中想的是农民，他的感情把研究室的工作与农民的生活联成一气。他不自居为学者。遇上好转文的人，他有句善意的玩笑话："好不好由武松打虎说起？"《水浒传》是他的"文学"。

　　自从留学回来，他就在一个官办的农场作选种的研究与试验。这个农场的成立，本是由于几个开明的官儿偶然灵机一动，想要关心民瘼❷，所以经费永远没有一定的着落。场长呢，是照例每七八个月换一位，好像场长的来去与气候有关系似的。这些来来往往的场长们，人物不同，可是风格极相类，颇似秀才们作的八股儿❸。他们都是裂着嘴来，裂着嘴去，设若不是"场长"二字在履历❹上有点作用，他们似乎还应当痛哭一番。场长既是来熬资格，自然还有愿在他们手下熬更小一些资格的人，所以农场虽成立多年，农事试验可并没有作过。要是有的话，就是铁牛自己那点事儿。

　　为他，这个农场在用人上开了个官界所不许的例子——场长到任，照例不撤换铁牛。这已有五六年的样子了。

　　铁牛不大记得场长们的姓名，可是他知道怎样央告场长。在他心中，场长，不管姓甚名谁，是必须央告的。"我的试验，需要长的时间。我

---

　　❶　［火烧红莲寺和三剑客］《火烧红莲寺》，是中国摄制的武侠影片，取材于通俗小说。《三剑客》是美国制的武侠影片，取材于大仲马的小说《侠隐记》。

　　❷　［民瘼］人民的苦痛。瘼，音ㄇㄛˋ。

　　❸　［秀才们作的八股儿］科举时代入县学的生员，俗称秀才。又科举时代试士，文章有一定的格式，中间四段必须两两相对，好像人之有股，故称八股。

　　❹　［履历］姓名，籍贯，年龄，性别及经历。

爱我的工作。能不撤换我,那是感激不尽的! 请看看我的工作来,请来看看!"场长当然是不去看的。提到经费的困难,铁牛请场长放心。"减薪我也乐意干,我爱这个工作!"场长手下的人怎么安置呢? 铁牛也有办法,"只要准我在这儿工作,名义倒不拘。"薪水真减了,他照常的工作,而且作得颇高兴。

可有一回,他几乎落了泪。场长无论如何非撤他不可。可是头天免了职,第二天他照常去作试验,并且拉着场长去看他的工作:"场长,这是我的命! 再有些日子,我必能得到好成绩;这不是一天半天能作成的,请准我上这里作试验好了,什么我也不要。到别处去,我得从头另作,前功尽弃。况且我和这个地方有了感情,这里的一切,是我的手,我的脚。我永不对它们发脾气,它们也老爱我。这些标本,这些仪器,都是我的好朋友!"他笑着,眼角里有个泪珠。耶稣收税吏作门徒❶,必是真事,要不然,场长怎会心一软,又留下了铁牛呢? 从此以后,他的地位稳固多了,虽然每次减薪,他还是跑不了。"你就是把钱都减了去,反正你减不去铁牛",他对知己的朋友总这样说。

他虽不记得场长们的姓名,他们可是记住了他的。在他们天良偶尔发现的时候,他们便想起铁牛。因此,很有几位场长在高升了之后,偶尔要凭良心作某件事,便不由的想"借重"铁牛一下,向他打个招呼。铁牛对这种"抬爱",老回答这么一句:"谢谢善意,可是我爱我的工作,这是我的命!"他不能离开那个农场,正像小孩离不开母亲。

为维持农场的存在,总得作点什么给人们瞧瞧,所以每年必开一次农产品展览会。职员们在开会以前,对铁牛特别的和气:"王先生,多偏劳! 开完会请你吃饭!"吃饭不吃饭,铁牛倒不在乎;这是和农民与社会接触的好机会。他忙开了:征集,编制,陈列,讲演,招待,全是他,累得"四脖子汗流"。有的职员在旁边看着,有点不大好意思,所以过来指摘出点毛病,表示他们虽没动手,可是眼睛也没闲着。铁牛一边擦汗一边

---

❶ [耶稣收税吏作门徒] 耶稣在加利利,一天医治了一个瘫子,走到外面去,看见一个税吏,名叫马太(Matthew 希伯来音叫利未),坐在税关上。耶稣就对他说:"你跟从我来!"他就起来,跟从了耶稣。后来耶稣列他为十二门徒之一。见《新约·马太福音》第九章及《路加福音》第五,六两章。

道歉：“幸亏你告诉我！幸亏你告诉我！”对于来参观的农民，他只恨长着一张嘴，没法儿给人人掰开揉碎❶的讲。

有长官们坐在中间的开会纪念像片里，十回有九回没有铁牛。他顾不得照像。这一点，有些职员实在是佩服了他。所以会开完了，总有几位过来招呼一声：“你可真累了，这两天！”铁牛笑得像小姑娘穿新鞋似的：“不累！一年才开一次会，还能说累？”

因此，好朋友有时候对他说，“你也太好脾性了，老王！”

他笑着，似乎要害羞：“左不是多卖点力气，好在身体棒。”他又搂起袖子来，展览他的胳臂。他决听不出朋友那句话是有不满于故意欺侮他的人的意思。他自己的话永远是从正面说，所以想不到别人会说偏锋话❷。有的时候招得朋友不能不给他解释一下，他这才听明白。可是“谁有工夫想那么些个弯子！我告诉你，我的头一放在枕头上，就睡得像个球；要是心中老绕弯儿，怎能睡得着？人就仗着身体棒；身体棒，睁开眼就唱。”他笑开了。

---

❶ ［掰开揉碎］ 条分缕析。掰，音ㄅㄞ。
❷ ［偏锋话］ 正面的意思，用旁敲侧击的语调表示出来的话。

一〇、闲情记趣

沈　复❶

　　余忆童稚时,能张目对日,明察秋毫❷。见藐小微物,必细察其纹理。故时有物外之趣。夏蚊成雷,私拟作群鹤舞空,心之所向,则或千或百果然鹤也。昂首观之,项为之强。又留蚊于素帐中,徐喷以烟。使其冲烟飞鸣,作青云白鹤观,果如鹤唳云端,怡然称快。于土墙凹凸处,花台小草丛杂处,常蹲其身,使与台齐;定神细视,以丛草为林,以虫蚁为兽,以土砾凸者为邱,凹者为壑,神游其中,怡然自得。……

　　及长,爱花成癖,喜剪盆树。识张兰坡,始精剪枝养节之法,继悟接花叠石之法。花以兰为最,取其幽香韵致也,而瓣品之稍堪入谱者❸不可多得。兰坡临终时,赠余荷瓣素心春兰一盆,皆肩平心阔,茎细瓣净,可以入谱者。余珍如拱璧❹。值余幕游于外❺,芸❻能亲为灌溉,花叶颇茂。不二年,一旦忽萎死。起根视之,皆白如玉,且兰芽勃然,初不可解,以为无福消受,浩叹而已。事后始悉有人欲分不允,故用滚汤灌杀也。

---

　　❶　[沈复]　(一七六三—?)字三白,清朝苏州人。习幕及商。善绘画。他的卒年已无可考,当在嘉庆十二年(一八〇七)以后。著有《浮生六记》,今存《闺房记乐》,《闲情记趣》,《坎坷记愁》,《浪游记快》四篇。

　　❷　[秋毫]　极细小的东西。

　　❸　[瓣品之稍堪入谱者]　兰花的瓣式,能自成一格,可以录入兰谱具一品目的。按玩赏兰花的人,常常就其花瓣之形态色气分别高下,给以种种名目,加以品题,如下文"荷瓣素心"就是一例。好事的人,将这些名目编录成书,叫做"兰谱"。

　　❹　[珍如拱璧]　宝爱得像拱璧一样。大璧叫做拱璧。

　　❺　[幕游于外]　在外面当幕僚。

　　❻　[芸]　作者的妻。姓陈,字淑珍,见《闺房记乐》篇。

从此誓不植兰。次取杜鹃❶,虽无香而色可久玩,且易剪裁,以芸惜枝怜叶,不忍畅剪,故难成树。其他盆玩❷皆然。惟每年篱东菊绽❸,秋兴成癖。喜摘插瓶,不爱盆玩。非盆玩不足观,以家无园圃,不能自植,货于市者❹,俱丛杂无致❺,故不取耳。其插花朵,数宜单,不宜双。每瓶取一种不取二色。瓶口取阔大不取窄小,阔大者舒展。不拘自五七花至三四十花,必于瓶口中一丛怒起,以不散漫,不挤轧,不靠瓶口为妙;所谓"起把宜紧"也。或亭亭玉立,或飞舞横斜。花取参差,间以花蕊,以免飞钹耍盘❻之病。叶取不乱,梗取不强。用针宜藏,针长宁断之,毋令针针露梗;所谓"瓶口宜清"也。视桌之大小,一桌三瓶至七瓶而止,多则眉目不分,即同市井之菊屏矣。几之高低,自三四寸至二尺五六寸而止,必须参差高下互相照应,以气势联络为上。若中高两低,后高前低,成排对列,又犯俗所谓"锦灰堆"矣。或密或疏,或进或出,全在会心者得画意乃可。至剪裁盆树,先取根露鸡爪者,左右剪成三节,然后起枝。一枝一节,七枝到顶,或九枝到顶。枝忌对节如肩臂,节忌臃肿如鹤膝。须盘旋出枝,不可光留左右,以避赤胸露背之病。又不可前后直出。有名双起三起者,一根而起两三树也。如根无爪形,便成插树,故不取。然一树剪成,至少得三四十年。余生平仅见吾乡万翁名彩章者,一生剪成数树,又在扬州商家见有虞山❼游客携送黄杨翠柏各一盆,惜乎明珠暗投。❽ 余未见其可也。若留枝盘如宝塔,扎枝曲如蚯蚓者,便成匠气❾矣。

---

❶ [杜鹃]　常绿灌木,高三四尺。叶椭圆深绿,茎叶有毛。夏日开红紫花,也有白色的;花冠成漏斗状,边缘互裂很深。每于杜鹃鸟啼时盛开,故名。

❷ [盆玩]　花木培植在盆盎中,修剪成各种姿态,以供玩赏的叫做"盆玩"。

❸ [绽]　花含苞将开。

❹ [货于市者]　从市场上买来的。货,这里作"买"解,动词。

❺ [致]　意态。

❻ [飞钹耍盘]　钹,音ㄅㄚˊ,乐器名,是两个圆形的铜片,当中隆起,像一个水泡,泡的中心穿孔,系以锦绳,两片合击而出声,其大者俗称"铙钹"。盘,即盆子。钹和盆形如花朵;飞钹耍盘,所以形容花朵的散乱。

❼ [虞山]　在今江苏常熟县西北。

❽ [明珠暗投]　把明珠抛在暗处,以喻用雅物赠给俗人。

❾ [匠气]　俗气。

　　余扫墓❶山中,检有峦纹可观之石。归与芸商曰:"用油灰叠宣州❷石于白石盆,取色匀也。本山黄石虽古朴,亦用油灰,则黄白相间,凿痕毕露,将奈何?"芸曰:"择石之顽劣者,捣末于灰痕处,乘湿掺之,干或色同也。"乃如其言,用宜兴窑❸长方盆叠起一峰,偏于左而凸于右,背作横方纹,如云林❹石法,巉岩❺凹凸,若临江石矶状。虚一角,用河泥种千瓣白萍。石上植茑萝,俗呼云松。经营数日乃成。至深秋,茑萝蔓延满山,如藤萝之悬石壁。花开正红色。白萍亦透水大放。红白相间,神游其中,如登蓬岛❻。置之檐下与芸品题:此处宜设水阁,此处宜立茅亭,此处宜凿大字曰"落花流水之间",此可以居,此可以钓,此可以眺;胸中邱壑❼若将移居者然。一夕,猫奴争食自檐而堕,连盆与架顷刻碎之。余叹曰:"即此小经营,尚干造物忌❽耶!"两人不禁泪落。

---

❶ 〔扫墓〕 祭坟。

❷ 〔宣州〕 今安徽宣城县,就是唐朝的宣州,此仍其旧称。

❸ 〔宜兴窑〕 江苏宜兴县所出的窑器。

❹ 〔云林〕 倪瓒,字元镇,号云林,元末明初的无锡人。是一个画家,他的皴法别具一格,人称"云林石法"。

❺ 〔巉岩〕 危峻的山石。

❻ 〔蓬岛〕 仙山。

❼ 〔胸中邱壑〕 意想中布置停当的一邱一壑。按:土阜叫做"邱";低下的地方叫做"壑"。

❽ 〔干造物忌〕 干,冒犯;造物,天的代称;干造物忌,就是说:犯天忌。

一一、给亡妇[上]

朱自清

　　谦，日子真快，一眨眼你已经死了三个年头了。这三年里，世事不知变化了多少回，但你未必注意这些个。我知道，你第一惦记的是你几个孩子，第二便轮着我。孩子和我平分你的世界，你在日如此，你死后若还有知，想来还如此的。告诉你，我夏天回家来着：迈儿长得结实极了，比我高一个头。闰儿父亲说是最乖，可是没有先前胖了。采芷和转子都好。五儿全家夸她长得好看；却在腿上生了湿疮，整天坐在竹床上不能下来，看了怪可怜的。六儿，我怎么说好，你明白，你临终时也和母亲谈过，这孩子是只可以养着玩儿的，他左挨右挨，去年春天，到底没有挨过去。这孩子生了几个月，你的肺病就重起来了。我劝你少亲近他，只监督着老妈子❷照管就行。你总是忍不住，一会儿提，一会儿抱的。可是你病中为他操的那一份儿心也够瞧的。那一个夏天他病的时候多，你成天儿忙着，汤呀，药呀，冷呀，暖呀，连觉也没有好好儿睡过，那里有一分一毫想着你自己。瞧着他硬朗点儿你就乐，干枯的笑容在黄蜡般的脸上，我只有暗中叹气而已。

　　从来想不到做母亲的要像你这样，从迈儿起，你总是自己喂乳，一连四个都这样。你起初不知道按钟点儿喂，后来知道了，却又弄不惯；孩子们每夜里几次将你哭醒了，特别是闷热的夏季。我瞧你的确老没睡足。白天里还得做菜，照料孩子，很少得空儿。你的身子本来坏，四个孩子就

----

　　❶　[亡妇]　已死的妻。

　　❷　[老妈子]　女佣。

累你七八年。到了第五个，你自己实在不成了，又没乳，只好自己喂奶粉❶，另雇老妈子专管她。但孩子跟老妈子睡，你就没有放过心；夜里一听见哭，就竖起耳朵听；工夫一大，就得过去看。十六年初，和你到北京来，将迈儿，转子留在家里；三年多还不能去接他们，可真把你惦记苦了。你并不常提，我却明白。你后来说你的病就是惦记出来的；那个自然也有份儿，不过大半还是养育孩子累的。你的短短的十二年结婚生活，有十一年耗费在孩子们身上；而你一些不厌倦，有多少力量用多少，一直到自己毁灭为止。你对孩子一般儿爱，不问男的女的，大的小的。也不想到什么"养儿防老，积谷防饥"，只拼命的爱去。你对于教育，老实说有些外行，孩子们只要吃得好玩得好就成了。这也难怪你，你自己便是这样长大的。况且孩子们原都还小，吃和玩本来也要紧的。你病重的时候，最放不下的还是孩子。病的只剩皮包着骨头了，总不信自己不会好；老说："我死了，这一大群孩子可苦了。"后来说送你还家。你想着可以看见迈儿和转子，也愿意；你万不想到会一去不返的。我送车的时候，你忍不住哭了，说："还不知能不能再见？"可怜，你的心我知道，你满想着好好儿带着六个孩子回来见我的。谦，你那时一定这样想，一定的。

---

❶　〔奶粉〕　又名"代乳粉"，牛奶制成的粉。

一二、给亡妇〔下〕

朱自清

　　除了孩子，你心里只有我。不错，那时你父亲还在可是你母亲死了，他另有个女人，你老早就觉得隔了一层似的。出嫁后第一年，你虽还一心一意依恋着他老人家，到第二年上我和孩子可就将你的心占住，你再没有多少工夫惦记他了。你还记得第一年我在北京，你在家里。家里来信说你待不住，常回娘家去。我动气了，马上写信责备你。你教人写了一封复信，说家里有事，不能不回去。这是你第一次也可以说第末次的抗议，我从此就没有给你写信。暑假时一肚子主意回去，但见了面，看你一脸笑，也就拉倒了。打这时候起，你渐渐从你父亲的怀里跑到我这儿。你换了金镯子帮助我的学费，叫我以后还你；但直到你死，我没有还你。你在我家受了许多气，又因为我家的缘故受你家里的气，你都忍着。这全为的是我，我知道。那回我从家乡一个中学半途辞职出走，家里人讽你也走。那里走！只得硬着头皮往你家去。那时你家像冰窖子，你们在窖里足足住了三个月。好容易我才将你们领出来了，一同上外省去。小家庭这样组织起来了。你虽不是什么阔小姐，可也是自小娇生惯养的。做起主妇来，什么都得干一两手；你居然做下去了，而且高高兴兴地做下去了。菜照例满是你做，可是吃的都是我们；你至多夹上两三筷子就算了。你的菜做得不坏，有一位老在行大大地夸奖过你。你洗衣服也不错，夏天我的绸大褂大概总是你亲自动手。你在家老不乐意闲着；坐前几个"月子"❶，老是四五天就起床。说是躺着家里事没条没理的。其实你起来也还不是没条理；咱们家那么多孩子，那儿来条理？在浙江住的时候，逃过两回兵难，我都在北京。真亏你领着母亲和一群孩子东藏西躲的；末一回还要走多少里路，翻一道大岭。这两回差不多只靠你一个人。你不但带了母亲和孩子们，还带了我一箱箱的书；你知道我是最爱书的。在短短的十二年里，你操的心比人家一辈子还多；谦，你那样身子怎么经得住！你将我的责任一股脑儿担负了去，压死了你；我如何对得起你！

你为我捞什子❷的书也费了不少神；第一回让你父亲的男用人从家乡捎❸到上海去。他说了几句闲话，你气得在你父亲面前哭了。第二回是带着逃难，别人都说你傻子，你有你的想头："没有书怎样教书？况且他又爱这个玩意儿。"其实你没有晓得，那些书丢了也并不可惜；不过教你怎么晓得，我平常从来没和你谈过这些个！总而言之，你的心是可感谢的。这十二年里你为我吃的苦真不少，可是没有过几天好日子。我们在一起住，算来也还不到五个年头。无论日子怎么坏，无论是离是合，你从来没对我发过脾气，连一句怨言也没有。——别说怨我，就是怨命也没有过。老实说，我的脾气可不大好，迁怒的事儿是有的。那些时候你往往抽噎着流眼泪，从不回嘴，也不号咷。不过我也只信得过你一个人，有些话我只和你一个人说。因为世界上只你一个人真关心我，真同情我。你不但为我吃苦，更为我分苦，我之有我现在的精神，大半是你给我培养着的。这些年来我很少生病。但我最不耐烦生病，生了病就呻吟不绝，闹那伺候病的人。你是领教过一回的，那回只一两点钟，可是也够麻烦了。你常生病，却总不开口，挣扎着起来；一来怕搅我，二来怕没有人做你那份儿事。我有一个坏脾气，怕听人生病，也是真的。后来你天天发烧，自己还以为南方带来的疟疾，一直瞒着我。明明躺着，听见我的脚

---

❶ ［坐前几个月子］ 北方土语，妇人产后的一个月叫做"月子"；产后躺在床上休养，叫做"坐月子"。坐前几个"月子"，是说：坐前几个孩子的"月子"。

❷ ［捞什子］ 讨厌的东西。这里单作"讨厌"解。

❸ ［捎］ 音ㄕㄠ，北方话托人带东西叫"捎"。

步，一骨碌就坐起来。我渐渐有些奇怪，让大夫❶一瞧，这可糟了，你的肺已烂了一个大窟窿了！大夫劝你到西山❷去静养，你丢不下孩子，又舍不得钱；劝你在家里躺着，你也丢不下那份儿家务。越看越不行了，这才送你回去。明知凶多吉少，想不到只一个月工夫你就完了！本来盼望还见得着你，这一来可拉倒了。你也何尝想到这个？父亲告诉我，你回家独住着一所小住宅，还嫌没有客厅，怕我回去不便哪。

　　前年夏天回家，上你坟上去了。你睡在祖父母的下首，想来还不孤单的。只是当年祖父母的圹太小了，你正睡在圹底下，这叫做"抗圹"，在生人看来是不安心的；等着想办法罢。那时圹上圹下密密地长着青草，朝露浸湿了我的布鞋。你刚刚埋了半年多，只有圹下多出一块土，别的全然看不出新坟的样子。我和隐今夏回去，本想到你的坟上来；因为她病了，没来成。我们想告诉你，五个孩子都好，我们一定尽心教养他们，让他们对得起死了的母亲你！谦，好好儿放心安睡罢，你。

---

❶　［大夫］　医生。

❷　［西山］　在北平西三十里，一名小清凉山，是太行山脉的支阜，众山连接，最著名的为潭柘山翠微山卢师山觅山香山等。

文章法则乙

二、说明文的要点

　　说明文表白作者的理解。其所以要表白,当然为着希望读者有同样的理解。如果作者自己的理解不明白,不准确,怎么能使读者得到实益,没有含糊,误会的弊病呢? 因此在动手写说明文的时候,作者胸中不能存一些连自己也不大清楚的意念,落到纸面不能有一句不合论理的,足以发生疑义的文句。这是一个消极条件。倘若不顾到这个消极条件,写下来的说明文就难以达到它的目的。

　　要使理解明白而准确,这不仅是国文课内的事情,乃是整个生活里的事情。一个人逐渐受着家庭的,学校的,社会的教养,逐渐从研究方面,实践方面得到种种的经验,理解自会明白而准确起来。因为不限于国文课内,这里可以不必多说。

　　这里只就作说明文应该注意的要点来说。说明文必须明白,准确,所以用词,造句都得本于理智,不能和抒情文章,描写文章同一手法。"世乃有无母之人","月光如流水一般,静静地泻在这一片叶子和花上",这样的好文句,在说明文中并不适用。说明文说数目,不能说大概是多少,须要说确实是多少,说形态,不能说仿佛怎么样,须要说究竟怎么样,其余类推。如夸大,铺张,隐喻,朦胧等等修辞方法,用在文艺中可以收极大的效果,但在说明文中却有损明白和准确,以不用为妙。

　　说明文中用到容易发生岐义的语词,就得加以限定,以免读者误会。例如对于"共和",可以限定它说:"这是国家主权属于全体人民,行政首长也由人民选出来的一种国体,不是'周召共和'的共和。"遇到容易和他种事物混同的事物，就得特别点明，使该事物明白显出。如说："植物是生物中不属于动物的那一些，"就是用对称的事物来点明的例子。如说："习字册也是用笔写的，但目的并不在代替谈话，所以不是书信，"就是用疑似的事物来点明的例子。

字典，辞典说明每一个字，每一个语词的含义，要明白，要准确，不容遗漏，不容多余，依理说，该是标准的说明文。说明文无论长短，无论繁简，依理说，该和字典，辞典一般面目。

习　问

一、"世乃有无母之人"，"月光如流水一般，静静地泻在这一片叶子和花上"，这样的文句，为甚么在说明文中并不适用？

二、读过的说明文中，如有限定易生歧义的语词和点明易于混淆的事物的部分，试指出来。

一三、游记两则

柳宗元❶

小石潭记

从小丘西行百二十步，隔篁竹❷，闻水声如鸣佩环，心乐之。伐竹取道，下见小潭，水尤清冽，全石以为底。近岸，卷石底以出，为坻，为屿，为嵁，为岩，❸青树翠蔓，蒙络摇缀，参差披拂。❹

潭中鱼可百许头，皆若空游无所依，日光下澈，影布石上，怡然❺不动，俶尔❻远逝，往来翕忽❼，似与游者相乐。

潭西南而望，斗折蛇行，明灭可见。❽ 其岸势犬牙差互❾，不可知其源。

---

❶ ［柳宗元］ （七七二—八一九）字子厚，唐河东人。第进士，中博学鸿词。拜监察御史。后因党案贬为江州司马，调柳州刺史。后人称他为“柳柳州”。文章雄健深宏，与韩愈齐名。有《柳河东集》。

❷ ［篁竹］ 丛竹。篁，音ㄏㄨㄤˊ。

❸ ［为坻为屿为嵁为岩］ 坻，水中高地。屿，水中小山。嵁，音ㄧㄢˊ，高山。岩，高耸的山石。这里都是形容露出小潭中的石的形状。

❹ ［蒙络摇缀参差披拂］ 形容藤蔓攀牵在树上的样子。参差，音ㄘㄣ ㄘ，不整齐。

❺ ［怡然］ 安闲地。

❻ ［俶尔］ 忽地。

❼ ［翕忽］ 和“倏忽”的意义相同。“往来翕忽”就是忽来忽去。

❽ ［斗折蛇行明灭可见］ 潭水像北斗那样弯折，像蛇行那样曲屈，因此望过去，波光闪烁，忽明忽暗。

❾ ［犬牙差互］ 像犬牙一样地参差交错。

坐潭上，四面竹树环合，寂寥无人，凄神寒骨，悄怆幽邃。以其境过清，不可久居，乃记之而去。

同游者：吴武陵，龚古，余弟宗玄。隶而从者崔氏二小生：曰恕己，曰奉壹。

袁家渴记

由冉溪西南，水行十里，山水之可取者五，莫若钴鉧潭；由溪口而西，陆行，可取者八九，莫若西山；由朝阳岩东南水行至芜江，可取者三，莫若袁家渴；皆永❶中幽丽奇处也；——楚越❷之间方言，谓水之反流者为"渴"，音若衣褐❸之褐。

渴上与南馆高嶂合，下与百家濑合，其中重洲，小溪，澄潭，浅渚，间厕❹曲折，平者深黑，峻者沸白❺，舟行若穷，忽又无际。有小山出水中，山皆美石，石上生青丛，冬夏常蔚然❻，其旁多岩洞，其下多白砾。其树多枫柟，石楠，楩槠，樟，柚；草则兰，芷，又有异卉❼，类合欢而蔓生，轇轕❽水石。每风自四山而下，振动大木，掩苒❾众草，纷红骇绿，蓊葧❿香气，冲涛旋濑，退贮溪谷，摇飏葳蕤⓫，与时推移，其大都如此，余无以穷其状。

永之人未尝游焉，余得之不敢专也，出而传于世。其地世主袁氏⓬，故以名焉。

---

❶ ［永］　州名。旧治所在，今湖南零陵县。
❷ ［楚越］　今湖北湖南广东福建一带地。
❸ ［褐］　音ㄏㄜˊ。
❹ ［间厕］　夹杂。
❺ ［沸白］　像水滚起时的沸沫那样白。
❻ ［蔚然］　郁茂的样子。
❼ ［异卉］　不常见的花草。卉音ㄏㄨㄟˋ。
❽ ［轇轕］　牵缠。音ㄐㄧㄡ ㄍㄜ。
❾ ［掩苒］　掩盖。
❿ ［蓊葧］　形容香气的猛烈。音ㄨㄥˇ ㄅㄛˊ。
⓫ ［葳蕤］　形容摇飏的样子。音ㄨㄟ ㄖㄨㄟˊ。
⓬ ［世主袁氏］　主是主有。就是说，历来属于袁家。

一四、钱塘江的夜潮

钟敬文❶

"钱塘江潮"，我们一提到这几个字，心里就不免发生一种景慕的情感。我们试翻开宋人周密的《武林旧事》❷一看：

> 浙江之潮，天下之伟观也。自几望❸以至十八为最盛。方其远出海门❹，仅如银线，既而渐近，则玉城雪岭际天而来❺，大声如雷霆，震撼激射，吞天沃日，势极雄豪。杨诚斋❻诗云："海涌银为郭，江横玉系腰"是也。每岁，京尹❼出浙江亭，教阅水军，艨艟❽数百，分列两岸。既而尽奔腾分合五阵❾之势，并有乘骑弄旗标枪❿舞刀于水面者，如履平地。倏尔黄烟四起，人物略不相睹。水爆轰震，声

---

❶ ［钟敬文］ 现代广东惠州人。曾任浙江大学及中山大学讲师。著有《西湖漫拾》《湖上散记》《海滨的二月》《柳花集》《民间文艺杂话》等。

❷ ［周密的《武林旧事》］ 周密字公瑾，号草窗，宋济南人。著有《武林旧事》十卷，记宋南渡后的都城杂事。武林，杭州的别称。

❸ ［几望］ 旧历的十五日叫"望"。几望，就是十四日。

❹ ［海门］ 是指鳖子门。浙江萧山县东北鳖子山，和海宁县的赭山对峙，是钱塘江入海之口，这中间就叫鳖子门，又称海门。海潮经鳖子门的约束，就汹涌澎湃起来。

❺ ［玉城雪岭际天而来］ 玉和雪都是白的。潮水从远处滚滚而来，形状像玉城雪岭一般，接天而来。

❻ ［杨诚斋］ 宋朝诗人杨万里，字廷秀，吉水（今江西属县）人。绍兴进士。官至宝文阁侍制。其书室名诚斋，人称诚斋先生。

❼ ［京尹］ 京师地方的长官。这时的京师是临安，即今杭县。

❽ ［艨艟］ 战船。

❾ ［五阵］ 宋熙宁七年，诏降五阵法。谓有方圆曲直锐五变，故称。见《宋史·兵志》。

❿ ［旗标枪］ 顶端系旗的一种标枪。

如崩山，烟消波静，则一舸无迹❶。仅有敌船为火所焚，随波而逝。吴儿❷善泅者数百，皆披发文身❸，手持十幅大彩旗，争先鼓勇，溯迎而上❹，出没于鲸波万仞❺中，腾身百变而旗尾略不沾湿，以此夸能，而豪富贵宦争赏银彩。江干上下十余里间，珠翠罗绮溢目，车马塞途。饮食百物皆倍于常时，而僦赁看幕，虽席地不容间❻也。禁中❼例观潮于天开图画，高台下瞰，如在指掌，都中遥瞻黄缴雉扇❽于九霄❾之上，真若箫台蓬岛❿也。

这里所记，固然有许多是那个时代特别的情景，然而我们可知道这钱塘江潮的惹人注意了。且我们脑子里还有许多在少年时听读过的关于它的故事，如钱王"三千强弩射潮低"的传说⓫，伍子胥"魂压怒涛翻白浪"的神话⓬等，都在鼓舞着我们的兴趣。古人说："未能免俗，聊复尔尔。"⓭何况我是这样一个有时好奇心特别健旺的人呢？住在这密近咫尺的地方，如不去看，将来不是要懊悔失了机会么？所以在未行前的几日，我便高兴地决定去看了。

---

❶　［一舸无迹］　一只船都不见了。舸，音ㄍㄜˇ，就是船。

❷　［吴儿］　江苏及浙江的一部分，本古吴国，所以称江浙一带的少年为"吴儿"。

❸　［文身］　刺花纹于身上。文，动词。

❹　［溯迎而上］　弯曲地盘旋地迎着海潮而上。

❺　［鲸波万仞］　鲸波，海波。万仞，形容波浪之高。

❻　［间］　空隙。

❼　［禁中］　宫中，天子所居，禁人出入，所以叫做禁中。

❽　［黄缴雉扇］　都是古时帝王的仪仗。缴，同"伞"字。雉扇，用雉羽制成的扇子，有长柄，俗称"障扇"。

❾　［九霄］　天空的极高处。

❿　［箫台蓬岛］　箫台是秦穆公女和箫史夫妇二人吹箫登仙的台。蓬岛是仙人所居的蓬莱岛。这里都指仙人所居住的地方。

⓫　［钱王三千强弩射潮低的传说］　钱王，五代时吴越国王钱镠，卒谥武肃，通称钱武肃王。相传钱镠因为钱塘江潮汹涌，命兵士用箭射潮头，后来潮势居然减退了。

⓬　［伍子胥魂压怒涛翻白浪神话］　伍子胥，春秋楚国人。名员。他的父兄都为楚平王所杀，他逃到吴国，佐吴伐楚，终于报了仇。后被人谗害，自杀。相传吴王将他的尸体，用革囊盛着，抛在钱塘江里，从此江潮就汹涌起来了。

⓭　［未能免俗聊复尔尔］　《世说新语》所记晋朝阮咸的话，又见于《晋书·阮咸传》。意思是说："还免不掉俗套，姑且这样做做罢。"

据朋友们说：观潮自然以八月的秋潮为佳，然而八月的秋潮，日里的还不及夜里的好看。我记得高濂❶《四时幽赏录》中，亦有这话，他说：

> 浙江潮汛，人多从八月昼观，鲜有❷知夜观者。余昔焚修❸寺中，燃点塔灯。夜午，月色横空，江波静寂，悠悠逝水，吞吐蟾光❹，自是一段奇景。顷焉风色陡❺寒，海门潮起，月影银涛，光摇喷雪，云移玉岸，浪卷轰雷，白练风扬，奔飞曲折，势若山岳奔腾，使人毛骨欲竖。古人云："十万军声半夜潮"，信哉！

在我自己的想像中，也觉得于月明风冷之下睹览江头潮浪奔驰，比在白日里太阳光下的，要有情趣得多多。所以结局，是立意去看"夜潮"。

是旧历八月十七日傍晚，我吃过了晚餐，换一换衣服，便坐黄包车到湖滨路❻中国旅行社去。因离开车的时刻尚早，只得买了些苹果，山梨等，坐在湖旁吃着消遣时光。不用说，我这时，心里差不多全充满了蓬腾的兴趣，以为"天下奇观"的钱塘江秋潮在两三个钟头后，就要摆现在我的眼前，任我观览激赏，此游自己饱饮一时眼福，还可以终久向许多朋友们夸耀呢。

时候到了，汽车里坐满客人了，叫笛一声，车身便往前驰奔。我们一辆车里所载的客，约二十人左右，但差不多全数是广东人，我听到亲熟的乡音，不免有些慰愉。又想他们为了观潮，特别从迢遥的岭外或上海赶到这里来，心里怀抱着何等热情呢？假如我住在这里的，反不去看一下，不是要给他们笑作痴呆吗？想到此，我的心更为欢然，在和他们纵横谈笑中，极表现出我的高兴了。

汽车出了杭州市以外，驰行于旷野的大道中，从车窗望去，清朗的月光下，桑麻，松柏，池沼，平原，村落，远山……都梦一样的浸没在肃静里。我不禁悠悠的浮动了乡思。凝盼移时，心更怅惘无所依着。加以西风峭

---

❶ ［高濂］ 字深甫，号瑞南，明朝钱塘人。著有《遵生八笺》及《玉簪记传奇》。

❷ ［鲜有］ 少有。

❸ ［焚修］ 焚香修道。

❹ ［蟾光］ 月光。相传月中有蟾蜍，所以称月光为蟾光。

❺ ［陡］ 音ㄉㄡˇ，忽然，顿然。

❻ ［湖滨路］ 杭州靠西湖的马路名。

寒，车身不息的摆动。我颓然不胜睡意的侵袭了。似寐未寐的情况，直到将到海宁❶时才破除了去，而神志回复到原来的清醒。

下车后，即到海塘上指定的观潮处。这时塘基上拥挤满了观众，如一个热闹的夜市。江上水色，一望无涯，月光罩在上面，如盖着一种轻纱。离开了座位，移步到一块比较人迹稀疏的树阴下，默对着旷壮苍茫的自然，在飘然意远中，而薄含着一点凄惋的情味。日常的思虑，到此都逃遁净尽，连特别为此而来的观潮的意念，也暂时不知去向了。小立移时，再回到座位上。夜意已深，寒威加重，因未带大衣来，此时却颇有些缩栗。不久，耳畔闻隆隆的声音，自远方而至，大众都侧头向海门处遥瞩，并且彼此声息寂然，我知潮将来了，便也抖擞❷精神，站了起来向众人所属目之处望去。

果然潮终于来了！最初是一线白痕，从远处慢慢移来，渐近渐快，声势亦渐大，忽而风驰电掣似的从我们所立的塘基下奔过，向那一边移去，渐远渐迷糊，终至于看不见。当潮之奔驰过我们眼前时，其高不过数尺，形状如釜里怒沸的滚水，跃乱不可止息。奔驰过后，则江水增高了量度，而色样变得格外浑浊，这在月光下，可以清楚地辨出来。

我不觉失望了。我以为这自唐以来，给文人士大夫所歌咏观赏，百姓父老所乐于津津传说的钱塘江秋潮，至少应有些惊魂慑魄的奇伟气象。原来是这样没有什么出人意表的平常！我们在海上经历过如山岳似的惊涛骇浪的人，对于这个有什么希罕？便是我故乡沿海一带终日不息地一来一往冲激着的闲浪潮，也不见得比这逊色许多呢？也许是今年我所见的潮势比别年特别的低小，但在我总是很扫却兴趣了。并且，我想就尽管来得大些，也不见得如人们所大吹的那么奇观，自己从前所幻想的那么夺目呢！

归程中，坐在我身边的一位女同乡，对她同来的男朋友说："倘若不是有西湖，要我花了两三百块钱来单看这样的江潮，我真是不愿意呢。"我心里暗暗默认了她的话，但没有开口，我已包围在失望与疲倦中了。

---

❶　［海宁］　县名，属浙江省。
❷　［抖擞］　振作。

一五、戏　剧

余上沅[1]

　　各时各地各人对于戏剧的了解虽然都不全然相同,但是有一点是极其接近的,就是戏剧必须由演员在剧场里对着观众扮演一个故事。演员,剧场,观众这几个名词,比较容易了解,现在都不再加说明。这里需要说明的是"故事"。

　　戏剧里故事的材料,和一般故事的材料相似:不是人生,就是人类的愿望。人生里一切离合悲欢,生老病死,盛衰兴亡,是非曲直,各种现实的事情,及其动机和结果,无论是过去的,现在的,都可以用戏剧的程式,编成故事。但是除了应付现实世界和日常生活之外,我们在性灵上往往还要求解放,让我们的想像得到充分的自由。这种摆脱现实的愿望,以及各种改良人生,向上往前,以求达到理想境界的愿望,也都可以把它具体化,人身化,故事化,而成为可以扮演的戏剧。

　　在内容上说,戏剧的故事和小说的故事,因取材的程序相同,它们往往是没有甚么差异的。不过在形式上,这两种艺术就各有范围了。譬如,小说可以从从容容的"写"情,"写"景,"写"理,戏剧却不能。现代的习惯,要求时间经济,演一出戏总得以三小时为限;更换布景,又有很多的困难。故事所包括的时间,以短为好;它的地点,也不能随时搬动。在这样短的时间,这样小的空间之内,剧本里的故事,就非竭力剪裁,叫它情节紧凑不可。说不得闲话,管不得闲事。并且,它的情,景,理,都不能

----

　　❶　［余上沅］　现代湖北江陵人。曾留学美国。研究戏剧。历任国立北平艺术专门学校,前国立东南大学,上海光华大学等校教授。

只管"写"，不能单用言语传达给观众，———一切都非用事实证明不可。俗语说，"耳闻不如目见"，"事实胜于雄辩"；戏剧与小说不同的地方，就在要拿"事实"真真切切的"做"出来给人"看"，不是把"故事"委委婉婉的"讲"出来给人"听"。

既然要拿事实做出来给人看，编剧的人对于演员的技能，剧场的情形，观众的心理，就应该明白一个大概。古今中外的大戏剧家，没有一个不是得到过充分剧场经验的。对真理没有透澈的领悟，对人生没有精微的观察，对一切不能深切的同情，对想像不能自由的发展，在任何艺术上都难得成就；有了这些，再加上前面所说的特殊技能，才可以成功戏剧家，才可以编得好戏剧的故事。

戏剧家凭着他的智慧，抓到一件适当的材料，于是由主观的抽象见解，发展到客观的具体故事。只要它适合戏剧的条件，演出之后，观众因为亲眼看见，亲身接触，自然发生感动，发生同情。情感得以陶镕❶，智慧得以增进。不但当时笑一阵，掉两滴眼泪就完了，好的戏剧能够叫我们在生活上，思想上，性灵上，都得到一个有力的，良好的影响。

目前在中国到剧场去看好戏的机会不多，旧戏还不曾改良，新剧还没有发达。不过，在我们前面，等着我们去研究，欣赏的，有元代杂剧❷，明清传奇❸许多绝妙的文章，又有外国千百篇不朽的名剧。努力向前，是我们的责任。

---

❶　〔陶镕〕　化育。

❷　〔杂剧〕　也称"北曲"，由许多散套联缀而成，有白有动作的一种短剧。每本大都以四折为限，而且限一宫调，又限一人唱，唱的人，不是正末，就是正旦。杂剧的渊源，远在宋朝，到元朝而极盛。现存的《元曲选》，便是元代杂剧的总集。

❸　〔传奇〕　又名"南词"或"南曲"，对杂剧的称"北曲"而言。它和杂剧的不同处，就是没有一定的出（北曲一出叫一折）数，每出没有一定的宫调，并且各种角色都有白有唱，也有几种角色合唱一曲的。现存的《琵琶记》是南曲中最有名的著作。

一六、科学的起源

王星拱❶

科学的起源,不是偶然发现的,因为人类是有理性的动物,有种种心理的根据,可以发生科学。我们现在把这些心理数出如下:

(一)惊奇 人类都有惊奇的心理,我们看见一物,必讶问这是什么东西;遇见一桩事,必问这是什么道理。这种惊奇的心理,就是科学的起源。最初的人类,看见天然界中日月山川草木鸟兽各种不同的现象,首先要辨识这些现象的不同,然后要解释这些现象的道理。把这个心理往前发展,就是科学的进步。但是一班哲学家说:惊奇的心理,只能创造宗教,不能创造科学,因为人类到惊奇不能解释的时候,就把神来解释,那心上就圆满了。我觉得人类有惊奇的心理的时候,总想得个理性的解释,如果想了多少法子,还不能解释,方才归依宗教。所以惊奇的心理,对于科学的起源,总有一部分的潜力。

(二)求真 无论何人,总想明白万事万物的真理,人类的心理,总是信真实而不信假伪的。就是迷信糊涂的人相信假伪的,他的心上是把假伪当作真实;如果有人叫他明明白白的知道他所信的是假伪的,另外还有个真实的,决没有不"舍其所信而信之"的。亚拉伯❷成语曰,"不知其不知,才叫做愚。"若是能叫他知其不知,他便不是愚了。就是有心作伪的人的心中,仍然有个求真的趋向。罗司金❸说:"求真的渴望,仍然存

---

❶ 〔王星拱〕 字抚五,现代安徽人。英国伦敦理工大学硕士。历任国立北京大学等校教授现任国立武汉大学校长等。著有《科学概论》等书。

❷ 〔亚拉伯〕 Arabia,地名,亚细亚西南部波斯湾红海间的半岛。

❸ 〔罗司金〕 (John Ruskin,1819—1900)英国批评家,曾任牛津大学美术教授。

在于有心作伪的人的心中。"这话深有意思。例如点金化学家❶说铜钱可变为金,这个学说盛行一千年,但是自十七世纪,有人证明他是假的,也就没有人相信了。又如星卜命相之流,他的心上何曾不知道他所说都是骗人的,不过因衣食名声,不得不说诳话罢了。但是有一派悲观的哲学家,以为"人爱欺骗",就是假伪。这话我还未敢深信。因为人所以爱欺骗的缘故,还是由于"外铄❷"的,不是由于天性的自然。

(三)美感　美感,无论是物质的,是精神的,都是人类所共有的。物质的美,是外界的可以感触器官的美。精神的美,是心理上的异中求同综合的判断。然而精神的美,常常隐在物质的美的后头。科学家以为天然界是美的,因为天然界各部分的秩序,是恰恰支配的得当,不是紊乱冲突的,这是物质的美。我们把异中的同点综合起来,成了理论定律,用他去推论,审度,判断,也是不紊乱的,不冲突的,这就是精神的美。这物质的美感和精神的美感,最初的人类也有的。考古学家查得冰川时代的洞居人类在灰石上所刻的毛象的图像❸,有写实的意思。试问那样的野蛮人类,为什么要图像呢?是因为他们有物质的美感的缘故。最初人类,解释现象界的繁复,也想用一种综合的方法成一种有系统的理论(参观以下说简约节),是因为他们有精神的美感的缘故。科学家何以尽心竭力研究科学呢?因为科学中间有和一(不紊乱不冲突)的美。所以科学的起源和他的进步,美感也是一个主使的原因。

(四)致用　这个科学的起源,要分两层的说法。在太古的时候,这个想致用的心理,对于科学的发生,或者有很大的潜力;因为那个时候的人类,穴居野处,茹毛饮血,渐渐觉得天然界中所有天然的器具,实在是不够用的,才想拿这些天然的材料,制造一番,来供给他们饮食起居的日

---

❶　[点金化学家]　公元前四世纪左右,希腊有提倡炼金术的,据说能把贱金属炼成黄金;后来盛行于欧洲。后人称提倡这种学说的人为"点金化学家"。

❷　[外铄]　受外来的影响。

❸　[冰川时代的洞居人类在灰石上所刻的毛象的图像]　冰川时代又称"冰河时代",约在二万多年以前,那时欧亚美洲为冰河所掩。据说人类那时已经出现,以游牧为生,猎得的多是毛象,野马,驯鹿之类。并且已经懂得在灰石上刻着毛象等图像。这些雕像还保存于西班牙法兰西等处因开拓而发见的洞穴中。

用。但是我们现在的科学,是在文艺复兴❶的时候重行出世的。当这十五六七世纪的时候,那些科学家,像加里里约牛顿❷并不是为致用而研究科学的。一直到了近年来五六十年间,才有许多科学家,特意的为致用来研究科学。所以致用这一层,在中古期的科学降生,没有什么力量。不过近来的科学的进步,致用也是一个很重要的主动。

(五)好善 人有好善恶恶的本能,卢骚❸说:"我们不知道什么是绝对的恶善,"这话不错,但是我们心里总有个比较的善恶。这个比较,是从辨别得来。科学是辨别的武器,不是糊里糊涂的把前人所说的善恶就当作善恶。必定要明明白白的研究出一个道理来。如果能辨别善恶,来做行为的标准,必定要发达科学。

(六)求简 宇宙万象,繁复不同。古时人类,已经想提出一个纲领来,研究宇宙的真理。因为对于繁复的东西,若是没有简约的方法,简直是对付不了。理不出一个头绪来。所以科学之唯一的方法,就是简约。至于星卜命相各种邪说,都是故作繁难,不要使人家懂得清楚的。因为如果人家懂得清楚,他的本身就不能存在了。古代点金化学家也是如此。他教人家点金的方法,故意用颠倒错乱的数目,来蒙蔽人家。人家学过,仍然不懂。倘人来问他,他便答道,"你下次就可以稍为清楚些了。"所以这些邪说,是科学的仇敌。科学是从繁复之中,用简约的方法,理出头绪来,刚刚合我们心坎儿上所要懂得的。譬如我们有书一架各色不同,若有人把他编成目录,叫我们可以随时取阅,不费时力,我们必定感激他。科学就是替我们在天然界这个大书架上,用简约的方法,理出一个目录来,我们怎得不感激科学呢!

---

❶ 〔文艺复兴〕 欧洲中世纪受蛮族扰乱,文化衰微达于极点。十四世纪到十六世纪间以意大利为中心,开始古希腊,罗马文化复兴运动,到后期,新文化的萌芽怒发。历史上称此时期为文艺复兴时期。

❷ 〔加里里约牛顿〕 加里里约(Galilei,1564—1642)就是加利略(Galileo),意大利的数学家及科学家,和培根哥白尼辈,均为自然科学的先驱者。牛顿(Sir Issac Newton,1642—1727)英国数学自然科学大家。他尝发见微积分,和莱布尼兹不谋而合。又尝研究光线,开后来光学之基。而论其学术上的功业,要以发见引力一事为最著。

❸ 〔卢骚〕 即卢梭。见第三册《文明与奢侈》注。

文章法则甲

二、重要的语体助动词(二)

（二）"来""去"　"来""去"二字当作助动词的时候,用以表达动作的趋势。可以用在动词前面,也可以用在动词后面。文言以用在动词前面者为多,语体以用在动词后面者为多。如:

"请看看我的工作来,请来看看!"场长当然是不去看的。《铁牛》

"来""去"表达动作的趋势,通常以说话者为中心,接近的时候用"来",离远的时候用"去"。因说话时的标准不同,也可以互相调换。如"请看看我的工作来",也可以说作"请看看我的工作去"。前者以说话者为中心,后者以听话者为中心,说法虽不同,都是合乎原则的。

"来""去"二字和表示可能的"得"字常合在一处,造成"得来""得去"的成语,意义都表示可能,等于单用一个"得"字。如:

这种工作我干得来。

这种日子你过得去吗?

"得来"是向内的,表示动作者本身可能;"得去"是向外的,表示周围环境许可这动作实现。如果在否定可能的时候,常省去"得"字,直捷用"来""去"来表示。如:

这种工作我干不来。

这种日子你过不去。

"来""去"二字在语体里因为常用在动词之后,所以往往和上面的动词联结而成成语。如"上来""下去""看来""听去"之类,很多很多。最常见的是"起来"一语。如:

小家庭这样组织起来了。《给亡妇》

我们把异中的同点综合起来。《科学的起源》

做起主妇来。《给亡妇》

他走起路来像个运动员。《学费》

从这些例子看来,"起来"有用在一处的,也有分隔开来用的。分隔开来的用法,在"起""来"之间的常是名词,非目的格即副格。这不但"起来"如此,凡"来""去"和别的动词相关联的时候都是这样。如:

那里走! 只得硬着头皮往你家去。《给亡妇》

用简约的方法,理出一个目录来。《科学的起源》

"来""去"二字的用法,在语体里是很复杂的,尤其是"来"字。"来"字除作动词助动词用以外,尚有别种用法。如"一不做来二不休","这又何苦来"中的"来"字,简直等于助词或感叹词了。

习 问

一、"来""去"二字作助动词用时,文言以用在动词前面者为多。试举例来证明这句话。

二、成语"起来"分隔开来用时,嵌在中间的常是名词,那名词非目的格即副格。为甚么?

一七、求学和致用

刘薰宇❶

"人为什么要求学？"

这个问题的回答，向来有两派：一派是以学问为本位的。他们以为一个人生来就有求知欲，求学只是满足这求知欲，此外并不再为什么；说得文气一点，便是"为学问而求学"。另一派和它正相反，是以人的生活为本位的。他们以为，人的生活非常繁复，要应付这繁复的生活，非有知识不可，但知识不是与生俱来，要"求"然后能得到的，求学是为的要用。

这两派说法，究竟那一派的对呢？

我的回答是：都对或都不对。从根本上仔细加以考察，它们不过见到一面，并没有什么正面的冲突。因为人有求知欲，人类的文化才会发生，同时也因为文化的发展，才把人的生活弄得一天繁复一天。换句话说，便是生活促进文化，文化也促进生活。文化和生活好似连缀成一个环，互为因果地相推进。所以，无论把那一个当因另一个当果，都说得通，但也不免有时说不通。

本文的题目是："求学和致用"，这一段空话和本文有什么关系呢？我所以要说这一段空话的原因，是希望读者诸君先弄明白求学的目的，目的不弄清楚，无论怎样努力，有时总免不了要失望，要灰心，弄到劳而无功的。

读者诸君，都是有了相当知识，不过为了感到知力不够应付生活，或

---

❶　［刘薰宇］　现代贵州贵阳人。留学法国。研究数学。曾任国立暨南大学及西南联合大学教授。著有《教学的园地》等书。

不够改进生活的地位,才于艰难困苦中继续读书求学。自然,这种动机是很正大无可批评的。不过,倘使目的就只在增加一点应付生活或增进生活地位的知力,那恐怕,诸君就很容易失望。诸君所已经有的,和现在正努力寻求的,不过一点现代人应具的常识;不客气说,算不来什么学问;客气点说,至多也只是做学问的一点基础。读者诸君总都知道牛顿吧,那样的学问渊博,还说他不过好像小孩子在海边沙滩上拾到一两只贝壳;一两只贝壳比起汪洋大海来,算得什么! 所以,无论我们认为求学是满足求知欲或是在找它来用,我们都常常会打饥荒。求知欲是无底的深渊,那能填得满? 用么? 一个人既不能预先知道今天以后要用到什么,那能保证今天学的以后就有用,今天不学的以后就用不到?

我认为说到"目的",总不免有些渺茫,有机会求学就努力去求,这才是正当办法。

因了生活的困难,功利思想更加重,这是无可如何的,不过要打好了算盘才求学,这架算盘却没有。根本,一件东西,一点知识,自身本来无所谓有用无用,有用和无用全是就人说的。同样的东西,同样的知识,在这个人毫没有用处,在另一个人却大大的有用,这是常有的。单就一个人说,今天觉得没用的,明天却出于意外地大大儿用到了,这也是常见的。古人说:"世间无废物",这话确实含有至理。许多东西,我们认为毫无用处,这有两种原因:一是在个人的处境上用不到,二是我们还不曾知道怎样使用它。就第一点说,个人的处境,尤其是现代,并不是一成不变的。就第二点说,那只好努力去探求它的使用法。对于东西如此,对于学问也是如此。若要看明白了有用才去学,好像当了学徒才学打算盘,认洋钿一般,这是不大走得通的。

所以,我认为求学无妨说它为的是致用,但不能先派好用场再来学,用场不是可以预先派好的。

也许读者诸君有的要这样问:既不能派好了用场再来学,倘若学来学去,总没有得到它的用处,岂不是白白地费光阴,费力气么?

是的,单就实际的,表面的效果说,确是白费光阴,白费力气。

那么何苦来? 干脆不学它怎样?

这却不是办法，为了免去失望，根本的办法，只有培养兴趣，有了求学的兴趣，在努力求学的当儿，自己就会感到愉快。得到了这种愉快，即使所学的终于毫无用场，光阴和力气也就不是白费了，那一个人，那一个时候，不是在想寻求快乐？

更进一步，所谓求学，原不只是把别人已经得到过的知识装进自己的脑袋里就算功德圆满。这不过是第一步，最重要的，还在第二步，一面使用它，一面推进它。使用，这靠机会，推进，却靠学力。真正的求学便是：有机会，有力量，就努力去学。学了，有机会就使用，没有使用的机会就将它推进。读者诸君！你们想，抱这样的态度来求学，还会怕白费光阴，白费力气么！

一八、一般与特殊

刘叔琴❶

　　如果我们可以用极概括的话来表示思想的轮廓,那么,下面的一段话,须得预先交代清楚。就是:

　　社会问题中最大的问题,就在乎怎样才能够提高大多数人底生活标准? 文化运动中最要的运动,就在乎拼命去提高大多数人底知识标准。

　　这话在实际上确是个难问题,或许竟是人类所永远追求不尽的理想境界。可是理论方面底答案,那倒简单得很,可以一句话包括无遗地地说:

　　要使特殊的一般化,同时也要使一般的特殊化!

　　社会问题的解决应该如此,文化运动的进行也应该如此。智识阶级应该努力在第一点。实际运动者应该努力在第二点。化学之前有炼金术❷,天文学之前有占星术❸,这是谁都知道的事情。由石斧,骨锥,独木舟,而杠杆,滑车,起重机,飞行机,这不是物理学底由来吗? 由自己夸

---

❶ ［刘淑琴］ (一八九二——一九四〇)浙江镇海人。日本东京高等师范毕业。译有《世界史要》,《社会成立史》等。

❷ ［化学之前有炼金术］ 公元前四世纪左右,希腊有提倡炼金术的(已见前注)。中国古代的方士,亦有炼丹砂为黄金的企图,魏伯阳的《周易参同契》上记载得极详。

❸ ［天文学之前有占星术］ 在科学未发达以前,希腊罗马盛行一种占星术(Astrology)。大约就星的大小位置来占候人事吉凶。后来渐渐进步,由迷信的占星术,一变而为科学的天文学,所以天文学亦称"星学"。中国古代也有占星术,如《汉书·艺文志》所载《泰一杂子星》《汉五星彗客行事占验》等都是讲占星术的书。

耀❶，两性竞争，服饰，美装，而美术，而文学，这不是艺术底由来吗？由自然崇拜❷，而祖先崇拜❸，而精神崇拜❹，这不是宗教底由来吗？"有"者，私之始也。由最初自然的占领，而互相尊重私有财产，这不是几千年来法律的精义与道德的极致吗？从前——大约两百多年以前——刘继庄❺说的"圣人六经之教，原本人情"，这一段话，颇能够道出这里面的消息来。他说：

"余观世之人未有不好唱歌，看戏者，此性天中之《诗》与《乐》也；未有不看小说，听说书者，此性天中之《书》与《春秋》也；未有不信占卜，祀鬼神者，此性天中之《易》与《礼》也。"

的确，所谓六经者，只是一般人天性中所有的好唱歌，看戏，喜听说书，看小说，信占卜，祀鬼神底特殊而已。从可知一切具有特殊性的学问，和所有代表学问的特殊性的概念：真，善，美，圣，甚至于中国圣人的所谓《礼》，《乐》，《诗》，《书》，《春秋》，《易》，无一不是一般生活的特殊化。生活有了这些特殊化，它的标准才见提高，它的深度才见增进。全部世界科学史，人生哲学❻史，艺术史，宗教史，它们所指示我们的，就是这一点。这是千万年来无量数人们所曾经努力的成绩，也是人们对付一般的惟一的方法。

地上如果有天国可以建设，我想那唯一的工程师❼便是学问，而这

---

❶　［自己夸耀］　据生物学者的研究，动物中的雄性为求雌性的爱，往往用种种方法，夸耀它自己的美。如鸟类中的雄性，往往用它美丽的羽毛，婉啭的歌喉去引诱雌性，便是自己夸耀的一例。

❷　［自然崇拜］　人类在未开化，或半开化的时代，知识幼稚，思想简单，对于自然界的现象不能了解，便由畏惧而崇拜，如波斯教的拜火，图腾教(Totemism)的崇拜树木，鸟兽，都是。

❸　［祖先崇拜］　从原始的自然崇拜，再进一步而相信人类的灵魂不灭，死后还能给生人以祸害或幸福；又相信人类的幸福，都是他祖先所创造；为崇德报功及求祖先保佑起见，遂产生了祖先崇拜的风俗。

❹　［精神崇拜］　由原始的迷信，再加上一点哲学的意味，便发生精神崇拜。所谓精神，对于物质而言；换句话，就是理想。如佛教徒以涅槃为人生最高的理想，耶教徒以天国为人生最高理想；这便是所谓"精神崇拜"。

❺　［刘继庄］　名献廷，一字君贤，清大兴(今河北属县)人。所著有《广阳杂记》。

❻　［人生哲学］　以道德，宗教，艺术等等及人间普遍生活之要求为根点，而研究人生的目的和意义的哲学。

❼　［工程师］　造路，开矿及主持其他建筑的专门家，普通都称为工程师。

工程师所采用的唯一的方法,便是使一般特殊化而已。把一般都找出个道理来,都弄成功一种学问。这就是一般的特殊化。

一切都是生活的过程,一切都是生活的产物。而这产物只有在再变做生活的养分时才有意义,才有价值。譬如稻米是人种出来的,再去养活人们。学问不是从学问本身产生出来,像音不是从音本身产生出来,色不是从色本身产生出来的一样。生活产生学问,学问再去滋养生活。我们固然希冀一切生活都会变成学问,都会不绝地向内深化;但我们尤其希望各种学问都会去滋养一切人们的生活,都会不绝地向外普及。现代的学问,现代的文化,是千万年以来无量数的人们在地上所建设的伊甸园❶,所创立的象牙塔❷,万万不应该只由少数人独占独享,须得开放起来给大多数人共住共享。这样,才见它是个地上的天国。这个开放的手续便是使特殊的一般化。

一般的特殊化,是生活或文化本身的提高;特殊的一般化,是使大多数人生活或文化的提高。这是一般的人们所应该努力的目标。

---

❶ 〔伊甸园〕 Eden,亚当和夏娃最初所住的园,亦称"乐园"。详见《旧约·创世纪》第二章。

❷ 〔象牙塔〕 语本法国批评家圣白夫。凡是爱慕艺术生活,不满足于物质文明所创造的实利生活,想得到特别的理想的天地,隐身其中,把现代的生活,一切忘掉,另营自我的理想生活,这样的天地就叫做"象牙塔"。

一九、送东阳马生序❶

宋 濂❷

余幼时即嗜学。家贫，无从致书以观，每假借于藏书之家。手自笔录，计日以还。天大寒，砚冰坚，手指不能屈伸，弗之怠❸。录毕，走送之，不敢稍逾约。以是人多以书假余；余因得遍观群书。

既加冠❹，益慕圣贤之道。又患无硕师名人与游，尝趋百里外，从乡之先达❺执经叩问。先达德隆望尊，门人弟子填其室，未尝稍降辞色❻。余立侍左右，援疑质理，俯身倾耳以请。或遇其叱咄，色愈恭，礼愈至，不敢出一言以复。俟其欣悦，则又请焉。故余虽愚，卒获有所闻。

当余之从师也，负箧曳屣，行深山巨谷中；穷冬烈风，大雪深数尺，足肤皲裂❼而不知。至舍，四支僵劲不能动。媵人❽持汤沃灌，以衾拥覆，久而乃和。寓逆旅❾主人。日再食，无鲜肥滋味之享。同舍生皆被绮

---

❶ ［送东阳马生序］ 东阳，今浙江东阳县。古人有作文赠人的，叫做"赠序"，这篇就是属于"赠序"一类。

❷ ［宋濂］ 字景濂，浦江人。元末隐居东明山著书。明初做江南儒学提举，累官至翰林学士承旨。他是明初有名的散文作家。今存《宋学士全集》。

❸ ［弗之怠］ "之"字代替钞写的事情，意思就是"做着钞写的事情不懈怠"。文言中常把"不怕他"写作"弗之惧"，"不计较这件事情"作"不之较"。若作"弗怠之"，"弗惧之"，"不较之"，就违反文言的习惯了。

❹ ［加冠］ 古时男子二十岁而冠，行加冠礼。

❺ ［先达］ 前辈。

❻ ［未尝稍降辞色］ 这是说：先达的言辞容色很严厉，从不曾稍稍和悦过。

❼ ［皲裂］ 皮肤冻裂。皲，音ㄐㄩㄣ。

❽ ［媵人］ 古时陪嫁的人。这里似指舍中的仆人。

❾ ［逆旅］ 客舍，现在叫"旅馆"。

绣,戴朱缨宝饰之帽,腰白玉之环,左佩刀,右备容臭❶,煜然❷若神人;余则缊袍❸敝衣处其间,略无慕艳意,以中有足乐者,不知口体之奉不若人也。

盖余之勤且艰若此,今虽耄老未有所成,犹幸预君子之列而承天子之宠光,缀公卿之后,日侍坐备顾问,四海亦谬称其氏名。况才之过于余者乎?

今诸生学于太学,县官日有廪稍之供❹,父母岁有裘葛之遗,无冻馁之患矣;坐大厦之下,而诵诗书,无奔走之劳矣;有司业、博士❺为之师,未有问而不告,求而不得者也;凡所宜有之书,皆集于此,不必若余之手录,假诸❻人而后见也。其业有不精,德有不成者,非天质之卑,则心不若余之专耳。岂他人之过哉!

东阳马生君则在太学已二年,流辈❼甚称其贤。余朝京师,生以乡人子谒余,撰长书以为贽❽,辞甚畅达;与之论辩,言和而色夷,自谓少时用心于学甚劳,是可谓善学者矣。其将归见其亲也,余故道为学之难以告之。谓余勉乡人以学者,余之志也;诋我夸际遇❾之盛而骄乡人者,岂知予者哉!

---

❶　[容臭]　古时候佩挂在衣衿上的一种香袋。

❷　[煜然]　光彩焕发的样子。煜,音ㄩ。

❸　[缊袍]　用旧絮或碎麻制成的袍子。

❹　[廪稍之供]　廪,音ㄌㄧㄥ。藏米的仓,叫做"廪"。廪米叫做"稍"。官厅所发给的粮食叫做"廪稍"。按:明朝洪武二年,始定各府州县学校生员额数,案月每人给廪米六斗。

❺　[司业博士]　司业是国子监祭酒的副贰,帮助祭酒管理训导学士。国子监有五经博士五人,分经教授。

❻　[诸]　义同"于"字。

❼　[流辈]　同道的人,同辈。

❽　[贽]　音ㄓ,初见面的礼物。

❾　[际遇]　遭逢。

二〇、读书与求学

孙伏园[1]

　　四十岁以上的人,每把求学叫做读书;也就是四十岁以下的人所称的求学。理由是:四十以上的人,一说到求学,即刻会引起他那囊萤映雪[2],窗下十年的读书生活,所以他以为书中自有黄金屋,书中自有颜如玉,[3]读书以外无求学,要求学惟有读书。而四十岁以下的人,在他们年幼的时候,新教育已经发现了曙光[4],知道求学不必限于读书,于是轻轻易易的,把年长者认为读书这件事,用求学两个字来代替了。

　　拿小学校来讲,校内功课共有七八种,国文只占七八种中之一种;国文之中,造句也,缀句也,默写也,问答也,而读书又只占四五种中之一种。中学大学也如此,有试验室,有运动场,有植物园,有音乐会,有各种交际,种种分子凑合而成为所谓求学,读书更是其中的小部分了。

　　有的前辈先生说:学生只准读书,不准做别的事。试设身处地一想,青年学子要不要怒发冲冠,直骂他为昏庸老朽!因为青年一听见他这句话,立刻就要想到,"然则我们踢一脚球,走一趟校园,拿一支试验管也犯罪了,这还成什么世界!"其实呢,前辈先生口中的所谓读书,有一大部分

---

　　❶ 〔孙伏园〕 现代浙江绍兴人,曾任《京报副刊》《武汉中央日报副刊》等编辑,现任湖南衡山县长。著有《伏园游记》等。

　　❷ 〔囊萤映雪〕 晋朝时候有两个苦读的人:一个是车胤,他家里很穷,常常没有油点灯,夏天夜里,他用囊盛了许多萤虫,照着萤光读书。还有一个是孙康,他和车胤一样,家里穷得很,尝于冬月映着雪光读书。

　　❸ 〔书中自有黄金屋书中自有颜如玉〕 宋真宗《劝学篇》中的句子。

　　❹ 〔曙光〕 天将亮时的微光。这里引申作"先兆"解。

也无非是求学,不过在他们壮年的时代,读书以外的求学确是少有罢了。

这两个字的关系并不很小。因为专心读书,第一得不到活的知识。凡书上所有,虽假也以为真,反之,则虽真也以为假,这是读死书的先生们普通毛病。第二,身体一定不能健康。所谓求学,是游戏与工作间隔着做的。在游戏的时候,虽然似把所学渐渐的忘去,其实是渐渐的深刻,凡是学习以后继以游戏的,则其所学必能格外纯熟。因所学纯熟而得到精神上的慰安,因精神上的慰安又影响于身体上的健康。所以专心读书的人决不会有健康的身体的。第三,专心读书的人一定不能在团体中生活。

这第三层最重要。学生到学校里去,不是去读书的,是去求学的,换句话说,就是去学做人的。人是社会的动物,学做人便是学习社会的生活,就是团体的生活。团体生活的要素,如秩序,如提案,如监察等等,都是非常切要的学问。团体生活要保持平安,第一须遵守秩序。章程法律虽然都是纸片,但潜伏着有莫大的势力,这势力本是团体中的各分子所给与的,却依然管束着团体中的各分子。所以各分子如果有扰乱团体安宁的事实,团体一定会有制止的实权,使秩序永远保持。但是各分子中如有真正不满意于团体进行的方向而想设法改良的,也不是没有方法,这方法就是提案,提案希望大多数的通过,所以有宣传,有各种运动,使大多数人对现状感着不满,而对于新提案表示同情,于是而有不费一兵一卒而得着的人群的进步。这就是提案的功效。提案既经通过而尚有不奉行的,乃至被发见有违反议决案的行动的,于是有团体中的任何分子负着监察的责任。这种事例,讲起来非常简单,但孔孟之书里是不载的,前几年的教科书里也未必载,一直到最近的三民教科书里也许会有。但有有什么相干呢?这全在于实地的练习。如果在学校生活时深知球场规则的,出来决不会在各种会场里捣乱,也不至于因一时的私利而起干戈的冲突。十几年来,中华民国的扰攘不出二途,即文人争国会,武人抢地盘是。从前在北京时,朋友间闲扯谈❶,有人研究这现象的原因在

---

❶ [闲扯谈] 北方口语,意思是:随便闲谈。

什么地方。我毫不迟疑的答复他，说这是因为国会议员与督军❶们都没有踢过球的缘故。这句话是顽皮的，意思却是庄重的。那时候的国会议员与督军们，都是旧教育制度下出身，的确一辈子只把读书当做求学，没有受过一毫好好的游戏教育，运动教育，和团体生活的教育。

于今十余年了。情形还是没有十分大变。这次中央全体会议如果开成，那自然是一天大喜；万一开不成，如果有人来问我，我还是不客气的答复他，这是因为中央委员都没有踢过球的缘故。

叫人读书的人现在还是遍地皆是呵！

书是前人经验的帐簿，查阅起来当然可以得到许多东西的，但是前人有的爱上帐，有的爱把帐目记在肚角里，死的时候替他殉了葬。即使前人经验全在书里面，他的一点也只是浅陋的，我们要依着他走过的途径，在实验室里，在运动场里，在博物园里，在实际社会里，一步一步的向前进行。

研求呀，向着学问的大海！书籍只是海边上的一只破船，对于你的造船也许是有参考的用处的，但你却莫规行矩步的照着它仿造，因为这只是前人失败的陈迹，你再也没有模仿的必要了。

再过五十年，我相信，即使是白发老翁，也只有劝人好学，万不会再有人劝人读书了罢。

---

❶　［督军］　北京政府时代各省的军事长官。

文章法则乙

三、诗的本质

从前的古体诗和近体诗（包括绝句和律句）都是韵文，和音乐有着关系的词和曲也是韵文，而广义地说起来，词和曲也就是诗。这些东西除了叶韵以外，又有字数，平仄等限制。这样看来，似乎凡有这些限制的统是诗了。其实并不然。试看"四角号码"的《笔画歌》：

> 一横二垂三点捺，点下带横是零头，
>
> 又四插五方块六，七角八八小是九。

这只是一种便于传习的歌诀罢了，谁也不承认它是诗。再试看近来流行的新体诗，其中一部分全没有这些限制，但一般人却承认它是诗。可见诗的成立不尽在于形式方面的限制，还靠着它的本质。

我们常常听人家在读了一篇散文之后说："这篇文章很有点诗意。"有时，一个人说了几句话，大家说："这几句话含有诗趣。"批评绘画的人往往说："画中有诗。"这所谓"诗意""诗趣"以及绘画中所表出的"诗境"，都指诗的本质而言。诗的本质凝结在诗的形式里头，这才是诗。

诗的本质是情绪，情操，想像等等。不是"所知"，而是"所感"。例如：

> 我听见张君说，李君到南京去了。
>
> 三角形内含三角的和等于两直角。

都只是"所知"，其中决没有诗的本质。若如：

> 大漠孤烟直，长河落日圆。（王维《使至塞上》）

那就是"所感"了。"大漠""孤烟""长河""落日"不只是死板板的景物，

"直"和"圆"不只是随随便便的形容。这些景物唤起一种荒凉之感，尤其是"孤烟直""落日圆"的时候，使人觉得寂寞苍茫，感触无端，怅然凝望。正惟如此，所以这意境中含有诗的本质。

仅仅捉住了诗的本质，而不用艺术的形式表达出来，还是不成其为诗。如说"大漠上笔直地升起一缕烟，靠着长河挂着一轮滚圆的落日"，这样的话，只能说它含有诗趣而已。现在把噜噜苏苏的完全去掉，只剩印象最深的"大漠孤烟""长河落日"以及"直"和"圆"，这是最精粹的说法，也就是艺术的形式。

含有诗的本质的意境，用最精粹的说法表达出来，这才是诗。

习 问

一、陶潜诗六首中"所感"是甚么？ 试逐首加以简略的说明。

二、《给亡妇》篇中也有"所感"，为甚么这一篇并不是诗？

二一、怎样读书

胡　适

我们平常读书的时候，所感到的有三个问题：一，要读什么书；二，读书的功用；三，读书的方法。

关于要读什么书的一个问题，在《京报》❶上已经登了许多学者所选定的"青年必读书"，不过这于青年恐怕未必有多大好处，因为都是选者依照个人的主观的见解选定的，还不如读青年自己所爱读的书好。

读书的功用，从前的人无非是为做官，或者以为读了书，"颜如玉""黄金屋"一类的东西就会来；现在可不然了，知道读书是求智识，为做人。

读书的方法，据我个人的经验，有两个条件：——

（一）精

（二）博

精

从前有"读书三到"的读书法，实在是很好的；不过觉得三到有点不够，应该有四到，是

眼到

口到

---

❶ ［京报］ 邵飘萍主办，在北京出版。民国十三年，添设副刊，每日随报附送，主编者为孙伏园。当时许多学者所选定的青年必读书，就是陆续发表在副刊上的。十五年《京报》被封，副刊亦停版。

心到

手到

眼到　是个个字都要认得。中国字的一点一撇，外国字的 a，b，c，d，一点也不可含糊，一点也不可放过。那句话初看似很容易，然而我国人犯这错误的毛病的，偏是很多。记得有人缮译英文，误 port 为 pork，于是葡萄酒一变而为猪肉了。这何尝不是眼不到的缘故。谁也知道，书是集字而成的，要是字不能认清，就无所谓读书，也不必求学。

口到　前人所谓口到，是把一篇能烂熟地背出来，现在虽然没有人提倡背书，但我们如果遇到诗歌以及有精采的文章，总要背下来，它至少能使我们在作文的时候，得到一种好的影响，但不可模仿。中国书固然要如此，外国书也要那样去做。进一步说：念书能使我们懂得它文法的结构，和其他关系。我们有时在小说和剧本上遇到好的句子，尚且要把他记下来，那关于思想学问上的，更是要紧了。

心到　要是懂得每一句每一字的意思。做到这一点，要有外的帮助，有三个条件：

（一）　参考书，如字典，辞典，类书等。平常说："工欲善其事，必先利其器。"我们读书，第一要工具完备。

（二）　做文法上的分析。

（三）　有时须比较，参考，融会，贯通。往往几个平常的字，有许多解法，倘是轻忽过去，就容易生出错误来。例如英文中的

一个 turn 字，作

v. t. 有十五解，

v. i. 有十三解，

n. 有二十六解，

　　共有五十四解。

又如 strike，v. t. 有三十一解，

v. i. 有十六解，

n. 有十八解，

　　共有六十五解。

又如 go，v. i. 有二十二解，

v. t. 有三解，

n. 有九解，

　　共有三十四解。

　　又如中文的"言"字，"于"字，"维"字，都是意义很多的，只靠自己的能力有时固然看不懂，字典里也有查不出来，到了这时候非参考比较和融会贯通不可了。

　　宋人张载❶说："读书先要会疑"，"于不疑处方是进矣"。又说："可疑而不疑者，不曾学，学则须疑"。"学贵心悟，守旧无功"。

　　手到　何谓手到？手到有几个意思：

　　（一）标点分段。

　　（二）查参考书。

　　（三）做札记；札记分为四种：

　　（甲）抄录备忘。

　　（乙）提要。

　　（丙）记录心得。　记录心得，也很重要；张载曾说："心中苟有所闻，即便札记，否则还失之矣。"

　　（丁）参考诸书而融会贯通之，作有系统之文章。

　　手到的功用，可以帮助心到。我们平常所吸收进来的思想，无论是听来的，或者是看来的，不过在脑子里有一点好或坏的模糊而又零碎的东西罢了。倘若费一番功夫，把他芟除的芟除，整理的整理，综合起来作成札记，然后那经过整理和综合的思想，就永久留在脑中；于是这思想，就属于自己的了。

　　　　博

　　就是什么书都读。中国人所谓"开卷有益"，原也是这个意思。我们为什么要博呢？有两个答案：

---

　　❶ ［张载］　字子厚，宋理学家。郿（今陕西属县）横渠镇人，人称横渠先生。

（一）博是为参考

（二）博是为做人

博是为参考　有几个人为什么要戴眼镜呢？（学时髦而戴眼镜的，不在此问题内）。干脆答一句：是因看不清楚，戴了眼镜以后，就可以看清楚了。现在戴了眼镜，看是清楚的，可是不戴眼镜的时候看去还是糊涂的。王安石❶先生《答曾子固书》里说：

"……读经而已，则不足以知经，故自百家诸子之书，至'难经''素问''本草'❷诸小说，无所不读；农夫女工，无所不问；然后于经为能知其大体而无疑。盖后世学者与先王之时异矣；不如是，不足以尽圣人故也。……致其知而后读，以有所去取，故异学不能乱也。惟其不能乱，故能有所去取者，所以明吾道❸而已……"

他"读经而已，则不足以知经"。我们要推开去说：读一书而已，则不足以知其书。比如我们要读《诗经》，最好先去看一看北大❹的《歌谣周刊》，便觉《诗经》容易懂。倘先去研究一点社会学，文字学❺，音韵学❻，考古学等等以后，去看《诗经》，就比前更懂得多了。倘若研究一点文字学，校勘学❼，伦理学，心理学，数学，光学❽以后去看《墨子》，就能全明白了。

大家知道的：达尔文❾研究生物演进的状态的时候，费了三十多年光阴，积了许多材料。但是总想不出一个简单的答案来，偶然读那马尔

---

❶　[王安石]　字介甫，号半山，临川(今江西属县)人。他是宋朝有名的宰相，得宋神宗的信任，曾创行"青苗钱""保甲制"等新法。

❷　[难经素问本草]　三部古代的医药书。《难经》凡二卷，相传为周朝的秦越人所撰。《素问》凡二十四卷，是医学书之最古者，记黄帝和岐伯问答之语。《本草》凡五十二卷，是部药书，相传为神农氏所作，其实始于后汉，用为书中所载郡县，都是汉时地名。

❸　[吾道]　指儒家的道。

❹　[北大]　北京大学的简称。

❺　[文字学]　研究文字的起源，构造，演变及其音形义的学科。

❻　[音韵学]　研究语言及字的声韵方面的学科。

❼　[校勘学]　校订古书上的错误的学问。

❽　[光学]　研究关于光的学科。

❾　[达尔文]　Charles Robert Darwin(1809—1882)英国的生物学家。倡进化论。

萨斯❶的《人口论》，便大悟起来，了解了那生物演化的原则。

所以我们应该多读书，无论什么书都读，往往一本极平常的书中，埋伏着一个很大的暗示。书既是读得多，则参考资料多，看一本书，就有许多暗示从书外来。用一句话包括起来，就是王安石所谓"致其知而后读"。

博是为做人　像旗杆似的孤另另地只有一技之艺的人固然不好，就是说起来什么也能说的人，然而一点也不精，仿佛是一张纸，看去虽大，其实没有什么实质的也不好。我们理想中的读书人是又精又博，像金字塔那样，又大，又高，又尖。所以我说：

"为学当如埃及塔，
要能博大要能高。"

————————————

❶ 〔马尔萨斯〕　Thomas Robert Malthus(1766—1834)英国的经济学家。所著以《人口论》为最著名。

二二、项籍之死❶

史　记❷

　　项王军壁垓下❸，兵少食尽，汉军及诸侯兵❹围之数重。夜，闻汉军四面皆楚歌❺，项王乃大惊曰："汉皆已得楚乎！是何楚人之多也？"

　　项王则夜起饮。帐中有美人名虞，常幸从❻。骏马名骓，常骑之。于是项王乃悲歌慷慨，自为诗曰：

　　　"力拔山兮气盖世，

　　　时不利兮骓不逝❼。

　　　骓不逝兮可奈何！

　　　虞兮虞兮奈若何！"

歌数阕❽，美人和之，项王泣数行下。左右皆泣，莫能仰视。

---

　　❶　［项籍之死］　项籍，字羽。秦末同叔父项梁起兵；项梁死后，他即作一军领袖。和秦军激战，每战胜利；自立为西楚霸王。又与汉高帝争战，常占优势。可是终于被汉军及诸侯兵所围困，战败而死，本篇是从《史记·项羽本纪》节录出来的。

　　❷　［史记］　书名，汉司马迁撰。上起黄帝，下讫汉武帝，凡十二本纪，十表，八书，三十世家，七十列传，合一百三十卷，为正史中的第一部。

　　❸　［项王军壁垓下］　壁是军垒，这里作动词用，就是"扎营"的意思。垓下，地名，在今安徽灵璧县东南。

　　❹　［诸侯兵］　秦末起兵攻秦者很多。项羽破秦之后，分封这批人为王。这批人互相争夺，也有自立为王的。他们向背不定，有时归附楚军方面，有时归附汉军方面。到项羽在垓下的时候，他们差不多都在汉军方面了。他们的军队就是诸侯兵。

　　❺　［楚歌］　唱楚人的歌曲。

　　❻　［幸从］　被宠爱而跟从在军营中。

　　❼　［骓不逝］　逝就是去。骓不能奔驰而去。

　　❽　［歌数阕］　乐歌奏唱一遍叫做阕。歌数阕就是唱了几遍。

于是项王乃上马骑，麾下壮士骑从者八百余人，直夜溃围❶南出驰走。平明，汉军乃觉之，令骑将灌婴❷以五千骑追之。项王渡淮❸，骑能属者❹百余人耳。项王至阴陵❺，迷失道。问一田父，田父绐曰左❻。左，乃陷大泽中，以故汉追及之。项王乃复引兵而东。至东城❼，乃有二十八骑，汉骑追者数千人。

项王自度不得脱，谓其骑曰："吾起兵至今八岁矣。身❽七十余战，所当者破，所击者服，未尝败北❾，遂霸有天下❿。然今卒困于此，此天之亡我，非战之罪也。今日固决死，愿为诸君决战，必三胜之⓫，为诸君溃围斩将刈旗。令诸君知天亡我，非战之罪也。"

乃分其骑以为四队，四向，汉军围之数重。项王谓其骑曰："吾为公取彼一将。"令四面骑驰下，期山东为三处⓬。于是项王大呼驰下，汉军皆披靡⓭。遂斩汉一将。是时赤泉侯⓮为骑将，追项王。项王瞋目⓯叱之，赤泉侯人马俱惊，辟易⓰数里。与其骑会为三处，汉军不知项王所在，乃分军为三，复围之。项王乃驰，复斩汉一都尉⓱，杀数十百人。复聚其骑，亡其两骑耳。乃谓其骑曰："何如？"骑皆伏曰："如大王言。"

---

❶ ［直夜溃围］ 当夜冲破围军。

❷ ［灌婴］ 从汉高帝定天下，封颍阴侯。后周勃平定诸吕，其立文帝，以功进太尉，寻为丞相。

❸ ［渡淮］ 向东南走，渡过淮河。

❹ ［骑能属者］ 骑兵能够跟从在一起的。

❺ ［阴陵］ 山名，在今安徽和县。

❻ ［绐曰左］ 骗他说应该往左走。

❼ ［东城］ 秦时县名，故城在今安徽定远县东南。

❽ ［身］ 作动词用。亲身经历的意思。

❾ ［败北］ 打败仗。

❿ ［霸有天下］ 在诸侯中间称霸而占有天下。

⓫ ［三胜之］ 战胜汉军三次。

⓬ ［期山东为三处］ 约定在山东分作三处集合。

⓭ ［披靡］ 溃败。

⓮ ［赤泉侯］ 杨喜。其时尚未受侯封，这里作者以杨后日的封号来称他。

⓯ ［瞋目］ 张眼表示愤怒。

⓰ ［辟易］ 奔走退避。

⓱ ［都尉］ 武官名。

于是项王乃欲东渡乌江❶。乌江亭长❷舣❸船待，谓项王曰："江东虽小，地方千里，众数十万人，亦足王❹也。愿大王急渡。今独臣有船，汉军至，无以渡。"项王笑曰："天之亡我，我何渡为！且籍与江东子弟八千人渡江而西，今无一人还。纵江东父兄怜而王我❺，我何面目见之？纵彼不言，籍独不愧于心乎！"乃谓亭长曰："吾知公长者。吾骑此马五岁，所当无敌，尝一日行千里。不忍杀之，以赐公。"

乃令骑皆下马步行，持短兵接战，独籍所杀汉军数百人。项王身亦被十余创，顾见汉骑司马❻吕马童曰："若非吾故人乎？"❼马童面之❽，指王翳❾曰："此项王也。"项王乃曰："吾闻汉购我头千金，邑万户❿，吾为若德⓫。"乃自刎而死。

王翳取其头。余骑相蹂践争项王，相杀者数十人。最其后，郎中骑杨喜，骑司马吕马童，郎中吕胜杨武⓬，各得其一体。五人共会其体皆是，⓭故分其地以封五人，皆为列侯。⓮

---

❶ ［乌江］ 在今安徽和县东北四十里。

❷ ［亭长］ 当时乡里间的小吏职掌捕缉盗贼。

❸ ［舣］ 音 lˇ，整备好船只向岸。

❹ ［王］ 作动词用，意思是"做这块地方这些人民的王"。

❺ ［王我］ 奉我为王。

❻ ［骑司马］ 骑兵中的司马。司马是武官名，职位低于将军。

❼ ［若非吾故人乎］ "若"就是语言中的"你"。故人，老朋友。

❽ ［面之］ 据颜师古说，"面之"是"背之"，不把面孔向项王。

❾ ［指王翳］ 指示给王翳看。

❿ ［邑万户］ 千金以外，再赏以万户之地。

⓫ ［吾为若德］ 我为了你给你点好处吧。德是恩德，好处。

⓬ ［郎中骑……郎中］ 郎中，武官名。细分起来，有骑户车三种。郎中骑即管理骑兵的郎中，户车是指管理宫中的门户和车子。

⓭ ［五人共会其体皆是］ 五人把所得的残碎肢体拼合起来，验明的确都是项王的。

⓮ ［故分其地以封五人皆为列侯］ 此句《史记》原文作"分其地为五：封吕马童为中水侯，封王翳为杜衍侯，封杨喜为赤泉侯，封杨武为吴防侯，封吕胜为涅阳侯"，不如《汉书》之简约。又《史记》此句无"故"字，照文字语气讲，此处应有"故"字，故此句改从《汉书·项籍传》。

二三、张謇〔上〕

张秀亚[1]

　　张謇字季直，咸丰三年[2]五月，诞生于江苏海门常乐镇。他父亲年青的时候，因为穷困，入赘[3]于一个姓吴的小瓷商家，所以他小时候以外祖家的姓为姓，学名吴起元。到后来才改姓张。

　　……他四岁的时候，有一天，正拿着只小木碗，坐在屋门口吃粥，忽然看见漫天大地飞来一群小黑东西，簌簌一阵响，一堆树叶似的落在地上，厚厚密密的，满院子都是。他惊得怪叫起来，扯着母亲的袖子，问是什么东西，母亲回答他说是害庄稼[4]的蝗虫。他听了，便飞快的跑去，拿了一根小木棍来打这些小动物。他一边打一边说："害人的东西！我打死你！"这个懂事的小孩子，年纪才只四岁，便知道对人有害的东西该驱除了。

　　那时候，他已经学着识字了。他父亲遇着农闲，便坐在树荫底下，翻开一本破旧的《千字文》[5]教他读。后来，他竟能从头到尾一字不漏的背出来。全家的人都非常高兴，在他五岁的时候，便将他送进村塾里去读书了。

---

[1] 〔张秀亚〕 现代人，字里未详。

[2] 〔咸丰三年〕 咸丰清文宗年号。三年，当公元一八五三年。

[3] 〔入赘〕 夫入居妻家，姓妻的姓。

[4] 〔庄稼〕 农作物。

[5] 〔千字文〕 从前蒙塾中所读的书，全书一千字，没有一字重复，相传为梁周兴嗣所撰。

　　……他十六岁的时候，去应州试❶。虽然考取了，但名次列在二百名之外。回来之后，他的老师嘲骂他说："假如有一千个人去应试，录取九百九十九人，那一个没考上的就是你！"他听了非常难过，"九百九十九"这五个字，刺痛了他的心。他便在窗格上，帐顶上……都用墨笔写了"九百九十九"这五个字。夜里他防止自己睡得太多，耽误了用功，便用两片青竹夹住了自己的小辫子；睡熟了一翻身，小辫子扯动头皮，他便醒了，揉揉眼睛再读下去。夏天晚上，因为睡得过迟，两只脚放在桌子底下，总是被蚊子咬得满是紫红的疙瘩❷。他后来想了一个巧妙的方法，把脚装在两个空坛子里。这样，他就可以安心用功，不受蚊子的咬咘了。他苦读了一些时候，再去应试，名字果然高高的列在前头了。

　　三十岁以后，他的名声，渐渐大了起来。许多官员都想收他做幕府❸。但他却抱着良禽择木而栖的念头，轻易不肯投幕。他给何炳煜的信上曾经说："我辈如处女❹，岂可不择媒妁❺，草草字人❻。"

　　光绪十年❼，他家乡附近四甲坝一带大闹饥荒。成千成万的灾民，结队在各处呼喊饥饿；许多小孩子，蹲在路旁的垃圾堆边，用肮脏的小手搜寻人家抛弃的瓜皮菜叶，预备带回去当饭吃。他看了这种情形，心里很不忍，便邀集了乡里的头目，绅士，商量发放赈粮。他亲自走了几千里的长路，到烟台一个朋友处，借四百块钱来买赈米，举办平粜❽。

　　他看见通海❾一带土地肥美，栽种桑树很适宜，便劝住民种桑养蚕。替他们开辟了一条新的生路。他凑集了一笔款子，去买许多桑树秧子，

---

　　❶　［州试］　科举时代应试第一次是县试，录取后再府试，录取后再应院试，院试录取，就算入学了。张謇当时是应通州州试，通州当时是直隶州，所以应通州州试，等于应府试。

　　❷　［疙瘩］　皮肤红肿起小块。

　　❸　［幕府］　军队出征，以幕帛作府署，所以叫做"幕府"；军队中所用参谋书记之类，称为"幕友"。后来凡是行政官所延聘的文案书记等都叫"幕府"。

　　❹　［处女］　没有出嫁的女子。

　　❺　［媒妁］　婚姻的介绍人。

　　❻　［草草字人］　马马虎虎许配给人家。

　　❼　［光绪十年］　光绪，清德宗年号。十年，当公元一八八四年。

　　❽　［平粜］　买米来用很贱的价钱卖给贫民。

　　❾　［通海］　通，通州（今南通县）。海，海门。

分赊给乡农。又著了一本小书叫做《蚕桑辑要》,散给种桑的人家,使他们明白怎样种植浇灌,才可以使桑树枝叶繁茂。

当时中国国势一日日的衰微下去。他便抱定振兴国家的念头,立志家居不仕,举办实业。恰巧那时两江总督❶张之洞❷看见《马关条约》❸里有一条是允许日本人在中国境内设立工厂,十分生气,他想:为什么我们自己不设工厂,却先让人家来设立,赚我们的钱,他便在光绪二十三年❹,着手设立纱厂,计划先成立两处。通州一处的厂,请张謇办理。张謇因为这事情正与自己的理想相合,十分高兴的答应了下来。光绪二十五年❺春天,这纱厂便开车纺纱了。从二十三年到二十五年这两年间,真是经历了无限的艰辛,亏得他努力奋斗,才渡过了重重的难关。初开办时,常常感觉款子不够用,今天筹了一笔,明天又得筹了,这一部分筹到了钱,那一部分的钱又没有着落了。有一天他急得无法可想,独自一人走到黄浦滩,❻对着悠悠的白云,浩浩的江水,不觉凄然的流下泪来。又有一次,他为了替厂里筹款,到一处很远的地方去,摸摸衣袋里,一文钱也没有了,他便卖字筹旅费,不肯动用一毫的厂款。经他几年的惨淡经营,这纱厂渐渐的有起色了。

---

❶ 〔两江总督〕 两江,今江苏,安徽,江西之地。总督,官名,为清朝外省统辖文武的最高级长官。两江总督,兼辖江苏,安徽,江西三省。

❷ 〔张之洞〕 (一八三七—一九〇九)字香涛,一字孝达。南皮(今河北属县)人。官至体仁阁大学士,军机大臣。著有《辀轩语》,《劝学篇》等书。为清季的名臣和学者。

❸ 〔马关条约〕 甲午(一八九四年)中日战后,李鸿章于一八九五年和日本在马关所订的和约。

❹ 〔光绪二十三年〕 公元一八九七年。

❺ 〔光绪二十五年〕 公元一八九九年。

❻ 〔黄浦滩〕 上海黄浦江边,又叫"外滩"。

二四、张謇〔下〕

张秀亚

　　纱厂办好了以后，他继续办油厂，面厂，丝厂，铁厂以及轮船公司，奠定中国工业的基础。

　　他又想起从前曾到过的东海边，那里的海滩面积广大，地质很肥沃，他便草定了垦荒的计划，立志要开垦这一片荒田，使它生出鲜绿的稻禾来。光绪二十六年❶，他真个着手了。这一片沙滩，许多人看它荒芜下去，谁也不管；一朝有人想着要利用，许多人便都认这是一块肥肉了，一口咬定土地是他们的，摩拳擦掌的起来争夺。打了许多场的官司❷，才得平静无事。有一夜，忽然有许多流氓地痞结队而来，大肆骚扰。靠着他一人的艰苦奋斗，才将这些困难征服了。

　　在着手垦荒以前，他沿着海岸，修筑一道坚固的石堤，这对于防御和垦荒，都有极大的用处。有一夜，他站在海边，督促工人们修堤。那时候海面上的风大极了。海涛涌起，像壁立的山峰一般。天上几点星，闪闪摇摇的，像要掉下来的样子。许多工人都抱着手臂叹气，说这么大的风浪，工作恐怕不能做了，还是过几天再动手吧。旁边忽有一人高声大呼道："我们要拿所有的气力和大风潮对抗，看究竟我们胜过他，还是他胜过我们！"大家抬头看时，原来便是垦荒督办张謇。他一半身子隐在芦苇丛中，只穿一件薄薄的布衫，已被潮水溅湿了；两条胳臂举了起来，像要和海潮搏战的样子。大家见了极为感动，便勤快的工作起来，不再想停

---

❶ ［光绪二十六年］ 公元一九〇〇年。

❷ ［打……官司］ 诉讼。

手了。不多几天，一道壮伟石堤兀立在海岸上了。

光绪三十年❶，张謇中了状元❷，他并不再进一步走上宫廷的白石阶❸，反而掉过头来走回田野去了。他觉得做官没有意思，要救国，还是从实业和教育上做去。

那时候，他手创的那些大工厂已经十分发达了。每个厂里，机器轧轧的响着，成千成万的工人勤勤恳恳的工作着。出产的东西，销售的很多，厂里每年已经很有盈余了。他便想救国像治病人一样，不能叫病人专吃一样药。他看实业已经有些成绩了，便又想从教育入手。

他想教育中最紧要的便是国民教育，小学校是应该特别注重的。但要有好的小学校，必先造就优良的师资。他便计议着开办师范学校。……先办初等师范，女子师范各一所，再办一所高等师范。

经过几个月的经营，款项，校址，……都弄好了。他真是高兴极了。开学的前一夜，他还和一个姓宋的庶务员在学校的寝室外边，那个庶务员拿着一枝蜡烛照着，他拿着一个小铁锤，在寝室外钉那住宿生的名字板。他还亲自去布置厨房和厕所。他说学校里这两个地方，最需要注重清洁。开学以后，课余的时间，他亲自领着学生到野外去种树。拿了满把的树秧出去，带着两手的泥土回来，每个学生心里都十分高兴。过了些时，那些树木长大起来了，远远看去，满眼是无边的绿色。他和学生商量着，叫这片林子做"学校林"。

他的爱国心是极浓厚的。在实务上，他主张不对外国让步，屈服。即使在谈话之间，他也不许外国人口中吐出一个侮辱中国的字。有一次，他和一个美国使官谈话，谈到中国修筑铁路的事，那美国人笑着说："中国要修那么长一条铁路吗？还不如修一条直通月球的铁路，到月宫去玩玩哩！"他听了十分气愤，逼着政府提出交涉，叫那使官道了歉，才算完事。

他十分崇拜爱国的英雄，常常想利用先烈的事迹，激发国人的爱国

---

❶ ［光绪三十年］ 公元一九〇四年。

❷ ［状元］ 科举时代殿试第一名叫状元。

❸ ［走上宫廷的白石阶］ 指做大官，因为做大官的必得到宫廷去见皇帝。

心。明朝有一个抵御倭寇❶的曹顶❷，勇猛无比，杀戮很多，他将那些尸骨，埋在一个坟穴里，叫做倭子坟。张謇以为这应当加以表彰，便叫人重修倭子坟；并为曹顶铸了一个铜像，持着大刀，骑着骏马，威武非常。又在近处建立了一个小学，希望那些小学生朝夕瞻仰遗容，可以感染到爱国思想。

他儿子九岁的时候，他便买了《爱国二童子传》教他读。孙儿周岁的那一天，家人摆了许多东西叫小孩抓，小孩伸着白嫩的小手，什么也不抓，只抓了一面国旗。他见了高兴极了，便抱过小孙儿来，口中吟诗道："他日能爱国，是我好孙儿！"在这些极琐细的事上，就可以看出他爱国观念的浓厚了。

他虽然中过状元，也做过几任大官❸，但是他非常的节俭。衣裳直到破烂得不能蔽体，他才肯换一件新的。写信总是写在人家寄来的信笺的反面。废纸，包药的纸，他都舍不得扔掉，留下来做便条用。……有一天夜里，他坐着轿子进城，轿夫忘了点灯，守城门的警察就根据警厅的规则——轿子不点灯得付罚金——上前查问。他的轿夫很傲慢的回答道："你不认识吗？你看看轿子里坐的是谁呀？"他在轿子里听见了，立刻喝住轿夫，走下轿来，将罚款交给警察，并且称赞他能够尽职。

……他少年时饱经折磨，中年以后，又每每为国家的厄运沮丧忧郁，所以七十岁以后，他的外表虽然是个康强健壮的老人，但体力实已不济了。七十四岁那年夏天，病了二十多天，就长眠不起了。他卧病的时候，每天有几十个人站在他病室近处，屏息谛听医生诊察后的报告。听得医生说脉象平稳一点，大家便欣然色喜；听得医生说病象不好，大家便伤心落泪。举殡的那一天，有几十万人同声哀哭他。

---

❶　［倭寇］　我国向称日本为倭。那时日本未统一，一部分的日本人向我国沿海作海盗式的掠夺，我们称之为"倭寇"。倭，音ㄨㄟ。

❷　［曹顶］　明通州人。本来是一个盐贩，应督师张经的招募，隶狼山镇总兵部籍，初当小兵，后升小校，打倭寇极勇猛，后战死，邑人替他立专祠，私谥忠节。

❸　［做过几任大官］　张謇曾任实业部长，农商部长，两淮盐政总理，江苏铁道协理，全国水利局总裁，导淮督办等官。

文章法则甲

三、形容词的用途

形容词是用来修饰事物的,常附加于名词(或代名词)。名词加了修饰,全体仍是名词,或名词语。形容词和名词结合的方式有两种,一是直加在名词上,一是带了后介词"的"字"之"字再加在名词上。如:

> 我们平常读书的时候,所感到的有三个问题:一,要读什么书;二,读书的功用;三,读书的方法。《怎样读书》

> 同舍生皆被绮绣,戴朱缨宝饰之帽,腰白玉之环。《送东阳马生序》

形容词和名词结合的时候,带"的"字"之"字与否,本无严格的规矩可说。但是有两点可以注意。一是语调的谐顺。词句的字数,有时宜于偶数,有时宜于奇数,这可以将"的"字"之"字的用否来调节。一是词与词的关系。我国文字没有语尾变化,某词属何性质,全然要看它和他词的关系而定;名词上加形容词,如果恐怕关系不明白,就得用"的"字"之"字来标明。

形容词是附加于名词的,一句中有名词的地方,都可用形容词来修饰。名词在句中有几种用途(即名词的格),每种用途都可加上形容词。除此以外,形容词还有两种重要的用途:

(一)用作句的述语 述语表示事物"怎样"的时候,有动的,也有静的,动的用动词做述语,静的就用形容词做述语。如:

> 这两个字的关系并不很小。《读书与求学》

> 日子真快。《给亡妇》

（二）用作不完全动词的补足语　补足语原有两种：一是用名词（或代名词）做的就是所谓补足格；还有一种就用形容词来做。如：

　　　　那句话初看似很容易，然而我国人犯这错误的毛病的，偏是很多。《怎样读书》

　　　　不拘自五七花至三四十花，……以不散漫，不挤轧，不靠瓶口为妙。《闲情记趣》

形容词短语，在语体里也可作补足语，但文言里不能。语体里用"的"字收束的句子，大概都是用形容词短语作补足语的，如：

　　　　他的爱国心是极浓厚的。《张謇》

　　　　这句话是顽皮的，意思却是庄重的。《读书与求学》

习　问

　　一、同样说国家的政治革新，文言只作"国政革新"，"国"和"政"之间不需用"之"字；语体却作"国家的政治革新"，"国家"和"政治"之间似乎省不掉"的"字。如此情形，随处可以遇到。这是甚么缘故？

　　二、形容词可以用作句的述语，又可以用作不完全动词的补足语。试各举若干例句。

二五、诗两首

杜 甫❶

赠卫八处士❷

人生不相见，动如参与商❸。

今夕复何夕，共此灯烛光。

少壮能几时，鬓发各已苍❹。

访旧❺半为鬼，惊呼热中肠❻。

焉知❼二十载，重上君子堂❽。

昔别君未婚，儿女忽成行；

---

❶ ［杜甫］ （七一二—七七〇）字子美，唐襄阳（今湖北属县）人。家住杜陵，（在陕西长安县东南，陵东南又有一小陵，称少陵。）自称杜陵布衣，又号少陵野老。他做右拾遗和工部员外郎的官，后人又称他杜拾遗或杜工部。他是唐代的大诗人，和李白齐名。著有《杜工部集》。

❷ ［卫八处士］ 隐居不做官的称处士。卫八姓卫，排行第八，就称他"卫八"，唐朝对于亲热的朋友常常有这种称呼。

❸ ［参与商］ 参商两星宿名，参即参宿，商即心宿，商居东方，参居西方，商出则参没，参出则商没，所以用"参与商"来比喻朋友分居各地，不能相见。

❹ ［苍］ 头发斑白。

❺ ［旧］ 故旧，老朋友。

❻ ［惊呼热中肠］ 出惊地呼号，连心肠都觉得热辣辣的。

❼ ［焉知］ 同于"安知"，在语言中只是"那里知道"。

❽ ［重上君子堂］ 这句话通俗一点说，就是："再到你家里来。"君子是客气话。

怡然敬父执❶，问我来何方。

问答乃未已❷，儿女罗酒浆❸。

夜雨剪春韭，新炊间黄粱❹。

主称会面难，一举累十觞❺。

十觞亦不醉，感子故意长❻。

明日隔山岳，世事两茫茫。

茅屋为秋风所破歌

八月秋高风怒号，卷我屋上三重茅。

茅飞渡江洒江郊；高者挂罥❼长林梢，下者飘转沈塘坳。

南村群童欺我老无力，忍能对面为盗贼；

公然抱茅入竹去，唇焦口燥呼不得；归来倚杖自叹息。

俄顷风定云墨色，秋天漠漠❽向昏黑。

布衾多年冷似铁，娇儿恶卧❾踏里裂。

床头屋漏无干处，雨脚如麻未断绝。

自经丧乱少睡眠，长夜沾湿何由彻❿。

安得广厦⓫千万间，大庇天下寒士俱欢颜，风雨不动安如山。

呜呼！何时眼前突兀见此屋，吾庐独破受冻死亦足。

---

❶ ［怡然敬父执］ 怡然，和颜悦色地。父亲的朋友称为父执。

❷ ［乃未已］ 还没有完。

❸ ［罗酒浆］ 罗，罗列。酒浆，泛指一切饮类，即酒和美汤之类。

❹ ［新炊间黄粱］ 黄粱即粟，俗称"小米"。

❺ ［一举累十觞］ 一口气连喝了好多杯酒，十觞，极言其多。

❻ ［感子故意长］ 子就是语言中的"你"。故意，旧交情。

❼ ［罥］ 音ㄐㄩㄢˋ，悬挂。

❽ ［漠漠］ 昏昏地，暗暗地。

❾ ［恶卧］ 睡相不好。

❿ ［长夜沾湿何由彻］ 彻，达到天亮。这句是极言破屋而遭逢夜雨，等不到天亮的苦处。

⓫ ［广厦］ 大房子。

二六、站在各自的岗位上(创刊词)❶

呐喊周刊❷

　　大时代❸已经到了! 民族解放的神圣的战争❹要求每一个不愿做亡国奴的人贡献他的力量。

　　在这时候,需要热血,但也需要沈着。在必要的时候,人人要有拿起枪来的决心;但在尚未有此必要时,人人应当不慌不忙,站在各自的岗位上,做那应做的而且能做的工作。

　　我们一向从事于文化工作❺,在全民族总动员❻的今日,我们应做的事,也还离不了文化工作——不过是和民族解放的神圣的战争紧紧地配合起来的文化工作。我们的武器是一枝笔,我们用了我们的笔,曾经画过民族战士的英姿,曾经描下汉奸们的丑相,曾经喊出了在日本帝国主义铁蹄下的同胞❼的愤怒,曾经表白了四万五千万同胞保卫祖国的决心

---

　　❶ [创刊词] 报纸和杂志开始刊行时,往往特撰一篇文章表明自己的态度和宗旨,这叫做创刊词,也称发刊词。

　　❷ [呐喊周刊] 这是上海八一三战事爆发以后,上海文学社文季社中流社译文社合编的一种周刊。

　　❸ [大时代] 变动很大关系很重要的时代。

　　❹ [民族解放的神圣的战争] 我国因日本不断作军事侵略,起而为全面抗战,其目的在争取民族解放,和寻常的战争意义有别,所以称为民族解放的神圣的战争。

　　❺ [文化工作] 文化工作的范围很广,这里指撰著文艺,编译书报等事而言。

　　❻ [民族总动员] 军事上用语,指战争时派出军队,发送军需而言。引伸开来,凡大家拿出心思力量来,参加某一件大事业,也可以称为动员。民族总动员是说全民族的人都拿出心思力量来,共同支持这个民族解放的神圣的战争。

　　❼ [在日本帝国主义铁蹄下的同胞] 指沦陷在敌人军事势力下的地方的同胞。

和急不可待的热忱；而且，也曾经对日本军阀压迫下的日本人民诉说了他们所应做的事，并寄与了兄弟般的同情。

这都是我们曾经做过的，我们今后仍将这样做。我们的能力有限，不敢说我们能够做得好，但我们相信我们工作的方向没有错误。

中华民族开始怒吼了！中华民族的每一个儿女❶赶快从容不迫地站上各自的岗位罢！

向前看！眼前有炮火，有血，有苦痛，有人类毁灭人类的悲剧；但在这炮火，这血，这苦痛，这悲剧之中，就有光明和快乐产生出来，那就是中华民族的自由解放！

只有争取独立自由的中国，才能保障东亚的乃至世界的和平。同胞们，认识我们的光荣伟大的使命！被压迫的日本人民和被驱遣到战场上来的日本士兵们，也请认清你们的地位，坚决地负起你们自己解放的任务来，让亚洲两大民族达到真正的共存共荣❷！

"和平，奋斗，救中国！"我们要用血淋淋的奋斗来争取光荣的和平！同胞们，站上各自的岗位，向前警戒！一百二十分的坚决！一百二十分的谨慎！

---

❶ ［中华民族的每一个儿女］　中华民族的每一个人。中华民族犹如一位父亲，每一个中华人都是他的儿女。

❷ ［让亚洲两大民族达到真正的共存共荣］　日本的军阀和野心家常常说中日两个民族应谋共存共荣，实际上却想灭亡我国而让日本独存独荣。惟有日本人民也起来谋自己解放，排去这批军阀和野心家，中日两个民族才可以达到真正的共存共荣。

二七、女儿国

镜花缘❶

　　行了几日,到了女儿国,船只泊岸。多九公❷来约唐敖❸上去游玩。唐敖因闻得太宗命唐三藏西天取经❹,路过女儿国,几乎被国王留住,不得出来,所以不敢登岸。多九公笑道,"唐兄虑的固是,但这女儿国非那女儿国可比。若是唐三藏所过女儿国,不独唐兄不应上去,就是林兄❺明知货物得利,也不敢冒昧上去。此地女儿国却别有不同:历来本有男子,也是男女配合,与我们一样;其所异于人的,男子反穿衣裙,作为妇人,以治内事;女子反穿靴帽,作为男人,以治外事。男女虽亦配偶,内外之分,却与别处不同。"

　　唐敖道,"男为妇人,以治内事,面上可用脂粉?两足可须缠裹?"林之洋道,"闻得他们最喜缠足,无论大家小户,都以小脚为贵,若讲脂粉,更是不能缺的。幸亏俺生中原,若生这里,也教俺裹脚,那才坑杀人哩!"因从怀中取出一张货单道,"妹夫,你看,上面货物就是这里卖的。"

　　唐敖接过,只见上面所开脂粉,梳篦等类,尽是妇女所用之物。看

---

　　❶　[镜花缘]　清李汝珍所作的章回体小说,全书一百回,叙唐武后开科取才女事,而以唐敖的游历海外做穿插。这一节是《镜花缘》第三十二回的下半回。

　　❷　[多九公]　唐敖船上的舵工。

　　❸　[唐敖]　《镜花缘》中的主人公。

　　❹　[唐三藏西天取经]　唐释玄奘号三藏法师。西天,指印度,唐三藏曾赴印度,求取佛经。吴承恩著小说《西游记》,以唐三藏西天取经做线索,记述种种怪诞的事情。

　　❺　[林兄]　就是林之洋。他是唐敖的妻舅,专做"飘洋"生意,唐敖跟着他游历海外。

罢,将单递还道,"当日我们岭南❶起身,查点货物,小弟见这物件带的过多,甚觉不解,今日才知却是为此。单内既将货物开明,为何不将价钱写上?"林之洋道,"海外卖货,怎肯预先开价,须看他缺了那样,俺就那样贵。临时见景生情,却是俺们飘洋❷讨巧处。"

唐敖道,"此处虽有女儿国之名,并非纯是妇人,为何要买这些物件?"多九公道,"此地向来风俗,自国王以至庶民,诸事俭朴;就只有个毛病,最喜打扮妇人。无论贫富,一经讲到妇人穿戴,莫不兴致勃勃,那怕手头拮据❸,也要设法购求。林兄素知此处风气,特带这些货物来卖。这个货单,拿到大户人家,不过三两日就可批❹完,临期兑银发货。虽不能如长人国,小人国大获其利,看来也不止两三倍利息。"

唐敖道,"小弟当日见古人书上有'女治外事,男治内事'一说,以为必无其事,那知今日竟得亲到其地。这样异乡,定要上去领略领略风景。舅兄今日满面红光,必有非常喜事,大约货物定是十分得彩❺,我们又要畅饮喜酒了。"

林之洋道,"今日有两只喜鹊,只管朝俺乱噪;又有一对喜蛛,巧巧落俺脚上;只怕又像燕窝那样财气❻,也不可知。"拿了货单,满面笑容去了。

唐敖同多九公登岸进城,细看那些人,无老无少,并无胡须,虽是男装,却是女音;兼之身段瘦小,袅袅婷婷❼。唐敖道,"九公,你看他们原是好好妇人,却要装作男人,可谓矫揉造作❽了。"多九公笑道,"唐兄,你是这等说,只怕他们看见我们,也说我们,放着好好妇人不做,却矫揉造作充作男人哩。"

---

❶　〔岭南〕　指现在的广东。

❷　〔飘洋〕　航海。从前航海单凭风力,故有此语。

❸　〔拮据〕　紧迫,不宽裕。

❹　〔批〕　批发,就是蛮卖,对零售而言。

❺　〔得彩〕　得利。

❻　〔燕窝那样财气〕　燕窝在中国是名贵的补品,但林之洋船过君子国时,见那边的人把燕窝当做粉条一般看待,毫不珍惜,他就照粉条价钱收买了十担燕窝,发了一笔财。

❼　〔袅袅婷婷〕　形容女子身段柔软,走起路来一扭一扭地。

❽　〔矫揉造作〕　把曲的弄直,或把直的弄曲,引申作"勉强硬做"的意思。

唐敖点头道，"九公，此话不错，俗话说的'习惯成自然'，我们看他虽觉异样，无如他们自古如此。他们看见我们，自然也以我们为非。此地男子如此，不知妇人又是怎样？"多九公暗向旁边指道，"唐兄，你看那个中年老妪，拿著针线做鞋，岂非妇人么？"

唐敖看时，那边有个小户人家，门内坐着一个中年妇人，一头青丝黑发，油搽的雪亮，真可滑倒苍蝇，头上梳一盘龙鬏儿❶，鬓旁许多珠翠，真是耀花人眼睛；耳坠八宝金环❷；身穿玫瑰紫的长衫，下穿葱绿裙儿；裙下露着小小金莲❸，穿一双大红绣鞋，刚刚只得三寸；伸着一双玉手，十指尖尖，在那里绣花；一双盈盈❹秀目，两道高高蛾眉❺，面上许多脂粉。再朝嘴上一看，原来一部胡须，是个络腮胡子❻！看罢，忍不住扑嗤❼笑了一声。

那妇人停了针线，望着唐敖喊道，"你这妇人敢是笑我么？"这个声音，老声老气，倒像破锣一般！把唐敖吓的拉着多九公朝前飞跑。那妇人还在那里大声说道，"你面上有须，明明是个妇人；你却穿衣戴帽，混充男人，你也不管男女混杂！你明虽偷看妇女，你其实要偷看男人。你去照照镜子，你把本来面目都忘了！你这蹄子❽，也不怕羞！你今日幸亏遇见老娘，你若遇见别人，把你当作男人偷看妇女，只怕打个半死哩！"

唐敖听了，见离妇人已远，因向九公道，"原来此处语音却还易懂。听他所言，果然竟把我们当作妇人。他才骂我蹄子，大约自有男子以来，未有如此奇骂。这可算得千古第一骂。"

又朝前走，街上也有妇人在内。举止光景，同别处一样，裙下都露小小金莲，行动时腰肢颤颤巍巍。一时走到人烟丛杂处，也是躲躲闪闪，遮

---

❶ ［盘龙鬏儿］ 盘龙形的发髻。"鬏"字字典上是没有的，当读作"秋"字的音。

❷ ［耳坠八宝金环］ 耳朵上戴着宝玉镶嵌的金环。凡用宝玉或珍珠镶嵌的都叫八宝。

❸ ［金莲］ 妇女小脚的别名。

❹ ［盈盈］ 形容眼目的清秀。

❺ ［蛾眉］ 蚕蛾的触须，细而长曲，所以用来形容女子的眉。

❻ ［络腮胡子］ 胡子从人中下巴连生到面颊旁的。

❼ ［扑嗤］ 笑声。

❽ ［蹄子］ 俗骂妇女的词儿，含有轻贱不端等意义。

遮掩掩，那种娇羞样子，令人看着也觉生怜。也有怀抱着小的，也有领着小儿同行的。内中许多中年妇人，也有胡须多的，也有胡须少的，还有没须的。及至细看，那中年无须的，原为要充少妇，惟恐有须显老，所以拔的一毛不存。

唐敖道，"九公，你看这些拔须妇人，面上须孔犹存，倒也好看，但这人中下爬❶，被他拔的一干二净，可谓寸草不留，未免失了本来面目。必须另起一个新奇名字才好。"多九公道，"老夫记得《论语》有句'虎豹之鞟'❷。他这人中下爬，都拔的光光，莫若就叫'人鞟'罢。"唐敖笑道，"鞟是皮去毛者也。这'人鞟'二字，倒也确切。"

多九公道，"老夫才见几个有须妇人，那部胡须，都似银针一般。他却用墨染黑，面上微微还有墨痕。这人中下爬，被他涂的失了本来面目，唐兄何不也起一个新奇名字呢？"唐敖道，"小弟记得卫夫人❸讲究书法，曾有'墨猪'❹之说，他们既是用墨涂的，莫若就叫'墨猪'罢。"多九公笑道，"唐兄，这个名字不独别致，并且很得'墨'字'猪'字之神。"

二人说笑，又到各处游了多时，回到船上，林之洋尚未回来❺。

---

❶ ［人中下爬］ 鼻以下唇以上叫"人中"。下唇以下叫"下爬"。通常作"下巴"。

❷ ［虎豹之鞟］ 见《论语·颜渊章》。

❸ ［卫夫人］ 晋朝黄门郎卫恒的从女，汝阴太守李矩的妻，有名的书家王羲之曾跟她学过书法。

❹ ［墨猪］ 卫夫人作《笔阵图》，把写字写得肥蠢的叫做"墨猪"。

❺ ［林之洋尚未回来］ 原来林之洋被女儿国王留住了，要他做王妃，把他改扮女装，闹出许多笑话。

二八、宝玉❶受打

红楼梦❷

宝玉听见贾政❸吩咐他不许动,早知凶多吉少。正在厅上旋转,怎得个人来往里头送信,偏偏的没个人来。……急得手脚正没抓寻处,只见贾政的小厮❹走来,逼着他出去了。

贾政一见,眼都红了,也不暇问他什么,只喝命"堵❺起嘴来,着实打死!"小厮们不敢违拗,只得将宝玉按在凳上,举起大板,打了十来下。宝玉自知不能讨饶,只是呜呜的哭。贾政还嫌打的轻,一脚踢开掌板的,自己夺过板子来,狠命的又打了十几下。

宝玉生来未经过这样苦楚,起先觉得打的疼不过,还乱嚷乱哭,后来渐渐气弱声嘶❻,哽咽❼不出。众门客❽见打的不祥❾了,赶着上来恳求解劝。贾政那里肯听,说道:"你们问问他干的勾当可饶不可饶!素日皆

---

❶ 〔宝玉〕《红楼梦》中的主人公,姓贾。

❷ 〔红楼梦〕又名《石头记》,是一部描写一个大家庭由盛而衰的生活的小说。现在最流行的本子,凡一百二十回。据胡适的考证,作者曹雪芹,名霑,祖先是汉人而归于满族的。他的祖父和父亲都做过江宁织造,家庭原来很繁荣,但不知为了什么后来却衰败了。所以他的境遇也就很坏。他在四十多岁上就死了(一七一九——一七六四)。原书他只写到八十回,后四十回是高鹗续成的。鹗字兰墅,满洲人,乾隆乙卯进士。按,本篇从第三十三回选出。

❸ 〔贾政〕宝玉的父亲。

❹ 〔小厮〕仆役。

❺ 〔堵〕塞。

❻ 〔嘶〕声音破裂,音西。

❼ 〔哽咽〕气结喉塞,呜咽发声。

❽ 〔门客〕收留在家里,陪从凑趣的客人。

❾ 〔不祥〕不好,不平安。

是你们这些人，把他酿坏❶了到这步田地，还来劝解！明日酿到他弑❷父弑君，你们才不劝不成！"众人听这话不好，知道气急了，忙乱着觅人进去送信。

王夫人❸听了，不及去回贾母❹，便忙穿衣出来。也不顾有人没人，忙忙扶了一个丫头，赶往书房中来，慌得众门客小厮等避之不及❺。

贾政正要再打，一见王夫人进来，更加火上添油，那板子越下去的又狠又快。按宝玉的两个小厮忙松手走开，宝玉早已动弹不得了。

贾政还要想打时，早被王夫人抱住板子。贾政道："罢了，罢了，今日必定要气死我才罢！"王夫人哭道："宝玉虽然该打，老爷也要保重。且炎热天气，老太太❻身上又不大好。打死宝玉事小，倘或老太太一时不自在❼了，岂不事大！"

贾政冷笑道："倒休提这话！我养了这不肖的孽障❽，我已不孝。平昔要教训他一番，又有众人护持。不如趁今日结果了他的狗命，以绝将来之患。"说着，便要绳来勒❾死。

王夫人连忙抱住哭道："老爷虽然应当管教儿子，也要看夫妻分上。我如今已经是五十岁的人，只有这个孽障。必定苦苦的以他为法，我也不敢深劝。今日越发要弄死他，岂不是有意绝我呢！既要勒死他，索性先勒死我，再勒死他。我们娘儿们不如一同死了，在阴司❿里也得个倚靠。"说毕，抱住宝玉放声大哭起来。贾政听了此话，不觉长叹一声，向椅

---

❶　[酿坏]　教导坏，纵容坏。

❷　[弑]　杀，专用于卑幼杀尊长。

❸　[王夫人]　宝玉的母亲。

❹　[贾母]　宝玉的祖母。

❺　[慌得……避之不及]　当时大家庭的礼法，内眷所到的地方，客人及男仆应该回避。现在王夫人突如其来，所以慌得众门客小厮等避之不及。

❻　[老太太]　指贾母。

❼　[不自在]　不快活，不舒服。

❽　[孽障]　佛家语，本意是从前作了种种罪孽，致生现在的障碍。这里用作指称宝玉的骂詈语。

❾　[勒]　用绳子紧抑喉部。

❿　[阴司]　世俗迷信，以为人死以后为鬼，居于阴世，阴世也有官司，和阳世相仿。

上坐了,泪如雨下。

王夫人抱着宝玉,只见他面白气弱,底下穿着一条绿纱小衣❶,一片皆是血渍。禁不住解下汗巾去,由腿看至膝胫,或青或紫,或肿或破,竟无一点好处,不觉大哭起"苦命的儿"来。因哭出"苦命的儿"来,又想起贾珠❷来,便叫着贾珠哭道:"若有你活着,便死一百个,我也不管了。"

此时里面的人闻得王夫人出来,李纨❸凤姐❹及迎❺探❻姊妹两个也都出来了。王夫人哭着贾珠的名字,别人还可,惟有李纨禁不住也抽抽搭搭的哭起来了。贾政听了,那泪更似走珠一般滚下来了。

正没开交处,忽听丫嬛❼来说:"老太太来了!"一言未了,只听窗外颤巍巍的❽声气说道:"先打死我,再打死他,就干净了!"

贾政见母亲来了,又急又痛,连忙迎出来。只见贾母扶着丫头,摇头喘气的走来。贾政上前躬身陪笑❾,说道:"大暑热的天,老太太有什么吩咐,何必自己走来,只叫儿子进去吩咐便了。"

贾母听了,便止步喘息❿,一面厉声⓫道:"你原来和我说话!我倒有话吩咐,只是我一生没养个好儿子,却叫我和谁说去!"

贾政听这话不对,忙跪下含泪说道:"儿子管他,也为的是光宗耀祖。老太太这话儿子如何当的起!"

贾母听说,便啐了一口,说道:"我说了一句话,你就禁不起。你那样下死手的板子,难道宝玉儿就禁的起了!你说教训儿子是光宗耀祖,当日你父亲怎么教训你来着!"说着,也不觉泪往下流。

---

❶ 〔小衣〕 裤。
❷ 〔贾珠〕 宝玉的哥哥,已亡故。
❸ 〔李纨〕 宝玉的嫂子,贾珠的寡妻。
❹ 〔凤姐〕 王熙凤,宝玉的从嫂。
❺ 〔迎〕 迎春,宝玉的从姊。
❻ 〔探〕 探春,宝玉的异母姊。
❼ 〔丫嬛〕 婢女,即丫鬟。
❽ 〔颤巍巍的〕 形容声音的抖动和喘气的利害。
❾ 〔躬身陪笑〕 伛着身躯,勉强做着笑脸。
❿ 〔喘息〕 喘气。
⓫ 〔厉声〕 严厉的声音。

　　贾政又陪笑道:"老太太也不必伤感,都是儿子一时性急。从此以后,再不打他了。"贾母便冷笑两声道:"你也不必和我赌气。你的儿子,自然你要打就打。想来你也厌烦我们娘儿们,不如我们早离了你,大家干净。"说着,便命人去看轿,"我和你太太宝玉儿立刻回南京❶去。"家下人只得答应着。

　　贾母又叫王夫人道:"你也不必哭了。如今宝玉儿年纪小,你疼他。他将来长大,为官作宦的,也未必想着你是他的母亲了。你如今倒是不疼❷他,只怕将来还少生一口气呢。"贾政听说,忙叩头说道:"母亲如此说,儿子无立足之地了!"贾母冷笑道:"你分明使我无立足之地,你反说起你来! 只是我们回去了,你心里干净,看有谁来不许你打!"一面说,一面只命快打点行李车马回去。贾政直挺挺跪着,叩头谢罪。

　　贾母一面说,一面来看宝玉。只见今日这顿打,不比往日,又是心疼,又是生气,也抱着哭个不了。王夫人与凤姐等劝解了一会,方渐渐的止住。

　　早有丫嬛媳妇❸等上来要搀宝玉。凤姐便骂:"糊涂东西,也不睁开眼瞧瞧! 这个样儿,怎么搀着走的? 还不快进去把那藤屉子春凳抬来呢!"众人听了,连忙飞跑进去,果然抬出春凳来,将宝玉放上,随着贾母王夫人等进去,送至贾母屋里。

　　彼时贾政见贾母怒气未消,不敢自便,也跟着进来。看看宝玉果然打重了,再看看王夫人一声肉一声儿的哭着,贾政听了,也就灰心❹自己不该下毒手,打到如此地步。先劝贾母。贾母含泪说道:"儿子不好,原是要管的,不该打到这分儿。你不出去,还在这里做什么? 难道于心不足,还要眼看着他死了才算吗?"贾政听说,方诺诺退出去了。

---

　　❶　[南京]　《红楼梦》一书中,并不明言贾家所在地是那里,但从景物风俗上看来,却是北方。而贾家的老家则在南京。

　　❷　[疼]　爱,这是北方话。

　　❸　[媳妇]　仆妇。

　　❹　[灰心]　这里是"懊悔"的意思,和通常说的"灰心"不同。

文章法则乙

四、抒情诗和叙事诗

诗可以分为两大类，就是抒情诗和叙事诗。

抒情诗纯粹以"所感"为中心。所感的范围很广。或是个人的哀乐，或是广众的悲欢，或是对于某种事物而兴起的某种情绪，或是对于某种意想而发生的某种情操：这些都属于所感的范围。把所感抒写出来而成诗，技巧当然很多，不可一概而论。并且，每一个大诗人有他独创的技巧，要包括说尽，事实上也办不到。然而，提出最基本的几点来说，却未尝不可。

第一，要问所感是不是深切的，真挚的。死了一个很好的朋友，心里非常悲伤。这还不一定适于写一首抒情诗。因为仅仅感到悲伤，写出来也只是一串的"悲伤"，那是不成其为诗的。如果那朋友死后，你觉得虽然在稠人广众中间，宛如在荒岛上一样。你就不妨写诗了。因为这所感比较仅仅悲伤来得深切，真挚。第二，要选定相应于内容的形式。内容是庄严的，不该用轻快的体格，内容是闲适的，不该用激昂的体格。他如韵脚，句式，都得视内容而定。这就是内容决定形式的说法。第三，要具体地描写。诗所写的虽是所感，而传达这所感，却靠着具体的事物。像前面举过的"大漠孤烟直，长河落日圆"，就是一个例子，其所以能把一种荒凉之感传达给读者，就在于具体地描写景物。

以上几点，可以说是最基本的。试取若干好的抒情诗来看，长处固然各各不同，但决没有不顾到这几点的。

叙事诗和抒情诗的不同，在乎它叙述一些故事，而抒情诗则不然。

它又和叙述文各别。叙述文仅仅报告一些事情,而叙事诗的写作,却由于作者对那故事有了深浓的感兴。没有所感就没有诗,抒情诗如此,叙事诗也如此。因此,上面所说抒情诗最基本的几点,在叙事诗同样可以适用。

习　问

一、试就《赠卫八处士》一诗,指出它怎样具体地描写。

二、《木兰诗》是一首叙事诗,它和叙述文有甚么不同的处所?

二九、流　星

〔德国力器德❶原著〕

刘　复

　　一夕，人静矣，纽约❷某小屋中，乃有一老者倚窗外眺，举其沈默悲伤之眼，仰视蔚蓝之天。见满天星斗❸，色泽皎洁，自东徂西，运行无阻，有如碧波缥渺之湖中，缀以白色之水百合花。老者复俯视大地，地至僻野，荒冢累累，因思"彼冢中之朽骨悉为过去之人，当其未过去时，为善为恶，各自不同，今则不问善恶，悉闭锢于此天然界之土狱❹中。我命殊蹇❺，独立无援。然以吾视彼，彼殊不如我；盖吾虽无援，犹不若彼之甚也。特恐数年而后，吾亦不免步彼后尘❻，或且反不如彼耳！"思之慨然。老者年事❼可六十。此六十年中，所言所事，不问巨细，可以"罪恶"二字括之。今年老矣，心身交困，静思往事，不堪回首；叹息而外无声音，饮泣而外无动作。人谓老而贫病交迫，乃一生之大不幸。不知贫病仅肉体之痛苦耳，使有精神上之痛苦在，其不幸且万倍。

　　老者当成童之际，其父曾紧握其手，以诚挚之声告之曰："儿乎，世事

---

❶　〔力器德〕　P. F. Richter(1763—1825)，德国小说家，是浪漫派文学的先驱。

❷　〔纽约〕　New York，美国东部的大商港。

❸　〔星斗〕　斗，本来专指南斗北斗诸星，但与"星"字联在一起合成"星斗"时，就泛指众星了。

❹　〔天然界之土狱〕　指荒冢而言。

❺　〔蹇〕　困厄。

❻　〔步……后尘〕　跟在后面。

❼　〔年事〕　年纪。

浩如烟海❶；然简言之，两途而已。循其一以行，可抵乐土。土美，泉甘，风和，日暖，稻花香中杂以鸟语嘤嘤❷，如天使❸之清歌。其一则为深杳不测之幽洞，草木不生，流毒汁以为水，藏毒蛇以噬人。兹二途者，孰吉孰凶，何去何从，吾儿善自择之可耳。"

至是，老者仰天长叹曰："噫！少年之时光乎！再来！再来！噫！父乎！父乎！当父以两途之说语我也，我实处于两途之岐点。今则深堕于幽洞之底，虽欲返岐点而另入善途，不可得矣。呜呼！此岐点者，入世之总门也。以吾父在天之灵，其能挈我出此不测之幽洞，而复导我至门畔耶？噫，噫，少年！噫，噫，吾父！"

时万籁❹都寂，时乎❺不来，阿父亦渺❻。

老者复仰视天空，见一轮皓月，运行如矢。喟然叹曰："一生几见月当头！此运行如矢之皓月，即余少年时代所毁灭之光阴也❼。"旋见一流星，光芒夺目，乃不刹那❽已窜入碧空深处，不可复睹。则曰："嗟夫，此流星者，其为余一生之写照耶！忆年少之时，伴侣至多。彼等咸能以道德自范，以勤劳自励。迄今同一纽约也，彼等安然处之；同一风烛残年❾也，彼等怡然度之。将来同一脱离人世也，彼等欢笑赴之。我则何如。"

已而礼拜堂之洪钟锵然高鸣，声声入耳。老者曰："此钟声者，殆所以唤醒余一生已死之灵魂，而促余回思往事者耶？呜呼，往事茫茫，不堪回首！忆及儿时，父母爱我，以我为可儿❿也；师长教我，以我为可儿也；

---

❶　［浩如烟海］　浩繁得像大海一样。

❷　［嘤嘤］　鸟鸣声。

❸　［天使］　angel 的译称。基督教徒说是上帝的侍者，有翅膀，能飞行，传达神意于凡人。

❹　［万籁］　各种声响。

❺　［时乎］　这个"乎"字并不表示疑问或惊叹的口气。只是附属在"时"字上，使成双音，念起来顺口，并且见得语气加重而已。

❻　［阿父亦渺］　这是说老者呼唤他的父亲，而父亲终于渺不可见。

❼　［即余少年时代所毁灭之光阴］　这是说少年时代所消磨的光阴，就像这运行如矢的月亮一般，去得很快。

❽　［刹那］　梵语的音译，意为极短促的时间。

❾　［风烛残年］　老年人身体衰弱，易于病死，犹如风中的烛火，易于熄灭；所以称老年为风烛残年。

❿　［可儿］　好孩子，有出息的孩子。

牧师❶为我祝福,以我为可儿也。呜呼,可儿安在哉! 彼苍苍者天也,我父之灵魂实处其上。今我自问,自顶至踵,几无分寸之肌肤不蒙罪恶。我又何敢以罪恶之眼仰视彼苍,以撄❷吾父之怒,而贻吾父以大戚耶!”

　　时月光暗淡,老者泪簌簌沿颊下,下止于灰色之须端,莹然若枯草中之露珠。

　　“时乎,时乎,少年之时乎,再来! 再来!”此老者唯一之叹声也。乃未几而少年之时光果再来矣! 盖前文所述,都非事实,乃一梦耳。此梦中之老者春秋正富❸,是日,其父勖❹以两途之说,及夜,遂有此悲惨之恶梦。然亦幸而有此,否则少年之时光一去不来,徒呼负负❺无益也。

---

❶ 〔牧师〕 基督新教中掌教职,主持教堂者。

❷ 〔撄〕 触犯。

❸ 〔春秋正富〕 春秋,年龄。正富,意思是未来的年龄正多。换一句话说,就是“年纪很轻”。

❹ 〔勖〕 勉励。

❺ 〔负负〕 悔愧之极,连呼“负负”。负有愧恨的意思。

三〇、祭妹文❶

袁　枚

乾隆丁亥❷冬,葬三妹素文于上元之羊山❸,而奠❹以文曰:

呜呼!汝生于浙而葬于斯,离吾乡七百里矣,当时虽觭❺梦幻想,宁知此为归骨所耶?

汝以一念之贞❻,遇人仳离❼,致孤危托落❽。虽命之所存,天实为之;然而累汝至此者,未尝非予之过也。予幼从先生受经,汝差肩❾而坐,爱听古人节义事;一旦长成,遽躬蹈之❿。呜呼!使汝不识《诗》、《书》,或未必艰贞若是。

余捉蟋蟀,汝奋臂⓫出其间,岁寒虫僵,同临其穴⓬。今予殓汝葬汝,

---

❶　[祭妹文]　袁枚与妹素文极友爱;素文嫁往高家,丈夫不良,回住母家,境遇可谓至苦;所以这篇祭文特别亲切沈痛。

❷　[乾隆丁亥]　乾隆,清高宗年号。丁亥,乾隆三十二年,当公元一七六七年。

❸　[上元之羊山]　上元,县名。清朝和江宁县同为江苏省治,民国并入江宁县。羊山,栖霞山东边的一邱陵。

❹　[奠]　祭。

❺　[觭]　同"奇"。

❻　[贞]　就是节操,在封建时代,男子不事二君,女子不嫁二夫,都是一种节操。

❼　[遇人仳离]　就是"所适非人"的意思。《诗·王风·中谷有蓷》:"有女仳离,嘅其叹矣;嘅其叹矣,遇人之艰难矣。"仳就是离别。

❽　[孤危托落]　孤独寂寞。

❾　[差肩]　差,音ㄘ。次一点,这里有低意。因二人高度不同,所以并坐着称差肩不称并肩。

❿　[遽躬蹈之]　竟自己实践这种节义。

⓫　[奋臂]　张起了两臂。

⓬　[同临其穴]　这是说,寒天蟋蟀僵死,和他一同去把蟋蟀葬掉。

而当日之情形憬然赴目❶。予九岁憩书斋,汝梳双髻,披单缣❷来,温《缁衣》❸一章。适先生奓户❹入,闻两童子音琅琅❺然,不觉莞尔❻,连呼则则❼:此七月望日❽事也,汝在九原❾,当分明记之。予弱冠粤行❿,汝掎裳⓫悲恸。逾三年,予披宫锦还家⓬,汝从东厢扶案出,一家瞠视⓭而笑,不记语从何起。大概说长安登科⓮,函使报信迟早云尔:凡此琐琐,虽为陈迹,然我一日未死,则一日不能忘。旧事填膺,思之凄梗⓯,如影历历,逼取便逝⓰。悔当时不将婴婉⓱情状,罗缕纪存⓲。然而汝已不在人间,则虽年光倒流,儿时可再,而亦无与为证印者矣。

汝之义绝高氏而归也:堂上阿嬭⓳,仗汝扶持;家中文墨,眎汝办

❶ [憬然赴目] 憬然,觉悟的样子。赴目,到眼前。这是说,当时的情景,宛然又在眼前了。

❷ [单缣] 单薄的绸衣。

❸ [缁衣] 《诗·郑风》篇名。

❹ [奓户] 开门。奓,音彳ㄚˇ。

❺ [琅琅] 读书声。

❻ [莞尔] 微笑的样子。

❼ [则则] 赞叹声。

❽ [望日] 阴历的十五日。

❾ [九原] 或作"九泉",指地下,坟墓。

❿ [予弱冠粤行] 古时以男子二十岁为初成人,未壮大,故称弱。那时始加冠,故称"弱冠"。粤,广东广西的通称。按:袁枚二十一岁时曾到广西去探望他的叔父。

⓫ [掎裳] 牵着衣裳。掎,音ㄐㄧˇ。

⓬ [披宫锦还家] 唐时进士及第,披宫锦袍,后来凡是进士及第就说"披宫锦"。按:袁枚于乾隆三年(公元一七三八)成进士,选翰林院庶吉士,请假南归省亲。

⓭ [瞠视] 张目直视。瞠,音彳ㄥ。

⓮ [长安登科] 西汉及隋唐都建都长安,后来就通称京师为"长安"。古时分科取士,所以应进士试及格的叫"登科"。

⓯ [旧事填膺思之凄梗] 前事填塞满胸,回想起来,不胜凄楚,几乎连喉头都梗塞了。

⓰ [如影历历逼取便逝] 好像影子一般,历历在目前,但逼近去考察时便消逝了。

⓱ [婴婉] 音131ˊ。就是"婴儿"的转音。这里是指幼稚时而言。

⓲ [罗缕纪存] 一件一件地,详细地纪下来。

⓳ [阿嬭] 阿母,母亲。嬭同"奶"。

治❶。尝谓女流中最少明经义谙雅故❷者。汝嫂非不婉嫕❸，而于此微缺然。故自汝归后，虽为汝悲，实为予喜。予又长汝四岁，或人间长者先亡，可将身后托汝。而不谓汝之先予以去也！

前年予病，汝终宵刺探，减一分则喜，增一分则忧。后虽小差❹，犹尚殗殜❺，无所娱遣❻。汝来床前，为说稗官野史❼可喜可愕之事，聊资一欢。呜呼！今而后，吾将再病，教从何处呼汝耶！

汝之疾也，予信医言无害，远吊扬州。汝又虑戚吾心，阻人走报。及至绵惙❽已极，阿嬭闻望兄归否，强应曰诺已❾。予先一日梦汝来诀，心知不祥，飞舟渡江。果予以未时还家，而汝以辰时气绝。四支犹温，一目未瞑，盖犹忍死待予也。呜呼痛哉！早知诀汝，则予岂肯远游，即游亦尚有几许心中言，要汝知闻，共汝筹画也。而今已矣！除吾死外，当无见期。吾又不知何日死，可以见汝。而死后之有知无知，与得见不得见，又卒难明也。然则抱此无涯之憾❿，天乎，人乎，而竟已乎！

汝之诗，吾已付梓⓫；汝之女，吾已代嫁；汝之生平，吾已作传；惟汝之窀穸⓬，尚未谋耳。先茔⓭在杭，江广河深，势难归葬，故请母命而宁汝于斯⓮，便祭扫也。其旁葬汝女阿印，其下两冢，一为阿爷侍者朱氏，一

------

❶ ［家中文墨眹汝办治］ 眹，音ㄓㄣˋ，以目示意。这是说，家里有什么文件书札等都给你去办理。

❷ ［明经义谙雅故］ 明白经书上的意义，熟悉典故。

❸ ［婉嫕］ 柔顺。嫕，音ㄧˋ。

❹ ［小差］ 病略为减轻些。差，音ㄔㄞˋ。

❺ ［殗殜］ 音ㄧㄝ ㄌㄧㄝ。病已脱离危险期，但尚偃卧床褥，不能遽起。

❻ ［娱遣］ 娱乐消遣。

❼ ［稗官野史］ 稗官，小官，因为《汉书·艺文志》有"小说家者流盖出于稗官"的话，后人就称小说为稗官。野史，不是正式的史书，即私人所作的笔记之类。

❽ ［绵惙］ 病危急得快要死了。惙，音ㄔㄨㄛˋ。

❾ ［诺已］ 同语言中的"罢了"。本春秋时齐人口语，见《公羊传》僖公元年。袁枚文中常常引用此语。

❿ ［无涯之憾］ 无穷的缺憾。涯，边际，没有边际就是无穷。

⓫ ［付梓］ 付刻，按：素文遗稿，附刻在《小仓山房全集》中。

⓬ ［窀穸］ 音ㄓㄨㄣ ㄒㄧ，墓圹。

⓭ ［先茔］ 祖先的坟墓。茔，音ㄧㄥˊ。

⓮ ［宁汝于斯］ 宁，安宁。安葬你在这里。

为阿兄侍者陶氏。羊山旷渺,南望原隰❶,西望栖霞❷,风雨晨昏,羁魂❸有伴,当不孤寂。所怜者,吾自戊寅年读汝哭侄诗❹后,至今无男❺,两女牙牙❻,生汝死后,才周晬❼耳。予虽亲在未敢言老❽,而齿危发秃,暗里自知。知在人间,尚复几日。阿品❾远官河南,亦无子女,九族无可继者。汝死我葬,我死谁埋?汝倘有灵,可能告我?

　　呜呼!身前既不可想,身后又不可知,哭汝既不闻汝言,奠汝又不见汝食。纸灰飞扬,朔风野大。阿兄归矣,犹屡屡回头望汝也。呜呼哀哉,呜呼哀哉!

---

❶　[原隰]　平原。隰,音ㄒ丨ˊ,低地。

❷　[栖霞]　山名,在江宁县东北。

❸　[羁魂]　留在异地的鬼魂。

❹　[戊寅年读汝哭侄诗]　乾隆二十三年岁次戊寅,当公元一七五八年。按,素文遗稿中有《阿兄得子不举》诗,所谓"哭侄诗",大概就指这一首。

❺　[至今无男]　按:袁枚六十三岁其妾才生子,取名为"迟",作此祭文时,枚年五十二,还不曾有儿子。

❻　[牙牙]　小儿学语声。

❼　[周晬]　小儿满一岁。晬,音ㄗㄨㄟˋ。

❽　[亲在未敢言老]　《礼记·曲礼篇》"父母在,不称老。"

❾　[阿品]　袁枚弟袁树的小名。树字豆村,号芗亭,乾隆进士,曾做河南正阳县知县。

三一、原君

黄宗羲❶

　　有生之初，人各自私也，人各自利也：天下有公利而莫或兴之，有公害而莫或除之。君人者出，不以一己之利为利而使天下受其利，不以一己之害为害而使天下释其害：此其人之勤劳必千万于天下之人。夫以千万倍之勤劳而己又不享其利，必非天下之人情所欲居也。故古之人君量而不欲入❷者，许由务光❸是也。入而又去之者，尧舜是也。初不欲入而不得去者，禹是也。岂古之人有所异哉！好逸恶劳，亦犹夫人之情也。

　　后之为人君者不然。以为天下利害之权皆出于我：我以天下之利尽归于己，以天下之害尽归于人，亦无不可。使天下之人不敢自私，不敢自利：以我之大私为天下之公。始而惭焉，久而安焉：视天下为莫大之产业，传之子孙，受享无穷。汉高帝所谓"某业所就，孰与仲多"❹者，其逐利之情不觉溢之于辞矣！

---

　　❶　［黄宗羲］　一六一〇—一六九五，字太冲，号梨洲，余姚（今浙江属县）人。他的父亲为魏忠贤所害，他上疏讼冤，怀着长锥刺死了魏党许显纯。明庄烈帝叹为忠义孤儿。明亡，他看看没有挽救的办法了，便从事于讲学和著述，学者称南雷先生。所著有《南雷文定》《明夷待访录》《明儒学案》等数十种。

　　❷　［量而不欲入］　酌量了而不愿居君位。

　　❸　［许由务光］　传说中的两个隐士。许由，尧时人，尧把帝位让给他，不受，隐于箕山。务光，汤时人，他和许由一样，不受汤的让位，投在庐水里自杀了。

　　❹　［某业所就孰与仲多］　《史记·高祖本纪》，高祖九年，未央宫成，大会诸侯，置酒作乐，高祖对他的父亲说："始大人以臣无赖，不治产业，不如仲力，今某之业所就，孰与仲多？"按：仲，高祖的哥哥。排行在第二，故名仲。犹今称"老二"。这二句是说："我所创的产业，比起老二来，那一个多？"

此无他,古者以天下为主,君为客,凡君之毕世❶所经营者,为天下也;今也以君为主,天下为客,凡天下之无地而得安宁者,为君也。是以其未得之也,屠毒天下之肝脑❷,离散天下之子女,以博我一人之产业,曾不❸惨然,曰:"我固为子孙创业也!"其既得之也,敲剥天下之骨髓,离散天下之子女,以奉我一人之淫乐,视为当然,曰:"此我产业之花息也!"

　　然则为天下之大害者,君而已矣!向使无君,人各得自私也,人各得自利也。呜呼,岂设君之道固如是乎!

　　古者天下之人爱戴其君,比之如父,拟之如天,诚不为过也。今也天下之人怨视其君,视之如寇仇,名之为独夫❹,固其所也❺。而小儒规规焉❻以君臣之义无所逃于天地之间,至桀纣之暴犹谓汤武不当诛也,而妄传伯夷叔齐无稽之事❼:乃兆人万姓崩溃之血肉曾不异夫鼠首❽。岂天地之大,于兆人万姓之中独私其一人一姓乎!

　　是故,武王,圣人也;孟子之言❾,圣人之言也。后世之君欲以"如天如父"之空名禁人之窥伺者,皆不便于其言,至废《孟子》而不立❿,非导源于小儒乎!

　　虽然,使后之为君者果能保此产业,传之无穷,亦无怪乎其私之也;

---

❶　[毕世]　一生。

❷　[屠毒天下之肝脑]　屠毒,杀戮。这是说惨杀天下的人民。

❸　[曾不]　岂不。

❹　[独夫]　暴君。

❺　[固其所也]　本来是他所应得的。

❻　[规规焉]　犹言"规规然",小见的样子。

❼　[妄传伯夷叔齐无稽之事]　相传武王伐纣,伯夷叔齐叩马而谏,以为父死不葬而动干戈,以臣子而弑君主,是不孝不仁,见《史记·伯夷列传》。

❽　[曾不异夫鼠首]　《战国策》:"今有人谓臣曰,'入不测之渊,而必出,不出,请以一鼠首为殉'者,臣必不为也。"这里是说,"兆人万姓的血肉并不比一鼠首有什么两样。"

❾　[孟子之言]　孟子是主张"民为贵,君为轻"的。有一次,齐宣王和他谈起汤放桀,武王伐纣的事,并且问他臣下弑君这行为对不对。孟子回答他说:"贼仁者谓之贼,贼义者谓之残,残贼之人谓之一夫,闻诛一夫纣矣,未闻弑君也。"孟子的意思:桀纣残贼暴虐,根本不配称君,汤武为民除害,把他们杀了是应该的。

❿　[至废孟子而不立]　《明史·礼志》四:"洪武五年,罢孟子配享。逾年配享如故。"是明太祖曾经废掉孟子配享孔子的祠典。废《孟子》不立于学官,大约也在此时。立于学官,等于现在国立大学添设某种学科。自从孟子恢复配享后,《孟子》书也仍旧立于学官了。

既以产业视之，人之欲得产业谁不如我，摄缄縢，固扃鐍❶，一人之智力不能胜天下欲得之者之众，远者数世，近者及身，其血肉之崩溃在其子孙矣！昔人愿世世无生帝王家❷，而毅宗之语公主，亦曰："若何为生我家❸！"痛哉斯言，回思创业时其欲得天下之心，有不废然摧沮❹者乎！

　　是故，明乎为君之职分，则唐虞之世人人能让，许由务光非绝尘❺也；不明乎为君之职分，则市井之间人人可欲❻，许由务光所以旷后世而不闻也。然君之职分难明，以俄顷淫乐不易无穷之悲，虽愚者亦明之矣。

---

　　❶　［摄缄縢固扃鐍］　摄作"结"解。縢，音ㄊㄥˇ，缄縢都是捆束用的绳。扃音ㄐㄩㄥ；鐍音ㄐㄩㄝ；扃鐍，键锁一类的东西。这两句见《庄子・胠箧篇》。

　　❷　［昔人愿世世无生帝王家］　南朝宋顺帝被胁迫禅位，出宫时叹息着说："愿后身世世勿复生帝王家。"

　　❸　［毅宗……我家］　明庄烈帝初谥毅宗。公主，即其女长平公主。清顺治元年（公元一六四四），李自成陷北京，帝入寿宁宫，公主牵帝衣哭，帝曰："汝何故生我家！"以剑挥斫之，断左臂。见《明史・庄烈帝六女传》。

　　❹　［废然摧沮］　废然，颓丧的样子。摧沮，意兴颓丧。

　　❺　［绝尘］　超脱于世俗之外。

　　❻　［市井之间人人可欲］　这是说，一般人都可以想做皇帝。市井就是市，市井之间犹言"民间"。

三二、人

李石岑[1]

人是动物的一种,然则人与动物究竟有没有区别?这是一个颇不易说明的问题。

佛兰克林[2]说:"人是制造工具的动物",这句话很有道理。我们知道,人与动物本来是没有区别的,人是利用自然,以求适应环境的,动物也正是如此。但人能制造劳动工具,生产生活资料,动物却不能如此,动物只不过搜集和使用既存的生活资料而已。这是人与动物绝对不同的地方。这个不同,不仅有量的不同,而且有质的不同。

人从他能够制造简单的工具以后,人的动物的阶段,从此告终,而人本身发展的阶段,便从此开始。

动物利用自然,以求适应环境,只是消极的,本能的;人却是积极的,理智的,这就是由于人能够制造工具。

人从他有了劳动工具以后,经验日益增加,理智遂日益发展。理智只是劳动的产物,并不是人类活动的原始要素。

人因为理智的发展,所以能征服自然,不只是利用自然;能创造环境,不只是适应环境。这使人和动物遂截然分离。

人与自然的关系,是自然影响到人,人又影响到自然。人与自然交

---

❶ 〔李石岑〕(一八九二——九三五)湖南醴陵人,留学日本。归国后,曾任商务印书馆编辑,主编《教育杂志》,历任大夏大学光华大学等校哲学教授。著有《人生哲学》等。

❷ 〔佛兰克林〕(Benjamin Franklin,1706—1790)美国的科学家兼政治家。生平著作很多,除关于科学的外,论述政治的也不少。

换其影响于物质世界之中。我们人类世界的发展，只是人与自然之间所行的物质交换过程。

在这里不可忘记了亚里士多德❶一句话："人是社会的动物。"人当制造劳动工具，生产生活资料的时候，人不但施影响于自然，而且人与人是交互影响的，这是说人如果离开了人的帮助，便不能制造劳动工具，生产生活资料。人类决不是孤立的，而是与其他的人类发生密切的关联的，所以"人是社会的动物"。在社会里面才有个别的人，这便叫做社会的人。再补充一句："人便是社会关系的总和。"

自有了人类以来，便有了人类社会。人无论在学校里，在家庭里，在工场里，以至在一切环境里，总脱不了社会的影响。我们的言论，我们的思想，我们的一切行为，无论是从同时代的人学习来的，或从前代的人学习来的，都可说是社会影响的结果。社会的影响可以决定个人的言论，思想和一切行为。

可是个人在社会中亦能发生作用，个人具有推动社会，改造社会之力。不过个人若不与历史相应，不适应当时的社会需要，是不能发生作用的。这便是说个人在社会中所发生的作用，仅在社会关系所容许的范围以内。

由上面的说明，我们对于人与动物的区别，及人与自然，人与社会的关系，便可以得到正确的理解。

---

❶　［亚里士多德］　（Aristoteles，384－322 B. C.）希腊古代哲学家。

文章法则甲

四、形容词的比较法

　　凡修饰事物的都是形容词,同一形容词可以适用于甲事物,也可适用于乙事物。例如"白"可用于纸,也可用于玉或面孔,"黄"可用于金,也可用于橙类或枯叶。事物虽彼此不同,性质状态是可以共同的。这共同的性质状态,在程度上可以互相比较。比较法有三种:

　　(一)平比　两种事物以同性状相比,彼此程度平等的,叫做平比。文言用"如""若"等字来表出,语体用"像""如……一样""……得和……似的""像……般"等方式来表出。如:

　　　　起根视之,皆白如玉。(白)《闲情记趣》

　　　　两排牙,齐整洁白,像个小孩儿的(牙)。(齐整洁白)《铁牛》

两事物既以同性态相比,照理双方都有性态;因为性态相同的缘故,所以就把一方的性态略去了。在所比的性态很明显的时候,竟可以不说出性态,只用事物和事物相比。如:

　　　　颜如玉。(以美妙相比)《怎样读书》

　　　　海涛涌起,像壁立的山峰一般。(以高险相比)《张謇》

　　(二)差比　两种事物以同性状相比,彼此程度相差的,叫做差比。文言用"于"字表出,语体用"比……还""较……更"等方式表出。如:

　　　　君长于我。

　　　　你操的心比人家一辈子还多。《给亡妇》

　　(三)极比　三种以上的事物以同性状相比,其中某一事物程度居首的,叫做极比。不论文言语体,都用"最"字表出。比较时须限定范围,所以极比式常带限制范围的词语。如：

尝谓女流中最少明经义谙雅故者。《祭妹文》

你病重的时候最放不下的还是孩子。《给亡妇》

差比和极比，都可以改成平比，不过须用否定的说法。

君长于我（＝＝我不如君长。）

山水之可取者五，莫若钴鉧潭（＝＝山水五，钴鉧潭最可取。）

《袁家渴记》

习　问

一、极比式为甚么常带限定范围的词语？

二、差比和极比都可以改成平比，不过须用否定的说法。试找若干例句，把它们改变一下。

三三、康桥①的早晨

徐志摩

　　静极了，这朝来水溶溶的大道，只远处牛奶车的铃声，点缀这周遭的沈默。顺着大道走去，走到尽头，再转入林子里的小径，往烟雾浓密处走去，头顶是交枝的榆荫，透露着漠楞楞②的曙色；再往前走去，走尽这林子，当前是平坦的原野，望见了村舍，初青的麦田，更远三两个馒形的小山掩住了一条通道。天边是雾茫茫的，尖尖的黑影是近村的教寺。听，那晓钟和缓的清音。这一带是此邦中部的平原，地形像是海里的轻波，默沈沈的起伏；山岭是望不见的，有的是常青的草原与沃腴的田壤。登那土阜上望去，康桥只是一带茂林，拥戴着几处娉婷③的尖阁。妩媚的康河④也望不见踪迹，你只能循着那锦带似的林木想像那一流清浅。村舍与树林是这地盘上的棋子，有村舍处有佳荫，有佳荫处有村舍。这早起是看炊烟的时辰：朝雾渐渐的升起，揭开了这灰苍苍的天幕（最好是微霞后的光景），远近的炊烟，成丝的，成缕的，成卷的，轻快的，迟重的，浓灰的，淡青的，惨白的，在静定的朝气里渐渐的上腾，渐渐的不见，仿佛是

---

　　① 〔康桥〕 Cambridge 的译名，普通都译作"剑桥"，在英国伦敦东北约六十里，那地方有剑桥大学，是全世界闻名的。

　　② 〔漠楞楞〕 模糊不清，楞，音ㄌㄥˊ。

　　③ 〔娉婷〕 叠韵联绵词，本来是用以形容女子的美的，这里借来形容那茂林里露出尖顶的房屋。

　　④ 〔妩媚的康河〕 妩媚本来是用以形容女子的姿态美好，这里借来形容康河的景色。康河原名 Cam River，剑桥大学正临康河。

朝来人们的祈祷❶，参差的翳入了天听。朝阳是难得见的❷，这初春的天气。但它来时是起早人莫大的愉快。顷刻间这田野添深了颜色，一层轻纱似的金粉糁上了这草，这树，这通道，这庄舍。顷刻间这周遭弥漫了清晨富丽的温柔。顷刻间你的心怀也分润了白天诞生的光荣。"春！"这胜利的晴空仿佛在你的耳边私语。"春！"你那快活的灵魂也仿佛在那回响。

---

❶　［朝来人们的祈祷］　基督教徒每日清晨必祈祷上帝。

❷　［朝阳是难得见的］　伦敦冬季及春初多雾，所以难得见朝晨的太阳。

三四、七律❶四首

陆 游❷

望江道中❸

吾道非邪来旷野❹,江涛如此欲何之❺。
起随乌鹊初翻后,宿及牛羊欲下时❻。
风力渐添帆力健,橹声常杂雁声悲。
晚来又入淮南路❼,红树青山合有诗。

---

❶　[七律]　诗有一定格律的叫做"律诗"。每句五个字的,叫做"五律",每句七个字的叫做"七律",每首八句,第二,第四,第六,第八句,必须押韵,第一句可押可不押。中间四句,必须对偶。

❷　[陆游]　(一一二五——一二一〇)字务观,自号放翁,宋山阴(今浙江绍兴)人。宋孝宗时做夔州(今四川奉节)刺史,升到宝谟阁待制。他因在四川做官,爱蜀道风土,故称他的诗集为《剑南诗稿》。他的诗自成一家,后人摹仿他的很多,就称"剑南派"。

❸　[望江道中]　望江,今安徽望江县。陆游为主张定都建康,触宋孝宗之怒,降他的职,叫他做建康府通判,不久又改为隆兴府(今江西南昌县)通判,这首诗是他由建康府改判隆兴府时在望江道中做的。

❹　[吾道非邪来旷野]　孔子在陈,被困绝粮,他对门弟子说:"《诗》云,'匪兕匪虎,率彼旷野',吾道非邪?吾何为于此!"这里是作者借孔子的话发挥自己的感慨。

❺　[之]　往。

❻　[起随乌鹊初翻后宿及牛羊欲下时]　这两句是说一清早就起身,一到晚就睡觉。《诗·王风·君子于役》篇:"日之夕矣,牛羊下来。"

❼　[淮南路]　宋置,它的范围:东面到海,西面到汉水,南面到长江,北面到淮水。治所在扬州(今江苏江都县)。后来又分淮南为东西两路。

游西山村❶

莫笑农家腊酒浑，丰年留客足鸡豚。
山重水复疑无路，柳暗花明又一村。
箫鼓追随春社❷近，衣冠简朴古风存。
从今若许闲乘月，拄杖无时夜叩门。

黄　州❸

局促常悲类楚囚❹，迁流还叹学齐优❺。
江声不尽英雄恨，天意无私草木秋。
万里羁愁添白发，一帆寒食过黄州。
君看赤壁终陈迹❻，生子何须似仲谋❼。

---

❶　［游西山村］　这首诗是陆游从南昌免官回家以后做的，西山村当是他的家乡附近的地方。

❷　［春社］　古时节候名，立春后第五戊日。

❸　［黄州］　今湖北黄冈县。陆游自被免职回家后，过了几时，又被任命为夔州通判。这首诗是他溯江入蜀，路过黄州时做的。

❹　［楚囚］　《左传》成公九年："晋侯观于军府，见钟仪，曰：'南冠而系者，谁也？'有司对曰：'郑人所献楚囚也。'"后人就把"楚囚"二字作处境困难窘迫之代称。

❺　［迁流还叹学齐优］　优，优伶。孔子做鲁相时，齐国把女乐送给鲁君，孔子见鲁君好声色，就辞官而去，所以《史记·乐书》说，"仲尼不能与齐优遂容于鲁"，言遂不能容于鲁而去。这里引用"齐优"来和"楚囚"相对，意思是这样："我去故乡而漂流异地，倒像学孔子为齐优而周游列国了。"

❻　［君看赤壁终陈迹］　你看赤壁终于成为陈迹了。按：汉末孙权周瑜大破曹操于赤壁，其地在今湖北嘉鱼县东北江边，苏轼误以今黄冈县城外的赤鼻矶为赤壁，曾作《赤壁赋》，陆游路过黄州，也慨叹赤壁之已成陈迹，其误正和苏轼相同。

❼　［生子何须似仲谋］　仲谋，孙权的号。曹操尝说："生子当似孙仲谋。"

临安❶春雨初霁

世味年来薄似纱，谁令骑马客京华❷。
小楼一夜听春雨，深巷明朝卖杏花。
矮纸斜行闲作草❸，晴窗细乳试分茶❹。
素衣莫起风尘叹❺，犹及清明可到家。

---

　　❶　［临安］　南宋升杭州为临安府，建为首都。
　　❷　［京华］　京师。因为京师地方最繁华，所以称"京华"。
　　❸　［矮纸斜行闲作草］　在短纸上随便写着歪斜的草书。
　　❹　［晴窗细乳试分茶］　前人饮茶，必经煎煮。茶煎后泡沫浮凝水面，称为"乳雾"或"乳面"（见宋徽宗《茶论》）。这里的"细乳"，疑是指煎茶时泛起的细泡沫而言。分茶，辨别茶品的高下。
　　❺　［素衣莫起风尘叹］　古诗："京洛多风尘，素衣化为缁。"素衣，指洁白的衣服，客久则素衣为风尘所污，变作污黑了。这里有辞官归乡之意，所以说不必起风尘的叹息了。

三五、北平学生集资铸剑启❶

邦国不幸，久罹灾患。军事委员长蒋公，以一身荷天下之重任；十载以还，内安外攘，坚苦卓绝，树统一之基础，创复兴之大业。此次西安蒙难❷，卒以精诚感召，叛变迅平，从此御侮救亡，领导有人，行见白山黑水❸，指日❹可复。我北平同学爱护国家，翊戴❺领袖，不有表示，何以见欢忭之忱！同人等爰发起集资铸剑，献奉蒋公。聚万众之炽诚❻，作杀贼之霜刃❼，尚祈鼎力❽协助，同襄❾盛举，不胜企祷❿之至！

办法：（一）为庆祝蒋委员长脱险，统一完成，并预祝氏族之复兴，失地之收复，拟由北平学生集资铸佩剑一柄，奉献蒋委员长。（二）剑长视集资情形而定。剑身钢质。剑鞘剑柄银质镶金。大学组集资由清华负责。中学组由志成育英负责。（三）以一月十六日为第一次集资期；一月三十一日为第二次集资期。在集资期前，各校负责人务将集资情形及已收款项交清华志成育英等校负责人，以便统计。（四）在相当时期，由各校推派代表一人，开"集资献剑委员会"，决定或修改铸剑及呈献办法。

----

❶　［启］　文体的一种。凡发起某种事情，把旨趣和办法写出来，请求大众赞助的，就叫做"启"。此外如告哀有"哀启"，书札叫"书启"，都含有陈说或请求之意。

❷　［西安蒙难］　指二十五年十二月十二日到二十五日蒋中正被强留在西安事。

❸　［白山黑水］　白山，长白山；黑水，黑龙江；这里是泛指东北地方。

❹　［指日］　日期可以屈指计算，就是"日期不远"的意思。

❺　［翊戴］　拥护。

❻　［炽诚］　热忱。

❼　［霜刃］　锋利的刀剑。

❽　［鼎力］　就是"大力"，因扛鼎必费大力。

❾　［襄］　助。

❿　［企祷］　盼望祈求。

三六、人皆有不忍人之心

孟 子❶

孟子曰："人皆有不忍人之心。

"先王有不忍人之心，斯有不忍人之政矣❷。以不忍人之心，行不忍人之政，治天下可运之掌上❸。

"所以谓人皆有不忍人之心者：今人乍见孺子，将入于井，皆有怵惕恻隐之心；非所以内交于孺子之父母也，非所以要誉❹于乡党朋友也，非恶其声而然也。

"由是观之：无恻隐之心，非人也。无羞恶之心，非人也。无辞让之心，非人也。无是非之心，非人也。

"恻隐之心，仁之端也。羞恶之心，义之端也。辞让之心，礼之端也。是非之心，智之端也。人之有是四端也，犹其有四体❺也。有是四端，而自谓不能者，自贼者也❻。谓其君不能者，贼其君者也。

---

❶ 〔孟子〕 今传有《孟子》七篇，汉儒都认为是孟子自己撰述的。然书中称当时的君主都用死后的谥号，如梁惠王齐宣王等，都是孟子所亲见，未必都死在孟子之前。又书中于孟子的门人都称"子"（子是男子的美称，犹现在某某君，某氏）如乐正子，公都子之类，果是孟子所自撰，对于门人不应称子的。大概《孟子》一书，是孟子的门徒万章公孙丑等所追述的，所以书中记孟子和他们两人的问答之言最多，而且不称他们为"子"。

❷ 〔斯有……矣〕 就是语言中的"这就有……了"。

❸ 〔运之掌上〕 运用在手掌里，就是"拿得稳"的意思。

❹ 〔要誉〕 求得人家的称赞。

❺ 〔四体〕 四肢。

❻ 〔自谓不能者自贼者也〕 自己说不能为善，那是自己戕贼自己的天性，使自己不能为善。

"凡有四端于我者，知皆扩而充之矣，若火之始然❶，泉之始达。苟能充之，足以保四海❷；苟不充之，不足以事父母。"

---

❶ ［然］ 同燃。

❷ ［保四海］ 从前人以为中国在中央，四面都是海，所以用"四海"来概称天下。保四海，就是保有天下。

文章法则乙

五、记叙文中的对话

记叙文报告事件的经过情形,在人物的行动之外,常常要叙述人物的对话。行动表见于外面,对话发源于内部,内外兼顾,然后把事件的真相揭露得明明白白。

叙述人物的对话有两种方式。其一是由作者的口气传述。例如文中甲乙两个人物有一番辩论,作者用传述的口气说:"甲主张怎样怎样,乙以为他的某某几项理由不很妥当,甲说为了甚么甚么,他的某某几项理由妥当得很。"

这种方式只能叙明甲乙两个人物的意思,而不能传出说话当时的神情。在说话当时,甲原是说"我主张怎样怎样"的,乙驳斥他,当然说"你的某某几项理由",而甲的辩护一定说"我的某某几项理由"。现在由作者传述,不得不把"我""你"两个代名词改过,这就减损了神情了。何况为传述的便利起见,须要改过的又岂止几个代名词呢?

如果说话的人物不只甲乙两个,几个人物的话又说得很多,这种方式简直不能适用。因为由作者传述多数人物的话,易使读者感到头绪不清楚的缘故。

这就来了第二种方式,就是由作者把文中人物的话依照原样记录下来。现在文稿的书写和印刷通用标点符号了,作者给这些记录下来的话加上一个"引号"。凡在"引号"中间的,不但是文中人物的意思,而且是说话当时的口气。这样,宛如把文中人物拉到读者的面前,让他们自己当着读者谈话。称为对话,当然以这种方式为尤其适切。

这种方式能使读者体会到文中人物的神情。而且，人物即使很多，读者总觉得他们的对话头绪很清楚。

叙述对话，须求逼真，能恰如其人的口吻最好。仅仅保留一点意思是不够的，因此，对于文中人物的身分，心情，以及他所习用的字眼和语调，都得充分注意。一个文盲而说出读书人那样的话，一个粗鲁汉子而说出精密周详的话，事实上是不会有的。如果写入文章，决非好的对话。

习 问

一、文篇中叙述人物的对话，可用作者的口气传述出来，也可由作者按照人物说话当时的口气记录下来。这两种方法，在效果上有甚么不同？

二、试就《项籍之死》说明那一些对话是很好的，以及为甚么是很好的。

初中国文教本

第五册

夏丏尊、叶绍钧合编，《初中国文教本》（第五册），
开明书店，民国三十二年五月初版

目　录

一、第二期抗战开端告全国国民书〔上〕………………………… 蒋中正(491)

二、第二期抗战开端告全国国民书〔下〕………………………… 蒋中正(492)

三、诗两首………………………………………………………… 卞之琳(497)

　　给修筑飞机场的工人………………………………………… (497)

　　给实行空舍清野的农民……………………………………… (498)

四、白杨礼赞……………………………………………………… 茅　盾(500)

文章法则甲　一、副词的用途…………………………………… (502)

五、短简二则……………………………………………………… (504)

　　与朱元思书………………………………………………… 吴　均(504)

　　答梅安生…………………………………………………… 袁宏道(505)

六、记白鹿洞……………………………………………………… 胡　适(507)

七、景德镇………………………………………………………… 黄炎培(510)

八、摩挲云之虫…………………………………………………… 黄炎培(514)

文章法则乙　一、议论文………………………………………… (518)

九、我的同班……………………………………………………… 男　士(520)

一〇、我的教师…………………………………………………… 男　士(524)

一一、我所见一百一龄马相伯先生之生平〔上〕………………… 黄炎培(528)

一二、我所见一百一龄马相伯先生之生平〔下〕………………… 黄炎培(532)

文章法则甲　二、伴着副词的词儿……………………………… (535)

一三、论语十章…………………………………………………… (538)

一四、敬业与乐业………………………………………………… 梁启超(540)

一五、玄奘的出发…………………………………… 范文澜（544）

一六、詹天佑……………………………………………… 如 一（548）

文章法则乙 二、立论和驳论………………………………（551）

一七、理信与迷信………………………………………… 蔡元培（553）

一八、五十年后…………………………………………… 胡愈之（556）

一九、机械的颂赞………………………………………… 茅 盾（560）

二〇、羌村……………………………………………………… 杜 甫（563）

文章法则甲 三、副词和助词的呼应…………………………（565）

二一、人生以服务为目的………………………………… 孙 文（567）

二二、黄花冈烈士事略序………………………………… 孙 文（569）

二三、任公画像赞并序…………………………………… 彭绍升（571）

二四、书左仲甫事………………………………………… 张惠言（573）

文章法则乙 三、变装的议论文………………………………（576）

二五、杭江之秋〔上〕…………………………………… 傅东华（578）

二六、杭江之秋〔下〕…………………………………… 傅东华（581）

二七、济南的冬天………………………………………… 老 舍（585）

二八、白马湖之冬………………………………………… 夏丏尊（587）

文章法则甲 四、前介词的用途………………………………（589）

二九、寓言四则…………………………………………… 战国策（592）

　　　曾参杀人……………………………………………（592）

　　　画蛇添足……………………………………………（593）

　　　北面之楚……………………………………………（593）

　　　千金买骨……………………………………………（594）

三〇、完璧归赵与渑池之会……………………………… 史 记（595）

三一、乐羊子妻…………………………………………… 后汉书（600）

三二、词二首………………………………………………………（602）

　　　满江红……………………………………………… 岳 飞（602）

　　　念奴娇……………………………………………… 张孝祥（603）

文章法则乙 四、小品文…………………………………………（605）

三三、作一个文艺作者……………………………………… 叶绍钧（607）

三四、读者可以自负之处…………………………………… 夏丏尊（610）

三五、书蒲永昇画后………………………………………… 苏　轼（613）

三六、写信的艺术…………………………………………… 味　橄（615）

文章法则甲　五、副词短语的成分的倒置和省略………………（618）

一、第二期抗战开端告全国国民书**❶**〔上〕

蒋中正

　　敌寇在鲁南会战以前，即以扬言进图武汉。迨犯豫失利，侵皖受阻，乃倾其海陆空军全力沿江进犯。激战五月，我将士浴血奋斗，视死如归，民众同仇敌忾**❷**，踊跃效命**❸**，牺牲愈烈，精神益振，使敌军死亡超过前期作战一年以来之总数。敌人计无复之**❹**，乃不得不掩饰其失策，以发动华南之侵占。于是粤海告警，羊城遭燹**❺**。自兹抗战地区扩及全国，战局形势显有变迁。临此成败胜负转移之关键，特为我全国同胞概述抗战经过之事实与将来之目标，重加阐明而申告之：

　　第一，我同胞须认识当前战局之变化与武汉得失之关系。我国抗战

---

　　❶　〔第二期抗战开端告全国国民书〕　此篇发表于二十七年十月三十一日，距离二十六年七月七日芦沟桥事件发生，我国与日本开战，已经过了十五个月有余。在那十五个月有余的时间中，在北方是平津作战不久，就被敌人占领，在南方是上海血战三个月，我军终于撤退，随后首都沦陷了，徐州沦陷了，到了二十七年十月下旬，连作为全国中心的武汉也放弃了。这未免使识见短浅意志薄弱的人对"抗战必胜"的信念起了动摇。本篇用意就在克服这种动摇心理。关于"第二期抗战"的解释，同年十一月二十五日发表的《南岳会议训词》有一段说得很清楚。"自从去年七月七日我们和敌人开战，直到现在，已经十七个月了，从芦沟桥事变起到武汉退军岳州沦陷为止，这是我们抗战第一时期。从前我们所说自开战到南京失陷为第一期，鲁南会战到徐州撤退为第二期，保卫武汉为第三期，这种说法都不适当，应即改正。我们这次抗战依照预定的战略政略来划分，可以说只有两个时期：第一时期就是我刚才所讲的截至现在止这以前的十七个月的抗战，从今以后的战争，才是第二时期。"

　　❷　〔同仇敌忾〕　共同认清仇敌，共同抵御所恨的敌人。

　　❸　〔效命〕　贡献自己的生命，拼命。

　　❹　〔计无复之〕　计划上没有别的路走。这个"之"字意同"往"。

　　❺　〔羊城遭燹〕　羊城，广东广州市的别称。燹，兵火。

根据,本不在沿江沿海浅狭交通之地带,乃在广大深长之内地,而西部诸省,尤为我抗战之策源地,此为长期抗战根本之方略,亦即我政府始终一贯之政策也。武汉地位在过去十阅月抗战工作之重要性,厥在❶掩护我西部建设之准备与承接南北交通之运输。故保卫武汉之军事,其主要意义,原在于阻滞敌军西进,消耗敌军实力,准备后方交通,运积必要武器,迁移我东南与中部之工业,以进行西南之建设。盖惟西北西南交通经济建设之发展,始为长期抗战与建国工作坚实之基础,亦惟西北西南交通路线开辟完竣,而后我抗战实力,及经济建设所需之物资,始得充实,而供给不虞其缺乏。今者我中部及东南之人力物力,多已移植于西部诸省,西部之开发与交通建设,已达初步基础,此后抗战乃可实施全面之战争,而不争区区之点线。同时我武汉外围五阅月之苦战恶斗,已予敌人莫大之打击,而植我民族复兴之自信心与发扬我军攻守战斗再接再厉之新精神。故我守卫武汉之任务已毕,目的已达。

且自敌人侵粤以后,粤汉交通既被截断,则武汉在一般局势上重要性显已减轻。至就军事言之,武汉在战事上之价值,本不在其核心之一点,而实在其外围之全面。今我在武汉外围鄂、豫、皖、赣主要之地区远及敌人后方之冀、鲁、辽、热、察、绥、苏、浙各干线,均已就持久作战之计划配置适宜之根据与兵力,一切部署悉已完成。如此,不惟无需于武汉之核心,且在抗战之战略上言,亦不能斤斤于核心据点之保守,而反不注意于发展全面之实力。

敌人用意在包围武汉,歼灭我主力,使我长期作战陷于困顿以达其速战速决之目的。因此,我军之方略,在空间言,不能为狭小之核心而忘广大之图,以时间言,不能为一时之得失而忽久长之计。故决心放弃核心而着重于全面之战争。兹因疏散人口,转移兵力,皆已完毕,作战之部署,重新布置业经完成,乃即自动放弃武汉三镇核心之据点,而确保武汉四周外围之兵力,使我军作战转入主动有利之地位。

今后武汉虽已被敌人占领,然其耗费时间五阅月,死伤人数数十万,

---

❶　〔厥在〕　同于"乃在""盖在"。

而其所得者，若非焦土，即为空城！继今以往，全面抗战到处发展，真正战争从新开始，而我军行动，进战退守，不惟毫无拘束，无所顾虑，且可处置自由，更能立于主动地位。敌人对于占领之地，不惟一无所得，且亦一无所有。往昔敌军本已深陷泥淖，无以自拔，今后又复步步荆棘，其❶必葬身无地矣！

　　我同胞须知此次兵力之转移，不仅为我国积极进取转守为攻之转机，且为澈底抗战转败为胜之枢纽！决不可误认为战事之失利与退却。盖抗战军事胜负之关键，不在武汉一地之得失，而在保持我继续抗战持久之力量。

---

　❶　［其］　相当于"殆"字或"将"字。用这"其"字表示这一语是对于将来的推断。

二、第二期抗战开端告
全国国民书〔下〕

蒋中正

第二，我同胞应深切记取我抗战开始时早已决定之一贯的方针，从而益坚其自信。所谓一贯之方针者，一曰持久抗战，二曰全面抗战，三曰争取主动。以上三义者，实为我克敌制胜之必要因素，而实决定于抗战发动之初，年余以来，一循此旨，未尝稍渝❶。自今以后，亦必本此意旨，贯澈始终。

盖暴敌自九一八发动侵略，猖狂恣肆，野心日张，我中枢为保卫国家，已察知最后牺牲关头无可避免，故早已于西部奠立今日对敌持久抗战之基础。凡我同胞，应知今日之抗战，即为完成建国永久之基础，又应知不经此次长期之抗战，决不能获得建国自由之时期！凡兹由统一而抗战建国之一贯政策，与必经之革命程序，早已确立于先，深信必能贯澈始终，以克底于成❷。我同胞试重新检取中正日常之所言与所行，而与十个月来战事经过相印证，即可了然于抗敌战事之特质，与我方决策之基点。在战事初发之时，中正在庐山讲演即谓"战事既起，惟有拼全民族之生命，牺牲到底，再无中途停顿妥协之理"；又说明"战端一开，地无分南北，人不分老幼，皆应抱定牺牲一切之决心"，此即持久抗战与全面战争之说明也。去年双十节，更明告我同胞"此次抗战，非一年半载可了，必经非常之困苦与艰难，始可获得最后之胜利！"此犹恐我同胞当时未明战事必经长期与必发展至全面之意义，故具体指陈，以供全国之省察也。

---

❶ 〔渝〕 改变。

❷ 〔克底于成〕 能够达到成功的地步。

及后首都沦陷，人心震撼，中正又昭告同胞以"此次抗战为国民革命过程中所必经，为被侵略民族对侵略者争取独立生存之战争，与通常交战国势均力敌者战争，大异其趣。我之抗战，惟求我三民主义之实现，与国民革命之完成，故凭藉不在武器与军备，而在强毅不屈之革命精神，与坚忍不拔之民族意识！"更复说明"战争成败之关键，系于主动被动成分之多寡，我之所以待敌者，即为久战不屈，使敌愈深入而愈陷于被动"，此则更就此次战事之特质，充分指明抗战到底与争取主动之必然结果也。

夫惟我国在抗战之始，即决心持久抗战，故一时之进退变化，绝不能动摇我国抗战之决心。惟其为全面战争，故战区之扩大，早为我国人所预料，任何城市之得失，绝不能影响于抗战之全局。且亦正惟我之抗战为全面长期之抗战，故必须力取主动。敌我之利害短长，正相悬殊，我惟能处处立于主动地位，然后可以打击其速决之企图，消灭其宰割之妄念！以我土地之广，人民之众，物产之富，战区面积愈大，我主动之地位愈坚，必使敌人之进退动止，依于我之战略而陷于被动地位。而我之攻守取舍，则决不受制于敌。今后我之军事行动，已不复如在上海、南京作战时，困于地形与其他关系，而不得不受若干被动之牵制。敌人无论如何进攻与封锁，皆不能动摇我人主动之方略与战术，最后胜利，更可操券以俟❶。

惟望我全国军民共矢持久不屈之决心❷，执行全面攻击之战略，不馁不挠，努力奋斗，则抗战弥久，精力弥充，战区愈广，敌力愈分，纵不问国际变化之如何，而敌人必以久战疲竭而覆败！盖中正前已言之，我国抗战绝非如普通历史上两国交绥❸，争雄图霸之战争，以我之抗战，在敌寇为欲根本吞并我国家与灭亡我民族，在我国则绝不能容许我国家民族之独立生存有丝毫之危害。故我之抗战，在主义上言，实为民族战争；由完成国民革命之使命而言，亦即为革命战争。革命战争者，非时间与空

---

❶　［操券以俟］　有确实的把握。"操券"两字是成语，表示事情必成。券是契券，分为左右，双方各执其一，以为凭信。契券到手，事情没有不成的了。

❷　［共矢……决心］　共同誓立持久不屈的决心。

❸　［交绥］　交战。

间所能限制，非财政经济与交通上外来之阻难所得而限制，更非毒气炸药等一切武器之悬殊，与伤亡牺牲之惨重，所得而限制。革命战争无时限，战争目的达到之日，始为战争之终结。革命战争无前方后方区域之限制，整个国境，随处皆得为我军之战场。革命战争不计较有形兵力之优劣，亦不畏牺牲挫折与伤亡之严重，更不因物质供给之缺乏，而影响于作战。即令武器经济全无供给，海上交通全被封锁，而我三民主义之民族意识，与革命精神不断焕发，必可奋斗到底，以迄于成功！何况我军武器早已充实，交通断无封锁之患耶！盖民族的国民革命之长期战争，未有不得到最后之胜利，此古今中外之历史，如美，如法，如俄，如土❶，对侵略与压迫者之长期抗战，终能获得国家独立与民族自由之一日，即其明证也。而且于此次战争之过程中，益可证明敌寇侵略之暴力愈肆，我人之抵抗力亦愈强，战争中伤亡消耗愈大，而我新生力之发展，以及我创造力与建设力之恢复，亦必愈速。

故我全国同胞当此抗战转入重要关键之时，但须追忆我抗战开始所定之方略与我国府移驻重庆时之宣言，则决不因当前局势之变化，而摇动其对于抗战之信心。必须认识持久抗战与全面战争之真谛❷，则必能以更大努力承接战区扩大之新局势，而益励其奋斗与决心。自今伊始❸必须更哀戚，更坚忍，更踏实，更刻苦，更猛勇奋进，以致力于全面之战争与抗战根据地之充实，而造成最后之胜利！语有云：“行百里者半九十❹”，最后之成功，必赖于最艰辛之努力与大无畏之奋斗！又云：“宁为玉碎，毋为瓦全❺”，必须我人抱最大之决心，而后整个民族乃能得澈底之解放！国家存亡，抗战成败之关键，全系于此，愿与我全国同胞共勉之！

---

❶　［如美如法如俄如土］　美指公元一七七五年至一七八三年美国的独立战争。法指第一次世界大战后，法国取还割与德国的两州。俄指俄国经过革命，卒于公元一九二三年成立苏联。土指第一次世界大战后，土耳其由凯末尔领导，完成革命，取得独立地位。

❷　［真谛］　真实意义。

❸　［伊始］　起始。伊是虚字，没有实义。

❹　［行百里者半九十］　这一语出于战国策秦策。说一件事做了百分之九十，还只能算做到一半，余下的百分之十，所需的努力正与在前的百分之九十相当。

❺　［宁为玉碎毋为瓦全］　这是南北朝时的常语，意即屈辱苟安，不如英勇牺牲，屈辱苟安，虽“全”而价值好比“瓦”，英勇牺牲，虽“碎”而价值好比“玉”。

三、诗两首

卞之琳❶

给修筑飞机场的工人

母亲给孩子铺床总要铺得平，
哪一个不爱护自家的小鸽儿，小鹰❷？
我们的飞机也需要平滑的场子，
让他们息下来舒服，飞出去得劲。
空中来捣乱的❸给他空中打回去，
当心头顶上降下来毒雾与毒雨❹。
保卫营，我们也要设空中保卫营，
单保住山河不够的，还要保天宇。

我们的前方有后方❺，后方有前方❻。

---

　❶　〔卞之琳〕　现代人，籍贯未详。于新体诗极致功力。□□□□深致。抗战发动以后，历览战区，诗风渐□□□□成分。作诗赠参加抗战的各种人，集合起来，称为《慰劳信集》。这里两首即从集中选出。

　❷　〔小鸽儿小鹰〕　这是依母亲的口吻称呼她们的孩子，犹如把孩子叫作小猫小狗一般。小鸽儿小鹰正好用来比喻飞机。

　❸　〔空中来捣乱的〕　指敌人的飞机。

　❹　〔毒雾与毒雨〕　毒雾指毒气。毒雨指炸弹与机枪弹。用"雾"字表出毒气的弥漫。用"雨"字表出炸弹枪弹的密集与急骤。

　❺　〔前方有后方〕　所谓"敌后"就是前方的后方。

　❻　〔后方有前方〕　所谓"现代战争是立体的"，后方在空袭期间便成了前方。

强盗把我们土地割成了东一方西一方。
我们正要把一块一块拼起来，
先用飞机穿梭子结成一个联络网。

我们有儿女在华北，有兄妹在四川，
有亲戚在江浙，有朋友在黑龙江，在云南……
空中的路程是短的，捎几个字去吧❶：
"你好吗？我好，大家好。放心吧。干！"

所以你们辛苦了，忙得像蚂蚁，
为了保卫的飞机，联络的飞机。
凡是会抬起来向上看的眼睛，
都感谢你们翻动一铲土一铲泥。

给实行空舍清野❷的农民

红了脸❸，找地方生蛋的小母鸡，
带来了吧，还是由小孩子抱着？
爱跳的那个年轻的毛驴，
唔，那个小家伙❹，也带来了吧？
家禽家畜都不会埋怨，
重新过穴居野处的生活❺。

---

❶ ［捎几个字去吧］ 捎，携带东西与人，北方语。说"捎几个字去"，不说"带一封信去"，是表示其事轻便的口气。

❷ ［空舍清野］ 这是战时的一种策略。在退却的时候，把屋舍里的东西搬空，把田野里可用的资源都除清，使敌人到来一无所得。

❸ ［红了脸］ 母鸡生蛋时，脸特别发红。

❹ ［那个小家伙］ 指毛驴。

❺ ［家禽家畜……生活］ 这见得实行空舍清野的人更不会埋怨了。

谁说忘记了一张小板凳？
也罢，让累了的敌人坐坐罢，
空着肚子，干着嘴唇皮，
对着砖块封了的门窗，
对着石头堵住了的井口，
想想人，想想家，想想樱花❶。

叫人家没有地方安居的❷，
活该自己也没有地方睡！
海那边有房子，海这边有房子，
你请我坐坐，我请你歇歇，
串门子❸玩玩大家都欢喜，
为什么要人家鸡飞狗跳墙❹！

没有什么，是骚骡子乱叫，
夜深深难怪你们要心惊，
山底下敌人听了更心悸。
等白昼照见了身边的狼狈❺，
你们会知道又熬过了一天，
不觉得历史❻又翻过了一页。

---

❶　［空着肚子……想想樱花］　这是想像敌人到来，坐在小板凳上时的情景。

❷　［叫人家没有地方安居的］　指敌人。

❸　［串门子］　彼此随便往来，穿房入户。北方语。

❹　［鸡飞狗跳墙］　代表一切纷扰混乱的情形。

❺　［等白昼照见了身边的狼狈］　在夜间还不甚觉得，等白昼的光照着，更知道是在何等的狼狈情形之中了。

❻　［历史］　战争的历史。

四、白杨礼赞^❶

茅 盾

白杨树实在不是平凡的，我赞美白杨树！

当汽车在望不到边际的高原上奔驰，扑入你的视野的是黄绿错综的一条大毡子^❷。黄的，那是土，未开垦的处女土^❸，几十万年前由伟大的自然力所堆积成功的黄土高原的外壳。绿的呢，是人类劳力战胜自然的成果，是麦田，和风吹送，翻起了一轮一轮的绿波——这时你会真心佩服昔人所造的两个字"麦浪"，若不是妙手偶得^❹，便确是经过锤炼的语言的精华。黄与绿主宰着，无边无垠，坦荡如砥，这时如果不是宛若并肩的远山的连峰提醒了你（这些山峰凭你的肉眼来判断，就知道是在你脚底下的），你会忘记了汽车是在高原上行驶。这时你涌起来的感想也许是"雄壮"，也或许是"伟大"，诸如此类的形容词；然而同时你的眼睛也许觉得有点倦怠，你对当前的"雄壮"或"伟大"闭了眼，而另一种味儿在你心头潜滋暗长了——"单调"！可不是，单调，有一点儿罢。

然而刹那^❺间，要是你猛抬眼看见了前面远远地有一排——不，或者甚至只是三五株，一株，傲然地耸立，像哨兵似的树木的话，那你的恹恹欲睡的情绪又将如何？我那时是惊奇地叫了一声的！

那就是白杨树，西北极普通的一种树，然而实在不是平凡的一种树！

---

❶　[礼赞]　是近年来通行的新词，与"颂""赞"相同。

❷　[扑入……大毡子]　视野，视力所及的界域。大毡子，比喻地面。

❸　[处女土]　未开垦的土地。这是外来语。

❹　[妙手偶得]　这本于宋陆游"文章本天成，妙手偶得之"的诗句。

❺　[刹那]　最短的时间。是梵语的音译。

那是力争上游❶的一种树，笔直的干，笔直的枝。它的干呢，通常是丈把高，像是加以人工似的，一丈以内，绝无旁枝。它所有的桠枝呢，一律向上，而且紧紧靠拢，也像是加以人工似的，成为一束，绝无横逸斜出。它的宽大的叶子也是片片向上，几乎没有斜生的，更不用说倒垂了。它的皮，光滑而有银色的晕圈，微微泛出淡青色。这是虽在北方的风雪的压迫下却保持着倔强挺立的一种树！那怕只有碗那样粗细罢，它却努力向上发展，高到丈许，两丈，参天耸立，不折不挠，对抗着西北风。

这就是白杨树，西北极普遍的一种树，然而决不是平凡的树！

它没有婆娑❷的姿态，没有屈曲盘旋的虬枝，也许你要说它不美丽——如果美是专指"婆娑"或"横逸斜出"之类而言，那么，白杨树算不得树中的好女子；但是它却伟岸❸，正直，朴质，严肃，也不缺乏温和，更不用提它的坚强不屈与挺拔，它是树中的伟丈夫！当你在积雪初融的高原上走过，看见平坦的大地上傲然挺立这么一株或一排白杨树，难道你就只觉得树只是树，难道你就不想到它的朴质，严肃，坚强不屈，至少也象征了北方的农民大众；难道你竟一点也不联想到，在敌后的广大土地上，到处有坚强不屈，就像这白杨树一样傲然挺立的守卫他们家乡的哨兵；难道你又不更远一点想到这样枝枝叶叶靠紧团结，力求上进的白杨树，宛然象征了今天在华北平原纵横决荡，用血写出新中国历史的那种精神。

白杨不是平凡的树，它在西北极普遍，不被人重视，就跟北方农民相似；它有极强的生命力，磨折不了，压迫不倒，也跟北方的农民相似。我赞美白杨树，就因为它不但象征了北方的农民，尤其象征了今天我们民族解放斗争中所不可缺的朴质，坚强，力求上进的精神。

---

❶　［力争上游］　力求向上。
❷　［婆娑］　姿态优美，像舞蹈似的。
❸　［伟岸］　壮而高。

文章法则甲

一、副词的用途

副词是用来修饰或限制事物的动作或性态的。表出事物的动作的是动词，表出的事物性态的是形容词。所以副词可以副动词与形容词。又，已经用了副词的地方，还可以修饰或限制，所以副词又可以副别的副词。如：

益励其奋斗与决心。《第二期抗战开端告全国国民书》 （副动词）

忆年少之时，伴侣至多。《流星》 （副形容词）

白杨树实在不是平凡的。《白杨礼赞》 （副别的副词）

副词的位置，可以在所副的动词，形容词之前，也可以在后。如：

故我守卫武汉之任务已毕，目的已达。《第二期抗战开端告全国国民书》

夫子何哂由也？《子路曾晳冉有公西华侍坐》

（在所副动词之前）

磨刀霍霍向猪羊。《木兰诗》

让他们息下来舒服飞出去得劲。《给修筑飞机场的工人》

（在所副动词之后）

其境过清，不可久居。《游记两则》

那就是白杨树，西北极普遍的一种树。《白杨礼赞》

（在所副形容词之前）

静极了。《康桥的早晨》

西北风还是劲得很。《打蕴草》

（在所副形容词之后）

前介词和名词合成的副词短语,同于一个副词,其用途与副词一样。

　　汽车在望不到边际的高原上奔驰。《白杨礼赞》

　　余谒孙文定公于保定制府。《书鲁亮侪事》

那前介词有时被略去,只剩一个名词。如:

　　(从)空中来捣乱的,给他(从)空中打回去。《给修筑飞机场的工人》

　　予(当)弱冠(时)粤行。《祭妹文》

　　副词用在动词,形容词之前或后,以与动词形容词紧接为常。如:

　　同行十二年不知木兰是女郎。《木兰诗》

　　幸亏我胆子还小,不敢真个逃学。《最后一课》

"同""十二年"副"行"。紧接在"行"的前后;"不"副"知","还"副"小",
"不"副"敢","真个"副"逃学",都紧接在前。这样用法,最为清楚,不致
使人误会。但也有和所副的词隔开了的,特别是副词短语。如:

　　这一天上午绍虞走来闲谈。《篮球比赛》

　　其将归见其亲也,余故道为学之难以告之。《送东阳马生序》

前一例等于"绍虞(在)这一天上午走来闲谈",后一例等于"故余(于)其
将归见其亲(之际)道为学之难以告之"。副词短语与所副的"走来""道"
都隔开了。

　　习　问

　　一　试从本册第一至第四课中,摘出十个副词,五个副词短语来。

　　二　副词对于所副的动词,形容词,有的在前,有的在后,试各举
数例。

五、短简二则

与朱元思书

吴　均❶

风烟俱静❷,天山共色。从流飘荡,任意东西。自富阳至桐庐一百许里❸,奇山异水,天下独绝。水皆缥❹碧,千丈见底。游鱼细石,直视无碍;急湍甚箭❺,猛浪若奔。夹峰高山,皆生寒树❻,负势竞上❼,互相轩邈❽;争高直指❾,千百成峰。泉水激石,泠泠❿作响。好鸟相鸣⓫,嘤嘤

---

❶　[吴均]　字叔庠,梁吴兴故鄣人。好学有俊才,沈约见其文,颇相称赏。其诗为士流所效仿,号吴均体。

❷　[风烟俱静]　天气清朗,没有风,也没有烟雾。

❸　[自富阳至桐庐一百许里]　富阳桐庐,今浙江省的县,两地都靠着桐江,从富阳向西南上溯,即达桐庐一百许里,一百里光景。"许"字表数量的不确定。

❹　[缥]　淡青色。

❺　[急湍甚箭]　急流冲泻,其快甚于离弦的箭。

❻　[寒树]　此篇所写为秋景,故觉树有寒意。

❼　[负势竞上]　各负其势好像在那里竞争向上。

❽　[互相轩邈]　共同构成高远的姿态。轩是高,邈是远。

❾　[争高直指]　与"负势竞上"意相近。

❿　[泠泠]　泉声的形容语。

⓫　[相鸣]　对鸣,共鸣。

成韵❶。蝉则千转不穷❷，猿则百叫无绝❸。鸢飞戾天者❹，望峰息心❺；经纶世务者❻，窥谷忘返❼。横柯上蔽，在昼犹昏❽；疏条交映，有时见日。

答梅安生

袁宏道❾

一春寒甚，西直门外❿，柳尚无萌蘖⓫。花朝⓬之夕，月甚明，寒风割目⓭。与舍弟闲步东直⓮道上，兴不可遏，遂由北安门⓯至药王庙，观御河⓰水。时冰皮⓱未解，一望浩白，冷光与月相磨⓲，寒气酸骨⓳。趋至崇国寺，寂无一人。风铃⓴之声，与猧犬㉑相应答。殿上题额及古碑字，了

---

❶　〔嘤嘤成韵〕　嘤嘤，鸟声的形容语，成韵，自成一种调子。

❷　〔千转不穷〕　这指蝉声。千转，极言声音的转换。不穷，不停。

❸　〔百叫无绝〕　这指猿啼声。无绝，不绝。

❹　〔鸢飞戾天者〕　指游心外骛的人。"鸢飞戾天"，是诗大雅旱麓中的语句。鸢高飞而至乎天（戾是至）这里借喻心的放逸。

❺　〔望峰息心〕　到这里望见山峰，可以息静他的心。

❻　〔经纶世务者〕　经营一切事务的人。

❼　〔窥谷忘返〕　到这里观赏山谷，几乎要不想回去。

❽　〔在昼犹昏〕　在白天还是昏昏的。

❾　〔袁宏道〕　字中郎，明公安人。与兄宗道弟中道并有才名，所为诗文，清新明浅，重在抒写性灵，文学史上称为"公安派"。

❿　〔西直门〕　北平的西门。

⓫　〔萌蘖〕　萌芽。

⓬　〔花朝〕　阴历二月十二日，相传是百花生日。

⓭　〔割目〕　犹言"刺骨"，形容风的尖厉。

⓮　〔东直〕　东直门。

⓯　〔北安门〕　当时北京的北门。

⓰　〔御河〕　北平环绕紫禁城的河道。

⓱　〔冰皮〕　冰犹如河面的皮，故称冰皮。

⓲　〔冷光与月相磨〕　冰的冷光与月光相磨荡。

⓳　〔酸骨〕　感觉上似乎连骨节都酸了。

⓴　〔风铃〕　殿角上的铃铎经风吹动。

㉑　〔猧犬〕　这是指犬声。猧犬，小犬。

了❶可读。树上寒鸦,拍之❷不惊;以砾投之,亦不起;疑其僵❸也。忽大风吼檐❹,阴沙四集,拥而疾趋,齿牙涩涩有声❺;为乐未几,苦已百倍。数日后,又与舍弟一观满井❻,枯条数茎,略无新意❼。京师之春如此,穷官之兴可知也❽。

　　冬间闭门,著得《广庄》❾七篇,谨呈教❿。

------

❶　〔了了〕　清清楚楚。

❷　〔拍之〕　拍手而惊之。

❸　〔僵〕　受寒而僵。

❹　〔吼檐〕　吼于檐际。

❺　〔齿牙涩涩有声〕　因为齿牙间有了细沙的缘故。

❻　〔一观满井〕　一观,犹言"一游"。满井,地名,在北平城北。

❼　〔新意〕　犹言"生意"。

❽　〔穷官之兴可知也〕　这"兴"字指兴趣不佳而言。可知,可以料想而知。

❾　〔广庄〕　取推广庄子之旨的意思。

❿　〔呈教〕　呈上请指教。

六、记白鹿洞^❶

胡　适

　　昨夜大雨，终夜听见松涛声与雨声；初不能分辨，听久了才分得出有雨时的松涛与雨止时的松涛，声势皆很够震动人心，使我终夜睡眠甚少。

　　早起雨已止了，我们就出发。从海会寺^❷到白鹿洞的路上，树木很多，雨后青翠可爱。满山满谷都是杜鹃花；有两种颜色，红的和轻紫的，后者更鲜艳可喜。去年过日本时，樱花已过，正值杜鹃花盛开，颜色种类很多；但多在公园及私人家宅中见之，不如今日满山满谷的气象更可爱。因作绝句记之：

　　　　长松鼓吹^❸寻常事，最喜山花满眼开。

　　　　嫩紫鲜红都可爱，此行应为杜鹃来。

　　到白鹿洞书院旧址，前清时用作江西高等农业学校，添有校舍，建筑简陋潦草，真不成个样子。农校已迁去，现设习林事务所。附近大松树都钉有木片，写明保存古松第几号。此地建筑虽不堪，然洞外风景尚好。有小溪，溪水急流，铮钑可听；溪名贯道溪，上有石桥，即贯道桥^❹，皆朱子^❺起的名子。桥上望见洞后诸松中一松有紫藤花直上到树梢，藤花正盛开，艳丽可喜。

---

❶　［白鹿洞］　在庐山五老峰下，唐朝李渤隐居在这里读书，喜欢养白鹿，因此得名。

❷　［海会寺］　在五老峰下。

❸　［鼓吹］　各种乐器的合奏。这里指松涛声。

❹　［贯道溪贯道桥］　取孔子"吾道一以贯之"的意思。

❺　［朱子］　宋朝有名的理学家朱熹。

　　白鹿洞本无洞;正德❶中,南康❷守王溱开后山作洞,知府何浚凿石鹿置洞中。这两人真是大笨伯!

　　白鹿洞在历史上占一个特殊地位,有两个原因:第一,因为白鹿洞书院是最早的一个书院。南唐昇元❸中(九三七—九四二)建为庐山国学,置田聚徒,以李善道为洞主。宋初因置为书院,与睢阳石鼓岳麓三书院❹并称为"四大书院",为书院的四个祖宗。第二,因为朱子重建白鹿书院,明定学规,遂成后世几百年"讲学式"的书院的规模。宋末以至清初的书院皆属于这一种。到乾隆❺以后,朴学❻之风气已成,方才有一种新式的书院起来;阮元所创的诂经精舍学海堂❼,可算是这种新式书院的代表。南宋的书院祀北宋周邵程诸先生❽;元明的书院祀程朱❾;晚明的书院多祀阳明❿;王学⓫衰后,书院多祀程朱;乾嘉⓬以后的书院乃不祀理学家而改祀许慎郑玄⓭等。所祀的不同,便是这两大派书院的根本不同⓮。

---

❶　[正德]　明武宗年号。

❷　[南康]　现在江西星子县。

❸　[昇元]　南唐主李昇的年号。

❹　[睢阳石鼓岳麓三书院]　睢阳书院,在今河南商丘县。石鼓书院,在今湖南衡山县石鼓山。岳麓书院,在今湖南长沙西岳麓山下。

❺　[乾隆]　清高宗的年号。

❻　[朴学]　清儒治经,注重于名物训诂的考证,以汉儒的经说为宗,称为"汉学",亦称"朴学"。

❼　[阮元所创……学海堂]　阮元,字伯元,号芸台,清江苏仪征人。为著名的经学家。任浙江巡抚时,在杭州西湖上设诂经精舍。后任两广总督,在广东番禺县粤秀山上设学海堂。

❽　[北宋周邵程诸先生]　周敦颐,邵雍,程颢,程颐,皆理学家。

❾　[程朱]　程颢程颐和朱熹。

❿　[阳明]　明理学家王守仁。守仁曾在贵州修文县阳明洞筑室,世称阳明先生。

⓫　[王学]　守仁的理学特注重于"心"之讨究,又称心学。名从其主,便称"王学"。

⓬　[乾嘉]　乾,指乾隆。嘉就是嘉庆,清仁宗年号。

⓭　[许慎郑玄]　许字叔重,汉汝南人,经学家。所作"说文解字"十四篇,为我国最早的字典。郑字康成,汉高密人,经学家。所注经籍极多。

⓮　[所祀的……根本不同]　前一派祀理学家,表示其教育中心为理学;后一派祀汉儒,表示其教育中心为朴学。

朱子立白鹿洞书院在淳熙❶己亥（一一七九），他极看重此事，曾劄上丞相❷说：

> 愿得比祠官例，为白鹿洞主，假之稍廪❸，便得终与诸生讲习其中；犹愈于崇奉异教香火，无事而食也。

他明明指斥宋代为道教宫观设祠官的制度，想从白鹿洞开一个儒门创例来抵制道教。他后来奏对孝宗，申说请赐书院额，并赐书的事，说：

> 今老佛之宫布满天下，大都逾百，小邑亦不下数十，而公私增益❹势犹未已。至于学校，则一郡一邑仅置一区；附郭之县又不复有。盛衰多寡相悬如此！

这都可见他当日的用心。他定的白鹿洞规，简要明白，遂成为后世七百年的教育宗旨。

庐山有三处史迹，代表三大趋势：（一）远麓❺的东林，代表中国"佛教化"与佛教"中国化"的大趋势。（二）白鹿洞代表中国近世七百年的宋学❻大趋势。（三）牯岭❼代表西方文化侵入中国的大趋势。

---

❶　［淳熙］　宋孝宗年号。

❷　［劄上丞相］　书一劄子上给丞相。

❸　［假之稍廪］　给我一点俸禄。假，同于"给"。稍廪即俸禄。

❹　［公私增益］　公家和私人增修道观佛寺。

❺　［慧远］　晋朝的高僧，居庐山东林寺，与信徒结白莲社，为我国佛教净土宗的初祖。

❻　［宋学］　理学盛于宋，故又称"宋学"。

❼　［牯岭］　在庐山北面。清光绪二十一年（公元一八九五年）英人李德立在此购地建屋，第二年正式租与英人，即成外人的居住区与避暑区。英美德法各国侨民便组织董事会，并设牯岭公事房，主持警察，财政，工务，卫生，及一切公共事务，俨然成一租界。到民国十六年，始收回警权，二十四年取消国外人的租借权。

七、景德镇[1]

黄炎培

　　景德镇在昌江[2]东岸。江以西,群峰列岸,迤南最高之主峰曰南山,瓷业公司位市之中心,依小山为厂,明清两朝御窑[3]故址也。山名珠山,上有御诗亭,有碑记。市之东,小山数道,曰五龙山,土人取其形似,名曰"五龙戏珠"。尝登五龙山俯览全市,则突焰[4]障天,闾阎扑地[5],以一种纯粹之工业,而占如此大面积,不多得也。

　　镇出品总额,清光绪二十年[6]以前,仅数十万圆,其后渐增,最多时年四百万圆。光复之际[7],商工停滞,故辛壬两年[8]最少。今则年三百余万圆。瓷工多客民[9],每年正二月假归,三月上市,秋冬大盛。盛时全镇人口多至三十万,少时亦有二十万。

　　镇有三帮四姓:旧南康府[10]属都昌县人为一帮,曰都帮;徽州[11]各县人为一帮,曰徽帮;其余土客[12]为一帮,曰杂帮。都帮最强。四大姓曰

---

❶　[景德镇]　在江西省,为我国第一产瓷之区。其地原名昌南,宋真宗景德间,依年号改名。

❷　[昌江]　安徽祁门县境的大共水流入江西省,乃名昌江。

❸　[御窑]　出品专供皇帝使用的窑。窑同"窑"。

❹　[突焰]　烟囱里的烟焰。

❺　[闾阎扑地]　闾阎,指市屋。扑地,言其稠密,几乎没有隙地。

❻　[清光绪二十年]　光绪,清德宗年号。二十年,当公元一八九四年。

❼　[光复之际]　指革命军推翻满清的时候。

❽　[辛壬两年]　即辛亥、壬子两年。辛亥是武昌起义那一年,壬子是民国元年。

❾　[客民]　别处来的人。

❿　[南康府]　清时属江西省,治星子,辖星子、都昌、建昌、安义四县。

⓫　[徽州]　清时安徽府名。治歙县。辖歙、休宁、婺源、祁门、黟、绩溪六县。

⓬　[土客]　土民和客民。

冯、余、江、曹。全镇有窑约百二十座。燃料用木柴者八十余，用茅柴者三十余。窑主人专事烧瓷取值，他非所问，称烧窑户；其出资雇工制坯，上釉❶，发烧，施彩❷，出卖者，曰做窑户；亦有专设肆为人施彩者。而某户做某种器，某工制某种坯，用何法上釉、施彩，各专一而不能兼。下至为人运坯出入窑，亦为一业。故一器之成，分工无数，彼此不相习，即欲相习，众亦不许，故瓷业有三十六行之称。

瓷器分三种，曰圆器，曰琢器，曰雕镶。碗碟类普通品为圆器。碗碟类以外，凡圆形者为琢器。其非圆形与需雕刻镶嵌以成者曰雕镶。此近于以形式分者也。以施工之精粗分，亦有三种：曰脱胎，其坯极薄，几于脱，非真能脱也，为最精品。次曰二白釉，则坯与釉俱厚重矣。最下曰灰器，则极粗笨之品也。瓷工工资，论件数，不论时日。琢器、雕镶，一壶也，以数十件论❸；一瓶也，以数百件论；工资即按件算给。

瓷商来皆主于窑户❹，有贷资与窑户者。窑户需本甚微，往往有数百圆即可开设；利甚厚，有以三四分成本售一角二分者，一二年间，虽致千金不难。所苦烧窑成败无把握耳。其预计大概只能以七成折算。

瓷工不乏具身分甚阔绰者，其技术确有不可及处。亦有以极拙之人工，胜极灵之机械者。尝偕友观于某厂，一赤体拉坯者技熟甚，为之注视者再；夜，余友于道左见一人，长服矩步，从者张灯为导，谛视之，即昼间赤体拉坯者也。又尝观烧窑，工头一人，长服矩步，从者张灯为导，谛视之，即昼间赤体拉坯者也。又尝观烧窑，工头一人距窑七八尺地斜坐，据短几，口❺尺许烟管，手❻茗壶，若不胜闲逸者；工徒若干人执薪视所向，进则进，止则止，喘汗奔走，一惟所命。

---

❶　［上釉］　釉和玻璃相似，系用石英，硼砂，长石，白垩，陶土混合研碎而成极细的粉末，再加水研磨，即成浆状。浸素烧坯于其中，速即取出，便是上釉。

❷　［施彩］　加上彩色，或画上彩色的图画。

❸　［以数十件论］　这是以件为单位的计算法。

❹　［主于窑户］　住在窑户那里。

❺　［口］　这个"口"字作动词用，同于"衔"。

❻　［手］　这个"手"字也作动词用，同于"执"。

瓷窑之燃烧,依法初用酸化焰❶,受空气宜多,门宜开;中用还原焰❷,受空气宜少,门宜闭;终则二者相间为用;最上用中性焰❸:此研究学理者之言也。景德窑皆旧式,何谓酸化,何谓还原,一切非所知,亦无火表,工头登窑顶,启穴观烟焰,有时烟弥满,则张口吐涎沫,直注入穴,觳然❹有声,观其变以取进止,其成绩与谈学理者无以大异焉。

凡拉坯,以一人坐地为之,然高至五六尺以上之瓶罍,非人伸臂所能为,于此得极拙之法:以长绳络四人于空间,使俯其体,合力拉此大坯,别以四人各握一人之足,亦奇观哉。

瓷工之把持、骄蹇、顽陋、蛮横,实大阻瓷业之进步。工资论件不论日,然不许一日多作工。窑每五六日可一烧,乃限令必隔十日一烧。匣钵本可满置瓷器,乃相约不许多置。他若争工价高下,争食米良恶,争岁暮预支明岁工资,皆尝同盟罢工。七八年前,为有人改用印绘法大闹。此印绘法工省而效远,前仅行于烧坏之瓷器,至是用于好瓷器,群愤其将夺绘画者生计,遂至斗殴杀人,酿大祸焉。窑户之送坯于他户也,以宽四寸仅容杯足之长板片,满置瓷坯,肩以过市,巷窄人稠。苟触者立欹堕,即未堕,必自毁。集同业,一呼数百,入市评论,罚金姑不计,此合坐茶酒所耗已不赀矣。又禁工人于工作外为主人执役。某日天忽雨,一工人仓猝代主人收所晒衣,衣才下而执法者麕至❺,受重罚至弗能堪。凡此苛猛凶恶之禁条罚例,自有失业工人奔走监察,吹瑕索瘢,有不遂意,相要❻罢工。其罢工也,缚鸡毛于箸,每工场投一箸,见者立罢,不则众尽毁其作物,故一箸之效捷如律令。尤可笑者,为运坯送窑者曰挑帮,事本尽人能为,乃相约非被招为徒,习学年满,不准营业。其招徒限二十年一举行。招徒时须先令肩挑外涂红色之篮,于指定路线疾行一周,名曰跑红篮,众哗噪逐其后,设种种方法置此人于伤或死,俾不克终此行,此招

---

❶ 〔酸化焰〕 火焰分三部分,这是最外的部分。
❷ 〔还原焰〕 火焰三部分的中间部分。
❸ 〔中性焰〕 火焰的中心部分。
❹ 〔觳然〕 形容吐涎沫的声音,觳,音霍。
❺ 〔麕至〕 成群而来。
❻ 〔相要〕 互相要约。要,音腰。

徒事乃得循例展缓三年。招徒者，鉴于此祸，则以重金特雇健者为之复请于官，派兵列队随行以护，如是者率为常。其无公理，无人道，一至于此。闻民国成立，此风稍戢，盖前恃地方官畏祸敷衍，而今则惧一出事，军队立即开枪轰击也。

江西瓷业公司始亦尝受制于工界，今则资格渐老，莫复敢抗。除烧窑、制坯沿旧法外，其施彩已采用印刷画矣。顾改良亦非易易，论经济上改良，就根本言第一须改良原料，此非旦夕所可收效者。若关于烧窑之困难，所谓成败无把握，良由窑内高积之匣钵，往往经热融倒，自此而累及其他，是非增高耐火土融度不可。他如窑式之改良，燃料之改良，俱在陶业学校切实研究中。至若美术上之改良，崭新之式样色泽，能合文明社会之心理，未必便合一般社会之心理，此更大费研究耳。

八、摩挲云之虫

黄炎培

天地之大,何奇不有。奇在人类能拿它来利用,尤奇的天地好像在鼓励人类欢迎人类拿它的作品来利用,又好像天地因人类聪明,善于利用,故意不断地产生千奇百怪的作品,来供给人类千方百计的利用。思想开通的保姆,见儿童越会玩越欢喜,越要多买些恩物❶给他玩,大自然界好像就是这么一回事。

我来介绍一件相当好玩的川康❷特产的东西。

诸位如果在三四月间到越巂、冕宁、西昌、会理❸一带去,一定可以见人山人海,张灯结彩,家家庆祝,肥鱼大肉,人人醉饱。他们为的是什么? 为的是一种虫。这样热闹,叫做什么? 叫做虫会。

是一种什么虫呢? 就是蜡虫。我们千万不可小看这虫。在前清末年,政府收税每一挑虫子,征银❹五两六钱。税银要收到三十万两,就是每年虫子要输出五万多挑,价值要达四五百万元。到后来不及十分之一。但在民国二十七年输出尚有二千余挑,收税一万四千多元。到二十八年仅五百挑,收三千多元了。究竟蜡虫是怎么一回事呢? 让我细细讲来。

在越巂、冕宁、西昌、会理一带,有天然的两种树。一是女贞,亦称冬青,俗称虫树,是常绿灌木。一是蜡树,俗称水蜡树,是落叶灌木。宜湿

---

❶　[恩物]　幼稚园中用以启迪儿童的玩具。

❷　[川康]　四川西康两省的连称。

❸　[越巂、冕宁、西昌、会理]　四个县名,在四川省的西南隅。巂,音髓。

❹　[征银]　以前征收赋税,以银子一两为计算单位。

润，种在溪边，两三年即合拱❶；用插木或分枝法都能活的。这两种树为什么称做虫树和蜡树呢？就要说到它底寄生虫蜡虫了。

蜡虫属于介壳虫科，分雌雄两性，雄的体长有翅，雌的卵形无翅。口吻突出，适于吸收树汁。胸部有足三对，雄的阔，雌的突出。雌的腹部和背面都是褐色，有无数细孔，就是泌蜡孔。雄的寿命很短，交配后即死。雌的到孕卵时，体渐变大，成为圆形，像一颗珠。外面是赤色的壳，人称作"虫子"，其实即是母虫死体。这"虫子"有两种作用。

其一是放种。放种方法，在芒种❷前取"虫子"几颗多或十几颗，用稻草裹成小包，挂于虫树或蜡树的嫩枝上，虫即出壳。这是幼虫，会从枝上爬行到叶上，很匀称地分布于叶脉间。在叶面的是雄虫，叫做"虫沙"，在叶背的是雌虫，叫做"蜡沙"。分布既定，虽风雨不会移动，到夏至节❸，自然移布于枝条上，叫做"定干"。"定干"后一个多月，树枝间即起一种微细斑点。交秋，起一种小泡。交冬，小泡高起来了，破开来但有清水。到明春，大如豆粒一样，缀满枝条间。颗粒内清水渐由浓厚而干涸，成淡黄色。外壳薄如纸，有露汁凝在壳外，有黏性，味很甜，叫做"吊糖"。壳渐变硬了，壳里的液体凝结细沙，叫做"分沙"。近口边的是雄性的"虫沙"，在底下的是雌性的"蜡沙"，中间有薄膜隔着。将交立夏❹，一齐蠕蠕然动起来了，这就是雌雄两性的蜡虫了。

另一种作用，就是采蜡。用草包着"虫子"，挂在蜡树上，这和"放种"一样的。到"定干"后，虫背起了一种白毛，叫做"放箭"。隔几时，毛变成松叶状，一天天浓密起来，合并起来。从枝上取下一看，色白，质极轻。到立秋❺，成熟了。剥下来，放在锅里煮之，融成油液；把渣滓去掉倒在盆里，凝结成饼，这就是蜡。

是不是到处都可"放种"呢？不。宁属❻就是越巂、冕宁、西昌、会理

---

❶　［合拱］　两手合围那么粗细。

❷　［芒种］　节气名，每年六月六日或七日为芒种节日。

❸　［夏至节］　每年六月二十一日或二十二日为夏至节日。

❹　［立夏］　节气名，每年五月六日或七日为立夏节日。

❺　［立秋］　节气名，每年八月八日或九日为立秋节日。

❻　［宁蜀］　清宁远府属。

一带为最适宜。四川另有几个县，云南昭通县属有几个地方，也产虫种的。放种最大关系就是天时，其时必须晴明，最忌大风雨。若是秋天阴雨连绵，冬天坚冰大雪，春天来一场大冰雹，虫就不得活，或会生出害虫来。宁属越、冕、西、会一带，气候最宜。但亦须天气没有意外的变化，才有"红山"的希望。什么叫做"红山"呢？就是虫珠满枝而且红润，这是他们理想中的美满年成。虫商买卖虫子时，买的问卖的作一个揖，说："希望阁下年年'红山'。"卖的还一个揖说："祝颂足下一包八斤。"因为"虫子"每包重八两，祝颂他化两为斤，就是"恭喜发财"的意思。

这种蜡是白蜡。黄蜡又是一种，是把蜜蜂的蜂房熬成的。而摩挲云就是越、冕、西、会一带若干集中地中间的一个重要集中地。邻近由果湾、岔河，及蔡山老虎❶所在地老碾，都是绝好"放种"地方，就在现今衰残时期，小小摩挲云每年还输出一百多挑。

蜡虫这般珍贵，究竟有什么用处呢？诸位家里在没有电灯或油灯的时候，不是用蜡烛么？近时中外通用的有光纸，或五彩有光纸，以及写钢板用的蜡纸，白蜡都是不可少的原料。各种丝织品怎么会发出晶莹耀眼的亮光呢？就是经过白蜡摩擦的缘故。白蜡涂在竹木器上，可以增加光润；涂在弦索上，可以保持坚韧；涂在金属品上，可以避免生锈。在医药方面，白蜡有生肌，止血，止痛的功用。药房制丸药，多用蜡做外壳。人体模型，动物解剖模型多用蜡制。残余的蜡渣，可充肥料和牲畜的食料。蜡的用处多得很。如果好好研究，用科学方法加以改进，一面扩大它的用途，虽未必便能和蚕丝一样重要，总该比蜂蜜还重要些。

我国关于白蜡的用途，唐人诗里有不少"蜡烛""蜡炬"字样。唐人所译的《楞严经》❷，有"当横陈时，味如嚼蜡"一语。晋书里也有阮孚蜡屐❸一段故事。后汉人所撰《本草》❹，且已列入蜡树和蜡子。这是白蜡，不

---

❶ ［蔡山老虎］ 夷酋蔡长发的绰号。

❷ ［楞严经］ 佛经名，唐中天竺沙门般刺密帝译。十卷。

❸ ［阮孚蜡屐］ 阮孚，字遥集，晋尉氏人。有人到阮孚那里去，见他自己点了火融蜡涂木屐，并叹道："不知道一生穿得到几双木屐呢！"事见晋书阮孚传。

❹ ［本草］ 药书名，或以为后汉张机华陀等所编。

是黄蜡。可知我国白蜡用途的发明，至少已有一千七百多年的历史。"中国"这个顽童，总算很早会玩的。还要有进步，才不孤负这位赏给他恩物的保姆❶。

　　我旅行到摩挲云，多承地方上一位青年朋友马君告诉我种种，又从没有刊印过的"西昌县志"稿里读悉一二，读者如欲知道得更详细些，请参阅四川行营边政委员会宁属调查报告汇编农牧篇第三章林产，和中国国民经济研究所所编四川经济参考资料第十四章特产。

　　摩挲云原是么些营，改了见得文雅一点。"么些"也是西陲一种民族，该附带说明一下。

---

❶　〔赏给他恩物的保姆〕　指大自然。

文章法则乙

一、议论文

议论文表白作者的主张。一个人作一种主张，在先必须经过理解的阶段；假如没有理解，就无从作什么主张。有了理解，还不一定成为主张；必须把那理解认为思想行动的标准，或说自己非如何不可，或说他人非如何不可，这才是主张。把主张作为中心，写成的文字便是议论文。

主张他人非如何不可的议论文，显然是为人而发，不必细说。其实仅仅主张自己非如何不可的议论文，其目的也是为人。如果单是为己，认定了什么作为自己思想行动的标准，那就照此思想照此行动好了，也用不着写什么文字。等到提起笔来写文字，虽然所说仅限于自己方面，便已含有了指示他人的意味——想教他人与自己作同样主张，思想行动也非如何不可。因此，我们可以说，凡议论文都是以自己的主张去说服他人的。

对于某一事物，假如彼此之间并无不同的主张，那就无须乎议论。在引起议论的时候，在企图说服他人的时候，必然作者的主张与他人有不同之处。无论这不同属于性质方面或程度方面，总之议论文都有"敌论者"，至少也应有敌论者在作者的豫想之中。这所谓敌论者，有时就是预备写文字给他们看的读者，有时却是作者与读者以外的另一些人。于此可知，议论文的读者与别种文字的读者，性质上颇有不同。议论文的读者，一种是敌论者，一种是审判者；对于前者，要驳倒他的主张，对于后者，要取得他的同意。我们写议论文，情形正与上法庭去诉讼，向对方和法官讲话一样。

要驳倒他人的主张,要取得他人的同意,其间有个步骤:第一,必须使他人对于我的主张明白理解,不生疑义;第二,必须使他人在思想行动上发生影响,看了文字以后与未看文字以前多少有些不同,那么,驳倒才是真的驳倒,取得才是真的取得。因此,议论文不能提出了一个或一些主张就算完事,还得反复说明达到主张的种种理解,以及实践主张的种种关系,这才会使他人信服,信服了才会影响到他们的思想行动。在议论文中,这些部分往往占很多的篇幅,而直接表白主张的却不过几句话,理由就在于此。

说明达到主张的种种理解与实践主张的种种关系,当然要求其正确合理,不能凭空武断。这全靠作者的生活经验。假如生活经验不充实,不丰富,所作主张虽自以为正确合理,还是难免于凭空武断的。

习　问

一　"第二期抗战开端告全国国民书"的主张是甚么？篇中哪些部分说明达到那主张的理解？哪些部分说明实践那主张的关系？

二　试举出以前读过的议论文三篇,并说明各篇作者豫想中的敌论者是甚么主张的。

九、我的同班

男　士❶

　　ㄌ女士是我们全班男女同学所最敬爱的一个人。大家都称呼她"ㄌ大姐"。我们男同学不大好意思打听女同学的岁数,惟据推测,她不会比我们大到多少。但她从不打扮,梳着高高的头,穿着黯淡不入时的衣服,称呼我们的时候,总是连名带姓,以不客气的,亲热的大姐姐的态度出之。我们也就不约而同,心悦诚服的叫她大姐了。

　　ㄌ女士是闽南人,皮肤很黑,眼睛很大,说话作事,敏捷了当。在同学中间,疏通调停,排难解纷,无论是什么集会,什么娱乐,只要是ㄌ大姐登高一呼,大家都是拥护响应的。她的好处是态度坦白,判断公允,没有一般女同学的羞怯和隐藏。你可和她辩论,甚至吵架,只要你的理长,她是没有不认输的。同时她对于女同学也并不偏袒。她认为偏袒女生,就是重男轻女:女子也是人,为什么要人家特别容让呢? 我们的校长有一次说她"有和男人一样的思路",我们都以为这是对她最高的奖辞。她一连做了三年的班长,故在我们中间,没有男女之分,党派之别,大家都在"拥护领袖"的旗帜之下,过了三年医预科的忙碌而快乐的生活。

　　在医预科的末一年,有一天,我们的班导师忽然叫我走去见他。在办公室里,他很客气的叫我坐下,宛转的对我说,校医发现我的肺部有些毛病,学医于我不相宜,劝我转系。这真是一个晴天霹雳! 我要学医,是十岁以前就决定的。我的母亲多病服中医的药不大见效,西医诊察的时候,总要听听心部肺部。母亲又不愿意,因此,我就立下志愿要学医,学

---

　　❶　[男士]　这篇与下一篇都采自《星期评论》。男士是作者的笔名,其姓名未详。

成了好替我的母亲医病。在医预科三年成绩还不算坏，眼看将要升入本科了，如今竟然功亏一篑❶！从班导师的办公室里走出来的时候，我几乎是连路都走不动了。

午后这一堂是生理学实验。我只呆坐在桌边，看着对面的ㄌ大姐卷着袖子，低着头，按着一只死猫在解剖神经，那刀子下得又利又快。其余的同学也都忙着，没有人注意到我。我轻轻的叫了一声，ㄌ大姐便抬起头来，我说："ㄌ大姐，我不能同你们在一起了，导师不让我继续学医，因为校医说我的肺有毛病。……"ㄌ大姐愕然，刀也放下了，说："不是肺痨罢？"我摇头说："不是，据说是肺气枝胀大……无论如何，我要转系了，你看！"ㄌ大姐沈默了一会，便走过来安慰我说："可惜的很，像你这么一个温和细心的人，将来一定可以做个很好的医生。不过假如你自己身体不好，学医不但要耽误自己，也要耽误别人。同时我相信你若改学别科，也会有成就的。人生的路线曲折得很，塞翁失马，安知非福？❷"

下了课，这消息便传遍了，同班们都来向我表示惋惜，也加以劝慰，ㄌ大姐却很实际的替我决定要转那一个系。她说："你转大学本科，只剩一年了，学分都不大够，恐怕还是文学系容易些。"她赶紧又加上一句："你素来对文学极感兴趣，我常常觉得你学医是太可惜了。"

我听了大姐的话，转入了文学系。从前拿来消遣的东西，现在却当功课读了。正是"歪打正着"，我对于文学，起了更浓的兴趣，不但读，而且写。读写之余，在傍晚的时候，我仍常常跑到他们的实验室里去闲谈，听ㄌ大姐发号施令，商量他们毕业的事情。

大姐常常殷勤的查问我的功课，又索读我的作品。她对于我的作品，总是十分叹赏，鼓励我要多读多写。在她的指导鼓励之下，我渐渐的消减了被逼改行的伤心，而增加了写作的勇气。至今回想，当时若没有大姐的勉励和劝导，恐怕在那转变的关键之中，我要做了一个颓废而不振作的人罢！

---

❶　［功亏一篑］　语出尚书旅獒。即功败垂成的意思。

❷　［塞翁失马安之非福］　事出淮南子人间训。塞上人的马逃入胡中，大家都来慰问。做父亲的说：怎知道不正是幸运呢？后来逃去的马果然引了胡中的好马回来。

在我教书的时候，ㄌ大姐已是一个很有名的产科医生了。在医院里，和在学校里一样，她仍是保持着领袖的地位，作一班大夫❶和护士们敬爱的中心。在那个大医院里，我的同学很多，我每次进城去，必到那里走走，看他们个个穿着白衣，挂着听胸器，在那整洁的甬道里，忙忙的走来走去。闻着一股清香的药味，我心中常有一种说不出来的感觉，如同受伤退伍的兵士，裹着绷带，坐在山头，看他的伙伴们在广场上操练一样，也许是羡慕，也许是伤心，虽然我对于我的职业，仍是抱着与时俱增的兴趣。

同学们常常留我在医院里吃饭，在他们的休息室里吸烟闲谈，也告诉我许多疑难的病症。一个研究精神病的同学，还告诉我许多关于精神病的故事。大姐常常笑说："×××，这都是你写作的材料，快好好的记下罢！"

抗战前一个月，我从欧洲回来，正赶上校友返校日。那天晚上，我们的同级有个联欢大会，真是济济多士❷！十余年中，我们一百多个同级，差不多个个名成业就，儿女成行（当然我是一个例外），大家携眷莅临，很大的一个厅堂都坐满了。觥筹交错❸，童稚欢呼，大姐坐在主席的右边，很高兴的左顾右盼，说这几十个孩子之中，有百分之九十五是她接引降生的。酒酣耳热❹，大家谈起作学生时代的笑话，情况愈加热烈了。主席忽然起立，敲着桌子提议："现在请求大家轮流述说，假如下一辈子❺再托生，还能做一个人的时候，你愿意做一个什么样的人？"大家哄然大笑。于是有人说他愿意做个大元帅，有人说愿做个百万富翁。……轮到我的时候，大姐忽然大笑起来，说："×××教授，我知道你下一辈子一定愿意做个女人！"大家听了，都笑得前仰后合。当着许多太太们，我觉得有点不好意思，我也笑着反攻说："ㄌ大夫，我知道你下一辈子一定愿意

---

❶ ［大夫］ 医生。
❷ ［济济多士］ 语出诗经。济济，形容人的多。
❸ ［觥筹交错］ 形容聚饮的热闹情状。觥是盛酒的杯子，筹是行酒令时所用的。
❹ ［酒酣耳热］ 语出杨恽报孙会宗书。酒喝多了，面红耳热。
❺ ［一辈子］ 一世。

做一个男人。"ㄌ大姐说："不我仍愿意做一个女人，不过要做一个漂亮的女人，我做交际明星，做一切男人们恋慕的对象……"她一边说一边笑。那些太太们听了，纷纷起立，哄笑着说："ㄌ大姐，你这话就不对，您看您这一班同学那一个不恋慕您？来，来，我们要罚你一杯酒。"我们大家立刻鼓掌助兴。ㄌ大姐倚老卖老的说，害了她自己了！于是小孩们捧杯，太太们斟酒，ㄌ大姐"固辞不获"，大家笑成一团。结果是滴酒不入的ㄌ大医生，那晚上也有一些醉意了。

　　盛会不常，佳时难再，那次欢乐的集会，同班们三三两两的天涯重聚，提起来都有些怅惘。事变后，我还在北平，心里烦闷得很，到医院里去的时候，ㄌ大姐常常深思的皱着眉对我们说："我呆不下去了❶。在这里不是'生'着，只是'活'着！我们都走吧，走到自由中国去，大家各尽所能，你用你的一枝笔，我们用我们的一双手。我相信大后方还用得着我们这样的人！"大家都点点头。我说："你们医生是当今第一等人材，我们拿笔杆的人，做得了什么事！假若当初……"大姐正色拦住我说："×××，我不许你再说这些无益的话。你自己知道你能做些什么事，学文学的人还要我们来替你打气，真是！"

　　一年内，我们都悄然的离开了沦陷的故都。从那时起，我便没有看见过ㄌ大姐，不过这个可敬的名字，常常在人们口里传说，说ㄌ大姐在西南的一个城市里，换上军装，灰白的头发也已经剪短了。她正在和她的环境，快乐的，不断的奋斗，在蛮烟瘴雨里，她的敏捷矫健的双手，又接下了成千累百的中华民族的孩童。她不但接引他们出世，还指导他们的父母，在有限的食物里找出无限的滋养料。她正在造就无数的将来的民族斗士。

　　我希望在不久的将来，我们回到故都重开级会的时候，我能对她说："ㄌ大姐，下一辈子我情愿做一个女人，不过我一定要做像你这样的女人！"

────────

❶　［我呆不下去了］　我住不下去了。北平话。

一○、我的教师

男　士

　　另一个女人,我永远忘不掉的,是力女士,我的教师。

　　因为我从小住在偏僻的乡村里,没有机会进小学,所以只在家塾里读书。国文读得很多,历史地理也还将就得过,吟诗作对都学会了,还能写一两千字的文章。只是算术最落后,翻来覆去,只做到加减乘除,因为塾师自己的数学程度,也只到此为止。

　　十二岁到了北平,我居然考上了一个中学,因为考试的时候校长只出一个"学然后知不足"的论说题目。这题目是我在家塾里做过的,当时下笔千言,一挥而就,校长先生大为惊奇,赞赏一下子便让我和中学一年生同班上课。上课两星期以后,别的功课我都能应付裕如,作文还升了一班,只有数学却把我难住了。中学的数学是从代数做起的,我的数学底子太坏,脚跟站不牢,昏头昏脑,踏着云雾似的上课。力女士便在这云雾中,飘进了我的生命中来❶。

　　她是我们的代数和历史教员,那时也不过二十多岁罢。"蝤首蛾眉,齿如编贝"❷,这八个字就恰恰的可以形容她。她是北方人,皮肤很白嫩,身体很窈窕❸,又很容易红脸,难为情或是生气,就立刻连耳带颈都红了起来。我最怕的是她脸红的时候。

　　同学中敬爱她的,当然不止我一人,因为她是我们女教师中间最美

---

　　❶　[飘进了我的生命中来]　和我的生活发生了联系。
　　❷　[蝤首蛾眉齿如编贝]　"蝤首蛾眉",额广而方,眉毛秀美,语出诗经卫风硕人。"齿如编贝",牙齿整齐而洁白,语出汉书东方朔传。
　　❸　[窈窕]　形容体态美好。

丽，最公平，最善诱❶的一位。她的态度严肃而又和蔼，讲述时简单而又清晰。她善用譬喻；我们每每因着譬喻的有趣，而连带的牢记了原理。

　　第一个月考，我的历史得九十九分，而代数却只得了六十二分，不及格！当我下堂自己躲在屋角流泪的时候，觉得有双温暖的手，抚着我的肩膀，抬头却见夕女士挟着课本，站在我的身旁，我赶紧擦了眼泪，站了起来。她温和的问我道："你为什么哭？难道是我分打错了？"我说："不是的，我是气我自己的数学底子太差。您出的十道题目，我只明白一半。"她就温柔软款❷的坐下，仔细问我的过去，知道了我的家塾教育以后，她就恳切的对我说："这不能怪你。你中间跳过了一大段！我看你还聪明，补习一定不难，以后你每天晚一点回家，我替你补习算术吧。"

　　这当然是她对我格外的爱护，因为数学程度不够格的，很有退学的可能；而且她很忙，每天匀出一个钟头给我，是额外的恩惠。我当时连忙答允，又再三的道谢。回家去对母亲一说，母亲尤其感激，又仔细的询问夕女士的一切，她觉得夕女士是一位很好的教师。

　　从此我每天下课后，就到她的办公室，补习一个钟头的算术，把高小三年的课本在半年以内赶完了。夕女士逢人便称道我的神速聪明。但她不知道我每天回家后，用功直到半夜，因着习题的烦难，我曾流过许多焦急的眼泪，在眼泪模糊之中，灯影下往往涌现着夕女士美丽慈和的脸，我就仿佛得了灵感似的，擦去眼泪，又赶紧往下做，那时我住在母亲的套间❸里，冬天的夜里，烧热了砖炕❹，点起一盏煤油灯，盘着两腿坐在炕桌❺边上，读书习算。到了夜深，母亲往往叫人送进糖葫芦❻，或是赛梨的萝卜❼，来给我消夜。直到现在，每逢看见孩子做算题，我就会看见夕

---

❶　[善诱]　善于诱导学生，使学生向学。

❷　[软款]　软和诚恳。

❸　[套间]　一间房间若分为两部分，前面的一部分叫套间。

❹　[砖炕]　我国北方气候寒冷，人家房间内多设砖炕，约占三分之一的面积，炕下可以生火，在炕上作事，夜间也就睡在炕上。

❺　[炕桌]　放在炕上的桌子，高不过一尺。

❻　[糖葫芦]　金桔，红枣，胡桃，山楂等果品，蘸上麦糖，连成一串而出卖的，北方叫做"糖葫芦"。

❼　[赛梨的萝卜]　甜得和梨一般的萝卜。北方小贩叫卖，往往这么说。

女士的笑脸,脚下觉得热烘烘的,嘴里也充满了萝卜的清甜气味。

算术补习完毕,一切难题,迎刃而解❶,代数同几何,我都是全不费工夫的做着;我成了同学们崇拜的中心,有什么难题,他们都来请教我。因着ㄉ女士的关系,我对于数学真是心神贯注,竟有几个困难的习题,是在夜中苦思,梦里做出来的。我补完算术以后,母亲觉得对于ㄉ女士应有一点表示,她自己跑到福隆公司买了一件很贵重的衣料,叫我送去。ㄉ女士却把礼物退还回来了,她对我的母亲说:"我不是常替学生补习的,我不能要报酬。我因为觉得令郎别样功课都很好,只有数学差些,退一班未免太委屈他。他这样的赶,没有赶出毛病来,我已经很高兴的了。"母亲不敢勉强她,只得作罢。有一天,我在东安市场❷碰见ㄉ女士也在那里买东西。她看见摊上挂着的挖空的红萝卜里面种着新麦秧,她不住地夸赞那东西的巧雅,颜色的鲜明,可是因为手里东西太多,不能再拿割爱了。等她走后,我不曾还价,赶紧买了一只萝卜,挑在手里回家。第二天一早又挑着那只红萝卜,按着狂跳的心,到她办公室去叩门。她正预备上课,开门看见我和我的礼物,不觉嫣然的笑了,立刻接了过去,挂在灯上,一面说:"谢谢你,你真是细心。"我红着脸出来,三步两跳跑到课室里,嘴里不自觉的唱着歌,那一整天我颇觉得有些飘飘然之感。

因为补习算术,我和她对面坐的时候很多。我做着算题,她也低头改卷子。在我抬头凝思的时候,往往注意到她的如云的头发,雪白的脖子,很长的低垂的睫毛,和穿在她身上相称的灰布衫,青裙子,心里渐渐生了说不出的敬慕和爱恋。在我偷看她的时候,有时她的眼光正和我的相撞,出神的露着润白的牙齿向我一笑,我就要红起脸,低下头,心里乱半天,又喜欢,又难过,自己莫名其妙。

从校长到同学,没有一个愿意听到有人向ㄉ女士求婚的消息。校长固然不愿意失去一位好同事,我们也不愿意失去一位好教师,同时我们还有一种私意,以为世界上根本就没有一个男子配作ㄉ女士的丈夫。然而向ㄉ女士求婚的男子,那时总在十个以上,有的是我们的男教师,有的

---

❶ [迎刃而解] 很容易的解决了。晋书杜预传:"譬如破竹,数节之后,皆迎刃而解。"
❷ [东安市场] 在北平东安门内的一个商场。

是校外的人士。我们对于夕女士的追求者，一律的取一种讥笑鄙夷的态度。对于男教师，我们不敢怎么样，只在背地里替他们起上种种的绰号，如"癞虾蟆"❶，"双料癞虾蟆"之类。对于校外的人士，我们的胆子就大了一些，看见他们坐在会客室里或是在校门口徘徊，我们总是大声咳嗽，或是从他们背后掷一些很小的石子，他们回头看时，我们就三五成群的哄哄笑着，昂然走过。

夕女士自己对于追求者的态度总是很庄重，很大方。对于讨厌一点的人，就在他们的情书上打着红叉子退了回去。对于不大讨厌的她也不取积极的态度，仿佛对于婚姻问题不感着兴趣。她很孝，因为没有弟兄，她便和她的父亲守在一起，下课后常常看见她扶着老人，出来散步，白发红颜，相映似画。

我从中学毕业的那一年，夕女士也离开了那学校，到别地方作事去了，但我们仍常有见面的机会。每次看见我，她总有勉励安慰的话，也常有些事要我帮忙，如翻译些短篇文字之类。我总是谨慎将事❷，宁可将大学里功课挪后，不肯耽误她的事情。

她做着很好的事业，很大的事业，至死未结婚。六年以前，以牙疾死于上海，追悼她哀痛她的，有几万人。我是在从波士顿到纽约的火车上，得到了这消息的，车窗外飞掠过去的一大片的枫林秋叶，竟消失了艳红的颜色，我忽然流下泪来，这是母亲死后第一次的流泪。

---

❶　［癞虾蟆］　俗有"癞虾蟆想吃天鹅肉"的话，用来嘲笑那些希冀非分的人。
❷　［谨慎将事］　谨慎的做。

一一、我所见一百一龄马相伯❶
先生之生平〔上〕

黄炎培

　　我和马相伯先生为忘年交❷者,几四十年。今先生以高龄考终❸,在义不能不把先生生平行事,写一篇文字,贡献于一般欲识先生者,可是不是我不能写,实在不够写,因为我虽是超过六一岁的人,然获交先生,已在先生六十岁以后。先生少年壮年期间,所有事迹无从详悉。十年以前,同在上海,曾定期携纸笔谒先生,为有统系的谈话,付之纪录,发表于民十八年人文月刊者若干篇。过去,我亦颇着意于文献材料❹的收集,稍稍有所获得,其中关于先生者亦不少。惜在抗战期间,一切都不在手头,只得写吾记忆所及,且待他日抗战工作完成以后,补充终篇。

　　我第一次见先生,忆在清光绪二十七八年❺,读书上海南洋公学❻时。先生方居徐家汇土山湾❼教授拉丁文❽。当时同去见先生者,似是

---

❶　〔马相伯先生〕　名良,为天主教徒。早年受教会教育,神学及文理诸科,无不深究。其生平有张若谷所编"马相伯先生年谱"(商务印书馆出版)可供参考。

❷　〔忘年交〕　两个人的行辈年龄都相差,而结为朋友,叫做忘年交。

❸　〔高龄考终〕　高寿善终。

❹　〔文献材料〕　关于已往文化的参考资料。

❺　〔光绪二十七八年〕　光绪清德宗年号。二十七八年当公元一九○一年一九○二年。

❻　〔南洋公学〕　光绪二十三年,盛宣怀奏设南洋公学于上海。入民国,改为南洋大学。国民政府成立,改为交通大学。

❼　〔徐家汇土山湾〕　徐家汇在上海西南,是明徐光启坟墓所在地,徐氏子孙世居于此,又因肇嘉浜及法华泾二水在此汇合,流入黄浦,故名徐家汇。那里天主教建筑甚多,居民亦多为天主教徒。土山湾是徐家汇的一个小区域。

❽　〔拉丁文〕　古代罗马人的文字。现代欧洲各国语文多始于拉丁。

同学邵仲辉先生，今号力子。先生滔滔汩汩，和我们大谈拉丁文，我是初学英文，对拉丁文一些儿不懂。时向先生受学者，有两位前辈，就是张菊生先生元济，我和师蔡子民先生元培。后来先生盛称两先生好学。清早奔往受业，从不缺课。是时同学中亦有前往受学者。

那时候，我已知道先生是丹阳❶人。但是后来江苏发起学务总会，先生被选为评议员者多年。评议员是分县的，先生代表的是丹徒❷，还记得清清楚楚的。同时知道先生有家在上海西乡泗泾，泗泾后来属松江县❸。先生在松江县城有相当多量的田产，完全捐给震旦学院。

震旦学院就在那时期❹经先生手创的。为了某项问题❺，不久别创复旦学院❻，先生为校长。先生是笃信天主教的。先生的门人告诉我，先生加入的是耶稣会❼，会律特别地严，不许私有财产，不许在教旨以外，发表思想。先生尽捐所有财产就是为此。而教廷❽因尊重先生之学识，特准自由发表，故惟先生得刊行其著作，在教会中为异数❾。

先生极端信仰科学，其科学造诣❿之精深，当然非一般人所洞晓。而其演说却能激起大众同情，虽妇孺亦能欣赏。我第一次听先生演说，大约在清光绪三十年左右。其时上海南市沪学会，敦请先生演说，听者人山人海。我以青年杂在人群中，先生解释"差以毫厘，谬以千里"⓫的真理。他

---

❶ 〔丹阳〕 江苏县名。

❷ 〔丹徒〕 江苏县名，今改名镇江县。

❸ 〔松江县〕 属江苏。

❹ 〔那时期〕 光绪二十九年（公元一九〇三年）。

❺ 〔某项问题〕 震旦初创办时，外籍传教士担任义务讲座，学校行政由学生任之，养成自治之风。光绪三十一年春，马先生抱病，外籍教员改革校政，所定规制，颇违创时初意。所谓某项问题指此。

❻ 〔复旦学院〕 实为复旦公学，设于吴淞，后为复旦大学。

❼ 〔耶稣会〕 宗教改革后，罗马教会势力中衰，西班牙贵青罗耀拉于一五四〇年创耶稣会，欲与新教徒相抗。其主旨在尊重教皇之权能，采用阶级制度，以顺从，贞固诸德勖勉徒众，而以军律部勒之，故会律特严。

❽ 〔教廷〕 罗马教皇的朝廷，全世界天主教徒，皆归统辖。

❾ 〔异数〕 特别待遇。

❿ 〔科学造诣〕 科学研究达到的程度。

⓫ 〔差以毫厘谬以千里〕 差了毫厘，结果便将差到千里。语出汉书东方朔传，惟原作"失之毫厘，差以千里"。

把两手相并,两食指分向左右,举起成三角形,以示大众,他说:"你们看我两指,从这里分开两个方向,一直分出去,直到天边,再不能接近拢来了。实则他的出发,就只这一点,诸位要明白呀!'近在眼前,远在天边'就是这个道理。"台下大鼓掌。先生讲科学,深入显出,大都是这样的。

清末,各省设咨议局❶,先生和我,都当选咨议局议员,从此朝夕一处了。先生在咨议局,发言不是顶多,而所发表的主张,极易得大众同情。因为除了主张的内容以外,先生语言,声音,态度,在任何一点上都受人欢迎的。当辛亥革命之际,南京未成立政府时,先生似曾一度长民政❷,其详我不复能记忆了。旋即入北京,任北京大学校长❸。当过参议院参议❹。那时候,先生印行一本著作,主张度量衡采法国制❺,大意以法制长度的单位❻,为地球子午周四千万分之一,其所根据最合科学原理。当时我读了这本书,对于他的主张,深深地信为正确。今我国采用万国权度通制,即是接受此项主张。

先生对袁曹当国❼,极不谓然。其所主张,既非利所能动,亦非势所能屈。居京师既倦,翩然南归,仍在上海徐家汇土山湾,年已过八十了。我乃复得时时访问先生,亲受教益。我语先生:"你老人家一肚子哲学科学,能传授的怕不多。至于百年来亲身经历的史实,先生如肯口授,我愿任纪录之役。"民十七十八两年,我偕一位深思好学的青年陈乐素,按照商定的期限,前去请教。先生最熟悉而乐道的,为朝鲜掌故❽。大院君❾

---

❶ [咨议局] 由人民选举议员,参议省政,为省议会的预备。

❷ [先生似曾一度长民政] 民国成立,马先生任南京府尹。民国元年,任江苏都督府外交司长,并代理都督。

❸ [任北京大学校长] 是民国二年事。

❹ [参议院参议] 民国临时政府时代的国会采一院制,称参议院。议员由省议会推选□参议。

❺ [度量衡采法国制] 我国自加入万国度量衡同盟会后,即采用此制,名为标准制。

❻ [法制长度的单位] 即公尺。

❼ [袁曹当国] 袁指袁世凯,曹指曹锟。曹于民国十二三年任总统。

❽ [先生最熟悉……朝鲜掌故] 光绪八年(公元一八八二年),马先生奉李鸿章命,赴朝鲜,赞助设施新政,第二年归国。

❾ [大院君] 即李昱应,朝鲜废帝李熙之父。

呀,闵妃❶呀,东学党❷呀,源源本本谈得有声有色。先生说:"你们不要过誉西方文明。要知一切都是近百年来事。我年轻时,到外国去,亲见他们还没有好药,生了病,用蚂蝗❸斜贴在太阳穴里,说百病就会消减的。还没有笔,用鹅毛管当钢笔用。我就是用鹅毛管写过字的。什么钢笔呀,铅笔呀,自来水笔呀,都是后起之秀❹哩。"先生于谈话中常常提及"老三",这就是他的令弟,著《马氏文通》❺的马建忠,号眉叔。又爱述童年故事。先生系生于清道光十九年❻,即林则徐在广东焚鸦片之年。于英法联军鸦片之役❼,最为熟悉。南京订约❽英原拟提出种种要求,就是英兵船驶往南京过镇江时,我发一炮中其桅,英知我未可侮,故帖然就范❾。而此一炮究系谁发,经多方调查,才知发自镇江城墙,发炮者谁,乃系一理发师,用手中纸吹❿燃药引,全以游戏出之。此一炮既立大功,乃赠此理发师以都司⓫职,而此人以儿戏发炮,惧肇祸得罪,早逃掉了。先生所讲史事,庄谐杂出⓬,大率类此。详见人文月刊先生谈话笔记。

----

❶　[闵妃]　朝鲜废帝李熙之妃。

❷　[东学党]　朝鲜教党,创于崔福成,刺取儒、佛,老诸说,以兴东学,斥西教为宗旨。清光绪二十年,因愤政治腐败,以诛污吏、匡秕政、攘洋夷为名,起而作乱。国王告急于中国,清廷发兵援之。日本亦遣兵入朝鲜,遂肇中日之战。

❸　[蚂蝗]　形似水蛭,属环形动物蛭类。长约四五寸,黑褐色,此虫口不能吸血,其能吸血供医用者,实为水蛭而非蚂蝗。

❹　[后起之秀]　后出的进步成绩。

❺　[马氏文通]　马建忠曾留学法国,归国以后,取我国之"四书"及"史记""汉书"之文,依西洋文法比而同之,说明其条例,成为此书,为我国文法书之第一种。

❻　[先生系生于清道光十九年]　按年谱,马先生实生于道光二十年(公元一八四〇年)。

❼　[英法联军之役]　英法联军陷我广东,是咸丰七年(公元一八五七年)事。其后三年间,又扰我北方,卒陷北京。鸦片之役是道光二十年至二十二年(公元一八四〇年至一八四二年)事。

❽　[南京订约]　是鸦片之役的结果。时为道光二十二年。

❾　[帖然就范]　伏伏帖帖的与我成议。

❿　[纸吹]　点火用的纸卷。

⓫　[都司]　清时的四品武职。

⓬　[庄谐杂出]　正经的滑稽的混合着说。

一二、我所见一百一龄马相伯
先生之生平〔下〕

黄炎培

　　先生居沪之日，"九一八"事变❶猝发，告我须赶快结合同志救国。虽以八九十高龄，而犹时时为短篇文字，发表于报纸，大声疾呼，唤起民众，唤起青年。青年奔走先生之门，亦因此日多一日。先生主张之前进，往往突过青年。试检上海各报所发表谈话，或亲笔写所作文字，影印报端者，苟有人汇集成编，遍读一下，先生的思想与其态度，瞭然可见。

　　先生生日，我所知为阴历四月八日❷。既年过九十，沪同人乃为千龄宴，年年移樽先生居所。先生犹起立致词，谆谆以爱国救国，挽救国难，责望后辈。餐毕，摄影。同人题诗介寿❸，率以为常。忆民二十三年，先生手制满江红词一阕❹致意。我当时献诗，以湛甘泉❺九十游南京为喻。不意成为诗谶❻，到九十七岁时，果游南京❼。我献诗中有两句，"一岁愿投诗一首，不才准备百篇新"。不意去年先生百岁，我献诗一首，竟成最后的祝寿诗。

---

❶　〔九一八事变〕　是民国二十年（公元一九三一年）事。

❷　〔我所知为阴历四月八日〕　按年谱，马先生生日有数说，而以阴历三月十八日为较可靠。

❸　〔介寿〕　祝寿。诗豳风七月有"以介眉寿"，介是"助"的意思。

❹　〔满江红词一阕〕　满江红，词牌名。乐曲终了叫做"阕"，是可以唱的，故词一首叫阕。

❺　〔湛甘泉〕　名若水，字元明，号甘泉，初与王守仁同讲学，后各立宗旨，守仁以致良知为宗，甘泉则以随处体验天理为宗。年九十，犹为南京之游。九十五岁卒。

❻　〔诗谶〕　谶是预言。诗语到后来果然应验，叫诗谶。

❼　〔果游南京〕　民国二十五年（公元一九三六年）冬，南京天主教主教于斌博士请马先生到南京。二十六年，中央任马先生为国民政府委员。是年"八一三"以后，马先生迁居广西桂林风洞山。二十七年冬将迁居昆明，车抵安南谅山，因病停留。二十八年十一月四日，在谅山逝世。

　　当先生九十六岁时我进见，先生方握管为文，语我："此为'四圣传记❶'译稿，再半年可译完，从此我无遗憾了。"先生还说："我译这本书，绝对不苟且。一个名词，须择中国古书原有此名，而含义适合者。故下笔非常迟缓，大有严又陵'一名之立，旬月踟蹰'❷之态。"及赴南京，又问，则已脱稿了。但尚拟作一篇序文。隔数月，又往，则出序文稿见示。时先生方戴眼镜看书，说："我老了，要戴眼镜了。"我答："先生！你忘了年纪了，您今年九十九岁了。"其实我年六十，为先生所知，手书寿字一幅见赠，上款称"学长兄"，这怎样当得起呢？惟有珍藏起来，他年送到博物馆里去。但恐后人疑我比先生年龄还高哩！

　　民国六年，中华职业教育社始创❸。从此年起，凡有会集，先生几没有一次不到。有一年大会，先生出席演说，同时演说者尚有甘肃牛厚泽先生，时人戏呼此会为"牛马大会"。有一年，上海举行不吸纸烟运动。中华职业学校❹敦请先生演说，极寻常的题目和演词，一出先生之口，人人爱听，一时听客满座。职教社环龙路❺社所落成先生手题"比乐堂"三大字以赠，取义于社之信条"使无业者有业，有业者乐业"，迄今犹在笼纱珍护❻中。

　　先生起居有定时，有定位。晚年居徐家汇，卧处隔室设一座小礼拜堂，卧榻左右皆可上下。黎明即起，榻后小门一启，便可扶下登堂行礼，寒暑从不间断。饮食有定质，有定量。日食鸡蛋六枚，鸡汤一杯，面包四小块，从不增减。先生子妇马任我夫人为我言如此。先生女适宝山徐球，号子球，留法，学音乐，亦是我旧交，惜早世。外孙二，罗马，京华。先生孙女玉章，适谢文辉。

　　先生既赴桂林，我犹谒见三次。去年我携十四龄幼子谒见，先生指

---

❶　［四圣传记］　耶稣门徒马太，马可，路加，约翰四人的传记。

❷　［严又陵一名之立旬日踟蹰］　严又陵名复，又字几道，侯官人。留学英国，习海军，邃于文学，颇致力介绍西哲学说，译书甚多。所引两语，在严译赫胥黎"天演论"的"译例言"中。

❸　［中华职业教育社］　是教育界、实业界人共同组织的团体，作者是社中的中坚分子。

❹　［中华职业学校］　是中华职业教育社办的学校。

❺　［环龙路］　在上海法租界。

❻　［笼纱珍护］　古人对于佳字佳画，往往蒙上一层纱，以为保护。

此儿问我:"这是你的弟弟么?"我答:"否。是我顶小的儿子。"临别,又呼此儿为我的弟弟。我懂了,在先生眼中看来,六十余岁之我和这十余岁小儿,没有什么分别。每见一次,必详问作战状况,于是大谈日本必败。末一次进见,我戏问:"先生还忆我们当咨议局议员吗?"答:"怎么会不记得呢?议长张季直(謇),❶这个状元总算肚子里通通的。"任我夫人接问:"爸爸!状元还有不通的吗?"答:"你还不知,如果通的,还肯到满清去考状元么?就只张季直,虽是状元,还算是通的,他还爱国家,还赞助革命。"是为民二十七年十月二十一日,是为我末次的会见先生,先生恰一百岁。临别,先生赠我手杖一枝,说:"我现在不要用了,赠给你吧。"迄今思之,这中间包含什么意义呢?我只有惭愧,我只有惨哀,我必须奋勉!

我生平有两大幸事。其一,我曾获于纽约西橘村,谒见电学大家爱迭孙先生,既共餐,又共摄影,导我入其化学试验室,谓:"我在世间绝无他望,只望我死时,能携此室以去❷。"又其一,则以我后生不学,而获交于先生,承先生对我这样的厚爱,这样的厚望。

---

❶ 〔张季直(謇)〕 清南通人。光绪间举进士第一(历来称第一名进士叫状元)。在乡举办各种实业颇有成绩。

❷ 〔能携此室以去〕 即死后仍能继续研究的意思。

文章法则甲

二、伴着副词的词儿

有许多副词或者副词短语,在使用的时候常常伴着个词儿,仿佛一种标记似的。这情形,语言与文言里都有。语言里常用的是"的(地)"字。如:

我们每每因着譬喻的有趣,而连带的牢记了原理。《我的教师》

我们也就不约而同,心悦诚服的叫她大姐了。《我的同班》

人们当然不会长久地纪念他。《画师洪野》

财喜是发狠地搅着绞着。《打蕴草》

还有"一般","一样","似的(地)"都用在比拟的场合。如:

贾政听了,那泪更似走珠一般滚下来了。《宝玉受打》

海浪涌起,像壁立的山峰一般。《张謇》

有(像)铜钱一样坚固的身体,有(像)金钢钻一样刚强而明亮的灵魂,外面穿件蓝布大褂,也掩不住他的美。《救国的正路》

他的头,他的脸,还是同中学时候一样发育得分外的大。《志摩在回忆里》

水像败北了似的嘶叫着。《打蕴草》

高射炮的声音(像)晴空霹雳似地突然响了起来。《摩娜里莎》

还有"来","去",都是伴着副词短语用的。如:

用我国的成语来说,就是"推己以及人"。《青年人格的修养》

人类到惊奇不能解释的时候,就把神来解释,那心上就圆满了。《科学的起源》

于是轻轻易易的,把年长者认为读书这件事,用求学两个字来代替了。《读书与求学》

林君……忽然侧转头去望邻桌。《摩娜里莎》

我想到这里格外害怕，心想还是逃学去玩一天罢。《最后一课》

我不高兴去说情。《学费》

最后要说到"得（的）"字。在语言里，"得（的）"字常常伴着副词。"得（的）"字与前面提到的一些词儿有一点不同，它总是放在副词的前面，与所副的在前的词儿联系起来。如：

母亲给孩子铺床总要铺得平。《给修筑飞机场的工人》

那刀子下得又利又快。《我的同班》

起先觉得打的疼不过还乱嚷乱哭。《宝玉受打》

那边竹篱上两个小鸟儿唱得怪好听。《最后一课》

文言里面，伴着副词的词儿又与语言不同。如：

夫子喟然叹曰。《子路曾皙冉有公西华侍坐》　　　然

当日之情形憬然赴目。《祭妹文》

鼓瑟希，铿尔舍瑟而作。《子路曾皙冉有公西华侍坐》　　　尔

先生……闻两童子音琅琅然，不觉莞尔连呼则则。《祭妹文》

俄而百千人大呼。《口技》　　　而

子何恃而往？《为学》

然试易地以处，平心而度之，吾果无一失乎？《弈喻》　　　以

贼骇乱，出不意，皆自相蹂藉以奔。《沈云英传》

这几个字中，"尔"字常可以改用"然"字，如"铿尔"亦可作"铿然"，"卓尔"亦可作"卓然"，"默尔"亦可作"默然"。"而"字常可与"以"字对调，如"何恃而往"亦可作"何恃以往"，"易地以处"亦可作"易地而处"，"自相蹂藉以奔"亦可作"自相蹂藉而奔"。因此，在骈文中，两字常替换着用，以避重复，如陶潜《归去来辞》，中"舟遥遥以轻飏，风飘飘而吹衣"，便是一例。

文言中与副词伴着的词儿，也有运用在语言里的，如"然"字"而"字。"突然"，"忽然"，"幸而"，"偶而"，都是语言中常用的。

习 问

一 试把下列各语用作副词，各加上伴着的词儿，造成一句句子。

星儿 依照我国的历史 鼓起勇气

欣 暮 驰驱 像第一次看见 尽力

二 试从读过的文言中举出带"而"字"以"字的副词或副词短语来（至少十个）。

一三、论语十章

子曰❶："饭疏食❷,饮水,曲肱而枕之❸,乐亦在其中矣❹。不义而富且贵,于我如浮云。❺"

叶公问孔子于子路❻,子路不对。子曰:"女奚不❼曰:'其为人也,发愤忘食❽,乐以忘忧❾,不知老之将至'云尔❿!"

子曰:"我非生而知之⓫者,好古敏⓬以求之者也。"

子曰:"默而识之⓭,学而不厌,诲人不倦⓮,何有于我哉⓯!"

---

❶ 〔子曰〕 子是孔子。论语记载孔子的话,叙述语大多数用"子曰"。

❷ 〔饭疏食〕 饭,音返,吃。疏食,粗糙的谷类。食,音嗣。

❸ 〔曲肱而枕之〕 肱,音公,上肢从腕到臂弯的部分。以上三语是说最简约的生活。

❹ 〔乐亦在其中矣〕 快乐也就在这中间了。意即物质生活虽简约,而精神上自有快乐之处。

❺ 〔不义……浮云〕 行不义而取得富贵的勾当,对于我犹如浮云一般。浮云在天不足动我的心,这里就说的不动心。

❻ 〔叶公问孔子于子路〕 叶公向子路打听孔子的为人。叶公姓沈,名诸梁,楚大夫。或说叶是他的采地,或说是他是叶县尹。叶,音摄,今河南叶县。

❼ 〔女奚不曰〕 女,即"汝"字。奚,与"何"字同义。

❽ 〔发愤忘食〕 这是说为学的情形。

❾ 〔乐以忘忧〕 这是说为学有得的情形。"以"字也可以改用"而"字。

❿ 〔不知老之将至云尔〕 这是说为学继续不断的情形。云尔,结尾词,含有"这样这样"的意味。

⓫ 〔之〕 这"之"字与下一语中的"之"字均指所学。

⓬ 〔敏〕 勤勉。

⓭ 〔默而识之〕 把所学默记在心里。识,音志,记着。

⓮ 〔不厌〕 总是不感到满足(因为学无止境)。

⓯ 〔何有于我哉〕 除了以上说的,我又有什么呢?

　　子曰：“若圣与仁，则吾岂敢❶？抑为之不厌诲人不倦❷，则可谓云尔已矣❸。”公西华❹曰：“正唯弟子不能学也❺。”

　　子曰：“知之者不如好之者，好之者不如乐之者。”❻

　　子曰：“学如不及犹恐失之❼。”

　　子曰：“学而不思则罔❽，思而不学则殆❾。”

　　子曰：“赐❿也！女以予为多学而识之者与⓫？”对曰：“然。非与？”曰：“非也。予一以贯之⓬。”

　　子曰：“吾尝终日不食，终夜不寝，以思，无益，不如学也。⓭”

---

❶　［岂敢］　孔子不敢当“圣与仁”之名。

❷　［抑］　同于用“然”字。

❸　［可谓云尔已矣］　可以说做到的了。

❹　［公西华］　公西，姓。赤，名，字子华。孔子弟子。

❺　［正唯弟子不能学也］　这正是我们弟子学不到的境界。以上五章都在述而篇。

❻　［知之者……乐之者］　之字代表学问修养。知是知道有这回事，好是心向着这回事，学问修养还与自己分开在两起。乐是享乐着这回事，到这地步，学问修养便与自己混和在一起了。这一章在雍也篇。

❼　［犹恐失之］　还恐怕学不到家。这一章在泰伯篇。

❽　［罔］　罔罔无所知。

❾　［殆］　危疑不安。这一章在为政篇。

❿　［赐］　姓端木，字子贡，赐是其名，孔子弟子。

⓫　［女以予为多学而识之者与］　你以为我是多方学习了而记在心头的吗？女即“汝”字。识，音志，记着。与即“欤”字。

⓬　［予一以贯之］　我有一个总条理把一切所学贯穿起来的。这是说学而思，故不罔。

⓭　［不如学也］　徒思无益，思而学才会有得。以上两章在卫灵公篇。

一四、敬业与乐业

梁启超

　　我这题目,是把礼记里头"敬业乐群"和老子里头"安其居乐其业"那两句话断章取义凑合起来的❶。我所说是否与礼记老子原意相合,不必深求;但我确信"敬业""乐业"四个字,是人类生活的不二法门❷。

　　本题主眼,自然是在"敬"字"乐"字。但必先有业,才有可敬可乐的主体,理至易明。所以在讲演正文❸以前,先要说说有业之必要。

　　孔子说:"饱食终日,无所用心,难矣哉!"❹又说:"群居终日,言不及义,好行小慧,难矣哉!"❺孔子是一位教育大家,他心目中没有什么人不可教诲,惟独对于这两种人便摇头叹气说道"难!难!"可见人生一切毛病都有药可医,惟有无业游民,虽大圣人碰着他也没有办法。

　　唐朝有一位名僧百丈禅师❻,他常常用两句格言❼教训弟子,说道:"一日不做事,一日不吃饭。"他每日除上堂说法之外,还要自己扫地、擦桌子、洗衣服,直到八十岁,日日如此。有一回他的门生想替他服劳,把他本日应做的工悄悄地都做了,这位言行相顾的老禅师,老实不客气,那一天便绝对的不肯吃饭。

---

❶　［把礼记里头……凑合起来的］ "三年视敬业乐群",出礼记学记。乐群是乐于取益于群。乐音效。老子里"安其居乐其业"两语之下,是"邻国相望,鸡犬之声相闻,民至老死不相往来"。断章取义,仅取所引语句的字面的意义,不管它原义怎样。

❷　［不二法门］ 佛家语,相近于通常所说的"唯一方法"。

❸　［讲演正文］ 本篇是梁氏在上海中华职业学校的讲演辞。

❹　［饱食终日…难矣哉］ 见论语阳货篇。

❺　［群居终日…难矣哉］ 见论语卫灵公篇。"好行小慧",欢喜使点小聪明。

❻　［百丈禅师］ 名怀海,闽人,居新吴百丈山。著有"百丈清规"一书,以励禅僧戒行。

❼　［格言］ 可为修养之助的语言文字。

我征引儒门佛门这两段话，不外证明人人都要有正当职业，人人都要不断的劳作。倘若有人问我：百行什么为先？万恶什么为首❶？我便一点不迟疑答道："百行业为先，万恶懒为首。"没有职业的懒人，简直是社会上的蛀米虫，简直是"掠夺别人勤劳结果"的盗贼。我们对于这种人是要彻底讨伐，万不能容赦的。有人说我并不是不想找职业，无奈找不到。我说：职业难找，原是现代全世界普通现象，我也承认。这种现象应该如何救济，别是一个问题，今日不必讨论。但以中国现在情形而论，找职业的机会依然比别国多得多；一个精力充满的壮年人，倘若不是安心躲懒，我敢信他一定能得到相当职业。今日所讲，专为现在有职业及现在正做职业上预备的人——学生——说法，告诉他们对于自己现有的职业应采何种态度。

第一要敬业："敬"字为古圣贤教人做人最简易直捷的法门，可惜被后来有些人说得太精微，倒变了不适实用了。惟有朱子解得最好，他说："主一无适便是敬。"❷用现在的话讲：凡做一件事，便忠于一件事，将全副精力集中到这事上头，一点不旁骛❸，便是敬。业有什么可敬呢？为什么该敬呢？人类一面为生活而劳动，一面也是为劳动而生活。人类既不是上帝特地制来充当消化面包的机器，自然该各人因自己的地位和才力认定一件事去做。凡可以名为一件事的，其性质都是可敬。当大总统是一件事，拉黄包车也是一件事，事的名称，从俗人眼里看来有高下，事的性质，从学理上解剖起来并没有高下。只要当大总统的人信得过我可以当大总统才去当，实实在在把当总统当作一件正经事来做，拉黄包车的人信得过我可以拉黄包车才去拉，实实在在把拉车当作一件正经事来做，便是人生合理的生活。这叫做职业的神圣。凡职业没有不是神圣的，所以凡职业没有不是可敬的。惟其如此，所以我们对于各种职业，没有什么分别拣择。总之，人生在世是要天天劳作的，劳作便是功德，不劳

---

❶ ［百行什么为先万恶什么为首］ 习俗有"百行孝为先""万恶淫为首"两句格言，这两句问句就套用其句式。

❷ ［主一无适便是敬］ 语见论语学而篇"敬事而信"句下朱子所作的注。

❸ ［旁骛］ 分心到旁的事上去。

作便是罪恶。至于我该做那一种劳作呢？全看我的才能如何，境地如何。因自己的才能境地，做一种劳作做到圆满，便是天地间第一等人。

怎样才能把一种劳作做到圆满呢？惟一的秘诀就是忠实，忠实从心理上发出来的便是敬。庄子记痀偻丈人承蜩的故事，说道："虽天地之大，万物之多，而吾惟蜩翼之知。"❶凡做一件事，便把这件事看作我的生命，无论别的什么好处，到底不肯牺牲我现做的事来和他交换。我信得过我当木匠的做成一张好桌子，和你们当政治家的建设成一个共和国家同一价值；我信得过我当挑粪的把马桶收拾得干净，和你们当军人的打胜一枝压境的敌军同一价值。大家同是替社会做事，你不必羡慕我，我不必羡慕你；怕的是我这件事做得不妥当，便对不起这一天里头所吃的饭。所以我做这事的时候，丝毫不肯分心到事外。曾文正❷说："坐这山，望那山，一事无成。"我从前看见一位法国学著的书，比较英法两国国民性质，他说："到英国人公事房里头，只看见他们埋头执笔，做他的事，到法国人公事房里头，只看见他们衔着烟卷，像在那里出神；英国人走路，眼注地下，像用全副精神注在走路上，法国人走路，总是东张西望，像不把走路当一回事。"这些话比较得是否确切姑且不论；但很可以为"敬业"两个字下注脚。若果如他所说，英国人便是敬，法国人便是不敬。一个人对于自己的职业不敬，从学理方面说，便是亵渎职业之神圣；从事实方面说，一定把事情做糟了，结果自己害自己。所以敬业主义，于人生最为必要，又于人生最为有利。庄子说："用志不分，乃凝于神。"❸孔子说："素其位而行，不愿乎其外。"❹我说的敬业，不外这些道理。

---

❶ ［庄子记……蜩翼之知］ 见庄子达生篇。那寓言说孔子到楚国去，看见一个痀偻老人用竿取蝉（承蜩，蜩即蝉），非常便当，好像拾取一般，便问他怎么练成这种技巧。痀偻老人把练习的经历告诉孔子，中间有本篇引用在这里的一句话。庄子原文没有"吾"字。"惟蜩翼之知"就是说：心思里只知有蜩翼。因为着重蜩翼，把它调到了"知"字的前面去，所以用个"之"字，联络"蜩翼"与"知"的关系。

❷ ［曾文正］ 清曾国藩死后谥文正。

❸ ［用志不分，乃凝于神］ 见庄子达生篇，就在上面提及的那一则寓言里。孔子听了痀偻老人的话，就对弟子们说这句话，表示他的感想。

❹ ［素其位而行不愿乎其外］ 见礼记中庸篇。就是说：就他的本分作事，不去关顾那本分以外的事。

第二要乐业："做工好苦呀！"这种叹气的声音，无论何人都会常在口边流露出来。但我要问他："做工苦，难道不做工就不苦吗？"今日大热天气，我在这里喊破喉咙来讲，诸君扯直耳朵来听，有些人看着我们好苦；翻过来，倘若我们去赌钱，去吃酒，还不是一样淘神费力？难道又不苦？须知苦乐全在主观的心，不在客观的事；人生从出胎的那一秒钟起到咽气的那一秒钟止，除了睡觉以外，总不能把四肢五官都搁起不用，只要一用，不是淘神，便是费力，劳苦总是免不掉的。会打算盘的人，只有从劳苦中找出快乐来。我想天下第一等苦人，莫过于无业游民，终日闲游浪荡，不知把自己的身子和心子摆在那里才好，他们的日子真难过。第二等苦人，便是厌恶自己本业的人，这件事分明不能不做，却满肚子里不愿意做。不愿意做，逃得了吗？到底不能。结果还是皱着眉头哭丧着脸去做，这不是专门自己给自己开玩笑吗？我老实告诉你一句话，凡职业都是有趣味的，只要你肯继续做下去，趣味自然会发生。为什么呢？第一，因为凡一件职业总有许多层累曲折，倘能身入其中，看他变化进展的状态，最为亲切有味。第二，因为每一职业之成就，离不了奋斗；一步一步的奋斗前去，从刻苦中将快乐的份量加增。第三，职业的性质，常常要和同业的人比较并进，好像赛球一般，因竞胜而得快感。第四，专心做一职业时，把许多游思妄想杜绝了，省却无限闲烦闷。孔子说："知之者不如好之者，好之者不如乐之者。"❶人生能从自己职业中领略出趣味，生活才有价值。孔子自述生平说道："其为人也，发愤忘食，乐以忘忧，不知老之将至云尔。❷"这种生活，真算得人类理想的生活了。

我生平受用的有两句话：一是"责任心"，二是"趣味"。我自己常常力求这两句话之实现与调和，又常把这两句话向我的朋友强聒不舍❸。今天所讲，敬业即是责任心，乐业即是趣味。我深信人类合理的生活应该如此，我望诸君和我一同受用！

---

❶　［知之者……乐之者］　见论语雍也篇。

❷　［其为人也…将至云尔］　见论语述而篇。

❸　［强聒不舍］　不怕麻烦再三向人说。

一五、玄奘的出发❶

范文澜❷

　　玄奘法师俗姓陈❸，河南偃师县人。他父亲陈慧，身长八尺，美眉明目，隐居不仕，专心学问。生男子四人，第二子名长捷，早年出家，住洛阳净土寺。第四子即是玄奘。玄奘聪悟异常，博通儒典❹，隋炀帝大业❺末年，出家学佛，与长捷同寺。在寺从景法师学"涅槃经"❻，从严法师学"摄大乘论"，一听就通，不再疑忘。僧众❼都很惊奇，教他升座覆❽讲，却讲得透澈圆到。从此美名萌发，知其非凡。这时候他年纪还只有十三岁。后来隋朝大乱，洛阳破败，他同长捷到四川成都，从名僧受学，用功勤苦，通一切经典。唐高祖武德五年❾，玄奘年满二十，受具足戒❿。他看在四川师友，不能再有所请益⓫，因为长捷不让他离开，他偷附商船跑到湖北；再北上到河南安阳，就名僧休法师质问疑难；到河北乐成，就深法师学"成实论"；又入长安，就岳法师学"俱舍论"。当时长安有法常僧

---

❶　[玄奘的出发]　这是从作者前撰"大丈夫"一书"玄奘"一篇中节录来的，单叙玄奘西游初出发时的事，故用这个篇名。

❷　[范文澜]　现代人，籍贯未详。

❸　[法师俗姓陈]　精通佛法，为人导师的和尚，称法师。和尚出家离俗，称原来的姓为俗姓。

❹　[儒典]　儒家的典籍。

❺　[大业]　炀帝年号，凡十二年（公元六〇五年至六一六年）。

❻　[涅槃经]　这和以下用引号标明的，都是佛书的名称，□□这一篇文字的人，不必知道这些佛书内容如何。故不注。

❼　[僧众]　一班和尚，习惯上称僧众。

❽　[升座]　坐在主讲的座上。

❾　[武德五年]　公元六二二年。

❿　[受具足戒]　和尚发愿遵守戒律，叫做受戒。戒有各等，具足戒须守二百五十项戒律。

⓫　[请益]　请教。

辩二大师，是佛学宗匠❶，中外闻名，并世无匹。玄奘听他们讲最专长的"摄大乘论"，也只一遍就深究微奥。常辩二师大惊叹，称他为佛门千里驹❷。玄奘既已遍谒国内名师，觉得各家学说分歧，欠有折中❸，乃立誓西游佛国；又闻西方有"瑜伽论"，是弥勒菩萨所造，想访求真本，流传东土。本此志愿，结合伴侣，上表陈请。其时天下新定，朝廷怕生边事❹，不许他们出去。

　　玄奘立志坚定，岂肯中止，唐太宗贞观三年❺秋八月，单身从长安起程。先到凉州❻，因为边防极严，凉州都督❼李大亮要逼他回长安。幸得当地慧威法师援助，向西偷逃，昼伏夜行，到了瓜州❽。刺史独孤达❾很优待他，因得打听出关路途。知道瓜州北五十里有瓠卢河，水势险急，人马不能渡。河上置玉门关，是西行必由之道。关外西北有五个堡垒，每个前后相隔一百里。中间不见水草，只堡旁有水，军队守护着。走过第五堡，就是莫贺延沙漠，属伊吾国❿境界。玄奘听了愁闷，凉州又行公文通缉他，逼得无法，恰巧一个胡人叫石槃陀的，愿意受戒做徒弟，引路送过五堡。玄奘大喜，把衣服卖了，买得两匹马，连夜出发。三更到河边，遥见玉门关，离关上游约十里，西岸阔可一丈，旁有梧桐树丛。石槃陀斩木造桥，上面铺些草和泥土，赶马过去。玄奘既得出关，非常快乐，师徒二人就在草中安睡。天快发亮，玄奘上马前进，石槃陀忽然变心，不肯再走，想谋杀玄奘。玄奘知道他起了恶意，只好让他回去。他还不放心，说："法师一定通不过五堡，如果被捉供出我来，怎么办？"玄奘说："即便

---

❶　［宗匠］　领袖，众望所归的人。

❷　［佛门千里驹］　"千里驹"本指家族中英俊的幼辈。玄奘当时是佛门的幼辈，故称他佛门千里驹。

❸　［折中］　正当的合理的判断。

❹　［怕生边事］　恐怕因起边疆上的纠纷。

❺　［贞观三年］　公元六二九年。

❻　［凉州］　今甘肃武威县。

❼　［都督］　官名，主各州军事。

❽　［瓜州］　在今甘肃安西县东。

❾　［刺史独孤达］　刺史，各州的长官。独孤，姓。达，名。

❿　［伊吾国］　今新疆哈密县。

把我剁成微尘,我终不能供出你来。"给他立许多重誓,才算了事。

从此玄奘一人一马在沙漠中前进。他当然不认识道路,只认着骸骨马粪做标记❶,慢慢走去。约行八十多里,望见第一堡,怕守兵看出,人马隐伏在沙沟里,等黑夜才走。到堡西见水,下马饮毕,想取皮袋盛水,忽一箭飞来,几乎射中膝盖。接着一箭又来,知道不能再避,大声叫道:"我是僧人,从京城来,你们不要射。"说着,牵马向堡。堡中人也开门出见,带进去见校尉❷王祥。王祥是信仰佛教的,问明来历,很知敬重,不办他偷逃出关的罪名,要送他到敦煌❸去安居。玄奘立誓不肯,说道:"校尉不让前进,就请行刑,玄奘终不东退一步的了!"王祥听了感动,第二天亲送到十几里外,指示玄奘道:"法师从这条路一直到第四堡,校尉叫王伯陇,是弟子同宗骨肉❹,也是一个善心人,到那里可说是从弟子处去的。"玄奘夜间到第四堡,恐被留难,想取些水暗中偷过。正在俯身取水,飞箭已至,急大叫走堡前,与王伯陇相见。校尉欢喜留宿,又送他大皮袋及马料,第二天送玄奘上路说:"法师不须向第五堡,那里人凶暴,恐有不便。可从这条路去,不过一百里,有野马泉,可以取水。再进就是莫贺延沙漠,长八百多里,古名叫做沙河,上无飞鸟,下无走兽,又无水草,法师保重千万!"玄奘谢别向前,一心念观音菩萨宝号及"般若心经"❺。虽然陪伴着走的只有自己的影子,恐惧心却丝毫不起。大概路走错了,找不着野马泉,拿皮袋饮水❻,袋重一失手,水全没入沙土里。在沙漠里,这个损失是最严重的。玄奘想暂回第四堡去预备饮料,已走十几里,马上忽念"我当初发愿不到印度,终不东退一步,今何故来?宁可就西而死。岂可归东而生!"立刻勒转马头,仍向西北前进。这时候大漠茫茫,

---

❶ 〔认着骸骨马粪做标记〕 有骸骨可知是从前有人经过的道路,有马粪可知是最近有人经过的道路。

❷ 〔校尉〕 武职,位次于将军。

❸ 〔送他到敦煌〕 这是送他回东了。敦煌,今甘肃敦煌县。

❹ 〔同宗骨肉〕 同族弟兄。

❺ 〔念观音菩萨宝号及"般若心经"〕 佛教徒口称佛名或默想佛的功德,叫做"念佛"。口诵或默想经典文字,叫做"念经"。

❻ 〔拿皮袋饮水〕 皮袋里原装得有水。

人困马乏,黑夜鬼磷发光,闪闪烁烁像天上的繁星,白昼旋风卷沙,散散落落像夏季的暴雨,种种险怪,玄奘都不以为意,所苦的只是水袋空了,渴的实在无法。接连四夜五天,没有一点水润喉,口腹干焦,不能走动,人马一起倒卧在砂石上。幸亏第五夜夜半,天起凉风,触身冷快,精神略为振作些,马也立得起身来。努力走十几里,骤见茂草数亩,清水一池,人马生命顿从绝境中救出来。真是天如有情,天也要替他欢喜了。玄奘在草地休息一日,盛水取草进发,连走两日,才出沙漠入伊吾国境。

一六、詹天佑❶

如　一❷

　　同治十一年❸，清廷以曾国藩❹言，选遣民间聪颖子弟，赴各国留学。詹天佑氏以十二龄之童子，与选❺遣美，预备数年，入耶鲁大学❻，攻土木工程❼及铁路专科。光绪七年❽，学成归国。时适朝野上下反对新政❾；外人筑淞沪铁路，竟出资赎回而毁之，举铁轨车辆沈于海❿。故詹氏归来，其学不得用。颟顸⓫之当局，初命之至福州船政学堂⓬习驾驶，继又

----

　　❶　［詹天佑］　字眷诚，广东南海人，生于清咸丰十一年（公元一八六一年），卒于民国七年（公元一九一八年）。

　　❷　［如一］　朱文叔的笔名，朱号毓魁，浙江桐乡人，现任中华书局编辑。

　　❸　［同治十一年］　同治，清穆宗年号。十一年当公元一八七二年。

　　❹　［曾国藩］　字伯涵，号涤生，湖南湘乡人，道光十八年（公元一八三八年）进士。咸丰时，率领湘军与太平军对抗。太平天国亡，以功封一等毅勇侯，官至体仁阁大学士，出任两江总督。同治十年（公元一八七一年）七月，与李鸿章合奏，选遣聪颖子弟赴外洋肄习技艺。

　　❺　［与选］　参与在被选者中间。

　　❻　［耶鲁大学］　在美国康涅狄格州的新哈文城，创立于一七〇一年。

　　❼　［土木工程］　研究关于建筑房屋，道路，桥梁，河道，铁路的专门学科。

　　❽　［光绪七年］　光绪，清德宗年号。七年当公元一八七五年。

　　❾　［朝野上下反对新政］　其时光绪帝年幼，慈禧太后听政，不明世界大势。政府官吏及一般百姓，大都狃于故常。偶行一新政，就大家起来反对。

　　❿　［外人筑淞沪铁路……沈于海］　淞沪铁路，从上海闸北到吴淞炮台湾止，长仅十六公里，为我国境内最早的铁路。同治年间由英商怡和洋行开始修筑，光绪二年（公元一八七〇年）竣工。三年，政府因人民反对，出银买回拆毁，把机车铁轨，运到炮台湾，沈在海里。

　　⓫　［颟顸］　糊涂不明事理。

　　⓬　［福州船政学堂］　福州，今福建闽侯县，地据闽江口。左宗棠督闽，于同治六年（公元一八六七年）命沈葆桢创办船政局，并设船政前后两学堂，前堂习法文，教授制舰造械；后堂习英文，教授航海轮机等法。

调充扬威兵轮教练，水师学堂教习❶等职。詹氏郁郁不得志者凡七年。

光绪十四年，伍廷芳任津榆铁路总办❷，延揽人才，聘詹氏为工程师，詹氏自此方得其所学。于是专心致志，胼手胝足❸，毕其生尽瘁❹于铁路事业。国内铁路，如津榆、萍醴、新易、潮汕诸线❺，殆无不经詹氏之经营擘划；而其毕生之最大成功，尤在建筑京张路❻。

当是时，我国建筑铁路，不独资本与材料须仰给于他国，且因技术人材之缺乏，工程亦聘客卿❼主持。京张路筹筑之始，英人、俄人，争欲为工程师，相持不下。清廷无以应付，乃声言此路将中国人自筑之，竟任詹氏为总工程师。

京张路全线虽长仅三百五十余里，而沿线山岭重叠，须经居庸关、八达岭❽等天险。施工时不能不越岭穿山；穿山之隧道，全线凡四，其中八达岭隧道长至三千八百余尺。较诸在平地建筑，艰难奚啻❾万倍。当时世界舆论，皆不信我国人能自筑此路，英报且昌言："中国安得有建筑此路之人才！"

---

❶ ［水师学堂教习］ 水师学堂设在广东黄埔，光绪十三年（公元一八八七年）开办教授航海专科，民国十一年，因省库支拙停办。教习，即教员。

❷ ［伍廷芳任津榆铁路总办］ 伍廷芳，字秩庸，广东新会人，是近世我国有名的外交家。津榆铁路自天津至榆关（山海关），于光绪十七年（公元一八九一年）兴工，二十年（公元一八九四年）完成。今为北宁铁路的一段。

❸ ［胼手胝足］ 胼是勤劳。胝是勤劳而致掌皮坚厚。此语亦作"手足胼胝"，为描状辛勤的副词语。

❹ ［尽瘁］ 尽力而至于劳瘁。

❺ ［萍醴新易潮汕诸线］ 萍醴，从江西萍乡到湖南醴陵的一段铁路。新易，从河北新城县高碑店到易县的梁格庄的一段铁路，今为平汉路支线。潮汕，从广东潮州到汕头的一段铁路。

❻ ［京张路］ 从北平（当时称北京）到张家口（今察哈尔省会万全县）的铁路，光绪三十一年（公元一九〇五年）兴工，宣统元年（公元一九〇九年）五月完工，八月通车。后来展筑到绥远包头，合称京绥路。民国十七年（公元一九二八年）改称平绥路。

❼ ［客卿］ 甲国人到乙国去服官任事，乙国称他为客卿。

❽ ［居庸关八达岭］ 居庸关在河北昌平县西北，关有四重，即下关（南口），中关，上关，八达岭（北口）。南北相距二十八公里，两山夹峙，巨涧中流，称为绝险。八达岭属察哈尔省延庆县，悬崖刻有"天险"两字。

❾ ［奚啻］ 何止。

　　然而詹氏毅然受命,黾勉将事❶,卒能为国人吐气,其成绩且优于客卿。盖京张路原定工程计划,需九百余万元之巨款,七年之长期间,始能完成;詹氏则仅用五百余万元,不足四年,即全线通车焉。工程尽善尽美,时间金钱又两俱经济,问世界第一流工程师,亦不易有此成绩。彼碧眼黄髯儿❷见我国人竟能自筑此路,且又成之若是其速,无不诧为奇迹。其好奇之尤者,甚至不远万里而来,目睹奇迹,相顾错愕❸曰:"谁谓中国无人! 谁谓中国无人!"

　　詹氏性沈毅,有所为,必底于成❹。好奖掖后进❺,见人有一长,称誉惟恐不及。守己勤朴,起居视事❻有定晷,数十年如一日。惟拙于言辞,尝谓当众演说,其难乃视凿隧道建大桥为甚云。

---

❶ 〔黾勉将事〕　勤勤恳恳的干。
❷ 〔碧眼黄髯儿〕　指白种人。
❸ 〔错愕〕　惊讶。
❹ 〔底于成〕　做到成功。
❺ 〔奖掖后进〕　奖励和劝慰后辈的人。
❻ 〔视事〕　办事。

文章法则乙

二、立论和驳论

议论文，就大体上说，可以分为两类：一类是作者自己提出一种主张来论列的；一类是对于他人的主张施行驳斥的，既然驳斥他人的主张，自须提出自己的主张来。前者叫做立论；后者叫做驳论。

立论和驳论都有敌论者，不过范围的广狭不同。立论的敌论者，范围很广泛；作一篇文字主张"人应该爱人"或"人必须爱国"，必然由于世间有"不爱人"或"不爱国"的人，其时凡属"不爱人"或"不爱国"的人都是敌论者。驳论的敌论者，范围就狭窄得多；作一篇文字驳斥某种主张，必然由于有一个或者一些人在言论和行动上明白表示了某种主张，这一个或一些人显然是有限的少数。于此，我们可以说，立论是对于一般人并未明白表示的主张的抗议，驳论是对于某一个或某一些人明白表示的主张的抗议。

既说是抗议，对于敌论者主张的根据，无论明白表示与否，必须推究清楚，发掘无遗。从对方的根据上予以否认，加以驳斥；同时搜集充分的材料，运用合理的论法，把自己的主张提供出来：这是"擒贼擒王"的办法。凡对方可能发生疑问之点，或可能提出反驳之点，只要想得到，自须先给解明或驳倒；这样，才使自己的议论坚强稳固，立于不败之地。议论文的方式很多，难以尽说；如果扼要的说，也就不过如此，试看一些有价值的议论文，都不出这里所说的方式的范围。

无论立论或驳论，目的都在使他人信服。在议论上据理力争，不肯让人，那是应该的；否则便是自己的信念不坚，又怎么能教人"信"？可是，在态度上决不宜感情用事，出之以讥笑嫚骂；否则便是自己的诚意不足，又怎么能教人"服"？我人发议论的动机，有时也许由于感情的驱迫；但议论本身却彻头彻尾是理智方面的事情，不宜凭藉个人的感情。尤其是写作驳论的时候应该记住这一点。假如你与某君从前曾因某一事件有过仇隙，现在他发表一种主张，你认为不对，要写一篇驳论，那你只该就他的主张说话，不该牵涉到与本题无关的旧怨。这篇文字的读者，一方是敌论者的某君，另一方是你和某君以外的旁观者。就前者说，你写驳论无异写书信，惟有把书信上应有的礼仪和诚意照样表示出来，才可以使某君感服。就后者说，你写驳论，在说服某君而外，还希望取得旁观者的同情，那更应心气平和，态度诚恳，才可以如你的愿；若用轻薄的讥笑，毒辣的嫚骂，旁观者便将对你发生反感，减少同情了。

习 问

一 "敬业与乐业"是立论还是驳论？这篇的敌论者是甚么人？这篇的态度怎样？

二 假如作驳论驳斥某君的主张，却举某君的一些阴私来作论据，这会得到豫期的效果（说服某君和取得旁观者的同情）吗？如果不能得到，为甚么？

一七、理信与迷信

蔡元培

人之行为，循一定之标准，而不至彼此互相冲突，前后判若两人者，恃乎其有所信。顾信亦有别，曰理信，曰迷信；差以毫厘失之千里❶，不可不察也。

"种瓜得瓜，种豆得豆"❷；有是因而后有是果，尽人所能信也。昧理❸之人，于事理之较为复杂者，辄不能了然于其因果之相关，则妄归其因于不可知之神，而一切倚赖之。其属于幸福者，曰，是神之喜我而佑我也；其属于非幸福者，曰，是神之怒而祸我也。于是求所以喜神而免其怒者❹，祈祷也，祭告也，忏悔也❺，立种种事神之仪式；而于其所求之果渺不相涉❻也。然而人顾信之❼：是迷信也。

"础润而雨"❽，征诸湿也❾；"履霜坚冰至❿"，验诸寒也；"敬人者人

---

❶　［差以毫厘失之千里］　差了毫厘，结果便将差到千里。语出汉书东方朔传，惟原作"失之毫厘，差以千里"。

❷　［种瓜得瓜种豆得豆］　古时的谚语。

❸　［昧理］　不明白事理。

❹　［求所以喜神而免其怒者］　求那使神欢喜免于动怒的方法。

❺　［祈祷……忏悔也］　列举若干事项，每项之末往往用助词"也"字。这个"也"字与通常表示判断语气的"也"字不同。

❻　［渺不相涉］　相差很远，毫不相关。

❼　［人顾信之］　人们却相信这一套。

❽　［础润而雨］　淮南子说林有"山云蒸而柱础润"的话，宋苏洵"辨奸论"依据此语便作"础润而雨"。

❾　［征诸湿也］　从潮湿的现象上征验得来的。诸，同于"之于"。此语说得明白一点，便是"征之于湿而知之也"。下面"验诸寒也""符诸情也"两语，依此类推。

❿　［履霜坚冰至］　语出易坤卦爻辞，踏着了霜，知道坚冰的时节快要来了。

恒敬之,爱人者人恒爱之"❶,符诸情也❷;见是因而知其有是果,亦尽人所能信也。昧理之人,既归其一切之因于神,而神之情不可得而实测也,于是不胜其侥幸之心❸,而欲得一神人间之媒介,以为窥测之机关,遂有巫觋,卜人,星士❹之属,承其乏❺而自欺以欺人:或托为天使❻,或夸为先知❼,或卜以龟蓍❽,或占诸❾星象,或说以梦兆❿,或观其气色⓫,或推其诞生年月日时⓬,或相其先人之坟墓⓭,要⓮皆为种种预言之准备;而于其所求之果之真因又渺不相涉也。然而人顾信之:是亦迷信也。

理信则不然:其所见为因果相关者,常积无数之实验,而归纳⓯以得之,故恒足以破往昔之迷信。例如日食月食,昔人所谓天之警告也;今则知为月影地影之偶蔽⓰,而可以预定其再见之时。疫疠,昔人所视为神谴⓱者也;今则知为微生物之传染,而可以预防。人类之所以首出万物⓲

---

❶ 〔敬人者……人恒爱之〕 见孟子离娄篇下。敬人爱人的人,别人也常常敬爱他。

❷ 〔符诸情也〕 从人情上体验得来的。符本是符合,这里是说推测而得其真际,所以解作体验。

❸ 〔不胜其侥幸之心〕 "不胜其……"是文言中的一种句式,表示"利害"或"程度极高"的意思。这里是说:侥幸之心非常旺盛。

❹ 〔巫觋卜人星士〕 为人向神求福的人,女的叫巫,男的叫觋,卜人是用种种方法替人占卜吉凶的人。星士是假托了星象为人推算命运的人。

❺ 〔承其乏〕 "承乏"两字,本指官吏的补缺。这里"承其乏",就是说供应一般昧理之人的需求。

❻ 〔天使〕 天神的使者。

❼ 〔先知〕 能知未来事的人。

❽ 〔龟蓍〕 古代占卜用龟壳或蓍草。炙了龟壳,看他的裂纹,抽取蓍草,看他的根数,便据此以断吉凶。

❾ 〔诸〕 之于。

❿ 〔说以梦兆〕 依据梦境以推求其为何种朕兆。

⓫ 〔观其气色〕 观人面部的容色以断其未来的祸福。

⓬ 〔推其诞生年月日时〕 这是所谓"算命"之术。算命依据"八字"。八字就是一个人诞生的年月日时的"干支"(记年月日时各有"干支"。四个"干支"合成八字。)

⓭ 〔相其先人之坟墓〕 这是所谓"风水"之术。

⓮ 〔要〕 总之。

⓯ 〔归纳〕 根据种种特殊事实,从其中推见普遍原理叫做归纳。

⓰ 〔偶蔽〕 偶然遮蔽。

⓱ 〔神谴〕 神给人的责罚。

⓲ 〔首出万物〕 超出于万物。

者,昔人以为天神创造之时赋畀❶独厚也;今则知人类为生物进化中之一级,以其观察自然之能力,同类互助之感情,均视他种生物为进步,故程度特高也。是皆理信之证也。

　　人能祛❷迷信而持理信,则可以省无谓之营求及希冀以专力于有益社会之事业,而日有进步矣。

---

❶　［赋畀］　同于"给与"。

❷　［祛］　除去。

十八、五十年后

胡愈之❶

距今五十年前,法国的一位小说家佳儿惠痕❷做了许多部的科学小说,预言五十年后科学发展的情形,欧美各国都有译本,颇受一时读者的欢迎。

现在我们把惠痕放在五十年前所作的预言和现在的情形印证起来,有许多预言是完全应验了。例如惠痕所想像的用电发动的潜水艇❸,在惠痕著书后不到二十年就出现了。至就电气事业❹而言,发达尤极神速,竟出于惠痕的想像之外。在五十年前还只有电报,到现在我们又有电灯、电影、电车以及无线电话了。至于用无线电话传达音乐,甚至用无线电传送彩色照片,那更是五十年前的科学小说家所梦想不到了。

这五十年中物质文明的发达,有如此神速。要是再过五十年便怎样呢?近代科学工业的进步,是按着加速率❺进行的。未来五十年中科学的进步,一定比过去五十年的进步更多。下面是美国科学家茄痕斯拔克❻在通俗科学杂志上所述的预言,这些预言到了五十年后能不能应验呢?好在我们读者中间,很多年青的人,总不难目睹罢。

据茄痕斯拔克说,世界的人口增殖率要是和现在一般,到了五十年

---

❶ 〔胡愈之〕 现代浙江上虞人。

❷ 〔佳儿惠痕〕 (Jules Verne,1828—1905)善作科学小说及冒险小说。

❸ 〔用电发动的潜水艇〕 潜水艇是可以潜伏在水中施行防御或攻击的战舰,在海面航行时用汽油机推进,在海底潜行时用电机推进。

❹ 〔电气事业〕 凡用电光电力电热供给人类需要的事业,统叫做电气事业。

❺ 〔加速率〕 进行越来越快的比率。

❻ 〔茄痕斯拔克〕 (H. Gernsback)现代美国著名科学家。

至少要比现在增多三四倍。在许多大都市里，现在已有三四百万人口，到了那时候至少也有一千万人。一个都市中有了这么多的人口，交通运输，便成了一个很重要的问题。那时候的车辆一定都用电力运送。不但一切载客车运货车都用电气推进，便是送信的，买东西的，以及徒手的行人，也都有一具行路的无线电机。这种机器大约和溜冰鞋一样简单，只要著上这一双溜冰鞋，再在头上顶一支天线❶，好像京剧中戴雉毛的一样，这样在路上行走，便全不费气力；而且行路的速度，至少比步行加上四五倍。你想这是何等便利的事啊！

五十年后，我们的科学家，必能设法解决晴雨问题。在高大的建筑上会有一种绝大的电流装置，逢到将雨的时候，把天上的密云赶散；或在亢旱的时候，设法降下人工的雨来。

现在无线电的事业，还在幼稚时代，不能发出大量的电力，所以对于我们的实际生活，还不能有什么重大影响。但到了五十年后，就不同了。那时候的大无线电台至少能发出数百万乃至数十万万基罗瓦特❷的电量。在那时，一切的事业都电气化❸了，便是农业也一定完全电气化了。大量的电气应用在农场上，可以使植物的增长比现时快十倍，而一年中的收获，也十倍于今日。农夫决不会像现时的劳苦，他们不用下田去，不用亲自劳作，却能安然地坐享丰盈的收获。

不但如此，将来电气必成为养生的必需品。神经衰弱时，可用电气疗治，饭后可用电气辅助消化。风湿症，在将来因电气治疗的进步，必将逐渐消灭，以至于绝迹。

不但植物可利用电气以促其生长，便是动物，如家畜和小孩，亦可利用电气，使在短时期内成长，而毫不妨害其生理机关。那时的小孩，因电气养育的进步，大概到了五六岁，就和十八九岁的青年具有同等的智力和体力。

---

❶　〔天线〕　伸出空中，接受电波的金属线。

❷　〔基罗瓦特〕　瓦特是计算电力的单位。基罗瓦特就是一千个瓦特。

❸　〔电气化〕　化为利用电气的事业。

将来的原动力❶决不靠煤和汽油等东西。自然界的日光和水力都转变而成为电力,可以让我们尽量的取用。在现在,这些自然力全是耗废的,将来便容易集中而造成一个强大的电台,以供城市人民各方面的应用。

五十年后,我们的屋顶一定都变成平地,上面长着青草,可以种植,可以散步,而且可以做飞机的停歇场。大的屋顶花园一定和现在的公园一样大,常有飞机翱翔于其上。

将来的建筑一定大为改良。屋内墙壁和天花板一定都是夹层的,夹层中装满橡皮之类不易传热的东西。这样,在夏天,室内是凉快的,在冬天,室内是暖和的。

还有几件事情,在现在看来是不可能的,但在五十年后却是一定可以实现的。第一件是用无线电传递物件。这在现在看来,似乎太怪诞,太奇异了;可是从科学的眼光看来,却并非不可能。现在我们靠了镭锭❷的放射力,不是已能够输送所谓阿尔发线和倍泰线❸的那种细小物质吗?那么将来用无线电传送物品于远处,自然也是意计中的事。

第二,五十年后的电灯,一定不像目前那样的费电。现在的电灯先须生热,然后发光,所费的电量百分之九十八是虚耗的。将来的电灯是冷光的,只发光而不发热,于是电量的耗费大为经济。在都市里,晚间只须把公家的大电灯在空中照耀着,家家户户便如在日间一般。所谓"不夜之城",到那时才真的实现了。

第三,将来的活动影戏一定是用无线电传达的。我们看电影,不必到影戏馆里去。只要在一处总电站把影片放射出来,便映在家家的墙壁上。我们坐在家里看看优美的电影,多么舒服呀!

第四,五十年后我们将有一种电机,使千里外的亲友可以觌面。这

---

❶ 〔原动力〕 工业上藉以发生动力的力源。

❷ 〔镭锭〕 金属元素之一,我国化学书上单用一个"镭"字。镭有放射性,能放出 $\alpha,\beta,\gamma,$ 三种射线而蜕变成铅。

❸ 〔阿尔发线和倍泰线〕 阿尔发线是镭的第一射线。倍泰线是镭的第二射线。阿尔发和倍泰是希腊字 α 和 β 的音译。

种器具的功用，和电话相似；电话不过传声而已，但要是再进一步，便能够传形，我们和远处的人对话，不但亲闻其音，而且能亲见其形呢！

以上的推测，现在的读者一定要以为太荒唐，太幻想了。但在五十年后的人们看来或者要以为太幼稚，太缺乏想像力，亦未可知。只要想一想，你要是和五十年前的人说甚么无线电，说甚么爱克司光❶，他们一定会把你送到疯人院里去；那么现在这样的乱猜，会被五十年后的人所笑，也正是意中事了。

---

❶　［爱克司光］　即爱克司射线。公元一八九五年，德人伦琴所发现，又称伦琴线，是一种不可见的辐射线，能透过普通光线所不能透过的物体，医生常用来视察病体。爱克司是西文字母 X 的音译。

十九、机械的颂赞

茅 盾

现代人是时时处处和机械发生关系的。都市里的人们生活在机械的"速"和力的旋涡❶中,一旦机械突然停止,都市人的生活便简直没法子继续。交通停顿了,马达❷不动了,电灯不亮了,德律风❸不通了,三百万人口的大都市上海便将成为死的黑暗的都市了。不但都市人离不了机械,即如内地的小乡镇也在一天一天的和机械关系密切起来。十年前你住在乡镇,也许能够藐然❹笑道:"机械么? 和我不相干!"但现在可就不同。只要你一看那机器碾米厂(当然这还是最起码的机械),你就觉得你的生活中霸占着一个陌生人——机械❺!

我们现代的文艺作品却没有受到机械的影响。虽然机械在我们生活中已经霸占了很重要的地位,甚至在我们的意识感情上起了作用,可是我们的"反映生活"的文艺❻却坚拒机械于门外。我们有许多描写"都市生活"的作品,但这些作品的题材多半是咖啡馆里青年男女的浪漫史❼,亭子间❽里失业知识分子的悲哀牢骚;公园里林荫下长椅上的绵绵

---

❶ 〔都市里的人们……旋涡中〕 "机械的'速'和力"辅佐人们生活,造成种种设备,如下文所说。这些设备纷繁错综,像一个大旋涡,都市里的人们就生活在其中。

❷ 〔马达〕 motor 的音译,发电机。

❸ 〔德律风〕 telephone 的音译,电话。

❹ 〔藐然〕 瞧不起的样子。

❺ 〔生活中霸占一个陌生人——机械〕 生活被一个叫做机械的陌生人霸占着了。

❻ 〔"反映生活"的文艺〕 通常说文艺该是反映生活的。把一个时代的生活如实的活泼的表现出来的。这里的生活不仅指物质生活,也包括精神生活。

❼ 〔浪漫史〕 romance 的音译,新奇可喜的故事。

❽ 〔亭子间〕 上海式房子靠后楼的小间。

情话；没有那都市大动脉的机械❶！间或有之，那就被当作点缀品❷了。却又说成非常可憎的东西，叫人一闭眼就想像到那是油腻的，嚣喧的，笨重而且恶俗。这是由憎恶机械者的眼中所见的机械。

　　然而机械这东西本身是力强❸的，创造的，美的。我们不应该抹煞机械本身的伟大。在现今这时代，少数人做了机械的主人而大多数人做了机械的奴隶❹，这诚然是一种罪恶的制度，可是机械本身不负这罪恶。把机械本身当作吸血的魔鬼而加以诅咒或排斥，是一种义和团❺的思想。这种思想的倾向，在我们文坛上幸而尚不多见。但在现实生活中，尤其是内地的乡村里一有了"机械造成失业"的时候，就会发生这种对于机械的仇恨。由这种仇恨，会发生流血的悲剧。如果我们的作家要把此种现象作为文艺的题材，那他就不能再把机械拒绝在门外，而且他又不得不对于机械这东西取一个决定的态度了。机械的颂赞呢？还是机械的憎恶？

　　在这种场合，如果一个作家认为文艺的任务只像一面镜子似的反映人生——只是人生的浮面的反映，没有透视❻，也没有分析❼，那他一定单单描写了乡村居民对于机械的憎恶就觉满足。反之，他如果了解文艺的任务不仅是浮面的反映，而需要透视和分析，那么，他对于"憎恶机械"这原始心理❽就要加以批评了。他应该指出该诅咒的不是机械本身，而是那操纵机械造成失业的制度。

---

❶　〔都市大动脉的机械〕　这是把机械在都市里比做大动脉在动物身上的说法。

❷　〔被当作点缀品〕　就是说机械不被当作文艺作品的主要题材。

❸　〔力强〕　是近年流行的一个复合词，有力而强健的意思。

❹　〔少数人……机械的奴隶〕　这是西洋经过了"产业革命"，形成了资本主义之后的情形。

❺　〔是一种义和团的思想〕　义和团感觉外力的压迫，欲谋解放，是不错的。但提出"扶清灭洋"的口号，做出杀戮焚烧的行动，那就胡涂了。这里说若是诅咒机械本身，或排斥机械本身，其思想的胡涂和义和团差不多。

❻　〔透视〕　深切的观察到人生的骨子里。

❼　〔分析〕　分析潜伏在事象背后的种种因素。

❽　〔原始心理〕　古昔的原始人仅凭直觉认识事物，不懂得因果关系，不能作分析研究。凡心理活动与原始人情形相仿的，就叫"原始心理"。

也许在不远的将来,机械将以主角的身分闯上我们这文坛罢❶,那么,我希望对于机械本身,是颂赞而非憎恨!

---

❶ ［机械……这文坛］ 就是机械将被当作文艺作品的主要题材的意思。

二〇、羌村❶

杜　甫

　　峥嵘赤云❷西，日脚❸下平地，柴门鸟雀噪，归客千里至。妻孥怪我在❹，惊定还拭泪。世乱遭飘荡，生还偶然遂❺。邻人满墙头，感叹亦歔欷。夜阑更秉烛❻，相对如梦寐。

　　晚岁迫偷生❼，还家少欢趣。娇儿不离膝，畏我复却去❽。忆昔好追凉❾，故绕池边树❿。萧萧北风劲，抚事煎百虑⓫。赖知禾黍收⓬，已觉糟

---

　　❶　［羌村］　这是杜甫从凤翔（今陕西凤翔县）回鄜州（今陕西鄜县）看顾家眷，刚到家时所作。安禄山作乱，杜甫在沦陷区中住了些时，其时肃宗在凤翔，甫逃往，拜左拾遗，在八月间，他回家一行。

　　❷　［峥嵘赤云西］　峥嵘，形容赤云，说赤云像山峦似的高峻。

　　❸　［日脚］　太阳的光影。

　　❹　［妻孥怪我在］　妻与子见我尚在人间，来到面前，转觉惊怪。

　　❺　［生还偶然遂］　得遂生还之愿。只是偶然之事而已。反面的意思，便是不得生还却是常事。

　　❻　［夜阑更秉烛］　夜阑即夜深。夜深了，本应就睡而不睡还秉烛叙谈，见出久客初归的情景。

　　❼　［晚岁迫偷生］　晚岁即暮年，其时杜甫已四十余岁。迫偷生，为时势所迫，只能偷生苟活，不能好好地过活。

　　❽　［畏我复却去］　却去即退去。因久不见面，生疏而生畏心，故欲却去。

　　❾　［追凉］　乘凉。

　　❿　［故绕池边树］　特意绕着池边的树走几转。那里是从前乘凉的地方。

　　⓫　［抚事煎百虑］　想着国家的事与家庭的事，不知多少忧虑涌上心头，像煎熬一般。

　　⓬　［赖知禾黍收］　幸赖知道禾黍尚有收成。这语与以下三语都是自慰的话。

床注❶,如今足斟酌,且用慰迟暮❷。

群鸡正乱叫,客至鸡斗争❸,驱鸡上树木,始闻扣柴荆❹。父老四五人,问❺我久远行,手中各有携,倾榼浊复清❻。苦辞酒味薄,黍地无人耕❼,兵革既未息,儿童尽东征❽。请为父老歌,艰难愧深情❾。歌罢仰天叹,四座泪纵横。

---

❶ 〔糟床注〕 糟床是制酒的工具。注,流下来。酒从糟床流下来,就是说,酒已经制得有了。

❷ 〔且用慰迟暮〕 用,同于"以"。姑且以饮酒慰迟暮之情。

❸ 〔客至鸡斗争〕 其时客尚在门外。

❹ 〔始闻叩柴荆〕 这才是客来叩门了。柴荆,柴荆所编的门。

❺ 〔问〕 慰问。

❻ 〔倾榼浊复清〕 榼,酒器。浊复清,都指酒。

❼ 〔苦辞酒味薄黍地无人耕〕 苦辞,恳切的道歉。"黍地无人耕"说明"酒味薄"的原因。黍收得少,酒当然做不好了。

❽ 〔兵革既未息儿童尽东征〕 这两语又说明"黍地无人耕"的原因。兵革,犹言干戈,指兵祸。儿童,指壮丁。从父老们的口气,故说儿童。

❾ 〔艰难愧深情〕 在此艰难之日,承蒙你们这样的深情款待,非常感愧。

文章法则甲

三、副词和助词的呼应

有些副词在运用的时候，尚须用相应的助词和它呼应，意义才完足，语气才顺适。最普通的有以下几种：

（一）关于时间的　用了表时间的副词，下面如用助词，就必须与副词呼应。如：

> 老包将来还要做这个哩。《学费》
>
> 这天早晨我上学去，时候已很迟了。《最后一课》
>
> 目前的世界正是到了这个时期了。《理性与兽性之战》
>
> 印待公久矣。《书鲁亮侪事》

（二）关于询问的　用了表询问的副词，下面如用助词，就必须是相应的询问助词。如：

> 难道于心不足，还要眼看着他死了才算吗？《宝玉受打》
>
> 怎样才能够免掉他们痛苦呢？《我的人生观》
>
> 是何楚人之多也？《项籍之死》
>
> 当时虽觭梦幻想，宁知此为归骨所耶？《祭妹文》

（三）关于限制的　用了限制的副词，下面的助词也得与它相呼应。如：

> 他也不过和我们上下年纪而已。《志摩在回忆里》
>
> 何必自己走来，只叫儿子进去吩咐便了。《宝玉受打》
>
> 亦各言其志也已矣。《子路曾皙冉有公西华侍坐》
>
> 此或可万一冀耳。《世说新语》

以上所举，只是个大略，副词和助词的呼应尚不止此。如：

还不曾——呢。　　　方——也。　　　不是——吗?

不亦——乎?　　　仅仅——罢了　　　独——耳。

都是副词和助词的呼应,这里不能一一列举。

　　句中互相呼应的副词和助词,有时为了意义已够明白,或为了语调关系(念起来有神,与上下文协调),往往仅用其一。可是,与它相呼应而没有用进去的另一种词儿,是显然可以指出来的。如:

　　本已说定不送我(了),叫旅馆里一个熟识的茶房陪我同去。《背影》

　　汝之诗,吾已付梓(矣);汝之女,吾已代嫁(矣);汝之生平,吾已作传(矣)。《祭妹文》

　　吾起兵至今(已)八岁矣。《项籍之死》

　　怎么年也不过就去上书房(呢)?《学费》

　　若(岂)非吾故人乎?《项籍之死》

　　我辈如处女,岂可不择媒妁,草草字人(耶)。《张謇》

　　只远处牛奶车的铃声,点缀这周遭的沈默(罢了)。《康桥的早晨》

　　独我与吴轿夫知之(耳)。《记王隐君》

　　撤屏视之,(惟)一人,一桌,一椅,一扇,一抚尺而已。《口技》

习　问

一　试从读过的文篇中,举出副词与助词呼应的例子(至少十个)。

二　试就下列呼应式,各作一句。

何——也?　　　岂——哉?　　　已——了。

惟——耳。　　　现在——吧。　　　殆——焉。

二一、人生以服务为目的

孙 文

　　世界人类得之天赋❶的才能，约可分为三种：一是先知先觉❷的，二是后知后觉❸的，三是不知不觉的。先知先觉的是发明家，后知后觉的是宣传家，不知不觉的是实行家❹。这三种人互相为用，协力进行，然后人类的文明进步，才能够一日千里❺。

　　天之生人自然有聪明才力的不平等。但是人心必欲使之平等，这是道德的最高目的，人类应该要努力进行的。要达到这个最高道德目的，到底要怎样做法呢？我们把人类的两种思想来比对，便可以明白了。人类的思想，可说一种是利己的，一种是利人的。重于利己的人，每每出于害人❻，也有所不惜。由于这种思想发达，于是有聪明才力的人，就专用彼之才能去夺取人家之利益，渐渐积成专制的阶级，生出政治上的不平等了。这是民权革命以前的世界。重于利人的人，只要是于人家有益的事，每每至于牺牲自己，亦乐而为之。这种思想发达，于是有聪明才力的人，就专用彼之才能以谋他人之幸福，渐渐积成博爱的宗教和诸慈善事业。不过宗教之力，有时而穷慈善之业，有时不济，就不得不为根本上的解决，来实行革命，推翻专制，主张民权，以平人事之不平了。

　　从此以后，要调和三种的人，使之平等，则人人应该以服务为目的，

---

❶　［得之天赋］　即"得之自天赋"。

❷　［先知先觉］　先是说比一般人知觉得早。

❸　［后知后觉］　后是说比先知先觉的人知觉得迟。

❹　［不知不觉的是实行家］　他们不知其所以然，只会依照人家所发明的实做。

❺　［一日千里］　习语，极言奇快。

❻　［出于害人］　行为出于害人；做出害人的行为。

不当以夺取为目的。聪明才力愈大的人,当尽其能力而服千万人之务,造千万人之福;聪明才力略小的人,当尽其能力以服百十人之务,造百十人之福;所谓巧者拙之奴,就是这个道理。至于全无聪明才力的人,也应该尽一己之能力,以服一人之务,造一人之福。照这样做去,虽天生人的聪明才力有三种不平等,而人类由于服务的道德心之发达,必可使之成为平等了。这就是平等的精义。

二二、黄花冈烈士事略序

孙 文

满清末造❶,革命党人历艰难险巇❷,以坚毅不挠之精神与民贼❸相搏,踬踣者屡❹,死事之惨,以辛亥三月二十九日围攻两广督署之役❺为最;吾党菁华❻,付之一炬❼,其损失可谓大矣。然是役也,碧血❽横飞,浩气四塞❾,草木为之含悲,风云因而变色,全国久蛰之人心❿乃大兴奋,怨愤所积,如怒涛排壑,不可遏抑;不半载而武昌之革命以成⓫。则斯役之价值,直可惊天地,泣鬼神⓬,与武昌革命之役并寿⓭。

---

❶ ［末造］ 将要衰亡的时候。

❷ ［险巇］ 危险。

❸ ［民贼］ 指满清当局。

❹ ［踬踣者屡］ 屡次的遇到失败。踬踣,本是跌交,这里喻失败。

❺ ［辛亥三月二十九日围攻两广督署之役］ 辛亥,清宣统三年(公元一九一一年)。两广督署,两广总督的衙门(当时两广总督是张鸣岐)。革命党人由黄兴指挥,带着炸弹进攻督署。清水师提督李准率防营兵来抵御,党人不支而溃,死七十二人。后由潘达微丛葬于广州北门外白云山麓的黄花冈。

❻ ［吾党菁华］ 党内的优秀分子。

❼ ［付之一炬］ 一把火烧光了,比喻死亡。

❽ ［碧血］ 庄子外物篇:“苌弘死于蜀,藏其血,三年而化为碧。”后世就称忠义之士的血为碧血。

❾ ［浩气四塞］ 浩气,浩然之气。意谓党人的精神本于他们所具的浩然之气,他们虽死,他们的精神却充塞于天地之间。

❿ ［久蛰之人心］ 久已蛰伏不动的人心。

⓫ ［武昌之革命以成］ 当年八月,民军在湖北武昌起义,创立中华民国。

⓬ ［泣鬼神］ 使鬼神为之感泣。

⓭ ［并寿］ 同其寿命,一样的不可磨灭。

顾自民国肇造❶，变乱纷乘❷，黄花冈上一坏土❸，犹湮没于荒烟蔓草间。延至七年，始有墓碣❹之建修；十年，始有事略之编纂。而七十二烈士者，又或有记载而语焉不详，或仅存姓名而无事迹，甚者且姓名不可考，如史载田横事❺，虽以史迁之善传游侠❻，亦不能为五百人立传，滋❼可痛矣！

邹君海滨❽以所辑"黄花冈烈士事略"丐序于予❾。时予方以讨贼，督师桂林❿，环顾国内，贼氛⓫方炽，杌陧⓬之象，视清季有加；而予三十年前所主唱之三民主义，五权宪法，为诸先烈所不惜牺牲生命以争者，其不获实行也如故。则予此行所负之责任尤倍重于三十年前。倘国人皆以诸先烈之牺牲精神为国奋斗，助予完成此重大之责任，实现吾人理想之真正中华民国，则此一部开国血史⓭，可传世而不朽。否则不能继述先烈遗志且光大之，而徒感慨于其遗事，斯诚后死者之羞也！余为斯序，既痛逝者，并以为国人之读兹编者勖⓮。

---

❶　[肇造]　开始建立。

❷　[变乱纷乘]　民国三年袁世凯欲行帝制。袁死后，北方军阀执政，皖系直系相互攻伐，对于民党排斥尤甚。纷乘，犹如说"纷起"。

❸　[一坏土]　指坟墓。

❹　[墓碣]　坟墓上的石碑。

❺　[史载田横事]　田横，本齐国田氏族，后自立为王。汉灭项羽，横与其徒五百人避入海岛。高祖使人招他，他走到半路，觉得去见高祖是可耻的事，便自杀，二客跟着他也自杀。岛上五百人得到消息，也都自杀。事见史记田儋传。

❻　[史迁之善传游侠]　汉司马迁为太史令，故称史迁。其所撰"史记"有"游侠列传"，叙述一班任侠好义的人，故说他善传游侠。

❼　[滋]　愈加。

❽　[邹海滨]　名鲁，广东人。

❾　[丐序于予]　求我作序文。

❿　[方以讨贼督师桂林]　贼，指北洋军阀。民国十年，南方国会选举孙总理为总统，率大兵由广西北伐，后因军需不继，退回广州。

⓫　[贼氛]　反动者的气焰。

⓬　[杌陧]　音兀臬，不安。

⓭　[开国血史]　指黄花冈烈士事略。

⓮　[勖]　勉励。

二三、任公画像赞并序❶

彭绍升❷

公名环，字应乾，潞安长治❸人。嘉靖❹中，官苏州同知❺。海上倭❻起，由越入吴❼，残杀甚众。长吏❽不习兵，率❾观望畏缩。公慷慨请于上官，募新兵，奋死击贼，累十余战，辄捷；而公亦身中数创。苏松❿以安。论功，迁山东参政⓫；以母丧，乞归终制⓬，卒于家。苏人祀之。

方公在军，其子驰书力劝公还官。公谕之曰："倭贼流毒，多少百姓不得安宁，尔老子领兵，不能一举殄灭之，嚼毡裹革⓭，此其时也。脱⓮有意外之变，臣死忠，妻死节，子死孝，咬定牙关，成就一个'是'而已！圣人

---

❶ ［画像赞并序］ 赞是一种文体，写在传记或图画上，大都表示颂美的意思。常常用韵文，本篇是四言韵文。序指前两节文字，叙明作赞原由的。

❷ ［彭绍升］ 字允初，别号尺木，清江苏长洲人。乾隆进士，著有二林居集。

❸ ［潞安长治］ 潞安，府名；长治，今山西长治县。

❹ ［嘉靖］ 明世宗年号（公元一五二二年至一五六六年）。

❺ ［苏州同知］ 苏州，府名。同知，官名，辅佐知府（一府的长官）行政。

❻ ［倭］ 元末明初，日本有南北朝的内乱。南朝失败，遗臣就流为海盗，剽掠我国沿海鲁、苏、浙、闽各省。当时叫做倭寇。

❼ ［由越入吴］ 越，浙江省。吴，江苏省。

❽ ［长吏］ 大官。

❾ ［率］ 大抵。

❿ ［苏松］ 苏州府（府治在今江苏吴县）和松江府（府治在今江苏松江县），明时直隶南京。

⓫ ［参政］ 明朝官制，各省布政使置左右参政，辅佐布政使行政。

⓬ ［乞归终制］ 乞归，请求回籍。在父母的丧服期中叫"守制"。终制，就是守满三年的丧制。

⓭ ［嚼毡裹革］ 汉朝苏武在匈奴啮雪吞毡，守志不屈。汉朝马援曾经说过"大丈夫当马革裹尸"的话。引用在这里，表示自己的志概和苏武马援一样。

⓮ ［脱］ 倘使。

谓'杀身成仁'❶,我于此句曾体认一番。此志定,顺理而行之,死生一也。"予读公书,肃容而叹曰:"伟哉任公! 其可谓❷烈丈夫矣!"公八世孙兆麟以公画像请赞,赞曰:

　　其气温温,其容恂恂❸,胡然变色,叱咤风云❹? 惟忠故勇,见贼忘身,海涛峨峨,出生入死,歼彼鲸鲵❺,活我赤子❻。功成告归,庙食千祀❼。我读公书,两言在耳:"咬定牙关,成一个'是'。"持以赞公,佩之没齿❽。

----

　　❶　[杀身成仁]　孔子说:"志士仁人,无求生以害仁,有杀身以成仁。"程子注中说:"杀身以成仁者,只是成就一个'是'而已。"这便是此处上一语的来历。

　　❷　[其可谓]　其,犹"殆",不确定的论断语气。

　　❸　[恂恂]　温和谦恭的样子。

　　❹　[胡然变色叱咤风云]　胡,同"何"。胡然,犹"何以"。叱咤,发怒声。叱咤风云,形容气概行动的壮烈。这两语承接上文说气度温温容貌恂恂的人,何以一变色之顷,便成为叱咤风云的烈丈夫。

　　❺　[鲸鲵]　大鱼名,雄的叫鲸,雌的叫鲵,喜吞食小鱼,向来用以譬喻不义的人,这里指倭寇。

　　❻　[赤子]　本来指小儿,这里用以喻人民。

　　❼　[庙食千祀]　庙食,受公众供奉于庙中,岁时祭飨。千祀,犹"千年"。

　　❽　[没齿]　齿,就是年龄。没齿,直到年龄终止的时候——等于说"终身"。

二四、书左仲甫事

张惠言❶

　　霍邱知县阳湖左君❷治霍邱既一载，其冬有年❸。父老数十人来自下乡盛米于筐，有稻有稉❹，豚蹄鸭鸡，伛偻提携，造❺于县门。君呼之入，曰："父老良苦❻，曷为❼来哉？"顿首曰："边界之乡，尤扰益偷❽。自耶之至❾，吾民无事❿，得耕种吾田。吾田幸熟，有此新谷；皆耶之赐，以为耶尝⓫。"君曰："天降吾民丰年，乐与父老食之。且彼家畜⓬胡以来？"则又顿首曰："往⓭耶未来，吾民之猪鸡鹅鸭率用供吏⓮，余者盗又取之。今视吾圈栅，数吾所育，终岁不一失；是耶为吾民畜也，是耶物非民物也。"君笑而受之，赏以酒食；皆欢舞而去，曰："本以奉耶，反为耶费⓯。"

---

❶　［张惠言］　字皋文，清武进人。精于经学，亦长文辞诗词。专著甚多，又有茗柯文诗词集。

❷　［霍邱知县阳湖左君］　霍邱，县名，属安徽省。知县，官名，即今县长。阳湖，县名，今江苏武进县。

❸　［有年］　丰收。

❹　［稉］　少有黏性的稻。俗作"粳"。

❺　［造］　达到。音操。

❻　［良苦］　很辛苦。

❼　［曷为］　为什么。

❽　［尤扰益偷］　偷，盗窃。"尤"与"益"说骚扰与盗窃的利害。这是说以前时候。

❾　［自耶之至］　自从您来了之后。耶，即"爷"字。从前人民呼知县为"老爷"。

❿　［吾民无事］　因为骚扰与盗窃的事情都没有了。

⓫　［以为耶尝］　拿来请您尝尝。

⓬　［且彼家畜］　这且字是放开一端再说他端的口气，与通常作"并且"解的不同。彼，那些。家畜，指豚蹄鸭鸡。

⓭　［往］　以前。

⓮　［率用供吏］　大概拿来供给胥吏。

⓯　［反为耶费］　反而破费了老爷。

士民相与谋曰:"吾耶无所取于民,而禄不足以自给,其谓百姓何❶!请分乡为四,四又为三❷,各以月入米若薪❸。"众曰:"善";则请于君。君笑曰:"百姓所以厚我,以我不妄取也。我资❹米若薪于百姓,后之人必尔乎索之❺;是我之妄取无穷期也。不可。"亳州❻之民有诉于府者曰:"亳旧寡盗,今而多❼,其来自霍邱。霍邱左耶不容盗以祸亳;愿左耶兼治之。"嘉庆四年十二月❽,霍邱有吴生在京师,为余说如此。

余同年友仁和汤吉士金钊❾告余曰:"往岁北来,道凤颍间❿,往往询其民人繇俗⓫。有刑狱不当,赋役无节者,民曰:'非霍邱左耶来,谁与辨之!'有风俗乖忤,水旱冤抑⓬者,又曰:'非霍邱左耶来,吾属⓭不安乐矣!'曰:'霍邱左耶能为河南省治狱⓮。'吾不识左君何如人也。"余曰:"吾友左君二十余年,其为人守规矩,质重不可徙⓯;非有超绝不可及之才,特以其忠诚恻恻之心⓰,推所学于古者而施之治⓱,效遂如此。今之为治,辄曰儒者迂阔,患才不任事⓲。以吾观左君,迂阔人也,如其才!如其才!⓳"

---

❶ 〔其谓百姓何〕 这样,我们还算得他的百姓吗!
❷ 〔四又为三〕 这样便分成了十二区。
❸ 〔各以月入米若薪〕 每区按月缴纳米和柴。入,缴纳。若,同于"及"。
❹ 〔资〕 取给。
❺ 〔后之人必尔乎索之〕 后之人,指后任的知县。必尔乎索之,一定要照例向你们索取。
❻ 〔亳州〕 今安徽亳县,清时属颍州府。
❼ 〔今而多〕 到如今而多起来。
❽ 〔嘉庆四年〕 嘉庆,清仁宗年号,四年当公元一七九九年。
❾ 〔同年友仁和汤吉士金钊〕 清时乡试会试同时被录取的,称同年。仁和,今浙江杭县。吉士,即庶吉士,官名,进士之优于文学书法者任之。
❿ 〔道凤颍间〕 路经安徽凤阳府颍州府一带。
⓫ 〔繇俗〕 舆论。
⓬ 〔水旱冤抑〕 因水旱之灾,生活上受到种种冤苦。
⓭ 〔吾属〕 我们。
⓮ 〔霍邱左耶能为河南省治狱〕 霍邱邻近河南省,这一句是河南人盼望左君到河南去的话。
⓯ 〔质重不可徙〕 质朴重实不可转移。
⓰ 〔特以其忠诚恻恻之心〕 只不过本他那忠诚同情的心。恻恻,悲悯。
⓱ 〔施之治〕 实施在政治方面。
⓲ 〔患才不任事〕 儒者的毛病在才力不足以担任事务。
⓳ 〔如其才如其才〕 孔子赞美管仲,有"如其仁!如其仁!"的话。这里是模仿孔子的句式。犹如说:谁如他的才呢!

　　左君名辅，字仲甫，以进士分发安徽为知县。初为南陵❶，调霍邱。嘉庆三年，坐❷征南陵钱粮不如期，落职。入见❸，仍用知县，未补❹。又坐征霍邱钱粮不如期，落职。巡抚❺为请，天子知其名，特许补合肥县❻云。

　　吴生名书常，亦笃实君子人也❼。

---

❶　［为南陵］　任南陵知县。南陵，安徽县名。

❷　［坐］　犯罪。

❸　［入见］　由吏部带领觐见皇帝。

❹　［未补］　没有补实缺。

❺　［巡抚］　清时总揽全省民政军政的长官。

❻　［合肥县］　属安徽省。

❼　［吴生……君子人也］　补这一句，以见其言决非虚妄。

文章法则乙

三、变装的议论文

　　议论文是对于主张的证明。证明它正确合理,可以作思想行动的标准。主张的形式,归纳起来不过以下几种:"这是什么","这不是什么而是什么","这应该怎样","这不应该怎样而应该怎样"。试把以前读过的议论文,摘出其中的主张来,就知道不外乎这几种形式。如"原君"(第四册第三十一课)主张古之君是"为天下"的,就是"这是什么"的形式。"读书与求学"(第四册第二十课)主张学生进学校不是去读书而是去学做人的,就是"这不是什么而是什么的"形式。"敬业与乐业"主张对事业要"敬"要"乐",就是"这应该怎样"的形式。"第二期抗战开端告全国国民书"主张武汉撤退,"不可认为战事之失利与退却",而应认为"保持我继续抗战持久之力量"的必要步骤,就是"这不应该怎样而应该怎样"的形式。

　　凡主张都只是个抽象的意念;但主张的成立必有种种具体的事件做根据。例如"对事业要'敬'"这一个主张,是以人必须劳作,劳作必须做到圆满,不劳作或劳作而做不到圆满,"结果自己害自己",这些人生实况为根据的。如果作者把这些人生实况具体地写给人家看,而不明白提出"对事业要'敬'"的主张来,其效果也不差什么。历史记载以及小说,戏剧,寓言,就形式看只是记叙文,却能发人深省,使读者在记叙的事件之外,同时领会到作者并未明说的意旨,理由就在于此。

　　从此说来,我们要表白主张,有两种方法:一种是从具体的事件中提出一个抽象的意念来,再加上种种的证明;这就是一般的议论文。一种是只把事件写出来,并不作积极的主张,让读者自己去发见作者的意旨之所在；这可以叫做变装的议论文。

变装的议论文以记叙事件为主要手段。作者有时虽也表白主张，却不像一般议论文那么用力。如"送东阳马生序"（第四册第十九课）大部分记叙作者求学"勤且艰"的实况，对于"今之学者为学应专其心志"的主张，只在末了第二节里轻轻点出，便是适例。有时竟毫不宣布什么主张，但作者所以要记叙这些事件，并不为事件本身，只为从事件可以暗示作者的意旨。在这样情形之下，那记叙的事件可以是真的事实，也可以是由作者虚构的，实际上还以虚构的居多。因为真的事实牵涉的方面极多，内容往往复杂，若非十分凑巧，便不能恰如其分地暗示作者的意旨；倒不如由作者依据自己的意旨虚构事件，来得便当合式。因此，变装的议论文，除历史记载而外，常常采取小说，戏剧，寓言等等的形式。

习　问

一　小说，戏剧，寓言之类何以能使读者领会到作者并未明说的意旨？

二　"故乡"（第二册第二十七八课）"流星"（第四册第二十九课）都是小说，作者暗示的意旨是甚么？

二五、杭江❶之秋〔上〕

傅东华❷

风景本是静物,坐在火车上看就变成动的了。步行的风景游览家,无论怎样把自己当做一具摇头摄影器❸,他的视域❹能有多阔呢？又无论他怎样健步,无论视察点移得怎样多,他目前的景象总不过有限的几套。若在火车上看,那风景就会移步换形,供给你一套连续不断的不同景象,使你在数小时之内就能获得数百里风景的轮廓。"火车风景"(如果许我铸造一个名词的话)就是活动的影片,就是一部以自然美做题材的小说,它是有情节的,有布局的——有开场,有顶点❺,也有大团圆❻的。

新辟的杭江铁路从去年春天通车到兰溪❼,我们的自然文坛❽就又新出版了一部这样的小说。批评家的赞美声早已传到我耳朵里,但我直到秋天才有工夫去读它。然而秋天是多么幸运的一个日子啊！我竟于无意之中得见杭江风景最美的表现。

---

❶ 〔杭江〕 铁路名,浙江省独力自营。干线从钱塘江边西兴起始,西南行经萧山,诸暨,义乌,金华,汤溪,龙游,衢县,而达江山。后与南玉段(江西省内南昌到玉山)连接,改称浙赣铁路。

❷ 〔傅东华〕 浙江金华人,历任复旦、暨南等大学文学教授。

❸ 〔摇头摄影器〕 有一种照相器,装在架子上,开动机关时,镜箱就自左向右转动,便于摄取横广的景物。

❹ 〔视域〕 目力所及到的界域。

❺ 〔顶点〕 文学术语,指一篇文章中最精采最关紧要的部分。

❻ 〔大团圆〕 结局,也指文学作品而言。

❼ 〔兰溪〕 浙江县名。

❽ 〔自然文坛〕 这是把大自然比做文坛的说法。

　　"火车风景"是有个性的。津浦路❶上多黄沙，沪杭路❷上多殡屋。京沪路❸只北端稍觉雄健，其余部分也和沪杭路一样平凡。总之，这几条路给我们一个共同的印象——就是单调❹。它们都是差不多一个图案贯彻到底的。你在这段看是这样，换了一段看也仍是这样——一律是平畴，平畴之外就是地平线了。偶然也有一两块山替那平畴做背景，但都单调得多么寒伧❺啊！

　　秋是老的了，天又下着濛濛雨，正是读好书❻的时节。

　　从江边❼开行以后，我就壹志凝神的准备着——准备着尽情赏鉴一番，准备着一幅幅的图连续映照在两边玻璃窗上。

　　萧山❽站过去了，临浦❾站过去了，这样差不多一个多钟头，只偶然瞥见一两点遥远的山影，大部分还是沪杭路上那种紧接地平线的平畴，我便开始有点觉得失望。于是到了尖山❿站，你瞧，来了——山来了。

　　山来了，平畴突然被山吞下去了。我们夹进了山的行列，山做我们前面的仪仗⓫了。那是重叠的山，"自然"号⓬里加料特制的山。你决不会感着单薄，你决不会疑心制造时减料偷工。

　　有时你伸出手去，差不多就可摸着山壁，但是大部分地方山的倾斜度都极大。你虽在两面山脚的缝里走，离开山的本峰还是很远，因而使你有相当的角度可以窥见山的全形。但是那一块山肯把她的全形给你看呢？无论那一块山都和她的同伴们或者并肩，或者交臂，或者搂抱，或

---

❶　[津浦路]　从天津到浦口的铁路。
❷　[沪杭路]　从上海到杭州的铁路。
❸　[京沪路]　从南京到上海的铁路。
❹　[单调]　本指简单的曲调，引申开来，就指人事物情的机械，乏味，呆板。
❺　[寒伧]　简陋，窘相。
❻　[读好书]　这是承上而来的修辞的说法，意即看好风景。
❼　[江边]　□□□□□□□□□□□□□□□相对。
❽　[萧山]　浙江县名。
❾　[临浦]　萧山南部的一个大镇。
❿　[尖山]　萧山南部的一个小镇。
⓫　[仪仗]　婚娶出殡时所用的旗伞灯牌之类的行列。
⓬　["自然"号]　这是把大自然比做制造厂的说法。

者叠股。有的从她伙伴们的肩膊缝里露出半个罩着面幕的容颜,有的从她姊妹行的云鬈边透出一弯轻扫淡妆的眉黛。浓妆的居于前列,随着你行程的弯曲献媚呈妍;淡妆的躲在后边,目送你忍心奔驶而前,似乎有依依不舍的情态。

这样使我们左顾右盼,应接不暇,经过了二三十分钟,这才又像日月蚀后恢复期间的状态,平畴慢慢的吐出来了。但是地平线终于不能恢复。那逐渐开展的平畴,随处都有山影作镶绲❶;山影的浓淡就和平畴的阔狭成反比例。有几处的平畴似乎是一望无际的,但仍有饱蘸着水的花青❷笔在它的边缘上轻轻一抹。

于是过了湄池❸,便又换了一幕。突然间,我们车上的光线失掉均衡了。突然间,有一道黑影闯入我们的右侧。急忙抬头看时,原来是一列重叠的山嶂从烟雾迷漫中慢慢地遮上前来。这一列山嶂和前段看见的那些对峙的山峦又不同。它们是朦胧的,分不出它们的层叠,看不清它们的轮廓,上面和天空浑无界线,下面和平地不辨根基,只如大理石❹里隐约透露的青纹,究不知起自何方,也难辨迄于何处。

那时我们的左侧本是一片平旷,但不知怎么一转,山嶂忽然移到左侧来,平旷忽然搬到右侧去。如是交互着搬动了数回,便又左右都有山嶂,只不如从前那么夹紧,而左右各有一段平畴做缓冲了。

这时最奇的景象,就是左右两侧山容明暗之不一。你向左看时,山的轮廓很暧昧;向右看时,却如几何图画❺一般的分明。你以为这当然是"秋雨隔田塍"❻的现象所致,但是走过几分钟之后,暧昧和分明的方向忽然互换了,而我们却是明明按直线走的。谁能解释这种神秘呢?

---

❶ 〔镶绲〕　在衣服或帷帐之类上滚边为饰。
❷ 〔花青〕　画国画所用的一种颜料。
❸ 〔湄池〕　萧山的一个镇,地当萧山诸暨交界处。
❹ 〔大理石〕　云南大理县所产的一种石,白色而有褐色的条纹,剖开时,平面宛如山水画。
❺ 〔几何图画〕　以几何学理为法式的图画,其线条明晰而正确。
❻ 〔秋雨隔田塍〕　秋天的雨,有时隔了一条田岸就不一样。

二六、杭江之秋〔下〕

傅东华

　　到直埠❶了。从此神秘剧就告结束，而浓艳的中古浪漫剧❷开幕了。幕开之后，就见两旁竖着不断的围屏，地上铺着一条广漠的厚毯。围屏是一律浓绿色的，地毯则由黄、红、绿三种彩色构成。黄的是未割的晚稻，红的是乔麦，绿的是菜蔬。可是谁管它什么是什么呢！我们目不暇接了。这三种彩色构成了平面几何的一切图形，织成了波斯❸毯，荷兰❹毯，纬成❺绸，云霞缎❻……上一切人类所能想像的花样。且因我们自己如飞的奔驶，那三种基本色素就起了三色版的作用❼，在向后飞驰的过程中化成一切可能的彩色。浓艳极了，富丽极了；我们领略着文艺复兴

---

　　❶ ［直埠］ 诸暨县的一个镇。

　　❷ ［中古浪漫剧］ 浪漫主义的戏剧，浪漫主义是欧洲文艺思潮的一派，以豪放纵恣为贵，反抗一切束缚个人自由的因袭道德及社会制度，此派的戏剧，小说，大都叙中古时代英雄儿女可泣可歌之事。这里用来比喻所见风景的奇艳。

　　❸ ［波斯］ 国名，今改称伊朗，在亚洲西部，所织的毯子，以精致著名。

　　❹ ［荷兰］ 国名，在欧洲西部，亦以织毯著名。

　　❺ ［纬成］ 杭州的一家大绸厂。

　　❻ ［云霞缎］ 一种绸缎的名称。

　　❼ ［起了三色版的作用］ 起了拼合成种种颜色的作用。三色版，印刷术的一种。其法用照相镜分析黄赤青三原色，制成三种铜版，以次印刷，就成各种颜色。

期的荷兰的图画❶,我们身入了天方夜谈里的苏丹的宫殿❷。

　　这样使我们的口胃腻得化不开❸了一会,于是突然又变了。那是在过了诸暨的牌头❹站之后。以前,虽然重叠,虽然复杂,但只能见其深,见其远,而未尝见其奇,见其险。以前,山容无论暧昧与分明,总都载着厚厚一层肉。至此,山挺出嶙峋的瘦骨来;也渐突兀了,不像以前那样停匀了。有的额头上怒挺出铁色的巉岩,有的半腰里横撑出骇人的刀戟。我们从它旁边擦过去,头顶的悬崖威胁着,似乎要压碎我们。就是离开稍远的山岩,也像罗汉般踞坐在那里,对我们怒视。如此,我们方离了肉感的奢华❺,便进入幽人的绝域。

　　但是调剂又来了。热一阵,冷一阵,闹一阵,静一阵,终于又到不热亦不冷,不闹亦不静的郑家坞❻了。山还是那么突兀,但是山头偶有几株苍翠欲滴的古松,将山骨完全遮没,狰狞之势也因而减杀。于是我们于刚劲肃杀中复得领略柔和的秀气。那样的秀,那样的翠,我生平只在宋人的古画里看见过。从前见古人画中用石绿❼,往往疑心自然界没有这种颜色,这番看见郑家坞的松,才相信古人著色并非杜撰❽。

　　而且水也出来了。一路来我们也曾见过许多水,但都不是构成风景的因素。过了郑家坞之后,才见有曲折澄莹的山涧,山溪,随山势的纡回

---

　　❶　[文艺复兴时期的荷兰的图画]　欧洲古希腊罗马的文化,因了日耳曼蛮族的侵入而衰微,到十一世纪,始渐渐复兴,到十六世纪而兴盛,这在欧洲史上称为"文艺复兴期",当时的文艺复兴运动以意大利为最盛,其中绘画艺术却导源于荷兰(当时称弗兰特尔),荷兰的图画,以逼近自然,彩色鲜明见长。

　　❷　[天方夜谈……的宫殿]　天方夜谈,阿剌伯的著名小说,又名"一千零一夜"。所述多怪异可喜之事。作者姓名不详。回人称君主为苏丹。"天方夜谈"多叙回教国事,回教国的宫殿,风格特殊,色彩鲜丽。

　　❸　[胃口腻得化不开]　景物的色彩浓重,好比事物的滋味浓厚,致使胃口嫌得腻了。

　　❹　[牌头]　诸暨的一个大镇。

　　❺　[肉感的奢华]　指炫耀官感的华丽鲜艳的景色。

　　❻　[郑家坞]　浦江县东北的一个镇。

　　❼　[石绿]　绿颜色中的一种。

　　❽　[杜撰]　以己意为之,不依规律,叫做杜撰。

共同构成了旋律❶。杭江路的风景到郑家坞而后山水备。

于是我们转了一个弯，就要和杭江秋景最精彩的部分对面了——就要达到我们的顶点了。

苏溪❷！——就是这个名字也像具有几分的魅惑❸，但已不属出产西施的诸暨❹境了。我们那个弯一转过来，眼前便见烧野火❺般的一阵红——满山满坞的红，满坑满谷的红。这不是枫叶的红，乃是柏子叶的红。柏子叶的隙中，又有荞麦的连篇红秆弥补着，于是一切都被一袭红锦制成的无缝天衣❻罩着了。

但若这幅红锦是四方形的，长方形的，菱形的，等边三角形的，不等边三角形的，圆形的，椭圆形的，或任何其他几何图形的，那就不算奇，也就不能这般有趣。因为既有定形，就有尽处，有尽处就单调了。即使你的活动的视角❼可使那幅红锦忽而方，忽而圆，忽而三角，忽而菱形，那也总不过那么几套，变尽也就尽了。不，这地方的奇不在这样的变，而在你觉得它变却又不知它怎样变。这叫我怎么形容呢？总之，你站在这个地方，你是要对几何学的本身也发生怀疑。你如果尝试说：在某一瞬间，我前面有一条路，左手有一座山，右手有一条水。不，不对；决没有这样整齐。事实上，你前面是没有路的，最多也不过几码的路，就又被山挡住，然而你的火车仍可开过去，路自然出来了。你说山在左手，也许它实在在你的背后；你说水在右手，也许它实在在你的面前；因为一切几何学的图形都被打破了。你这一瞬间是在这样畸形❽的一个圈子里；过了一

---

❶　［旋律］　音乐名词。将一群高低，长短，强弱不同的乐音，依着节奏上一定的关系而继续奏出，称为旋律。这里是借用于形象艺术方面。

❷　［苏溪］　义乌县的一个镇。

❸　［魅惑］　迷人动人的力量。

❹　［出产西施的诸暨］　春秋末越国的美女西施，生在苎罗村（在今诸暨县境内）。

❺　［烧野火］　放火焚烧原野的宿草。

❻　［一袭……无缝天衣］　衣服一套叫一袭。牛峤灵怪录云："郭翰暑月卧庭中，有人冉冉自空而下，曰：'吾织女也。'徐视其衣，并无缝。翰问之，曰：'天衣本非针线为也。'"

❼　［活动的视角］　从眼睛引到物体两端的两直线所成的角叫视角。因视察者自身在前进，视角就成活动的了。

❽　［畸形］　特异的形状。

瞬间就换了一个圈子,仍旧是畸形的,却已完全不同了。这样,你的火车不知循直线呢还是曲线地走了数十分钟,你的意识里面始终不会抓住那些山、水、溪滩的部位;就只觉红,红,红,无间断的红,不成形的红,使得你迷离恍惚对自己立脚的地点也要发生疑惑。

寻常,风景是由山水两种要素构成的,平畴不是风景的因素。所以山水画大都水畔起山,山脚带水,断没有把一片平畴画入山水之间的。在这一带,有山,有水,有溪滩,却也有平畴;这些布置得那么错落,支配得那么调和,并不因有平畴而破坏了山水的结构。这又是这最精采部分的风景的一个特色。

此后将近义乌县城一带,自然的美就不得不让步给人类更平凡的需要❶了,山水退为田畴了,红叶也渐稀疏了。再下去就可以"自郐无讥"❷。不过我们这部小说现在尚未完成❸,其余三分之一的回目❹,不知究竟怎样,将来的大团圆只好听下回分解了❺。

正所谓"文章本天成,妙手自得之"❻。自古造铁路的计划何曾有把风景作参考的呢? 然而杭江路居然成了风景的杰作!

---

❶ 〔人类更平凡的需要〕 指可耕的平畴和可居的城镇。

❷ 〔自郐无讥〕 春秋时吴公子季札观乐于鲁,鲁为歌雅颂及各国风诗,季札各有褒贬,惟为自郐以下数小国无讥。无讥,意即不屑加以评论。

❸ 〔这部小说现在尚未完成〕 意即杭江铁路的建筑现在尚未完工。

❹ 〔回目〕 旧小说一章叫一回。每章的题目叫回目。

❺ 〔听下回分解〕 旧小说在每章的末了,往往有"且听下回分解"的套语。

❻ 〔文章本天成妙手自得之〕 南宋陆游的诗句,诗题为"文章"。

二七、济南❶的冬天

老　舍

　　对于一个在北平住惯的人，像我，冬天要是不刮大风，便是奇迹❷；济南的冬天是没有风声的。对于一个刚由伦敦回来的人，像我，冬天要能看见日光，便是怪事❸；济南的冬天是响晴的。自然，在热带地方，日光是永远那么毒，响亮的天气，反有点叫人害怕。可是，在北中国的冬天，而能有温晴的天气，济南真得算个宝地。

　　设若单单是有阳光，那也算不了出奇。请闭上眼睛想❹：一个老城，有山有水，全在蓝天底下，很暖和安适的睡着，只等春风来把它们唤醒，这是不是个理想的境界？

　　小山整把济南围了个圈儿，只有北边缺着点口儿。这一圈小山在冬天特别可爱，好像是把济南放在一个小摇篮里，它们全安静不动的低声的说："你们放心吧，这儿准保暖和。"真的，济南的人们在冬天是面上含笑的。他们一看那些小山，心中便觉得有了着落，有了依靠。他们由天上看到山上，便不知不觉的想起："明天也许就是春天了吧？这样的温暖，今天夜里山草也许就绿起来了吧？"就是这点幻想不能一时实现，他们也并不着急；有这样慈善的冬天干啥❺还希望别的呢！

　　最妙的是下点小雪呀。看吧，山上的矮松越发的青黑，树尖上顶着

---

❶　[济南]　清府名，为山东省治，治所即今济南市。曾为历城县治。

❷　[冬天要是不刮大风便是奇迹]　北平除夏季外，刮风的日子很多，冬天尤其利害。

❸　[冬天要能看见日光便是怪事]　英国伦敦多雾，冬天尤其利害。

❹　[请闭上眼睛想]　以下的话是说济南所以出奇之点。

❺　[干啥]　为什么。

一髻儿白花❶，好像小日本看护妇。山尖全白了，给蓝天镶上一道银边。山坡上，有的地方雪厚点，有的地方草色还露着；这样一道儿白，一道儿暗黄，给山们❷穿上一件带水纹❸的花衣；看着看着，这件花衣好像被风儿吹动，叫你希望看见一点更美的山的肌肤。等到快日落的时候，微黄的阳光斜射在山腰上，那点薄雪好像忽然害了羞，微微露出点粉色。就是下小雪吧，济南是受不住大雪的，那些小山太秀气！

古老的济南，城内那么狭窄，城外又那么宽敞，山坡上卧着❹些小村庄，小村庄的房顶上卧着点雪，对，这是张小水墨画❺，或者是唐代的名手❻画的吧。

那水呢，不但不结冰，倒反在绿藻上冒着点热气。水藻真绿，把终年贮蓄的绿色全拿出来了。天儿越晴，水藻越绿，就凭这些绿的精神，水也不忍得冻上；况且那长枝的垂柳还要在水里照个影儿呢❼！看吧，由澄清的河水慢慢往上看吧，空中，半空中，天上，自上而下全是那么清亮，那么蓝汪汪的，整个的是块空灵的蓝水晶❽。这块水晶里，包着红屋顶，黄草山，像地毯上的小团花的小灰色树影：这就是冬天的济南。

---

❶ ［一髻儿白花］　这是说雪顶在树尖上，好像白花簪在发髻上。

❷ ［山们］　这里把山拟人，所以说多数山就用个"们"字。按照口语的习惯，说多数山也只用个"山"字就是。

❸ ［水纹］　山上的彩色是一道一道的，所以用水纹作比喻。

❹ ［卧着］　人当卧的时候，最为安静。这里说小村庄与雪都用"卧着"，表现出景色的安静。

❺ ［水墨画］　专用墨笔渲染而成，不用彩色和钩勒的图画。

❻ ［唐代的名手］　唐代名画家如王维，李昭道，李思训等，皆为后世所宗。名手，就是名家。

❼ ［水也不忍得……照个影儿呢］　这是作者凭着想像，替水设想的说法。

❽ ［蓝水晶］　水晶是一种结晶的矿物，为透明体，有白色，淡蓝色，淡墨色三种，光泽如玻璃。

二八、白马湖❶之冬

夏丏尊❷

　　在我过去四十余年的生涯中，冬的情味尝得最深刻的，要算十年前初移居白马湖的时候了。十年以来，白马湖已成了一个小村落，当我移居的时候，却还是一片荒野。春晖中学❸的新建筑巍然矗立于湖的那一面，湖的这一面的山脚下是小小的几间新平屋，住着我和刘君心如两家。此外两三里内没有人烟。一家人在阴历十一月下旬，从热闹的杭州移居到这荒凉的山野，宛如投身于极带❹中。

　　那里的风，差不多日日有的，呼呼作响，好象虎吼。屋宇虽系新建，构造却极粗率，风从门窗隙缝中来，分外尖削。把门缝窗隙厚厚地用纸糊了，椽缝中却仍有透入。风刮得厉害的时候，天未夜就把大门关上，全家吃了夜饭即睡进被窝里，静听寒风的怒号，湖水的澎湃。靠山的小后轩，算是我的书斋，在全屋中风是最少的一间，我常把头上的罗宋帽❺拉得低低地，在洋灯下工作至深夜。松涛❻如吼，霜月当窗，饥鼠吱吱地在承尘❼上奔窜。我在这种时候深感到萧瑟的诗趣，常独自拨划着炉火，不肯就睡，把自己比拟做山水画中的人物，作种种幽邈的遐想❽。

---

❶　〔白马湖〕　在浙江上虞县西北夏盖湖之南，三面皆山，是三十六涧的水的总汇。

❷　〔夏丏尊〕　浙江上虞人，现任开明书店编译所所长。

❸　〔春晖中学〕　本地人陈氏创办的中学。

❹　〔极带〕　南极或北极地带，都是荒凉之区。

❺　〔罗宋帽〕　罗宋，对俄国的俗称。俄国人所戴的御寒帽子，包裹整个头部及颈项，仅露面目。

❻　〔松涛〕　松林经风吹动，所发出的宛如波涛的声音。

❼　〔承尘〕　天花板。

❽　〔幽邈的遐想〕　微妙，深远的超脱实际的思想。

现在白马湖到处都是树木了,当时一株树木都未种,月亮与太阳全没遮蔽地,从上山起直照到落山为止。在太阳好的时候,只要不刮风,那真和暖得不像冬天。一家人都坐在庭中曝日甚至于吃午饭也在屋外,像夏天的晚饭一样。日光晒到那里,就把椅子凳子移到那里。忽然寒风来了,只好逃难似地各自带了椅子凳子逃进室中。急急把门关上。在平常的日子,风来大概在傍晚的时候,半夜即息。至于不寻常的大风,那是整日整夜狂吼着,要经过两三天才会止息。最寒冷的几天,泥地看去如惨白的水门汀❶,山色冻得发紫而黯,湖泛着深蓝色。

下雪原是我所不憎厌的。下雪的日子,室内分外明亮,晚上差不多不用点灯。远山积雪,足供半个月的观看,举头即可从窗中望见。可是究竟是在南方,每冬下雪不过一二次。我在那里所领略到的冬的情味,几乎都从风来。白马湖的所以多风,可以说是由于地理上的原因。那里环湖都是山,而北面却有一个半里阔的空隙,好像故意张了袋口欢迎风来似的。白马湖的山水,和普通的风景地相差不远,惟有风却与别的地方不同。风的多且大,凡是到过那里的人都知道的。风在冬季感觉中,自古占着重要的因素❷,而白马湖的风尤其特别。

现在,一家僦居❸上海多日了,偶然于夜深人静时听到风声,大家就要提起白马湖,说:"不知今夜白马湖上又刮得怎样利害呢!"

---

❶ 〔水门汀〕 泥,砂,石灰加水调合而成的物质,干时呈灰白色。
❷ 〔因素〕 构成事物的分子。
❸ 〔僦居〕 租屋居住。

文章法则甲

四、前介词的用途

前介词是放在名词（或代名词或名词短语）之前，与名词（或代名词，或名词短语）合成副词短语的。副词短语的性质等于副词，对于动词或形容词有修饰或限制的作用。对于动词所表示的动作要说明怎样动作可以用副词。要证明动作的时地，原因，工具，对手，等等，就得用副词短语。对于形容词所表示的性状，要说明它的程度怎样可以用副词，要说明比较或范围，就得用副词短语。因此，用在动词上的副词短语，其前介词所介的名词必是表示时地，原因，工具，对手，等等的；用在形容词上的副词短语，其前介词所介的名词必是表示比较或范围的。

甲　在动词上的副词短语里的前介词

（一）介时地的，如：

新辟的杭江铁路从去年春天通车到兰溪。《杭江之秋》

济南的人们在冬天是面上含笑的。《济南的冬天》

余发京师，及暮抵大同。《大同云冈石窟佛像记》

一家人……从热闹的杭州移居到这荒凉的山野。《白马湖之冬》

由越入吴。《任公书像赞并序》

亳旧寡盗，今而多，其来自霍邱。《书左仲甫事》

（二）介原因的，如：

但勇敢的梧桐并不因此挫了它的志气。《秃的梧桐》

为何不将价钱写上？《女儿国》

吾为多子苦。《先妣事略》

以求官故来河南。《书鲁亮侪事》

（三）介工具的，如：

商人将本求利。

工厂把原料制成货品。

苏打水是用焙用碱做的。《苏打水》

以宽四寸仅容杯足之长板片满置瓷坯。《景德镇》

或卜以龟蓍……或说以梦兆。《理信与迷信》

公八世孙兆麟以公画像请赞。《任公画像赞并序》

（四）介对手的，如：

正在这时候，和他有一次谈起了中学时候的事情。《志摩在回忆里》

我们对于勿女士的追求者一律的取一种讥笑鄙夷的态度。《我的教师》

老头有许多话要跟包国维说。《学费》

仅仅举这四大端，已够使外人替日本担忧了。《敬告日本国民》

水生，给老爷磕头。《故乡》

霍邱有吴生在京师，为余说如此。《书左仲甫事》

数日后，又与舍弟一观满井。《答梅安生》

疑畏死而辞服于贼。《张中丞传后叙》

乙　用在形容词上的副词短语里的前介词

（一）介比较的，如：

她不会比我们大到多少。《我的同班》

没有比工作更可厌的了。《蚕儿和蚂蚁》

山势也渐突兀，不像以前（的山势）那样停匀了。《杭江之秋》

其余部分也和沪杭路一样平凡。同上

它生活在水中，所以形态上与陆生动物完全不同。《鲸》

有功之生也，孺人比乳他子（时）加健。《先妣事略》

其成绩且优于客卿。（之成绩）　《詹天佑》

（二）介范围的，如：

在我国各省中，新疆最大。

某君于同学中最年少。

除校长外他的权力最大。

习　问

一　试按所举六项前介词，各从读过的文篇中检出两个例子来。

二　这六项的每一项中，没有提及的前介词还有很多，试举出几个来。

二九、寓言❶四则

战国策❷

曾参杀人❸

昔者曾子处费❹,费人有与曾子同名族❺者,而杀人。

人告曾子母曰:"曾参杀人!"曾子之母曰:"吾子不杀人。"织自若❻。有顷焉,人又曰:"曾参杀人!"其母尚织自若也。顷之,一人又告之曰:"曾参杀人!"其母惧,投杼逾墙而走。

---

❶ 〔寓言〕 叙述一事,或假设一事,以其中所含意义暗示人家,这样的谈说或文字叫做寓言。

❷ 〔战国策〕 战国时各国时事的记载,汉刘向所编集,分东周,西周,秦,齐,楚,赵,魏,韩,燕,宋,卫,中山十二国名。

❸ 〔曾参杀人〕 这一则在秦策,是甘茂向秦武王说的,意在取得秦武王的坚信。曾参,字子舆,春秋时鲁国武城人,孔子的弟子。

❹ 〔处费〕 处,住年。费,音秘,地名,在今山东费县西南。

❺ 〔同名族〕 同名姓。

❻ 〔织自若〕 仍旧织她的布。

画蛇添足❶

　　楚有祠❷者，赐其舍人❸酒。

　　舍人相谓曰："数人饮之不足，一人饮之有余，请画地为蛇，先成者饮酒。"

　　一人蛇先成，引酒且饮之❹；乃左手持卮❺，右手画蛇曰："吾能为之足。"❻未成，一人之蛇成，夺其卮曰："蛇固无足，子安能为之足？"❼遂饮其酒。为蛇足者，终亡其酒❽。

北面之楚❾

　　魏王欲攻邯郸❿。季梁闻之，中道而反⓫，衣焦不申⓬，头尘不去，往见王曰："今者臣来，见人于大行⓭，方北面而持其驾⓮，告臣曰：'我欲之楚。'臣曰：'君之楚，将奚为北面？'⓯曰：'吾马良。'臣曰：'马虽良，此非

---

　　❶〔画蛇添足〕　这一则在齐策，是齐国使者陈轸向楚将昭阳说的。昭阳战胜了魏国，移兵攻齐，陈轸对他说这个寓言，意在劝他适可而止。

　　❷〔祠〕　祭祀。

　　❸〔舍人〕　贵族的门客。

　　❹〔引酒且饮之〕　拿起酒来将要喝了。

　　❺〔卮〕　音支，盛酒器。

　　❻〔吾能为之足〕　我能给他画几只脚。

　　❼〔子安能为之足〕　你怎么能给他画几只脚？

　　❽〔终亡其酒〕　终于输掉了他的酒。

　　❾〔北面之楚〕　这一则在魏策。之，犹如说"往"。

　　❿〔邯郸〕　音寒单，战国时赵国的都城，在今河北邯郸县西南。

　　⓫〔中道而反〕　从半路里回来。

　　⓬〔衣焦不申〕　衣服上的脏污也不洗理。

　　⓭〔大行〕　连绵在今山西东南部的山脉。大音太。

　　⓮〔北面而持其驾〕　朝北准备着他的车驾。

　　⓯〔将奚为北面〕　那么为什么朝北？

楚之路也。'曰：'吾用❶多。'臣曰：'用虽多，此非楚之路也。'曰：'吾御者善。'❷此数者愈善，而离楚愈远耳❸。——今王动欲成霸王❹，举欲信于天下，恃王国之大，兵之精锐，而攻邯郸，以广地尊名❺；王之动愈数❻，而离王❼愈远耳，犹至楚而北行也。"

千金买骨❽

古之君人❾有以千金求千里马❿者，三年不得。涓人⓫言于君曰："请求之。"⓬君遣之。

三月，得千里马，马已死，买其首五百金⓭。反⓮以报君。君大怒曰："所求者生马，安事⓯死马而捐五百金！"涓人对曰："死马且买之五百金⓰，况生马乎？——天下必以王为能市⓱马，马今至矣。⓲"

---

❶ 〔用〕 路中的费用。

❷ 〔吾御者善〕 我的马夫高明。

❸ 〔此数者愈善而离楚愈远耳〕 马好，马夫高明，费用多，固然可以进行得快，但方向既错进行愈快，离目的地就愈远。

❹ 〔动欲成霸王〕 动字与下语举字对称即是举动。有所举动要想成功霸诸侯王天下的事业。

❺ 〔以广地尊名〕 希望开拓土地，取得好名。

❻ 〔数〕 音朔，屡次，多。

❼ 〔王〕 此字与上文"霸王"的"王"字都音旺，是君临天下的意思。

❽ 〔千金买骨〕 这一则在燕策，是郭隗向燕昭王说的，意在劝王尊崇国中之贤者以招致他国之贤者。

❾ 〔君人〕 国君。

❿ 〔千里马〕 日行千里的好马。

⓫ 〔涓人〕 掌管扫除的役人。

⓬ 〔请求之〕 请容我去探访。

⓭ 〔买其首五百金〕 花五百金买了他的头。

⓮ 〔反〕 即"返"。

⓯ 〔安事〕 为什么。

⓰ 〔死马且买之五百金〕 此语"五"字之上，与前文"买其首五百金""五"字之上，都省一"以"字。

⓱ 〔市〕 买。

⓲ 〔马今至矣〕 这个"马"字指千里马，从今可以买到好马了。

三〇、完璧归赵与渑池之会❶

史 记

蔺相如者，赵人也，为赵宦者令缪贤舍人❷。赵惠文王时❸，得楚和氏璧❹，秦昭王❺闻之，使人遗赵王书，愿以十五城请易璧。赵王与大将军廉颇诸大臣谋，欲予秦❻，秦城恐不可得，徒见欺❼；欲勿予，即患秦兵之来；计未定。求人可使报秦者❽，未得。宦者令缪贤曰："臣舍人蔺相如可使。"王问何以知之，对曰："臣尝有罪，窃欲亡走燕❾，臣舍人相如止臣曰：'君何以知燕王？'❿臣语曰：'臣尝从大王与燕王会境上，燕王私握臣手曰："愿结友"，以此知之，故欲往。'相如谓臣曰：'夫赵强而燕弱，而君幸于赵王⓫，故燕王欲结于君⓬。今君乃亡赵走燕⓭，燕畏赵，其势必

---

❶ ［完璧归赵与渑池之会］ 这篇节录史记"廉颇蔺相如列传"，传中除廉蔺二人外，又附记赵奢李牧，是"合传"的体裁。其叙述蔺相如的部分，以完璧归赵及渑池之会两事为主。

❷ ［为赵宦者令缪贤舍人］ 宦者令，官中侍奉之官的首长。舍人，家中的门客。

❸ ［赵惠文王时］ 惠文王元年是周赧王十七年（公元前二九八年）。

❹ ［和氏璧］ 楚人卞和所发见的美玉。

❺ ［秦昭王］ 元年是周赧王九年（公元前三〇六年）。

❻ ［予秦］ 把和氏璧给秦国。

❼ ［徒见欺］ 徒然受秦国的欺骗。

❽ ［求人可使报秦者］ 挑选可以派往秦国报聘的人。

❾ ［窃欲亡走燕］ 私下打算逃亡到燕国去。

❿ ［君何以知燕王］ 您何从知道燕王能收留您呢？

⓫ ［幸于赵王］ 受赵王的宠幸。

⓬ ［欲结于君］ 想与您结交。

⓭ ［亡赵走燕］ 逃出赵国，避往燕国。

不敢留君,而束君归赵矣。君不如肉袒伏斧锧❶请罪,则幸得脱矣。'臣从其计,大王亦幸赦臣。臣窃以为其人勇士,有智谋,宜可使。"于是王召见,问蔺相如曰:"秦王以十五城请易寡人❷之璧,可予否?"相如曰:"秦强而赵弱,不可不许。"王曰:"取吾璧,不予我城,奈何?"相如曰:"秦以城求璧而赵不许,曲在赵。赵予璧而秦不予赵城,曲在秦。均之二策,宁许以负秦曲。"❸王曰:"谁可使者?"相如曰:"王必无人❹,臣愿奉璧往,使城入赵❺而璧留秦,城不入,臣请完璧归赵。"赵王于是遂遣相如奉璧西入秦。

秦王坐章台❻见相如。相如奉璧奏❼秦王。秦王大喜,传以示美人❽及左右,左右皆呼万岁。相如视秦王无意偿赵城,乃前曰:"璧有瑕,请指示王。"王授璧。相如因持璧却立,❾倚柱,怒发上冲冠,❿谓秦王曰:"大王欲得璧,使人发书至赵王。赵王悉召群臣议,皆曰,秦贪,负其强,⓫以空言求璧,偿城恐不可得,议不欲予秦璧。臣以为布衣之交尚不相欺,况大国乎。且以一璧之故,逆强秦之驩,⓬不可。于是赵王乃斋戒⓭五日,使臣奉璧,拜送书于庭。何者?严大国之威,以修敬也⓮。今

---

❶ [肉袒伏斧锧] 肉袒,袒衣服露出身体。锧,音质,铡刀似的大斧,肉袒表示愿受责打,伏斧锧表示愿受杀戮。

❷ [寡人] 君主的自称。

❸ [均之二策宁许以负秦曲] 把这两层衡量起来,宁愿答应了秦国,任受他们的曲。

❹ [王必无人] 王真的没有别的适当的人。

❺ [城入赵] 十五城归属赵国。

❻ [章台] 当时秦国宫中的台。

❼ [奏] 呈上。

❽ [美人] 宫中嫔妃。

❾ [却立] 退后站着。

❿ [怒发上冲冠] 形容相如当时的气概。

⓫ [负其强] 仗着他的势力强。

⓬ [驩] 同"欢"。

⓭ [斋戒] 祭祀之前,先诚敬其意志,不作一切非礼的事,叫做斋戒。这里是说赵王把送璧的事看得极敬重,故先斋戒。

⓮ [严大国之威以修敬也] 尊重大国的威严,这样态度是用来表示敬意的。

臣至，大王见臣列观❶，礼节甚倨❷；得璧传之美人，以戏弄臣。臣观大王无意偿赵城邑，故臣复取璧。大王必欲急臣❸，臣头今与璧俱碎于柱矣。"相如持其璧睨❹柱，欲以击柱。秦王恐其破璧乃辞谢固请❺，召有司❻按图，指从此以往十五都❼予赵。相如度秦王特以诈佯为予赵城❽实不可得，乃谓秦王曰："和氏璧天下所共传宝❾也，赵王恐不敢不献。赵王送璧时，斋戒五日；今大王亦宜斋戒五日，设九宾❿于庭，臣乃敢上璧。"秦王度之，终不可强夺，遂许斋五日；舍相如广成传舍⓫。相如度秦王虽斋，决负约不偿城，仍使其从者衣褐⓬，怀其璧，从径道亡⓭，归璧于赵。

　　秦王斋五日后乃设九宾礼于廷，引赵使者蔺相如⓮。相如至，谓秦王曰："秦自缪公⓯以来，二十余君，未尝有坚明约束⓰者也。臣诚恐见欺于王而负赵，故令人持璧归，间⓱至赵矣。且秦强而赵弱，大王遣一介之使⓲至赵，赵立奉璧来。今以秦之强而先割十五都予赵，赵岂敢留璧而

────────────

❶　[见臣列观]　见臣于列观。列观，寻常的宫观，不是正式举行大礼的地方。

❷　[倨]　傲慢。

❸　[急臣]　逼迫我。

❹　[睨]　斜视。

❺　[辞谢固请]　辞谢，犹今说"道歉"。固请，恳切地请他不要以璧击柱。

❻　[有司]　掌管的人。这里指掌管图籍的官吏。

❼　[十五都]　十五城。

❽　[特以诈佯为予赵城]　不过施用诈术，假作偿城给赵国。

❾　[共传宝]　大家知道的宝物。

❿　[九宾]　古来解释不一。一说以为凡举行大礼，相礼的人多至九个，似乎比较近情。

⓫　[广成传舍]　传舍，公家设备的旅馆。广成是传舍的名称。

⓬　[衣褐]　褐是粗衣。化装穿粗衣，使人认不清他是相如的从者。

⓭　[从径道亡]　从小路溜走。

⓮　[赵使者蔺相如]　"赵使者"三字是相礼的人口中语，以见这一次礼节隆重，非上一次可比。

⓯　[缪公]　春秋五霸之一，其元年是周惠王十八年（公元前六五九年）。

⓰　[坚明约束]　确守信约。

⓱　[间]　音谏，私下里。

⓲　[遣一介之使]　一介，一个人。派一个使者，极言其轻便，不须郑重其事。

得罪于大王乎？臣知欺大王之罪当诛，臣请就汤镬❶。惟大王与群臣熟❷计议之。"秦王与群臣相视而嘻❸。左右或欲引相如去❹，秦王因曰："今杀相如，终不能得璧也，而绝秦赵之欢。不如因而厚遇之❺，使归赵。赵王岂以一璧之故欺秦也？"卒廷见❻相如，毕礼而归之。

相如既归，赵王以为贤大夫，使不辱于诸侯❼，拜相如为上大夫。秦亦不以城予赵，赵亦终不予秦璧。

秦王使使者告赵王，欲与王为好会于西河外渑池。❽ 赵王畏秦，欲毋行❾。廉颇蔺相如计曰："王不行，示赵弱且怯也。"赵王遂行，相如从。廉颇送至境，与王诀❿曰："王行，度道里会遇之礼毕，还不过三十日⓫。三十日不还，则请立太子为王，以绝秦望⓬。"王许之。遂与秦王会渑池。

秦王饮酒酣，曰："寡人窃闻赵王好音⓭，请奏瑟⓮。"赵王鼓⓯瑟。秦御史前书曰⓰："某年月日，秦王与赵王会饮，令赵王鼓瑟。"蔺相如前曰："赵王窃闻秦王善为秦声⓱，请奉盆缻秦王⓲，以相娱乐。"秦王怒，不许。

---

❶ ［就汤镬］ 投到汤镬里去受烹。这无异说"受死罪"。

❷ ［熟］ 仔细地，审密地。

❸ ［嘻］ 事出意外，不能说话，但发出惊讶之声。

❹ ［左右或欲引相如去］ 左右之中，有人要把相如拖去处死。

❺ ［厚遇之］ 隆重地款待他。

❻ ［廷见］ 以款待外国使者之礼接见。

❼ ［使不辱于诸侯］ 这一语说明"以为贤大夫"的原由。

❽ ［西河外渑池］ 西河，指今陕西中部黄河以西一带地方。渑池，今河南渑池县。从秦国方面说，西河近而渑池远，故说"外"。

❾ ［毋去］ 不去。

❿ ［诀］ 临别致辞。

⓫ ［度道里……三十日］ 计算在路上往来和两君会晤所需时日，回国之期不会在三十天之后。

⓬ ［以绝秦望］ 杜绝秦国劫持赵王而有所要挟的希望。

⓭ ［好音］ 善于音乐。

⓮ ［瑟］ 古代弦乐器，二十五弦。

⓯ ［鼓］ 弹奏。

⓰ ［秦御史前书曰］ 御史，记事的官，两君会面，是国之大事，故御史记载起来。

⓱ ［秦声］ 秦国的音乐。

⓲ ［请奉盆缻秦王］ 上语说"秦声"，这里呈上盆缻，都表示鄙夷秦王不解中国音乐之意。

于是相如前进缻，因跪请秦王。秦王不肯击缻。相如曰："五步之内❶，相如请得以颈血溅大王矣"。左右欲刃相如，相如张目叱之，左右皆靡❷。于是秦王不怿，为一击缻。相如顾召赵御史书曰："某年月日，秦王为❸赵王击缻。"秦之群臣曰："请以赵十五城为秦王寿❹。"蔺相如亦曰："请以秦之咸阳❺为赵王寿。"秦王竟酒，终不能加胜于赵❻。

----

❶　［五步之内］　说彼此相距很近，不过五步。

❷　［靡］　披靡，本是草木随风偃仆之意，这里是说退却不敢上前。

❸　［为］　秦御史书用"令"字，这里用"为"字，以相报复。

❹　［为秦王寿］　作为献与秦王的礼物。

❺　［咸阳］　是秦国的都城（今陕西咸阳县）。相如请以咸阳赠赵王，除表示报复之外，更显出秦群臣请赵十五城，直是无礼的胡说。

❻　［加胜于赵］　占赵国的便宜。

三一、乐羊子妻

后汉书❶

　　河南乐羊子❷之妻者,不知何氏之女也。羊子尝行路,得遗金一饼❸,还以与妻。妻曰:"妾闻志士不饮盗泉之水❹,廉者不受嗟来之食❺,况拾遗求利,以污其行乎!"羊子大惭,乃捐金于野而远寻师❻。

　　学一年来归,妻跪❼问其故。羊子曰:"久行怀思❽,无他异也❾。"妻乃引刀趋机而言曰:"此织❿生自蚕茧,成于机杼;一丝而累⓫,以至于寸;累寸不已,遂成丈匹。今若断斯织也,则捐失成功⓬,稽废时日⓭。夫子

---

❶　［后汉书］　南朝宋范晔所撰的东汉的历史,包含十纪,十志,八十列传,共一百篇,一百二十卷。其第一百十四卷是列女传,叙述一些可传的妇女,本篇就在其中。范晔,顺阳人,字蔚宗。始为尚书吏部郎。元嘉初,左迁,历宣城太守,至太子左卫将军。后以事伏诛。

❷　［河南乐羊子］　河南,汉郡名,约有今河南省北部黄河两岸之地。乐,音同"音乐"的"乐"。

❸　［得遗金一饼］　拾得人家掉在路上的一块银子。

❹　［妾闻志士不饮盗泉之水］　妾,女子自称的谦词。盗泉在今山东泗水县东北。尸子:"孔子过于盗泉,渴矣而不饮,恶其名也。"

❺　［嗟来之食］　礼记檀弓篇记载齐国大饿的时候,黔敖在路上设食济人,有一个饿人走来,黔敖招呼道:"嗟! 来食!"饿人说:"予唯不食嗟来之食,以至于斯。"终于饿死。他不满于黔敖的语气悲悯而不恭敬。

❻　［远寻师］　远出从师。

❼　［跪］　古时人坐在地上,表敬意的时候,就膝着地而臀不着地,这就是跪了。

❽　［久行怀思］　出门久了,牵记着家中。

❾　［无他异也］　没有其他特别的缘故。

❿　［织］　织品。

⓫　［一丝而累］　一丝一丝的累积起来。

⓬　［捐失成功］　丢掉已成之功。

⓭　［稽废时日］　白费掉许多时间。

积学，当日知其所亡❶，以就懿德❷。若中道而归，何异断斯织乎！"羊子感其言，复还终业，遂七年不返。

　　妻常躬勤❸养姑，又远馈羊子。尝有他舍鸡谬❹入园中，姑盗❺杀而食之。妻对鸡不餐而泣。姑怪问其故，妻曰："自伤居贫❻，使食有他肉！"姑竟弃之。

　　后盗有欲犯妻者，乃先劫其姑，妻闻，操刀而出。盗人曰："释汝刀从我者可全❼；不从我者，则杀汝姑。"妻仰天而叹，举刀刎颈而死。盗亦不杀其姑。太守❽闻之，即捕杀贼盗，而赐妻缣帛❾，以礼葬之，号曰"贞义"。

---

　　❶　［日知其所亡］　每天知道一些他所不知道的。这是子夏的话，见论语子张篇。亡，即"无"字。

　　❷　［以就懿德］　藉此完成你的美德。

　　❸　［躬勤］　尽力操作。

　　❹　［谬］　走错了。

　　❺　［盗］　偷取。

　　❻　［居贫］　处境贫困。

　　❼　［可全］　可以保全生命。

　　❽　［太守］　汉时一郡的长官。

　　❾　［赐妻缣帛］　以缣帛为敛葬之资。

三二、词二首

满江红❶

岳 飞❷

怒发冲冠❸,凭阑处,潇潇雨歇❹。抬望眼❺,仰天长啸,壮怀激烈。三十功名尘与土❻,八千里路云和月❼,莫等闲,白了少年头,空悲切❽。

靖康耻❾,犹未雪;臣子恨,何时灭!驾长车踏破贺兰山缺❿。壮志饥餐胡虏肉,笑谈渴饮匈奴血⓫。待从头收拾旧山河,朝天阙⓬。

----

❶ [满江红] 词牌名。

❷ [岳飞] 字鹏举,宋相州汤阴人。起于行伍,与金兵战,大败金兵于朱仙镇。后为秦桧所陷害,死于狱。

❸ [怒发冲冠] 形容激怒时的状貌。本史记蔺相如传“怒发上冲冠”一语。

❹ [凭栏处潇潇雨歇] 第一语说凭栏的心情,第三语“潇潇雨歇”说凭栏时的景象。潇潇描状雨的密而急。

❺ [抬望眼] 抬起望远的眼来。

❻ [三十功名尘与土] 年当三十,一些功名不过像尘土一样,有何足道。

❼ [八千里路云和月] 跑了八千里路,看够了各地的云影月色。

❽ [莫等闲……空悲切] 这是作者切心记着的意念。等闲,犹如说“寻常”,“随随便便”。

❾ [靖康耻] 靖康,宋钦宗年号。金人攻陷汴京(今河南开封县)掳徽钦二宗北去,这是莫大的国耻。

❿ [驾长车踏破贺兰山缺] 驾着远征的兵车,把贺兰山都踏得残缺了。这是作者的愿望。贺兰山在今宁夏省,这里借指金国。

⓫ [壮志……匈奴血] 这两语是想像进攻金国时的生活状况。胡虏,匈奴,都指金人。

⓬ [天阙] 犹如说“京都”。

念奴娇❶过洞庭❷

张孝祥❸

　　洞庭青草❹，近中秋，更无一点风色❺。玉界琼田三万顷❻，著我扁舟一叶❼。素月分辉，明河共影，表里俱澄澈❽。悠然心会❾，妙处难与君❿说。　　应念岭表经年⓫，孤光自照⓬，肝胆皆冰雪⓭。短鬓萧疏襟袖

---

　　❶　［念奴娇］　词牌名。
　　❷　［过洞庭］　这是这首词的题目。洞庭湖在湖南北部，湖南诸水都汇集在那里，是我国第一个大淡水湖。
　　❸　［张孝祥］　字安国，号于湖。宋乌江人。绍兴中进士。历知平江军（今江苏吴县）静江军（今广西桂林市）事，皆有政绩。有于湖居士集。
　　❹　［青草］　湖名。洞庭湖沿边有青草湖，翁湖，赤沙湖，黄驿湖，安南湖，大通湖，水面通接。其中青草湖最著，故此处以洞庭青草并举。
　　❺　［风色］　风声云色。
　　❻　［玉界琼田三万顷］　平静的湖面承受月光，如玉世界玉田地。顷是百亩，三万顷说湖的面积。
　　❼　［著我扁舟一叶］　在这广阔的湖面上，安顿着我的一叶扁舟。
　　❽　［素月分辉……表里俱澄澈］　月光把光辉照着我，我与银河共此清光，同时我心里是一腔清明，于是"表里俱澄澈"了。分辉，把他的光辉分与我。明河，即横互天空的恒星带，亦即银河，俗称天河。表，指身外。里，指内心。
　　❾　［悠然心会］　悠然，自得其乐的样子。心会，这种"表里俱澄澈"的乐趣我自己领会得很深切。
　　❿　［君］　此词并非赠人之作，似不应有"君"字，这也不尽然。凡为此词的读者，这个"君"字就指他。
　　⓫　［应念岭表经年］　岭表，五岭之外，泛指今两广地方。作者曾知静江军，故回念在岭表时情况。
　　⓬　［孤光自照］　孤光，指月光。自照，独照。
　　⓭　［肝胆皆冰雪］　肝胆，指心胸。冰雪，比喻心胸的纯洁。

冷,稳泛沧溟空阔❶。尽吸西江,细斟北斗,万象为宾客❷。叩舷❸独啸,不知今夕何夕❹。

---

❶ [短鬓萧疏襟袖冷稳泛沧溟空阔] 沧溟,海水弥漫的样子,通常即以指海洋。这里是指洞庭湖面。"短鬓萧疏"说自己已非盛壮之年,"襟袖冷"说长途跋涉并非愉快之事,只因自己心胸纯洁,了无牵挂。故能安然的经历这空阔的湖面。

❷ [尽吸西江……万象为宾客] 这是想像的话,说:我将以西江的水为酒而吸尽他,将用北斗做酌酒的器具而慢慢的喝,将以周围的一切景象做我的宾客。西江,指自西而来的大江。北斗,星名,共七星,形似斗,诗小雅大东有"维北有斗,不可以挹酒浆"的话,这里反用之。

❸ [扣舷] 拍着船边。

❹ [不知今夕何夕] 这是心胸畅适,物我两忘的意思。"今夕何夕",诗唐风绸缪篇中语。

文章法则乙

四、小品文

　　文章分四体，纯属某体的文章实际上很少，各体常常混合在一篇文章里头，这些话早已说过。现在又提出一个名称叫做"小品文"，这与记述文，叙述文，说明文，议论文四个名称不属于同一等类，不过就它的篇幅短少立名，仿佛说这是小东西而已。小品文可以记述事物，可以叙述事情，可以说明理法，可以表白主张，也可以写境，抒情：有什么要写，就提起笔来，到无可写了，就此搁笔完篇，是纯任自然地记录意思或情感的片段的一种文字。说"纯任自然"，意思就是并非有意为文，其不矜持仿佛与家人好友谈话似的。说"记录意思或情感的片段"，意思就是材料不嫌其少，即使仅有一点儿，只要是值得写的就不妨写。除了篇幅短少而外，以上两层是小品文的特征。

　　"与朱元思书"是记述景物的小品文，"答梅安生"是叙述游览的小品文，"从孩子得到的启示"（第一册第十六课）是说明一种理解的小品文，"落花生"（第二册第一课）是暗示一个主张的小品文。试取"景德镇"（也是记述景物），"大同云冈石窟佛像记"（第二册第四课，也是叙述游览），"理信与迷信"（也是说明一种理解），"蚕儿和蚂蚁"（第一册第二十九课，也是暗示一个主张）四篇来两两对比，便可辨明小品文的特征了。

　　用绘画来比喻，小品文好像"速写"。所谓速写，就是把当前的景物用简略的笔画记录在纸面上；却并非草草从事，一样的要注意到取材，构图，用笔等项。学习绘画的要作大幅的画，往往从速写入手；速写到了纯熟的地步，大幅的画才有把握。初学作文的由于经验和训练的不够，很难写成博大的记载或精深的论文；也应该如学画一样，先从小品文入手。

小品文以意思或情感的片段为材料,所以取之不竭。篇幅又短少,不须用多大的研摩工夫,而成篇章的时候却比较容易像个样子。惟其像个样子,就不惮继续练习,以期再尝成功的喜悦。因此,作小品文易于养成作文的兴味。

我人不一定要作博大的记载或精深的论文,那是著作家和学问家的事情。但我人若不能把意思或情感说出来,写出来,却是生活上的缺陷。从小品文入手,先写片段,到后来无论如何繁复深至的材料也写得来了,这是生活上的受用。

习 问

一　在这第五册里,除了以上提到的以外,还有哪几篇是小品文?是与哪一体(记述,叙述,说明,议论)相当的小品文?

二　"第二期抗战开端告全国国民书""詹天佑""黄花冈烈士事略序""完璧归赵与渑池之会"等篇为甚么不是小品文?

三三、作一个文艺作者

叶绍钧

社❶中收到读者惠书，其中的一部分往往提出这么一个问题：作一个文艺作者该怎样着手？读些什么书？现在就这个问题来谈谈。

第一要知道，文艺作者不是一种特殊的人，他要认真过活，他要努力作事，都和其他的人一般无二。在认真过活和努力作事的当中，他心有所会，意有所见，就用语言文字传达给别人；他的传达方法，偏于具体化和形象化，不但使别人知道，并且使别人感动，这就是他创作了文艺，他成了文艺作者。人不一定要作文艺作者，犹如人不一定要作医生或工程师一样。作医生或工程师，都有专门学术可以修习，作文艺作者，却没有专门学术可以修习，他的功课是广泛的人生。语言文字似乎是专门学术，但是文艺作者运用语言文字和语文学者研究语言文字，情形并不相同；他能够选用一个最适当的词儿，安排一个最完美的形式，还是由于把人生体验得深切，并非由于支离破碎的玩弄语文的技巧。人生的境界，品类颇有不同；要从某一境界中有所会，有所见，又属不可必得之数。所以作文艺作者，实在是"可遇而不可求"的。这个话好像有点扫兴，可是事实如此。医生或工程师也许会成为文艺作者，当他们的人生境界像澄澈丰盈的泉源的时候；存心作文艺作者的人却未必定成为文艺作者，如果他们的人生境界是空虚的，平凡的，或者他们不能从某一境界中有所会，有所见。这就是所谓"可遇而不可求"。

把作一个文艺作者悬作自己的标的，虽然近乎"求"，但只要求得自

---

❶　[社]　中学生杂志社。此篇采自中学生杂志。

然,那就求如不求。用文字写成的书固然要读;不用文字写成的书尤其要多读熟读,这是个求得最自然的办法。万象森列❶是一部书,古往今来是一部书,立身处世是一部书,物理人情是一部书,也说不尽许多:这些书集合拢来,戴一个共同的标题,就是"人生"。用文字写成的书原也记载着这些项目,但通过了文字去理会❷,究竟隔膜一层;不如直接和"人生"对面,来得深至透切。到了深至透切的地步,作一个文艺作者就有了真实的本钱了。

至于用文字写成的书,作别项事业的人不妨限定了范围读;不在范围以内就可以不读;而希望作一个文艺作者的人却很难限定范围,换句话说,他的活动涉及全部人生,所以他的阅读范围越广越好。一本关于解剖学的书,或是一本关于考古学的书,粗略的想来,似乎和文艺写作无关;但是仔细的想来,解剖学或考古学的知识对于文艺写作也大有用处,这类的书不该摈斥到阅读范围以外,它如关于社会科学的书,关于文艺理论的书,关于语文研究的书,都是一般人所认为文艺作者必须涉及的。必须涉及诚然不错,不过要明白,涉及这几类的书正如涉及解剖学的书或考古的书一样,其作用无非在增长识力,养成习惯,以便深至透切的处理人生。读了这些东西必须把它们消化,化为自身的血肉融入自身的生活,到有所会,有所见而执笔写作的时候,连自己曾经读过这些东西也几乎忘记了,才有用处。否则书自书,我自我,书和我之间划着一道界线。临到执笔写作的时候,只想在界线以外求些帮助,找些触发,那必然支离破碎,写不成好的文艺。

还有古今的文艺作品,那当然要读。用社会科学的观点去读,用文艺理论的观点去读,用语文研究的观点去读,这些是所谓分析的读法。同时更须用综合的读法去读。文艺作品里头含蕴着作者的人生和作者所见的人生,读的时候务求与作者的人生精神相通,如对于一个朋友一样,务求与作者所见的人生声息相关,如对于展开在自身面前的人生一样;这就是所谓综合的读法。分析的读法可以得到理解,是"知"的方面

---

❶ [万象森列] 一切事物纷然环绕在我们的周围。

❷ [通过了文字去理会] 读了书本然后理会这些项目。

的事；综合的读法可以引起感应，是"情"和"意"的方面的事；文艺作品的阅读，固然不可忽略前者，可是更需要着重后者。至于自己执笔写作的时候，最好把曾经读过的文艺作品也忘记了，而直接从自己的"所会""所见"出发。

三四、读者可以自负之处

夏丏尊

　　文艺不但在创作上是人的表现❶，即在鉴赏上亦是人的反映❷。浅薄的人不能作出好文艺来，同时浅薄的人亦不能了解好文艺。创作与鉴赏，在某种意味上❸，是一致的事情。日本厨川白村在其"苦闷的象征"里❹，曾名鉴赏为"共鸣的创作"❺。真的，鉴赏不失为一种创作；不过创作是作家的自己表现，而鉴赏是由作家所表现的逆溯作家❻，顺序上不同而已。

　　真有鉴赏力的读者，应以读者的资格自负，不必以自己非作家为愧。艺术之中，最易使人发生创作的野心的，要算文艺了。听到名曲时，看好的图画雕刻或戏剧时，普通的人只以听者观者自居，除了鉴赏享乐以外，不大会发生自己来作曲弹奏，自己来描绘雕凿或现身舞台的野心的。对于文艺却不然。普通的人，只要读过几册文艺作品，就往往想执笔试作，不肯安居于读者的地位。这因为文艺所用的材料是我们日常习用的语言，表面上看来，不像别种艺术在材料上须有练习功夫与专门知识的缘故。不知道所谓鉴赏是共鸣的创作，只是从心情上说；实际的文艺创作，

---

❶　［人的表现］　作者所怀的意识与所见的境界，都从文艺作品表现出来。

❷　［人的反应］　读者见解的深浅与多少，当他鉴赏文艺时，都可以考知。

❸　［在某种意味上］　即指在表示其人内容如何的意味上。

❹　［日本厨川白村在其"苦闷的象征"里］　厨川白村是日本的著作家，死于公元一九二四年东京的大震灾。"苦闷的象征"是他的关于文艺批评的著作。我国有鲁迅与丰子恺两种译本。

❺　［共鸣的创作］　是"苦闷的象征"中"鉴赏论"部分的一章。读者鉴赏作品，对作者起共鸣的作用，同时有所获得，故说"共鸣的创作"。

❻　［逆溯作家］　倒过去追求作家之所见。

毕竟有赖于天才，非普通人所能胜任。文艺上所用的材料虽是日常语言，似乎不如别种艺术的需要特别素养，但语言文字的驱遣，究竟须有胜人的敏感和熟练，其材料上的困难，仍不下于别种艺术。例如色彩是图画的材料，色彩的种类人人皆知，而究不及画家的具有敏感。又如音乐的材料是音，音虽是人人所能共闻，而音乐家所知道的究与寻常人有不同之处。以上仅就材料的语言文字而言；更就另一方面说，文艺是作者的自己表现，文艺的内容是作者，作者自身如别无可以示人的特色人格（这并非仅指道德而言）❶，即便对于语言文字有特出的技巧，也还是没有用处。

　　文艺鉴赏，本身自有其价值，不必定以创作为目的。这情形恰与受教育者不必定以做教师为目的一样。不消说，要做教师先须受教育，要创作文艺自然先须鉴赏文艺。但创作的事究不能单从鉴赏而成就。不信，但看事实；从各国大学文科毕业的人，合计起来，每年当有几万吧，他们该是研究过文艺上的法则，熟谙了语言文字的技巧的了，他们该是读破名著，富有鉴赏力的了，然而实际上，全世界有名的作家还是寥寥可数。并且，有名作家之中，有些人竟没有入过大学。俄国的当代名小说家高尔基❷，听说是面包匠出身。有些人虽入过大学，却并不是文科学生。俄国的契诃夫❸是医生出身，日本的有岛武郎❹是学农业的。

　　鉴赏文艺，未必就能成创作家，这话似乎会使诸君灰心；实则只要能鉴赏，虽不能创作，也不必自惭。因为我们因了作品的鉴赏，已得与作家作精神上的共鸣，这便把自己的心情提高到和作家相近的地位了。真有听音乐的耳❺的，听了某名曲之后的情绪，照理应和作曲者制曲时的情绪一样。故就一曲说，在技巧上，听者原不及作曲者；而在享受上，听者和作曲者却是相等的，只要他是善听者。

---

❶　[这并非仅指道德而言]　道德以外的经验与识见，都是构成特色人格的成分。

❷　[高尔基]　(Maxim Gorky，1868—1936)所著小说戏剧很多，有多种已译为我国文字。

❸　[契诃夫]　(Anton Pavlovitch，Tchekhov，1860—1904)亦译柴霍夫，所著小说戏剧，我国亦多译本。

❹　[有岛武郎]　日本现代作家，死于一九二四年。

❺　[听音乐的耳]　耳朵有听音乐的素养。

作家原值得崇拜，自己果有创作的天才，不消说应该使他发挥；但是与文艺接近的人们，个个都想成作家，个个都以为有创作的天才，究竟是一种无益的空想。与其无创作上的自信，做一个无聊的创作者，倒不如做一个好的读者，鉴赏者。我们正不必自惭，还应该以读者鉴赏者自负。

三五、书蒲永昇画后

苏　轼

　　古今画水多作平远细皱,其善者不过能为波头起伏,使人至以手扪之❶,谓有洼隆❷,以为至妙矣。然其品格,特与印板水纸争工拙于毫厘间耳❸。唐广明❹中,处士孙位❺始出新意,画奔湍巨浪,与山石曲折,随物赋形❻,尽水之变❼,号称神逸。其后蜀人黄筌孙知微❽,皆得其笔法。始知微欲于大慈寺寿宁院❾壁,作湖滩水石,四堵营度经岁❿,终不肯下笔。一日,仓皇入寺,索笔墨甚急,奋袂如风⓫,须臾而成,作输泻跳蹙之势⓬,汹汹欲崩屋也⓭。知微既死,笔法中绝五十余年。

---

❶　〔至以手扪之〕　甚至要用手去摸他。

❷　〔谓有洼隆〕　以为画面的水真个有高低。这一语是要用手去摸他的原因。洼是低处。隆是高处。

❸　〔特与印板水纸争工拙于毫厘间耳〕　但能与印版的水画比较毫厘的工拙罢了,就是说:与印版的水画相类,即使此工彼拙。相差也极微细。

❹　〔广明〕　唐僖宗年号。

❺　〔孙位〕　居会稽山,号会稽山人。

❻　〔随物赋形〕　随着景物而画出水的种种形态。画面的物象,其形态是画家赋与的,故画出可以说"赋形"。

❼　〔尽水之变〕　穷尽了水态的种种变化。

❽　〔黄筌孙知微〕　黄筌,字要叔,宋成都人。以善画得名。先仕前蜀后蜀,后蜀亡后入宋,隶图画院。孙知微,字太古,宋彭山人,亦善画。

❾　〔大慈寺寿宁院〕　大慈寺在何处,一时未能考出。按孙知微是彭山人,隐居于青城山,则其所为□画之寺,当在成都或其附近一带。寿宁院是寺中的一个院落。

❿　〔四堵营度经岁〕　他对着四壁料量相度了一年。

⓫　〔奋袂如风〕　挥袖极快,仿佛生风,这是形容他用笔的迅速。

⓬　〔输泻跳蹙之势〕　输泻说水势的下流,跳蹙说水势的激起。

⓭　〔汹汹欲崩屋也〕　水势汹汹,几乎要冲坍屋子呢。

　　近岁成都人蒲永昇，嗜酒放浪，性与画会❶，始作活水，得二孙本意，自黄居寀兄弟李怀衮❷之流皆不及也。王公富人或以势力使之，永昇辄嘻笑舍去。遇其欲画，不择贵贱❸，顷刻而成。尝与余临寿宁院水❹，作二十四幅，每夏日挂之高堂素壁，即阴风袭人，毛发为立❺。永昇今老矣，画亦难得，而世之识真者亦少。如往时董羽❻，近日常州戚氏❼画水，世或传宝之。如董戚之流，可谓死水，未可与永昇同年而语❽也。

---

　　❶　［性与画会］　他的性情能贯通画理。

　　❷　［黄居寀兄弟李怀衮］　黄居寀，居宝，居实兄弟，都是黄筌的儿子而工于画的。寀，即"审"字。李怀衮，宋蜀郡人，善画。

　　❸　［不择贵贱］　不问求画者的身分。

　　❹　［临寿宁院水］　临摹孙知微画在寿宁院壁上的水画。

　　❺　［即阴风袭人毛发为立］　"即"字含有"即觉"意。毛发为立，毛发几乎都直竖起来。

　　❻　［董羽］　字仲翔，宋常州人。善画龙水海鱼。

　　❼　［常州戚氏］　戚文秀善画水。

　　❽　［同年而语］　与"同日而语"同，都是并在一起说的意思。

三六、写信的艺术

味　橄❶

信札本是亲友间用以互传想念的青鸟❷。古人以竹简❸传书，不能多说废话，不过上有加餐饭，下有长相思❹而已。一个人离乡别井，出外远征，在家乡的人只希望他在外面人好，所以寄信回去，也只是"凭君传语报平安"❺就够了。

平安两字原是家书的要素。我们指望得到家里的信，也无非想知道家里的人是不是都平安。尤其是在这种非常时期，一颗炸弹就容易把一家人炸死，游子们自然更切望着时常得到平安的家报。唐诗有"烽火连三月，家书抵万金"❻之句，就以今日交通之便利，在烽火连年的时候，家书还是极为难得。家书是永远有它的独特价值的，在战时为尤甚。

家书的要素是报平安，但报平安并不是家书的一切。除了报平安外，又要说些家常，把个人的生活写得历历如绘，才使收信人看了，觉得人虽两地，仍如欢聚一堂。我国最著名的家书是曾文正公写的❼，可是他的家书全是一些教子侄如何读书的话，从写信艺术的观点上看来，并

---

❶　［味橄］　钱歌川的笔名，历任中华书局编辑，武汉大学，四川大学教授。

❷　［青鸟］　传递消息的使者。"汉武故事"记七月七日有青鸟飞集殿前，东方朔说这是西王母的使者。

❸　［竹简］　古时没有纸，文字写在竹片或木片上。

❹　［加餐饭长相思］　都是古人书札上的通用语。

❺　［凭君传语报平安］　唐岑参诗句，见本书第一册第二十四课。

❻　［烽火连三月，家书抵万金］　这是唐杜甫题作"春望"的五律中的两句。所谓烽火，指其时安禄山之乱。

❼　［我国……曾文正公写的］　"曾文正公家书"坊间版本很多。其中并不全是给子侄的信，也有寄与长辈的。寄子侄的信也并不全讲读书。

不是最好的书信。

我们以前学写信,总是把"秋水轩尺牍"和"小仓山房尺牍"❶作范本,其实那些只是应酬信的模范,也许其中有好文章,但决无好信札。历代名人信札,尤其是"苏黄尺牍"❷里面,倒有不少写得很好的信。明末那些文人写的信,也很可读。

情书无疑地在信札中占着一个重要的地位。它能够传出一个人的爱,抓住对方的心,不管它的作法如何,这一点已够表示出信札的力量了。写得好的情书,不仅是一封好信,而且是一首好诗。听说从前有人爱上了一个女子,写了九十九封信去,她都不看,也不理会,直到第一百封信去,她才拆开来看,就此接受了他的爱,和他结婚。不过写情书总算有情可抒,还比较容易写得好,普通信也要写得有情书一般的魔力,可就不容易了。

写信是一种艺术,懂得这艺术的人,似乎只有小品文的作者。信要写得好,第一,内容不可有任何目的或要求,也用不着客套的问候。文字不可流于陈腐,态度不可严肃——国家大事应该用宏文伟著去论述,决不宜用信来写。惟有一些毫不重要的零星琐事,用轻松的笔调叙述出来,才是信札的精华所在。这既不是公开的文件,自然应该多说私话,多记小事。如果报上可以见到的事,何须乎你用信来再说一遍?

写情书的人写来像喁喁私语❸。家人好友间的信札也要写得像娓娓清谈❹,如闻其声,如见其面。你得把你的周遭情景,细腻的描写出来,使人看了,就和来到了你的眼前一样。先见到了你的环境,再听到你的环境中发生的事情和人们的说话,那收信的人自然感到宛如和你欢聚一堂的快乐了。只有这样的信札,才可以消除云山的阻隔,赓续已断的情丝。信的功用到此才发挥尽致。

----

❶〔秋水轩尺牍和小仓山房尺牍〕 前一种是清许葭村的书信集。后一种是清袁枚的书信集。

❷〔苏黄尺牍〕 宋苏轼黄庭坚两人的信札。

❸〔喁喁私语〕 两个人声音相和的密谈。

❹〔娓娓清谈〕 不厌倦的作有趣的谈话。

英国人是最善于写小品文的，所以他们也很会写信。早几天我接到一个英国朋友的信，她并没有说多少架德国飞机轰炸伦敦❶，也没有说伦敦现在炸成一个什么样子，她只告诉我她每日的生活情形。日里怎样不辞劳瘁的工作，晚饭后怎样听无线电报告，炸弹的声音怎样发出来，她怎样唤同居的人一同下地窖，在那里如何裹着毛毯睡觉，诸如此类，写来都有声有色，使我宛如亲见一般。她又告诉我街上有一家店铺，店面的窗玻璃坏了，代以木板，上面贴着一张条子，写着"照常开门"字样。邻近另外一家的窗玻璃也炸坏了，可是没有装木板，也贴出了一张条子，说"店门较往常更开了"。这里固然显出了英国人的幽默❷，而我的朋友信中叙述这些，虽不说被炸的情形，已足够使我想见伦敦街上炸后的景象了。

这样的信才是够生动，够精彩的。如果只写某月某日敌机轰炸伦敦，她平安无恙，那信就平凡了，就俗套了。她现在既能写信，并且很快乐地在写信，虽没有说平安，不是平安的意思已充满在字里行间吗？

如果信札的使命是专为报告平安的，那邮票的发明还不知要等到何日。如大家所知道的，我们以前通信❸，寄费照例向收信人收取，就在信封上批明，送到时请付力钱多少。据说，百年前英国湖区的人为要节省寄费，先约定一个暗号，画在信封上，信差送了信来，一见那暗号，便知寄信人平安，随即把原信退还，不付寄费。后来有人发见了这个弊病，才印成一种邮票，要发信人购贴。不过自从邮票一出世，信的价值顿减。写信太容易，太便宜了，大家写得愈频繁，内容也就愈贫乏。在今日而欲得那种完美够味的信，真是百封中难得一封。写信的艺术恐怕也就快要丧尽了。

---

❶　［德国飞机轰炸伦敦］　作者写这篇文字在一九四〇年。距英德开战一年了。

❷　［英国人的幽默］　幽默是英字 humor 的音译，指调侃的言谈而含有讽刺意味的。英国人说话作文，以幽默著称。

❸　［我们以前通信］　我国邮政创始于清光绪年间，以前公私函件由民信局寄递。其纳费情形，如下文所说。

文章法则甲

五、副词短语的成分的倒置和省略

前介词以放在名词(代名词,名词短语)之前,构成副词短语为原则,但在文言中,也有倒置在后的,其条件有下列三项。

(一)前介词介疑问代名词的时候,常倒置在后。如:

　　且彼家畜胡以(为什么)来?《书左仲甫事》

　　何为(为什么)其然也?《苏轼赤壁赋》

　　君何以(从什么)知燕王?《完璧归赵》

　　谁与(跟谁)为欢?《李陵答苏武书》

(二)前介词"以"字介代名词"所""是"两字的时候,常倒置在后。如:

　　百姓所以厚我,以我不妄取也。《书左仲甫事》

　　此矢所以志也。《张中丞传后叙》

　　君是以不果来也。《孟子》

上例中"所以"的用法,可以注意。第一例"所以"副"厚",第二例"所以"副"志",都是副词短语。文言文中"所以"以这样用法为常。至于语言中常用的"所以",如:

　　所以我们应该多读书,无论什么书都读。《怎样读书》

　　所以各分子如果有扰乱团体安宁的事实,团体一定会有制止的实权。《读书与求学》

意义同于文言中的"故",那是接续词了。

(三)前介词"以"字介名词的时候,间或有倒置在后的,如:

　　诗以道志;书以道事;礼以道行;乐以道和;易以道阴阳;春秋以

　　道名分。《庄子·天下篇》

原意本是"以诗道志"，因为着重"诗"字，提到了前头去，就成倒置的形式。其实，"诗"字既提到前头去，"以"字之下还可以补入一个代替"诗"字的代名词"之"字，作"诗以之道志"。这就是"以"字介"之"字了。

　　语言中的前介词"把"与"将"，很值得注意。如以前所举的例：

　　　　工厂把原料制成货品。

　　　　商人将本求利。

"把"与"将"是普通的前介词。但这两字还有一种特别的用法，就是：把他动词的目的格提到他动词的前面去，构成一个副词短语。如：

　　　　还不快进去把那藤屉子春凳抬来（抬那藤屉子春凳来）呢！《宝玉受打》

　　　　小厮们……只得将宝玉按（按宝玉）在凳上。同上

　　　　这个声音……把唐敖吓的（吓的唐敖）拉着多九公朝前飞跑。《女儿国》

　　　　唐敖……看罢将单递还（递还货单）道。同上

　　副词短语中的前介词和名词（代名词，名词短语），有时仅用其一，但那没有被用的部分是显然可以指出的。如：

　　　　（在）那天晚上我们的同级有个联欢大会。《我的同班》

　　　　（当）光复之际商工停滞。《景德镇》

　　　　予（当）弱冠（时）粤行。《祭妹文》

　　　　（从）空中来捣乱的，给他（从）空中打回去。《给修筑飞机场的工人》

　　　　（在）船头坐三人。《核舟记》

　　　　与舍弟闲步（于）东直道上。《答梅安生》

　　　　流贼张献忠出没（于）蕲黄潜桐间。《左忠毅公逸事》

　　　　（在）社会问题中最大的问题，就在乎怎样才能够提高大多数人底生活标准？《一般与特殊》

　　　　（依）现代的习惯要求时间经济，演一出戏总得以三小时为限。《戏剧》

　　　　文艺所用的材料是我们日常的语言，（就）表面上看来，不像别种艺术在材料上须有练习工夫与专门知识。《读者可以自负之处》

以上都是不用前介词而仅有所介部分的例子。又如：

> 于是秦王不怿，为（赵王）一击瓴。《渑池之会》
>
> 值余幕游于外，芸能亲为（之）灌溉，花叶颇茂。《闲情记趣》
>
> 先生不羞，乃有意欲为（文）收责于薛乎？《战国策·冯谖》
>
> 羞将短发还吹帽，笑倩旁人为（我）整冠。杜甫《九日蓝田崔氏庄》
>
> 生……撰长书以（之）为贽。《送东阳马生序》
>
> 苏松以（之）安。《任公画像赞并序》
>
> 本以（之）奉耶，反为耶费。《书左仲甫事》
>
> 相如持其璧睨柱，欲以（之）击柱。《完璧归赵》

以上都是只用前介词而省略所介部分的例子。只因与上文连在一起，所介部分已很明显，所以不用了。省略“以”字之下的“之”字，文言中极为普遍。

习　问

一　文言中的前介词“以”字有多少用法？试就所知各用在一句句子里。

二　试检出“以”字下省略代名词“之”字的例子十个。

初中国文教本

第六册

夏丏尊、叶绍钧合编,《初中国文教本》(第六册),
开明书店,民国三十二年五月初版

目　录

一、孟子二章 ……………………………………………… （627）

　　公孙衍张仪章 …………………………………………… （627）

　　鱼我所欲也章 …………………………………………… （628）

二、郭子仪单骑退敌 ………………………… 资治通鉴（630）

三、答毛宪副书 ……………………………………… 王守仁（633）

四、五人墓碑记 …………………………………… 张　溥（635）

文章法则乙　一、文篇组织的方式（一） …………… （638）

五、祭中山先生文 ………………………………… 蔡元培（641）

六、先姚灵表 ……………………………………… 汪　中（643）

七、金缕曲 ………………………………………… 顾贞观（646）

八、李氏山房藏书记 ……………………………… 苏　轼（648）

文章法则甲　一、接续词的用途（一） ……………… （651）

九、为学与做人〔上〕 …………………………… 梁启超（655）

一〇、为学与做人〔下〕 ………………………… 梁启超（657）

一一、进化论浅释 ………………………………… 陈兼善（661）

一二、今 …………………………………………… 李大钊（664）

文章法则乙　二、文篇组织的方式（二） …………… （668）

一三、岳阳楼记 …………………………………… 范仲淹（670）

一四、义田记 ……………………………………… 钱公辅（673）

一五、越州赵公救菑记 …………………………… 曾　巩（676）

一六、守望社题词 ………………………………… 陈宏绪（680）

文章法则甲 二、接续词的用途(二)…………………………… (683)

一七、晋伐虢三篇〔上〕………………………………………… (687)

  晋攻郭………………………………………… 公羊传(687)

一八、晋伐虢三篇〔下〕………………………………………… (689)

  晋伐虢…………………………………………… 穀梁传(689)

  晋伐虢…………………………………………… 左 传(690)

一九、郦食其传………………………………………… 史 记(691)

二〇、叔孙通起朝仪…………………………………… 史 记(694)

文章法则乙 三、文章须求其没有毛病…………………… (698)

二一、运动家的风度………………………………… 罗家伦(700)

二二、文化的修养…………………………………… 罗家伦(705)

二三、我们对于一棵古松的三种态度……………… 朱光潜(710)

二四、创造的想像…………………………………… 朱光潜(714)

文章法则甲 三、助词的用途…………………………… (717)

二五、药〔上〕……………………………………… 鲁 迅(722)

二六、药〔下〕……………………………………… 鲁 迅(726)

二七、老残游记的文学技术………………………… 胡 适(731)

二八、归有光的印象主义…………………………… 苏 梅(735)

文章法则乙 四、积极修辞的方式(一)……………… (741)

二九、行忠恕〔上〕………………………………… 冯友兰(744)

三〇、行忠恕〔下〕………………………………… 冯友兰(747)

三一、论诚意〔上〕………………………………… 朱自清(749)

三二、论诚意〔下〕………………………………… 朱自清(751)

文章法则甲 四、感叹词的用途………………………… (753)

三三、黔游日记一则………………………………… 徐宏祖(755)

三四、五律四首……………………………………… 杜 甫(758)

  江亭……………………………………………… (758)

  村夜……………………………………………… (759)

  早起……………………………………………… (759)

可惜……………………………………………………………（760）

三五、梧桐雨第四折〔上〕………………………… 白仁甫（761）

三六、梧桐雨第四折〔下〕………………………… 白仁甫（766）

文章法则乙　五、积极修辞的方式（二）……………………（769）

一、孟子二章

公孙衍张仪章❶

景春❷曰："公孙衍，张仪，岂不诚大丈夫哉？一怒而诸侯惧，安居而天下熄。"❸

孟子曰："是焉得❹为大丈夫乎！子未学礼乎？丈夫之冠❺也，父命之。❻女子之嫁也，母命之。❼往送之门，❽戒之曰：'往之女家，❾必敬必

---

❶　[公孙衍张仪章]　此章在孟子滕文公下，旨在排诋当时颇有声势的纵横家。公孙衍，战国时魏人。张仪死了之后，衍相秦，尝佩五国相印，为约长。张仪也是战国时魏人。相秦国，游说六国，叫他们背弃苏秦所主张的"约纵"。秦武王时，许多秦臣多说张仪的坏话，同时六国又复合纵叛秦。仪于是去秦相魏，经一年而死。

❷　[景春]　大概也是纵横家一派，从他的敬慕公孙衍张仪的语气中可以推知。

❸　[一怒而诸侯惧安居而天下熄]　他们一怒就去游说诸侯，使各国互相攻伐，所以诸侯怕他们。他们安居一处，不去游说，天下兵革也就宁熄。景春这二语是认两人为大丈夫的论据，以为他们的声势可以影响天下的安危。

❹　[是焉得]　是，指公孙衍张仪两人。焉得，怎么能够。

❺　[冠]　加冠的礼仪。古时男子二十岁而冠，此后就算成人。

❻　[命之]　用言语戒勉他。

❼　[母命之]　"丈夫之冠""女子之嫁"两句话是对举的，但下文单说母命的话，可见前一句的作用仅在引起后一句。

❽　[往送之门]　送女儿到自己家门口。送之门，就是"送之于门"。

❾　[往之女家]　到了你的夫家去。之，"到"。女，即"汝"字。汝家，指夫家。

戒,无违夫子!'❶以顺为正者,妾妇之道也。❷

"居天下之广居,立天下之正位,行天下之大道;❸得志,与民由之,❹不得志,独行其道;❺富贵不能淫,贫贱不能移,威武不能屈:❻此之谓大丈夫。"❼

鱼我所欲也章❽

孟子曰:"鱼,我所欲也;熊掌,亦我所欲也;二者不可得兼,舍鱼而取熊掌者也。❾ 生,亦我所欲也;义,亦我所欲也;二者不可得兼,舍生而取义者也。❿ 生亦我所欲;所欲有甚于生者⓫,故不为苟得⓬也。死亦我所恶,所恶有甚于死者,⓭故患有所不辟也。⓮

"如使人之所欲莫甚于生,则凡可以得生者何不用也?使人之所恶

---

❶ 〔无违夫子〕 不要违背丈夫。无,同"毋"字。夫子,丈夫。

❷ 〔以顺为正者妾妇之道也〕 依据上面母亲戒勉女儿的话,可知惟有女子才是以服从为正道的。而公孙衍张仪逢迎诸侯,与女子顺从丈夫没有两样,所以不能算大丈夫。

❸ 〔居天下之广居……行天下之大道〕 广居指仁,大道指义。孟子曰:"仁,人之安宅也;义,人之正路也。"(离娄上)。和这里意义相同,都以居宅喻仁,道路喻义。正位,朱熹以为指礼。这三语说:大丈夫是居心于仁,立身于礼,制行于义的。

❹ 〔与民由之〕 推广及于一般人,与一般人共同居仁,守礼,由义。

❺ 〔独行其道〕 守他的本分,自己居仁,守礼,由义,如平常一样。

❻ 〔富贵不能淫……威武不能屈〕 淫,惑乱他的心。移,改变他的行为。屈,挫折他的志气。

❼ 〔此之谓大丈夫〕 此之谓,就是"这样的叫做"。崇高的人格是这样的,就可以知道行妾妇之道的公孙衍张仪,不足称为大丈夫了。

❽ 〔鱼我所欲也章〕 此章在孟子告子上。

❾ 〔鱼我所欲也……舍鱼而取熊掌者也〕 熊掌是美味,鱼也很好吃,然而在两样不能并得的时候,只有舍去其中的一样,而取味道较好的熊掌了,这一句是譬喻,下一句才是正义。

❿ 〔生亦我所欲也……舍生而取义者也〕 生和义不能并得的时候,那么舍去生而取较可贵的义。用"者也"两字,含有决断的意义,犹如说"必将舍鱼而取熊掌也""必将舍生而取义也"。

⓫ 〔所欲有甚于生者〕 指义。

⓬ 〔苟得〕 苟且求生的行为。

⓭ 〔所恶有甚于死者〕 指不义。

⓮ 〔故患有所不辟也〕 所以对于患难有不肯逃避的时候。辟,即"避"字。

莫甚于死者，则凡可以辟患者何不为也？❶　由是则生，而有不用也；由是则可以辟患，而有不为也。❷　是故所欲有甚于生者，所恶有甚于死者，非独贤者有是心也；人皆有之，贤者能勿丧耳。❸

　　"一箪食，一豆羹，得之则生，弗得则死：❹呼尔而与之，行道之人弗受；蹴尔而与之，❺乞人不屑也。万钟则不辨礼义而受之。❻　万钟于我何加焉？❼　为宫室之美，妻妾之奉，所识穷乏者得我与？❽　乡为身死而不受，❾今为宫室之美为之；❿乡为身死而不受，今为妻妾之奉为之；乡为身死而不受，今为所识穷乏者得我而为之；是亦不可以已乎？⓫　此之谓失其本心。"⓬

———————

❶　［如使人之所欲莫甚于生……则凡可以辟患者何不为也］　这两句用假设语气来反诘，以见人性不单是欲生恶死。如其人的所欲以生为极点，没有所谓义，那么凡是可以得生的方法，那一项不想用呢？如其人的所恶以死为极点，没有所谓不义，那么凡是可以逃避患难的方法，那一项不想做呢？

❷　［由是则生……而有不为也］　这是说：人性却不像上文所说，竟有明知有求生的方法而不用，明知有避患的方法而不做的。

❸　［非独贤者……贤者能勿丧耳］　孟子主张人性都是善的，"贤者有是心"，便推断人人都有此心。孟子以为人的不善，由于不能存养，不能扩充；一般人原有此心，可是丧失了，惟有贤者能够保存它，不使它丧失。勿，通"弗"。

❹　［一箪食……弗得则死］　箪，音单，小筐。食，音嗣，食物。豆，盛肉及羹汤的木器。这少量的饮食，在饥饿的人看来，得和不得，竟有死生之别。

❺　［呼尔而与之……乞人不屑也］　呼尔，连呵带喝地。蹴尔，用脚践踏地。与之，给人家。

❻　［万钟则不辨礼义而受之］　钟，古代的量器，容六斛四斗。万钟，极厚的俸禄。有些人却不及行路的人和乞丐，对于厚禄，就不辨礼义而接受了。

❼　［万钟于我何加焉］　我，犹如现在说"个人"。人的日食有限，万钟虽多，于个人有什么增益呢？

❽　［为宫室之美……所识穷乏者得我与］　得，同"德"。所识穷乏者德我，我所认识的穷人受了我的施与而感我的恩德。与，即"欤"。万钟既于个人无所增益，而竟不辨礼义而接受，莫不是由于三种原因吧？

❾　［乡为生死而不受］　乡，即"向"字，从前。从前不得箪食豆羹，可以为此身，死尚且以非义而不受。

❿　［为之］　接受万钟之禄。

⓫　［是亦不可以已乎］　是亦，犹如说"是岂"。已，罢休。这难道不能罢休吗？

⓬　［本心］　就是"所欲有甚于生者""所恶有甚于死者"的人人同具的心。

二、郭子仪单骑退敌❶

资治通鉴❷

郭子仪屯泾阳,军才❸万人。回纥吐蕃❹数十万众入寇,合围泾阳;子仪命诸将严设守备❺而不战。

时回纥与吐蕃闻仆固怀恩❻死,已争长❼不相睦,分营而居,回纥在城西。子仪知之,使牙将❽李光瓒往说回纥,欲与之共击吐蕃。回纥不信,曰:"郭令公❾固在此乎?汝绐❿我耳。若果在此,可得见乎?"光瓒还报,子仪曰:"今众寡不敌,难以力胜。昔与回纥契约甚厚,不若挺身往说

---

❶ [郭子仪单骑退敌] 郭子仪,唐华州人。以武举异等。累迁朔方节度使,讨平安史之乱,封汾阳王。代宗广德三年(公元七六八年)九月,吐蕃回纥分路来犯,使郭子仪屯兵泾阳(今陕西泾阳县)抵御他们。十月,吐蕃退到邠州(今陕西邠县),与回纥合兵围攻泾阳。子仪以寡不敌众,因与回纥有旧约,想用诚意去感服他们。于是单骑匹马,不穿武装,往见回纥主帅,责以背约,说以利害,终使回纥感服,定盟而还。

❷ [资治通鉴] 宋司马光所撰的编年史,起于战国,直到五代,计记一千三百六十二年间的事。司马光,字君实,陕州夏县涑水乡人。仁宗宝元初进士。神宗时为御史中丞,因反对王安石新法,罢去。哲宗初,起为相。在位八月卒。赠太师温国公,谥文正。

❸ [才] 仅不过。

❹ [回纥吐蕃] 回纥,国名,其人为突厥的别种。唐时,突厥据有今绥远,察哈尔及蒙古等地,势很强盛。吐蕃,种族名,据有今西藏之地,唐时常为边患。

❺ [严设守备] 严密的作防守的准备。

❻ [仆固怀恩] 仆固,姓,怀恩,名。唐铁勒部族人,世袭都督,善战斗。安史之乱,从郭子仪讨贼,有功,封为郡王。后以怨望,诱回纥吐蕃入寇。

❼ [争长] 彼此相争为长。

❽ [牙将] 部下之将。

❾ [令公] 中书省长官中书令的尊称。子仪拜中书令,故称。

❿ [绐] 欺骗。

之，可不战而下❶也。"诸将请选铁骑❷五百为卫从，子仪曰："此适足为害❸也。"郭晞❹扣马谏曰："彼，虎狼也。大人，国之元帅，奈何以身为虏饵？"❺子仪曰："今战则父子俱死而国家危。往以至诚与之言，或幸而见从，则四海❻之福也；不然则身没而家全。"以鞭击其手，曰："去！"

　　遂与数骑开门而出，使人传呼曰："令公来！"回纥大惊。其都督药葛罗，可汗❼之弟也，执弓注矢，❽立于阵前。子仪免胄释甲投枪❾而进，回纥诸酋长相顾曰："是也！"❿皆下马罗拜。⓫　子仪亦下马，前执药葛罗手，让⓬之曰："汝回纥有大功于唐，⓭唐之报汝亦不薄；奈何负约深入吾地，侵逼畿县？⓮弃前功，结怨仇，背恩德，而助叛臣，何其愚也！且怀恩叛君弃母，于汝国何有？⓯今吾挺身而来，听汝⓰执我杀之；我之将士，必致死⓱与汝战矣。"药葛罗曰："怀恩欺我，言天可汗已晏驾，令公亦捐馆，⓲

---

❶　[下]　制服敌方。

❷　[铁骑]　精强的骑兵。

❸　[适足为害]　正足以坏事。

❹　[郭晞]　子仪的儿子。

❺　[奈何以身为虏饵]　怎么能把自己的身子作敌人的食饵。

❻　[四海]　全国。

❼　[可汗]　音克寒，西域君主的称号。

❽　[注矢]　把箭搭在弓上，准备射出。

❾　[免胄释甲投枪]　卸去了战帽，脱下了战甲，丢开了枪械。

❿　[是也]　是令公本人呀！

⓫　[罗拜]　环绕着子仪而拜。

⓬　[让]　责备。

⓭　[汝回纥有大功于唐]　回纥葛勒可汗善用兵，肃宗即位时，遣使请助讨安禄山，曾与子仪合力收复京城长安。

⓮　[畿县]　接近京城的县邑。

⓯　[于汝国何有]　对于你们国家会有什么好情义？

⓰　[听汝]　任你们。

⓱　[致死]　尽死力。

⓲　[天可汗已晏驾令公亦捐馆]　唐贞观四年，西北各国君长上太宗尊号，称为"天可汗"，以后就一直沿用。晏驾，本是说公车迟出，为讳言天子死，即用此来替代。（宫车永不出来，天子当然死了。）捐馆，本是说捐弃屋舍，为讳言死，即用此来替代。（死了当然不住在屋舍里了。）

中国无主，我是以来。今知天可汗在上都，❶令公复总兵于此，❷怀恩又为天所杀；❸我曹❹岂肯与令公战乎？"子仪因说之，曰："吐蕃无道，乘我国有乱，不顾舅甥之亲，❺吞噬我边鄙，焚荡我畿甸；❻其所掠之财，不可胜载，马牛杂畜，长数百里，❼弥漫在野，此天以赐汝也。全师而继好，❽破敌以取富，❾为汝计，孰便于此！❿ 不可失也。"药葛罗曰："吾为怀恩所误，负公诚深，今请为公尽力击吐蕃以谢过。"

　　时回纥观者为两翼，稍前；⓫子仪麾下⓬亦进，子仪挥手却之，因取酒与其酋长共饮。药葛罗使子仪执酒为誓，子仪酹地⓭曰："大唐天子万岁！回纥可汗万岁！两国将相亦万岁！有负约者，身殒阵前，家族灭绝！"杯至药葛罗亦酹地曰："如令公誓！"于是诸酋长皆大喜曰："曏⓮以二巫师从军，巫言此行甚安稳，不与唐战，见一大人而还，今果然矣。"子仪竟与定约而还。

　　吐蕃闻之，夜遁去。

---

❶　〔上都〕　京城。

❷　〔总兵于此〕　在这里统率军队。

❸　〔怀恩又为天所杀〕　这是说，怀恩病死，是天降的诛罚。

❹　〔我曹〕　我们。

❺　〔舅甥之亲〕　贞观十五年，太宗以宗女文成公主嫁给吐蕃酋弄赞为妻。弄赞死，禄东赞相国，太宗又以琅琊公主外孙为禄东赞妻。中宗景龙三年，吐蕃遣使纳贡并请婚，帝又以雍王守礼女为金城公主，嫁给吐蕃酋弃缩缩赞为妻。吐蕃酋作唐帝的女婿，唐帝作吐蕃酋的丈人，这便是舅甥之亲。

❻　〔吞噬我边鄙焚荡我畿甸〕　侵占我国的边疆，烧掠我国的近畿地方。

❼　〔长数百里〕　这里的"长"，指马牛杂畜之群的长度。

❽　〔全师而继好〕　不动兵戈，全师而还，并且继续从前的交好。

❾　〔破敌以取富〕　攻破了吐蕃，取得他们所掠的财物牲畜。

❿　〔孰便于此〕　那有比这样更便利的。

⓫　〔为两翼稍前〕　分为左右两排，稍稍向前进。

⓬　〔麾下〕　部下。

⓭　〔酹地〕　把酒浇于地以祭神。

⓮　〔曏〕　即"向"字。

三、答毛宪副书❶

王守仁❷

　　昨承遣人喻❸以祸福利害，且令勉赴大府请谢；❹此非道谊深情，决不至此，感激之至，言无所容。❺ 但差人❻至龙场陵侮，此自差人挟势擅威，非大府使之也；龙场诸夷❼与之争斗，此自诸夷愤懑不平，亦非某使之也；然则大府固未尝辱某，某亦未尝傲大府，何所得罪而遽请谢乎？

　　跪拜之礼，亦小官常分，不足为辱，然亦不当无故而行之。不当行而行，与当行而不行，其为取辱一也。废辱小臣，❽所守以待者，忠信礼义而已；又弃此而不守，❾祸莫大焉。

　　凡祸福利害之说，某亦尝讲之。君子以忠信为利，礼义为福。苟忠信礼义之不存，虽禄之万钟，爵以王侯之贵，❿君子犹谓之祸与害。如其

---

　　❶〔答毛宪副书〕 毛名伯温，字汝厉，吉水人。宪副，就是副都御使。守仁在龙场，苗人日来亲善。思州（今贵州岑巩县）的守官派遣了人来，侮辱守仁，苗人不平，就加以殴打。守官怒了，把这事件告诉了当道的长官。毛意欲令守仁自去谢罪，守仁就写这封信回答他。

　　❷〔王守仁〕 字伯安，明余姚人。正德初年，因论救言官戴铣等，触忤了刘瑾（当时专权的太监），被谪为龙场（今贵州修文县）驿丞。（管理传递官报，迎送官吏等事，官职极低。）后来平定了宸濠的叛乱，世宗时封为新建伯。死后谥号文成。有王文成全书。

　　❸〔喻〕 告教，开导。

　　❹〔赴大夫府请谢〕 向上级官府谢罪。

　　❺〔言无所容〕 同于"不容言说"。意即感激之情不是言语所能诉说。

　　❻〔差人〕 官署的奴役。

　　❼〔诸夷〕 指苗人。

　　❽〔废辱小臣〕 废辱，指自己的被谪；小臣，指驿臣的卑微。

　　❾〔又弃此而不守〕 这一语是假设语气，应加上"假如""苟其"等词儿来理解。

　　❿〔禄之万钟爵以王侯之贵〕 这里"禄"字"爵"字，都是名词作动词用，"禄"是给俸禄，"爵"是封爵。钟，量器，容六斛四斗。万钟，极言俸禄之多。"禄之"下省"以"字，"爵"下省"之"字，也可以对调了省略（当然也可以不省略）。

忠信礼义之所在，虽剖心碎首，君子利而行之，❶自以为福也；况于流离
窜逐之微乎？❷

　　某之居此，盖瘴疠蛊毒之与处，魑魅魍魉之与游，❸日有三死焉。然
而居之泰然，未尝以动其中❹者，诚知死生之有命，❺不以一朝之患而忘
其终身之忧❻也。大府苟欲加害，而在我诚有以取之，则不可谓无憾；❼
使吾无有以取之，而横罹❽焉，则亦瘴疠而已尔，蛊毒而已尔，魑魅魍魉
而已尔，❾吾岂以是而动吾心哉？❿

　　执事⓫之谕，虽有所不敢承；⓬然因是而益知所以自励，不敢苟有所
隳堕，⓭则某也受教多矣，敢不顿首以谢。

---

❶　［利而行之］　以为利而宁愿受"剖心碎首"的痛苦。

❷　［况于流离窜逐之微乎］　何况流离窜逐比起"剖心碎首"来，是非常微末的事，自更当"利而行之，自以为福"了。

❸　［瘴疠蛊毒之与处魑魅魍魉之与游］　瘴，从前以为山林间毒气，人染着了就害重病，现在知道是恶性疟疾。疠是一种恶疮。蛊毒，按本草纲目云："蛊毒不一……南方有蜥蜴蛊，蜣螂蛊，马蝗蛊，金蚕蛊等。"大概是种种传染病。魑魅魍魉，从前人意念中的山妖鬼怪。这两语本是"与瘴疠蛊毒处，与魑魅魍魉游"；只因中间都是四字，念起来不顺口，故把"与"字调下来，联成"与处""与游"，而用"之"字表示"与处""与游"和上面四字的关系。

❹　［未尝以动其中］　"以"字下省略指称上面"日有三死"的"此"字或"是"字。这样的代名词，文言中往往省略。

❺　［死生之有命］　论语颜渊篇："子夏曰：'商闻之矣，死生有命，富贵在天。'"闻之是闻之于孔子。

❻　［不以一朝之患而忘其终身之忧］　"君子有终身之忧，无一朝之患"，是孟子的话，见孟子离娄篇。以下说明"终身之忧"，系指不能像虞舜那样"为法于天下，可传于后世"而言。至于"一朝之患"，系指外来的种种拂逆事情。

❼　［无憾］　自己在修养方面没有缺憾。

❽　［横罹］　冤枉地遭到。

❾　［则亦……而已尔］　那么所遭的祸害也像瘴疠等等罢了。尔，同"耳"。

❿　［吾岂以是而动吾心哉］　前面说对于瘴疠等等不动心，此句说对于与瘴疠等等同类的事情也不动心。

⓫　［执事］　书翰里常用的对称。意即为受信人服务的人，不直称受信人而称他的执事，所以表示谦逊，不敢与受信人抗礼。

⓬　［不敢承］　不敢接受。

⓭　［苟有所隳堕］　苟且地有败坏品德的行为。

四、五人墓碑记

张　溥❶

　　五人者，盖当蓼洲周公之被逮，❷激于义而死焉者也。至于今，郡❸之贤士大夫请于当道，即除魏阉废祠之址❹以葬之；且立石于其墓之门，以旌❺其所为。呜呼！亦盛矣哉！夫五人之死，去今之墓而葬❻焉，其为时止十有一月耳。夫十有一月之中，凡富贵之子，慷慨得志之徒，其疾病而死，死而湮没不足道者，亦已众矣；况草野之无闻者欤！❼独五人之皦皦，❽何也？

　　予犹记周公之被逮，在丁卯三月之望。❾吾社之行为士先者，❿为之声义，⓫敛赀财以送其行，哭声震动天地。缇骑⓬按剑而前，问谁为哀者。

---

　　❶　〔张溥〕　字天如，明太仓人。崇祯间进士，集合吴郡名士，组织"复社"，共同商量学问，议论朝政，为朝臣所忌。

　　❷　〔蓼洲周公之被逮〕　蓼洲，周顺昌的号。周字景文，明吴县人。为官有清操。假归乡里，以触犯太监魏忠贤，为魏之党羽所陷害被逮下狱而死。

　　❸　〔郡〕　指吴郡，今江苏吴县。

　　❹　〔除魏阉废祠之址〕　除，整理，魏阉，即魏忠贤。阉，太监。魏忠贤极盛时，各地诏媚他，多为他立生祠。及思宗即位，始治他的罪，各地的生祠也就撤废。

　　❺　〔旌〕　表彰。

　　❻　〔墓而葬〕　修坟与下葬。

　　❼　〔况草野之无闻者欤〕　何况毫无声名的平民呢！草野，指处境贫贱。

　　❽　〔独五人之皦皦〕　惟有五人这样的声名显著。皦皦，光明显著的样子。

　　❾　〔丁卯三月之望〕　丁卯，明熹宗七年（公元一六二七年）。望，阴历十五日。

　　❿　〔吾社之行为士先者〕　吾社，指复社。行为士先者，以行动来领导一般士人的社员。

　　⓫　〔为之声义〕　为周公声援。

　　⓬　〔缇骑〕　穿红衣的马队。这里指锦衣卫校尉，专主巡察逮捕，在明末势极骄横。缇，音题，红色。

众不能堪,抶❶而仆之。是时以大中丞抚吴者,为魏之私人,❷周公之逮所由使也。❸ 吴之民方痛心焉,❹于是乘其厉声以呵,则噪而相逐,❺中丞匿于溷藩❻以免。既而以吴民之乱请于朝,按诛五人,曰:颜佩韦,杨念如,马杰,沈扬,周文元❼——即今之傫然❽在墓者也。然五人之当刑也,意气扬扬,❾呼中丞之名而骂之,谈笑以死;断头置城上,颜色不少变。有贤士大夫发五十金❿买五人之脰而函之,⓫卒与尸合;⓬故今之墓中全乎为五人也。

嗟夫!大阉之乱,缙绅而能不易其志者,四海之大,有几人欤!⓭而五人生于编伍⓮之间,素不闻诗书之训,激昂大义,⓯蹈死⓰不顾,亦曷故⓱哉?且矫诏⓲纷出,钩党之捕遍于天下,⓳卒以吾郡发愤一击,⓴不敢

---

❶ 〔抶〕 音亦,打击。
❷ 〔以大中丞……私人〕 中丞,指巡抚。其时江苏巡抚是毛一鹭,魏忠贤的死党。
❸ 〔周公之逮所由使也〕 周公的逮捕就由他主使的。
❹ 〔方痛心焉〕 正切恨着他(毛一鹭)。
❺ 〔噪而相逐〕 大家呼喊着,驱逐他。
❻ 〔溷藩〕 厕所。溷,音混。
❼ 〔颜佩韦……周文元〕 颜佩韦是商人子。杨念如是衣服商。马杰是平常市民。沈扬是牙侩。周文元是周顺昌的轿夫。
❽ 〔傫然〕 犹如说"累累然"。
❾ 〔扬扬〕 得意的样子。
❿ 〔发五十金〕 捐出五十两银子。
⓫ 〔买五人之脰而函之〕 脰是项颈,这里指头颅。函是封藏,即棺敛的意思。
⓬ 〔卒与尸合〕 头颅到底与尸身合在一块。
⓭ 〔大阉之乱……有几人欤〕 魏忠贤专权时,文武官僚依附他的多到不可胜数。缙绅,指作官的人。
⓮ 〔编伍〕 指平民。
⓯ 〔激昂大义〕 为大义而激昂。
⓰ 〔蹈死〕 犹如说"冒死"。
⓱ 〔曷故〕 何故。
⓲ 〔矫诏〕 假托皇帝的命令。当时魏党捕人,动辄矫诏。
⓳ 〔钩党之捕遍于天下〕 为党案而逮人的事,差不多遍及全国。钩党即结党。当时魏忠贤与东林党人为敌,开录党人一百八十余人的姓名,颁示天下。
⓴ 〔吾郡发愤一击〕 即指本篇上文所述的事。

复有株治；❶大阉亦逡巡畏义，非常之谋，❷难于猝发，待圣人之出而投缳道路：❸不可谓非五人之力也。由是观之，则今之高爵显位，一旦抵罪，❹或脱身以逃，不能容于远近，而又有剪发杜门，❺佯狂不知所之❻者；其辱人贱行❼视五人之死，轻重固何如哉！是以蓼洲周公忠义暴❽于朝廷，赠谥美显，❾荣于身后；而五人亦得以加其土封，❿列其姓名于大堤之上，⓫凡四方之士，无有不过而拜且泣者；斯固百世之遇⓬也。不然，令五人者保其首领以老于户牖之下，⓭则尽其天年，人皆得以隶使之；⓮安能屈豪杰之流，扼腕墓道，⓯发其志士之悲⓰哉？故予与同社诸君子哀斯墓之徒有其石也，而为之记；亦以明死生之大，⓱匹夫之有重于社稷⓲也。

贤士大夫者，冏卿因之吴公，⓳太史文起文公，孟长姚公⓴也。

---

❶　﹝株治﹞　株连开来而逮人治罪。

❷　﹝非常之谋﹞　指魏忠贤怀有篡明称帝的异谋。

❸　﹝待圣人之出而投缳道路﹞　圣人，指明思宗。投缳，自缢而死。思宗即位，安置魏忠贤于凤阳，既而复召还。忠贤知不免，自缢于阜城驿。后又下诏戮他的尸首。

❹　﹝抵罪﹞　犯罪。

❺　﹝剪发杜门﹞　剪发为僧，关起门来躲在家里。

❻　﹝佯狂不知所之﹞　假装癫狂，不知道躲到了那里去。

❼　﹝辱人贱行﹞　辱没自己的人格，降低自己的品行。

❽　﹝暴﹞　音仆，表白。

❾　﹝赠谥美显﹞　赠他谥号，称美他，表彰他。思宗既诛忠贤，便下诏恤冤陷诸臣，谥周顺昌曰"忠介"。

❿　﹝加其土封﹞　加增坟墓上的泥土。指修理坟墓。

⓫　﹝列其姓名于大堤之上﹞　五人墓在吴县城西虎阜山下，前临山塘。大堤即指山塘。

⓬　﹝百世之遇﹞　传名百世的际遇。

⓭　﹝令五人者……户牖之下﹞　假使五人不被杀而在家里活到老。保其首领，保全他们的头颅。户牖之下，指家里。

⓮　﹝人皆得以隶使之﹞　因为他们的社会地位都很低微。

⓯　﹝扼腕墓道﹞　在墓道旁扼腕叹息。扼腕，握着自己的手腕表示心里的感动。

⓰　﹝发其志士之悲﹞　发泄他们的悲感。豪杰之流悲悼死义之人，故其悲为"志士之悲"。

⓱　﹝死生之大﹞　大，指关系的重大。

⓲　﹝匹夫之有重于社稷﹞　寻常人舍生取义，大有关于国家。

⓳　﹝冏卿因之吴公﹞　冏卿，指太仆卿，吴因之，名默，明吴江人，官太仆少卿。

⓴　﹝太史……姚公﹞　太史，指翰林。文文起，名震孟，明景县人。姚孟长，名希孟，文震孟的外甥。

文章法则乙

一、文篇组织的方式(一)

写一篇文字犹如说一番话;但必须像有条理的一番话。不能像几个人没事儿闲扯,一会儿说东,一会儿说西,前言不对后语。有条有理的一番话,从开头一句到末了一句,每一句都缺少不得,合成个完整的组织;同时一句也多余不得,假如留着不相干的多余话,一样的破坏了组织的完整。一番话或一篇文字能够如此,才算合乎理想。

一番话或一篇文字的组织单位,不是一句而是一节,或者说一个段落。繁复的物态,错综的事故,头绪纷多的解释与讨论,一句话往往不能说尽;必须这样那样的说,把许多句话积集起来,才说得明白。这所谓这样那样的说,其材料是说话或作文的人的所知所感,如果知得不透澈,感得不深切,那就无从勉强,硬要把他说好;其联贯起来却凭语言的习惯与文法的素养,如果语言习惯不良,文法素养欠缺,也就没法把许多句话积集得恰如其分。

口说一番话的时候,到一节完了,语气就停顿一下,这是自然的,不须特地留意。现在人写文字,一节完了,下一节就另行写起,那两节之间的空白纸面,表示了语气的停顿,从前人写文字,总是直写到底,但并不是没有段落可分;我们这教本里选读的古文,不是按节画分,同现代文一样了吗?

把"节"认为组织单位,来看文篇的组织,看许多节怎样的配列,看前一节与后一节怎样的联系起来,是瞭解一篇文字的扼要手段。至于写作一篇文字,也得规定了全篇共有多少节,那些节该怎样的配列与联系起来,然后动笔挥写,才不至于跑野马。因此,文篇的组织有讨究一下的必要。

文篇的组织，方式很多。现在只能根据"心理的自然"，把几种重要的说一说。

（一）直进式　这是逐步逐步进行，一直到底的一种方式。也不用外加的冒头与结尾，也不用插入的补充与转折，只是老老实实从头说到尾。其进行或依时间的先后，或依空间的排列；没有时间空间关系的，就依心理的顺序。依时间的先后，就是依事情发生的次第，那是叙述文。依空间的排列，就是依作者观察的次第，那是记述文，（参看第二册"文章法则乙"二）依心理的顺序，就是依意念发展的次第，那是说明文或议论文。如"答毛宪副书"，王守仁先说自己没有得罪大府，无须谢罪，次说无故而谢罪，便是自取其辱；次说能自守而不自辱，便是福利；次说自己自守有素，所以不怕人家无故加害；末了说对于毛宪副却有可谢之处：这么一层一层推进，都根据意念发展的次第。

（二）散列式　这一式并列的记叙一些散慢的事物，这些事物并没有必然的联系关系，彷佛彼此不相干似的，增加一两项固然无妨，减少一两项也不要紧；可是在隐隐之间，却有言外的某种东西把它们维系着，读者细心阅读，就会体会到那某种东西，而作者所以要记叙这些事物，也正因为体会到了那某种东西。小品文与诗歌常有用"印象的描写法"，在一篇中间写这个写那个的，粗看起来，似乎是一串各各独立的劄记；可是细心阅读之后，就会觉得许多散漫的事物是被一个印象统摄着的。如有名的元人小令"天净沙"：

　　　　枯藤，老树，昏鸦，
　　　　小桥，流水，人家，
　　　　古道，西风，瘦马，
　　　　夕阳西下，
　　　　断肠人在天涯。

前面三组事物并没有必然的联系关系，只每组中的末一项与前两项有关："夕阳西下"记景，"断肠在天涯"记人，彼此不相交涉，与前面三组事物也都没有关系；可以说是散列式的好例。这首小令所以能够成立，所以被认为佳作，因为它表达出一种荒凉凄苦的印象，由这一种印象统摄着。于此可知,如果没有什么东西统摄着,只是记叙一些散漫的事物,那就无论在散文或诗歌,都是不能成篇的。

习 问

一 读过的文篇中,哪几篇的组织是"直进式"？试举出五篇来。

二 试采用"散列式",拟制一篇文字的大纲。

五、祭中山先生文[1]

蔡元培

　　呜呼先生！生于世者六十年，[2]而奔走革命者四十载。[3] 其机动于救人，其效极乎博爱。[4] 至大至刚，充塞宇内；百折不挠，有进无退[5]。

　　革命垂成，[6]百废俱兴。[7] 方依日月之朗曜，遽痛山冢之猝崩[8]。晚进之士，[9]何诉何承？[10] 譬若楼船[11]之失舵，亦如暗室之无灯。

　　所可稍慰者，遗言具在，[12]有赫然之典型。[13] 所应自励者，一致奋斗，将继先生之志以有成。[14] 凡先生之所昭示，至大如"建国方略"，至高如

---

　　❶ ［祭中山先生文］ 这一篇是骈体韵文。全篇共用两韵。第一节韵脚"载""爱""内""退"四字同韵；以下韵脚"兴""崩""承""灯""型""成""程""闳""荣""馨""临""情""诚"十三字同韵。

　　❷ ［生于世者六十年］ 中山先生生于清同治五年（公元一八六六年），逝世于民国十四年（公元一九二五年），年六十。

　　❸ ［奔走革命者四十载］ 中山先生遗嘱首句云："余致力国民革命凡四十年。"

　　❹ ［其机……博爱］ 两"其"字都指革命。革命的动机从救人出发，革命的实效以博爱为极则。

　　❺ ［至大至刚……有进无退］ 这四语说中山先生的革命精神。

　　❻ ［垂成］ 将要完成。

　　❼ ［百废俱兴］ 各种废弛的事都举办起来了。

　　❽ ［方依……猝崩］ 日月，比喻中山先生。"山冢猝崩"，诗小雅十月之交篇中语，比喻中山先生的逝世。山冢是山顶。这里就作者的方面说：方将依靠您的光明伟大的领导，不料就痛心的听到您的死信。

　　❾ ［晚进之士］ 作者自指，中山先生提出革命，作者闻风加盟，对于中山先生是"晚进"。

　　❿ ［何诉何承］ 何从去诉说经历，承受指导呢？

　　⓫ ［楼船］ 大船。

　　⓬ ［具在］ 完完整整的留在人间。

　　⓭ ［有赫然之典型］ 我们就有了明显的规模。

　　⓮ ［以有成］ 以达到成功的地步。

"三民主义",无不以学术为基础,而予吾人以应出之途程。❶ 尤扼要者,谓革命之根本,在求学问之深且闳。❷ 所宜服膺勿失,❸ 刻苦砥砺,❹ 以共策夫科学之发荣。❺

　　兹当国葬大典,❻ 敬献香花一束,表明德之芳馨;❼ 佐以清樽,湛然醁醽。❽ 呜呼! 有尽者言词,不尽者伊怨凄楚之情。❾ 灵爽匪遥,鉴此精诚。❿

———————————

❶　〔予吾人以应出之途程〕 为我们指示应该走的路径。出,经由。

❷　〔闳〕 大。

❸　〔所宜服膺勿失〕 上面说的一层意思,是我们应该牢记不忘的。服膺,存在胸中。勿失,不可忘记。

❹　〔砥砺〕 磨炼。

❺　〔以共策夫科学之发荣〕 来推进那科学的发达。

❻　〔兹当国葬大典〕 现在当举行国葬的盛大典礼的时候(民国十八年)。国葬,以国家名义举行葬仪。

❼　〔表明德之芳馨〕 表征您的道德的高尚。

❽　〔湛然醁醽〕 樽中有澄清的好酒。醁醽,音绿灵,好酒。

❾　〔有尽者……凄楚之情〕 言语说得完,可是抑郁凄楚的情发抒不完。伊字从"伊郁"而来,伊郁即抑郁。

❿　〔灵爽匪遥鉴此精诚〕 您的灵魂不远。请您鉴谅我的这一片诚心。

六、先妣灵表❶

汪　中❷

　　母讳维贞，❸先世无锡❹人。父处士君萧，❺母张孺人。❻ 处士授学于家，母❼暇日于屏后听之，由是塾中诸书皆成诵。❽ 张孺人蚤❾没，处士衰耗，母尽心奉养，抚二弟有恩；家事以治。及归于汪，❿汪故贫，⓫先君子始为赘婿，⓬世父将鬻其宅，⓭先主无所置。⓮ 母曰："焉有为人妇不

---

❶ ［先妣灵表］ 先妣，称已死的母亲。灵表，同于墓表，也是刻石安置在坟墓上的文字。就表彰其人的灵魂说，就叫灵表。

❷ ［汪中］ 字容甫，清江都人。博贯经史，有志用世，于古今沿革，民生利病，皆所切究。初游两湖总督毕沅幕，后校"四库全书"于杭州文澜阁。著述很多，以"述学"内外篇为最著。

❸ ［母讳维贞］ 死者之名叫做讳。通篇没有提及母亲的姓，一般人认为此篇的缺失。

❹ ［无锡］ 今江苏无锡县。

❺ ［父处士君萧］ 处士，有学行而不出仕的人，君，尊称。

❻ ［孺人］ 命妇封号的一种，始于宋徽宗时。这里不一定是封号，不过是对于老太太的尊称而已。

❼ ［母］ 这是作者的母亲。

❽ ［成诵］ 读到背得出。

❾ ［蚤］ 即"早"字。

❿ ［归于汪］ 嫁到我们汪家来。古时称女子出嫁为"归"。

⓫ ［汪故贫］ 我们汪家素来贫穷。

⓬ ［先君子始为赘婿］ 汪中的父亲名一元，字兆初，勤学笃行，年四十二岁即死。中另有"先考灵表"记其生平。赘婿，男子就婚于女家的。

⓭ ［世父将鬻其宅］ 世父，即伯父。鬻，售出。

⓮ ［先主无所置］ 先主，祖先的木主。无所置，没有安置的地方。

事舅姑者!"❶请于处士君，割别室奉焉。❷ 已而世叔父数人皆来同爨。先君子羸病不治生。母生子女各二，室无童婢，饮食衣履咸取具一身；❸月中不寝者恒过半。先君子下世，❹世叔父益贫，久之散去。母教女弟子数人，且缉履❺以为食，犹思与子女相保；值岁大饥，乃荡然无所托命矣！❻再徙北城，所居止三席地，其左无壁，覆之以苫。❼ 常使姊守舍，携中及妹㑊然❽贷于亲故，率❾日不得一食。归则藉藁于地，❿每冬夜号寒，母子相拥，不自意全济；⓫比⓬见晨光，则欣然有生望焉。迨中入学宫，⓭游艺四方，⓮稍致甘旨之养。⓯ 母百病交攻，绵历岁年，⓰竟致不起，鸣呼痛哉！

母忠质⓱慈祥，生平无妄言。接下以恩，多所顾念。⓲ 方中幼时，三族无见恤者，⓳母九死⓴流离，抚其遗孤，至于成立。母禀气㉑素强，不近

---

❶ [焉有为人妇不事舅姑者] 这是指供奉木主说。若不供奉木主，便无从祭祀，便是不事舅姑。

❷ [割别室奉焉] 木主该供在自己家里，故在母家划出一间房子，作为自己的家，以供奉木主。

❸ [咸取具一身] 都由她一个人料理准备。

❹ [下世] 死。

❺ [缉履] 编草鞋。

❻ [乃荡然无所讬命矣] 这才一塌糟糕，没有求生的办法了。

❼ [苫] 藁草编织成片叫苫。

❽ [㑊然] 疲惫地。

❾ [率] 大抵。

❿ [藉藁于地] 衬着藁草睡在地上。

⓫ [不自意全济] 自己也不料能够保全生命。

⓬ [比] 音界，及到。

⓭ [入学宫] 应试入学，为生员。

⓮ [游艺四方] 凭着学艺游于四方。

⓯ [稍致甘旨之养] 稍稍有些奉养。甘旨，通常指奉养父母的物品。

⓰ [绵历岁年] 连连牵牵经过许多岁月。

⓱ [忠质] 忠厚质朴。

⓲ [多所顾念] 对下很多照顾体贴之处。

⓳ [三族无见恤者] 三族之中没有体恤我们的。三族，古来有很多解释，这里指同族人。

⓴ [九死] 极言所遭的境遇时时可死。

㉑ [禀气] 从父母禀受得来的体气。

医药。计母生七十有六年，少苦操劳，中苦饥乏，老苦疾疢；❶重以天属之乖，❷人事之湮郁；❸盖终其身齗❹一日之欢焉。论其摧剥，❺金石可销；况于血气❻。故吾母虽以中寿❼告终，不得谓其天年之止于是也。

　　呜呼！生我之恩，送死之戚，❽人所同也。家获再造，❾而积苦以陨身，行路伤之；❿况在人子，⓫呜呼痛哉！其哀子⓬中泣血为之表曰："呜呼！汪氏节母，⓭此焉其墓。更⓮百苦以保其后，后之人尚保其封树。"⓯

---

❶　［疢］　音趁，也是疾病。
❷　［重以天属之乖］　又加上族人中的乖戾——与上文"三族无见恤者"相应。天属，天然的亲属。
❸　［湮郁］　阻塞不通。
❹　［齗］　少。
❺　［论其摧剥］　论到这种境遇的摧毁的力量。
❻　［况于血气］　何况坚固不及金石的血气之身。
❼　［中寿］　古来有种种解释。有一说指八十岁，便是作者所本。
❽　［戚］　哀伤。
❾　［再造］　重新建立起来。
❿　［行路伤之］　就是不相干的人听见了也要伤悼的。
⓫　［人子］　做儿子的。
⓬　［哀子］　居父母之丧者，自称哀子。但习俗专用于居母丧，而父尚存者。
⓭　［节母］　具有高节的母亲。
⓮　［更］　经历。
⓯　［尚保其封树］　尚，庶几。封是封在坟上的土。树是种在坟上的树。

七、金缕曲❶寄吴汉槎❷

顾贞观❸

　　季子❹平安否？便归来❺，生平万事，那堪回首？行路悠悠谁慰藉❻——母老，家贫，子幼？❼记不起从前杯酒。❽魑魅搏人应见惯，料输他覆雨翻云手。❾冰与雪，周旋久。❿泪痕莫滴牛衣⓫透。数天涯，依然骨肉，几家能够？⓬比似红颜多薄命，更不如今还有？⓭只绝塞苦寒难

────────────

❶　[金缕曲]　词牌名。这里两首词都填的"金缕曲"，句式音调全同。两首合起来看，就是一篇书牍。

❷　[寄吴汉槎]　这是这两首词的题目。吴汉槎，名兆骞，清江苏吴江人。顺治十四年举于乡，以科场案（考试作弊）被累。充军到宁古塔。顾贞观是他的好友，作了这两首词寄他。词为纳兰性德所见，大为感动，便替吴设法，康熙二十年放还，在塞外凡二十三年。吴以诗及骈体文著名。

❸　[顾贞观]　字华峰，号梁汾。清江苏无锡人。康熙十一年举人，官内阁中书。文兼众体，能诗。尤工于词。他的词集名"弹指词"。

❹　[季子]　称吴汉槎。春秋时吴公子季札封于延陵，号延陵季子。汉槎姓吴，所以借用。

❺　[便归来]　就是能得被放回来。

❻　[行路悠悠谁慰藉]　行路就是行路的人，也就是不相干的人。悠悠描状人的众多。这一句是说：从前许多人认识的人都像行路之人一样，谁来慰藉你？

❼　[母老家贫子幼]　谁来慰藉你对于"母老，家贫，子幼"的愁虑？

❽　[记不起从前杯酒]　他们都好像忘记了从前与你有杯酒之欢似的。

❾　[魑魅搏人……覆雨翻云手]　魑魅，古人意想中的山泽间的鬼怪。输，等于说比不上，这两语说：你对于魑魅搏人的情形应是见惯的了，其可怕的程度，料想起来，还比不上覆雨翻云的人情吧。就是说：人情上的覆雨翻云比魑魅搏人更可怕。

❿　[冰与雪周旋久]　你在塞外，与冰雪周旋得长久了。

⓫　[牛衣]　以麻或草编织的衣服。吴在塞外为罪人，生活当然很苦，故称他的衣服为牛衣。

⓬　[数天涯……能够]　数是计算。这两语说：计算起来，天涯有几家能够骨肉长聚的呢？这是慰藉的话，也就是劝吴"泪痕莫滴牛衣透"的所以然。

⓭　[比似……还有]　"比似红颜多薄命"照例是才人的命运，这情形岂不是如今还有吗？

受。廿载包胥承一诺,❶盼乌头马角终相救。❷ 置此札,君怀袖。❸

　　我亦飘零久! 十年来,深恩负尽,死生师友。❹ 宿昔齐名非忝窃,❺试看杜陵消瘦,曾不减夜郎僬悴。❻ 薄命长辞知己别,问人生到此凄凉否? 千万恨,为君剖。❼ 兄生辛未吾丁丑,❽共些时,冰霜摧折,早衰蒲柳。❾ 词赋从今须少作,留取心魂相守,❿但愿得河清人寿⓫ 归日急翻行戍稾,⓬把空名料理传身后。⓭ 言不尽,观顿首。⓮

_____

　　❶ [廿载包胥承一诺] 申包胥,春秋时楚大夫,与伍员友好。伍员将出亡,对包胥说:"我必覆楚。"包胥说:"我必存之。"后伍员引吴军入楚,包胥便至秦乞救,结果保存了楚国。这里作者以包胥自比,说当时自任救吴,二十年来,未尝忘怀。

　　❷ [盼乌头马角终相救] 战国时燕太子丹在秦国作质,求回国,秦王说:"待乌头白,马生角,当放子归。"乌头白,马生角,都是不可能的事。这里说:虽然不可能,终当竭力设法相救。

　　❸ [置此札君怀袖] 古诗十九首的第十七首中有"客从远方来,遗我一书札","置书怀袖中,三岁字不灭"等句子,是这里两语的来历。两语有以此词为凭信的意思。

　　❹ [十年来……死生师友] 十年以来,负尽了死生师友的深恩。

　　❺ [宿昔齐名非忝窃] 宿昔,从前。忝,是耻辱。有辱于人而窃取得来,叫做"忝窃"。这一语说:从前我和你齐名,并非忝窃得来的。也就是说:我和你确是道义之交。

　　❻ [试看……夜郎僬悴] 杜陵,地名,在今陕西长安县东南。唐杜甫居杜陵,自称"杜陵布衣",所以称杜甫也称杜陵。这里用来比喻作者自己。夜郎,唐李白流窜的地方,在今贵州桐梓县。这里用流窜的李白来比喻流窜的汉槎。杜甫李白两人是好友,在文坛上又是齐名的,取作比喻,极为切合。僬悴,就是忧愁。

　　❼ [剖] 剖白。

　　❽ [兄生辛未吾丁丑] 辛未,明思宗崇祯四年(公元一六三一年)。丁丑,崇祯十年(公元一六三七年)。

　　❾ [共些时……蒲柳] 蒲柳,即水杨,零落最早,故用来比喻早衰的体质。这里说,你我再经不多几时,便将像蒲柳一样,受冰霜的摧折而早衰了。

　　❿ [留取心魂相守] 留下精神以守那未来的岁月。

　　⓫ [但愿得何清人寿] 黄河经常混浊,古诗有"俟河之清,人寿几何"的句子。这里反转来说:但愿得河水澄清,人也长寿,河清比喻局面的好转,指汉槎能得释放归来。

　　⓬ [行戍稾] 行戍时期的诗文稾。行戍,就是犯罪充军。

　　⓭ [把空名料理传身后] 文章传后,所得也不过空名。这里说把换取空名的文章料理料理备预传到后世。

　　⓮ [言不尽观顿首] 这是取书牍的程式来作词的结语。书牍末了,常用"不宣""不尽欲言"等语。观是作者名字"贞观"的省略。在书牍上双名往往省略去一字。

八、李氏山房藏书记

苏　轼

象犀珠玉怪珍之物，❶有悦于人之耳目，❷而不适于用。金石草木丝麻五谷六材❸有适于用，而用之则弊，取之则竭。悦于人之耳目而适于用，用之而不弊，取之而不竭，贤不肖之所得，各因其才，仁智之所见，各随其分，才分不同而求无不获者，❹惟书乎！

自孔子圣人，其学必始于观书。当是时惟周之柱下史聃为多书。❺韩宣子❻适鲁，然后见易象与鲁春秋。❼季札聘于上国，❽然后得闻诗之风雅颂。❾而楚独有左史倚相，❿能读三坟五典八索九邱。⓫土之生于

---

❶　［象犀珠玉怪珍之物］　象是象牙，犀是犀角。怪珍，奇异宝贵。

❷　［有悦于人之耳目］　足以娱悦人的耳目。

❸　［五谷六材］　五谷是稻，黍，稷，麦，菽。六材是造弓的六种材料——干，角，筋，胶，丝，漆，见周礼弓人；这里只是泛指生活上需用的材料。

❹　［悦于人之耳目……而求无不获者］　这许多语都说书的特点。"悦于人之耳目而适于用"，所以书与象犀珠玉不同。"用之而不弊，取之而不竭"，所以书与金石草木丝麻五谷六材不同。贤者不肖者因其才而各有所得，仁者智者随其分而各有所见，无论什么人求无不获，这又是书的特点。易系辞："仁者见之谓之仁，智者见之谓之智。"所见都是本身所有的，所以这里说"各随其分"。

❺　［周之柱下史聃为多书］　柱下史，周朝官名。聃，老聃。老聃掌管周朝的藏书。

❻　［韩宣子］　春秋时晋卿韩起。

❼　［易象与鲁春秋］　易的象辞和鲁国的史。

❽　［季札聘于上国］　季札，春秋时吴国的公子。聘于上国，指聘于鲁，当时鲁是大邦，故称上国。

❾　［得闻诗之风雅颂］　当时鲁国为季札奏乐唱诗，所唱的诗是风雅颂中间的篇章。风雅颂是编集古代诗歌的三个部目。

❿　［左史倚相］　左史，姓。倚相，名。

⓫　［三坟五典八索九邱］　古代的四种书名，早已不传。

是时,得见六经❶者,盖无几,其学可谓难矣;而皆习于礼乐,深于道德,非后世君子所及。自秦汉以来,作者益众,纸与字画日趋于简便,❷而书益多,世莫不有;然学者益以苟简,何哉?余犹及见老儒先生,❸自言其少时,欲求史记汉书❹而不可得,幸而得之,皆手自书,日夜诵读,惟恐不及。近岁市人转相摹刻,诸子百家之书,日传万纸,学者之书,多且易致❺如此,其文词学术当倍蓰于昔人;❻而后生科举之士,❼皆束书不观,游谈无根,❽此又何也?

余友李公择❾,少时读书于庐山❿五老峰下白石庵之僧舍,公择既去,而山中之人思之,指其所居为李氏山房。藏书凡九千余卷,公择既已涉其流,探其源,采剥其华实,而咀嚼其膏味,⓫以为己有,发于文词,见于行事,以闻名于当世矣;而书固自如也,未尝少损。将以遗来者,供其无穷之求,而各足其才分之所当得,是以不藏于家,而藏于其故所居之僧舍。此仁者之心也。

余既衰且病,无所用于世,惟得⓬数年之闲,尽读其所未见之书。而庐山固所愿游而不得者,盖将老焉⓭,尽发⓮公择之藏,拾其余弃以自

---

❶ [六经] 古代的六种书籍——诗,书,礼,乐,易,春秋,自经孔子编定,后人便称为六经。

❷ [纸与字画日趋于简便] 我国制纸,相传创始于后汉时蔡伦,秦朝时程邈改变篆书,创为隶书,东汉时王次仲又变隶书为楷书,书写愈趋简便。

❸ [先生] 前辈。

❹ [史记汉书] 史记,汉司马迁撰,是从古代黄帝直到汉武帝时的历史。汉书,东汉班固撰,是西汉的历史。

❺ [易致] 容易得到。

❻ [当倍蓰于昔人] 应当比从前人超过许多倍。蓰,五倍。

❼ [科举之士] 从科举出身的人。唐以来设科取士,叫科举。

❽ [游谈无根] 说一些浮泛的话,没有切实的根柢。

❾ [李公择] 名常,宋建昌人,皇祐间进士。熙宁中为右正言,哲宗时累拜御史中丞。

❿ [庐山] 在江西九江县南。

⓫ [涉其流……其膏味] “流”,“源”,“华实”,“膏味”都是比喻书的内容,所以说研求书的内容就用“涉”,“探”,“采剥”,“咀嚼”等字。华实,花与果实。咀嚼,含咀和咬嚼。

⓬ [惟得] 但愿得。

⓭ [盖将老焉] 意欲终老在那里。

⓮ [发] 检出。

补❶,庶有益乎！

　　而公择求余文以为记,乃为一言,使来者❷知昔之君子见书之难,而今之学者有书而不读为可惜也。

---

❶ ［拾其余弃以自补］ 拾取公择所不要的来充实自己。这是谦逊的话。

❷ ［来者］ 后来人。

文章法则甲

一、接续词的用途（一）

　　一个词可以依其性质用在句中的各部，但也有两个词合起来，用在句中同一部分的。一句句子可以独立存在，但也有上下两句互相联系，结成一串的。结合词与词，联系句与句，都是接续词的任务。因此，接续词有接词的与接句的两种。

　　先说接词的接续词。如：

　　　　你想着可以看见迈儿和转子，也愿意。《给亡妇》

　　　　浴乎沂，风乎舞雩，咏而归。《子路曾皙冉有公西华侍坐》

　　　　读者诸君都是有了相当的知识，不过为了感到知力不够应付生活，或不够改进生活的地位，才于艰难困苦中继续读书求学。《求学和致用》

　　　　子仪免胄释甲投枪而进。《郭子仪单骑退敌》

第一例"和"字接续名词"迈儿"与"转子"；第二例"而"字接续动词"咏"与"归"；第三例"或"字接续形容词性的短语"不够应付生活"与"不够改进生活的地位"；第四例"而"字接续三个动词性的短语"免胄，释甲，投枪"与一个动词"进"。

　　接续词接续词与词，其方式有对等的与陪从的两种。如上所举第一例与第三例，便是对等的接续。又如：

　　　　时回纥与吐蕃闻仆固怀恩死。《郭子仪单骑退敌》

　　　　学者之于书，多且易致如此。《李氏山房藏书记》

"迈儿和转子"改为"转子和迈儿"，"不够应付生活或不够改进生活的地位"改为"不够改进生活的地位或不够应付生活"，"多且易致"改为"易致且多"，均无不可。从此可知，对等的接续，接续词前后的词儿是可以彼此对调的。如上所举第二例与第四例，便是陪从的接续。又如：

中丞匿于溷藩以免。《五人墓碑记》

家获再造，而积苦以陨身。《先姚灵表》

"咏而归"不能改为"归而咏"，"积苦以陨身"不能改为"陨身以积苦"，其他两例亦然。从此可知陪从的接续，接续词前后的词儿不能彼此对调；在接续词前面的词儿，对于接续词后面的词儿，具有修饰的作用，可以把它当作副词或者副词短语。该注意的，语言遇到这种场合，就不用接续词。如"咏而归"只是"唱着歌回来"，"匿于溷藩以免"，只是"躲在毛厕里，没受到民众难为"，都无须接续词。

现在说接句的接续词。接句的接续词与接词的接续词一样，接续的方式也有对等的与陪从的两种。对等的接续是接续两句独立的句子。陪从的接续便不然，在前的句子大概不能独立，只是在后的句子的衬托或修饰而已。

句与句的对等的接续，就前后句子的关系，又可以分为好几种。如：

你对孩子一般儿爱，不问男的女的，大的小的。也不想到什么"养儿防老，积谷防饥"，只拼命的爱去。《给亡妇》

这也不对，那也不对。

弃前功，结怨仇，背恩德，而助叛臣，何其愚也！《郭子仪单骑退敌》

上三例中，接续词把平等的句子连接起来，叫做"平接"。可以注意的，语言中可以前后叠用接续词，不一定只用一个接续词在两句之间。又如：

我是——大宇中间的一个微生物。所以最合理的观念，不但看我和人该一样，而且看我和别种生物都该一样。《我的人生观》

所恶有甚于死者，故患有所不辟也。《鱼我所欲也章》

今也以君为主，天下为客，凡天下之无地而得安宁者，为君也。

是以其未得之也，屠毒天下之肝脑，……以博我一人之产业。《原君》

上三例中，接续词前面的句子是原因，后面的句子是当然的结果，这样的接续叫做"承接"。又如：

铁牛不大记得场长们的姓名，可是他知道怎样央告场长。《铁牛》

　　由是则生，而有不用也；由是则可以辟患，而有不为也。《鱼我所
欲也章》

　　跪拜之礼，……不足为辱，然亦不当无故而行之。《答毛宪副书》

上三例中，接续词后面的句子，意义与前面的句子相反，这样的接续叫做
"转接"。又如：

　　干下去好呢，还是不干好，实在决不定。

　　明年你来看我，否则我去看你。

　　不是我倒霉，便是你遭殃。

　　夫子之至于是邦也，必闻其政。求之欤抑与之欤？《论语》

　　非人谋有不臧，则时机犹未至也。

上五例中，接续词把相对的句子连接在一起，对于二者不确定说哪一个，
表出商量选择的态度，这样的接续叫做"选接"。选接有把两个连接词分
用在前后两句里的方式，可以注意。又如：

　　到别处去，我得从头另作，前功尽弃。况且，我和这些地方有了
感情。《铁牛》

　　家获再造，而积苦以隕身，行路伤之；况在人子。《先妣灵表》

　　富贵之子，……死而湮没不足道者，亦已众矣；况草野之无闻者
欤！《五人墓碑记》

上三例中，接续词后面的句子，意义从前面的句子推进一层，这样的接续
叫做"进接"。又如：

　　王夫人听了，不及去回贾母，便忙穿衣出来。《宝玉受打》

　　他摸了三分钟下巴。于是，他咳一声扫清嗓子里的痰。《学费》

　　夜里一听见哭，就竖起耳朵听。《给亡妇》

　　财喜……再打了一夹子，然后横着夹子看了看自己的船肚。
《打蕴草》

　　令四面骑驰下，期山东为三处。于是项王大呼驰下。《项籍之死》

　　请于处士君，割别室奉焉。已而世叔父数人皆来同爨。《先妣灵表》

　　公许之，遂行。《书鲁亮侪事》

　　芸曰："择石之顽劣者，捣末于灰痕处，乘湿糁之，干或色同也。"
乃如其言。《闲情记趣》

上八例中,接续词所连接的前后两句,有步骤上或时间上先后的关系,这样的连接叫做"递接"。又如:

> 却说孙策看了半晌,方始回马。《神亭之战》
>
> 夫以千万倍之勤劳而己又不享其利,必非天下之人情所欲居也。《原君》

上两例中的接续词,其接续的方式与前面所举的各种不同,不是句与句的接续,而是节段与节段的接续,可以叫做"顶接"。这种接续词有时还用在全文的开头,作发语词。文言中除"夫"字外,还有"且夫""且""盖"等,语言中除"却说"外("却说"已不是现代口语了),还有"原来",都是常见的。

习 问

一　本节所举各种接续词都没有齐全,试就所知补举出来。

二　接续词有可省的,有不可省的。试就本节所举的例句看,哪些接续词可省,哪些不可省?

九、为学与做人〔上〕

梁启超

　　问诸君："为什么进学校？"我想诸君会众口一辞的答道："为的是求学问。"再问："你为什么要求学问？你想学些什么？"恐怕各人的答案就很不相同或者竟自答不出来了。诸君啊！我替你们总答一句罢："为的是学做人。"你在学校里头学的数学、几何、物理、化学、生理、心理、历史、地理、国文、英语，乃至哲学、文学、科学、政治、法律、经济、教育、农业、工业、商业等等，不过是做人所需要的一种手段，不能说专靠这些便达到做人的目的。任凭你把那些学得件件精通，你能够成个人不能成个人，还是另一个问题。

　　人类心理有知情意三部分；这三部分圆满发达的状态，我们先哲❶名之为三达德——智、仁、勇。为什么叫做"达德"呢？因为这三者是人类普通道德的标准，总要三者具备才能成一个人。三者的完成状态怎么样呢？孔子说："智者不惑，仁者不忧，勇者不惧。"❷所以教育应分为知育、情育、意育三方面——现在讲的知育、德育、体育，不对，德育范围太笼统，体育范围太狭隘——知育要教导人不惑，情育要教导人不忧，意育到教导人不惧。教育家教学生，应该以这三者为究竟；我们自动的自己教育自己，也应该以这三者为究竟。

　　怎么样才能不惑呢？最要紧的是养成我们的判断力。想要养成判断力，第一步，最少须有相当的常识；进一步，对于自己要做的事须有专门知识；再进一步，还须有遇事能判断的知识。假如一个人连常识都没

------

❶　〔先哲〕　先前的圣人贤人。

❷　〔智者不惑，仁者不忧，勇者不惧〕　见论语子罕篇。

有,听见打雷,说是雷公发威;看见月蚀,说是虾蟆贪嘴;那么,一定闹到什么事都没有主意,碰着一点疑难问题,就靠求神、问卜、看相、算命去解决,真所谓大惑不解,❶成了最可怜的人了。学校里小学中学所教,就是要人有了许多基本的常识,免得凡事都暗中摸索。但仅仅有这点常识还不够。我们做人,总要有一件专门职业。这职业也并不是我一人破天荒❷去做;从前已经有许多人做过。他们积了无数经验,发见出好些原理原则,这就是专门学识。我打算做这项职业,就应该有这项专门学识。例如我们想做农,怎样的改良土壤,怎样的改良种子,怎样的防御水旱病虫……等等,都是前人经验有得,成为学识的,我们有了这种学识,应用他来处置这些事,自然会不惑;反之便惑了。做工、做商……等等,都各各有他的专门学识,也是如此。我想做财政家,何等租税可以生出何等样结果,何种公债可以生出何等样结果……等等,都是前人经验有得,成为学识的,我们有了这种学识,应用他来处置这些事,自然会不惑;反之便惑了。教育家、军事家……等等,都各各有他的专门学识,也是如此。我们在高等以上学校❸所求的知识,就是这一类。但专靠这种常识和学识就够吗?还不够。宇宙和人生是活的,不是呆的;我们每日所碰见的事理是复杂的,变化的,不是单纯的,印板的。倘若我们只是学过这一件才懂这一件,那么,碰着一件没有学过的事来到跟前,便手忙脚乱了。所以还要养成总体的智慧,才能得有根本的判断力。这种总体的智慧如何才能养成呢?第一件:要把我们向来粗浮的脑筋,着实磨练他,叫他变成细密而且踏实;那么,无论遇着如何繁难的事,一定可以彻头彻尾想清楚他的条理,自然不至于惑了。第二件:要把我们向来昏浊的脑筋,着实将养他,叫他变成清明;那么,一件事理到跟前,我才能很容易很莹澈❹的去判断它,自然不至于惑了。以上所说常识学识和总体的智慧,都是智育的要件;目的是教人做到"智者不惑"。

---

❶［大惑不解］ 这是习语。极度的迷惑,终不开悟。
❷［破天荒］ 新创做一件事情,叫做破天荒。
❸［高等以上学校］ 相当于现在学制下的专科学校与大学。
❹［莹澈］ 明白清澈。

一〇、为学与做人〔下〕

梁启超

怎么样才能不忧呢？为什么仁者便会不忧呢？想明白这个道理，先要知道中国先哲的人生观是怎么样。"仁"之一字，儒家人生观的全体大用❶都包括在里头。"仁"到底是什么，很难用言语来说明；勉强下个解释，可以说是"普遍人格之实现"。孔子说："仁者，人也。"❷意思是说人格完成就叫做"仁"。但我们要知道，人格不是单独一个人可以表见的，要从人和人的关系上来看出来。所以仁字从二人，郑康成解他做"相人偶"❸。总而言之，要彼我交感互发，成为一体，然后我的人格才能实现。所以我们若不讲人格主义，那便无话可说；讲到这个主义，当然归宿到普遍人格。换句话说，宇宙即是人生，人生即是宇宙，我的人格和宇宙无二无别。体验得这个道理，就叫做"仁者"。然则这种"仁者"为什么会不忧呢？大凡忧之所从来，不外两端：一是忧成败，二是忧得失。我们得着"仁"的人生观，就不会忧成败。为什么呢？因为我们知道宇宙和人生是永远不会圆满的，所以易经六十四卦始"乾"而终"未济"❹；正为在这永远不会圆满的宇宙中，才永远容得我们创造进化。我们所做的事，不过

---

❶　〔全体大用〕　整个的本质与广大的作用。

❷　〔仁者人也〕　见礼记中庸与表记两篇。

❸　〔郑康成解他做"相人偶"〕　郑康成，名玄，汉高密人，经学家，所注经籍极多。他在"仁者人也"下注道"'人也'读如相人偶之人，以人意相存问之言。"相人偶，对此亲厚。

❹　〔始"乾"而终"未济"〕　"乾"是六十四卦的第一卦，为自强不息之象。"未济"是六十四卦的末一卦，为尚未圆满成功之象。

在宇宙进化几万里的长途中,往前挪一寸两寸,❶那里配说成功呢?然则不做怎么样呢?不做便连一寸两寸都不往前挪,那可真失败了。"仁者"看透了这种道理,相信只有不做事才算失败,凡做事便不会失败;所以易经说:"君子以自强不息。"❷换一方面来看,他们又相信凡事不会成功的;几万里路挪了一两寸,算成功吗?所以论语说:"知其不可而为之。"❸你想,有这种人生观的人,还有什么成败可说呢?再者,我们得着"仁"的人生观,便不会忧得失。为什么呢?因为认定这件东西是我的,才有得失之可言;连人格都不是单独存在,不能明确的画出这一部分是我的,那一部分是人家的,然则那里有东西可以为我所得?既已没有东西为我所得;当然亦没有东西为我所失。我只是为学问而学问,为劳动而劳动,并不是拿学问劳动等等手段来达到某种目的——可以为我们"所得"的。所以老子说:"生而不有,为而不恃❹。""既以为人,己愈有;既以与人,己愈多。"你想,有这种人生观的人还有什么得失可忧呢?总而言之,有了这种人生观,自然会觉得"天地与我并生,而万物与我为一"❺;自然会"无入而不自得"❻。他的生活纯然是趣味化,艺术化。这是最高的情感教育,目的是教人做到"仁者不忧"。

怎样才能不惧呢?有了不惑不忧工夫,惧当然会减少许多了。但这是属于意志方面的事,一个人若是意志薄弱,便有很丰富的知识,临时也会用不着;便有很优美的情操,临时也会变了卦。然则意志怎样才会坚强呢?头一件须要心地光明。孟子说:"浩然之气,至大至刚,行有不慊于心则馁矣。"❼又说:"自反而不缩,虽褐宽博,吾不惴焉。自反而缩,虽

---

❶ 〔在宇宙进化几万里的长途中向前挪一寸两寸〕 这是把宇宙进化比做在空间行进的说法。

❷ 〔君子以自强不息〕 这是易经乾卦的象辞。

❸ 〔知其不可而为之〕 这是石门地方的晨门(管门人)形容孔子的话,见论语宪问篇。

❹ 〔为而不恃〕 为之而不恃以为己之所有。

❺ 〔天地……为一〕 见庄子齐物论篇。

❻ 〔无入而不自得〕 无往而不自得其乐。见礼记中庸篇。

❼ 〔浩然之气……则馁矣〕 见孟子公孙丑上不动心章,是节引,并非照录原文。"浩然之气"是孟子所提出的用语,指人生修养的一种极高境界。慊,快适。

千万人，吾往矣。"❶俗话说得好："生平不作亏心事，夜半敲门也不惊。"一个人要保持勇气，须要从一切行为可以公开做起，这是第一着。第二件要不为劣等欲望所牵制。论语说："子曰：'吾未见刚者。'或对曰：'申枨。'子曰：'枨也欲，焉得刚！'"❷被物质上无聊的嗜欲东拉西扯，那么，百炼钢也会变为绕指柔❸了。总之，一个人的意志，由刚强变为薄弱极易，由薄弱返到刚强极难。一个人有了意志薄弱的毛病，这个人可就完了。自己作不起自己的主，还有什么事可做！受别人的压制，做别人的奴隶，只要自己肯奋斗，终能恢复自由；自己的意志做了自己嗜欲的奴隶。那么，真是万劫沈沦❹，永无恢复的余地，终身畏首畏尾❺，成了个可怜人了。孔子说："和而不流，强哉矫；❻中立而不倚，强哉矫；国有道，不变塞焉❼，强哉矫；国无道，至死不变，强哉矫。"我老实告诉诸君罢，做人不做到如此，决不会成一个人。但做到如此，真是不容易，非时时刻刻做磨炼意志的工夫不可。意志磨炼得到家，自然是看着自己应做的事，一点不迟疑，扛起来便做"虽千万人吾往矣"。这样才算顶天立地做一世人，绝不会有藏头躲尾左支右绌的丑态。这便是意育的目的，要人做到"勇者不惧"。

　　我们拿这三件事作做人的标准，请诸君想想，我自己现在做到那一

---

　　❶　〔自反而不缩……吾往矣〕　也见不动心章。自反，自己反省。缩，直（理直气壮的直）。褐宽博，穿粗布宽衣的鄙夫，孟子当时称鄙夫习用这个词儿。"吾不惴焉"一语，或说"不"是语词，没有意义，作"我惧怕他的"解。或说"不"是"岂不"的意思，那么"焉"字表示询问语气，作"我怎能不惧怕他呢"解。"吾往矣"意即毫不惧怕他们。

　　❷　〔子曰……焉得刚〕　见论语公冶长篇。申枨，鲁人，孔子弟子。"枨也欲"，申枨有嗜欲。"也"字是语中助词，表示语气的拖长。

　　❸　〔百炼钢也会变为绕指柔〕　晋刘琨重赠卢湛诗中有"何意百炼刚，化为绕指柔"句。百炼刚是百炼坚刚之铁。绕指柔是说柔软得像棉絮一般，可以绕在指头上。（这当然只是修辞法，事实上必不会这样的。）

　　❹　〔万劫沈沦〕　永远不得翻身。佛家称世界一成一毁为一劫，万劫，极言时间的悠久。

　　❺　〔畏首畏尾〕　见左传文公十七年。下一语是"身其余几"，两语是古人的谣谚。说头也怕人，尾也怕人，余下来不怕人的身子也就有限了。

　　❻　〔和而不流强哉矫〕　这二语和以下诸语，都见礼记中庸篇。流，转移。"强哉矫"是赞美的话，矫，强健的样子。说和平而不被人转移，这种品德是值得赞美的。

　　❼　〔不变塞焉〕　塞，充实。不变他的充实的操守以趋时。

件？那一件稍为有一点把握？倘若连一件都不能做到，连一点把握都没有，嗳哟！那可真危险了，你将来做人恐怕就做不成！

诸君啊！你千万不要以为得些断片的知识就算有学问呀！我老实不客气告诉你罢：你如果做成一个人，知识自然是越多越好；你如果做不成一个人，知识却越多越坏，你不信吗？试想想全国人所唾骂的卖国贼某人某人，是有知识的呢，还是没有知识的呢？试想想全国人所痛恨的官僚政客——专门助军阀作恶鱼肉良民的人，是有知识的呢，还是没有知识的呢？

诸君须知道，这些人当十几年前在学校的时代，意气横厉，天真烂漫，何尝不和诸君一样；为什么就会堕落到这样田地呀？屈原❶说的："何昔日之芳草兮，今直为此萧艾也？岂其有他故兮，莫好修之害也。"❷天下最伤心的事，莫过于看见一群好好的青年，一步一步的往坏路上走。诸君猛醒啊！现在你所厌所恨的人，就是前车之鉴❸了。

诸君啊！你现在怀疑吗？沈闷吗？悲哀痛苦吗？觉得外边的压迫你不能抵抗吗？我告诉你：你怀疑沈闷，便是你因不智才会惑。你悲哀痛苦，便是你因不仁才会忧。你觉得你不能抵抗外界的压迫，便是你因不勇才会惧。这都是你的知情意未经过修养磨炼，所以还未成个人。我盼望你有痛切的自觉啊！有了自觉，自然会自动。那么学校之外，当然有许多学问，读一卷经，翻一部史，到处都可以发见诸君的良师呀！

诸君啊！醒醒罢！养足你的根本智慧，体验出你的人格人生观，保护好你的自由意志。你成人不成人，就看这几年哩！

---

❶　［屈原］　战国时楚人，我国的大诗人，辞赋的创始者。

❷　［何昔日……害也］　见屈原的重要作品"离骚"。芳草，比喻志行高尚。萧艾，寻常之草，比喻志行卑劣。好修，切实的修养。

❸　［前车之鉴］　失败的榜标。汉书贾谊传："前车覆，后车戒。"

一一、进化论❶浅释

陈兼善❷

　　"进化"一名"天演"，❸就是天地间古往今来万物万事递变演进的一个现象。现在世界大势，正是风起云卷，激荡澎湃，向前推动得最紧的时代。中国将顺之以存，抑逆之以亡，都在我们自己的努力，因草"进化论浅释"以告青年学子。

　　天是个广漠无边的空际，日月星辰，以及我们人类以生以养以居以息的地球，都是天空中的一部分。天文家告诉我们，混沌之初，❹漫天无际，布满着银河一般的星云❺，又热又光，但是没有凝集起来，成为日月星辰等各个星体。经过了亿万年岁，有些星云凝集起来了，大的成为太阳，小的就是众星。太阳因为太大了，所以直到现在依然炽热光芒。地球比起太阳来，真是渺乎其小，热放得快，所以表面已经结成了地壳。月比地球更小，它已经死了，没有光也没有热。有人说，太阳是未来的地球，❻月是过去的地球，❼这话可算把天体的进化说得最浅显明白了。

---

　　❶　[进化论]　说明物类进化过程的一种学说，公元一八五八年英国生物学家达尔文所创。大致说世界生物，其初皆同一种源，后来由同趋异由简趋繁，由下等而高等，逐渐演进变化，乃成今日万□不齐的情状。而进化的原因，则以"物竞天择，适者生存"为大要。

　　❷　[陈兼善]　字达夫，现代浙江诸暨人。前北京高等师范学校毕业，曾任国立中山大学广东勷勤大学教授。

　　❸　["进化"一名"天演"]　"进化"一词是日本人所立。"天演"是我国严复所定。天指自然，演是变化，意即说万物自然在那里逐渐变化。

　　❹　[混沌之初]　还没有形成天地的时候。

　　❺　[银河一般的星云]　星云是存在于天空中的气体集团。我们所见的银河，就是这种星云。

　　❻　[太阳是未来的地球]　未来的太阳将与地球一样，放热放到相当时候，表面结成了壳。

　　❼　[月是过去的地球]　过去的月原与地球一样，内部蕴蓄□热。

　　说到地,平常人很难感觉到这个地球是活的。地球表面无论何处,就是热带地方,假使没有太阳,也就同北极一样的寒冷,同深夜一样的黑暗。然而地球各处有火山,有地震,有温泉,足证地心是个炽热体,它依然是活的,依然在不断的进化之中。地球表面,山岭江海,到现在可谓形势粗定;可是山崩海啸❶,风霜雨雪,随时随地有变换地面形势之可能;所以"沧海桑田"❷,决非凭空虚造的话。

　　天无时无刻不在进化之中,地也无时无刻不在进化之中。那么我们人类呢?不过要说到人类的进化,先得说说生物的进化,因为人也是生物之一。

　　地球进化到某一个时代,温度湿度以及空气中各种气体(例如氧和氮)配合量的多少,都适宜于生物的繁荣,最古,最简单,最微小的生物,就产生在我们地球之上。这时候不要说虫鱼鸟兽草木之分谈不到,这最古的生物,究竟是动物还是植物也分不清楚,所以我们只能叫它最古的生物。然而这最古的生物已经能够发挥它本身的力量,适应着周围的环境,向前推移,向前递变,向前演进,到了现在,奇花异草,飞禽走兽,无奇不有;更有我们人类,凭其聪明智慧支配了一切。

　　在这悠久的生物进化历史中,不知有多少种类,失败了,灭亡了,变为化石❸,仅仅在整部历史中留了一页的事迹。我们现在所看到的芸芸众生❹,可以说都是过去历史中的成功者,虽然它们假如不努力,将来依然会失败而灭亡。那些已灭亡了的生物,其所以致败之因何在?在古代,有些极大的爬虫,有人把它叫做恐龙。❺ 它们之中,身体最长的,可以超过十丈以上;后来因为这种大动物的食量太宏,地球上的食物一天

　　❶　〔海啸〕　海底地震或火山爆发,冲激海水,便成海啸。
　　❷　〔沧海桑田〕　简略作"沧桑",指人世事物的变易无常。语出晋葛洪神仙传王远:"麻姑自说云'接待以来,已见东海三为桑田,向到蓬莱,又水浅于往日会时略半耳。岂复将为陵陆乎!'远叹曰:'圣人皆言海中将复扬尘也。'"
　　❸　〔化石〕　古代生物的遗骸,被压在地层之中,经过了悠久的年代成为石状的东西。
　　❹　〔芸芸众生〕　各种的生物。芸芸,形容众多。
　　❺　〔恐龙〕　是中生代的一种爬虫,形态依种类而异,躯体都极庞大。我国蒙古及西北各省,最近曾发见恐龙的卵和骨骼很□。

一天的减少，它们就慢慢地饿死了。古代又有一种可怕的兽类，长着两个利牙，但是弯曲的；后来牙齿愈长愈弯，竟穿过了自己的脑袋。这种动物，可谓自取灭亡。此外还有些动物，则因自己没有护身法宝❶，禁不起大动物的侵害，也日趋衰微而终归灭亡。

我们要晓得这么多的生物生在地球上面，大家要吃东西，要占据一个地方；换言之，就是大家要生存。它们生生不已❷，地球表面只有这么大，所以为生存而竞争，是不可避免的事实。生存竞争之结果，优者胜，劣者败；换言之，即适者生存，不适者灭亡，也是必然的趋势。

但是适者生存这句话，不要看得太褊狭。譬如鹰虎以其爪牙取胜，有能避其爪牙之利者，则鹰虎之技穷。❸ 现在生物界中最占优胜的莫如鸟兽，其最重要致胜之因，因为它们能在任何季节，任何地带中生活；它们的体温永远能保持一定的度数，所以不至于像蛇，蛙，蜥蜴之类，只能在夏天活动，一到冬季便蛰伏假眠。

说到生物中最高等的人类，他有发达的脑子，他有聪明智慧，他有意志，他能支配他自己一切的行动，不至于像其他生物只能随着造化❹变迁，存亡盛衰不能自主。所以无论任何民族，只要他自己努力，能发挥他的特长，能适应他的环境，无有不发达繁荣的道理。我们中国，在世界各国中，人口最多，而且土地既广，历史亦久，照进化的事实看起来，可以说具备了一切优胜的条件——青年们！我们向前努力罢！

---

❶　［护身法宝］　指适应环境的器官，彩色，形态等。
❷　［生生不已］　一代一代的生殖繁衍。
❸　［譬如……技穷］　这是说，鹰与虎以爪牙取胜，这是它们的"适"；可是在别种动物"能避其爪牙之利"的情形下，它们的"适"就归无用，也就不能算"适"。
❹　［造化］　大自然的势力。

一二、今

李大钊❶

我以为世间最可宝贵的就是"今",最易丧失的也是"今"。因为他最容易丧失,所以更觉他可以宝贵。

为什么"今"最可宝贵呢?最好借哲人耶曼孙❷所说的话答这个疑问:"尔若爱千古,尔当爱现在。昨日不能唤回来,明天还不确实。尔能确有把握的,就是今日。今日一天,当明日两天。"

为什么"今"最易丧失呢?因为宇宙大化❸,刻刻流转,绝不停留。时间这个东西,也不因为吾人贵他,爱他,稍稍在人间留恋。试问吾人说"今",说"现在",茫茫百千万劫❹,究竟那一刹那❺是吾人的"今",是吾人的"现在"呢?刚刚说他是"今",是"现在",他早已风驰电掣的一般,成为"过去"了。吾人若要糊糊涂涂把他丢掉,岂不可惜?

有的哲学家说,时间但有"过去"与"未来",并无"现在"。有的又说,"过去""未来"皆是"现在",我以为"过去未来皆是现在"的话倒有些道理。因为"现在"就是所有"过去"流入的世界。换句话说,所有"过去"都埋没于"现在"的里边。故一时代的思潮,不是单纯在这个时代所能凭空成立的,不晓得有几多"过去"时代的思潮,差不多可以说是由所有"过

---

❶　[李大钊]　字守常,现代河北乐亭县人。曾任北京大学图书馆主任。民国十六年,被杀于张作霖。

❷　[耶曼孙]　(Emerson 1803—1882)美国的诗人与评论家。

❸　[宇宙大化]　宇宙间一切事物,在空间上都在那里运动,在时间上都在那里绵延,故称"大化"。

❹　[百千万劫]　佛家说世界一成一毁,叫做一劫。百千万劫,极言时间的悠久。

❺　[刹那]　最短的时间。梵语的音译。

去"时代的思潮凑合而成的。吾人投一石子于时代潮流里面，所激起的波澜，声响，都向永远流动，传播，不能消灭。❶ 屈原的离骚，永远使人人感泣。打击林肯❷头颅的枪声，呼应于永远的时间与空间。一时代的变动，绝不消失，仍遗留于次一时代。这样传演，至于无穷，在世界中有一贯相联的永久性。昨日的事件，与今日的事件，合构成数个复杂事件。此数个复杂事件，与明日的数个复杂事件，更合构成数个复杂事件。势力结合势力，问题牵起问题。无限的"过去"，都以"现在"为归宿；无限的"未来"，都以"现在"为渊源。"过去""未来"的中间，全仗有"现在"以成其连续，以成其永远。以成其无始无终的大实在❸。一掣"现在"的铃，无限的"过去""未来"皆遥相呼应，这就是"过去未来皆是现在"的道理，这就是"今"最可宝贵的道理。

现时有两种不知爱"今"的人：一种是厌"今"的人，一种是乐"今"的人。

厌"今"的人也有两派。一派是对于"现在"一切现象都不满足，因起一种回顾"过去"的感想。他们觉得"今"的总是不好，古的都是好。政治，法律，道德，风俗，全是"今"不如古。此派人唯一的希望在复古。他们的心力全施于复古的运动。一派是对于"现在"一切现象都不满足，与复古的厌"今"派全同。但是他们不想"过去"，但盼"将来"。盼"将来"的结果，往往流于梦想，把许多"现在"可以努力的事业都放弃不做，单是耽溺于虚无飘渺的空玄境界。这两派人都是不能助益进化并且很足阻滞进化的。

乐"今"的人大概是些无志趣，无意识的人，是些对于"现在"一切满足的人。他们觉得所处境遇可以安乐优游，不必再商进取，再为创造。这种人丧失"今"的好处，阻滞进化的潮流，同厌"今"派毫无区别。

原来厌"今"为人类的通性。大凡一境尚未实现以前，觉得此境有无

---

❶　［吾人投一石子……不能消灭］　这是比喻的说法。把时代比作潮流，把生存在时代中间比做投一石子在潮流里，把所思所为比做石子所激起的波澜与声响。

❷　［林肯］　（Abraham Lincon，1809—1865）北美合众国第十六任大总统。解放黑奴，战胜南部各州。后被反对党所暗杀。

❸　［大实在］　指宇宙。

限的佳趣,有无疆的福利;一旦身陷其境却觉得不过尔尔❶,随即起一种失望的念,厌"今"的心。又如吾人方处一境,觉得无甚可乐;而一旦其境变易,却又觉得其境可恋,其情可思。前者为企望"将来"的动机,后者为反顾"过去"的动机。但是回想"过去",毫无效用,且空耗努力的时间。若以企望"将来"的动机,而尽"现在"的努力,则厌"今"思想,却大足为进化的原动。乐"今"是一种惰性❷;须再进一步,了解"今"所以可爱的道理。"今"的可爱,全在凭它可以为创造"将来"的努力,决不在得他可以安乐无为。

热心复古的人,开口闭口都是说"现在"的境象若何黑暗,若何卑污,罪恶若何深重,祸患若何剧烈。要晓得"现在"的境象倘若真是这样黑暗,这样卑污,罪恶这样深重,祸患这样剧烈,也都是"过去"所遗留的宿孽,断断不是"现在"造的;今归咎于"现在","现在"是断断不能受的。要想改变他,但当努力于排除"过去"所遗留的宿孽。

照这个道理讲起来,大实在的瀑流,永远由无始的实在向无终的实在奔流。吾人的"我"吾人的生命也永远合所有生活上的潮流随着大实在的奔流,以为扩大,以为继续,以为进转,以为发展;故实在即动力,生命即流转。

忆独秀先生❸曾于"一九一六年"文中说过,青年欲达民族更新的希望,"必自杀其一九一五年之青年,而自重其一九一六年之青年"。我尝推广其意,也说过人生唯一的蕲向❹,青年唯一的责任,在"从现在青春之我,扑杀过去青春之我;促今日青春之我,禅让明日青春之我"。"不仅以今日青春之我,追杀今日白首之我;并宜以今日青春之我,豫杀来日白

---

❶　〔不过尔尔〕　不过如此。

❷　〔惰性〕　就是惯性,物理学用语。运动物体常欲持续其运动状态,非受他力不会静止,静止物体常欲持续其静止状态,非受他力不会运动,这便是惰性。

❸　〔独秀先生〕　姓陈,现代安徽人。创办"新青年杂志",是"五四运动"前后提倡"新文化运动"主要人物之一,卒于民国三十一年。

❹　〔蕲向〕　趋向,愿望。

首之我"。❶ 实则历史的现象,时时流转,时时变易,同时还遗留永远不灭的现象和生命于宇宙之间;如何能杀得? 所谓杀者,不过使今日的"我",不仍旧沈滞于昨日的"我"。而在今日之"我"中,固明明有昨日的"我"存在;不止有昨日的"我",昨日以前的"我",乃至十年二十年百千万亿年的"我",都俨然存在于"今我"的身上。然则"今"之"我","我"之"今",岂可不珍重自将❷为世间造些功德? 稍一失脚,必致遗留层层罪恶种子于"未来"无量的人,即未来无量的"我",永不能消除,永不能忏悔。

我请以最简明的一句话,写出这篇的意思来。

吾人在世不可厌"今"而徒回思"过去",梦想"将来",以耗误"现在"的努力;又不可以"今"境自足,毫不拿出"现在"的努力谋"将来"的发展。宜善用"今"以努力为"将来"之创造。由"今"所造的功德罪孽,永久不灭。故人生本务在随实在之进行❸,为后人造大功德,供永远的"我"享受,扩张,传袭,至无穷极,以达"宇宙即我,我即宇宙"之究竟。

---

　　❶　[不仅以……来日白首之我]　这是说,无论在今日,在来日,一个我都可分为两个,一是"青春之我"(永远进取的我),一是"白首之我"(停滞不进的我);"青春之我"永远须保持,"白首之我"永远须排斥。

　　❷　[自将]　自己爱护。

　　❸　[随实在之进行]　宇宙流转不息,永久在进行之中,人生随之,也自强不息,永久在进行之中。

文章法则乙

二、文篇组织的方式(二)

（三）首括式　这一式文字，开头便揭露总括全体的纲要，以下都是对于这纲要的阐发，疏解或证明。我们说一番话，写一篇文字，必然有所以要说要写的主旨；一开头便把主旨拿出来，是很合于"心理的自然"的。如孟子回答景春的询问，开头就说"是焉得为大丈夫乎！"这是用的反诘语气，改为直说语气，便是"公孙衍张仪不得为大丈夫"；以下的一些话，无非对于这开头一句加以疏解。又如"杭江之秋"，开头一节说"火车风景"就是一套活动影片，就是一部以"自然美"做题材的小说；以下各节就向这开头一节集中，说沿路的风景如何像活动影片那样刻刻变换，如何像小说那样有开场，有顶点，有大团圆。这些都是首括式。

（四）尾括式　这一式与首括式相反，把总括全体的纲要放在结末。在前的叙述，阐发，疏解，证明，无非期望"水到渠成"，在末了揭出那主旨来。这同样合于"心理的自然"。如"书左仲甫事"，前部详叙左君治绩，只为要托出作者的评判"以其忠诚悱恻之心，推所学于古者而施之治，效遂如此"。又如"今"，前面论"今"可宝而易失，论"厌今""乐今"都有不合处，无非要达到末了一节"宜善用'今'，以努力为'将来'之创造"的结论。这些都是尾括式。

（五）双括式　这是开头就揭示纲要，末了又重言申明，举纲要作结束的一种方式。在演说会场里，登台演说的人往往先提出他的主旨是什么什么，于是层层叙说辩证，到末了结束，又说他所以主张什么什么。论文用这种方式的也不少。先揭示纲要，所以引起人家的注意；末了又重言申明，所以结束篇中的叙说辩证：这也是从"心理的自然"出发的。如

"怎样读书"，说到读书的方法，便提出两个条件，精与博，接着把怎样才精怎样才博说了一大套，末了结束道，"为学当如金字塔，要能博大要能高"，仍旧是要精要博的意思。又如孟子回答公都子"外人皆称夫子好辩"的疑问（滕文公下），开头就说"予岂好辩哉！予不得已也"，表明他并非好辩，只是不得不立言，中间一大段话便阐明此点。末了又说"岂好辩哉！予不得已也"。这些都是双括式。

以上五种方式差不多是最基本的。其他方式好像与它们不同，只不过有所变化而已，简约起来，还是与它们一样。如有些叙述文，叙述一件事情的经过，在中间回叙到前面去，然后再行接上；这实在与直进式相仿，不过多一些追叙，把直进式繁复化了。

　习　问

一　"为学与做人"的组织，是什么方式？
二　试从叙述文中指出追叙的部分。

一三、岳阳楼记❶

范仲淹❷

　　庆历❸四年春，滕子京谪守巴陵郡❹。越明年，政通人和，百废具兴❺，乃重修岳阳楼，增其旧制❻，刻唐贤今人诗赋于其上：属予作文以记之。

　　予观夫巴陵胜状，在洞庭一湖。衔远山，❼吞长江，浩浩汤汤❽，横无际涯；朝晖夕阴，气象万千；❾此则岳阳楼之大观也，前人之述❿备矣。然则北通巫峡，南极潇湘，迁客骚人，多会于此，览物之情，得无异

　　❶　[岳阳楼记]　岳阳楼在湖南岳阳县西，左面靠洞庭湖，唐张说所筑。宋滕子京重修此楼，范仲淹为他作这篇记。

　　❷　[范仲淹]　字希文，宋吴县人，大中祥符间举进士，仁宗时拒西夏有功。后拜枢密副使，进参知政事。死后谥文正。有文正集二十卷，别集四卷，续编五卷。

　　❸　[庆历]　宋仁宗年号。

　　❹　[滕子京谪守巴陵郡]　滕子京，名宗谅，河南人，与仲淹同年举进士。仁宗明道间，以司谏谪守岳州（即今岳阳县）。岳州当南朝宋时置巴陵郡。

　　❺　[百废具兴]　各种废弛的事情都兴办起来了。具是齐备的意思。

　　❻　[增其旧制]　扩大此楼的旧规模。

　　❼　[衔远山]　远山仅见一抹，好像被湖水衔着似的。

　　❽　[汤汤]　水流的样子，汤，音商。

　　❾　[朝晖夕阴气象万千]　朝晨的晴光，黄昏的阴色，有万千种不同的景象。

　　❿　[前人之述]　前人在他们的诗赋里所说。

乎？❶

　　若夫淫雨霏霏，❷连月不开❸，阴风怒号，浊浪排空❹；日星隐耀❺，山岳潜形❻；商旅不行，樯倾楫摧；薄暮冥冥❼，虎啸猿啼：登斯楼也，则有去国❽怀乡，忧谗畏讥，满目萧然，❾感极而悲者矣。

　　至若❿春和景明，波澜不惊，上下天光，一碧万顷；沙鸥翔集，锦鳞游泳，岸芷汀兰⓫，郁郁⓬青青；而或长烟一空⓭，皓月千里，浮光耀金，静影沈璧，⓮渔歌互答，此乐何极：登斯楼也，则有心旷神怡，宠辱偕忘，⓯把酒临风，其喜洋洋者矣。

　　嗟夫！予尝求古仁人之心，或异二者之为⓰。何哉？不以物喜，不

---

　　❶　［然则……得无异乎］　巫峡是长江三峡之一，在今四川巫山县东。潇湘本是二水名。在湖南零陵县合流，称潇湘，北流入洞庭湖。迁客是被迁谪的官吏。骚人就是诗人。这句是说：岳阳楼地处交通冲要，所以迁客骚人都会集在这里；他们对此"气象万千"的"大观"，他们的心情能不因景象的不同而不同吗？

　　❷　［若夫淫雨霏霏］　若夫，提示的口气，提出以下十语所说的景象。淫雨，经久不停的雨。霏霏，雨点很密的样子。

　　❸　［不开］　雨云不开。

　　❹　［排空］　排列在空际。

　　❺　［隐耀］　隐没了光辉。

　　❻　［山岳潜形］　因为天气不好，山岳的轮廓也模糊了。

　　❼　［薄暮冥冥］　薄暮，傍晚。薄，音博。冥冥，昏昏暗暗的。

　　❽　［去国］　离开了京邑的感慨。

　　❾　［萧然］　凄凉的样子。

　　❿　［至若］　也是提示的口气，提出以下十四语所说的景象。在前的提示用"若夫"，其次的提示用"至若"。

　　⓫　［岸芷汀兰］　芷，香草名。汀是水中的小洲。

　　⓬　［郁郁］　形容香气的浓烈。

　　⓭　［长烟一空］　一片烟光充满空际。月光之下，空中似有青色的烟雾。

　　⓮　［静影沈璧］　璧是圆玉；用来比喻月亮。上一语说湖水波动时的景，这一语说湖水平静时的景。

　　⓯　［宠辱偕忘］　得意失意的事情一齐忘记了。

　　⓰　［或异二者之为］　也许与上面所说的两层都不同。

以己悲。❶ 居庙堂之高，❷则忧其民；处江湖之远，❸则忧其君。是进亦忧，退亦忧。然则何时而乐耶？其必曰"先天下之忧而忧，后天下之乐而乐"乎？❹ 噫！微斯人，吾谁与归！❺

---

❶ 〔不以物喜，不以己悲〕 这里省略了主语"古仁人"。前面所说的前一节是"以己悲"的例子，后一节是"以物喜"的例子，但"古仁人"不如此。

❷ 〔居庙堂之高〕 指进而仕说。

❸ 〔处江湖之远〕 指退而穷居说。

❹ 〔其必曰先天下之忧而忧后天下之乐而乐乎〕 其，不确定的判断口气，近于"殆"字。仲淹少时即以治天下自任，常以"先天下……"二语自勉。

❺ 〔微斯人吾谁与归〕 若无这样的人，我又向谁呢！表示对于古仁人倾慕到极度。微，同于"无"。斯人，指古仁人。与，句中助词，没有意义。"吾谁与归"就是"吾谁归"。

一四、义田记

钱公辅❶

范文正公，苏人也，平生好施与，择其亲而贫，疏而贤者，咸施之。

方贵显时置负郭常稔之田❷千亩，号曰义田，以养济群族之人；日有食，岁有衣，嫁娶凶葬皆有赡❸。择族之长而贤者主其计❹，而时其出纳❺焉。日食人一升，岁衣人一缣❻，嫁女者五十千❼，再嫁❽者三十千，娶妇者三十千，再娶者十五千，葬者如再嫁之数，葬幼者十千。族之聚者九十口，岁入给稻八百斛；以其所入❾，给其所聚❿，沛然有余而无穷。⓫屏而家居俟代者，⓬与焉；⓭仕而官者，⓮罢其给。此其大较⓯也。

初公之未贵显也，尝有志于是矣，而力未逮者三十年。既而为西帅，

---

❶　［钱公辅］　字君倚，宋武进人。

❷　［负郭常稔之田］　靠近城郭常常丰熟的田。

❸　［赡］　补助。

❹　［主其计］　管理这件事情的会计。

❺　［时其出纳］　按时经办这件事的付出与收入。

❻　［缣］　就是绢，丝织品中较劣等的。一缣，是一疋绢。

❼　［千］　这是钱数，就是千钱。

❽　［再嫁］　北宋时妇女再嫁，并不受习俗的非议。

❾　［其所入］　指上面所说的八百斛。

❿　［其所聚］　指上面所说的九十口。

⓫　［沛然有余而无穷］　尽有余多，不会嫌不足。沛然，丰足的样子。

⓬　［屏而家居俟代者］　屏，音丙，解职或失业的意思。俟代，等待子弟成立，代负一家之责。

⓭　［与焉］　在被赡给的族人中有他的一份。

⓮　［仕而官者］　出仕而得官的。

⓯　［大较］　大略情形。

及参大政，❶于是始有禄赐之入，而终其志。公既殁，后世子孙修其业，承其志，如公之存也。公虽位充❷禄厚，而贫终其身。殁之日，身无以为敛❸，子无以为丧，惟以施贫活族❹之义，遗其子而已。

　　昔晏平仲❺敝车羸马，桓子❻曰："是隐君之赐❼也。"晏子曰："自臣之贵，父之族，无不乘车者；母之族，无不足于衣食者；妻之族，无冻馁者；齐国之士，待臣而举火者，三百余人。如此而谓隐君之赐乎？彰❽君之赐乎？"于是齐侯以晏子之觞而觞桓子。❾予尝爱晏子好仁，齐侯知贤，而桓子服义也。又爱晏子之仁有等级，而言有次第也；先父族，次母族，次妻族而后及其疏远之贤。孟子曰："亲亲而仁民，仁民而爱物。"❿晏子为近之⓫。今观文正公之义田，贤于平仲，其规模远举，又疑过之。

　　呜呼！世之都三公位⓬，享万钟禄，邸第之雄，车舆之饰，声色之美，妻孥之富，止乎一己而已；而族之人不得其门者⓭，岂少也哉！况于施贤乎！其下为卿，为大夫，为士，廪稍⓮之充，奉养之厚，止乎一己而已；而

----

　　❶　［为西帅及参大政］　宋仁宗庆历二年，范仲淹出为陕西路安抚经略招讨使；三年，入为参知政事。

　　❷　［位充］　同于说"位高"。

　　❸　［敛］　殡敛。今通作"殓"。

　　❹　［活族］　赡养同族。

　　❺　［晏平仲］　名婴，春秋时齐大夫，历相灵公，庄公，景公三朝。这里所引的故事，见"晏子春秋"内篇。

　　❻　［桓子］　田桓子，名无宇。

　　❼　［隐君之赐］　隐，隐瞒。说他这样的俭朴，是有意隐瞒齐君给他的禄赐。

　　❽　［彰］　表显。

　　❾　［齐侯以晏子之觞而觞桓子］　桓子本来以晏子"隐君之赐"，请齐侯罚晏子饮酒。现在齐侯听晏子说得有理，便把预备给晏子饮的罚酒给桓子饮了。

　　❿　［亲亲……爱物］　见孟子尽心篇。亲亲是爱亲近的人。仁民是爱一般的人。爱物是爱一般的物。

　　⓫　［近之］　近于孟子所说的话。

　　⓬　［都三公位］　都，同于"居"。古代以太师，太傅，太保为三公；汉以大司徒，大司马，大司空为三公；东汉以太尉，司徒，司空为三公。这里三公泛指最高的官吏。

　　⓭　［不得其门者］　希望分享一些而不得其门的。

　　⓮　［廪稍］　俸禄。

族之人操壶瓢为沟中瘠❶者,又岂少哉!况于他人乎是皆公之罪人❷也。公之忠义满朝廷,事业满边隅,功名满天下,后世必有史官书之者,予可无录也;独高其义,因以遗于世云。

---

❶ 〔沟中瘠〕　饿死在沟壑中的瘠瘦的尸体。
❷ 〔公之罪人〕　在范仲淹伟大的人格面前,他们都是有过失的罪人。

一五、越州赵公救菑记❶

曾 巩❷

熙宁八年❸夏,吴越❹大旱。

九月,资政殿大学士右谏议大夫知越州❺赵公,前民之未饥,❻为书问属县,菑所被者几乡,民能自食者有几,当廪于官者几人,❼沟防构筑可僦民使治之者几所,❽库钱仓粟可发者几何,富人可募出粟者几家,僧道士食之羡粟书于籍者其几具存,❾使各书以对,而谨其备❿。州县吏录民之孤老疾病不能自食者二万一千九百余人以告。故事,⓫岁廪穷人,当给粟三千石而止。公敛⓬富人所输及僧道士食之羡者,得粟四万八千

---

❶ 〔越州赵公救菑记〕 越州故治,即今浙江绍兴县。赵公名抃,字阅道,宋衢州西安人。菑,即"灾"字。

❷ 〔曾巩〕 字子固,宋建昌南丰人。嘉祐二年进士。出任越州,齐州,福州通判。神宗时拜中书舍人。著有元丰类稿。

❸ 〔熙宁八年〕 熙宁,宋神宗年号。八年,当公元一〇七五年。

❹ 〔吴越〕 指今江苏南部及浙江东部的地方。

❺ 〔资政殿大学士右谏议大夫知越州〕 大学士,官名。宋因唐制,有昭文馆,集贤殿,观文殿。资政殿诸大学士。右谏议大夫,官名,宋有左右谏议大夫,为谏院中的长官。知州,官名,为一州的行政长官。

❻ 〔前民之未饥〕 当灾象已成而人民还不至于闹饥荒的时候。前,当未饥之前。

❼ 〔当廪于官者几人〕 须由公家给养的有多少人?廪,给食。廪于官就是受食于公家。

❽ 〔沟防构筑可僦民使治之者几所〕 沟渠堤岸等工务可用民力来工作的有多少处?防,堤岸。僦,雇佣。

❾ 〔僧道士食之羡粟书于籍者其几具存〕 僧,道,士三类人都食公粟。这一项公粟□多余而记载在簿册上的,现在存有多少?羡,多余。

❿ 〔谨其备〕 谨慎地作防灾的准备。

⓫ 〔故事〕 从前的规例。

⓬ 〔敛〕 聚集。

余石佐其费❶。使自十月朔❷，人受粟一升，幼小半之。忧其众相蹂❸
也，使受粟者男女异日，而人受二日之食；❹忧其且流亡❺也，于城市郊野
为给粟之所，凡五十有七，使各以便受之，❻而告以去其家者勿给；计官
为不足用也，❼取吏之不在职而寓于境者❽，给其食而任以事。不能自食
者，有是具也；❾能自食者，为之告富人，无得闭粜。❿ 又为之出官粟，得
二万五千余石，平其价予民⓫。为粜粟之所凡十有八，使籴者自便如受
粟⓬。又僦民完城四千一百丈，为工三万八千，计其佣与钱，又与粟再倍
之。⓭ 民取息钱者，告富人纵予之而待熟，官为责其偿。⓮ 弃男女者，⓯
使人得收养之。

　　明年春，大疫。为病坊⓰，处疾病之无归者。⓱ 募僧二人，属以视⓲
医药饮食，令无失所时。凡死者，使在处随收瘗⓳之。法⓴禀穷人尽三月

---

❶ ［佐其费］　加入本□周给穷人的总额里头去。

❷ ［朔］　阴历初一日。

❸ ［相蹂］　蹂，践踏。这里"相蹂"是相互挤轧。

❹ ［使受粟者……人受二日之食］　男女各间日领粟一次，每次领两天的粮食。

❺ ［且流亡］　将因饥荒而流亡到他处去。

❻ ［使各以便受之］　使他们各就近便的处所领粟。

❼ ［计官为不足用也］　计算现任的官吏不够应付这项繁琐的事。

❽ ［吏之不在职而寓于境者］　非现任官吏而住在境内的。

❾ ［有是具也］　具，准备，措施。是具，指上文的种种措施而言。

❿ ［能自食者……无得闭粜］　能自食者，指有力出钱买粟的人。闭粜，不肯把粟拿出来卖。告诉富人不得拒绝卖粟，"能自食者"来买必须卖给他。

⓫ ［予民］　卖给人民（能自食者）。

⓬ ［自便如受粟］　各就其便去买粟，像领粟的一样。

⓭ ［计其佣与钱又与粟再倍之］　计算他们的工力给他们工资，又给他们粟，其价值为工资的两倍。

⓮ ［民取息钱者……官为责其偿］　息钱，借款。纵予之，尽量借给他们。待熟，等到年熟的时候还。责其偿，监督他们偿还。

⓯ ［弃男女者］　穷苦人家，无力抚养而抛弃子女的。

⓰ ［病坊］　犹如现在的医院。

⓱ ［处疾病之无归者］　安置无家可归的病人。

⓲ ［视］　料理。

⓳ ［瘗］　音翳，埋葬。

⓴ ［法］　规定的章法，犹如上文的"故事"。

当止,是岁尽五月而止。事有非便文者,❶公一以自任❷,不以累其属。有上请者,或便宜多辄行❸。公于此时,蚤❹夜愈心力不少懈,事钜细必躬亲,给病者药食多出私钱。民不幸罹❺旱疫,得免于转死❻,虽死得无失敛埋,皆公力也。

是时旱疫被于吴越,民饥馑疾疠,死者殆半,菑未有钜于此也。天子东向忧劳,州县推布上恩❼,人人尽其力。公所拊循❽,民尤以为得其依归。所以经营绥辑先后始终之际❾,委曲纤悉无不备者。其施虽在越,其仁足以示天下;其事虽行于一时,其法足以传后。盖菑沴❿之行,治世不能使之无,⓫而能为之备。民病而后图之,与夫先事而为计者则有间⓬矣;不习而有为,⓭与夫素得之⓮者则有间矣。予故采⓯于越,得公所推行,乐为之识⓰其详。岂独以慰越人之思,将使吏之有志于民者,不幸而遇岁之菑推公之所已试,其科条可不待顷而具。⓱ 则公之泽⓲岂小且近乎!

---

❶〔事有非便文者〕 不同于旧例的事情。

❷〔一以自任〕 都自己来担任。

❸〔或便宜多辄行〕 有时认为可以便宜行事,就不等朝廷准许,随即施行。

❹〔蚤〕 即"早"。

❺〔罹〕 遭到。

❻〔转死〕 辗转而死。

❼〔推布上恩〕 推广天子忧劳人民的恩惠。上,指天子。

❽〔拊循〕 抚慰。

❾〔先后始终之际〕 先后,就事情的缓急说。始终,就事情的条理说。之际,犹说"之间"。

❿〔沴〕 音丽,灾害。

⓫〔治世不能使之无〕 虽太平时世,也不能教它没有。

⓬〔有间〕 有区别,有不同。间,音涧。

⓭〔不习而有为〕 并非素习而能临事应付。

⓮〔素得之〕 好像平时研求好□似的。这与上文所记的事全部相应。赵公在灾未来之前,能从容应付,都由于素得。

⓯〔采〕 采访这事的详细情形。

⓰〔识〕 通"志",记述。

⓱〔推公之所已试……而具〕 推广赵公已行的办法,那章程规条可以立刻完成。科条,章程规条。顷,短时间。

⓲〔泽〕 恩德。

公元丰二年以大学士加太子少保致仕，❶家于衢❷，其直道正行在于朝廷，岂弟之实在于身❸者，此不著❹。著其荒政可师者，以为"越州赵公救菑记"云。

_____

❶　［公元丰二年以大学士太子少保致仕］　元丰，宋神宗年号。二年，当公元一〇七九年。太子少保，太子的师傅。致仕，辞官。

❷　［衢］　今浙江衢县。

❸　［岂弟之实在于身］　公身所具的和易之德。岂弟，音凯涕，和易。

❹　［此不著］　这里概不记录。此篇专记叙赵公救灾的事迹，其他"直到正行"和"岂弟之实"都和救灾无关，所以不记录了。

一六、守望社题词

陈宏绪[1]

　　余读东鲁王祯书[2]，载所谓河北锄社[3]，心好之。其社以十家为率[4]，先合治一家田，是家供其饮食；毕则以次合治诸家，不旬日，诸家悉遍；自相率领，乐事趋功。有疾病不任田[5]者，又合众力助成之。秋，纳禾稼[6]毕，辄豚蹄壶酒，递相犒劳[7]。已，[8]予读宋杂记[9]，又载所谓弓箭社[10]。乃群集馌彼南亩之人[11]，讲技击，角[12]拳勇习坐作进退，务使人自为战，家自为捍御[13]。一时若振武、保捷、宣毅、义勇诸军，尽皆沿袭其制，众遂至七百余万。私谓世之攻文艺与诗与禅者，什伯为社，[14]既无能

---

　　❶　[陈宏绪]　字士业，号石庄，明末江西新建人。以荫父籍，授晋州（今河北晋县），后因拒刘宇亮入境被劾。署长兴孝丰二县事，有惠政。入清不仕，移居章江，辑宋遗民录以见志。有陈士业全集。

　　❷　[东鲁王祯书]　王祯，字伯善，元东平（今山东东平县）人。官永丰时教民农桑。著有"农务集"。

　　❸　[锄社]　古代农村生产合作的组织。北方村落中，这种社团很普遍。

　　❹　[以十家为率]　以十家联合为结社的标准。

　　❺　[不任田]　不能担负田中工作。

　　❻　[纳禾稼]　缴纳租税，从前也征收实物，如最近情形一样，故说"纳禾稼"。

　　❼　[递相犒劳]　轮流转来互相犒劳。

　　❽　[已]　后来。

　　❾　[宋杂记]　宋代人的笔记。

　　❿　[弓箭社]　古代民间自卫的团体。宋史兵志："河北州县近山谷处，民间各有弓箭社。"

　　⓫　[馌彼南亩之人]　"馌彼南亩"，送食物到田间去，语出诗经豳风七月。这里指务农的人。

　　⓬　[角]　角，比赛，竞赛；角拳勇，比赛拳术气力。

　　⓭　[人自为战家自为捍御]　人人能够作战，家家能够防卫。捍，保卫。

　　⓮　[攻文艺……为社]　这是说另一方面的结社。

裨补生民;他如酒社,梨园社,❶尤足縻财帛而败风俗。独此两社,实有益而可喜,欲举其遗法,试之州郡间。

戊寅❷刺晋❸,仅百余日而罢。庚辰,❹令舒,❺又仅四十日。其后护军皖上❻,复与职守不相值❼,虽屡言之❽,而卒无听。❾今幸徙居石贺❿,苫蒲袯襫⓫比闾狎处⓬。适又风鹤屡惊⓭,介马踵至⓮。于是乃合父老子弟,刑牲而盟⓯,授以器,⓰申以约,⓱课以耰耡,⓲齐以步伐,⓳导以和睦,仿两社而并用之,⓴更名曰守望社㉑。

盟既已㉒,复进而勖㉓曰:记有之:"观于乡,而知王道之易易也。"㉔

------

❶ 〔梨园社〕　演剧的团体。梨园本是唐玄宗教坐部伎子弟的地方,后世因称戏园为"梨园"。

❷ 〔戊寅〕　明崇祯十一年(公元一六三八年)。

❸ 〔刺晋〕　明时已无刺史之官,惟常常用作"知州"的尊称。这里"刺晋",就是任晋州知州。

❹ 〔庚辰〕　崇祯十三年(公元一六四〇年)。

❺ 〔令舒〕　任舒城(今属安徽)知县。

❻ 〔护军皖上〕　护军,领兵。皖,水名。皖上,安徽的代称。

❼ 〔与职守不相值〕　组织人民团体的事,与所管的职务不相关。

❽ 〔屡言之〕　屡次向有关官员说起。

❾ 〔而卒无听〕　然而终于没有听从。

❿ 〔石贺〕　地名,未详。

⓫ 〔苫蒲袯襫〕　都是雨具:苫蒲是戴在头上的。袯襫,音拨释,是披在身上的,这里指穿戴雨具的人——农民。

⓬ 〔比闾狎处〕　结邻住在一起。

⓭ 〔风鹤屡惊〕　地方上不安宁。晋书谢玄传:"坚众奔溃,弃甲宵遁,闻风声鹤唳,皆以为王师。"言惊惧之甚。

⓮ 〔介马踵至〕　介马,著甲的马。踵至,接着到来。这是说兵祸来了。

⓯ 〔刑牲而盟〕　宰杀牲畜,而设盟誓。

⓰ 〔授以器〕　"以"字上省□一个称代"父老子弟"的"之"字。下四语同。

⓱ 〔申以约〕　以规约约束他们。

⓲ 〔课以耰耡〕　教他们耕种。

⓳ 〔齐以步伐〕　以操练(步伐代表操练)整齐他们。

⓴ 〔仿两社而并用之〕　仿效锄社和弓箭社□成法而并用之。

㉑ 〔守望社〕　取孟子"滕文公问为国"章中"守望相助"一语之义。

㉒ 〔已〕　完毕。

㉓ 〔勖〕　勉励他们。

㉔ 〔记有之观于乡而知王道之易易也〕　记,礼记。所引是孔子的话,见礼记乡饮酒义。这个"乡"字指古代的乡饮酒礼。

其本则在于食与兵。今夫有一年之蓄而无不饱之骨肉,有三年之蓄而无不饱之戚党,❶有六年之蓄而无不饱之朋友,有九年之蓄而无不饱之犬马鸡豚;非其仁之异也,获所以敦仁之基也❷。今夫有镬锸❸而无不以身卫其亲,有戈矛而无不以身卫其家室,有甲胄而无不以身卫其闾里;非其义之殊也,获所以崇义之源也❹。然则兹社也,而又岂徒食与兵之是务哉❺!予方将抱六经❻,荷❼诸史,任葊树艺医卜之书❽,与诸良氓共读于耕桑矢石之暇,❾尚其俟之!❿

---

　　❶〔有一年之蓄……不饱之戚党〕 蓄,食物方面的积蓄。骨肉,至亲的人。戚党,亲戚。

　　❷〔获所以敦仁之基也〕 得到了用来实行"仁"的基础的缘故。

　　❸〔镬锸〕 镬,音矍。锸,农具。

　　❹〔获所以崇义之源也〕 得到了用来实行"义"的根源的缘故。

　　❺〔岂徒食与兵之是务哉〕 岂但专做"食"与"兵"两方面的工作呢! 言外有可以很容易的推行仁义的意思。

　　❻〔六经〕 古代的书籍——诗,书,礼,乐,易,春秋。

　　❼〔荷〕 背负。

　　❽〔任葊树艺医卜之书〕 车了这些类的书。

　　❾〔与诸良氓共读于耕桑矢石之暇〕 良氓,驯良的百姓。耕桑,指"食"的方面,矢石,指"兵"的方面。在务食务兵的空闲时候,与众位好百姓共同阅读那些书。

　　❿〔尚其俟之〕 还希望众位等待着。

文章法则甲

二、接续词的用途(二)

现在说句与句的陪从的接续。前后两句由接续词连接在一起,因而分出主句与附属句来,便是陪从的接续。其时主句表示本旨,常在后面。附属句表示衬托的意思,常在前面。就附属句的性质,这也可以分为好几种。如:

地上如果有天国可以建设,我想那唯一的工程师便是学问。《一般与特殊》

要是有的话,就是铁牛自己那点事儿。《铁牛》

倘肯多花一文,便可以买一碟盐笋或者茴香豆。《孔乙己》

如或知尔,则何以哉?《子路曾皙冉有公西华侍坐》

若果在此,可得见乎?《郭子仪单骑退敌》

上五例中,接续词用在前一句,前一句便有假设意义,成了后一句的附属句,这叫做"假接"。这种接续词通常在句首,如"地上如果有天国可以建设","如果"也可以调到"地上"之前去。又如:

即使前人经验全在书里面,他的一点也只是浅陋的。《读书与求学》

虽禄之万钟,爵以侯王之贵,君子犹谓之祸与害。《答毛宪副书》

纵江东父老怜而王我,我何面目见之?《项籍之死》

上三例中,接续词用在前一句,表示前一句是放宽一步的意思,成了后一句的附属句,这叫做"纵接"。又如:

与其我负人,不如人负我。

与其将来纠缠不清,倒不如现在就罢休。

与其有聚敛之臣,宁有盗臣。《礼记·大学》

上三例中,"与其"与相应的接续词分用在前后两句,"与其"之下附说相对事项,相应的接续词又把它撇去,使在后的一句意旨更加明显,这叫做"撇接"。与"与其"相对应的接续词,在文言中,除"宁""不如"外,还有"毋宁""孰若"等,在语言中,除"倒不如"外,还有"宁可""还是""还不如"等。

如上述"撇接"的接续词,上面用了"与其",下面更须用相对应的接续词,这便是呼应关系。接续词的呼应关系很需要注意。除了"撇接"一种外,"假接"也常须用相对应的接续词。如前举的例:

　　倘肯多花一文,便可以买一碟盐笋或者茴香豆。《孔乙己》

　　如或知尔,则何以哉?《子路曾晳冉有公西华侍坐》

"便"与"倘"呼应,"则"与"如"呼应。又如:

　　如果我们可以用极概括的话来表示思想的轮廓,那么下面一段话须得预先交代清楚。《一般与特殊》

　　倘若费一番功夫,——作成劄记,然后那经过整理和综合的思想就永久留在脑中。《怎样读书》

　　大府苟欲加害,而在我诚有以取之,则不可谓无憾。《答毛宪副书》

　　若留枝盘如宝塔,扎枝曲如蚯蚓者,便成匠气矣。《闲情记趣》

都是"假接"呼应的例子。还有"纵接"也常须用相应的接续词。如:

　　他虽不记得场长们的姓名,他们可是记住了他的。《铁牛》

　　花生的用处固然很多;但有一样是很可贵的。《落花生》

　　公虽位充禄厚,而贫终其身。《义田记》

　　不知人我固当平等,而既有主观客观之别,则观察之明晦,显有差池。《责己重而责人轻》

都是"纵接"呼应的例子。此外,如以前举出的"……也……也……","不是……便是……","非……即……",还有:

　　研究科学的人不但在治学的余暇,可以选几种美术,供自己的陶养;就是在专力研究的科学上面,也可以兼得美术的趣味。《美术与科学的关系》

　　身前既不可想,身后又不可知,哭汝既不闻汝言,奠汝又不见汝

食。《祭妹文》

不仅以今日青春之我，追杀今日白首之我；并宜以今日青春之我，豫杀来日白首之我。《今》

田横，齐之壮士耳，犹守义不辱；况刘豫州王室之胄。《资治通鉴·赤壁之战》

或者人事变更或者时势转移，将来如何很难料。

还是升学进高中，还是就业做事情，现在决不定。

也是连续词与连续词呼应的例子，不能尽举。

相呼应的两个接续词不一定都用，实际上，仅用其一的例子很普遍。大概在省去一个便不明白的场合，自须两个都用。如：

不知人我固当平等，而既有主观客观之别，则观察之明晦，显有差池。《责己重而责人轻》

如果去掉"固"字或者"而"字，前后便连不起来，意义便表不明白，所以哪一个都不能省。在省去前一个仍旧可以明白的场合，用一个用两个就随说话者作文者的便。试就前面所举的例子看：

（与其）我负人，不如人负我。

公（虽）位充禄厚，而贫终其身。《义田记》

身前（既）不可想，身后又不可知，哭汝（既）不闻汝言，奠汝又不见汝食。《祭妹文》

（或者）人事变更，或者时势转移，将来如何很难料。

（还是）升学进高中，还是就业做事情，现在决不定。

括弧以内是可以省去的接续词，如果省去了，前后也还连得起来，意义也还表得明白。又如：

（与其）不自由，毋宁死。

跪拜之礼，亦小官常分，（固）不足为辱，然亦不当无故而行之。《答毛宪副书》

既然这苦是从负责任而生的，（那么）我若是将责任卸却，岂不是就永远没有苦了吗？《最苦与最乐》

行路（犹）伤之；况在人子。《先妣灵表》

铁牛（虽）不大记得场长们的姓名，可是他知道怎样央告场长。

《铁牛》

（如）居庙堂之高，则忧其民；（如）处江湖之远，则忧其君。《岳阳楼记》

括弧以内是可以用的接续词，可是作用没有用。

习 问

一　既有主句表示了本旨，为什么又要有附属句表示衬托的意思？试本思想与语言的经验作答。

二　接续词与接续词的呼应，除了本节已经举出的以外，试再举出一些。

一七、晋伐虢三篇❶〔上〕

晋攻郭❷

公羊传

　　献公朝诸大夫而问焉，❸曰："寡人夜者寝而不寐，❹其意也何？"❺诸大夫有进对者，曰："寝不安与❻？其诸侍御❼有不在侧者与？"献公不应，荀息❽进曰："虞郭见与？"❾献公揖而进之。遂与之入而谋曰："吾欲攻郭则虞救之，攻虞则郭救之，如之何？❿愿与子虑之。"荀息对曰："君若用臣之谋，则今日取郭，而明日取虞尔⓫，君何忧焉！"献公曰："然则奈何？"

---

　　❶　〔晋伐虢三篇〕　晋，春秋时国名，占有今山西省南部，东展至河北省南部之地。虢，春秋时国名，在今山西平陆县境。晋伐虢事在周惠王十九年（公元前六五八年）。这里把"三传"记这事的文字收在一起，以资比较。"三传"是公羊传，穀梁传和左传。传，对孔子所整理的春秋经而言。春秋经是鲁国的史记，记载极简略，各家的传便为阐明其记载的笔法叙述其事迹的原委。公羊传，相传为齐人公羊高所撰。穀梁传，相传为鲁人穀梁赤所撰。左传，相传为鲁人左丘明所撰。

　　❷　〔郭〕　通"虢"，当时两字声音相同，公羊传便用了郭字。

　　❸　〔献公朝诸大夫而问焉〕　献公，名诡诸，是晋国的第十九君。这事发生在献公十九年。焉，语末助词，含有"之"字义，指诸大夫。

　　❹　〔寡人夜者寝而不寐〕　寡人，诸侯自称。夜者，夜来。寝而不寐，就寝而睡不熟。

　　❺　〔其意也何〕　也，语中助词，在这里含有"为"字的意思。

　　❻　〔与〕　即"欤"字。下同。

　　❼　〔其诸侍御〕　其，还是。侍御，侍寝的女子。

　　❽　〔荀息〕　晋大夫。

　　❾　〔虞郭见与〕　虞郭的问题涌现于您的心中吗？虞，春秋时国名，在今山西平陆县东北。

　　❿　〔如之何〕　把这个难题怎么解决？

　　⓫　〔尔〕　同于"耳"。下同。

荀息曰:"请以屈产之乘❶,与垂棘❷之白璧往,必可得也。则宝出之内藏❸,藏之外府,马出之内厩❹,系之外厩尔,君何丧焉 ❺!"献公曰:"诺。虽然,宫之奇存焉,❻如之何?"荀息曰:"宫之奇知则知矣❼,虽然,虞公贪而好宝,见宝必不从其言。请终以往 ❽。"于是终以往,虞公见宝,许诺。宫之奇果谏:"记❾曰:'唇亡则齿寒。'虞郭之相救,非相为赐,❿则⓫晋今日取郭,明日虞从而亡尔。君请勿许也。"虞公不从其言,终假之道以取郭⓬。还,四年,反取虞。⓭ 虞公抱宝牵马而至。荀息见曰:"臣之谋何如?"献公曰:"子之谋则已行矣。宝则吾宝也,⓮虽然,吾马之齿亦已长矣 ⓯。"盖戏之也。

---

❶ 〔屈产之乘〕 屈产,地名,在今山西石楼县东南。乘,乘马。

❷ 〔垂棘〕 也是地名,不详所在。

❸ 〔宝出之内藏〕 宝,指白璧。"之"下省"于"字,下同。内藏,内里的府库。

❹ 〔内厩〕 内里的马房。

❺ 〔君何丧焉〕 您有什么损失呢!

❻ 〔宫之奇存焉〕 有宫之奇在那里呢。宫之奇,虞国的忠臣。献公恐宫之奇谏阻,故有此语。

❼ 〔知则知矣〕 知,即"智"。

❽ 〔请终以往〕 请不要过虑,终究送去。

❾ 〔记〕 旧传记事的书。

❿ 〔非相为赐〕 不是互相施惠的事。言外就是说彼此是相依为命的。

⓫ 〔则〕 同于"苟"字义。

⓬ 〔终假之道以取郭〕 终于假道给晋国,让他攻郭。前面仅说"必可得也"没有说明假道的策划,直到这里方才叙明,是公羊传的含胡处。

⓭ 〔还四年反取虞〕 晋攻郭还军后四年,又出兵灭虞。

⓮ 〔宝则吾宝也〕 白璧固然是我原来的白璧。

⓯ 〔吾马之齿亦已长矣〕 马齿随年龄而长,故论马的年龄看他的齿。

一八、晋伐虢三篇〔下〕

晋伐虢

穀梁传

晋献公欲伐虢。荀息曰："君何不以屈产之乘，垂棘之璧，而借道乎虞也❶?"公曰："此晋国之宝也，如受吾币❷而不借吾道，则如之何?"荀息曰："此小国之所以事大国也。❸ 彼不借吾道，必不敢受吾币，如受吾币而借吾道，则是吾取之中府❹而藏之外府，取之中厩❺而置之外厩也。"公曰："宫之奇存焉，必不使受之也。"荀息曰："宫之奇之为人也，达心❻而懦，又少长于君❼。达心则其言略，懦则不能强谏，少长于君则君轻之。且夫玩好❽在耳目之前，而患在一国之后❾，此中知以上❿乃能虑之。臣料虞君中知以下也。"公遂借道而伐虢。宫之奇谏曰："晋国之使者，其辞卑而币重，必不便于虞。"虞公弗听，遂受其币而

---

❶ 〔借道乎虞也〕 乎，同于"于"。也，同于"□"。

❷ 〔币〕 礼物，指马与璧。

❸ 〔此小国之所以事大国也〕 意谓小国事大国，必不敢受了礼物而不借道。

❹ 〔中府〕 犹如公羊传说"内藏"。

❺ 〔中厩〕 犹如公羊传说"内厩"。

❻ 〔达心〕 心思通达。

❼ 〔少长于君〕 从小长养在公宫中。

❽ 〔玩好〕 玩好的物品，指马与璧。

❾ 〔患在一国之后〕 祸患远在灭亡了虢国之后。

❿ 〔中知以上〕 智慧在中等以上的人。

借之道。宫之奇谏曰:"语曰:'唇亡则齿寒。'其斯之谓与❶!"挈其妻子以奔曹❷。献公亡虢五年而后举虞。❸ 荀息牵马操璧而前曰:"璧则犹是也,而马齿加长矣。"❹

晋伐虢

左 传

晋荀息请以屈产之乘与垂棘之璧,假道于虞以伐虢。公曰:"是吾宝也。"对曰:"若得道于虞,犹外府也。"❺公曰:"宫之奇存焉。"对曰:"宫之奇之为人也,懦而不能强谏,且少长于君,君昵之❻;虽谏,将不听。"乃使荀息假道于虞,曰:"冀❼为不道,入自颠軨❽,伐鄍❾三门。冀之既病,则亦唯君故。❿ 今虢为不道,保于逆旅⓫,以侵敝邑之南鄙⓬。敢请假道,以请罪⓭于虢。"虞公许之且请先伐虢。宫之奇谏,不听,遂起师。夏,晋里克⓮、荀息帅师会虞师伐虢,灭下阳⓯。

---

❶ 〔其斯之谓与〕 大概就是说这样情形了吧!

❷ 〔曹〕 春秋时国名,在今山东定陶县西北。

❸ 〔献公亡虢五年而后举虞〕 举虞,灭虞。晋灭虞在公元前六五五年,公羊传说"四年"不错,这里说"五年"是错的。

❹ 〔璧则犹是也,而马齿加长矣〕 公羊记此话是献公所说,这里以为荀息所说,这由于传闻之不□。

❺ 〔若得道于虞犹外府也〕 公羊传穀梁传记荀息这段话较繁,这里却极简,可是意思已很明白。"犹外府也",虞国犹如我国的外府啊。

❻ 〔昵之〕 亲昵而不尊重他。

❼ 〔冀〕 春秋时国名,在今山西河津县东北。

❽ 〔颠軨〕 地名,在今山西平陆县东北。

❾ 〔鄍〕 虞邑,在今山西平陆县东北。

❿ 〔冀之既病则亦唯君故〕 冀国后来弄得敝败不堪,都为了您去回伐它的缘故。

⓫ 〔保于逆旅〕 保,占据。逆旅,客舍。占据□各处的客舍。

⓬ 〔敝邑之南鄙〕 敝邑,犹如今言"敝国"。南鄙,南面边界。

⓭ 〔请罪〕 请问虢国伐己以何罪名。这是客气说法,实则就是讨伐的意思。

⓮ 〔里克〕 晋大夫。

⓯ 〔下阳〕 虢邑,在今山西平陆县东北。左传也记载宫之奇"唇亡齿寒"的话,很长,在后三年传中,不像公羊传穀梁传的附记一笔就了事。

一九、郦食其传❶

史　记

郦生食其者，陈留高阳❷人也。好读书。家贫落魄❸，无以为衣食业，❹为里监门吏。然县中贤豪不敢役❺，县中皆谓之狂生。及陈胜项梁❻等起，诸将徇地❼过高阳者数十人，郦生问❽其将，皆握龊好苛礼自用，❾不能听大度之言，郦生乃深自藏匿。

后闻沛公❿将兵，略地陈留郊。沛公麾下骑士⓫，适郦生里中子也，沛公时时问⓬邑中贤士豪杰。骑士归，郦生见，⓭谓之曰："吾闻沛公慢而

---

❶　[郦食其传]　郦音历，食音异。

❷　[陈留高阳]　陈留，秦县名，今河南陈留县。高阳，地名，在今河南杞县西。

❸　[落魄]　犹如说"潦倒"。

❹　[无以为衣食业]　没有换取衣食的职业。

❺　[县中贤豪不敢役]　县中的闻人豪杰不敢役使他。

❻　[陈胜项梁]　陈胜是秦二世时首先起兵抗秦的人。项梁是项羽的叔父，闻知陈胜起兵便与羽举兵相应。

❼　[徇地]　略地。

❽　[问]　打听。

❾　[皆握龊好苛礼自用]　都是气度狭窄，喜欢烦琐的礼节作事常自以为是的人，握龊同"龌龊"。

❿　[沛公]　汉高祖初起兵，沛人立为沛公。

⓫　[麾下骑士]　部下的骑士。

⓬　[时时问]　常常向他打听。

⓭　[郦生见]　"见"下省"之"字。

易人❶，多大略❷，此真吾所愿从游，莫为我先❸。若❹见沛公谓曰：‘臣里中有郦生，年六十余，长八尺，人皆谓之狂生，生自谓我非狂生。’”骑士曰：“沛公不好儒。诸客冠儒冠来者，沛公辄解其冠，泄溺其中。❺与人言，常大骂。未可以儒生说也❻。”郦生曰：“第言之。”❼骑士从容言如郦生所诫者❽。

沛公至高阳传舍❾，使人召郦生。郦生至，入谒。沛公方踞床❿，使两女子洗足，而见郦生。郦生入则长揖不拜⓫，曰：“足下欲助秦攻诸侯乎，且欲率诸侯破秦也？⓬”沛公骂曰：“竖儒！⓭夫天下同苦秦久矣，故诸侯相率而攻秦。何谓助秦攻诸侯乎？”郦生曰：“必聚徒合义兵，⓮诛无道秦⓯，不宜倨见长者⓰。”于是沛公辍洗，起，摄衣，⓱延郦生上坐，谢之⓲。

郦生因言六国纵横时⓳。沛公喜，赐郦生食，问曰：“计将安出？”⓴郦

---

❶ ［慢而易人］ 简慢而看不起人。
❷ ［大略］ 远大的谋略。
❸ ［莫为我先］ 没有人替我介绍。先，在见面之先介绍一番。
❹ ［若］ 你。
❺ ［解其冠泄溺其中］ 脱下他的帽子，在其中小便。
❻ ［未可以儒生说也］ 不能够以儒生的身分向他进言的。
❼ ［第言之］ 你只须向他说就是了。
❽ ［所诫者］ 所嘱咐的话。
❾ ［传舍］ 古时官办的旅馆。
❿ ［踞床］ 踞坐在床上。
⓫ ［长揖不拜］ 古时以拜为敬礼。拜必先跪，屈身，头著于手。长揖仅拱手自上而下，比较简慢。
⓬ ［且欲率诸侯破秦也］ 且，犹如用“抑”，还是。也，犹如用“耶”。
⓭ ［竖儒］ 即侏儒，侏儒短小，知识浅陋，故是骂人语。若径就字面讲，作为浅见的儒者，亦通。
⓮ ［必聚徒合义兵］ 一定想要聚集群众，联合义兵。
⓯ ［无道秦］ 无道之秦。
⓰ ［倨见长者］ 傲慢的接见老辈。
⓱ ［摄衣］ 整理衣服。
⓲ ［谢之］ 向他道歉。
⓳ ［六国纵横时］ 战国时代各国合纵连横的局面。
⓴ ［计将安出］ 为今之计，将从何处着手？

生曰："足下纠合之众❶，收散乱之兵，不满万人，欲以径入强秦，此所谓探虎口者也。夫陈留，天下之冲，四通五达之郊也；今其城中又多积粟。臣善其令❷，请得使之，令下足下❸。即❹不听，足下举兵攻之，臣为内应。"于是遣郦生行，沛公引兵随之。遂下陈留。号郦食其为广野君。

❶　［纠合之众］　临时凑合起来的群众。

❷　［善其令］　与陈留县令交好。

❸　［令下足下］　使他投降您。

❹　［即］　犹如用"若"或"苟"。

二〇、叔孙通起朝仪❶

史　记

　　汉二年，❷汉王从五诸侯入彭城。❸ 叔孙通降汉王，❹汉王败而西，❺因竟从汉。叔孙通儒服❻，汉王憎之；廼❼变其服，服短衣，楚制，❽汉王喜。叔孙通之降汉，从❾儒生弟子百余人，然通无所言进❿，专言诸故群盗壮士进之。⓫ 弟子皆窃骂⓬曰："事先生数岁，幸得从降汉；今不能进臣等⓭，专言大猾⓮，何也？"叔孙通闻之乃谓曰："汉王方蒙矢石，争天下，诸

---

❶　［叔孙通起朝仪］　此篇是从史记叔孙通传节录出来的。叔孙，姓。通，名。

❷　［汉二年］　汉以高帝入关破秦那年为元年，二年当公元前二〇五年。

❸　［汉王从五诸侯入彭城］　汉王，就是汉高帝。当时攻秦的各路军队以项羽为领袖，秦既攻破项羽尊楚怀王为义帝，自立为西楚霸王，封十八诸侯，高帝被封为汉王。五诸侯是河南王申阳，韩王郑昌，魏王豹，殷王司马卬，代王陈余，都是叛楚归汉的。彭城，现在江苏铜山县，当时是项羽的□都。从五诸侯，不是跟着五诸侯，而是"以五诸侯为从"。

❹　［叔孙通降汉王］　叔孙通初仕秦为博士，后□楚怀王。怀王迁长沙，他留在彭城。汉王攻入彭城，他就降了汉王。

❺　［汉王败而西］　汉王入了彭城，项羽就带了三万精兵回南来打他，大破汉军。汉王仅与数十骑兵逃脱，西走荥阳(地在现在河南成皋县)。

❻　［儒服］　儒者本无特定的衣服，他们喜从古制，大概穿古代诸侯大夫通用的"深衣"，那是上衣下裳相连的宽大的衣服。

❼　［廼］　即"乃"字。

❽　［楚制］　创自南方楚人的服式。

❾　［从］　与"从五诸侯"的"从"字同。

❿　［无所言进］　没有把跟从他的弟子们推荐给汉王。

⓫　［专言诸故群盗壮士进之］　这一语中把"言进"两字拆开用，说叔孙通专提到那些人，专推荐那些人。诸故群盗壮士，向来当强盗号称壮士的人。

⓬　［窃骂］　背地里骂。

⓭　［臣等］　古人彼此对话，往往自称为臣，臣，不专对君而言。

⓮　［大猾］　指上面的"诸故群盗壮士"。猾，奸狡害人的人。

生宁能斗乎？❶ 故先言斩将搴旗之士❷。诸生且待我，我不忘矣❸。"汉王拜叔孙通为博士❹，号稷嗣君。❺

汉五年，已并天下，诸侯共尊汉王为皇帝于定陶❻。叔孙通就其仪号❼。高帝悉去秦苛仪❽，法为简易❾。群臣饮酒争功，醉或妄呼拔剑击柱；高帝患之。叔孙通知上益厌之也❿。说上曰："夫儒者难与进取，可与守成。臣愿征鲁诸生⓫与臣弟子共起朝仪。"高帝曰："得无难乎？"⓬ 叔孙通曰："五帝异乐，三王不同礼。⓭ 礼者，因时世人情为之节文⓮者也。故夏殷周之礼所因，损益可知者，⓯谓不相复也。⓰ 臣愿颇采⓱古礼，与秦仪杂就之。"上曰："可试为之，令易知⓲，度吾所能行为之。"

---

❶ ［诸生宁能斗乎］ 你们能够帮他打仗吗？宁，与"岂"字相当。

❷ ［斩将搴旗之士］ 能够打仗的人物。搴，拔取。打仗时攻破了敌方阵营，就拔取敌方的旗帜。

❸ ［我不忘矣］ 我决不会忘记你们的。

❹ ［拜叔孙通为博士］ 拜，授官。博士是秦朝始置的官，"掌通古今"。

❺ ［号稷嗣君］ 给叔孙通一个称号，表示尊崇之意。稷，是稷下，地在今山东临淄县城北，战国时是齐国的地方，有许多学者聚在那里讲学。嗣，继承。这个称号的取义，是说叔孙通的学问广博，可以继承从前稷下许多学者的遗风。

❻ ［诸侯共尊汉王为皇帝于定陶］ 汉王既灭项羽，平定西楚之地，而鲁国坚守不下，就带领诸侯的兵北向鲁国。鲁国既降然后还军定陶（今山东定陶县）。陶，音姚。

❼ ［就其仪号］ 就，成，也就是定。定汉王做皇帝时的仪式和称号。

❽ ［悉去秦苛仪］ 叔孙通所定仪式，大概是□据秦朝的。高帝把那些麻烦的一概去掉。

❾ ［法为简易］ 法，犹言习。高帝习为简易，不很注重仪式。

❿ ［知上益厌之也］ 上，指高帝。这里益字作"渐"义。知道高帝渐渐的讨厌那班人的行径。

⓫ ［征鲁诸生］ 征，召集。鲁是儒者聚集之地，儒者知礼。所以要征鲁诸生。

⓬ ［得无难乎］ 朝仪行起来能不麻烦吗？

⓭ ［五帝异乐三王不同礼］ 五帝三王，其说不一，总之是说古代盛德的帝王。古代行礼必有乐，分开来说，礼乐并称，单独说礼，就包括着乐。

⓮ ［节文］ 指礼的节目与方式。

⓯ ［故夏殷周之礼所因损益可知也］ 论语为政篇记载子张与孔子的问答："子张问：'十世可知也？'子曰：'殷因于夏礼，所损益可知也。周因于殷礼，所损益可知也。其或继周者，虽百世可知也。'"孔子之意是说殷周的礼都因袭前代而有所损益，其所以损益之故，都可以明白知道。这里叔孙通所引的话没有依照原文。

⓰ ［谓不相复也］ 复，重复。叔孙通据孔子的话来证明礼是不必完全依照前代的。

⓱ ［颇采］ 稍稍采取一些。

⓲ ［令易知］ 要使朝仪容易弄得明白。

于是叔孙通使征鲁诸生三十余人。鲁有两生不肯行，曰："公所事者且十主，❶皆面谀以得亲贵。今天下初定，死者未葬，伤者未起，又欲起礼乐。礼乐所由起，积德百年而后可兴也❷。吾不忍为公所为，公所为不合古。吾不行，公往矣，无污我！"叔孙通笑曰："若真鄙儒也，不知时变！"❸遂与所征三十人西❹，及上左右为学者，与其弟子百余人，为绵蕝，野外习之。❺ 月余，叔孙通曰："上可试观。"上即观，❻使行礼，曰："吾能为此。"迺令群臣习隶❼，会十月。❽

汉七年，长乐宫❾成，诸侯群臣皆朝十月。仪：❿先平明，⓫谒者治礼，⓬引以次入殿门。⓭ 廷中陈车骑，步卒卫宫，设兵张旗志⓮。传言趋。⓯ 殿下郎中侠陛⓰，陛数百人。功臣列侯⓱诸将军军吏以次，陈西方

---

❶ ［公所事者且十主］ 且，相当于"将"字。你所事的主人将满十数，极言其没有操守。

❷ ［积德百年而后可兴也］ 须待国家积德百年，然后可以起（兴□是起）礼乐。上句说"今天下初定，死者未葬，伤者未起"，就是还没有积德的凭证，言外就是现在还够不上起什么礼乐。

❸ ［若真鄙儒也不知时变］ 若，就是白话中的"你"。也字含有感叹意味，不知时变，不知道随时变通。

❹ ［西］ 从鲁国西行。那时高帝已定都长安（现在陕西长安县）。

❺ ［为绵蕝野外习之］ 绵是牵引着的绳子。蕝是用来标明位置的成束的茅草。起朝仪要规定朝廷的面积，以及各人在朝廷上所处的位置，所以用"绵蕝""习之"的"之"字指朝仪。

❻ ［上即观］ 即，相当于"就"。到习仪的地方去看。

❼ ［习隶］ 隶音异，也是学习的意思。"习隶"是个复合词。

❽ ［会十月］ 汉初以阴历十月为一年之始。会，举行朝会。令群臣学习了朝仪，准备在元旦朝会时实行。

❾ ［长乐宫］ 在长安的西北。

❿ ［仪］ 这是一个字的提示语，表明以下所叙的是那时的仪式。

⓫ ［先平明］ 最初当天刚亮的时候。

⓬ ［谒者治礼］ 谒者是掌赞礼的官。治礼，就是现在常说的"司仪"。

⓭ ［引以次入殿门］ 引上文所说的"诸侯群臣"入殿门。

⓮ ［设兵张旗志］ 兵，指兵器。志，同"帜"字。"旗志"是个复合词，就是旗子。

⓯ ［传言趋］ 传声教诸臣进去，都要急步（趋），以表示恭敬。

⓰ ［郎中侠陛］ 郎中，官名。掌"直宿卫"。侠，同"夹"字。陛，殿阶。

⓱ ［列侯］ 汉制：王子封侯，叫诸侯，群臣异姓以功封侯，叫列侯，也叫彻侯。

东乡❶。文官丞相❷以下，陈东方西乡。大行设九宾，❸胪句传。❹ 于是皇帝辇❺出房，百官执职传警❻。引诸侯王以下，至吏六百石❼以次奉贺。自诸侯王以下，莫不振恐❽肃敬。至礼毕，复置法酒❾。诸侯坐殿上，皆伏抑首❿，以尊卑次起上寿⓫。觞九行，⓬谒者言罢酒。御史执法⓭举不如仪者，辄引去。⓮ 竟朝置酒，无敢讙⓯哗失礼者。于是高帝曰："吾乃今日知为皇帝之贵也！"

乃拜叔孙通为太常⓰，赐金五百斤。叔孙通因进曰："诸弟子儒生随臣久矣，与臣共为仪，愿陛下官之⓱。"高帝悉以为郎⓲。叔孙通出，皆以五百斤金赐诸生。诸生乃皆喜，曰："叔孙生诚圣人也，知当世之要务。"

---

❶　〔陈西方东乡〕　排列在西方。面东向。乡，同"向"字。

❷　〔丞相〕　帮助帝王总理大政的官。

❸　〔大行设九宾〕　大行就是大行人，掌礼仪的官，出于"周礼"。九宾的解释，其说不一。一说以为凡举行大礼，相礼的人多至九个，似乎比较近情。

❹　〔胪句传〕　自上传话告下叫"胪"，自下传话告上叫"句"。

❺　〔辇〕　乘车而行。

❻　〔执职传警〕　各人执行职务，彼此致意警肃。

❼　〔吏六百石〕　上语"诸侯王"是群臣中位分最高的，这里"六百石"的"吏"是群臣中位分最低的。汉时以所食俸禄的多少，表示官秩的尊卑，称官常用若干石。这若干石指一年的俸禄。

❽　〔振恐〕　振字是整饬的意思。临事整饬，自然带着恐惧的神情。

❾　〔法酒〕　朝廷大宴飨的礼酒。

❿　〔伏抑首〕　伏身低头，以表恭敬。

⓫　〔起上寿〕　向尊者进酒叫"寿"。群臣起来向高帝进酒。

⓬　〔觞九行〕　这是仪式的喝酒，所以行觞有规定的次数。

⓭　〔御史执法〕　御史是职司纠察的官。他执法而从事纠察。

⓮　〔举不如仪者辄引去〕　举是检举。不如仪者，动作和礼貌不合仪式的人。辄，相当于"即"。引去，斥去。

⓯　〔讙〕　通"喧"字。

⓰　〔太常〕　掌宗庙礼仪的官。

⓱　〔愿陛下官之〕　陛下，臣下对君主的称呼。官，作动词用，官之，就是任用他们做官。

⓲　〔郎〕　护卫侍从的低级官。

文章法则乙

三、文字须求其没有毛病

　　说话或作文,如果不依语言文字的习惯,随便乱说乱写,就容易犯毛病。研究语言文字的习惯,那科目叫做文法,就是本书的"文章法则甲"。明白了我国语言文字的习惯,或说或写都不违背他,就不犯文法上的毛病了。除此而外,语言文字还得讲求调整和运用,那工夫叫做修辞。如果不讲求调整和运用,所说所写虽不犯文法上的毛病,还容易犯别的毛病。关于修辞,本书不能多谈,只能简单的说一些。

　　要在文法上的毛病以外,也不犯别的毛病,有四个项目应该注意的。

　　(一)意义要明确　无论用一个词儿,造一句句子,都须意义分明,毫不含糊,不致使人发生误会。如上文并叙甲乙两人,下文却用"他"字来代替甲或乙,虽然作者自己心中明白"他"指的谁,可是读者无从明白;这便犯了不明确的毛病,"他"字自当去掉,用"甲"或"乙"才对。又如"没有文字素养的人不能作好的小说的批评",这话也犯不明确的毛病;读者看了会发生疑问,到底说"不能作好的小说批评"呢? 还是说"不能批评好的小说"? 作者如能检察一下,自会发见这里含有歧义,因而改换句式,把自己的意思明确的表出来。此外,标点符号使用得得当与否,与文字的明确不明确也有关系。

　　(二)伦次要通顺　伦次就是事物的秩序。依照事物本然的秩序来述说,是最正当的办法。如说"食物经过了咀嚼,咽下,消化……"依照着本然的秩序,是通顺的;说"食物经过了消化,咀嚼,咽下……"违背了本然的秩序,就不通顺了。又,一事物与他事物联在一起说,一定是二者之间有关系在;关系明白,伦次也就通顺。如说"今天听某人讲公众卫生的切要。我希望我国的公众卫生能够逐渐进步。"两句话关系明白，是通顺的。假如说"今天听某人讲公众卫生的切要。太平洋上的海战不知道怎样了。"两句话毫无关系，就不通顺了。于此可知，依照秩序与顾到关系，是达到伦次通顺的途径。

（三）词句要平匀　用词造句，要通体纯粹。写语体文，便纯用"上口"的词儿和语调，读起来和说话一样。若写文言，便纯用文言惯用的词儿和语调，不掺入一些专属于口头语言的成分。这就叫做平匀。又，通常的话，不故意说得弯曲或拗捩，也是平匀。若把"人间尽多不如意事"说作"人间尽多主观客观矛盾的事实"，便是弯曲；把"今天早上，贼偷了邻家的东西"说作"贼偷了邻家的东西，今天早上"，便是拗捩：都犯了不平匀的毛病。

（四）安排稳密　词句之间要前后调和，没有冲突，重复，或疏漏的毛病。如说"麻雀是禽类"，"麻雀是动物"都可以；若说"麻雀是禽兽"，"兽"字便与"麻雀"冲突了。又如王羲之"兰亭序"中有"虽无丝竹管弦之盛"一语，后人就批评他"丝竹"与"管弦"重复。重复的反面是疏漏，也要不得。如替从小相识的朋友某君写传记，说"某君，某地人，父亲名某某，种田过活，从小和我相识"，这便成某君的父亲从小和作者相识了；必须在"从小"之上补上"某君"两字，才妥当。必须整篇都经过仔细考虑，稳密安排，才可以成为完整的文字。

以上四个项目看似容易，要养成习惯，得心应手，却须随时用工夫。

习　问

一　试从日常看到的文字（报纸杂志之类）中，指出些犯着毛病的语句或章节来，并说明犯的是甚么病。

二　"岳阳楼记"第二节"然则北通巫峡……得无异乎"一句，伦次上有问题吗？如果有，应当怎样改？

二一、运动家的风度❶

罗家伦❷

从前文惠君赞美庖丁解牛的技术，❸庖丁回答的话是："臣之所以好者，道也，进乎技矣❹。"这话可以解释近代运动的精神。

提倡运动的人以为运动可以增进个人和民族体力的健康。是的，健康的体力是一生努力成功的基础；大家体力不发展，民族的生力也就衰落下去。

古代希腊人以为"健全的心灵寓于健全的身体"。这也是深刻的理论；身体不健康，心灵容易生病态。历史上，传记里和心理学中的例证太多了。

近代美国的大学里，认为运动在竞赛的时候，可以发展大家对于自己学校的感情和忠心，培养团体内部的共同意识和习惯。这理论已经是较狭小而次一等了。有比这更扩大一些的，就是都市与都市间的运动竞赛，国家与国家间的运动竞赛。自十九世纪末叶以来，西洋复活希腊阿灵辟克运动会❺的风气，产生了多少国际运动会，也是为此。

其实就从无所为的眼光来看❻，从纯美的观点来看，于美景良辰光

---

❶　［运动家的风度］　此篇选自作者近著"新人生观"，中段删去。

❷　［罗家伦］　字志希，曾任国立清华大学国立中央大学校长，现任中央委员。

❸　［从前文惠君赞美庖丁解牛的技术］　此事见于庄子养生主篇。文惠君即战国时梁惠王。庖丁，厨役。一说，丁是那个厨役的名字。解牛，宰牛。

❹　［进乎技矣］　超出了技术的范围了。

❺　［希腊阿灵辟克运动会］　古代希腊有一种风俗，每隔四年，各处的人都聚集在阿灵辟克神殿之前，作种种运动竞赛。

❻　［从无所为的眼光来看］　以上所说，都是从有所为的眼光来看运动。

天化日之下，广大热烈的群众之前，多少健美的男女表现他们发展得很充实的形体，经过训练的姿势，也可以发生一种自然的美感。

这些都是对的，但是运动的精义还不止此。运动更有道德的意义，就是在运动场上养成人生的正大态度，政治的光明修养，以陶铸优良的民族性。这就是我所谓"运动家的风度"。

养成运动家的风度，首先要认识"君子之争"。"君子无所争，必也射乎，揖让而升，下而饮，其争也君子"，❶这是何等的光明，何等的雍容。英文中的"fair play"❷，最好恐怕只有译作"君子之争"。这一语的起源也是出于运动；但其含义则推用到一切立身处世，接物待人的方式。运动是要守着一定的规律，在万目睽睽❸的监视之下，从公开竞争而求得胜利的；所以一切不光明的态度，暗箭伤人的举动，和背地里占小便宜的心理，都当排斥。犯规的行动，虽然可因此而得胜，且未被裁判者所觉察，然而在有风度的运动家是引为耻辱不屑采取的。当年我在美国普林斯顿大学研究院读书的时候，看过一次普林斯顿大学和耶鲁大学盛大的足球赛。这是美国东部大学运动界的一件大事。双方都是强劲的队伍，胜败为全美所属目。他们在基督教的国家里，于比赛前一晚举行"誓师"大典❹时有一次祷告。普林斯顿球队的祷告词中有一句话"我们祈求胜利，但是我们更祈求能够保持清白的动作。"这句话当时我很受感动。

有风度的运动家要有服输的精神。"君子不怨天，不尤人。"❺运动家正是这种君子。按照正道做，输了有何怨尤？我输了只怪我自己不行；等我充实改进以后，下次再来过。人家胜了，是他本事好，我只有佩服他；骂他不但是无聊，而且是无耻。欧美的人民，因为受了运动场上的

---

❶　［君子无所争……其争也君子］　这是孔子的话，见论语八佾篇。"必也射乎"，须在参与射礼的时候才有所争□。"揖让而升下而饮"，都是古代举行射礼时的仪式。升是升堂。"其争也君子"，那样的争是君子之争。

❷　［fair play］　普通译作"公平的待遇"，"均等的机会"。

❸　［万目睽睽］　无数人眼睁睁的。

❹　［"誓师"大典］　誓师本是出兵打仗时的事情，现在借指球赛前的预祝，故用引号。

❺　［君子不怨天不尤人］　充虞述孟子的话，见孟子公孙丑上。"不怨天，不尤人"原是孔子的话，见论语宪问篇。尤，责怪。

训练,服输的精神是很丰富的。这种精神常从体育的运动场上带进了政治的运动场上。譬如这次罗斯福与威尔基竞选❶,在竞选的时候,虽然互相批评❷;但是选举揭晓以后,罗斯福收到的第一个贺电就是威尔基发的。这贺电的大意是:我们的政策公诸❸国民之前,现在国民选择你的,我竭诚的贺你成功。(其实每届选举完毕,失败者都是这样做的。而胜败之间有无问题,也每以失败方面的贺电为断。)这和网球结局以后胜利者和失败者隔网握手❹的精神一样。此次威尔基失败以后,还帮助罗斯福作种种外交活动,一切以国家为前提❺。这也是值得赞许的。

有风度的运动家不但有服输的精神,而且更有超越胜败的心胸。来竞争当然要求胜利,来比赛当然想开记录❻;但是有修养的运动家必定要达到得失无动于衷的境地。"人人赛跑,只有一个第一",这是保罗❼的话。记录不过用以试验人力可能达到的限度。不说欧文斯❽十秒点三跑一百公尺的记录和他跳远到八公尺点一三的记录,就是请希腊神话里的英雄亚基里斯❾出来,他每小时经过的距离,能超过火车,汽车,或现在每小时飞行在四百英里以上的喷火式驱逐机❿吗? 可见人力是很有限度的。而我们所重,并不在此。运动所重,乃在运动的精神。"胜固

---

❶ 〔这次罗斯福与威尔基竞选〕 这次,指一九四〇年美国的选举总统。罗斯福于一九三二年当选为美国总统,一九三六年复当选连任。美国惯例,总统至多两任,而罗斯福于一九四〇年又获当选,为破例之举。罗斯福隶民主党,威尔基隶共和党,同时由党中推为总统候选人,任国民抉择,故说"竞选"。

❷ 〔互相批评〕 互相批评彼此所发表之政见与政策。

❸ 〔诸〕 之于。

❹ 〔胜利者和失败者隔网握手〕 这是网球赛时的习惯仪式。

❺ 〔以……为前提〕 把某一点作为判断的根据。

❻ 〔开记录〕 竞技的成绩,如某人跑百码若干秒,某人高跳若干尺之类,叫做现有的记录。如有人跑得更快,跳得更高,就叫"开记录"。

❼ 〔保罗〕 耶稣门徒。

❽ 〔欧文斯〕 美国黑人,一九三六年在柏林世界运动会中,为百米,二百米,跳远三次竞赛的第一名。

❾ 〔亚基里斯〕 是一个善于快跑的人。

❿ 〔喷火式驱逐机〕 现代英国的驱逐机。

欣然败亦可喜"，❶正是重要的运动精神之一。否则要变"悻悻然"的小人❷了。运动家当然明白运动是义务的表演；既知如此，还得拼命去干，也是难能可贵的精神。

有风度的运动家是"言必信，行必果"❸的人。运动会要举行宣誓，义即在此。临阵脱逃，半途而废，都不是运动家所应有的。"任重而道远"和"贯彻始终"❹的精神，应该由运动家表现出来。所以赛跑落后，无希望得奖，还要努力跑到的人，乃是有毅力的人。大家鼓励之不暇，绝不该对他"喝倒采"。

我不说西洋各项运动都是好的，都可以采取的，决不是，决不是，如打"洋擂台"❺的办法我就认为野蛮。我以为西洋运动在中国最应当提倡的，就是英国式的足球，也就是已经在中国流行的足球，足球的好处很多，最重要的是讲究协调动作而富有群性。每一边十一人，各有岗位，❻但是动作起来，却成为不可分解的整个。成功是全体的成功，失败是全体的失败。不然，守球门的人真冤极了；攻进敌人球门时是前锋出风头，与他无涉；自己球门被攻进，他却要负责任，世界上那有这样冤的事！不知最好的前锋也不是自己把球盘了不放，一直打进敌人球门的。最好的球员要善于传递，不惜让人家攻进去。这是"成功不必自我"的精神，这也是最可贵的运动家的风度。

各国政府与教育家努力提倡运动，不是无意义的。他们要在运动场上增强民族体魄，提高国民道德，陶铸健全的民族性，因为运动场是一个自动的教育场所。他们使人于不知不觉之中，把整个的肉体和灵魂贡献出来，接受教育的洗礼。运动不但补充而且扩大近代的教育。

主张近代运动的理由，除了前面所说到的而外，还有许多。运动可

---

❶　[胜固欣然败亦可喜]　这是苏轼观棋诗中句。

❷　[悻悻然的小人]　孟子有"悻悻然见于其面"的话，悻悻然是怒意。

❸　[言必信行必果]　孔子的话，见论语子路篇。果，实践。

❹　[任重而道远和贯彻始终]　上一语是曾子的话，见论语泰伯篇。下一语是国歌末语。

❺　[打"洋擂台"]　设台比武，以博胜负，叫做打擂台，这是我国古代的风气。而现代西洋却盛行此举，两力士在台上互相殴击，台下观者至数万人。

❻　[各有岗位]　十一人的分配是：前锋五人，中卫三人，后卫二人；守门一人。

以培养冒险的精神,鼓铸热烈的感情,解放剩余的精力❶,同时又代替了不良的嗜欲。这也都是对的。但是从人生哲学❷看来,运动家的风度才是运动由技而进的道。

　　运动家的风度表现在人生上,是一个庄严,公正,协调,进取的人生。有运动家风度的人,宁可有光明的失败,决不要不荣誉的成功!

---

❶　［剩余的精力］　蕴蓄于体内而无所用之的精力。
❷　［人生哲学］　研讨人生的意义、价值与修养等问题的学问。

二二、文化的修养❶

罗家伦

　　要陶冶情感，莫善于美的教育，所以我从这方面提出三件特别有关美育的文化来讲。

　　且让我先谈文学的修养。文学不仅是说理的，而且是抒情的；不仅是知识的凝合，而且是愿望的表现；不仅是个性的暴露，而且是悲欢的同感；不仅是通情达意的语言，而且是珠圆玉润❷的美术。文学不仅可作发扬情绪的烈焰，而且可作洗涤心灵的净水。"诗可以兴，可以观，可以群，可以怨"，❸只不过是昔圣对于一部分文学的赞美。文学是提高人生"兴趣"的；真有修养的文学家，有些事决不肯干，❹他却不是持道学家的态度❺而不去干，乃是因其属于低等兴趣而不屑干。所以真正的文学修养可以提高行为标准。最好的文学家是他人想说而说不出的话，他能说得恰到好处；他人表现不出的情绪，他能表现得尽情惬意，使人家难得到其他的方式表现。没有经过退守南京❻，辗转入川的人，不能体会到杜

---

　　❶　［文化的修养］　这一篇也收在"新人生观"中，所采是全篇的中间部分。
　　❷　［珠圆玉润］　形容艺术制作的完美，内容与形式都达到最好的地步。
　　❸　［诗可以兴……可以怨］　这是孔子的话，见论语阳货篇。诗指古代三百篇的诗。读了这些诗可以感发意志，可以考见得失，可以引起同情，可以知所怨恶。
　　❹　［有些事决不肯干］　照习用的说法，就是"有所不为"。
　　❺　［持道学家的态度］　就是一切行为以道德为标准。
　　❻　［退守南京］　指二十六年冬季我国政府军民从南京撤退。

少陵"夔府孤城落日斜，每依南（北）斗望京华"❶两句诗的妙处。许多受难同胞有过家破人亡的痛苦的，读到白香山"田园寥落干戈后，骨肉流离道路中"❷的句子，也一定感觉到这种痛苦的经验，不只是我们现代的人才有的。战争时代的烦闷，若是得到古人与我们心心相印❸，俱有同感，也就因此舒畅多了。只是创造文学困难，欣赏文学也不容易。遇到好的文学作品，必须口诵心维❹，到口中念念有词的境界，❺才会心神领会。孔子说"依于仁，游于艺"❻，这游字最妙。所以对于优美的文艺作品，应当把自己的心灵深入进去，和鱼在水里一样，优哉游哉❼才能真有领悟。现在的青年日日处于甚嚣尘上的环境中，苟能得到一点文学的修养，一定可以消除烦闷的。学社会科学的人应当以文学培养心灵，学自然和应用科学的人尤其应当如此。天天弄计算，弄构造，❽而无优美文学作精神上的调剂，必致情感干枯，脑筋迟钝，性情暴躁而不自觉。文学的甘泉，是能为你的心灵培养新的萌芽的。

　　进而讲到音乐的修养。音乐不仅是娱耳的。音乐是心里发出来的一种特殊语言，有节奏有旋律❾的语言，和谐而美丽的语言。那是联贯许多感觉，概念，意境，而以有波动的音节发出来的。雍门琴引说"须坐听吾琴之所言"，正是这个微妙的道理。我国从前礼乐并称，因为礼与乐

---

❶　[杜少陵"夔府孤城落日斜每依南（北）斗望京华"]　唐杜甫曾居长安少陵之西，故称杜少陵。所引诗是甫所作"秋兴八首"第二首的开头两语。夔府，今四川奉节县。南斗，星名。一作北斗，也是星名。京华，京城。甫避乱居蜀，北望京城长安。若作南斗，第二语便是身在南面心驰于北的意思。若作北斗，第二语便是就北斗星而想望北方的京城的意思。

❷　[白香山"田园寥落干戈后骨肉流离道路中"]　唐白居易字乐天，号香山居士。所引诗是七律一首的第三四两语，题目是"自河南经乱，关内阻饥，兄弟离散，各在一处，因望月有感，聊书所怀寄上浮梁大兄，於潜七兄，乌江十五兄，兼示符离及下邽弟妹"。

❸　[心心相印]　彼此所见所感相同，可以相互印证。

❹　[口诵心维]　口里念，心里想。

❺　[到口中念念有词的境界]　口诵心维到非常纯熟的境界。

❻　[依于仁游于艺]　见论语述而篇。行为根据着仁道，心情涵泳在艺术之中。

❼　[优哉游哉]　舒适自得的样子。

❽　[弄构造]　指学习工程机械的人而言。

❾　[有节奏有旋律]　长音短音强音弱音反覆配合，而成节奏。将一群高低，长短，强弱不同的乐音，依其节奏上一定的关系而继续奏出，叫做旋律。

是联起来的。后来礼乐分家，所以礼沦为干燥的仪式；本来是活泼泼有节奏的动作规律，后来变为死板无生命的赞礼单子。原来文学与音乐也是合在一起的，所以上古的人可以抚琴而歌。到宋朝饮井水处都可以歌柳屯田词；❶豪放的名士可以用铜琶铁板唱大江东去。❷ 姜白石的"自作新词韵最娇小红低唱我吹箫"，❸是更柔性的了。乃至南宋以后，诗词与音乐又分了家，这实在是文学上一大损失，也是民族的文化修养上一大损失。文学的流行不普遍，正在于此。譬如歌德❹在德国文学上和一般国民文化上的影响大极了；但是请问现在的德国人之中，有几个读过哥德全集或是他重要的作品？然而哥德的诗，山边海曲，田舍渔庄里都有人唱，这正是因为谱成了音乐的缘故。我国音乐只有旋律而无和声❺，因此感觉单调。所以只有川戏中满台打锣鼓的人来"帮腔"❻，而不能有男女高低音配合得很和谐的"四部合奏"❼。前二十年，西洋音乐是经过日本转手——不高明的手——递过中国来的，所谱的大都是简单的靡靡之音❽。抗战以来，国人的音乐兴趣转浓，从事音乐的人也转多，是一件可欣慰的现象。但是一般还是粗糙简单不免截头去尾的模仿。有意的高亢，时或闻之；而浑成曲折的乐章，很少听见。其中还有以"小放牛"❾一类的小调之音，谱为抗战歌曲，听了令人神经麻痹。现在中国的音乐教育，正可因为大家音乐兴趣转浓而提高，而普及，而改变作风，但是这不是短期内勉强可以做到的事。我们只是存这种希望，要向这条路上

---

❶　［饮井水处都可以歌柳屯田词］　宋柳永字耆卿，善于填词，为屯田员外郎，故称柳屯田。井到处都有，井水到处都饮，当时人因柳词流传极普遍，故有这样说法。

❷　［豪放的名士……唱大江东去］　豪放的名士，指苏轼。轼问歌者他的词比柳永的怎样，歌者回答说："学士词须关西大汉抱铜琵琶，执铁绰板，唱大江东去。"大江东去是轼词"赤壁怀古"（念奴娇）的第一语。

❸　［姜白石的"自作新词韵最娇小红低唱我吹箫"］　南宋姜夔字尧章，号白石道人，工诗词。所引诗是七绝一首的前两语，题目是"过垂虹"。小红，夔的婢女。

❹　［哥德］　生于公元一七四九年，卒于一八三二年，德国诗人，兼长小说戏曲。

❺　［和声］　数音并发而进行，其音调和谐的，叫做和声，西洋乐曲多用和声。

❻　［帮腔］　台上演员唱戏将终，台旁奏乐的人也和着合唱，叫做帮腔。

❼　［四部合奏］　四组高低不同的声音的合唱。

❽　［靡靡之音］　浅俗的音节。

❾　［小放牛］　戏名。其中乐曲，都是民间流行的俗曲。

走。我希望从音乐的节奏与和谐，达到民族精神和行动上的节奏与和谐。

再进而讨论绘事艺术的修养。雕塑和音乐一样，在我国并不发达，但是画却达到了非常之高的成就。这正因为中国画与中国文学不曾分家。画家的修养与文学家的修养大致相同。中国的画家也大都是文学家。我国向不重视匠画❶，这分别苏东坡论吴道子王维画诗，❷说得最清楚："吴生虽妙绝，犹以画工论；摩诘得之于象外，有如仙翮谢樊笼。吾观二子俱神俊，又于维也敛衽无间言。"❸摩诘固然是诗中有画，画中有诗的作家，吴道子也是一位画中杰出的天才，东坡犹于其间有所轩轾❹，这种好尚的风气也就可想而知了。画不只是表现自然，而且表现心灵；不仅是表现现实，而且表现意境。若是画只是自然和现实的复写，那有照像就够了，何必要画？但是名画可以百看不厌，而照像则一望就了，正因为画上的自然和现实是透过了心灵而从意境里流露出来的。东坡谓"论画以形似，见与儿童邻"❺，正是此意。画家不但要有精妙的技巧，而且要有高尚的修养。姜白石说"人品不高，落墨无法"。同时读画的人也要有这种修养，才真能心领神会，与画家的心灵融成一片。所以欧阳子说❻"萧条淡泊，此难画之意，画者得之，览者未必识也。故飞走迟速，意浅之物易见，而闲和严静，趣远之心难形"。我国名画之难于为一般人所

---

❶ ［匠画］ 浅俗的工匠的画。

❷ ［论吴道子王维画诗］ 唐吴道玄字道子，年轻时便工画，人称画圣。唐王维字摩诘，诗书画俱工。人称他的诗中有画，画中有诗。他所画山水，是画家南派之祖。下所引东坡的诗，题目是"王维吴道子画"。

❸ ［吴生虽妙绝……又于维也敛衽无间言］ "犹以画工论"，还只能说是画工。"摩诘得之于象外"，王维画的妙处在形象以外。"有如仙翮谢樊笼"，好像仙鸟脱离了樊笼一般。这是比喻王维的画绝端任意境之自由，不受形象的拘束。"又于维也敛衽无间言。""维也"的"也"字无意义，古人称人名，往往加一"也"字，如孔子称他的弟子，常说"回也"，"赐也"。东坡此处是仿句。"敛衽"，整理衣襟，表示崇敬的意思。"无间言"，没有不满意的话可以说。

❹ ［有所轩轾］ 批评有高下，有抑扬。

❺ ［论画以形似见与儿童邻］ 论画以像不像为评判的标准，其识见与儿童差不多。二语是东坡"书鄢陵王主簿所画折枝二首"第一首的开头语。

❻ ［欧阳子说］ 下面所引是宋欧阳修随笔"鉴画"一则的开头数语。

了解，亦由于此。苟能深入，则在尘嚣溷热之中，未始不是一服清凉散❶。恽南田❷论山水画说："出入风雨，舒卷苍翠，模崖范壑，❸曲折中机，惟有成风之技❹，乃致冥通之奇❺。可以悦泽神风，陶铸性器❻。"真是很精辟独到的话。

　　当然文化的修养，不只这三方面，凡是可以使人"动心忍性，增益其所不能"❼的，都有关修养。如祭遵雅歌投壶❽，谢安石在临阵时还下围棋，❾都是他们增进修养的方式。只是这三方面的修养，最容易陶冶性灵，调剂情感。

---

　　❶〔清凉散〕　清凉的药剂。药石的碎屑叫散。

　　❷〔恽南田〕　名格，字寿平，以字行，南田是他的号，清武进人。工画，初画山水，后改画花卉。

　　❸〔模崖范壑〕　以山谷为作画的范本。

　　❹〔成风之技〕　庄子徐无鬼篇说郢人在鼻尖上涂了很细的一点泥，教匠石去掉□"匠石运斤成风"，泥削去了，可是郢人的鼻子没有一毫损伤。这里说"成风之技"，意即极端超妙的技术。

　　❺〔冥通之奇〕　深远博通的奇迹。

　　❻〔悦泽神风陶铸性灵〕　怡悦神思，陶冶性灵。

　　❼〔动心忍性增益其所不能〕　孟子的话，见孟子告子下。悚动他的心，坚韧他的性，使本来不能的进而至于能。

　　❽〔祭遵雅歌投壶〕　祭遵字弟孙，后汉颍阳人。从光武征战，所在吏人不知有军。取士皆用儒术。对酒设乐，必雅歌投壶。祭，音蔡。投壶，古代的一种游戏。

　　❾〔谢安石……下围棋〕　谢安石名安，晋阳夏人。苻坚率兵百万来犯，安为征讨大都督，举他的侄子玄领兵八千，大败苻坚军于肥水，捷报传来，安正与人下围棋。看罢文书没有开口。客问军情如何，安答"小儿辈大破贼"，意色举止如平时一样。

二三、我们对于一棵古松的三种态度

朱光潜❶

　　一切事物都有几种看法。你说一件事物是美的或是丑的,这也只是一种看法。换一个看法,你说它是真的或是假的;再换一种看法,你说它是善的或是恶的。同是一件事物,看法有多种,所看出来的现象也就有多种。

　　比如园里那一棵古松,无论是你是我或是任何人一看到它,都说它是古松。但是你从正面看,我从侧面看,你以幼年人的心境去看,我以中年人的心境去看,这些情境和性格的差异,都能影响到所看到的古松的面目。古松虽只是一件事物,你所看到的和我所看到的古松却是两件事。假如你和我各把所得的古松的印象画成一幅画,或是写成一首诗,我们俩艺术手腕尽管不分上下,你的诗和画与我的诗和画相比较,却有许多重要的异点。这是什么缘故呢?这就由于知觉不完全是客观的,各人所见到的物的形相都带有几分主观的色彩。

　　假如你是一位木商,我是一位植物学家,另外一位朋友是画家,三人同时来看这棵古松。我们三人可以说同时都"知觉"到这一棵树,可是三人所"知觉"到的却是三种不同的东西。你脱离不了你的木商的心习,你所知觉到的只是一棵做某事用值几多钱的木料。我也脱离不了我的植物学家的心习,我所知觉到的只是一棵叶为针状,果为球状,四季常青的显花植物。我们的朋友——画家——什么事都不管,只管审美,他所知觉到的只是一棵苍翠劲拔的古树。我们三人的反应态度也不一致。你

---

　　❶ ［朱光潜］　字孟实。现代安徽桐城人。现任国立武汉大学教授。

心里盘算它是宜于架屋或是制器,思量怎样去买它,砍它,运它。我把它归到某类某科里去,注意它和其他松树的异点,思量它何以活得这样老。我们的朋友却不这样东想西想,他只在聚精会神的观赏它的苍翠的颜色,它的盘屈如龙蛇的线纹,以及它的那一种昂然高举不受屈挠的气概。

从此可知这棵古松并不是一件固定的东西,它的形相随观者的性格和情趣而变化。各人所见到的古松的形相都是各人自己性格和情趣的返照。古松的形相一半是天生的,一半也是人为的❶。极平常的知觉都带有几分创造性;❷极客观的东西之中都有几分主观的成分。❸

美也是如此。有审美的眼睛才能见到美。这棵古松对于我们画画的朋友是美的,因为他去看它时就抱了美感的态度。你和我如果也想见到它的美,你须得把你那种木商的实用的态度丢开,我须得把植物学家的科学的态度丢开,专持美感的态度去看它。

这三种态度有什么分别呢?

先说实用的态度。做人的第一件大事就是维持生活。既要生活,就要讲究如何利用环境。"环境"包含我自己以外的一切人和物在内,这些人和物有些对于我的生活有益,有些对于我的生活有害,有些对于我不关痛痒。我对于他们于是有爱恶的情感,有趋就或逃避的意志和活动。这就是实用的态度。实用的态度起于实用的知觉,实用的知觉起于经验。小孩子初出世,第一次遇见火就伸手去抓,被火烧痛了,以后他再遇见火,便认识这是什么东西,便明瞭这是烧痛手指的;火对于他于是有意义。事物本来都是很混乱的,人为便利实用起见,才像被火烧过的小孩子根据经验把四围事物分类立名,说天天吃的东西叫做"饭",天天穿的东西叫做"衣",某种人是朋友,某种人是仇敌,于是事物才有所谓"意义"。意义大半都起于实用。在许多人看,衣除了是穿的,饭除了是吃的

---

❶ [一半也是人为的] 上文说"各人所见到的古松的形相都是各人自己性格和情趣的返照",所以这里说是人为的。

❷ [极平常的知觉都带有几分创造性] 由各人的性格和情趣而"感觉"为如何如何,所以感觉带有创造性。

❸ [极客观的东西之中都有几分主观的成分] 因为通常的知觉总不能排除自己的性格和情趣。

一类意义之外，便寻不出其他意义。所谓"知觉"，就是感官接触某种人或物时心里明瞭他的意义。明瞭他的意义，起初都只是明瞭他的实用。明瞭实用之后，才可以对他起反应动作，或是爱他，或是恶他，或是求他，或是拒他。木商看古松的态度便是如此。

科学的态度则不然。它纯粹是客观的，理论的。所谓客观的态度，就是把自己的成见和情感完全丢开，专以"无所为而为"的精神去探求真理。理论是和实用相对的。理论本来可以见诸实用，但是科学家的直接目的却不在实用。科学家见到一个美人，不说"我要去向她求婚"；他只说"我看她这人很有趣味，我要来研究她的生理构造，分析她的心理组织"。科学家见到一堆粪，不说"它的气味太坏，我要掩鼻走开"；他只说"这堆粪是一个病人排泄的，我要分析他的化学成分，看看有没有病菌在里面"。科学家自然也有见到美人就求婚，见到粪就掩鼻走开的时候；但是那时候他已经由科学家还到实际人的地位了。科学的态度之中很少有情感和意志，它的最重要的心理活动是抽象的思考。科学家要在这个混乱的世界中寻出事物的关系和条理，纳个物于概念，❶从原理演个例，❷分出某者为因，某者为果，某者为特征，某者为偶然性。植物学家看古松的态度便是如此。

木商由古松而想到架屋，制器，赚钱等等，植物学家由古松而想到根，茎，花，叶，日光，水分等等，他们的意识都不能停止在古松本身上面；不过把古松当作一块踏脚石，由它跳到和它有关的种种事物上面去。所以在实用的态度中和科学的态度中，所得到的事物的意象都不是独立的，绝缘的，观者的注意力都不是专注在所观事物本身上面的。注意力的集中，意象的孤立绝缘，便是美感的态度的最大特点。比如我们的画画的朋友看古松，他把全副精神都注在古松的本身上面，古松对于他便成了一个独立自足的世界，他忘记他的妻子在家里等柴烧饭，他忘记松

---

❶　［纳个物于概念］　把一个个的事物归纳成概念；如抽取各种植物的共通之点而建立"植物"这一个概念。

❷　［从原理演个例］　根据普遍原理推求个别事物；如据植物生命必有死亡之时的原理，知道这棵古松将来也必死亡。

树在植物教科书里叫做显花植物，总而言之，古松完全占领他的意识，古松以外的世界，他都视而不见，听而不闻了。他只把古松摆在心眼面前当作一幅画去玩味。他不计较实用，所以心中没有意志和欲念；他不推求关系，条理，因果等等，所以不用抽象的思考。这种脱净意志和抽象思考的心理活动叫做"直觉"，直觉所见到的孤立绝缘的意象叫做"形相"。美感经验就是形相的直觉，美就是事物呈现形相于直觉时的特质。

实用的态度以善为最高目的，科学的态度以真为最高目的，美感的态度以美为最高目的。在实用态度中，我们的注意力偏在事物对于人的利害，心理活动偏重意志；在科学的态度中，我们的注意力偏在事物间的互相关系，心理活动偏重抽象的思考；在美感的态度中，我们的注意力专在事物本身的形相，心理活动偏重直觉。真善美都是人所定的价值，不是事物所本有的特质。离开人的观点而言，事物都混然无别，善恶，真伪，美丑就漫无意义。真，美，善都含有若干主观的成分。

二四、创造的想像

朱光潜

艺术和游戏都是意造空中楼阁❶来慰情遣兴。现在我们来研究这种楼阁是如何建筑起来的；这就是说，看看诗人在做诗或是画家在作画时的心理活动到底像什么样。

为说话易于明瞭起见，我们最好拿一个艺术作品做实例来讲。本来各种艺术都可以供给这种实例，但是能拿真迹摆在我们面前的只有短诗。所以我们姑且选一首短诗；不过心里要记得，其他艺术作品的道理也是一样。譬如王渔洋所推许为唐人七绝压卷作的王昌龄的长信怨：❷

奉帚平明金殿开，❸且将团扇共徘徊。❹

玉颜不及寒鸦色，犹带昭阳日影来。❺

大家都知道这首诗的主人是班婕妤，她从失宠于汉成帝之后，谪居长信宫奉侍太后。昭阳殿是汉成帝和赵飞燕住的地方。这首诗是一个具体

---

❶ ［空中楼阁］ 虚构而非实有的事物。

❷ ［王渔洋所推许……长信怨］ 王士祯，字贻上，号阮亭，别号渔洋山人。清新城人，论诗以"神韵"为主。压卷作，最好的作品。许多卷子叠在一起，最好的一本总压在其他各本之上。王昌龄，字少伯，唐江宁人，工于诗。长信，汉宫名。汉成帝宫人班婕妤长于诗歌，大见宠幸，后赵飞燕得宠，被谗，退侍太后于长信宫，作赋自伤，语极哀恻。王昌龄的"长信怨"一诗，即咏其事。

❸ ［奉帚平明金殿开］ 天刚亮宫殿刚开的时候，执着扫帚扫地。班婕妤赋中有"奉共养于东宫兮，托长信之末流，共洒扫于帷幄兮，永终死以为期"的话，是此语所本。

❹ ［且将团扇共徘徊］ 班婕妤又有一首"怨歌行"："新制齐纨素，皎洁如霜雪。裁成合欢扇，团圆似明月。出入君怀袖，动摇微风发。常恐秋节至，凉飙夺炎热。弃捐箧笥中，恩情中道绝。"这是此语用团扇所本。无与为欢，只有命运相似的团扇作伴，一个"且"字表出无可奈何的心情。

❺ ［玉颜不及寒鸦色犹带昭阳日影来］ 玉颜，指班婕妤的美貌。鸦色纯黑，是最丑的鸟儿。可是乌鸦飞来，背上还带着昭阳宫的日影，班婕妤虽有美貌，却受不到昭阳宫里的一点恩泽。可见玉颜不及寒鸦了。诗中时令是秋晨，故说寒鸦。昭阳宫是赵飞燕所居，当然汉成帝也在那里。

的艺术作品。王昌龄不曾留下记载来，告诉我们他作诗时心理历程如何，他也许并没有留意到这种问题。但是我们用心理学的帮助来从文字上分析，也可以想见大概。

他作这首诗必定使用想像。什么叫做想像呢？就是在心里唤起的意象。譬如看到寒鸦，心中就印下一个寒鸦的影子，知道它像什么样，这种心镜❶从外物摄来的影子就是"意象"。意象在脑中留有痕迹，我眼睛看不见寒鸦时仍然可以想到寒鸦像什么样，甚至于你从来没有见过寒鸦，别人描写给你听，说它像什么样，你也可以凑合已有意象推知大概。这种回想或凑合已有意象的心理活动叫做"想像"。

想像有再现的，有创造的。一般的想像大半是再现的。原来从知觉得来的意象如此，回想起来的意象仍然是如此。譬如我昨天看见一只鸦，今天回想它的形状，丝毫不用自己的意思去改变他，就是只用再现的想像。艺术的作品也不能不用复述的想像。譬如这首诗里"奉帚""金殿""玉颜""寒鸦""日影""团扇""徘徊"等等，在独立时都只是再现的想像，"团扇"一个意象尤其如此。班婕妤自己在"怨歌行"里已经用过秋天丢开的扇子自比，王昌龄不过是借用这个典故。诗做出来总须旁人能懂得，"懂得"就是能够唤起已往的经验来印证。用已往的经验来印证新经验大半凭藉再现的想像。

但是只有再现的想像，决不能创造艺术。艺术既是创造的，就要用创造的想像。创造的想像也并非从无中生有，仍须用已有意象，不过把已有意象加以新配合。王昌龄的"长信怨"，精采全在后两句，这后两句就是用创造的想像做成的。个个人都见过"寒鸦"和"日影"，却从来没有人想到班婕妤的"怨"可以用带着昭阳日影的寒鸦来表达。但是这话一经王昌龄说出，我们就觉得这实在是至情至理。从这个实例看，创造的定义就是：平常的旧材料之不平常的新综合。

王昌龄的题目是"长信怨"，"怨"字是一个抽象的字，他的诗却画出一个如在目前的具体的情境，不言怨而怨自见。艺术不同于哲学，最忌

---

❶ ［心镜］ 心譬如镜子，就叫心镜。

抽象。❶ 抽象的概念,在艺术家的脑里,都要先翻译成具体的意象,然后表现于作品。具体的意象才能引起深切的情感。譬如说"贫富不均"一句话,入耳时只是一笔冷冰冰的总账,杜工部的"朱门酒肉臭,路有冻死骨"❷才是一幅惊心动魄的图画。思想家往往不是艺术家,就因为不能把抽象的概念翻译为具体的意象。

---

❶ 〔艺术不同于哲学最忌抽象〕 哲学研究宇宙的本体,知识的性质,所得都是抽象的概念。

❷ 〔杜工部的"朱门酒肉臭路有冻死骨"〕 唐杜甫曾为检校工部员外郎,故称杜工部。所引诗是杜甫"咏怀诗"中语。朱门,指豪富人家。

文章法则甲

三、助词的用途

　　语言在意义以外，还有神情。语言的神情叫做语气。表现语气的词是助词。助词通常用在句末。如：

　　　　为什么"今"是最可贵呢？《今》

　　　　他已经死了。没有光也没有热。《进化论浅谈》

　　　　臣之所好者，道也。进乎技矣。《运动家的风度》

　　　　得无难乎。《叔孙通起朝仪》

第二例中的"了"字和第三例中的"也"字都在句中，这因为那两句是复句的缘故；若看作单句，去掉下面的句，两字就在句末了。

　　从心理上辨别，语言的语气不外下列四种：

　　　　（一）决定的语气，

　　　　（二）商祈的语气，

　　　　（三）疑问的语气，

　　　　（四）感叹的语气。

四种语气用四种助词来表出。

　　（一）决定的助词表示所说的话意义确定，没有商祈没有疑问也没有感叹。如：

　　　　孔乙己还欠十九个钱呢。《孔乙己》

　　　　幸亏俺生中原，若生这里，也教俺裹脚，那才坑杀人哩。《女儿国》

　　　　鱼，我所欲也。《鱼我所欲也章》

　　　　此适足为害也。《郭子仪单骑退敌》

古之人多以大过人者无他焉，善推其所为而已矣。《孟子》

盖终其身慼一日之欢焉。《先妣灵表》

若有你活着，便死一百个，我也不管了。《宝玉受打》

我之将士，必致死与汝战矣。《郭子仪单骑退敌》

然则王之所大欲可知已。《孟子》

树梢上隐隐约约的是一带远山，只看见些大意罢了。《荷塘月色》

所饮忠者，国与主耳。《张中丞传后叙》

待时会之来，乘之以自见于世者，因缘际会而已，非志也。《立志》

"鱼，我所欲也"翻作语言，便是"鱼，是我中意的"，"也"相当于"是……的"，但"是……的"并非助词。"非志也"翻作语言，便是"并不是志"，句末不需要助词。文言中"焉"同于"也"，"已"同于"矣"，但前者比后者语气都轻些。要辨得轻重，用得适当，须在读文言时仔细留意。

（二）商祈的助词表示所说的话是与人商量，向人祈求，或对人吩咐。如：

他这人中下爬，都拔的光光，莫若就叫"人鞯"罢。《女儿国》

悦于人之耳目而适于用，……才分不同而求无不获者，惟书乎。
《李氏山房藏书记》

语曰："唇亡则齿寒"，其斯之谓与。《晋伐虢》

语之而不惰者，其回也与。《论语》

用之则行，舍之则藏，唯我与尔有是夫。同上

（助词表示商量的语气）

让我静一会罢。

请你快来救救我的命罢。《小雨点》

（助词表示祈求的语气）

这满港的，都让给了你们吧。《打蕴草》

没有什么的，走你的罢。《一件小事》

（助词表示吩咐的语气）

"与（欤）"与"乎"普通表示疑问的语气，但在举的例中，绝无疑问意味，正与语言中的"罢（吧）"相当。

（三）疑问的助词表示所说的话是询问或反诘。如：

先生，你也知道这个消息么？《摩娜里莎》

他不咬人么？《故乡》

我在什么地方呢？《小雨点》

为什么天上要下雨，又必定要龙到海里去取水呢？《谈风》

若果在此，可得见乎？《郭子仪单骑退敌》

呜呼！其信然邪（耶）？其梦邪？其传之非其真邪？《祭十二郎文》

如或知尔，则何以哉？《子路曾晳冉有公西华侍坐》

寝不安与？其诸侍御有不在侧者与？《晋攻郭》

不识有诸？《孟子》

（以上都是询问的例）

难道于心不足，还要眼看着他死了才算吗？《宝玉受打》

你们试想想，这四年来造成的局势，是亲善的局势呢？还是仇恨的局势呢？《敬告日本国民》

是焉得为大丈夫乎？《公孙衍张仪章》

足下欲助秦攻诸侯乎，且欲率诸侯破秦也？《郦食其传》

独五人之皦皦，何也？《五人墓碑记》

天下摘印者宁有是耶？《书鲁亮侪事》

吾岂以是而动吾心哉？《答毛宪副书》

此不亦畏之太甚而养之太过与？《教战守策》

信如君不君，臣不臣，父不父，子不子，虽有粟，吾得而食诸？《论语》

（以上都是反诘的例）

询问是真个要问，等待对方回答的；反诘却不是真个要问，不过把决定语气的话说成疑问语气，使它力量加重，以引起对方的注意与省察罢了。如上第一例，实即“你于心不足，还要眼看着他死了才算”；第二例实即“你们要知道，这四年来造成的局势，不是亲善的局势，而是仇恨的局势”；第三例实即“是不得为大丈夫”；第五例“独五人之皦皦”的原因，待读者自己去想；其余不再多说。

　　语言中"吗""呢"两字,用法上有分别。大概话里本没有疑问词的,要说成疑问语气,用"吗"。如:

　　　　管贼么?《故乡》

　　　　他不咬人么? 同上

　　　　你不是留过两次级了吗?《学费》

　　　　你愿意吗?《小雨点》

这些"吗"字也可以不用,只要在说的时候用询问的声调,在写的时候加上疑问号,听的人读的人就不会弄错。话里本来有疑问词的,或含有双面(两方面或正负两面)意义的,如果要加疑问助词,用"呢"。如:

　　　　旋风是怎样生出来的呢?《谈风》

　　　　有几个人为什么要戴眼镜呢?《怎样读书》　　　（都有

　　　　什么叫做想像呢?《创造的想像》　　　　　　疑问词）

　　　　要不然,场长怎会心一软,又留下了铁牛呢?《铁牛》

　　　　姑娘你到底是和我拌嘴呢,是和二爷拌嘴呢?《红楼梦》

　（两方面）

　　　　你说好不好呢?（正负两面）

句子里有了疑问词或含有双面意义,当然是问句,所以"呢"字也可以不用。

　　文言的疑问助词,各有特殊神情。"乎"字语气最直捷。"与"字不及其他疑问助词的重。"耶"字有摇曳的情味。"哉"字以传达反诘口气为常。若在读文言时随处细辨,用起来自能的当。

　　(四)感叹的助词表示所说的话是当心情激动时说出来的。如:

　　　　今晚我一定可以到家了,好不快活呵。《小雨点》

　　　　因为受那良心责备不过,要逃躲也没处逃躲呀。《最苦与最乐》

　　　　向不出其技,虎虽猛,疑畏卒不敢取,今若是焉,悲夫。《黔之驴》

　　　　世乃有无母之人,天乎,痛哉。《先妣事略》

　　　　嘻,技亦灵怪矣哉。《核舟记》

习　问

一　文言助词"也"字有几种用法? 试就所知说出来,并作例句。

二　在怎样的场合,说话作文才需用反诘语气?

二五、药〔上〕

鲁　迅

一

秋天的后半夜，月亮下去了太阳还没有出，只剩下一片乌蓝的天；除了夜游的东西❶，什么都睡着。华老栓忽然坐起身，擦着火柴，点上遍身油腻的灯盏；茶馆的两间屋子里，便弥满了青白的光。

"小栓的爹，你就去么？"是一个老女人的声音。里边的小屋子里，也发出一阵咳嗽。

"唔。"老栓一面听，一面应，一面扣上衣服；伸手过去说："你给我罢。"

华大妈在枕头底下掏了半天，掏出一包洋钱❷，交给老栓。老栓接了，抖抖的装入衣袋，又在外面按了两下；便点上灯笼，吹熄灯盏，走向里屋子去了。那屋子里面，正在窸窸窣窣的响，接着便是一通咳嗽。老栓候他❸平静下去，才低低的叫道："小栓……你不要起来。……店么，你娘会安排的。"

老栓听得儿子不再说话，料他安心睡了；便出了门，走到街上。街上黑沈沈的一无所有，只有一条灰白的路，看得分明。灯光照着他的两脚，一前一后的走。有时也遇到几只狗，可是一只也没有叫。天气比屋子里

---

❶　〔夜游的东西〕　如飞虫与蝙蝠之类。

❷　〔洋钱〕　从前通用银圆叫做洋钱。

❸　〔他〕　那个咳嗽的人。

冷得多了；老栓倒觉爽快，仿佛一旦变了少年，得了神通，有给人生命的本领似的，❶跨步格外高远。而且路也愈走愈分明，天也愈走愈亮了。

老栓正在专心走路，忽然吃了一惊，远远里看见一条丁字街，明明白白横着。他便退了几步，寻到一家关着门的铺子，蹩进檐下，靠门立住了。好一会，身上觉得有些发冷。

"哼，老头子。"

"倒高兴。……"❷

老栓又吃一惊，睁眼看时，几个人从他面前过去了。一个还回头看他，样子不甚分明，但很像久饿的人见了食物一般，眼里闪出一种攫取的光。老栓看看灯笼，已经熄了。按一按衣袋，硬硬的还在，仰起头两面一望，只见许多古怪的人，❸三三两两，鬼似的在那里徘徊；定睛再看，却也看不出什么别的奇怪。

没有多久，又见几个兵，在那边走动；衣服前后的一个大白圆圈，远地里也看得清楚，走过面前的，并且看出号衣上暗红色的镶边❹——一阵脚步声响，一眨眼，已经拥过了一大簇人。那三三两两的人也忽然合作一堆，潮一般向前赶；将到丁字街口，便突然立住，簇成一个半圆。

老栓也向那边看，却只见一堆人的后背；颈项都伸得很长，仿佛许多鸭，被无形的手捏住了的，向上提着。静了一会，似乎有点声音，便又动摇起来，轰的一声，都向后退；❺一直散到老栓立着的地方，几乎将他挤倒了。

"喂！一手交钱，一手交货！"一个浑身黑色的人，站在老栓面前，眼光正像两把刀，刺得老栓缩小了一半，❻那人一只大手向他摊着；一只手

---

　❶　［有给人生命的本领似的］　没有生命的都可以给他生命，那本领是大到极点了。形容老栓因希望心切，精神特别爽健。

　❷　［哼老头子倒高兴］　这是从他面前走过的人说的话。为什么说他高兴，看下文才明白。

　❸　［许多古怪的人］　这些人都是为了"高兴"特地在清早到这里来的。"古怪"是老栓的感觉。老栓平时不曾在清早看见过街上有这许多人，骤然看到，便觉得古怪了。

　❹　［衣服前后……暗红色的镶边］　这里所说的是清末兵士的服式。

　❺　［静了一会……都向后退］　这里写的是杀戮犯人的场面，没有用明写。"静了一会"是刀落之前，"似乎有点声音，便又动摇起来"是动刀的当儿，"轰的一声，都向后退"是犯人头已落地了。

　❻　［刺得老栓缩小了一半］　其实是老栓怕那人的眼光，似乎自己缩小了一半。

却撮着一个鲜红的馒头❶,那红的还是一点一点的往下滴。

老栓慌忙摸出洋钱,抖抖的想交给他却又不敢去接他的东西。那人便焦急起来,嚷道:"怕什么? 怎的不拿!"老栓还踌躇着;黑的人便抢过灯笼,一把扯下纸罩,裹了馒头,塞与老栓;一手抓过洋钱,捏一捏,转身去了。嘴里哼着说:"这老东西……"

"这给谁治病的呀?"老栓也似乎听得有人问他,但他并不答应;他的精神,现在只在一个包上,❷仿佛抱着一个十世单传的婴儿❸,别的事情,都已置之度外了。他现在要将这包里的新的生命❹移植到他家里,收获许多幸福。太阳也出来了;在他面前,显出一条大道,直到他家中,后面也照见丁字街头破匾上"古□亭口"❺这四个黯淡的金字。

二

老栓走到家,店面早经收拾干净,一排一排的茶桌,滑溜溜的发光。但是没有客人:只有小栓坐在里排的桌前吃饭,大粒的汗从额上滚下,夹袄也帖住了脊心,两块肩胛骨高高凸出,印成一个阳文的"八"字。❻ 老栓见这样子,不免皱一皱展开的眉心❼。他的女人从灶下急急走出,睁着眼睛,嘴唇有些发抖。

"得了么?"

"得了。"

---

❶ 〔鲜红的馒头〕 这是蘸了那犯人的血的馒头。人血馒头可以治病,是以前相当普遍的迷信。

❷ 〔一个包〕 指那灯笼纸罩裹着的包。

❸ 〔十世单传的婴儿〕 一代代下去,都只生一个儿子,叫做"单传"。十代下来都是单传,那婴儿在家庭中是宝贵极了。

❹ 〔这包裹的新的生命〕 因为人血馒头可以治他儿子的毛病,所以老栓认它为"新的生命"。

❺ 〔古□亭口〕 这篇的背景是浙江绍兴城内。这块匾是实有的写着"古轩亭口"四字,因为它破了,故不把模糊的"轩"字写明。

❻ 〔大粒的汗……阳文的"八"字〕 读时可注意:本篇描写小栓的形貌与动态,都表现出他是个沈重的肺痨病者。雕刻器物上的花纹文字,突起的叫做"阳文"。这里"阳文"两字犹如说"突起"。

❼ 〔展开的眉心〕 老栓得了人血馒头,以为儿子已经得救,所以他的眉心展开了。

　　两个人一齐走进灶下，商量了一会；❶华大妈便出去了，不多时，拿着一片老荷叶回来，摊在桌上。老栓也打开灯笼罩，用荷叶重新包了那红的馒头。小栓也吃完饭，他的母亲慌忙说：

　　"小栓——你坐着，不要到这里来。"❷

　　一面整顿了灶火，老栓便把一个碧绿的包，一个红红白白的破灯笼，一同塞在灶里；一阵红黑的火焰过去时，店屋里散满了一种奇怪的香味。

　　"好香！你们吃什么点心呀？"这是驼背五少爷到了。这人每天总在茶馆里过日，来得最早，去得最迟，此时恰恰蹩到临街的壁角的桌边，便坐下问话，然而没有人答应他。"炒米粥么？"仍然没有人应。老栓匆匆走出，给他泡上茶。

　　"小栓进来罢！"华大妈叫小栓进了里面的屋子，中间放好一条凳，小栓坐了。他的母亲端过一碟乌黑的圆东西，轻轻说：——

　　"吃下去罢，——病便好了。"

　　小栓撮起这黑东西，看了一会，似乎拿着自己的性命一般，心里说不出的奇怪。十分小心的拗开了，焦皮里面窜出一道白气，白气散了，是两半个白面的馒头。——不多工夫，已经全在肚里了，却全忘了什么味；面前只剩下一张空盘。他的旁边，一面立着他的父亲，一面立着他的母亲，两人的眼光，都仿佛要在他身里注进什么又要取出什么似的；❸便禁不住心跳起来，按着胸膛，又是一阵咳嗽。

　　"睡一会罢，——便好了。"

　　小栓依他母亲的话，咳着睡了。华大妈候他喘气平静，才轻轻的给他盖上了满幅补钉的夹被。

---

❶　［商量了一会］　商量怎样把人血馒头给小栓吃下去。

❷　［小栓……到这里来］　华大妈怕小栓看见了人血馒头不敢吃，所以教他不要进来。

❸　［仿佛要在他……取出什么似的］　注进什么，意取注进新的生命。取出什么，意即取出利害的病根。

二六、药〔下〕

鲁 迅

三

　　店里坐着许多人,老栓也忙了,提着大铜壶,一趟一趟的给客人冲茶;两个眼眶都围着一圈黑线。❶

　　"老栓,你有些不舒服么? ——你生病么?"一个花白胡子的人说。

　　"没有。"

　　"没有? ——我想笑嘻嘻的,原也不像……"花白胡子便取消了自己的话。

　　"老栓只是忙。要是他的儿子……"驼背五少爷话还未完,突然闯进了一个满脸横肉的人,披一件玄色布衫,散着纽扣,用很宽的玄色腰带胡乱捆在腰间。刚进门,便对老栓嚷道:——

　　"吃了么? 好了么? 老栓,就是运气了你! 你运气,要不是我信息灵……"❷

　　老栓一手提了茶壶,一手恭恭敬敬的垂着;笑嘻嘻的听。满座的人也都恭恭敬敬的听。华大妈也黑着眼眶,笑嘻嘻的送出茶碗茶叶来,加上一个橄榄,老栓便去冲了水。

---

　　❶ 〔两个眼眶都围着一圈黑线〕 夜不安眠,又赶早出去,身体疲惫,因而有此现象。

　　❷ 〔吃了么……信息灵〕 说这话的就是第一节里嚷着"一手交钱,一首交货"的人,就是下文的康大叔。他是杀犯人的"刽子手"。读时可注意:本篇描写康大叔的形貌,动态与语言。都表现出他是个凶暴,粗鲁,傲慢的流氓。

　　“这是包好！这是与众不同的。你想，趁热的拿来，趁热吃下。”横肉的人只是嚷。

　　“真的呢，要没有康大叔照顾，怎么会这样……”华大妈也很感激的谢他。

　　“包好，包好！这样的趁热吃下。这样的人血馒头，什么痨病都包好！”

　　华大妈听到“痨病”这两个字，变了一点脸色，似乎有些不高兴；❶但又立刻堆上笑，搭讪着走开了。这康大叔却没有觉察，仍然提高了喉咙只是嚷，嚷得里面睡着的小栓也合伙咳嗽起来。

　　“原来你家小栓碰到了这样的好运气了。这病自然一定全好；怪不得老栓整天的笑着呢。”花白胡子一面说，一面走到康大叔面前，低声下气的问道：“康大叔——听说今天结果的一个犯人，便是夏家的孩子，那是谁的孩子？究竟是什么事？”

　　“谁的？不就是夏四奶奶的儿子么？那个小家伙！”康大叔见众人都耸起耳朵听他，便格外高兴，横肉块块饱绽，越发大声说：“这小东西不要命，不要就是了。我可是这一回一点没有得到好处；连剥下来的衣服，都给管牢的红眼睛阿义拿去了。❷——第一要算我们栓叔运气；第二是夏三爷赏了二十五两雪白的银子，独自落腰包，一文不花。”

　　小栓慢慢的从小屋子里走出，两手按了胸口，不住的咳嗽；走到灶下，盛出一碗冷饭，泡上热水，坐下便吃。华大妈跟着他走，轻轻的问道：“小栓你好些么？——你仍旧只是肚饿？……”

　　“包好，包好！”康大叔瞥了小栓一眼，仍然回过脸，对众人说：“夏三爷真是乖角儿，要是他不先告官，连他满门抄斩❸。现在怎样，银子！——这小东西也真不成东西！关在牢里，还要劝牢头❹造反。”

---

　　❶　[华大妈……似乎有些不高兴]　习俗对于利害的病，尤其是“痨病”，往往讳言，似乎以为不说穿还不是那个病，一说穿便真个犯实了。

　　❷　[我可是这一回……拿去了]　康大叔是“刽子手”，从这里可知，剥犯人的衣服，原来是“刽子手”的权利。

　　❸　[满门抄斩]　全家家产被抄去，人口被杀掉。

　　❹　[牢头]　管监牢的差役。

"阿呀,那还了得。"坐在后排的一个二十多岁的人,很现出气愤模样。

"你要晓得红眼睛阿义是去盘盘底细的,他却和他攀谈了。他说:这大清的天下是我们大家的。你想:这是人话么?红眼睛原知道他家里只有一个老娘,可是没有料到他竟会那么穷,榨不出一点油水,❶已经气破肚皮了。他还要老虎头上搔痒,便给他两个嘴巴!"

"义哥是一手好拳棒,这两下,一定够他受用了。"壁角的驼背忽然高兴起来。

"他这贱骨头打不怕,还要说可怜可怜哩。"

花白胡子的人说:"打了这种东西,有什么可怜呢?"

康大叔显出看他不上的样子,冷笑着说:"你没有听清我的话;看他神气,是说阿义可怜哩!"

听着的人的眼光,忽然有些板滞;❷话也停顿了。小栓已经吃完饭,吃得满身流汗,头上都冒出蒸气来。

"阿义可怜——疯话,简直是发了疯了。"❸花白胡子恍然大悟似的说。

"发了疯了。"二十多岁的人也恍然大悟的说。

店里的坐客便又现出活气,谈笑起来。小栓也趁着热闹,拼命咳嗽;康大叔走上前,拍他肩膀说:

"包好! 小栓——你不要这么咳。包好!"

"疯了。"驼背五少爷点着头说。

四

西关外靠着城根的地面,本是一块官地;中间歪歪斜斜一条细路,是贪走便道的人用鞋底造成的,但却成了自然的界限。路的左边,都埋着

---

❶ 〔可是没有料到……一点油水〕 从此可见上文"盘盘底细"为的什么。

❷ 〔听着的人……板滞〕 大家想不透那犯人被阿义打了,却说阿义可怜的所以然。

❸ 〔发了疯了〕 在无法了解之中,想出了这样的解释。

死刑和瘐毙❶的人，右边是穷人的丛冢。两面都已埋到层层叠叠，宛然阔人家里祝寿时的馒头。

这一年的清明，分外寒冷；杨柳才吐出半粒米大的新芽。天明未久，华大妈已在右边的一坐新坟前面，排出四碟菜，一碗饭，哭了一场。化过纸，呆呆的坐在地上；仿佛等候什么似的，但自己也说不出等候什么。微风起来，吹动她短发，确乎比去年白得多了。

小路上又来了一个女人，也是半白头发，褴褛的衣裙；提一个破旧的朱漆圆篮，外挂一串纸锭，三步一歇的走。忽然见华大妈坐在地上看他，便有些踌躇，惨白的脸上，现出些羞愧的颜色；❷但终于硬着头皮，走到左边的一坐坟前，放下了篮子。

那坟与小栓的坟一字儿排着，中间只隔一条小路。华大妈看她排好四碟菜，一碗饭，立着哭了一通，化过纸锭；心里暗暗地想，"这坟里的也是儿子了。"❸那老女人徘徊观望了一回，忽然手脚有些发抖，跄跄踉踉退了几步，瞪着眼只是发怔。

华大妈见这样子，生怕她伤心到快要发狂了；便忍不住立起身，跨过小路，低声对她说："你这位老奶奶不要伤心了，——我们还是回去罢。"

那人点一点头，眼睛仍然向上瞪着；也低声吃吃的说道："你看，——看这是什么呢？"

华大妈跟了她指头看去，眼光便到了前面的坟，这坟上草根还没有全合，露出一块一块的黄土，煞是难看。再往上仔细看时，却不觉也吃一惊；——分明有一圈红白的花，围着那尖圆的坟顶。

她们的眼睛都已老花多年了，但望这红白的花，却还能明白看见。花也不很多，圆圆的排成一个圈，不很精神，倒也整齐。华大妈忙看他儿子和别人的坟，却只有不怕冷的几点青白小花，零星开着；便觉得心里忽然感到一种不足和空虚，不愿意根究。那老女人又走近几步，细看了一遍，自言自语的说："这没有根，不像自己开的。——这地方有谁来呢？

---

❶　[瘐毙]　犯人因敲打或饥寒死在狱中。

❷　[便有些踌躇……羞愧的颜色]　因为她所上的坟是在路左边的。

❸　[这坟里的也是儿子了]　从此可见华大妈所上的坟是她儿子的，小栓已经死了。

孩子不会来玩;——亲戚本家早不来了。❶ ——这是怎么一回事呢?"他想了又想,忽又流下泪来,大声说道:——

"瑜儿,他们都冤枉了你,❷你还是忘不了,伤心不过,今天特意显点灵,❸要我知道么?"她四面一看,只见一只乌鸦站在一株没有叶的树上,便接着说:"我知道了。——瑜儿,可怜他们坑了你,他们将来总有报应,天都知道;你闭了眼睛就是了。——你如果真在这里,听到我的话,——便教这乌鸦飞上你的坟顶,给我看罢。"❹

微风早经停息了;枯草支支直立,有如铜丝,一丝发抖的声音,在空气中愈颤愈细,细到没有,周围便都是死一般静。两人站在枯草丛里,仰面看那乌鸦;那乌鸦也在笔直的树枝间,缩着头,铁铸一般站着。

许多的工夫过去了;上坟的人渐渐增多,几个老的小的,在土坟间出没。

华大妈不知怎的,似乎卸下了一挑重担,便想到要走;一面劝着说:"我们还是回去罢。"

那老女人叹一口气,无精打采的收起饭菜;又迟疑了一刻,终于慢慢地走了。嘴里自言自语的说:"这是怎么一回事呢?……"

他们走不上二三十步远,忽听得背后"哑——"的一声大叫;两个人都悚然的回过头,只见那乌鸦张开两翅,一挫身,直向着远处的天空,箭也似的飞去了。

---

❶ 〔亲戚本家早不来了〕 上文叙本家夏三爷先行告官,这里与上文相应。

❷ 〔瑜儿他们都冤枉了你〕 瑜儿是革命党人,从上文康大叔话中"他说:这大清的天下是我们大家的"可以知道。所有茶馆里的人都不了解革命党人。这里连母亲也不了解,以为被人家冤枉了。"夏瑜"的姓名隐射"秋瑾"。秋瑾,女性,字璿卿,绍兴人,嫁湘乡王某,留学日本,加入同盟会。归国后,与徐锡麟共谋起义。徐锡麟在安徽失败,秋瑾即被捕,杀死于绍兴城中,时为光绪三十三年(公元一九〇七年)六月六日。

❸ 〔今天特意显点灵〕 她以为坟上的花是儿子显灵,不知道是同志放在那里的花圈。

❹ 〔你如果真在这里……给我看罢〕 取眼前事物以为占卜,这种心理,普通人往往有之。

二七、老残游记❶的文学技术

胡　适

　　老残游记最擅长的是描写技术；无论写人写景，作者都不肯用套语烂调，总想熔铸新词❷，作实地的描写。在这一点上，这部书可说是前无古人了。

　　刘鹗先生是个很有文学天才的人，他的文学见解也很超脱。游记第十三回里，他借一个妓女的嘴骂那些烂调套语的诗人。翠环❸道：

　　　　我在二十里铺的时候，过往的客人见得很多，也有题诗在墙上的。我最喜欢请他们讲给我听。听来听去，大约不过这个意思。……因此我想，做诗这件事是很没有意思，不过造些谣言罢了。

奉劝世间许多爱做诗的人们，千万不要为二十里铺的窑姐❹所笑。

　　刘鹗先生的诗文集，不幸我们没有见过。游记里有他的三首诗。第八回里的一首绝句，嘲讽聊城杨氏海源阁❺（书中改称东昌府❻柳家）的藏书，虽不是好诗，却也不是造谣言的。第六回里的一首五言律诗，专咏玉贤❼的虐政，有"杀民如杀贼，太守是元戎"❽的话，可见他做旧诗也还

---

❶　[老残游记]　刘鹗所作的章回小说，原书署笔名为"洪都百炼生"。刘，清末丹徒人。

❷　[熔铸新词]　把意境锻炼成新鲜的词句。

❸　[翠环]　游记里叙到的那个妓女。

❹　[窑姐]　妓女。

❺　[聊城杨氏海源阁]　清山东聊城人杨川增，官至河道总督，死后谥端勤。所收书籍数十万卷，曾建海源阁，为藏书之所。

❻　[东昌府]　清时聊城县是东昌府治。

❼　[玉贤]　隐射满洲人毓贤。光绪时，毓贤任山东巡抚，政治苛酷，专事排外仇教，奖助义和团。辛丑年与联军各国议和，因外人请严惩祸首，伏诛。

❽　[元戎]　高级军事长官。

能发议论。第十二回里的一首五古,写冻河的情景,前六句云:"地裂北风号,长冰蔽河下❶。后冰逐前冰,相陵复相亚❷。河曲易为塞,嵯峨银桥架。……"这总算是有写实了。但古诗体的拘束太严了,用来写这种不常见的景物,是不会满人意的。试把这六句比较这一段散文的描写:

> 老残洗完了脸,把行李铺好,把房门锁上,也出来步到河堤上。看见那黄河从西南上下来,到此却正是(河)的湾子,过此便向正东去了。河面不甚宽,两岸相距不到二里。若以此刻河水而论,也不过百把丈宽的光景。只是面前的冰插的重重叠叠的,高出水面有七八寸厚。再望上游走了一二百步,只见那上游的冰还一块一块的慢慢价❸来,到此地被前头的拦住,走不动,就站住了。那后来的冰赶上他,只挤得嗤嗤价响。后冰被这溜水逼的紧了,就窜到前冰上头去,前冰被压,就渐渐低下去了。看那河身不过百丈宽,当中大溜约莫不过二三十丈,两边俱是平水。这平水之上早已有冰结满。冰面却是平的,被吹来的尘土盖住,却像沙滩一般。中间的一条大溜却仍然奔腾澎湃,有声有势,将那走不过去的冰挤的两边乱窜。那两边平水上的冰被当中乱冰挤破了,往岸上跑。那冰能挤到岸上有五六尺远。许多碎冰被挤的站起来,像小插屏似的。看了有点把钟工夫,这一截子的冰又挤死不动了。

这样的描写全靠有实地的观察作根据。刘鹗先生自己评这一段道:

> 止水结冰是何情状?流水结冰是何情状?小河结冰是何情状?大河结冰是何情状?河南黄河结冰是何情状?山东黄河结冰是何情状?须知前一卷所写是山东黄河结冰。(十三回原评)

这就是说,不但人有个性的差别,景物也有个性的差别;我们若不能实地观察这种个性的分别,只能有笼统浮泛的描写,决不能有深刻的描写。不但如此,知道了景物各有个性的差别,我们就应该明白:因袭的词章套语决不够用来描写景物,因为套语总是浮泛的,拢统的,不能表现某地某

---

❶ [蔽河下] 差不多遮没了河面地泄下来。

❷ [相陵复相亚] 冰片相倾轧相压抑。

❸ [价] 用在副词后面的助词与现在通用的"地"字相同。

景的个别性质。我们能了解这段散文的描写何以远胜那六句五言诗，便可以明白白话文学的真正重要了。

老残游记里写景的部分也有偶然错误的。蔡子民先生曾对我说，他的女儿在济南时，带了老残游记去大明湖，看到第二回写铁公祠前千佛山的倒影映在大明湖里，❶她不禁失笑。千佛山的影如何能映在大湖里呢？即使三十年前大明湖没有被芦田占满，这也是不可能的事。❷ 大概作者有点误记了罢？

第二回写王小玉❸唱书的一大段是游记中最用气力的描写：

　　王小玉便启朱唇，发皓齿，唱了几句书儿。声音初不甚大，只觉入耳有说不出来的妙境：五脏六腑里像熨斗熨过，无一处不伏贴；三万六千个毛孔，像吃了人参果❹，无一个毛孔不畅快。唱了十几句之后，渐渐的越唱越高，忽然拔了一个尖儿，❺像一线钢丝抛入天际。不禁暗暗叫绝，那知他于那极高的地方，尚能回环转折。几转之后，又高一层，接连有三四叠节节高起，恍如由傲来峰西面攀登泰山的景象：初看傲来峰削壁千仞，以为上与天通，及至翻到傲来峰顶，才见扇子崖更在傲来峰上；及至翻到扇子崖，又见南天门更在扇子崖上：——愈翻愈险，愈险愈奇！那王小玉唱到极高的三四叠后，陡然一落，又极力骋其千回百折的精神，如一条飞蛇在黄山❻三十六峰半中腰里盘旋穿插，顷刻之间，周匝数遍。从此以后，愈唱愈低，愈低愈细，那声音渐渐的就听不见了。满园子的人都屏气凝神，不敢少动。约有二三分钟之久，仿佛有一点声音从地下发出。这一出之后，忽又扬起，像放那东洋烟火，一个弹子上天，随化作千百道五色火光，纵横散乱。这一声飞起，即有无限声音俱来并发。那弹

---

❶　［第二回……映在大明湖里］　参看本书第一册第六课。
❷　［也是不可能的事］　大明湖在历城西北面，千佛山在历城南面。
❸　［王小玉］　游记里叙到的唱鼓书的女子。
❹　［人参果］　我国传说中的一种果品，形似小儿，吃了可以延年益寿。
❺　［拔了一个尖儿］　再提高发出了尖音。
❻　［黄山］　在安徽黟县西北。

弦子的亦全用轮指❶,忽大忽小,同他那声音相和相合,有如花坞春晓,好鸟乱鸣。耳朵忙不过来,不晓得听那一声的为是。正在撩乱之际,忽听霍然一声,人弦俱寂。这时台下叫好之声轰然雷动。

这一段写唱书的音韵是很大胆的尝试,音乐只能听,不容易用文字写出,所以不能不用许多具体的物事来作譬喻。白居易、欧阳修、苏轼都用过这个法子。❷ 刘鹗先生在这一段里连用七八种不同的譬喻,用新鲜的文字、明瞭的印象,使读者从这些逼人的印象里感觉那无形象的音乐的妙处。这一次的尝试总算是很成功的了。

老残游记里写景的好文字很多,我最喜欢的是第十二回打冰之后的一段:

抬起头来看那南面的山,一条雪白,映着月光分外好看。一层一层的山岭却不大分辨得出。又有几片白云夹在里面,所以看不出是云是山,及至定神看去,方才看出那是云那是山来。虽然云也是白的,山也是白的,云也有亮光,山也有亮光,只因为月在云上,云在月下,所以云的亮光是从背面透过来的。那却不然;山上的亮光是由月光照到山上,被那山上的雪反射过来,所以光是两样的。然只就稍近的地方如此,那山往东去,越望越远,渐渐的天也是白的,山也是白的,云也是白的,就分辨不出甚么来了。

这种白描❸的工夫真不容易学。只有精细的观察能供给这种描写的底子,只有朴素新鲜的活文字能供给这种描写的工具。

---

❶ [轮指] 用右手指在弦线上挥洒,不像平时那样用弹拨的指法。

❷ [白居易……这个法子] 唐白居易作琵琶行,形容琵琶的声音,有"大弦嘈嘈如急雨,小弦切切如私语。嘈嘈切切错杂弹,大珠小珠落玉盘。间关莺语花底滑,幽咽泉流水下滩。……银瓶乍破水浆迸,铁骑突出刀枪鸣。曲终收拨当心画,四弦一声如裂帛"等语。宋欧阳修作"江上弹琴"诗,形容琴声有"经纬文章合,谐和雌雄鸣。飒飒骤风雨,隆隆隐雷霆"等语。宋苏轼作"水调歌头"词,形容琵琶的声音,赠与善弹琵琶的,其词为"昵昵儿女语,灯火夜微明。恩怨尔汝来去,弹指泪和声。忽变轩昂勇士,一鼓填然作气,千里不留行。回首暮云远,飞絮搅青冥。 众禽里,真彩凤,独不鸣。跻攀寸步千险,一落百寻轻。烦子指间风雨,置我肠中冰炭,起坐不能平,推手从归去,无泪与君倾"。

❸ [白描]不用彩色而仅用淡墨钩勒的一种画法。文章不用词藻,也就称为白描。

二八、归有光的印象主义❶

苏　梅

　　归有光的长处是善于表现感情。从前人描写感情，必定将这感情所以发生的原因，先写一通。比如写死了儿子的悲哀，必写这儿子的性情如何温良，容止如何俊秀，读书如何聪明，孝敬父母如何周至；患何病服何药，如何因以不治；死后家人如何悲痛，如何追念，甚至如何望其投生我家，复为我子。这样虽然写得详细，然而写得太痛快了，太尽致了；只有作者一人说话，反而教读者无从表其同情。归有光便不这样。他叙述一件过去的悲哀，岂惟不叙其事，并且不叙其情。他只留心写这件事在时间或空间上所给与他的一刹那的印象。这个印象在当时他或者并不留意，事后回想起来，才知道当他接受这个印象时，就是他心里感动最强烈的时候。如"思子亭记"是纪念他的亡故了的儿子的，他对于儿子并不多写，只记叙闭门读书时，见儿与诸弟游戏，穿走长廊之间的一个印象。"思子亭后记"写儿撷取双茶花，在山径上过去的一瞥印象，更是显明了。

　　有光所写的一件事给与他的印象就可以代表他对于这件事的情感的全体，所以他的表现感情方法，是最巧妙，最动人，最经济的，可以名之曰"归有光的印象主义"。

　　我国言情之文，如韩愈的"祭十二郎文"❷，欧阳修的"泷冈阡表"❸，辞句非不哀婉，情绪非不凄恻；但都是些平铺直叙的写法，笔墨仍嫌浪

---

❶　［印象主义］　艺术上的一种主张，以为艺术的目的，在表达作者直接感受的事物印象。

❷　［祭十二郎文］　十二郎，名老成，韩愈兄介的儿子。

❸　［泷冈阡表］　欧阳修为他父亲观作的墓碑。泷冈是坟墓所在地，在今江西永丰县南。泷，音双。

费。有光描写一件事，一种感情，都用侧笔。在兵法上说，❶就是不用堂堂之阵，正正之旗，在疆场上大厮杀。他只用一旅偏师❷，直捣中坚❸以取胜著。老实的说，便是"用最经济的文字，去写情感或事实中最精采的一段或一面"。如光色派❹的画家，眺望光景后，描在画版上的只有使画家自己最动心的一刹那间的印象；其余的部分便都抛弃了。如"项脊轩志"中间的一段：

> 妪❺每谓余曰："某所而❻母立于兹。"妪又曰："汝姊在吾怀，呱呱而泣，孃❼以指叩门扉曰：'儿寒乎？欲食乎？'吾从板外相为应答。"语未毕，余泣，妪亦泣。
>
> 余自束发❽读书轩中，一日大母❾过余曰："吾儿，久不见若❿影，何竟日默默在此，大类女郎⓫也！"比⓬去，以手阖扉，自语曰："吾家读书久不效，⓭儿之成则可待乎？"顷之，持一象笏⓮至，曰："此吾祖太常公宣德间执此以朝，他日汝当用之。"⓯
>
> 后五年，余妻来归⓰。时至轩中，从余问古事，或凭几学书。吾

---

❶ ［在兵法上说］ 意即用兵法来比喻。

❷ ［一旅偏师］ 一支袭击队。这个"旅"字并不如现代兵制，表示一定的兵额；一旅只是一支罢了。

❸ ［直捣中坚］ 直攻敌人的主力所在；比喻表现情意的最精要处。

❹ ［光色派］ 西洋画的一派，特别注重物体的光与色，所作画仅用彩色点子表示光色，自远看去，物形宛然。

❺ ［妪］ 老太婆。在这里所引文字之前，有云："妪，先大母婢也，乳二世。"

❻ ［而］ 同于"尔"字。

❼ ［孃］ 即"娘"字，指有光的母亲。

❽ ［束发］ 童年。成童时束发为饰。

❾ ［大母］ 祖母。

❿ ［若］ 你。

⓫ ［大类女郎］ 很像个女孩子。

⓬ ［比］ 及到。

⓭ ［久不效］ 好久没有成效。这成效指取得功名而言。

⓮ ［象笏］ 象牙朝版，古代臣下朝见君主时所执，有事便写在上面以备遗忘。

⓯ ［吾祖太常公宣德间执此以朝］ 太常，官名，掌宗庙礼仪。有光的祖母的祖父曾作太常，故称太常公。宣德，明宣宗年号。

⓰ ［来归］ 嫁过来。

妻归宁❶，述诸小妹语曰："闻姊家有阁子❷，且❸何谓阁子也？"

有光自少至长都在项脊轩中，这轩给与他的纪念，给与他的记忆，自然不可纪数；如果一一写来，只怕写几本大册子还不能完毕。看他只用三种印象组成这一篇文字。一种是属于母亲的。一种是属于祖母的。一种是属于妻子的。都写得十分强烈，十分动人。而所作文字却都是寥寥可数的。

"寒花葬志"云：

> 婢初来时曳❹深绿布裳，垂双鬟。一日天寒，爇❺火，煮荸荠熟，婢削之盈瓯❻。余自外入，取食之。婢持去不与。魏孺人❼笑之。孺人每令婢几旁饭，即饭❽，目眶冉冉❾动。魏孺人又笑。回思是时，奄忽❿已十年，可悲也夫！

这篇短文是纪念一个陪嫁丫头的。不过纪念丫头，其实就是纪念魏孺人，林琴南⓫早已说过了。有光对于寒花并没有感受什么深刻的印象，所有的仅是"初来时曳深绿布裳，垂双鬟"和"削荸荠""倚几旁饭"三个印象而已。他便将这些写出来，成为一篇好文章了。

二二圹志

> 余读书光福山中⓬，二二不见余，辄常常呼余。一日，余自山中还，见长女能抱其妹，心甚喜。及余出门，二二尚跃入余怀中也。既

---

❶　［归宁］　女子嫁后回母家探望。这里"归宁"之下，尚有"之后"的意思，没有写出来。

❷　［阁子］　有光此记开头说："项脊轩旧南阁子也。"

❸　［且］　同于用"抑"字，表示语气的转折，不是"并且"。

❹　［曳］　拖。用这"曳"字，见得布裳长而不称身。

❺　［爇］　烧。

❻　［瓯］　小盆。

❼　［魏孺人］　有光妻姓魏。孺人，宦家妇人的称号。

❽　［令婢几旁饭即饭］　教她在几旁吃饭，就在几旁吃。

❾　［冉冉］　形容徐徐移动。

❿　［奄忽］　急促的。

⓫　［林琴南］　名纾，现代福建闽侯人。古文家，不通外国文字，听人口译，由他笔录下来，介绍西洋文学作品很多。

⓬　［光福山中］　光福，镇名，在江苏吴县西南。山即以梅花繁盛著名的邓尉山。

到山数日，日将晡❶，余方读尚书❷，举首忽见家奴在前，惊问曰："有事乎？"奴不即言，第言他事。

徐却立❸曰："二二今日四鼓时❹已死矣！"

志说"二二生仅三百日"，又说"吾女之生也不及知❺"，又说"多在外"❻，这样一个血泡似的小女孩，对于做父亲的有什么深刻的情感？有什么可纪述的事实？要做文字，岂不甚难？使别人为此题，恐怕都要曳白❼。但是我们的印象派作家归有光却不慌不忙的，将三百日之间，做父亲的感受于小女孩的一瞥间的印象逐一写出来，不著悲哀的字眼，而悲哀自然流露。曾国藩❽说："归文有寥寥短章而逼真史记者，乃其最高淡处。"想就是指此类文字而言。

以上所引的，都是关于时间方面的印象。现在将空间的亦举数节：

予妻治田四十亩，值岁大旱，用牛挽车，昼夜灌水，颇以得谷，酿酒数石。寒风惨栗，木叶黄落，呼儿酌酒，登亭而啸。——"畏垒亭记"

余既懒出，双扉昼闭，绿草满庭，最爱吾儿与诸弟游戏，穿走长廊之间。……盖吾儿居此，七阅寒暑。山池草木，门阶户席之间，无处不见吾儿也。❾ 葬在县之东南，守冢人俞老，薄暮见儿衣绿衣在享堂❿中。吾儿其不死耶？因作思子之亭。徘徊四望，长天寥廓，极目云烟杳霭之中，当必有一日见吾儿翩然来归者！——"思子亭记"

是时亭前，有两山茶，影在石池，绿叶朱花。儿行山径，循水之

---

❶ 〔晡〕 傍晚时。

❷ 〔尚书〕 古书名，记尧舜到秦时的史事。

❸ 〔却立〕 退后而立。

❹ 〔四鼓时〕 更楼守夜，打五通鼓。四鼓时即四更时。

❺ 〔不及知〕 生此女时，有光不会预先得信。

❻ 〔多在外〕 有光说自己常常不在家。

❼ 〔曳白〕 交白卷。

❽ 〔曾国藩〕 清湘乡人，字伯涵，号涤生。他的事功是为清廷攻灭太平军，对于学问文章，用力很深，在当时士大夫间，常居领导地位。清代桐城派文风，经他的提倡而中兴。

❾ 〔无处不见吾儿也〕 无处不仿佛见吾儿的意思。

❿ 〔享堂〕 坟墓前的祭堂。

涯,从容言笑,手撷双葩。❶ 花容照映,烂然云霞。❷ 山花尚开,儿已辞家❸! ——"思子亭后记"

忆余见翁时,岁暮,天风慄栗❹,野草枯黄,日将晴,余循去径还家。媪儿子以远客至,具酒,见余挟书还,则皆喜。一二年妻儿皆亡。——"筠溪翁传"

忆余少时,尝在外家❺,盖去县三十里。遥望山颓然积如灰,而烟云杳霭,在有无之间。——"悠然亭记"

……第奉行文书外,日闭户以谢九邑❻之人。……簿书一切稀简,不鞭笞一人,吏胥亦稍稍遁去。❼ 余时独步空庭,槐花黄落,遍满阶砌,殊懽懽自得。——"顺德府通判❽厅右记"。

庚戌❾岁,余落第❿出都门,从陆道旬日至家。时药花⓫盛开,吾妻具酒相问劳。余谓:"得无有所恨耶?"⓬曰:"方共采药鹿门,⓭何恨也!"——"世美堂记"

余尝访先生⓮于斋中,于时秋风飒然,黄叶满庭,户外无履迹。独一卒,衣皂衣,承迎左右,为进茗浆⓯。因坐语久之。——"耐斋记"
要说妻子的贤惠和善于作家,不从柴米油盐上琐琐叙述,只描写寒

---

❶ 〔手撷双葩〕 撷,采取。葩,花,音巴。
❷ 〔花容照映烂然云霞〕 花色与儿容相对照,相辉映,烁烂得像云霞。
❸ 〔辞家〕 离开家庭而为地下之人。
❹ 〔慄栗〕 凄怆。
❺ 〔外家〕 岳父母家。
❻ 〔九邑〕 顺德府属的九县:邢台,沙河,南和,平乡,广宗,巨鹿,唐山(今尧山),内丘,任县,今属河北省。
❼ 〔吏胥亦稍稍遁去〕 衙门中公务简单,所以吏胥也少有事可做了。
❽ 〔顺德府通判〕 归有光任过此职。通判是知府的辅佐。
❾ 〔庚戌〕 明世宗嘉靖二十九年(公元一五五〇年)。
❿ 〔落第〕 进京会试,没有考上。
⓫ 〔药花〕 芍药花。
⓬ 〔得无有所恨耶〕 意恐他的妻以他不能取得功名而含恨。
⓭ 〔方共采药鹿门〕 鹿门,山名,在今湖北襄阳县东南三十里。汉末庞德公入鹿门山采药不返。这里从芍药联想到采药,说此日夫归两人宛如在鹿门共隐。
⓮ 〔先生〕 耐斋主人刘先生,是崑山县学的教官。
⓯ 〔茗浆〕 茶。

风惨栗木叶黄落时,得酒痛饮的印象。要说官吏政简刑清的气象,只写独步空庭,槐花黄落,遍满阶砌,和秋风飒然,黄叶满庭一些印象。论笔墨是最空灵的笔墨,论情感是最微妙的情感。

文章法则乙

四、积极修辞的方式（一）

一篇文字，在不违背文法习惯以外，更能做到意义明确，伦次通顺，词句平匀，安排稳密，就没有毛病了。这是必须做到的地步，否则就不能算是一篇文字。大概如学科的讲义，日常应用的说明书报告书之类，到此地步便可以说没有遗憾；因为这些东西原是以解释得明白，叙写得清楚，为原则的。

但是，如状物纪事的记叙文，激发情意的论说文，富有暗示意味的文艺文，在消极的没有毛病之外，还得更进一步，求其切合情境，具有迫人的力量。这也是一种修辞工夫。

修辞工夫并非文字形式上的事情，而是思想内容上的事情，无论消极的求其没有毛病，积极的求其切合情境，都是如此。大概一个人见理明白，感受精敏，所思所感便自有他的长处；从那长处的形式方面说，便是修辞工夫。若以为思想内容本来不好的，加上修辞工夫便会好起来，那是错误的见解。

积极修辞的工夫，方式很多，归纳起来，大约有以下的六个项目。

（一）调和　这是说要整齐，相应，谐和，自然。原来人的天性是喜欢整齐，相应，谐和，自然的。文字合乎这些条件，读者自然快悦，否则必定觉得格格不相入。就句子讲，要读去顺口，听去悦耳，上句与下句接合得毫不勉强。就全篇讲，要各段有秩序，全体能统一，书信像个书信，论说文像个论说文。就用语讲，要和思想内容相应，如果是用譬喻的，所用的譬喻该与所说的事有关联，如果是引用成语的，那成语须不晦僻，而且要摆在适当的位置。总之，文字是以读者为对手的，对于对手的喜欢整齐，相应,谐和,自然的天性加以尊重,从一字一句到一段一篇,随处都顾到,不使对手起不调和的感想,这是积极修辞的最基本的要义。

(二)具体 这是说要把空漠难解的无形的事情用具体的方法来表达。我们应付事物有两种机关,一是五官,一是心意。五官的对象是事物的具体的部分,心意的对象是事物的抽象的部分。抽象的话也许使对手难解,也许使对手不感趣味,所以常常要改成具体的话来表达。"不守约束"有时改说"食言","生活困难",有时改说"没有饭吃","受人轻视"有时改说"看人家的面孔",这些都是把抽象的话改成具体的话来表达的例子。此外,如说一种事理,用许多例子来证明,说一件东西,用譬喻来表示,都可以说是应用的这个道理。

(三)增义 这是说要用有关系的材料附加在所说的话里面,使所说的话意义更丰富。如把"上有老年的父母"说作"上有风烛残年的父母",把"国事危急"说作"国事危如累卵","风烛""累卵"都是附加上去材料。从"风烛"与"累卵",使对手想像到一种光景,可以增加许多本来没有的意义。又如说"人贵自立",这句话意思已经很明白了,如果把"芝草无根,醴泉无源"等成语附加上去,就会觉得意义更丰富起来。本来不必说及的材料,加说了可以增加意义的时候,也不妨附加进去,使所说的话意义更丰富。

习 问

一 下列文句,哪些部分用的积极修辞方式?哪一种?

只见一堆人的后背;颈项都伸得很长,彷佛许多鸭,被无形的手捏住了的,向上提着。《药》

杨柳才吐出半粒米大的新芽。同上

今幸徙居石贺,苲蒲被裢,比间狃处。适又风鹤屡惊,介马踵至。《守望社题词》

为书问属县,菑所被者几乡,民能自食者有几,当廪于官者几人,沟防构筑可僦民使治之者几所,库钱仓粟可发者几何,富人可募出粟者几家,僧道士食之羡粟书于籍者其几具存,使各书以对,而谨其备。《越州赵公救菑记》

　　孟子曰:"亲亲而仁民,仁民而爱物。"晏子为近之。今观文正公之义田,贤于平仲,其规模远举,又疑过之。《义田记》

　　二　譬喻是语言文字中常用的,但也不可任意乱用。试就平时的经验,说譬喻在哪一种场合才适用。

二九、行忠恕❶〔上〕

冯友兰

　　先说忠恕二字的意义。……己之所欲，亦施于人，是忠。己所不欲，勿施于人，是恕。❷ 忠恕都是推己及人，不过忠是就推己及人的积极方面说，恕是就推己及人的消极方面说。❸

　　我们于以下再就忠恕是实行道德的方法说。此所说道德，是指仁说。仁是所谓五常❹之首，是诸德中底最重要底一德。论语：❺孔子说："夫仁者，己欲立而立人，己欲达而达人，❻能近取譬，可谓仁之方也已。"朱子注❼说："譬，喻也；方，术也。近取诸身，以己所欲，譬之他人，知其所欲，亦犹是也。然后推其所欲，以及于人，则恕之事，而仁之术也。"或问仁恕之别。朱子说❽："凡己之欲，即以及人，不待推以譬彼而后施之者，仁也。以己之欲，譬之于人，知其亦必欲此，而后施之者，恕也。此其

---

　　❶ 〔行忠恕〕 作者著一书叫做"新世训"（也叫"生活方法新论"），共十篇，其第二篇是"行忠恕"。本篇是从那篇里节录出来的。

　　❷ 〔己之所欲……是恕〕 孔子说"吾道一以贯之"，曾子给他作解释道："夫子之道，忠恕而已矣。"（论语里仁篇）这是忠恕一贯和忠恕并举的来由。恕字是何意义，孔子曾有说明。子贡问有没有可以终身奉行的一个字，孔子说："其'恕'乎。己所不欲，勿施于人。"（论语卫灵公篇）这里"己之所欲，亦施于人，是忠"的话，是作者根据忠恕一贯的道理推求出来的。

　　❸ 〔忠是就……消极方面说〕 忠字含有"亦施于人"的意义。有事须做，故属于积极方面。恕字含有"勿施于人"的意义，不须做什么，故属于消极方面。

　　❹ 〔五常〕 仁，义，礼，智，信。

　　❺ 以下所引，在论语雍也篇。

　　❻ 〔己欲立……而达人〕 自己有立身之心，就竭力使人立身，自己有进达之心，就竭力使人进达。

　　❼ 〔朱子注〕 宋朱熹注论语，叫做"论语集注"。以下所引，就是朱子注那一章的话。

　　❽ 〔朱子说〕 以下所引，见朱子语录。

从容勉强，❶固有浅深之不同，然其实皆不出乎常人一念之间。"朱子此所说恕兼忠恕说。……忠恕是"仁之方"，言其为行仁的方法也。

　　行仁的方法，统言之，即是推己及人；分言之，即是己之所欲，亦施于人，己所不欲，勿施于人。而此所说欲或不欲，即是平常人之欲或不欲，所谓"不出乎常人一念之间"。

　　孟子对于孔门的这一番意思，有很深底了解。齐宣王说❷："寡人有疾，寡人好色"，所以不能行仁政。孟子说：如果因你自己好色，你知天下人亦皆好色，因而行一种政治，使天下"内无怨女，外无旷夫"❸。这就是仁政。齐宣王又说："寡人有疾，寡人好货"，所以不能行仁政。孟子说：如果因你自己好货，你知天下人亦皆好货，因而行一种政治，使天下之人，皆"居者有积仓，行者有裹粮"❹。这就是仁政。孟子这一番话，并不是敷衍齐宣王底话。所谓仁政，真正即是如此。孟子说："古之人所以大过人者无他焉，善推其所为而已矣。"❺推即是推己及人，即是行忠恕。不待推而自然及人，即是仁。不待推而自然及人，必须始自推己及人，所以忠恕是仁之方，是行仁的方法。

　　孔孟所讲忠恕之道，专就人与人底关系说。再进一步说，人不仅是人，而且是社会上某种底人，他是父，是子，是妇。一个父所希望于他的子者，与他所希望于别人者不同。一个子所希望于他的父者，与他希望于别人者亦不同。大学中庸❻更就这些方面讲忠恕之道。大学说："所恶于上，毋以使下。❼ 所恶于下，毋以事上。所恶于前，毋以先后。所恶

---

　　❶　[从容勉强]　前者不待推而即施之，颇为从容。后者推而后施之，不免勉强。

　　❷　[齐宣王说]　齐宣王赞美孟子所说的"王政"，孟子就劝他实施，齐宣王又推脱说，自己有些毛病，好色又好货。事见孟子梁惠王下。以下所引的文句，都在那一章里。寡人，诸侯自称。色是女色。货是财货。

　　❸　[内无怨女外无旷夫]　家里没有及时不嫁的女子，外间没有结婚不得的男子。

　　❹　[居者有积仓行者有裹粮]　住家的有充足的囤积，赶路的有随身的粮食。

　　❺　[古之人……而已矣]　见孟子梁惠王上。

　　❻　[大学中庸]　是礼记中的两篇。宋朱熹因这两篇讲儒家之道极精，提出来与论语孟子配合，称为"四书"。

　　❼　[所恶于上毋以使下]　我自己所厌恶的上一级人对我的态度，我不要用来役使下一级人。以下几句，句式与此相同，可仿此解释。

于后,毋以从前。所恶于右,毋以交于左。所恶于左,毋以交于右。此之谓絜矩之道。"一个人在社会中,有一个地位。这个地位,有它的上下左右。他所恶于他的上者,亦必为其下所恶。既知为其下所恶,则即毋以此施于其下。此即是"己所不欲,勿施于人"。此即是恕。从另一方面说,一个人所希望于其上者,亦必为其下所希望。既知为其下所希望,则即以此施于其下。此即是"己之所欲,亦施于人"。此即是忠。

三〇、行忠恕〔下〕

冯友兰

　　中庸说:"诗云:'伐柯伐柯,其则不远',❶执柯以伐柯,睨而视之,犹以为远。❷ 故君子以人治人,改而止。❸ 忠恕违道不远,施诸己而不愿,亦勿施于人。君子之道四,丘未能一焉。所求乎子,以事父,未能也。所求乎臣,以事君,未能也。所求乎弟,以事兄,未能也。所求乎朋友,先施之,❹未能也。"一个人若不知何以事父,则只须问,在事父方面,其自己所希望于其子者是什么。其所希望于其子者,即其父所希望于其自己者。他如以此事其父,一定不错。此即是己之所欲,亦施于人。此即是忠。自另一方面说,在事父方面,一个人若不知道他的父亲所不希望于他自己者是什么,则只须问自己所不希望于其子者是什么。他如勿以此事其父,一定不错。此即是己所不欲,勿施于人。此即是恕。在各种社会制度内,父子兄弟等所互相希望者不必同。但如此所说的忠恕之道,则总是可行底。

　　忠恕之道,是以一个人自己的欲或不欲为待人的标准。一个人对于别底事可有不知者,但他自己的欲或不欲,他不能不知。论语说:"能近取譬。"一个人的欲或不欲,对于他自己是最近底。譬者,是因此以知彼。

---

　　❶ 〔伐柯伐柯其则不远〕 语出诗豳风伐柯之篇。柯是斧柄。则是标准。拿了斧头去砍木头做斧柄,标准就在手里,所以说不远。

　　❷ 〔执柯……犹以为远〕 这是进一层说。伐柯的事虽然"其则不远",但还要相度斧柄与木头的长短,还有彼(木头)此(斧柄)分别,所以伐柯的人"犹以为远"。这个话表示这样的意思:惟有推己及人,标准就是自己,那才是真个"不远"。

　　❸ 〔君子以人治人改而止〕 君子之治人,即以其人之道,还治其人之身,其人能改,即止而不治。

　　❹ 〔先施之〕 自己先对朋友施行。

我们说:地球的形状,如一鸡蛋。此即是一譬,此譬能使我们因鸡蛋的形状而知地球的形状。一个人因他的自己的欲或不欲,而推知别人的欲或不欲,即是"能近取譬"。

孟子说❶:"权,然后知轻重,度,然后知长短,物皆然,心为甚。"对于物之轻重长短,必有权度以为标准。对于别人的心,一个人亦有权度。这权度即是一个人的欲或不欲。一个人有某种欲,他因此可推知别人亦有某欲。如此,他自己的某欲,即是个权,是个度。他知别人亦有某欲,则于满足他自己的某欲时,他亦设法使别人亦满足某欲,至少亦不妨碍别人满足某欲。此即是推己及人,此即是"善推其所为"。

大学所谓"絜矩",亦是这个意思。一个人的欲或不欲,譬如是个矩,"所恶于上,毋以使下"等,即是以自己的矩去度量别人,所以,"所恶于上,毋以使下"等,是絜矩之道。

中庸说执柯伐柯,其则不远。一个人以他自己的欲或不欲去度量别人时,他自己的欲或不欲,即是个标准,即是个"则"。朱子语录说:"常人责子,必欲其孝于我,然不知我之所以事父母者曾孝否。以我责子之心,而反推己之所以事父,此便是则也。常人责臣,必欲其忠于我,然不知我之事君者尽忠否。以我责臣之心,而反之于我,则其则在此矣。"一个人若何待人的"则",便在他自己的心中。所以执柯伐柯,虽其则不远,然犹须睨而视之,至于一个人若何待人之则,则更不必睨而视之。所以执柯伐柯之则,犹是远也。

忠恕之道的好处,即行忠恕之道者,其行为的标准,即在一个人的自己的心中,不必外求。猜枚❷是一种很方便的玩意,因为它所用的工具,即是人的五指。五指是人人有底,随时皆可用。我们下棋须要棋子棋盘,打球须要球场球拍,这都是需要另外找底,猜枚所须要底五指则不必另外找,所以行之最方便。行忠恕之道者,其行为的标准,亦不必另外找,所以是最容易行底。然真能行忠恕者,即真能实行仁,若推其成就至极,虽圣人亦不能过。所以忠恕之道,是一个彻上彻下的"道"。

---

❶　〔孟子说〕　以下所引,见孟子梁惠王上。

❷　〔猜枚〕　俗称"猜单双",酒席间以此赌酒,负者饮酒。

三一、论诚意〔上〕

朱自清

　　诚伪是品性，却又是态度。从前论人的诚伪，大概就品性而言。诚实，诚笃，至诚都是君子之德；不诚便是诈伪的小人。品性一半是生成，一半是教养；品性的表现出于自然，是整个儿的为人。说一个人是诚实的君子或诈伪的小人，是就他的行迹总算账。君子大概总是君子，小人大概总是小人。虽说气质可以变化，❶盖了棺才能论定人；❷那只是些特例。不过一个社会里，这种定型的君子和小人并不太多；一般常人都浮沈在这两界❸之间。所谓浮沈，是说这些人自己不能把握住自己，不免有诈伪的时候。这也是出于自然。还有一层，这些人对人对事有时候自觉的加减他们的诚意，去适应那局势。这便是态度。态度不一定反映出品性来；一个诚实的朋友到了不得已的时候，也会撒个谎的。态度出于必要，出于处世的或社交的必要；常人是免不了这种必要的。这是"世故人情"的一个项目，有时可以原谅，有时甚至可以容许。态度的变化多，在现在多变的社会里也许更会使人感兴趣些。我们嘴里常说的，笔下常写的"诚恳""诚意"和"虚伪"等词，大概都是就态度说的。

　　但是一般人用这几个词似乎太严格了一些。照他们的看法，不诚恳无诚意的人就未免太多，而年轻人看社会上的人和事，除了他们自己以

---

　　❶ 〔气质可以变化〕 气质，犹如说"资质"。我国贤哲一向有"变化气质"的说法，大致以为经过了学问修养，坏的资质可以变为好的。

　　❷ 〔盖了棺才能论定人〕 晋书刘毅传："大丈夫盖棺事方定。"后来便习用"盖棺论定"一语。论定，评定他究竟好不好。

　　❸ 〔两界〕 君子型和小人型两个范围。

外差不多尽是虚伪的。这样用"虚伪"那个词，又似乎太宽泛了一些。这些跟老先生们开口闭口说"人心不古，世风日下"同样犯了笼统的毛病。一般人似乎将品性和态度混为一谈；年轻人也如此，却又加上了"天真""纯洁"种种幻想❶。诚实的品性确是不可多得；但人孰无过，不论那方面，完人或圣贤总是很少的。❷ 我们恐怕只能宽大些，卑之无甚高论，❸从态度上着眼。不然无谓的烦恼和纠纷便太多了。至于天真纯洁，似乎只是儿童的本分——老气横秋的儿童实在不顺眼。可是一个人若总是那么天真纯洁下去他自己也许还没有什么，给别人的麻烦却就太多。有人赞美"童心"与"孩子气"，那也只限于无关大体的小节目，取其可以调剂调剂平板的氛围气❹。若是重要关头也如此，那时天真恐怕只是任性，纯洁恐怕只是无知罢了。幸而不诚恳，无诚意，虚伪等等已经成了口头禅❺，一般人只是跟着大家信口说着，至多皱皱眉，冷笑笑，表示无可奈何的样子就过去了。自然也短不了认真的❻，那却苦了自己，甚至于苦了别人。年轻人容易认真，容易不满意；他们的不满意往往是社会改革的动力。可是他们也得留心，若是在诚伪的分别上认真得过了分，也许会成为虚无主义❼者。

---

❶ ［天真纯洁种种幻想］ 对于"天真""纯洁"太过看重，以为那是异乎寻常的特殊品性，这便不是真实的认识而是虚浮的幻想了。

❷ ［人孰无过……很少的］ 这三语根据于"人非圣人，孰能无过"的习用语。孰，谁。

❸ ［卑之无甚高论］ 降低些标准不要就很高的说。原是汉文帝对张释之说的话，见史记张释之传。

❹ ［平板的氛围气］ 犹如说"平板的空气"——这"空气"并非实指物质的空气。

❺ ［口头禅］ 不究实义而随便谈说的词语。不明禅宗的道理，专取禅家套语随便谈说，叫做口头禅。

❻ ［认真的］ 听人说起不诚恳，无诚意，虚伪等等，就从实义上想去，这便是认真的。

❼ ［虚无主义］ 十九世纪中叶起于俄国的一种思潮。否定一切政治的宗教的权威，主张绝对的自由平等。抱此思想而趋于极端的人，便看破一切，以为人生全无意义。

三二、论诚意〔下〕

朱自清

人与人事与事之间各有分际❶；言行最难得恰如其分。诚意是少不得的，但分际不同，无妨斟酌加减点儿。种种礼数或过场便是从这里来的。有人说礼是生活的艺术，礼的本意应该如此。日常生活里所谓客气，也是一种礼数或过场。有些人觉得客气太拘形迹，不见真心，不是诚恳的态度。这些人主张率性自然。率性自然未尝不可，但得看人去。❷若是一见生人便如此这般，就有点儿野了。即使熟人，毫无节制的率性自然也不成。夫妇算是熟透了的，有时还得"相敬如宾"❸，别人可想而知。总之，在不同的局势下，率性自然可以表示诚意，客气也可以表示诚意，不过诚意的程度不一样罢了。客气要大方，合身分，不然便是诚意太多；诚意太多，诚意便太贱了。

看人，请客，送礼也都是些过场。有人说这些只是虚伪的俗套，无聊的玩意儿。但这些其实也是表示诚意的。总得心里有这个人，才会去看他，请他，送他礼，这就有诚意了。至于看望的次数，时间的长短，请作主客或陪客，送礼的情形，只是诚意多少的分别，不是有无的分别。看人又有回看，请客有回请，送礼有回礼，也只是回答诚意。古语说得好，"来而不往非礼也"；❹无论古今，人情总是一样的。有一个人送年礼，转来转

---

❶　〔分际〕　适当的界限。

❷　〔但得看人去〕　意即须因人而施。

❸　〔相敬如宾〕　左传僖公三十三年："臼季使过冀，见冀缺耨，其妻馌之，敬，相待如宾。"后来就称夫妻有礼为"相敬如宾"。

❹　〔来而不往非礼也〕　语出礼记曲礼。

去,自己送出去的礼物有一件竟又回到自己手里。他觉得虚伪无聊,当作笑谈。笑谈确乎是的,但诚意还是有的。又一个人路上遇见一个本不大熟的朋友向他说,"我要来看你。"这个人告诉别人道,"他用不着来看我,我也知道他不会来看我,你瞧这句话才没意思哪!"那个朋友的诚意似乎太多了。凌叔华女士❶写过一个短篇小说,叫作"外国规矩",说一位青年留学生陪着一位旧家小姐上公园,尽招呼她这样那样的。她以为让他爱上了,那里知道他行的只是"外国规矩"!这喜剧由于那位旧家小姐不明白新礼数,新过场,多估量了那位留学生的诚意。可见诚意确是有分量的。

人为自己活着,也为别人活着。在不伤害自己身分的条件下顾全别人的情感,都得算是诚恳,有诚意。这样宽大的看法也许可以使一些人活得更有兴趣些。西方有句话,"人生是做戏"。做戏也无妨,只要有心往好里做就成。客气等等一定有人觉得是做戏,可是只要为了大家好,这种戏也值得做的。另一方面,诚恳,诚意也未必不是戏。现在人常说,"我很诚恳的告诉你","我是很有诚意的",自己标榜自己的诚恳,诚意,大有卖瓜的说瓜甜的神气,诚实的君子大概不会如此。不过一般人也已习惯自然,知道这只是为了增加诚意的分量,强调❷自己的态度,跟买卖人的吆喝到底不是一回事儿。常人到底是常人,得跟着局势斟酌加减他们的诚意,变化他们的态度;这就不免沾上了些戏味。西方还有句话,"诚实是最好的政策","诚实"也只是态度,这似乎也是一句戏词儿。

---

❶ [凌叔华女士] 现代作者,武汉大学教授陈源的夫人。

❷ [强调] 犹如说"加强",是个动词。

文章法则甲

四、感叹词的用途

感叹的语气可用感叹助词表出，前面说过了。还有一种专表感叹的感叹词，文字只是感叹声音的标号。那是最古的语言，人类还不会说话时，就能发感叹词了。因其为原始的语言，故在各种语言中，声音大致相差不远，不过标出的文字各不相同而已。

我国的感叹词，文言所用与语言所用不同，这由于古今读音渐渐转变的缘故。文言所用的，在古代原是直标声音，到后来那些字的读音转变了，与实际上感叹的声音不符，便产生了新的感叹词。

普通习见的感叹词如：

呜呼，亦盛矣哉！《五人墓碑记》

噫，余之手摹也！《画记》

嘻，技亦灵怪矣哉！《核舟记》

嗟乎惜哉！其不讲于刺剑之术也！《史记·刺客列传》

嗟夫！大阉之乱，缙绅而能不易其志者，四海之大，有几人欤！
《五人墓碑记》

恶是何言与！《孟子》

唉，竖子不足与谋！《史记·项羽本纪》

子曰：“吾道一以贯之。”曾子曰：“唯。”《论语》

献公曰：“诺。虽然，宫之奇存焉，如之何？”《晋攻郭》

或摇手曰：“咄！田督有令，虽十鲁公奚能焉？”《书鲁亮侪事》

（以上文言用）

呀！一队人马来了！

咦！你在这里！

呸！这个话配你说！

啐！休得胡说！

哈哈！花都开了！

唉！我不知何时再能与他相见。《背影》

喂！一手交钱，一手交货。《药》

哼！老头子。同上

阿呀！那还了得。同上

哦！我记得了。《故乡》

阿！闰土哥，——你来了？同上

"唔。"老包摸摸下巴上几根两分长的灰白胡子。《学费》

哦唷！吓我一跳。学堂里来么？同上

　　　（以上语言用）

感叹词的用途，分析起来，大概有以下的几种：

（一）表惊讶或赞叹——呜呼 噫 嘻 啊（阿）呀 阿呀 哦唷 咦

（二）表感伤或痛惜——呜呼 噫 嗟乎 嗟夫 啊 唉

（三）表欢喜或讥嘲——啊 呀 哈哈

（四）表愤怒或斥责——恶 唉 咄 呸 啐 哼

（五）表呼问或应答——唯 诺 哦 唔 喂

感叹词在句中是独立的，与其他部分不发生组织上的关系。通常放在句首。也偶而有放在句末的，如：

　　虽然，以国士而论，豫让固不足当矣，彼朝为仇敌，暮为君臣，腼然而自得者，又让之罪人也噫。方孝孺《豫让论》

习　问

一　感叹词与感叹助词的分别怎样？

二　感叹词既是独立的，当然也不妨去掉。试从读过的的文篇中检讨，那些感叹词都可以去掉吗？去掉和留着有什么不同？

三三、黔游日记一则

徐宏祖❶

十九日。❷ ……复西北上陇❸，六里，有村在西山下，曰二家堡。从其东盘山嘴而北，北界山远辟旷然。直东遥见高峰在四十里外者，即志所云马鞍山，威清❹之山也。路复循南山之北，西向入峡。二里出峡，有村在南山下，曰江清。其处山坞❺大开，平畴中拓。东有石峰离立，即与南山夹而为所从之峡者也。

由村东北向，抵二石峰下，其峰兀突。南面削崖回裂，而无深洞。西面有洞在峰半，其门西向。亟令苗子停担❻峰下。余先探其南面，无岩❼可入。惟西南峰下细流汩汩向麓下窍中出。遂从其上跻入洞。

洞顶甚平，间有乳柱❽下垂，若帷带飘摇。其内分为三层。外层即洞门之前，旷若堂皇，❾中有圆石，如堆旋而成者。四五丈之内，即陷空而下。其下亦平整圆拓，深约丈五，而大倍之。从其上下瞰，亦颇光明。

---

❶ 〔徐宏祖〕 字振之，别号霞客，明江阴人。年二十二始出游，后遂嗜游如命，直至于死（年五十六岁），足迹几遍全国。凡所经山川形胜，莫不详载于日记，而土俗，民风，物产，亦往往附见。实为我国第一探险家，与寻常流连风景者迥然不同。其日记刊本甚多，名曰"徐霞客游记"。

❷ 〔十九日〕 这是戊寅（崇祯十一年，公元一六三八年）四月十九日。其时作者在从贵阳入滇的途中。

❸ 〔上陇〕 上坡。

❹ 〔威清〕 卫名，今清镇县，在贵阳西南。

❺ 〔坞〕 四面高而中央低的地方。

❻ 〔令苗子傍担〕 作者所雇担行李的人是当地的苗人。

❼ 〔岩〕 岩洞。

❽ 〔乳注〕 即石钟乳，是一种生于石灰洞顶的结晶质方解石。下文单称"柱"的，均指此物。

❾ 〔堂皇〕 宫殿。

盖洞门之光既从上倒下，而其底北裂成隙，亦透明于外，似可挨入，而未及也。是为下层。下层之东，其上复深入成洞，与外层对。第为下陷所隔，不能竟达。由外层南壁攀崖而上，东透入腋，列柱如门，颇觉幽暗，而玲珑嵌空，诡态❶百出。披窍北下，遂达中层，则外层之光仍中射而入。其内千柱缤纷，万窍灵幻，左入甚深，而窈窕❷莫穷。前临下层，如在楼阁。亦贵筑❸中所仅见者。方攀陟不能去，而苗夫在下呼促不已，乃出洞而下。

从洞前北行，升陟塍垄二里，有大溪自西而东。溯之西行，有桥十余巩❹，横跨其上，是为洛阳桥，乃新构而成者。桥下流甚大，自安顺州❺北流至此，曲而东注威清，又北合陆广❻，志所谓之澄河是矣。度桥北，又溯流而西，抵水之北来东折处。遂从岐❼北向，溯小溪行，始由溪东，已涉堰由溪西，已复西北逾冈。五里，抵铜鼓山。

其处山坞南辟。北界石峰耸立，皆有洞，或高或下，随峰而出。西界则遥山自北而南，蜿蜒如屏。连裂三洞，其门皆东向，而南偏者最高敞。其前有数十家当其下，即铜鼓寨也。是洞名铜鼓洞。按志，铜鼓山在威清西四十五里，以方隅道里计之，似即此山。然其地去平坝❽仅五里，不平坝而威清，❾何也？其洞高悬峻裂，内入不甚深，而前多突耸之石，环牖分门，反觉窈窕。其右重壁之上，圆穴一规，北向高穹。攀崖登之，其中上盘空顶，下坠深穿。土人架木铺竹为垫，俨然层阁。顶东另透明窗。穿内复有穴自下层出入。土人置扉穴前，晚则驱牛马数十头藏其中。正岩之后，有裂窍西南入，滴沥垂其内不绝，❿渐转渐隘而暗，似向无入者。

---

❶ ［诡态］ 怪异的形态。

❷ ［窈窕］ 深远的样子。

❸ ［贵筑］ 今贵筑县。

❹ ［十余巩］ 有十多个桥洞。

❺ ［安顺州］ 今安顺县，在清镇县西南。

❻ ［陆广］ 河名，入乌江。

❼ ［岐］ 岔路。

❽ ［平坝］ 卫名，今平坝县。

❾ ［不平坝而威清］ 不属平坝而属威清。

❿ ［滴沥垂其内不绝］ 岩洞之内，时常有水滴下。

乃出。时有一老者候余洞前，余欲并探北偏中洞，老者曰："北洞浅，不足观，有南洞在高崖上，且大路所由，可一登之。"乃循洞麓西转，不数十步，则峰南果有洞出崖端。其门南向，其下依崖而居者，犹环之为庐。乃从庐后跻级上，洞门悬嵌弥高，前垒石为垣，若雉堞❶形。内深五丈余，而无悬突之石，扩然高朗。其后洼陷而下者一二丈，然俱面阳而燥。土人置廪盈其间。其左腋裂窍北下，渐下渐狭而卑。土人曰"与东洞通"，想即垂沥不绝处也。亦以黑暗不暇入。

时顾仆❷与苗子担前行已久，余恐其不之待，遂下山。循麓西上，半里逾坳，则顾仆与苗夫犹待于此。其坳当西界蜿蜒屏列之中，脊不甚高，而石骨棱棱，两旁骈峙甚逼过隘，西下坞中洼。其西复有坳环属❸。盖南北夹起危峰，而东西又两脊如属垣❹。洼中有小水，牧者浸牛满其中。度洼半里，又逾脊西下。约一里，有岐，直下西坞者，通平坝上之道，循岭北越岭角者，为往平坝道乃西北上岭者一里，逾岭角而北，又北下者一里，又逾岭西北一里，与大道值。循大道稍北，遂西度田塍，共半里。逾小桥，入平坝东门半里，转而南，乃停担肆中。是晚觅得安庄夫❺，市小鲫佐酒。

---

❶ ［雉堞］ 城上略似锯齿形的短墙。
❷ ［顾仆］ 作者所带顾姓仆人。
❸ ［环属］ 环连。
❹ ［属垣］ 连墙。
❺ ［安庄夫］ 充夫役的安庄人。安庄，卫名，今镇宁县。

三四、五律^❶四首

杜 甫

江 亭

坦腹江亭暖,^❷长吟野望时:^❸
水流心不竞,^❹云在意俱迟。^❺
寂寂春将晚,^❻欣欣物自私。^❼
故园归未得,^❽排闷强裁诗。^❾

---

❶ 〔五律〕 每首五言八语。第二,第四,第六,第八语必须押韵,第一语可押可不押。中间第三语与第四语,第五语与第六语,必须对偶。

❷ 〔坦腹江旁暖〕 坦腹,舒适的坐着;拘谨局促的坐着,腹部便不会"坦"了。这一语是说,舒适的坐在江亭里,正好是春暖的天气。

❸ 〔长吟野望时〕 这一语引出下面三四两语。长吟,曼声的吟诵诗句。

❹ 〔水流心不竞〕 看着缓缓的流水,心里也就没有争竞之念。

❺ 〔云在意俱迟〕 云在,云停留在天空。看着云停留在天空,意念也就同云一样的悠闲了。

❻ 〔寂寂春将晚〕 春光默默的过去,已将尽了。

❼ 〔欣欣物自私〕 物,指草木山水一切有生无生之物。在这春尽时节,一切的物都欣欣向荣,有自得其乐的意趣。

❽ 〔故园归未得〕 其时杜甫居成都。

❾ 〔排闷强裁诗〕 裁诗,即作诗。诗须镕裁,故说"裁诗"。为了排遣烦闷勉强作些诗篇。

村　夜

风色萧萧暮，❶江头人不行。❷
村春雨外急；❸邻火夜深明。❹
胡羯❺何多难？渔樵寄此生。❻
中原有兄弟，万里正含情。❼

早　起

春来常早起，幽事颇相关：❽
帖石防隤岸；❾开林出远山；❿
一丘藏曲折；⓫缓步有跻攀；⓬
童仆来城市，⓭瓶中得酒还。

---

❶　［风色萧萧暮］　风色，指天气。萧萧，形容暮景的凄清。

❷　［人不行］　没有人经过。

❸　［村春雨外急］　村里的春声在雨外急促的响着。从作者听来，雨声近，春声远，故说"雨外"。

❹　［邻火夜深明］　夜越深，天越黑，似乎邻家灯火特别见得亮了。

❺　［胡羯］　指当时作乱的安禄山安庆绪父子和史思明。安氏是胡人。史思明是突厥人（突厥人与羯人都是匈奴的别族）。

❻　［渔樵寄此生］　恐怕只能在渔人樵夫之间寄托这一辈子了。

❼　［万里正含情］　彼此相距很远，此时正含着深情彼此相念呢。

❽　［幽事颇相关］　颇关心一些遣兴的小事情。

❾　［帖石防隤岸］　为了预防坍塌，在那岸边帖着些石块。

❿　［开林出远山］　把林子里的树木删除一些，使远山显出来。

⓫　［一丘藏曲折］　一个小小的丘陵也颇有些曲折。

⓬　［缓步有跻攀］　因为地非绝对平坦，缓步走去，有时须升高，有时须攀援一下。

⓭　［来城市］　从城市中回来。

可　惜

花飞有底急？❶ 老去愿春迟。
可惜欢娱地，都非少壮时。❷
宽心❸应是酒，遣兴莫过诗。
此意陶潜解，吾生后汝期。❹

---

　　❶ ［花飞有底急］ 底，义同于"何"，古人常用于诗中。落花飞去，为什么这样匆匆呢？作者
"老去愿春迟"，而花谢得快，也就是春去得快，故有此问。
　　❷ ［可惜欢娱地都非少壮时］ 可惜地是欢娱之地，而人已非少壮之人了。
　　❸ ［宽心］ 足以宽怀之物。
　　❹ ［吾生后汝期］ 汝，指陶潜。我与你一样情形，不过生得比你后一些时期罢了。

三五、梧桐雨第四折❶〔上〕

白仁甫❷

　　〔高力士上云〕❸自家高力士是也。自幼供奉内宫，蒙主上抬举，加为六宫提督太监❹。往年主上悦杨氏❺容貌，命某❻取入宫中，宠爱无比，封为贵妃❼，赐号太真❽。后来逆胡❾称兵，伪诛杨国忠为名，❿逼的主上幸蜀。行至中途，六军不进。右龙武将军陈玄礼⓫奏过，杀了国忠，祸连贵妃。主上无可奈何，只得从之，缢死马嵬⓬驿中。今日贼平无事，

---

　　❶　〔梧桐雨第四折〕　"梧桐雨"是一种杂剧的名称，其全称是"唐明皇秋夜梧桐雨"，搬演唐玄宗与杨贵妃因安禄山造反，离开长安避难，杨贵妃被迫吊死在马嵬驿，后来乱平，唐玄宗回宫，听了秋夜雨声而想念贵妃的故事。"杂剧"是元朝时候兴起的一种戏剧，每本常是四折；多数有一段"楔子"，或以引起故事，或作两折之间的过渡。全剧四折以由主演者一人歌唱为常例；像这一本，就由扮演唐玄宗的一人歌唱。所谓"折"，大致相当于现代剧的"幕"，四折即是四幕。

　　❷　〔白仁甫〕　名朴，号兰谷，真定（今河北正定县）人。金正大三年（公元一二二六年）生。幼年遭乱，养于元遗山。元朝统一南北后，迁居南京，以诗酒自娱。

　　❸　〔高力士上云〕　高力士，唐玄宗宠信的宦官。上，上场。云，说白。扮演高力士的演员上场，作如下的说白。

　　❹　〔六宫提督太监〕　宦官的首领。

　　❺　〔杨氏〕　小字玉环，美貌，精通音律，善于歌舞。本是玄宗第十八子寿王瑁的妃子，玄宗因她貌美，自取为妃。

　　❻　〔某〕　高力士指自己。

　　❼　〔贵妃〕　女官名，位仅次于后。

　　❽　〔太真〕　唐时崇道教，杨氏尝衣道服，赐号太真，这是含有道教意味的名号。

　　❾　〔逆胡〕　指安禄山，禄山是胡人。

　　❿　〔伪诛杨国忠为名〕　假托讨伐杨国忠的名义。杨国忠是杨贵妃的从兄，玄宗时作宰相，种种不法，妒忌安禄山得宠，屡次说他将造反。禄山作乱，实由国忠激起的。

　　⓫　〔陈玄礼〕　其时护卫军队的统领人员。

　　⓬　〔马嵬〕　地名，在今陕西兴平县西二十五里。

主上还国,太子做了皇帝。❶ 主上养老,退居西宫,昼夜只是想贵妃娘娘❷。今日教某挂起真容❸,朝夕哭奠。不免收拾停当,在此伺候咱❹。〔正末❺上云〕 寡人自幸蜀还京,太子破了逆贼,即了帝位,寡人退居西宫养老,每日只是思量妃子。教画工画了一轴真容供养着,每日相对,越增烦恼也呵❻。〔做哭科〕❼〔唱〕

〔正宫端正好〕❽自从幸西川还京兆❾,甚的是月夜花朝,❿这半年来白发添多少,怎打叠⓫愁容貌!

〔幺篇〕 瘦岩岩⓬不避群臣笑,玉叉儿⓭将画轴高挑。荔枝花果香檀卓,⓮目觑了伤怀抱。

〔做看真容科〕 〔唱〕

〔滚绣球〕 险些把我气冲倒,身谩⓯靠,把太真妃放声高叫,叫不应

---

❶ 〔太子做了皇帝〕 玄宗避入蜀中时,肃宗即位于灵武,后玄宗回京,也就不再亲政。

❷ 〔娘娘〕 宫中人称后妃为娘娘。

❸ 〔真容〕 画像。

❹ 〔咱〕 杂剧中常用的语助词,大致相当于现在口语中的"吧"。

❺ 〔正末〕 杂剧中饰男子的主角名"正末",饰女子的主角名"正旦"。正末相当于现在平剧中的"生"。

❻ 〔呵〕 杂剧中常用的语助词,往往用来唤起以下的唱句。

❼ 〔做哭科〕 "科"字表示动作,是杂剧中特用的字。"做哭科"就是表明在这当儿,正末作哭泣的动作与表情。

❽ 〔正宫端正好〕 正宫,宫调名。我国剧曲制谱,分若干宫调,犹如现在西洋乐曲分 C 调 F 调一样。"端正好"及以下"幺篇""滚绣球"等都是曲牌名。杂剧每一折连缀若干既成的小曲而为一套,这若干小曲须属于同一宫调。这里所用的都属于"正宫"。从前人说"正宫"的情趣是惆怅雄壮。

❾ 〔京兆〕 即指长安,唐时为京兆府。

❿ 〔甚的是月夜花朝〕 有什么月夜花朝。意即月夜花朝都与我不相干。

⓫ 〔打叠〕 犹如说"收拾"或"安排"。

⓬ 〔瘦岩岩〕 岩岩,形容瘦骨嶙峋的样子。

⓭ 〔玉叉儿〕 挂字画时所用的长叉,叉头用玉制,故叫玉叉。

⓮ 〔荔枝花果香檀卓〕 荔枝,杨贵妃生时最爱吃的果品,曾用驿递的办法,把蜀中的荔枝赶运到长安。卓,即"桌"字。香檀木制的桌子上供着花果。

⓯ 〔谩〕 通"漫",随意。

雨泪嚎咷❶。这待诏❷手段高,画的来没半星儿差错❸。虽然是快染能描❹,画不出沈香亭畔回鸾舞,花萼楼前上马娇,一段儿妖娆。❺

〔倘秀才〕妃子呵,常记得千秋节华清宫宴乐,❻七夕会长生殿乞巧,❼誓愿学连理枝比翼鸟,❽谁想你乘彩凤返丹霄命夭!❾

〔带云〕❿寡人越看越添伤感,怎生是好![唱]

〔呆骨朵〕寡人有心待盖一座杨妃庙,争奈无权柄谢位辞朝。⓫则俺这孤辰限难熬,⓬更打着离恨天最高。⓭在生时同衾枕,不能勾死后也同棺椁。⓮谁承望⓯马嵬坡尘土中,可惜把一朵海棠花⓰零落了!

〔带云〕一会儿身子困乏,且下这亭子,去闲行一会咱。[唱]

〔白鹤子〕那身离殿宇信步下亭皋⓱,见杨柳裊翠蓝丝,芙蓉拆胭

---

❶〔嚎咷〕大哭。咷,音桃。

❷〔待诏〕官名。唐设翰林院,凡有一技之长的,收罗其中,以待帝王之诏命。这里指"画待诏",画那贵妃真容的人。

❸〔错〕音草,押韵。

❹〔快染能描〕描绘得高明。

❺〔画不出……一段儿妖娆〕可是他画不出她舞蹈时上马时那一段的妖娆姿态。沈香亭,唐时宫中兴庆池边的亭子。回鸾,舞曲名。花萼楼,唐宫中楼名。

❻〔千秋节华清宫宴乐〕千秋节,唐玄宗生日,阴历八月五日。华清宫,唐宫名,故址在今陕西临潼县南骊山上。乐,音涝,押韵。

❼〔七夕会长生殿乞巧〕七夕会,阴历七月七夕乞巧之会,相传其日天上牛郎织女两星渡河相会。长生殿在华清宫内。

❽〔誓愿学连理枝比翼鸟〕誓愿两人永远相共。连理枝,枝干连生为一的树木;比翼鸟,雌雄一起飞翔的鸟:都以比喻男女相爱。

❾〔乘彩凤返丹霄命夭〕乘彩凤返丹霄,乘了凤皇归天,意即死去。这里"霄"字押韵,可与下面几曲"倘秀才"参照。

❿〔带云〕唱到这里接上说。

⓫〔争奈无权柄谢位辞朝〕争,同"怎"。这是说,自己已让位为上皇,没有权柄了。

⓬〔则俺这孤辰限难熬〕则,同于用"只"。俺,我。孤辰限,余下的不祥岁月(即寿命)。

⓭〔更打着离恨天最高〕离恨天,相传是天上的一界,怀深恨者居之。这是说,自己怀着的愁恨又这么深。

⓮〔不能勾死后也同棺椁〕勾,即"够"字。椁,姑卯切,押韵。

⓯〔承望〕指望,预料。

⓰〔海棠花〕比喻杨贵妃。

⓱〔亭皋〕平地。

脂萼❶。

　　[幺]　见芙蓉怀媚脸，遇杨柳忆纤腰。依旧的两般儿点缀上阳宫，❷他管一灵儿潇洒长安道。❸

　　[幺]　常记得碧梧桐阴下立，红牙筋❹手中敲，他笑整缕金衣，舞按霓裳乐❺。

　　[幺]　到如今翠盘❻中荒草满，芳树下暗香消，空对井梧阴，不见倾城貌❼。

　　[做叹科云]　寡人也怕闲行，不如回去来❽。[唱]

　　[倘秀才]　本待闲散心追欢取乐，倒惹的感旧恨天荒地老❾。快快归来凤帏悄，甚法儿捱今宵懊恼❿！

　　[带云]　回到这寝殿中，一弄儿⓫助人愁也。[唱]

　　[芙蓉花]　淡氤氲篆烟袅，昏惨刺⓬银灯照，玉漏⓭迢迢，才是初更报。暗觑清宵⓮，盼梦里他来到。却不道口是心苗⓯，不住的频频叫。

　　[带云]　不觉一阵昏迷上来，寡人试睡些儿。[唱]

---

　　❶　[萼]　音傲，押韵。

　　❷　[两般儿点缀上阳宫]　两般儿，指芙蓉杨柳。上阳宫，唐宫名，故址在今河南洛阳县。这里是泛指宫观。

　　❸　[他管一灵儿潇洒长安道]　她却只有灵魂往返于长安道了。

　　❹　[红牙筋]　筋，即"箸"字，筷子。这里"红牙筋"是指拍版。玄宗精音律，贵妃歌舞，他常按拍。

　　❺　[霓裳乐]　霓乐羽衣曲，玄宗时所制乐曲。乐，音耀，押韵。

　　❻　[翠盘]　指舞盘。杨贵妃曾在盘中舞，这个盘当然不是普通盛些零星东西的盘子。

　　❼　[倾城貌]　倾城意即佳人，指杨贵妃。李延年为汉武帝起舞作歌道："北方有佳人，绝世而独立，一顾倾人城，再顾倾人国。宁不知倾城与倾国，佳人难再得！"

　　❽　[来]　语助词。

　　❾　[天荒地老]　形容时间的悠久。这里形容"旧恨"。

　　❿　[今宵懊恼]　"宵"字押韵。

　　⓫　[一弄儿]　犹言"越发"。

　　⓬　[惨刺]　形容"昏"的样子。

　　⓭　[玉漏]　漏，古代的计时器。用玉做的就叫玉漏。

　　⓮　[清宵]　天。

　　⓯　[口是心苗]　义同于"言为心声"。

〔伴读书〕　一会家❶心焦懆，四壁厢秋虫闹，忽见掀帘西风恶❷，遥观满地阴云罩。俺这里披衣闷把帏屏靠，业眼难交。❸

〔笑和尚〕　原来是滴溜溜绕闲阶败叶飘。疏剌剌刷落叶被西风扫。忽鲁鲁风闪得银灯爆❹。厮琅琅鸣殿铎。❺ 扑簌簌动朱箔。❻ 吉丁当玉马儿❼向檐间闹。

〔做睡科唱〕

〔倘秀才〕　闷打颏❽和衣卧倒软兀剌方才睡着。❾〔旦上云〕　妾身贵妃是也。今日殿中设宴，宫娥请主上赴席咱。〔正末唱〕　忽见青衣❿走来报道，太真妃将寡人邀宴乐。⓫

---

❶　〔一会家〕　家，语助词。一会家，犹言"一会的"。

❷　〔恶〕　音襖，押韵。

❸　〔业眼难交〕　难以闭上眼睛入睡。业眼，愁苦的眼。

❹　〔爆〕　音报，押韵。

❺　〔厮琅琅鸣殿铎〕　厮琅琅，描摹铃声。殿铎，殿角上的铃儿。铎，多劳切，押韵。

❻　〔扑簌簌动朱箔〕　扑簌簌，描摹风势。箔，帘子。箔，巴毛切，押韵。

❼　〔玉马儿〕　玉制的檐马（挂在檐间，以验风之有无的器具）。

❽　〔闷打颏〕　打颏，元时俗语，懵懵，昏昏。

❾　〔软兀剌方才睡着〕　兀剌，元时俗语，形容身子疲软。着，池烧切，押韵。

❿　〔青衣〕　指宫娥。

⓫　〔将寡人邀宴乐〕　这里"邀"字押韵。乐，音涝，押韵。

三六、梧桐雨第四折〔下〕

白仁甫

　　〔正末见旦科云〕　妃子,你在那里来?〔旦云〕　今日长生殿排宴,请主上赴席。〔正末云〕　分付梨园子弟❶齐备着。〔旦下〕〔正末做惊醒科云〕　呀!元来是一梦。分明梦见妃子,却又不见了。〔唱〕〔双鸳鸯〕斜軃翠鸾翘,❷浑一似出浴的旧风标,❸映着云屏一半儿娇。好梦将成还惊觉,❹半襟情泪湿鲛绡。❺

　　〔蛮姑儿〕　懊恼,窨约,❻惊我来的又不是楼头过雁,砌下寒蛩,檐前玉马,架上金鸡,是兀那❼窗儿外梧桐上雨潇潇。一声声洒残叶,一点点滴寒梢,会把愁人定虐。❽

　　〔滚绣球〕　这雨呵又不是救旱田,润枯草,洒开花萼。❾谁望道秋雨如膏。❿向青翠条,碧玉梢,碎声儿咇剥。⓫增百十倍歇和芭蕉⓬,子

---

❶　〔梨园子弟〕　伶人们。梨园,唐玄宗亲教伶人的地方。
❷　〔斜軃翠鸾翘〕　軃,垂下的样子。翠鸾翘,妇人的首饰。
❸　〔浑一似出浴的旧风标〕　宛如当时华清池出浴时的风姿。
❹　〔觉〕　音皎,押韵。
❺　〔鲛绡〕　手帕。
❻　〔窨约〕　未详。约,音杳,押韵。窨约,大致是元人口语,意与"思忖"相近。
❼　〔兀那〕　兀,发声词。兀那,就是"那"。
❽　〔定虐〕　犹如说"作践"。虐,音要,押韵。
❾　〔萼〕　音傲,押韵。
❿　〔秋雨如膏〕　通常说"春雨如膏",描摹春雨的多与润泽,这里改"春"为"秋",以见心理上不欢喜这雨声。
⓫　〔咇剥〕　描摹雨声。剥,音饱。押韵。
⓬　〔增百十倍歇和芭蕉〕　未详。

管里珠连玉散飘千颗，❶平白地溇瓮番盆❷下一宵，惹得人心焦。

〔叨叨令〕　一会价紧呵似玉盘中万颗珍珠落，❸一会价响呵似玳筵前几簇笙歌闹，一会价清呵似翠岩头一派寒泉瀑，❹一会价猛呵似绣旗下数面征鼙操。❺兀的不恼杀人也么哥？❻兀的不恼杀人也么哥？则被他诸般儿雨声相聒噪。

〔倘秀才〕　这雨一阵阵打梧桐叶凋，一点点滴人心碎了。枉着金井银床紧围绕，只好把泼枝叶做柴烧锯倒。❼

〔带云〕　当初妃子舞翠盘时，在此树下。寡人与妃子盟誓时，亦对此树。今日梦境相寻，又被他惊觉了。〔唱〕

〔滚绣球〕　长生殿那一宵，转回廊说誓约，❽不合对梧桐并肩斜靠，尽言词絮絮叨叨。沈香亭那一朝，按霓裳舞六幺，❾红牙筯击成腔调，乱宫商闹闹炒炒。❿是兀那当时欢会，栽排⓫下今日凄凉，厮辏着暗地量度。⓬

〔高力士上云〕　主上，这诸样草木，皆有雨声，岂独梧桐？〔正末云〕你那里知道，我说与你听者。〔唱〕

〔三煞〕　润濛濛杨柳雨，凄凄院宇侵帘幕。⓭细丝丝梅子雨，装点

---

❶〔子管里珠连玉碎飘千颗〕　子管，即"只管"。珠连玉碎形容雨点。

❷〔溇瓮番盆〕　形容雨势。溇，音蒌。溇瓮，意与"番盆"相似。

❸〔一会价……珍珠落〕　价，助词。一会价，即"一会儿"。落，涝音，押韵。

❹〔瀑〕　音抱，押韵。

❺〔数面征鼙操〕　征鼙，战鼓。几面战鼓一齐打。

❻〔兀的不恼杀人也么哥〕　元曲中常有这个句式。兀的，意同于"岂"。么哥，助词，表询问语气。

❼〔把泼枝叶做柴烧锯倒〕　元曲中常用"泼"字，表残余，歹恶等意。泼枝叶，即残枝叶。这里烧字押韵。

❽〔约〕　音音，押韵。

❾〔舞六幺〕　六幺，曲名。按着六幺曲而舞蹈。

❿〔炒炒〕　即"吵吵"。

⓫〔栽排〕　犹言"栽培"，"安排"。

⓬〔厮辏着暗地量度〕　厮，意同"相"。厮辏，相凑。度，多劳切，押韵。

⓭〔幕〕　音冒，押韵。

江干满楼阁。❶ 杏花雨红湿阑干。梨花雨玉容寂寞。❷ 荷花雨翠盖翩翩。豆花雨绿叶潇条。都不似你❸惊魂破梦,助恨添愁,彻夜连宵。莫不是水仙弄娇,蘸杨柳洒风飘。❹

[二煞] 哧哧似喷泉瑞兽临双沼,❺刷刷似食叶春蚕散满箔。❻ 乱洒琼阶,水传宫漏,飞上雕檐,洒滴新槽。❼ 直下的更残漏断,枕冷衾寒,烛灭香消。可知道夏天不觉,把高凤麦来漂。❽

[黄钟煞] 顺西风低把纱窗哨,❾送寒气频将绣户敲。莫不是天故将人愁闷搅。度铃声响栈道。❿ 似花奴羯鼓调。⓫ 如伯牙水仙操。⓬ 洗黄花润篱落。⓭ 渍苍苔倒墙角。⓮ 渲湖山漱石窍。⓯ 浸枯荷溢池沼。沾残蝶粉渐消。洒流萤焰不着。⓰ 绿窗前促织⓱叫。声相近雁影高。催邻砧处处捣。⓲ 助新凉分外早。斟量来这一宵,雨和人紧厮熬,伴铜壶⓳点点敲。雨更多,泪不少,雨湿寒梢,泪染龙袍。不肯相饶,共隔着一树梧桐直滴到晓。

---

❶ [阁] 音稿,押韵。

❷ [寞] 音冒,押韵。

❸ [你] 指梧桐雨。

❹ [蘸杨柳洒风飘] 雨蘸在杨柳枝上,顺风飘洒。

❺ [哧哧似喷泉瑞兽临双沼] 哧哧,音床床,描摹喷泉的声音。喷泉出口,往往雕成狮子麒麟等兽类之形,这些兽类古来都认为瑞兽。

❻ [箔] 巴毛切,押韵。

❼ [洒滴新槽] 槽,制酒的器具。檐雨下滴,声音好像槽里的新酒注下。

❽ [可知道……来漂] 觉,音皎,押韵。高凤,后汉时人。后汉书逸民传:"专精诵读,昼夜不息。妻尝之田,曝麦于庭,令凤护鸡。时天暴雨,而凤持竿诵经,不觉潦水流麦。妻还怪问,凤方悟之。"

❾ [哨] 吹响。

❿ [度铃声响栈道] 玄宗曾在栈道遇雨,听雨中铃声,想念贵妃,谱成"雨霖铃"曲。度,传送。

⓫ [似花奴羯鼓调] 花奴,指唐时名倡女念奴。羯鼓,乐器。

⓬ [如伯牙水仙操] 伯牙,春秋时人,善于弹琴。水仙操,琴曲名。

⓭ [落] 音涝,押韵。

⓮ [角] 音皎,押韵。

⓯ [渲湖山漱石窍] 湖山,堆假山的湖石。那雨淋在假山上,把石孔里都漱涤到。

⓰ [焰不着] 焰,指萤光。着,池烧切,押韵。

⓱ [促织] 即蟋蟀。

⓲ [邻砧] 附近人家捣衣的砧声。

⓳ [铜壶] 即"漏",古代计时器。壶中盛水,视其漏出的水量,以知时刻。

文章法则乙

五、积极修辞的方式（二）

以上说过的三个项目是正面的。凡事有正面就有反面，现在再来说反面的三个项目。

（四）奇警　这是与调和相反的。调和是要尊重对手的心理，写文字须顾虑到整齐，相应，谐和，自然，不使对手起不调和的感觉。欢喜调和虽为一般人的常情，但平凡无奇的说法，有时也会令人厌倦。奇警就是排除这厌倦的方法。调和的说法是常情的，合理的，奇警的说法虽出乎常情之外，却并非不合理。例如对于毁谤，说"人遇毁谤应该声辩"，是调和的说法，说"止谤莫如缄默"，就是奇警的说法。奇警的说法初看似乎不合理，如果加以说明，也觉得很有理由，并非矛盾。我们平日说话作文，很多这样的例子，如"吃亏就是便宜"，"当局者迷，旁观者清"之类都是。此外如文章中句调的突变，段落的分得不寻常，也是奇警的一种方式。

（五）朦胧　这是具体的反面，具体是把抽象的事情说得有声有色，使人明白易解。可是有些时候，过于说明白了反而使人不愉快，须说得朦胧些才好。如机警的医生对于患肺病的人，不说"你患的是肺结核"，只说"你的肺不甚健康"，交际社会上把"撒粪"改说"出恭"，称"便所"为"盥洗室"之类都是。

（六）减义　这是增义的反面。增义是在所说的话以外再附加些别的材料上去，使所说的话意义更丰富。减义是故意把应说的话不完全说尽，或竟不说，让对手用自己的想像去补足，在有些情境中，减义的说法比增义更见得意义丰富。如一件事情弄糟了，如果说起原因与理由来，应有许多话可说,可是我们在这时候却简单的说"事情弄到如此地步,还说甚么!"这不说比详说意义更丰富。此外如对一个愚人说"你真聪明",骂无用的人为"宝贝"之类,都是应用这个道理的说法。

以上六个项目,三个是正的,三个是反的。所有一切积极修辞的方式,大致不出这六个项目。

习 问

一 下列文句,哪些部分用的积极修辞方式?哪一种?

花飞有底?《可惜》

若是重要关头也如此,那时天真恐怕只是任性,纯洁恐怕只是无知罢了。《论诚意》

"阿义可怜——疯话,简直是发了疯了。"花白胡子恍然大悟似的说。

"发了疯了",二十多岁的人也恍然大悟的说。

"疯了。"驼背五少爷点着头说。《药》

玉颜不及寒鸦色,犹带昭阳日影来。《创造的想像》

二 不说尽而让读者自己去补足,是文艺中常用的方式,试举出一些例子来。